AMANTE RENASCIDO

J.R. WARD

São Paulo
2022

Copyright © Jessica Bird, 2012
Todos os direitos reservados, incluindo os direitos de reprodução integral ou em qualquer forma. Esta edição foi publicada em parceria com **NAL Signet**, membro do Penguin Group (USA) Inc.

Título original
Lover Reborn

© 2012 by Universo dos Livros
Todos os direitos reservados e protegidos pela Lei 9.610 de 19/02/1998.

Nenhuma parte deste livro, sem autorização prévia por escrito da editora, poderá ser reproduzida ou transmitida, sejam quais forem os meios empregados: eletrônicos, mecânicos, fotográficos, gravação ou quaisquer outros.

Diretor editorial
Luis Matos

Editora-chefe
Marcia Batista

Assistentes editoriais
Bóris Fatigati
Raíça Augusto
Raquel Nakasone

Tradução
Luís Protásio
Maurício Tamboni

Preparação
Guilherme Summa

Revisão
Mariane Genaro
Paula Fazzio

Arte
Francine C. Silva
Karine Barbosa

Capa
Zuleika Iamashita

Dados Internacionais de Catalogação na Publicação (CIP)
(Câmara Brasileira do Livro, SP, Brasil)

W259a   Ward, J. R.

    Amante Renascido / J. R. Ward; [Tradução de Luís Protásio e Maurício Tamboni]. – São Paulo: Universo dos Livros, 2012.
    704 p. – (Irmandade da Adaga Negra)

    Tradução de: Lover Reborn

    ISBN 978-85-7930-348-7

    1. Vampiros. 2. Ficção I. Título. II. Série.

CDD 813.6

Universo dos Livros Editora Ltda.
Avenida Ordem e Progresso, 157 — 8º andar — Conj. 803
CEP 01141-030 — Barra Funda — São Paulo/SP
Telefone/Fax: (11) 3392-3336
www.universodoslivros.com.br
e-mail: editor@universodoslivros.com.br
Siga-nos no Twitter: @univdoslivros

Dedicado a: Você...
*Faz tanto tempo,
tempo demais,
desde que você teve um lar.*

Agradecimentos

Com enorme gratidão aos leitores da *Irmandade da Adaga Negra* e saudações aos Cellies!

Muitíssimo obrigada por todas as orientações e por todo o apoio prestados por: Steven Axelrod, Kara Welsh, Claire Zion e Leslie Gelbman. Obrigada também a todos da New American Library – estes livros são o resultado de um verdadeiro trabalho em equipe.

Meus agradecimentos a todos os nossos Mods por tudo o que vocês fazem com tamanha bondade em seus corações!

Com amor ao Team Waud – vocês sabem quem vocês são. Isto simplesmente não teria acontecido sem vocês.

Nada disto seria possível sem: meu querido marido, que é meu conselheiro e que cuida de mim, além de ser um visionário; minha maravilhosa mãe, que me deu amor em quantidades que eu jamais conseguirei retribuir; minha família (tanto aqueles de sangue quanto os adotivos); e meus queridos amigos.

Ah, e à metade mais legal do WriterDog, é claro.

GLOSSÁRIO DE TERMOS E NOMES PRÓPRIOS

Ahstrux nohtrum: Guarda particular com licença para matar, nomeado(a) pelo Rei.

Ahvenge: Cometer um ato de retribuição mortal, geralmente realizado por um macho amado.

As Escolhidas: Vampiras educadas para servirem à Virgem Escriba. São consideradas membros da aristocracia, embora sejam voltadas mais para as coisas espirituais do que temporais. Têm pouca, ou nenhuma, interação com os machos, mas podem acasalar com guerreiros a fim de reproduzir sua espécie, segundo a orientação da Virgem Escriba. Têm a capacidade de predizer o futuro. No passado, eram utilizadas para satisfazer a necessidade de sangue de membros solteiros da Irmandade, mas tal prática foi abandonada pelos Irmãos.

Chrih: Símbolo de morte honrosa no Antigo Idioma.

Cio: Período fértil das vampiras. Em geral, dura dois dias e é acompanhado por intenso desejo sexual. Ocorre pela primeira vez aproximadamente cinco anos após a transição da fêmea e, a partir daí, uma vez a cada dez anos. Todos os machos respondem em certa medida se estiverem por perto de uma fêmea no cio. Pode ser uma época perigosa, com conflitos e lutas entre os machos, especialmente se a fêmea não tiver companheiro.

Conthendha: Conflito entre dois machos que competem pelo direito de ser o companheiro de uma fêmea.

Dhunhd: Inferno.

Doggen: Membro da classe servil no mundo dos vampiros. Os *doggens* seguem antigas e conservadoras tradições de servir a seus superiores, obedecendo a códigos formais no comportamento e no vestir. Podem sair durante o dia, mas envelhecem relativamente rápido. Sua expectativa de vida é de aproximadamente quinhentos anos.

Ehnclausuramento: *Status* conferido pelo Rei a uma fêmea da aristocracia em resposta a uma petição de seus familiares. Subjuga uma fêmea à autoridade de um responsável único, o *tuhtor*, geralmente o macho mais velho da casa. Seu *tuhtor*, então, tem o direito legal de determinar todos os aspectos de sua vida, restringindo, segundo sua vontade, toda e qualquer interação dela com o mundo.

Ehros: Uma Escolhida treinada em artes sexuais.

Escravo de Sangue: Vampiro macho ou fêmea que foi subjugado para satisfazer a necessidade de sangue de outros vampiros. A prática de manter escravos de sangue caiu em desuso, mas não é ilegal.

Exhile dhoble: O gêmeo mau ou maldito, o segundo a nascer.

Fade: Reino atemporal onde os mortos reúnem-se com seus entes queridos e ali passam toda eternidade.

Ghia: Equivalente a padrinho ou madrinha de um indivíduo.

Glymera: A nata da aristocracia, equivalente à corte no período de Regência na Inglaterra.

Hellren: Vampiro macho que tem uma companheira. Os machos podem ter mais de uma fêmea.

Inthocada: Uma virgem.

Irmandade da Adaga Negra: Guerreiros vampiros altamente treinados para proteger sua espécie contra a Sociedade Redutora. Resultado de cruzamentos seletivos dentro da raça, os membros da Irmandade possuem imensa força física e mental, assim como a capacidade de recuperarem-se de ferimentos rapidamente. Não é constituída majoritariamente por irmãos de sangue. São iniciados na Irmandade por indicação de seus membros. Agressivos, autossuficientes e reservados por natureza, vivem apartados dos vampiros civis e têm pouco contato com membros das outras classes, a não ser quando precisam se alimentar. Tema para lendas, são reverenciados no mundo dos vampiros. Só podem ser mortos por ferimentos muito graves como tiros ou uma punhalada no coração.

Leelan: Termo carinhoso que pode ser traduzido aproximadamente por "muito amada".

Lhenihan: Fera mítica reconhecida por suas proezas sexuais. Atualmente, refere-se a um macho de tamanho sobrenatural e vigor sexual.

Lewlhen: Presente.

Lheage: Um termo de respeito utilizado por uma submissa sexual para referir-se a seu dominante.

Libhertador: Salvador.

Lídher: Pessoa com poder e influência.

Lys: Instrumento de tortura usado para remover os olhos.

Mahmen: Mãe. Usado como um termo identificador e de afeto.

Mhis: O disfarce de um determinado ambiente físico; a criação de um campo de ilusão.

Nalla/nallum: Um termo carinhoso que significa "amada"/"amado".

Ômega: Figura mística e maligna que almeja a extinção dos vampiros devido a um ressentimento contra a Virgem Escriba. Existe em um reino atemporal e possui grandes poderes, entre os quais, no entanto, não se encontra a capacidade de criar.

Perdição: Refere-se a uma fraqueza crítica em um indivíduo. Pode ser interna, como um vício, ou externa, como uma paixão.

Primeira Família: O Rei e a Rainha dos vampiros e sua descendência.

Princeps: O nível mais elevado da aristocracia dos vampiros, só suplantado pelos membros da Primeira Família ou pelas Escolhidas da Virgem Escriba. O título é hereditário, não pode ser outorgado. Eles formam o Conselho dos *Princeps*.

Redutor: Membro da Sociedade Redutora. Humano sem alma empenhado na exterminação dos vampiros. Os *redutores* só morrem se forem apunhalados no peito; do contrário, vivem eternamente, sem envelhecer. Não comem nem bebem e são impotentes. Com o tempo, seus cabelos, pele e íris perdem toda a pigmentação. Cheiram a talco de bebê. Depois de iniciados na Sociedade por Ômega, conservam uma urna de cerâmica, na qual seu coração foi depositado após ter sido removido.

Ríhgido: Termo que se refere à potência do órgão sexual masculino. A tradução literal seria algo aproximado de "digno de penetrar uma fêmea".

Rytho: Forma ritual de lavar a honra, oferecida pelo ofensor ao ofendido. Se aceito, o ofendido escolhe uma arma e ataca o ofensor, que se apresenta desprotegido perante ele.

Shellan: Vampira que tem um companheiro. Em geral, as fêmeas não têm mais de um macho devido à natureza fortemente territorial deles.

Sociedade Redutora: Ordem de assassinos constituída por Ômega com o propósito de erradicar a espécie dos vampiros.

Symphato: Espécie dentro da raça vampírica, caracterizada pela capacidade e desejo de manipular emoções nos outros (com o propósito de troca de energia), entre outras peculiaridades. Historicamente, foram discriminados e, em certas épocas, caçados pelos vampiros. Estão quase extintos.

Transição: Momento crítico na vida dos vampiros, quando ele ou ela transforma-se em adulto. A partir daí, precisam beber sangue do sexo oposto para sobreviver e não suportam a luz do dia. Geralmente, ocorre por volta dos vinte e cinco anos. Alguns vampiros não sobrevivem à transição, sobretudo os machos. Antes da mudança, os vampiros são fisicamente frágeis, inaptos ou indiferentes para o sexo, e incapazes de se desmaterializar.

Trayner: Termo usado entre machos em sinal de respeito e afeição. Pode ser traduzido como "querido amigo".

Tuhtor: Guardião de um indivíduo. Há vários graus de *tuhtors*, sendo o mais poderoso aquele responsável por uma fêmea *ehnclausurada*.

Tumba: Cripta sagrada da Irmandade da Adaga Negra. Usada como local de cerimônias e como depósito das urnas dos redutores. Entre as cerimônias ali realizadas, estão as iniciações, funerais e ações disciplinadoras contra os Irmãos. O acesso a ela é vedado, exceto aos membros da Irmandade, à Virgem Escriba ou aos candidatos à iniciação.

Vampiro: Membro de uma espécie à parte do *Homo sapiens*. Os vampiros precisam beber sangue do sexo oposto para sobreviver. O sangue humano os mantêm vivos, mas sua força não dura muito tempo. Após sua transição, que geralmente ocorre aos vinte e cinco anos, são incapazes de sair à luz do dia e devem alimentar-se na veia regularmente. Os vampiros não podem "converter" os humanos por meio de uma mordida ou transferência de sangue, embora, ainda que raramente, sejam capazes de procriar com a outra espécie. Podem se desmaterializar por meio da vontade, mas precisam estar calmos e concentrados para consegui-lo, e não podem levar consigo nada pesado. São capazes de apagar as lembranças das pessoas, desde que recentes. Alguns vampiros são capazes de ler a mente. Sua expectativa de vida ultrapassa os mil anos, sendo que, em certos casos, vai além disso.

Viajante: Um indivíduo que morreu e voltou vivo do Fade. Inspiram grande respeito e são reverenciados por suas façanhas.

Virgem Escriba: Força mística conselheira do Rei, também é guardiã dos registros vampíricos e dispensadora de privilégios. Existe em um reino atemporal e possui grandes poderes. Capaz de um único ato de criação, que usou para trazer os vampiros à existência.

"*Os sagazes e os mortos são todos iguais. Todos estão em busca de um lar.*"
 – Lassiter

PRIMAVERA

CAPÍTULO 1

— O filho da mãe seguiu pela ponte! Ele é meu!

Tohrment esperou um apito de resposta e, quando o som ecoou, saiu disparado como uma flecha atrás do *redutor*. Seus coturnos batiam nas poças d'água, suas pernas moviam-se como um pistão, e suas mãos apertavam-se em dois punhos extremamente endurecidos. Passou por alguns contêineres de lixo e por carros em péssimas condições estacionados nos arredores. Correu em meio a ratos dispersos e pessoas sem teto, saltou sobre uma barricada e sobre uma moto.

Três da manhã no centro de Caldwell, Nova York, e a região apresentava obstáculos suficientes para manter toda aquela droga divertida. Infelizmente, entretanto, o assassino que seguia à frente o estava levando a uma direção que Tohr não gostaria de tomar.

Enquanto eles corriam pela rampa de acesso à ponte que dava para o lado oeste da cidade, Tohr queria, é claro, matar o otário. Diferentemente dos quarteirões com certa privacidade que podiam ser encontrados no labirinto de ruelas que rodeavam os clubes noturnos, ali na região do Hudson o trânsito estava carregado, mesmo tão tarde. É claro que a suspensão especial de Herbert G. Falcheck não seria afogada pelos vários carros – e Deus era testemunha que todo ser humano atrás de um volante tinha um maldito iPhone hoje em dia.

Havia apenas uma regra na guerra entre os vampiros e a Sociedade Redutora: manter-se distante dos humanos, independentemente do que fosse necessário para isso. Essa raça de orangotangos curiosos e intrometidos era uma complicação esperando para explodir, e a última coisa de que alguém precisava era a confirmação generalizada de que o Drácula não era um produto de ficção e que os mortos-vivos não eram apenas fruto de algum programa de televisão que não era entediante.

Ninguém queria estampar as manchetes das redes de notícias, dos jornais ou das revistas.

Na internet, tudo bem. Credibilidade zero.

Esse princípio básico era o único ponto com o qual a Irmandade da Adaga Negra e o inimigo concordavam, a única deferência que era aceita por ambas as partes. Portanto, os assassinos podiam, por exemplo, transformar as *shellans* grávidas em alvo, disparar no rosto e abandoná-las à própria sorte para que morressem, levando não apenas sua vida, mas também a de outros membros da Irmandade. Mas, por Deus, que não causassem alvoroço com os humanos.

Afinal, isso seria um erro.

Mas, infelizmente, esse filho da puta de pernas hidráulicas e meio perdido em termos de direção parecia não ter recebido o recado.

Nada que uma adaga negra no peito não fosse capaz de solucionar.

Enquanto um rugido brotava em sua garganta e as presas cresciam em sua boca, Tohr procurou profundamente e encontrou uma reserva de ódio de alta octanagem. Seu tanque de combustível estava reabastecido, e sua energia tornou-se instantaneamente renovada.

Havia sido um longo retorno do pesadelo em que seu Rei e seus Irmãos vieram lhe contar que sua vida tinha chegado ao fim. Como um homem vinculado, sua fêmea era o coração que batia em seu peito. E, na ausência de Wellsie, ele era o fantasma do que fora certa vez, uma sombra disforme e sem substância. A única coisa que o tornava uma criatura com vida era a caça, a captura e a matança – e o fato de saber que podia despertar na noite seguinte e encontrar mais vítimas para matar.

Além de vingar a morte dela, ele bem que poderia estar no abençoado Fade com sua família. Francamente, essa última opção seria preferível – e, quem sabe, talvez tivesse sorte esta noite. Possivelmente, no calor de uma briga, sofresse uma lesão catastrófica e mortal e fosse finalmente libertado de seus encargos.

Esperança era tudo o que restava ao macho.

O barulho da buzina de um carro, seguido por um coro de pneus cantando, foi o primeiro sinal de que o Capitão Complicações tinha encontrado o que ele procurava.

Tohr alcançou o topo da rampa exatamente a tempo de ver o assassino ricochetear no capô de um Toyota básico. O impacto fez o carro morrer, mas não reduziu nem um pouco a determinação do assassino. Como todos os *redutores*, o filho da mãe era mais forte e mais resistente do que fora como um simples humano. O sangue negro e oleoso de Ômega parecia proporcionar-lhe um motor maior, uma suspensão mais apertada e uma direção melhor – além de, nesse caso, pneus de corrida. Seu GPS, porém, era realmente uma porcaria.

O assassino levantou-se e rolou pelo concreto como um acrobata profissional e, é claro, continuou seguindo seu caminho. Porém, estava ferido. Aquele fedor horrível de talco para bebê era agora mais pronunciado.

Tohr aproximou-se do carro exatamente quando alguns humanos abriam as portas, saíam de seus veículos e começavam a agitar os braços como se algo estivesse em chamas.

– Departamento de Polícia de Caldwell – gritou Tohr enquanto passava. – Em perseguição!

Isso acalmou os humanos e assegurou um controle dos danos. Estava praticamente garantido que agora se converteriam em uma plateia insignificante com suas Kodaks, tirando fotos de todos os ângulos. E isso era perfeito. Quanto tudo chegasse ao fim, Tohr saberia onde encontrá-los e assim poderia apagar suas memórias e tomar seus celulares.

Enquanto isso, o *redutor* parecia estar seguindo para alcançar a calçada – e esse não era o melhor movimento que ele poderia fazer. Se Tohr estivesse no lugar daquele maldito idiota, teria tomado o volante do Toyota e tentado dirigir para longe...

– Ah... *qual é?!* – gritou Tohr, rangendo os dentes.

Parecia que o objetivo do idiota não era chegar à calçada, mas ao limite da ponte. O assassino pulou, passando por cima da cerca ao redor da calçada, aterrissando na estreita borda do outro lado. Próxima parada: Rio Hudson.

O assassino olhou para trás e, no brilho cor de pêssego das lâmpadas de vapor de sódio, sua expressão arrogante era a de um rapaz de dezesseis anos exibindo-se após beber um engradado de seis cervejas diante de seus amigos.

Ego puro. Cérebro zero.

Ele estava prestes a saltar. O filho da mãe estava prestes a saltar.

Maldito idiota. Apesar do elixir da felicidade de Ômega dar aos assassinos todo aquele poder, isso não significava que as leis da Física se tornavam negligenciáveis para eles. A teoriazinha de Einstein de que energia é igual a massa vezes velocidade da luz ao quadrado ainda se aplicava. Assim, quando o idiota atingisse a água, sofreria um impacto tão forte que causaria danos consideráveis. Danos que não o aniquilariam, mas o deixariam significativamente incapacitado.

Os filhos da mãe não morriam a menos que fossem apunhalados. E podiam passar toda a eternidade no purgatório da decomposição.

Que inferno!

E, antes do assassinato de Wellsie, Tohr provavelmente teria deixado tudo aquilo passar despercebido. Na escala móvel da guerra, era mais importante envolver esses humanos em um manto ridículo de amnésia e seguir para ajudar John Matthew e Qhuinn, que continuavam presos naquele beco. Agora? Distanciar-se seria impossível. De uma forma ou de outra, aquele assassino e ele teriam de se conhecer mais a fundo.

Tohr saltou por cima da mureta, pousou na calçada e pulou sobre a cerca. Segurando-se à grade, balançou o corpo sobre a parte superior e encaixou os coturnos na área de proteção.

A fanfarronice do *redutor*, que agia como um bêbado, tornou-se menos intensa quando ele começou a retroceder.

– O que foi? Acha que eu tenho medo de altura? – falou Tohr com uma voz grave. – Ou que uma grade de um metro e meio vai me impedir de alcançá-lo?

O vento soprava contra eles, grudando as roupas no corpo e sussurrando através das vigas de aço. Lá embaixo, bem distante, as águas escuras do rio não eram mais do que um espaço vago e escuro, como um estacionamento à noite.

Também seriam duras como asfalto.

— Eu estou armado – gritou o *redutor*.
— Pois então mostre.
— Meus amigos virão me resgatar!
— Você não tem amigos.

O *redutor* era um novo recrutado: seus cabelos, olhos e pele ainda não haviam se tornado pálidos. Esguio e inquieto, parecia um viciado em drogas com o cérebro já parcialmente destruído. E, sem dúvida, essa era a razão pela qual optara por se unir à Sociedade.

— Vou pular! Eu vou pular, caramba!

Tohr segurou o cabo de uma de suas adagas e puxou a lâmina negra da bainha em seu peito.

— Então, pare de enrolar e comece a voar!

O assassino correu os olhos pelo limite da ponte.

— Eu vou fazer isso! Juro que vou pular!

Uma rajada de vento proveniente de outra direção avançou contra eles, fazendo o longo sobretudo de couro de Tohr sacudir.

— Não importa. Acabarei com você aqui ou lá embaixo.

O *redutor* analisou a beirada da ponte mais uma vez, hesitou e então se lançou, saltando de lado e golpeando nada além de ar. Seus braços se agitavam como se ele estivesse tentando manter o equilíbrio para aterrissar com os pés lá embaixo.

O que, a essa altura, provavelmente só impulsionaria seu fêmur em direção à cavidade abdominal. Todavia, isso era melhor do que engolir a própria cabeça.

Tohr guardou a adaga e se preparou para sua própria queda, respirando profundamente. E, então...

Enquanto vencia a beirada da ponte e recebia o primeiro golpe da ausência de gravidade, a ironia que existia em saltar de uma ponte não lhe passou despercebida. Ele tinha despendido muito tempo desejando que sua morte chegasse, orando para que a Virgem Escriba tomasse seu corpo e o enviasse para junto de seus entes queridos. Todavia, suicídio nunca foi uma alternativa. Se tirasse a própria vida, não poderia entrar no Fade – e esse era o único motivo pelo qual não cortara os próprios pulsos, nem apontara uma arma para a própria boca, nem... saltara de uma ponte.

Durante a queda, permitiu-se apreciar a ideia de que aquilo era o fim, de que o impacto aproximando-se um segundo e meio depois colocaria fim a seu sofrimento. Tudo o que precisava fazer era recalcular sua trajetória, desproteger a cabeça e permitir que o inevitável acontecesse: desmaio, provável paralisia, morte por afogamento.

Entretanto, um adeus para sempre daquele tipo não poderia ser seu resultado final. Quem quer que decidisse essas coisas sabia que, diferentemente do *redutor*, Tohr possuía uma alternativa.

Acalmando sua mente, desmaterializou-se na metade da queda. Em um momento, a gravidade tinha uma morte preparada para ele e, no seguinte, Tohr não era mais do que uma nuvem invisível de moléculas capazes de seguir a direção que ele quisesse.

Em seguida, o assassino colidiu com a água não com o *splash!* de alguém que caíra em uma piscina ou que saltara de um trampolim. O filho da mãe era como um míssil acertando um alvo, e a explosão que provocou fez com que litros e litros da água do rio Hudson disparassem em direção ao ar fresco.

Tohr, por outro lado, preferiu materializar-se no píer de concreto à direita do local de impacto. Três... dois... um...

Bingo!

Uma cabeça emergiu em meio à correnteza da água ainda borbulhante. Nada de braços se debatendo, buscando acesso ao oxigênio. Nenhum sinal de pernas chutando desesperadamente. Arfando? Também nada.

Mas não estava morto. Você podia atropelá-los com seu carro, espancá-los até que seu punho se quebrasse, arrancar-lhes os braços e/ou as pernas. Podia fazer o inferno que quisesse: o filho da mãe continuaria vivo.

Os desgraçados eram os carrapatos do submundo. E seria impossível Tohr não se molhar.

Ele tirou o casaco, dobrou-o cuidadosamente e o deixou na área próxima de onde o píer alcançava a ampla base de água. Entrar na água com aquilo em seu corpo era a receita perfeita para um afogamento; além disso, tinha de proteger sua garrafa de uísque e seu celular.

Com alguns passos para conseguir dar impulso e mergulhar no rio aberto, lançou-se para a frente com o corpo reto como uma flecha, braços esticados sobre a cabeça e mãos unidas. Ao contrário do *redutor*, mergulhou com suavidade e elegância, apesar de ter alcançado a superfície do rio Hudson a uns bons quatro ou cinco metros de altura.

Frio. Realmente frio.

Afinal, era fim de abril em Nova York e, portanto, a temperatura estava a pelo menos um mês de distância de algo remotamente ameno.

Expirando pela boca enquanto tentava voltar à superfície, conseguiu dar início a um potente nado em estilo livre. Quando alcançou o assassino, segurou-o pela jaqueta e começou a arrastar o peso morto em direção à margem do rio, onde faria tudo aquilo chegar ao fim – para então procurar a próxima vítima.

Enquanto Tohr se jogava da beirada da ponte, a vida de John Matthew passava diante de seus próprios olhos, como se fossem deles os coturnos que deixavam para trás o chão firme e entregavam-se ao vazio.

Estava na margem do rio, sob a rampa de saída, no processo de destruir o assassino que estivera perseguindo, quando tudo aconteceu. Do canto de olho, avistou algo caindo de grande altura em direção do rio.

A princípio, aquela cena não fez sentido. Qualquer *redutor* com metade de um cérebro saberia que aquela não era uma boa rota de fuga. Mas logo tudo se tornou muito claro. Uma pessoa estava de pé na beirada da ponte, com seu casaco de couro balançando como um sudário em volta do corpo.

Tohrment.

Nãããããoooo, gritou John sem emitir som algum.

– O *filho da puta*... vai pular! – cuspiu Qhuinn atrás dele.

John lançou-se para frente, era a única coisa que podia fazer, e gritou silenciosamente quando aquele macho, que era o mais próximo de um pai que ele já tivera, saltou.

Mais tarde, John concluiria que momentos como aquele só poderiam ser o que as pessoas definiam como a morte em pessoa – como se alguém somasse os eventos que se desdobravam e a matemática resultasse em certa destruição, sua mente entrasse em modo de apresentação de slides e mostrasse trechos de sua vida, como ela havia sido: John sentado à mesa de Tohr e Wellsie na primeira noite depois de ser adotado pelo mundo dos vampiros... A expressão no rosto de Tohr quando os resultados do exame de sangue apontaram que John era filho de Darius... Aquele momento horrível quando a Irmandade informou aos dois que Wellsie tinha morrido...

Então, vieram as imagens do segundo ato: Lassiter trazendo de volta o corpo abatido de Tohr, de onde quer que ele tivesse estado... Tohr e John finalmente perdendo a cabeça por conta do assassinado... Tohr trabalhando para recuperar aos poucos suas forças. A *shellan* de John surgindo com o vestido vermelho que Wellsie usara na cerimônia de vinculação com Tohr...

Cara, o destino era mesmo uma droga. Não fazia nada além de entrar sem permissão e urinar no jardim florido de todos.

E agora estava defecando nos vasos de flores.

Só que Tohr desaparecera abruptamente no ar. Em um instante, estava em queda livre e, depois, havia sumido.

Graças a Deus, pensou John.

– Obrigado, menino Jesus! – sussurrou Qhuinn.

Momentos depois, bem além de um poste de luz, uma flecha escura penetrou nas águas do rio.

Sem trocarem sequer um olhar ou uma palavra, Qhuinn e John correram naquela direção, chegando à encosta rochosa exatamente no instante em que Tohr emergia, agarrava o assassino e começava a nadar. Enquanto John se posicionava de modo a ajudar a arrastar o *redutor* em direção à terra firme, ele fixou os olhos no sombrio e pálido rosto de Tohr.

O macho parecia morto, apesar de, tecnicamente, estar vivo.

– Peguei – disse John enquanto se inclinava, segurava o braço que estava mais próximo e tirava para fora do rio o peso molhado daquele assassino.

A criatura aterrissou como se fosse um pacote e parecia um peixe: olhos arregalados, boca aberta, leves ruídos saindo pela garganta escancarada.

Mas que seja... Tohr era o que realmente importava. Então, John observou o Irmão enquanto ele saía da água. A calça de couro grudava-se como se tivesse presa com cola a suas coxas esguias. A camiseta era uma segunda pele em seu peito rígido. Os cabelos curtos e negros estavam arrepiados, mesmo molhados.

Os olhos azuis-escuros permaneciam encarando fixamente o *redutor*.

Ou tomavam o cuidado de ignorar o olhar de John.

Provavelmente as duas coisas.

Tohr agachou-se e agarrou o *redutor* pelo pescoço. Deixando suas presas brutalmente enormes à mostra, grunhiu.

— Eu falei.

Então, tirou a adaga negra e começou a desferir punhaladas.

John e Qhuinn tiveram de dar um passo para trás. Era isso, ou então receber uma boa demão de tinta vermelha.

— Ele poderia dar logo um maldito golpe no peito e terminar o trabalho de uma vez por todas — sussurrou Qhuinn.

Mas matar o assassino não era o objetivo. A profanação o era.

Aquela lâmina negra e afiada penetrava em cada centímetro de carne, exceto o esterno — o osso funcionava como uma espécie de interruptor para apagar os *redutores*. A cada punhalada, Tohr expirava com intensidade e, toda vez que puxava sua adaga para fora da carne, inspirava profundamente. O ritmo de sua respiração criava uma cena espantosa.

— Agora sei como fazem para cortar alface em tirinhas.

John esfregou o rosto, e aquele era o comentário final.

Tohr não diminuiu o ritmo. Simplesmente parou. E, em seguida, deixou-se cair para um lado, apoiando-se com uma mão no chão encharcado de óleo. O assassino estava... Bem, estava destroçado, verdade seja dita, mas não morto.

Entretanto, eles não deveriam interferir. Apesar do esgotamento evidente de Tohr, John e Qhuinn sabiam que não deveriam se meter no resultado final. Já tinham visto uma situação similar antes e sabiam que o golpe final tinha de ser desferido por Tohr.

Depois de alguns momentos se recuperando, o Irmão cambaleou de volta até adotar novamente sua posição, tomou a adaga com as mãos e levou a lâmina em cima de sua cabeça.

Um grito rouco brotou de sua garganta quando ele enterrou a adaga no que sobrara do peito de sua vítima. Quando uma luz brilhante piscou, a trágica expressão no rosto de Tohr iluminou-se, uma imagem de *graphic novel* de seu semblante transtornado e aterrorizante, capturado por um momento... e por uma eternidade.

Ele sempre buscava olhar para a luz, muito embora o brilho inconstante fosse forte demais para seus olhos.

Depois de completar sua tarefa, o Irmão desabou como se sua coluna vertebral houvesse se transformado em pudim e sua energia tivesse desaparecido. Era evidente que precisava se alimentar, mas esse assunto, assim como tantos outros, não podia ser abordado naquele momento.

– Que horas são? – a pergunta foi lançada enquanto ele ofegava.

Qhuinn espiou seu Suunto.

– Duas da manhã.

Tohr levantou o olhar do solo manchado que estivera observando fixamente e virou seus olhos avermelhados em direção à parte do centro da cidade de onde eles tinham acabado de vir.

– Que tal voltarmos para o complexo? – perguntou Qhuinn, enquanto guardava seu celular. – Butch não está muito longe daqui...

– Não – Tohr cambaleou um pouco para trás e se sentou. – Não chame ninguém. Eu estou bem... Só preciso recuperar o fôlego.

Até parece! Aquele cara não devia estar muito melhor do que John naquele momento. Embora com certeza apenas um deles estava ensopado e enfrentando rajadas de vento de aproximadamente dez graus negativos.

John levou as mãos até o campo de visão do Irmão. *Vamos para casa agora...*

Flutuando na brisa como o ruído de um alarme que se espalha por uma casa silenciosa, o cheiro de talco infantil parecia fazer cócegas no nariz de cada um deles.

O fedor conseguiu o que toda aquela respiração não havia feito: forçar Tohr a ficar de pé. Aquela terrível desorientação foi embora. E, diabos, se ele percebesse que ainda estava molhado como um peixe, provavelmente se surpreenderia.

– Existem outros – ele grunhiu.

Quando fez menção de prosseguir, John praguejou por aquele cara ser tão maníaco.

– Vamos – chamou Qhuinn. – É hora de partir. Esta será uma noite longa.

CAPÍTULO 2

— Tire algum tempo de folga... relaxe... divirta-se...

Enquanto Xhex murmurava a uma pequena galeria de móveis antigos, ela saiu do quarto e entrou no banheiro. E retornou ao quarto. E... voltou mais uma vez para a marmorelândia.

Já no banheiro, que agora dividia com John, parou diante da enorme e funda jacuzzi. Junto às torneiras de bronze, havia uma bandeja de prata com todo tipo de loções e poções, e uma infinidade de porcarias de menina. E aquilo nem era a metade. Perto da pia? Outra bandeja cheia de perfumes Chanel: Cristalle, Coco, No. 5, Coco Mademoiselle. Também havia a pequena cesta de vime com escovas de cabelo, algumas com cerdas curtas, outras com cerdas pontiagudas ou feitas de metal. Nos armários? Uma fileira de esmaltes de unhas OPI em variações suficientes de uma porra de um rosa que faria até mesmo o nariz de uma Barbie sangrar. Sem contar as quinze marcas diferentes de mousse, gel e spray de cabelo.

Sério?

E nem vamos começar a falar sobre a maquiagem Bobbi Brown.

Quem diabos eles achavam que havia se mudado para cá? Uma daquelas loucas da família Kardashian?

E, falando nisso... Cristo, ela não podia acreditar que agora conhecia Kim, Kourtney, Khloe e Kris; o irmão, Rob; o padrasto, Bruce; as irmãs mais novas, Kendall e Kylie; e os vários maridos, namorados e aquele garoto Mason...

Analisando seus próprios olhos no espelho, pensou: *Bem, tudo isso não é interessante?* Ela tinha dado um jeito de explodir a própria cabeça com o E! Entertainment Television.

Certamente a situação era menos asquerosa do que ser decapitada, mas os resultados eram os mesmos.

– Essa porcaria precisa vir com uma etiqueta de advertência.

Enquanto olhava fixamente seu reflexo, reconheceu os cabelos negros bem curtos, a pele pálida e o corpo rígido. As unhas curtas. A total ausência de maquiagem. Usava, inclusive, suas próprias roupas: camisa preta colada e calças de couro, um uniforme que vestia todas as noites há anos.

Bem, com a exceção de algumas noites atrás. Naquela ocasião, usara algo totalmente diferente.

Talvez aquele vestido fosse a razão pela qual todas aquelas porcarias femininas haviam aparecido depois da cerimônia de vinculação. Fritz e os *doggens* deviam ter achado que ela tinha virado uma página. Ou era isso, ou então tudo aquilo era parte do ritual padrão para dar as boas-vindas a uma *shellan* recém-vinculada.

Dando meia-volta, levou as mãos até a base da garganta, onde repousava o grande diamante quadrado que John lhe comprara. Envolto em platina robusta, era a única joia que conseguia imaginar-se usando em algum momento: dura, sólida, capaz de aguentar uma boa briga e permanecer próximo de seu corpo.

Nesse novo mundo de Paul Mitchell, Bed Head e os odores horríveis dos produtos Chanel, pelo menos John ainda a compreendia. E quanto ao resto deles? Seria possível falar em "educação"? Não era a primeira vez em que teria de ensinar a um bando de machos que pensavam que, só porque ela tinha seios, devia permanecer presa em uma jaula dourada. Se alguém tentasse convertê-la em uma cocota da *glymera*? Bem, então Xhex simplesmente serraria as barras douradas, colocaria uma bomba na base da plataforma e penduraria os destroços remanescentes em um dos lustres da sala de estar.

Seguindo em direção ao quarto, abriu o armário e tirou o vestido vermelho que usara naquela cerimônia. O único vestido que usara em toda sua vida... e tinha de admitir que gostara da maneira como John o arrancou com os dentes. E, sim, claro, as noites de descanso foram ótimas... As primeiras férias que tivera em muitos anos. Tudo o que eles fizeram foi transar, alimentar-se um do outro, comer pratos deliciosos e repetir tudo depois de intervalos de sono.

Mas agora John voltara para o campo de batalha... enquanto ela não devia voltar a lutar até a noite do dia seguinte.

Eram apenas 24 horas. Uma prorrogação, não um ponto-final.

Então, qual era o problema dela?

Talvez todos aqueles itens femininos estivessem despertando, por nenhum motivo aparente, a mulher insuportável que havia dentro dela. Não estava sendo forçada, ninguém a estava obrigando a mudar sua natureza, e aquele acidente de carro das Kardashian exibido na TV era culpa da própria milionária. E quanto aos produtos de beleza? Bem, os *doggens* só estavam tentando ser simpáticos, da única maneira que sabiam fazê-lo.

Não que houvesse muitas mulheres como Xhex. E não apenas por ela ser meio *symphato*...

Franzindo a testa, girou a cabeça.

Deixou o cetim cair das mãos e seguiu em direção ao clima emocional que se encontrava no corredor lá fora.

Com seus sentidos *symphato*, a estrutura tridimensional de dor, perda e vergonha era tão real como qualquer edifício que alguém poderia atravessar ou entrar e olhar em volta. Infelizmente, nesse caso, não havia maneira de reparar o dano à fundação, ou o buraco no teto, ou o fato de que o sistema elétrico já não funcionava. Por mais que ela experimentasse as emoções das pessoas como se fossem uma casa, não havia funcionários subcontratados que pudessem reparar o que estava errado. Os donos tinham de fazer suas próprias reformas com relação ao que estava quebrado, surrado ou destruído. Nenhuma outra pessoa podia fazer isso por eles.

Enquanto saía do quarto e chegava ao corredor repleto de estátuas, Xhex sentiu um tremor invadir sua própria casinha. Porém, a figura de túnica que mancava diante dela era sua própria mãe.

Santo Deus, a sensação de dizer a palavra "mãe" ainda era estranha, mesmo que ela apenas a tivesse dito mentalmente... E chamar aquela mulher de "mãe" não parecia, de forma alguma, correto, não é mesmo?

Xhex limpou a garganta.

– Boa noite... ah...

Soltar um "*mahmen*", "mamãe" ou "mãe" não soava justo. No'One, o nome pelo qual aquela fêmea atendia, tampouco parecia confortável. Mas como chamar alguém que fora sequestrada por um *symphato*, violentamente forçada a conceber e depois obrigada pela biologia a levar a cabo o resultado da tortura?

Primeiro e segundo nomes: Eu e Sinto.

Sobrenome: Muito.

Embora No'One se movimentasse desconfortavelmente, o capuz que cobria seu rosto mantinha-se parado no mesmo lugar.

– Boa noite, como estás?

O inglês parecia inseguro nos lábios de sua mãe, sugerindo que a mulher se sairia melhor se falasse no Antigo Idioma. E a reverência que No'One fez, totalmente desnecessária, mostrou-se um pouco inclinada para um lado, provavelmente por conta do ferimento – qualquer que fosse ele – que a fazia andar mancando.

O cheiro que ela exalava não tinha nada a ver com Chanel. A menos que tivessem acrescentado recentemente a seu catálogo uma linha chamada "Tragédia".

– Estou bem.

Seria mais correto dizer que estava inquieta e entediada.

– Onde você está indo?

– Arrumar a sala de estar.

Xhex conseguiu conter seu olhar de "não vá lá". Fritz não deixava ninguém além dos outros *doggens* levantar um dedo sequer para ajudar nos trabalhos da mansão – e No'One, apesar de estar ali para visitar Payne, estava alojada em um dos quartos de hóspedes, comendo na mesma mesa que os Irmãos e era aceita como a mãe de uma das *shellans*. De modo algum encaixava-se na categoria de empregada.

– Sim, ah... Você gostaria de...

Fazer o quê?, perguntou Xhex a si mesma. O que elas duas poderiam fazer juntas? Ela era uma guerreira. Sua mãe... um fantasma com substância. Não havia muitas coisas em comum entre elas.

— Está tudo bem — disse No'One em um tom suave. — Isso é incômodo...

Trovões ecoaram na sala de estar, como se nuvens tivessem se reunido no céu, relâmpagos brilhassem e a chuva logo fosse cair. Enquanto No'One recuava, Xhex olhou por cima de seu ombro. Que droga era...

Rhage, também conhecido como Hollywood, tido como o maior e o mais belo dos Irmãos, praticamente saltou sobre o corrimão do segundo andar. Ao aterrissar, sua cabeça virou-se na direção dela, seus olhos verdes em chamas.

— John Matthew ligou. Todos devem se reunir no cais, no centro da cidade. Pegue suas armas e nos encontre na porta da frente em dez minutos.

— Caramba — chiou Xhex, enquanto batia as palmas das mãos.

Quando voltou a se dirigir a sua mãe, a mulher estava tremendo e tentando não demonstrar sua tensão.

— Está tudo bem — acalmou Xhex. — Sou boa de luta. Não vou me ferir.

Belas palavras. Entretanto, não era isso que preocupava a fêmea, mas o fato de ela estar demonstrando medo... de Xhex.

É óbvio. Considerando que era uma *symphato* mestiça, claro que No'One sempre pensaria em "perigosa" antes de pensar em "filha".

— Vou deixá-la em paz — disse Xhex. — Não se preocupe.

Enquanto corria de volta em direção a seu quarto, não podia ignorar que a dor em seu peito a estava matando. Entretanto, Xhex também não podia ignorar a realidade: sua mãe não a quisera.

E ainda não a queria.

Mas quem poderia culpá-la?

* * *

Com a cabeça envolta pelo capuz de sua túnica, No'One observou a fêmea alta, forte e impiedosa a quem dera a luz apressar-se para lutar contra o inimigo.

Xhexania não parecia nem um pouco preocupada frente à ideia de que enfrentaria perigosos *redutores*. Aliás, aquele semblante carregado de satisfação em seu rosto diante da ordem do Irmão sugeria que ela gostava da tarefa.

Os joelhos de No'One bambearam enquanto ela pensava sobre o que havia trazido ao mundo, aquela fêmea com poder em seus membros e vingança em seu coração. Nenhuma fêmea da *glymera* responderia dessa maneira – mas, também, ninguém jamais pediria algo desse tipo a uma mulher da *glymera*.

Sua filha, porém, tinha um lado *symphato*.

Santa Virgem Escriba...

E, ainda assim, enquanto Xhexania dava meia-volta, uma expressão escondeu-se rapidamente em seu rosto.

No'One antecipou-se em segui-la, mancando pelo corredor em direção ao quarto de sua filha. Quando chegou à pesada porta, bateu suavemente.

Um momento se passou antes que Xhexania a abrisse.

– Olá.

– Sinto muito.

Nenhuma reação foi esboçada. O que dizia muito.

– Por quê?

– Eu sei bem o que é ser indesejada pelos pais. Não quero que você...

– Está bem – Xhexania deu de ombros. – Na verdade, eu sei o que você passou.

– Eu...

– Ouça, eu preciso me aprontar. Entre, se quiser, mas eu a advirto: não estou me preparando para tomar chá.

No'One hesitou por um instante na soleira da porta. Lá dentro, o quarto era bem habitado. A cama estava desarrumada, havia calças de couro jogadas nas cadeiras, dois pares de botas no chão, um par de copos de vinho em uma mesinha de canto, perto do divã. Por toda parte, o cheiro da vinculação de um macho dominante, obscuro e sensual saturava o ar.

Aquele odor estava impregnado na própria Xhexania.

Uma série de cliques ecoou pelo cômodo, e No'One olhou além pelo batente. No closet, Xhexania arrumava algum tipo de arma com uma aparência tenebrosa. Mostrou-se totalmente competente, deslizando-a em um coldre sob seu braço e logo apanhando outra arma. Então, pegou as balas e uma faca...

— Você não vai se sentir nem um pouco melhor em relação a mim se ficar aí parada.

— Não vim até aqui por mim.

As palavras fizeram os movimentos das mãos de Xhex congelarem.

— Por que veio, então?

— Vi a expressão em seu rosto. Não quero isso para você.

Xhexania estendeu a mão e puxou uma jaqueta de couro. E praguejou enquanto enfiava a peça no corpo.

— Ouça, não vamos fingir que alguma de nós queria que eu nascesse, certo? Eu a absolvo, você me absolve, nós duas fomos vítimas, blá-blá-blá. Precisamos aceitar isso, e cada uma seguir o seu caminho.

— Você tem certeza de que é isso o que deseja?

A fêmea ficou imóvel. Em seguida, fechou os olhos.

— Eu sei o que você fez. Na noite do meu nascimento.

No'One deu um passo para trás.

— Como...

Xhexania apontou para seu próprio peito.

— *Symphato*, lembra? — disse a guerreira, enquanto se aproximava de No'One. Seus passos eram como os de um predador. — Isso significa que vejo o interior das pessoas... Ou seja, posso sentir o medo que você sente agora. E os arrependimentos. E a dor. Aí em pé, diante de mim, é como se tivesse retornado do momento em que tudo aconteceu... E, sim, sei que preferiu enterrar uma adaga no ventre em vez de enfrentar um futuro comigo. Portanto, como eu disse, que tal simplesmente evitarmos uma à outra e pouparmos nós duas de toda a confusão?

No'One ergueu seu queixo.

— De fato, sim, você é mestiça.

Sobrancelhas escuras se elevaram.

– Como?

– O que sente é apenas uma parte do que eu sinto por você. Ou talvez não queira reconhecer, por motivos pessoais, que pode ser que eu queria me importar com você.

Apesar de estar armada até os dentes, Xhex pareceu subitamente vulnerável.

– Nessa sua autoproteção grosseira, não corte a comunicação entre nós – sussurrou No'One. – Não temos de forçar a aproximação se esse tipo de sentimento não existe, mas não o impeçamos de florescer se surgir alguma oportunidade. Talvez... talvez você devesse me dizer esta noite se há alguma forma, por menor que seja, de eu poder ajudá-la. Podemos começar assim... e ver como as coisas irão se desenvolver.

Xhexania começou a andar de um lado para o outro do quarto, seu corpo enrijecido mais se parecia com o de um macho; suas roupas eram como as de um homem; sua energia era masculina. Parou quando estava à frente do armário e, um momento depois, puxou o vestido vermelho que Tohrment lhe dera na noite da vinculação.

– Você limpou o cetim? – perguntou No'One. – Não estou sugerindo que você o tenha sujado, mas tecidos finos precisam de cuidados especiais para serem preservados.

– Não tenho nem ideia de como fazer isso.

– Permitiria que eu o fizesse, então?

– O tecido vai ficar bem...

– Por favor. Permita que eu o faça.

Xhexania a estudou. Com uma voz grave, disse:

– Por que, em nome de Deus, você quer fazer isso?

A verdade era tão simples quanto quatro palavras e, ao mesmo tempo, tão complexa quanto todo um idioma.

– Você é minha filha.

CAPÍTULO 3

De volta ao centro de Caldwell, Tohr deixou de lado o frio, as dores e o esgotamento que o assolavam e voltou-se novamente a seu objetivo: o cheiro de sangue fresco do *redutor* era como cocaína em seu organismo, e lhe dava forças para seguir em frente.

Atrás dele, ouviu os outros dois se aproximando, e sabia muito bem que eles não estavam em busca do inimigo – mas boa sorte para eles por tentarem levá-lo de volta à mansão. A alvorada era a única coisa capaz de fazê-lo retornar.

Além do mais, quanto mais esgotado Tohr estivesse, maiores seriam suas chances de dormir durante uma ou duas horas.

Enquanto dobrava a esquina de um beco, seus coturnos derraparam até parar. À frente de Tohr, sete *redutores* rodeavam alguns lutadores, mas no centro não estavam Z. e Phury, ou V. e Butch, ou Blaylock e Rhage.

O que estava à esquerda trazia uma foice nas mãos. Uma foice enorme e extremamente afiada.

– Filho da puta – murmurou Tohr.

O homem com a lâmina curvada tinha os pés plantados na calçada como se fosse um deus, sua arma equilibrada, seu rosto horrível ostentando um sorriso carregado de expectativa, como se estivesse a ponto de se sentar para desfrutar de uma boa refeição. A seu lado, um vampiro que Tohr não via há muito tempo e que não se parecia em nada com o cara que certa vez conhecera no Antigo País.

Era como se Throe, filho de Throe, houvesse caído nas garras de más companhias.

John e Qhuinn posicionaram-se um de cada lado de Tohr. Qhuinn correu o olhar pela cena.

— Diga-me que este não é nosso novo vizinho.

— Xcor.

— Nasceu com essa cara estranha ou alguém fez isso para ele?

— Quem sabe.

— Bom, se for resultado de uma plástica de nariz, então ele precisa de um novo cirurgião plástico.

Tohr lançou um olhar para John.

— Avise-os para não vir.

Como é?, questionou John.

— Sei que enviou uma mensagem de texto para os Irmãos que estão em casa. Diga que foi um engano. Agora mesmo.

Quando John começou a discutir, Tohr cortou a conversa.

— Você quer dar início a uma guerra aqui? Chame a Irmandade, ele chama os idiotas do lado dele e num segundo nos veremos encurralados, sem nenhum tipo de estratégia. Vamos cuidar disso sozinhos... Estou falando sério, John. Já enfrentei esses caras antes. Você não.

Quando o olhar duro de John encontrou-se com o dele, Tohr teve a sensação, como sempre, de que eles estiveram juntos em situações como aquela muito tempo atrás, muito mais do que apenas os últimos meses.

— Você precisa confiar em mim, filho.

A resposta de John foi mover a boca de modo a formular um insulto, pegar o celular e começar a digitar as teclas.

E, naquele momento, Xcor deu-se conta de que havia visitantes. Como se ignorasse o número de *redutores* posicionados a sua frente, ele começou a rir.

— São os malditos Irmãos da Adaga Negra... e bem em tempo de nos salvar. Querem nos ver de joelhos?

Os assassinos deram meia-volta, o que foi um grande erro. Xcor não perdeu um segundo sequer. Atacou-os em círculo, e acertou dois inimigos na lombar. Aquele foi um golpe livre. Quando os dois caíram no chão, os outros se dividiram em dois grupos: metade deles seguiu para perto de Xcor e Throe, e a outra metade foi a caminho de Tohr e seus rapazes.

Tohr soltou um rugido e se lançou ao ataque com suas próprias mãos, saltando para frente e atracando-se com o primeiro assassino em seu alcance. Tentou atacar a cabeça, agarrando-a com força antes de golpear com o joelho e rasgar a cara do filho da mãe. Então, forçou aquela cabeça a girar e arremessou o corpo amolecido do lado de um contêiner de lixo.

Quando a barulheira terminou, Tohr foi atrás do próximo da fila. Prefiriria seguir atacando com os punhos, mas estava disposto a perder tempo: no outro extremo do beco, sete outros novatos pingavam como serpentes de uma árvore diante da cerca de arame.

Ele puxou ambas as adagas, ajeitou as botas no chão e raciocinou uma estratégia ofensiva para os rivais recém-chegados. Cara... fale o que quiser sobre a ética de Xcor, suas habilidades sociais e a possibilidade de estampar uma revista como a *GQ*, mas o filho da mãe sabia lutar. Balançava a foice como se ela não chegasse a pesar nem meio quilo e tinha a habilidade de calcular distâncias... Partes de *redutores* voavam por todo lado – mãos, uma cabeça, um braço. O desgraçado era incrivelmente eficaz, e tampouco Throe era um incompetente.

Contra todas as possibilidades e sem a escolha de qualquer uma delas, Tohr e sua equipe adotaram um ritmo para enfrentar os filhos da mãe: Xcor levava o primeiro grupo até o final do beco, enquanto seu tenente mantinha a segunda leva presa em seu lugar. Depois, Tohr, John e Qhuinn se encarregavam do grupo: os outros assassinos eram enviados, um a um, para o massacre.

Embora no início aquilo tivesse se parecido mais com uma exibição, agora o esquema funcionava. Xcor não fazia nenhum movimento espalhafatoso com sua enorme lâmina; Throe não pulava de um lado para o outro; John e Qhuinn mantinham-se extremamente concentrados.

E Tohr estava mergulhado até os joelhos no desejo de vingança.

Aqueles malditos não passavam de recrutas novatos, portanto, não ostentavam muito quando o assunto era habilidades. Entretanto, eles eram muitos, e a maré podia virar...

Um terceiro esquadrão apareceu, pulando por cima da cerca.

Quando pousaram na rua, um após o outro, Tohr lamentou ter dado aquela ordem a John. Fizera aquilo porque o desejo por vingança falava mais alto. Que se dane essa coisa de evitar o enfrentamento entre a Irmandade da Adaga Negra e o Bando de Bastardos; o que queria, no fundo, era poder matar todos os *redutores* com as próprias mãos. O resultado? Tohr tinha colocado John e Qhuinn em perigo. Xcor e Throe... eles podiam morrer esta noite, amanhã, em um ano, tanto faz. E quanto a si mesmo... bem, pode-se pular de uma ponte de mil formas distintas.

Mas e seus rapazes...? Valia a pena salvar a vida deles. John era o *hellren* de alguém agora. E Qhuinn tinha toda a vida pela frente.

Não era justo que, por conta de seu desejo de matar, ele os arrastasse prematuramente em direção ao túmulo.

Xcor, filho de um pai desconhecido, tinha a amante em suas mãos. Sua foice era a única fêmea com quem havia se preocupado, e, esta noite, enquanto encarava uma formação de sete inimigos, que depois se transformou em catorze, e logo em vinte e um, a foice lhe retribuía a lealdade com um desempenho sem precedentes.

Enquanto avançavam juntos, ela era uma extensão não apenas de seus braços, mas de seu corpo, olhos e cérebro. Ele não era um soldado com uma arma. Unidos, formavam um demônio com mandíbulas poderosas. E, enquanto faziam o trabalho, Xcor sabia que era disso que sentia falta. Era por essa razão que cruzara o oceano em direção ao Novo Mundo: dar início a uma nova vida em uma nova terra onde ainda havia uma boa quantidade de velhos inimigos que valeria a pena enfrentar.

Logo que chegou, entretanto, suas ambições se depararam com um objetivo ainda maior. E isso significava que os outros vampiros do beco estavam em seu caminho.

No extremo oposto do beco, Tohrment, filho de Hharm, era algo que valia a pena ser visto. Por mais que Xcor detestasse admitir, o Irmão era um lutador incrível, aquelas adagas negras dançando e capturando a luz ambiente, aqueles braços e pernas mudando de posição tão rapidamente quanto um palpitar de coração, aquele balanço e execução eram... pura perfeição.

Se fosse um dos homens de Xcor, o Irmão teria de ser assassinado, para que Xcor conservasse sua posição privilegiada: era um princípio básico de liderança eliminar aqueles que representassem um desafio potencial a tomar a posição do líder... embora isso não significasse que seu grupo fosse formado por incompetentes – afinal de contas, também era necessário eliminar os fracos.

Bloodletter tinha lhe ensinado isso e muito mais.

Pelo menos algumas coisas provaram não serem mentiras.

Entretanto, nunca haveria um lugar para alguém como Tohrment em seu Bando de Bastardos: esse Irmão e sua classe não eram capazes de dividir uma refeição, muito menos qualquer associação profissional.

De qualquer forma, esta noite, estavam lutando lado a lado. Enquanto a briga continuava, Throe e ele cooperaram com os Irmãos, devolvendo pequenos grupos de *redutores* a Ômega pelos outros três.

Dois Irmãos, ou candidatos à Irmandade, estavam com Tohr, e ambos eram maiores do que ele – na verdade, Tohrment, filho de Hharm, já não estava tão forte como fora no passado. Estaria talvez se recuperando de alguma lesão recente? Independente de qual fosse o motivo, Tohr tinha sido inteligente ao escolher aqueles que lutavam a seu lado. O da direita era um macho enorme, do tamanho que deixava claro que o programa de reprodução da Virgem Escriba havia sido bem-sucedido. O outro era mais esbelto e alto que Xcor e seus homens – o que significava que não era nem um pouco pequeno. Ambos lutavam intensamente, sem vacilar, sem demonstrar medo.

Quando finalmente terminaram, Xcor respirava com dificuldade e sentia os antebraços e os bíceps formigarem por conta de todo aquele esforço. Todos os que tinham presas estavam de pé. Todos os que tinham sangue negro correndo pelas veias se foram, haviam sido enviados de volta a seu perverso criador.

Os cinco permaneceram em suas posições, ainda com as armas empunhadas, enquanto ofegavam e procuravam com os olhos muito atentos por qualquer sinal de hostilidade vindo do outro lado.

Xcor lançou um olhar para Throe e assentiu muito levemente. Se outros membros da Irmandade tivessem sido chamados, não sairiam vivos daquele confronto. Se aqueles três os atacassem? Seu soldado e ele teriam uma chance, mas sairiam feridos.

Xcor não tinha vindo a Caldwell para morrer. Viera para ser rei.

— Espero vê-lo novamente, Torhment, filho de Hhamn — anunciou.

— Indo embora tão cedo? — rebateu o Irmão.

— Acha que devo lhe fazer uma reverência antes?

— Não. Para isso, você precisaria ter classe.

Xcor sorriu friamente, mostrando as presas enquanto se alongavam. Seu temperamento mantinha-se estável devido a seu autocontrole — e também porque ele já começara a trabalhar na *glymera*.

— Diferentemente da Irmandade, nós, os humildes soldados, efetivamente trabalhamos durante a noite. Assim, em vez de beijar o anel dos costumes antiquados, vamos procurar e eliminar mais inimigos.

— Sei por que está aqui, Xcor.

— Sabe? Agora é capaz de ler mentes?

— Você vai acabar se matando.

— De fato. Ou quem sabe talvez seja o contrário.

Tohrment sacudiu lentamente a cabeça.

— Considere isso como um aviso de amigo. Volte para o buraco de onde veio antes que comece a dar os primeiros passos em direção a uma morte prematura.

— Estou feliz onde estou. O ar é revigorante deste lado do oceano. A propósito, como está sua *shellan*?

A corrente de ar frio que correu era o que ele queria: rumores haviam chegado a seus ouvidos afirmando que a fêmea Wellesandra havia sido assassinada algum tempo atrás, em uma guerra, e, na ocasião, ele não conseguira usar qualquer arma que tivesse para acabar com o inimigo.

E foi um bom disparo. Imediatamente, aqueles que estavam de cada lado do Irmão reagiram e o seguraram. Mas nem uma briga, nem uma discussão teria início. Não hoje.

Xcor e Throe se desmaterializaram, desfazendo-se na fria noite de primavera. Ele não estava preocupado com a possibilidade de serem seguidos. Garantiriam que Tohr estivesse bem, o que significava que o dissuadiriam de algum impulso furioso que possivelmente os levaria a uma emboscada.

Eles não tinham como saber que ele não poderia ter acesso ao restante de suas tropas.

Xcor e Throe recuperaram sua forma no topo do mais alto arranha-céu da cidade. Seus soldados e ele sempre tiveram um ponto de encontro para que o bando pudesse se reunir de tempos em tempos durante a noite, e o topo desse edifício não apenas era facilmente visível de todos os quadrantes do campo de batalha, como parecia adequado.

Xcor gostava da vista que tinha ali do alto.

— Precisamos de celulares — anunciou Throe, falando mais alto do que o ruído causado pelo vento.

— Precisamos?

— Eles os têm.

— Você está falando do inimigo?

— Sim. Ambos.

Quando Xcor não disse mais nada, seu braço direito murmurou:

— Eles têm meios para que possam se comunicar...

— Formas das quais não necessitamos. Se você se permitir confiar nesses aparatos, eles se tornam uma arma contra você. Há séculos, temos nos saído muito bem sem essas tecnologias.

— Mas esta é uma nova época, em um novo lugar. As coisas são diferentes por aqui.

Xcor olhou por cima de seu ombro, trocando a imagem da cidade pela imagem do segundo em questões de comando. Throe, filho de Throe, era um belo exemplo de tradição. Traços perfeitos, um corpo magnífico que, graças às lições de Xcor, agora já não era meramente uma bela imagem, mas também algo útil. A verdade é que sua personalidade tornara-se mais firme ao longo de anos, finalmente alcançando o direito de chamar a si mesmo de macho.

Xcor sorriu friamente.

— Se as táticas e os métodos dos Irmãos são tão bem-sucedidos, por que a raça está ameaçada?

— Imprevistos acontecem.

– E, às vezes, são resultado de equívocos... Equívocos fatais. – Xcor voltou a examinar a cidade. – E você poderia refletir sobre a facilidade com que esses erros podem acontecer.

– Só estou dizendo que...

– Esse é o problema da *glymera*... Sempre procuram seguir pelo caminho mais fácil. Eu acreditava ter acabado com essa sua tendência há anos. Precisa que eu lhe refresque a memória?

Quando Throe fechou sua maldita boca, o sorriso de Xcor tornou-se mais largo.

Concentrando-se na extensão de Caldwell, ele se deu conta de que, por mais que a noite fosse escura, seu futuro seria realmente iluminado.

E pavimentado com os corpos da Irmandade.

CAPÍTULO 4

— Onde diabos eles estão encontrando todos esses recrutas? – perguntou Qhuinn enquanto andava pela cena de batalha de um lado para o outro. Suas botas batiam pesadamente o sangue negro.

John quase não o escutou, muito embora suas orelhas funcionassem perfeitamente bem. Agora que os filhos da mãe tinham ido embora, ele permanecia ao lado de Tohr. O Irmão parecia ter se recuperado do inesperado golpe baixo que Xcor lhe dera, mas ainda faltava muuuuito para um intervalo.

Tohr esfregou as adagas negras em sua calça. Respirou fundo. E aparentemente conseguiu sair daquele seu buraco negro interior.

— Ah... a única coisa que faz sentido é Manhattan. É preciso uma grande população, com muitas sementes podres na periferia.

— Quem diabos é esse *Redutor Principal?*

— Um idiota insignificante. Pelo menos, foi o que eu ouvi.

— Vindo diretamente das entranhas de Ômega.

— Esperto, apesar disso.

Exatamente quando John ia abordar aquele assunto de "Cinderela transformando-se em abóbora", sua cabeça girou para o lado.

— Mais – disse Tohr em um grunhido.

Certo, mas aquele não era o problema.

A *shellan* de John estava nos becos.

No mesmo instante, todos os pensamentos se afastaram de sua mente; era como se ele desse descarga no vaso sanitário. Que diabos ela estava fazendo aqui fora? Agora não era seu turno. Deveria estar em casa e...

Quando o cheiro de *redutor* vivo penetrou seu nariz, uma profunda convicção interior rasgou seu peito: *Ela não deveria estar aqui de forma alguma.*

— Preciso pegar meu casaco — disse Tohr. — Fique aqui e seguirei com você.

Nem morto!

Assim que Tohr se desmaterializou de volta a caminho da ponte, John entrou em movimento. Seus coturnos golpeavam o asfalto enquanto Qhuinn gritava algo que terminava com: "Seu desgraçado!".

De qualquer forma, diferentemente dos ataques insanos, furiosos e maníacos de Thor, isso era *importante*.

John atravessou um atalho em um beco, avançou por uma rua lateral, pulou sobre duas filas de carros estacionados, tomou um desvio...

E lá estava ela, sua companheira, sua amante, sua vida, enfrentando um quarteto de *redutores* diante de um albergue abandonado... acompanhada por um loiro enorme, falastrão e traidor.

Rhage *nunca* deveria tê-la recrutado. John tinha solicitado reforços... e certamente não estava falando de Xhex. Além do mais, ordenara que ficassem em casa, a pedido de Tohr. Que diabos estavam...

— Ei! — gritou Rhage com uma voz cheia de vida, como se os convidasse para ir a uma festa. — Pensei que poderíamos tomar um pouco de ar fresco esta noite no belo centro de Caldwell.

Certo. Aquele era um dos momentos em que ser mudo era um saco. *Filho da puta idiota...*

Xhex virou a cabeça para o lado para olhar para ele... e foi então que tudo aconteceu. Um dos *redutores* segurava uma faca, e o desgraçado tinha tanto um braço forte quanto uma mira boa. A faca voou girando pelo ar. Até finalmente parar... no peito de Xhex.

Pela segunda vez naquela noite, John gritou sem emitir qualquer ruído.

Enquanto lançava o corpo para frente, Xhex encarou o assassino. Uma expressão de ira tomava conta de seu rosto. Sem perder um segundo sequer, agarrou o cabo e arrancou a arma de sua própria carne... Mas quanto tempo duraria sua força? Foi um arremesso certeiro...

Jesus Cristo! Ela tentaria dar um jeito naquele bastardo. Mesmo ferida, ia atrás dele com unhas e dentes... mas mataria a si mesma no processo.

O único pensamento que tomou conta da mente de John era o de que ele não queria ser como Tohr. Não queria passar pelo inferno na Terra. Não queria perder sua Xhex esta noite, nem na noite seguinte, nem em nenhuma outra maldita noite qualquer. Não queria perdê-la nunca. Jamais.

Abrindo a boca, soltou com um rugido todo o ar que havia em seus pulmões. Não estava consciente do processo de desmaterialização, mas abordou aquele *redutor* tão rapidamente que ter se transformado em um fantasma e tomado forma novamente parecia ser a única explicação. Prendendo a palma de sua mão em volta da garganta daquela coisa, empurrou aquele pedaço de merda contra o chão e, em seguida, jogou seu corpo contra o dele. Já no chão, deu uma cabeçada no *redutor*, quebrando o nariz e provavelmente também uma maçã do rosto ou a órbita de um olho.

E não terminaria por aí.

Enquanto o sangue negro salpicava por todo o seu corpo, ele deixou suas presas à mostra e rasgou a carne de seu inimigo ao mesmo tempo em que o segurava. Seu instinto destrutivo estava tão afinado e concentrado que continuaria mordendo até mastigar o chão. Mas logo seu lado racional resolveu dar as caras.

Ele precisava checar os ferimentos de Xhex.

Puxando uma adaga, ergueu o braço no alto e encarou o assassino. Ou o que restava dos olhos do *redutor*.

John enterrou a lâmina com tanta força e tão profundamente que quando atravessou a carne e atingiu o chão com um barulho, ele precisou puxar a adaga de volta com as duas mãos com um puxão para que ela se soltasse do asfalto. Enquanto cambaleava, torceu para ver Xhex...

Ela estava mais do que em pé. Estava envolvida com outro *redutor* do quarteto – muito embora houvesse uma mancha vermelha cada vez maior em seu peito e seu braço direito estivesse dependurado e sem força.

John estava quase perdendo a cabeça.

Deu um salto e lançou seu corpo entre sua companheira e o inimigo. E, quando a empurrou para fora do caminho, recebeu o golpe que tinha ela como alvo. Uma forte pancada com um taco de beisebol que o fez perder a noção e o equilíbrio.

Exatamente o tipo de coisa que teria derrubado Xhex e a mandado direto para um caixão.

Movimentando-se rapidamente, recuperou o equilíbrio e conseguiu, usando as duas mãos, deter uma segunda tentativa de golpe. Com um rápido soco, acertou o *redutor* na cara com seu próprio taco de beisebol, fazendo a cabeça do morto-vivo zumbir. Então, era hora de dominar.

– Que diabos! – berrou Xhex para John enquanto ele forçava o assassino contra o chão.

Aquela não era uma boa hora de se comunicar, considerando que as mãos dele estavam presas em volta da garganta do *redutor*. De qualquer forma, saber o que se passava na cabeça dele não os ajudaria em nada.

Com uma rápida apunhalada, John despachou o assassino de volta a Ômega e, em seguida, levantou-se. Seu olho esquerdo, que tinha recebido o golpe do taco de beisebol, começava a inchar. E John conseguia sentir o palpitar de seu coração em seu rosto. Enquanto isso, Xhex continuava sangrando.

– Nunca mais, *nunca mesmo*, faça isso comigo – ela chiou.

Ele quis apontar o dedo para o rosto dela, mas, se fizesse isso, não conseguiria conversar. *Então não volte a lutar quando estiver fe-fe-ferida!*

Cristo, ele sequer conseguia se comunicar, seus dedos enredavam entre as palavras.

– Eu estava dando conta!

Você está sangrando pra caralho...

– É só um ferimento superficial...

Então tente levantar o braço!

Os dois estavam se aproximando, e não de uma forma positiva, mas com as mandíbulas saltadas para frente e os corpos curvados em um tom ameaçador. E, quando ela não o contrariou em sua última afirmação, John se deu conta de que tinha razão – e percebeu também que ela sentia dor.

– Posso cuidar de mim mesma, John Matthew – cuspiu Xhex. – Não preciso de você tomando conta de mim só porque sou mulher.

Eu teria feito o mesmo por um dos Irmãos. Bem, em grande parte, sim. Então não venha com essa porcaria feminista para cima de mim...

– Porcaria feminista?!

É você quem está transformando essa conversa em algo sexista, não eu.

Ela estreitou os olhos.

– Ah, é mesmo? Por mais engraçado que pareça, não estou convencida. E, se você acha que eu me defender é uma maldita postura política, então você se vinculou com a fêmea errada, *droga*.

Não tem nada a ver com o fato de você ser fêmea!

– O diabo que não!

Ao dizer isso, ela inspirou profundamente, como se quisesse forçá-lo a se lembrar de que o cheiro da vinculação era tão forte a ponto de dissipar o fedor de todo o sangue *redutor* espalhado ali em volta.

John expôs as presas e gesticulou, *Tem a ver com essa sua besteira de assumir uma responsabilidade no campo de batalha.*

Xhex abriu a boca... mas, em vez de rebater, simplesmente o encarou.

Então, cruzou os braços de forma abrupta e se concentrou no ombro esquerdo dele, movendo lentamente a cabeça para trás e para frente. Como se lamentasse não apenas o que tinha acontecido há pouco tempo, mas talvez, antes de mais nada, o fato de tê-lo conhecido.

John praguejou e começou a andar de um lado para o outro, só para descobrir que todos os outros no beco – Tohr, Qhuinn, Rhage, Blaylock, Zsadist e Phury – estavam assistindo ao showzinho. E todos eles tinham semblantes que sugeriam estarem realmente, verdadeiramente, completamente, extremamente contentes pela última frase de John não ter saído da boca *dele*.

Dá licença?, gesticulou John com um olhar penetrante.

Nesse momento, o grupo começou a se dispersar ali em volta, olhando para o céu escuro, para a calçada, para as paredes de tijolos do beco. Murmúrios masculinos espalharam-se com a brisa mal cheirosa, como se eles fossem críticos de cinema reunidos discutindo o filme que acabaram de ver.

Ele não se importava com as opiniões deles.

E, naquele momento de raiva, tampouco se importava com a opinião de Xhex.

De volta à mansão da Irmandade, No'One estava com o vestido da cerimônia de vinculação de sua filha nos braços. E um *doggen* estava parado diante dela, dissuadindo-a de procurar a lavanderia no segundo andar. O primeiro era bem-vindo; o segundo, não.

– Não – ela insistiu. – Eu devo cuidar disso.

– Senhora, por favor, é uma coisa simples...

– Então, permitir que eu cuide do vestido não será um problema para você.

O *doggen* baixou o rosto. Era ótimo não precisar levantar a vista para olhar diretamente para ela.

– Talvez... Preciso verificar com meu superior, Perlmutter...

– E talvez eu deva dizer a ele como você foi prestativo me mostrando onde ficam os produtos de limpeza... e quanto eu apreciei os serviços que você me prestou.

Embora o capuz de No'One estivesse levantado e cobrindo seu rosto, o *doggen* parecia entender sua intenção de forma bastante clara: ela não estava disposta a ceder. Nem a esse membro da equipe nem a qualquer outro. Sua única opção era jogá-la em seu ombro e carregá-la – e isso jamais aconteceria.

– Eu estou...

– Prestes a me levar até lá, não é?

– Ah... sim, senhora.

Ela inclinou a cabeça em agradecimento.

– Obrigada.

– Eu poderia tomar...?

– O caminho? Sim, por favor. Obrigada.

Ele não iria carregar o vestido para ela. Nem iria lavá-lo. Ou pendurá-lo. Ou entregá-lo novamente... Aquilo era algo entre sua filha e ela.

Com o abatimento digno de um náufrago, o servo deu meia-volta e começou a caminhar, avançando pelo longo corredor decorado com belas estátuas de mármore de homens em várias posições. Quando o corredor chegou ao fim, atravessou um par de portas vaivém à esquerda e passou por mais um conjunto de portas.

Mais adiante, tudo era diferente. O tapete que cobria o assoalho já não era oriental, mas de cor creme, liso e muito bem aspirado. Não havia sequer um toque de arte nas antigas paredes de cor também creme, e as janelas não eram decoradas com enormes cortinas coloridas com franjas, mas com um algodão pesado da mesma cor apática.

Eles tinham adentrado a parte da mansão designada aos serviçais.

A justaposição era a mesma encontrada na mansão do pai de No'One: um padrão para a família, outro para os criados.

Ou pelo menos ouviu que era assim. Nunca tinha ido até a parte detrás da casa quando vivera lá.

– Aqui deve ter tudo o que a senhora procura – disse o *doggen* enquanto abria as portas.

A sala era do tamanho da suíte que tivera na propriedade de seu pai, grande e espaçosa. Entretanto, não havia janelas. Nada de cama enorme com um conjunto de móveis artesanais combinando. Nem de tapetes bordados em tons variados de pêssego, amarelo e vermelho. Ou armários abarrotados com as tendências da moda de Paris. Nada de joias nas gavetas nem laços para os cabelos nas cestas.

Ela pertencia àquele lugar agora. Especialmente quando o *doggen* descreveu os diversos aparelhos brancos, como máquinas de lavar roupa, secadoras e, em seguida, detalhou como fazer para usar o ferro e a tábua de passar.

Sim, a área voltada aos servos, e não os quartos para convidados, era seu lar. E tinha sido assim desde que ela era fora... desde que se encontrara em um local diferente.

Aliás, se pudesse convencer alguém, qualquer pessoa, de que a deixasse ter um quarto naquela parte da mansão, iria se sentir melhor. Infelizmente, contudo, como mãe da *shellan* de um dos principais guerreiros da casa, ela recebia um privilégio que não merecia.

O *doggen* começou a abrir os armários, mostrando toda uma variedade de equipamentos e produtos que eram descritos como passadores de roupa a vapor e removedores de manchas e engomadeiras...

Quando as apresentações chegaram ao fim, ela se levantou desajeitadamente, apoiando-se em seu pé bom para dependurar o cabide com o vestido em uma arara.

— A senhora sabe se há alguma mancha? — perguntou o *doggen* quando ela puxou a saia do vestido.

No'One então olhou cada centímetro da parte inferior da peça. E, em seguida, o corpete e as mangas.

— Essa é a única que consigo enxergar — ela abaixou-se com cuidado para não colocar muito peso sobre sua perna fraca. — Aqui, onde a barra toca o chão.

O *doggen* também inclinou o corpo e observou aquela região onde o tecido estava um pouco mais escuro, suas mãos pálidas fazendo movimentos seguros, sua testa franzida por conta da concentração, não pela perplexidade.

— Pois bem, acredito que precise de uma lavagem a seco manual.

Ele a acompanhou até o outro lado da sala e descreveu um processo que facilmente se arrastaria por algumas horas. Perfeito. E, antes de deixá-lo partir, ela insistiu para que ele ficasse a seu lado durante os primeiros passos da lavagem. Como aquilo o fez sentir-se útil, então seria bom para os dois.

— Acredito que eu esteja pronta para dar continuidade sozinha — No'One finalmente anunciou.

— Muito bem, senhora — ele fez uma reverência e sorriu. — Seguirei para o andar inferior para preparar a Última Refeição. Se precisar de alguma coisa, por favor, me chame.

Pelo que No'One aprendera desde sua chegada, para isso seria necessário utilizar um telefone...

— Aqui — ele explicou. — Aperte "asterisco" e "um" e peça para me chamarem. Meu nome é Greenly.

— Você me ajudou muito.

No'One rapidamente desviou o olhar, pois não queria vê-lo fazer outra daquelas reverências para ela. E não respirou profundamente antes de ele finalmente fechar a porta.

Sozinha agora, levou as mãos até o quadril e as deixou pousadas ali por alguns instantes. A pressão em seu peito tornava difícil encher os pulmões de ar.

Quando chegou naquela casa, esperava ter de lutar... e estava lutando, porém não contra aquilo que havia previsto.

No'One não tinha pensado em como seria difícil viver em uma casa aristocrática. A casa da Primeira Família, aliás. Quando esteve com as Escolhidas, as regras eram outras, pelo menos não havia alguém abaixo delas. Aqui? As pessoas de posição elevada a deixavam sem ar a maior parte do tempo.

Santa Virgem Escriba, talvez No'One devesse ter pedido para o servo ficar ali com ela. Pelo menos aquela necessidade inata de compostura tinha lhe dado um golpe nas costelas. Sem ter de quem se esconder, entretanto, No'One lutava para conseguir recuperar o fôlego.

Teria de tirar o manto.

Mancando em direção à porta, tentou trancá-la, mas descobriu que não havia nenhum mecanismo de travas. Não era o que esperava.

Abrindo-a ligeiramente, colocou a cabeça para fora e analisou cuidadosamente o longo corredor.

Todos os criados deviam estar no andar de baixo preparando a comida para os moradores daquela casa. Ainda mais importante: não havia como entrar nesta parte da mansão sem ser um *doggen*.

No'One estava a salvo dos olhos de outras pessoas.

Colocou a cabeça de volta para dentro do cômodo, afrouxou o nó no tecido que rodeava sua cintura, tirou o capuz e logo se livrou do peso que a acompanhava sempre que estava em público. Ah, que alívio mais glorioso! Levantando os braços, alongou os ombros e as costas, depois esticou o pescoço para um lado e para o outro. Por último, ergueu a pesada trança formada por seus cabelos e a ajeitou sobre o ombro para aliviar um pouco o peso na nuca.

Exceto por aquela primeira noite quando chegou a esta casa e enfrentou sua filha, assim como o Irmão que tentara salvar-lhe a vida há muito tempo, ninguém jamais vira o rosto de No'One. E ninguém o veria de hoje em diante. Desde aquela breve revelação, permanecera coberta e assim continuaria.

Provar sua identidade fora um mal necessário.

Como sempre, usava debaixo de sua túnica um vestido simples de linho que ela mesma confeccionara. Tinha várias peças como aquela e, quando se tornavam desgastadas, No'One as reutilizava como as toalhas que usava para se secar. Não sabia onde encontraria o tecido para substituí-las aqui, mas isso não era um problema. Com o pretexto de se recuperar para não precisar se alimentar, ia regularmente ao Outro Lado e, em uma dessas ocasiões, poderia conseguir o que precisava.

Os dois lugares eram muito diferentes. E, ainda assim, em ambos, as horas passavam da mesma forma para ela: infinitas, solitárias... Não, não inteiramente solitárias. Ela tinha vindo até este lado para encontrar sua filha, e agora que tinha alcançado seu objetivo, ela iria... Bem, esta noite, ela iria limpar o vestido.

Acariciando o elegante tecido, No'One não conseguia evitar as memórias, que irrompiam como um gêiser indesejado.

Ela tivera vários vestidos como aqueles. Dezenas deles. As peças preenchiam o armário dos aposentos onde ela dormia, dos quartos bem decorados com portas francesas.

Portas que provaram não serem nem um pouco seguras.

Com olhos embaçados, No'One lutou contra o impulso do passado. Ela tinha estado naquele buraco negro vezes demais...

— Você devia queimar esse manto.

No'One virou-se rapidamente, quase rasgando o vestido na mesa de trabalho.

À porta, havia um homem encorpado com cabelos loiros e negros. A bem da verdade é que ele era tão grande que ocupava totalmente o espaço das portas duplas, mas isso não era o fator mais surpreendente.

O homem parecia brilhar.

Mas, também... Ele estava coberto de ouro, argolas e piercings que estampavam suas orelhas, sobrancelhas, lábios e pescoço.

No'One tentou pegar a peça que normalmente cobria seu corpo. O homem permaneceu calmamente parado enquanto ela se cobria com o manto.

— Melhor? — ele perguntou com uma voz suave.

— Quem é você?

O coração de No'One batia tão acelerado que as três palavras saíram em um único golpe de ar. Ela não lidava bem com machos em espaços fechados. E aquele ambiente era muito fechado. E aquele era um baita macho.

— Eu sou seu amigo.

— Então, por que ainda preciso ser apresentada a você?

— Algumas pessoas diriam que você tem sorte em ter sido poupada — murmurou o macho. — E você já me viu durante as refeições.

Ela supôs que sim. No'One costumava manter a cabeça baixa e os olhos fixos em seu prato. Mas, sim, ele tinha estado em algum canto da sala de jantar.

— Você é muito bonita — elogiou-a.

Dois fatores a impediam de ser tomada por um ataque de pânico. Primeiro, não havia nenhum tom de especulação na voz grave daquele macho, nenhum calor masculino, nada que a fizesse sentir-se uma presa. E, segundo, ele havia mudado de posição, de modo que agora estava encostado no batente, deixando o caminho aberto para que ela fugisse, caso viesse a achar a fuga necessária naquele momento.

Como se ele soubesse o que a deixava nervosa.

— Venho lhe dando algum tempo para se ajustar e se adaptar por aqui — ele murmurou.

— Que motivos você teria para fazer isso?

— Você está aqui por uma razão muito importante, e eu vou ajudá-la.

Os olhos brilhantes e sem pupilas do macho mantiveram-se fixos nos dela, muito embora o rosto de No'One estivesse na sombra... como se ele não estivesse apenas olhando para ela, mas enxergando dentro dela.

No'One deu um passo para trás.

— Você não me conhece.

Pelo menos essa era uma verdade tão sólida que No'One poderia plantar os pés nela. Mesmo que, quem quer que fosse aquele macho, conhecesse os pais, a família, a linhagem dela, ele não a conhecia. Ela não era quem havia sido no passado. A abdução, o nascimento... Sua morte tinha apagado tudo aquilo.

Ou, melhor dizendo, tinha quebrado No'One em pedaços.

— Sei que você pode me ajudar — disse ele. — O que acha disso?

– Você está procurando um criado?

Pouco provável, considerando o número de funcionários perambulando pela casa, mas não era nesse ponto que ela queria chegar. No'One não queria servir um macho de uma forma que envolvesse intimidade.

– Não – agora ele sorria, e ela teve de admitir que ele parecia um pouco... simpático. – Você sabe que não precisa ser servil.

Ela levantou ligeiramente o queixo.

– Todo o trabalho é digno de honra.

Isso era um fato que ela não compreendia antes de tudo mudar. Santa Virgem Escriba, No'One fora uma garota mimada, superprotegida, uma fedelha insuportável. E o desfazer-se daquele manto horrível de autoindulgência era a única coisa boa de tudo o que acontecera.

– Não estou dizendo o contrário – ele inclinou a cabeça, como se estivesse imaginando No'One em um lugar diferente, com roupas diferentes. Ou talvez ele só estivesse com torcicolo, vai saber. – Pelo que sei, você é mãe de Xhex.

– Eu sou a mulher que a gerou, sim.

– Ouvi dizer que Darius e Tohr colocaram-na para adoção depois que ela nasceu.

– Sim, é verdade. Eles me abrigaram durante minha convalescença.

Ela pulou a parte da história em que tomara a adaga de Tohr e a enfiara em sua própria carne. Afinal, No'One já tinha falado demais a seu respeito para aquele macho.

– Sabe, Tohrment, filho de Hharm, passa muito tempo olhando em sua direção durante as refeições.

No'One recuou.

– Tenho certeza de que você está errado.

– Meus olhos funcionam muito bem. Assim como os dele, aparentemente.

Agora, ela ria, um riso curto e duro escapando por sua garganta.

– Posso assegurar-lhe de que não é porque ele sente algo por mim.

O homem deu de ombros

– Bem, amigos podem discordar.

– Com todo o respeito, não somos amigos. Eu não conheço você...

De repente, a sala foi tomada por um brilho dourado, uma luz tão suave e deliciosa que a fez sentir a pele formigar por conta do calor.

No'One deu um passo para trás e percebeu que aquilo não era uma ilusão de óptica gerada por todas aquelas joias que o macho usava. Ele era a fonte da luz. Seu corpo, seu rosto, sua aura eram como fogo.

Quando sorriu para ela, sua expressão era a de um homem sagrado.

— Meu nome é Lassiter, e eu lhe direi tudo o que você precisa saber sobre mim. Sou, em primeiro lugar, um anjo e, em segundo, um pecador. E não ficarei aqui por muito tempo. Jamais irei feri-la, mas estou preparado para deixá-la extremamente desconfortável se isso for necessário para que eu alcance meus objetivos. Eu gosto de sol e de longas caminhadas na praia, mas a fêmea perfeita para mim já não existe mais. Ah, e meu hobby favorito é irritar as pessoas ao extremo. Acho que fui criado para irritar as pessoas... Provavelmente por conta daquela história toda de ressurreição.

A mão de No'One arrastou-se até que ela segurou com todas as forças seu manto na parte frontal do corpo.

— Por que você está aqui?

— Se eu lhe contasse agora, você brigaria com unhas e dentes, mas digamos apenas que eu acredito em círculos completos, e simplesmente não percebi o círculo em que estávamos até você aparecer – ele lhe fez uma breve reverência. – Cuide-se, e também desse belo vestido.

Dizendo isso, ele foi embora, afastando-se e levando consigo o calor e a luz que haviam se espalhado pela sala.

Caindo contra o balcão, ela precisou de algum tempo para perceber que sua mão doía. Olhando para baixo, observou as articulações dos dedos brancas e a carne rígida contra as lapelas de seu manto, como se fossem o apêndice de outra pessoa.

Era sempre assim quando ela observava qualquer parte de seu corpo.

Mas pelo menos ela poderia comandar sua carne: seu cérebro ordenou à mão presa ao braço ligado ao tronco para se soltar e relaxar.

Enquanto seu cérebro obedecia, ela olhou novamente para onde aquele macho estivera. As portas estavam fechadas. Mas... ele não as tinha fechado. Tinha?

Estivera mesmo ali?

No'One apressou-se para a porta e correu o olhar pelo corredor. Olhou em todas as direções... Não havia ninguém.

CAPÍTULO 5

Depois de ter ficado vinculado por quase duzentos anos, Tohr estava bastante familiarizado com as discussões entre lutadores teimosos e as fêmeas de temperamento forte. E como era ridículo sentir saudades ao ver a forma como John e Xhex enfrentavam-se cara a cara.

Deus, ele e sua Wellsie tinham se envolvido em boas discussões no passado.

Só mais um fator a lamentar.

Arrastando seu exausto cérebro de volta à realidade, Tohr posicionou-se entre os dois, imaginando que a situação precisava de uma injeção de realidade. Se fosse qualquer outro casal, ele não se importaria em perder seu tempo. Romances não eram de sua conta – estivessem eles indo bem ou mal –, mas quem estava a sua frente era John. Aquele era... o filho que ele certa vez tivera esperança de ter.

– Hora de voltar para o complexo – anunciou. – Vocês dois precisam de cuidados médicos.

– Fique fora disso...

Fique fora disso...

Tohr estendeu a mão e segurou a nuca de John Matthew, apertando aqueles tendões até que o John se visse forçado a olhar para ele.

– Não banque o idiota nesta situação.

Ah, claro. Você fazer papel de idiota não tem problema nenhum...

— Você entendeu muito bem, garoto. Esse é o privilégio da idade. Agora cale a boca e entre no maldito carro.

John franziu a testa ao perceber que Butch tinha chegado com o Escalade.

— E você... — disse Tohr em um tom mais suave. — Faça um favor a todos e dê um jeito de cuidar de seu ombro. Depois, você poderá chamá-lo de filho da mãe, de idiota ou de qualquer outra coisa que quiser, mas, agora, esse seu ferimento está precisando de pontos em três ou quatro lugares diferentes. Você precisa visitar nossos cirurgiões rapidamente. E, como você é uma mulher racional, sei que é capaz de perceber a importância do que estou dizendo...

Tohr levantou o dedo indicador e o apontou para o rosto de John.

— Cale... a... boca. E não, ela vai voltar sozinha para o complexo. Não é mesmo, Xhex? Ela não vai entrar naquela SUV com você.

As mãos de John começaram a se agitar, mas logo pararam quando ele ouviu Xhex dizer:

— Está bem. Vou seguir rumo ao norte agora.

— Muito bem. Vamos, filho — Tohr empurrou John na direção da SUV, preparado para puxá-lo por aqueles cabelos curtos, se assim fosse necessário. — Hora de darmos um passeio.

Cara, John estava tão irritado que seria possível fritar um ovo em sua testa.

Foda-se. Tohr abriu violentamente a porta do passageiro e forçou o guerreiro em direção ao banco da frente como se fosse uma mochila com roupas para pernoitar, ou um conjunto de tacos de golfe, ou talvez uma sacola de compras de supermercado.

— Você consegue colocar o cinto de segurança como um adulto? Ou devo fazer isso para você?

Os lábios de John se curvaram para cima, e suas presas ficaram expostas.

Tohr apenas balançou a cabeça e apoiou um braço na lataria negra da SUV. Cara, estava tão cansado...

— Ouça o que eu digo... Como um homem que já passou por esse tipo de situação um milhão de vezes, vocês dois precisam de um pouco de espaço agora. Precisam ficar em cantos separados, precisam se acalmar... Depois, poderão discutir toda essa droga e... – sua voz ficou rouca. – Bem, sexo pós-briga é fantástico, se não me falha a memória.

A boca de John Matthew formou algumas variações de palavrões. Então, ele bateu a cabeça contra o assento. Duas vezes.

Nota mental: pedir a Fritz para verificar se há danos estruturais no banco.

– Confie em mim, filho. Vocês dois vão passar por situações desse tipo de tempos em tempos, e você pode muito bem começar a lidar com isso desde já de forma racional. Eu mesmo precisei de uns bons cinquenta anos fazendo coisas piores até descobrir uma forma mais produtiva de lidar com discussões. Aprenda com meus erros.

John abaixou a cabeça e começou a mover a boca, *Eu a amo tanto. Morreria se algo acontecesse com ela e...*

Quando ele parou, Tohr respirou fundo, fazendo o ar atravessar aquela dor em seu peito.

– Eu sei. Acredite... eu sei.

Fechando a porta com uma pancada, ele deu a volta até o lado de Butch. Quando a janela foi baixada, Tohr murmurou:

– Dirija devagar e vá pelo caminho mais longo. Vamos tentar fazer com que ela já tenha entrado e saído da sala de cirurgia quando ele chegar lá. A última coisa de que precisamos é John irritando Manny no centro cirúrgico.

O tira assentiu.

– Ei, você não quer uma carona de volta para lá? Sua aparência não está nada boa.

– Eu estou bem.

– Tem certeza de que sabe o que essas palavras significam?

– Sim. A gente se vê mais tarde.

Quando ele deu meia-volta, viu que Xhex já tinha ido embora e se deu conta que era muito provável que ela tivesse feito o que disse que faria. Embora Xhex estivesse tão irritada quanto John, era de se duvidar que ela fosse uma idiota quando o assunto era sua saúde. Ou o futuro dos dois.

As fêmeas, afinal, além de serem o sexo frágil, eram também bastante racionais. E era por isso que a raça tinha sobrevivido até agora.

Enquanto o Escalade entrava em movimento com a velocidade de uma lesma, Tohr imaginou toda a diversão que Butch teria a caminho de casa. Difícil não sentir pena do pobrezinho.

E então, ele seria confrontado. Parecia que o tira de Boston não somente estava prestes a tomar um sermão, como também, é claro, ouvir cada um dos machos disparar frases para ele:

– Hora de voltar para o centro de treinamento.

– Você precisa de cuidados médicos.

– Você é um macho racional, e eu sei que enxerga os méritos do que eu estou dizendo.

– Não seja um babaca.

Rhage resumiu a falação em poucas palavras:

– É o roto falando do rasgado.

Que droga.

– Vocês planejaram isso?

– Sim. E se você não lutar contra nós – Hollywood mordiscou seu pirulito de uva –, vamos fazer tudo outra vez. Só que dançando.

– Me poupe.

– Está bem. A menos que você concorde em seguir para casa, vamos começar a treinar alguns passos de dança.

Para provar o que estava dizendo, o idiota empurrou as mãos atrás da cabeça e começou a fazer movimentos obscenos com os quadris. Acompanhados por uma série de "Uh-huh, uhhuh, ohhhh, siiiiiiiiim, diga quem é o papai...".

Os outros olharam para Rhage como se um chifre tivesse surgido no meio de sua testa. Até aí, nenhuma novidade. E Tohr sabia que, apesar daquela distração ridícula, se ele não desistisse, cedesse, a maioria daqueles caras o irritariam tanto, que logo ele estaria vomitando pedaços de coturno.

Também nenhuma novidade.

Rhage virou-se, levantou as nádegas e começou a bater nelas como se fossem massa de pão.

A única vantagem? O que quer que estivesse dizendo, sua voz foi abafada.

– Pelo amor da Virgem Escriba – murmurou Z., – leve-nos para longe dessa desgraça e vá logo para casa.

Alguém se intrometeu na conversa:

– Sabe, nunca pensei que havia vantagens em ser cego...

– Ou surdo.

– Ou mudo – acrescentou outro.

Tohr olhou pelos arredores, esperando que algo cheirando a sanduíche preparado há três dias saltasse para fora das sombras.

Sem sorte.

E quando você se desse conta, Rhage estaria fazendo a dança do robô. Ou o *Cabbage Patch*. Ou então ia direto ao ponto com um *Twist and Shout*.

Seus Irmãos jamais iriam perdoá-lo.

Uma hora e meia...

Demorou uma hora e malditos trinta minutos para chegar em casa.

Para John, a única maneira da viagem se tornar mais longa seria se Butch tivesse feito um desvio para Connecticut. Ou talvez Maryland.

Quando finalmente encostaram o carro na frente da grande mansão de pedra, ele não esperou o Escalade estacionar. Nem mesmo diminuir a velocidade. Destrancou a porta e saltou para fora com a SUV ainda em movimento. Pousando em uma superfície plana, subiu os degraus de pedra até a entrada principal em um único salto. E, depois de correr até o hall de entrada, raspou o rosto com tanta violência na câmera de segurança que quase quebrou a lente com o nariz.

O portal de bronze maciço abriu-se relativamente rápido, mas é claro que ele não saberia dizer quem o tinha recebido. O incrível corredor colorido com os tons do arco-íris, com suas colunas de mármore e malaquita e seu teto pintado grandioso não lhe produziram efeito algum. O mesmo pode-se dizer dos mosaicos no chão, que ele atravessou correndo como um louco, ou de quem diabos estivesse chamando por ele.

Batendo a porta debaixo da escadaria, John correu pelo túnel subterrâneo que seguia em direção ao centro de treinamento, digitou a senha tão violentamente que era de se surpreender o fato de o teclado não ter quebrado. Entrando pela passagem atrás do armário de suprimentos do escritório, ele rapidamente deu a volta na mesa, passou pela porta de vidro e...

– Ela está passando por uma cirurgia agora – explicou V. a mais ou menos cinquenta metros de distância.

O Irmão estava parado do lado de fora da entrada da principal sala de diagnósticos, um cigarro artesanal entre os dentes, um isqueiro em sua mão coberta pela luva.

– Vai demorar mais uns vinte minutos.

Assim que o ruído do isqueiro ecoou, uma pequena chama brotou, e V. aproximou do cigarro a chama. Quando exalou a fumaça, o cheiro de tabaco turco espalhou-se demoradamente pelo corredor.

Esfregando a cabeça dolorida, John sentiu-se como se tivesse sido colocado em um intervalo metafórico.

– Ela vai ficar bem – disse V. do outro lado da nuvem de fumaça.

Agora não havia motivo para se apressar, e não apenas porque ela estava na mesa de cirurgia. Estava muito, muito claro que V. tinha recebido ordens para ficar ali no corredor como uma proteção viva para aquela porta. John não entraria naquela sala até que o Irmão autorizasse.

Provavelmente, uma jogada inteligente. Considerando o humor de John, ele teria sido perfeitamente capaz de arrebentar aquela porta como fazem os personagens de desenhos animados, deixando apenas o contorno de seu corpo na madeira – e, claro, isso era a última coisa que um médico desejaria em meio a uma sinfonia de bisturis.

Privado de seu objetivo, John arrastou seu traseiro arrependido para perto do Irmão. *Eles mandaram você ficar aqui fora, não é?*

– Não. Só vim até aqui para fumar um cigarro.

Até parece.

Apoiando-se contra a parede ao lado do macho, John sentiu-se tentado a dar uma cabeçada contra o concreto, mas não queria arriscar fazer qualquer barulho.

Era cedo demais, pensou. Cedo demais para ele ser trancafiado longe de outro procedimento dela. Cedo demais para eles estarem brigando. Cedo demais para a tensão e a fúria.

Posso experimentar um desses?, perguntou em linguagem de sinais.

V. arqueou uma sobrancelha, mas não tentou enfiar um pouco de juízo na cabeça de John. O Irmão simplesmente pegou um pouco de fumo e papel para enrolar um cigarro.

— Prefere você mesmo fazer as honras?

John negou com a cabeça. Apesar de, a essa altura, já ter visto V. enrolar cigarros inúmeras vezes, John nunca havia tentado fazer nada parecido com aquilo. Além disso, achava que suas mãos não estavam suficientemente firmes naquele momento.

V. confeccionou o cigarro em questão de segundos e, assim que o passou a John, acendeu o isqueiro.

Ambos se inclinaram. Pouco antes de John encostar a ponta do cigarro na chama, V. disse:

— Um rápido conselho: esses cigarros são fortes, então, não trague demais...

Santa hipoxia, Batman.

Os pulmões de John não apenas rejeitaram o golpe da fumaça, mas também deixaram claro sua rejeição. E, enquanto ele tossia seus brônquios para fora, V. tomou aquele veneno das mãos de John. Grande ajuda – agora, ele poderia apoiar as palmas das mãos nas coxas enquanto se curvava e forçava-se a vomitar.

Quando as estrelas desapareceram de seus olhos lacrimejantes, John olhou para V. e sentiu seu intestino se retorcer. O Irmão tinha tomado o cigarro dele e o havia acrescentado ao seu, fumando ambos ao mesmo tempo.

Ótimo. Como se ele já não se sentisse um covarde.

V. segurava os dois cigarros, entre o indicador e o dedo médio.

— A menos que você queira tentar outra vez? – quando John negou com a cabeça, recebeu um gesto de aprovação. – Boa ideia. Se você desse mais uma tragada, sua próxima parada seria o cesto de lixo. E não seria para descartar um lenço de papel, acredite.

John deixou seu traseiro deslizar pela parede até alcançar o chão de linóleo. *Onde está Tohr? Ele não chegou em casa ainda?*

— Aham. Eu o mandei ir comer. Avisei que ele não estava autorizado a voltar aqui antes de ter um documento juramentado afirmando que havia engolido todo um prato de comida acompanhado de sobremesa — V. deu outra tragada e continuou falando atrás da fumaça carregada com aquele aroma. — Eu quase tive de arrastá-lo até lá com minhas próprias mãos. Mas ele se importa com você, de verdade.

Ele quase se matou esta noite.

— O mesmo pode ser dito sobre todos nós. É a natureza do nosso trabalho.

Você sabe que com ele é diferente.

Um grunhido foi tudo que ele recebeu como resposta.

Enquanto o tempo passava e V. fumava como se fosse um figurão, John viu-se querendo perguntar o que não deveria ser perguntado.

Ele tentava manter-se controlado, mas o desespero finalmente ultrapassou o limite. Assobiando baixinho para fazer Vishous olhar em sua direção, John usou as mãos cuidadosamente.

Como vai ser a morte dela, V.? Quando o Irmão enrijeceu o corpo, John gesticulou: *Eu ouvi dizer que você, às vezes, vê essas coisas. E, se soubesse que ela morreria por conta da idade, eu poderia encarar de uma forma muito melhor o fato de ela entrar no campo de batalha.*

V. balançou a cabeça. Suas sobrancelhas escuras desciam na direção de seus olhos diamante, a tatuagem em sua têmpora mudou de forma.

— Você não deve fazer nenhuma mudança em sua vida tomando como base as minhas visões. Elas são apenas um retrato instantâneo de um momento no tempo, que poderia acontecer na próxima semana, no ano que vem, ou daqui a três séculos. É um acontecimento sem contexto, e não um "quando" e "onde".

Sentindo sua garganta fechar, John rebateu:

Então, ela vai morrer de forma violenta...

— Eu não disse isso.

O que vai acontecer com ela? Por favor, responda.

Os olhos de V. desviaram-se de John de modo que agora ele estava encarando o corredor de concreto. E, no silêncio, John ao mesmo tempo sentia medo e curiosidade em saber o que o Irmão estava vendo.

– Desculpe, John. Já cometi o erro uma vez de contar essa informação a alguém. Eu o fiz sentir-se aliviado em curto prazo, mas... Bem, no final, tudo se tornou uma verdadeira maldição. Então, sim, eu sei em primeira mão que abrir essa lata de vermes não leva ninguém a lugar algum – ele olhou para cima. – É engraçado, mas a maioria das pessoas não quer saber, não é mesmo? E eu acho isso bom e é assim que as coisas devem ser. É por isso que eu não posso ver minha própria morte. Ou a de Butch. Ou de Payne. Eles são próximos demais. A vida deve ser vivida às cegas. Assim, você é capaz de apreciar o valor das coisas. Essas merdas que eu vejo não são naturais. Não é o certo, garoto.

John sentiu um forte zumbido invadir sua cabeça. Ele sabia que aquele cara estava dizendo a verdade, mas a vontade de conhecer a resposta fazia seu corpo formigar. Olhou de relance o maxilar de V., e ficou claro que seria inútil insistir no assunto.

Ele não receberia nenhuma resposta em troca.

Exceto, talvez, um punho.

Ainda assim, era horrível ficar tão próximo de tal conhecimento, sabendo que ele existia em algum lugar, como um livro que não deveria, que não poderia ser lido. E que ele, mesmo assim, estava morrendo de vontade de segurar nas mãos.

Mas é que... toda sua vida estava naquela sala com a Dra. Jane e Manny. Tudo o que ele era, tudo que ele seria, estava em uma mesa de cirurgia, apagada como uma lâmpada, sendo "consertada" porque o inimigo a havia ferido.

Quando fechou os olhos, John viu a loucura no rosto de Tohr enquanto o Irmão atacava o *redutor*.

Sim, pensou, ele agora sabia até os ossos exatamente como Tohr se sentia.

O inferno na Terra forçava um macho a fazer um monte de merda.

CAPÍTULO 6

No andar de cima, na sala de jantar, a comida que Tohr ingeria com os outros era pura textura, nada de sabor. Da mesma forma, a conversa que se espalhava em volta da mesa não passava de ruídos irrelevantes. E as pessoas, tanto à esquerda quanto à direita, não passavam de esboços bidimensionais.

Sentado à mesa com seus Irmãos, as *shellans* e os convidados da mansão, tudo era um borrão embaçado e distante.

Bem, quase tudo.

Havia apenas uma coisa na enorme sala que capturava sua atenção.

Através da porcelana e da prataria, do outro lado dos buquês de flores e do candelabro curvado, uma figura vestindo um manto repousava imóvel e de forma bastante contida em uma cadeira exatamente em frente a Tohr. Com o capuz sobre a cabeça, a única parte do corpo daquela mulher que estava à mostra era um par de mãos delicadas que, de tempos em tempos, cortava um pedaço de carne ou apanhava um pouco de arroz com o garfo.

Ela comia como um passarinho. Era silenciosa como uma sombra.

E por que ela estava aqui, ele não tinha a menor ideia.

Ele a havia enterrado no Antigo País, debaixo de uma macieira, pois esperava que o perfume das flores da árvore confortassem-na em sua morte.

Deus sabia como o fim da vida não havia sido fácil para ela.

E, ainda assim, ela estava viva novamente, tendo chegado com Payne do Outro Lado, prova clara de que, quando interessava à Virgem Escriba conceder misericórdias, tudo era possível.

— Mais carne de cordeiro, senhor? — perguntou um *doggen* ao lado do cotovelo de Tohr.

O estômago do Irmão estava mais cheio do que uma mala pronta para a viagem, mas ele ainda estava sentindo suas articulações frouxas e sua cabeça zonza. Considerando-se que a ideia de comer mais era melhor do que o suplício de se alimentar de sangue, ele assentiu com a cabeça.

— Obrigado, cara.

Quando mais carne foi depositada em seu prato e ele pediu um pouco mais de risoto, olhou ao redor, apenas para ter algo para fazer.

Wrath estava na ponta da mesa, o Rei coordenando tudo e a todos. Era para Beth estar na outra poltrona, de frente para ele, mas, em vez disso e como de costume, ela estava no colo de seu *hellren*. Como também era típico, Wrath estava mais interessado em honrar sua mulher do que em se alimentar. Embora estivesse totalmente cego agora, Wrath alimentava sua *shellan* com a comida de seu próprio prato, levantando o garfo e segurando-o para que ela inclinasse o corpo e aceitasse o que ele lhe ofertava.

O orgulho que ele tão claramente tinha por aquela fêmea, a satisfação que o invadia ao cuidar dela, o maldito calor existente entre eles transformava seu rosto duro e aristocrático em algo quase doce. E, de vez em quando, ele exibia as longas presas, como se estivesse ansioso para ficar sozinho com ela e penetrá-la... de várias formas diferentes.

Não era o tipo de coisa que Tohr precisava presenciar.

Quando virou a cabeça para o lado, viu Rehv e Ehlena sentados um ao lado do outro, em meio a uma troca de carinhos. E Phury e Cormia. E Z. e Bella.

Rhage e Mary...

Franzindo a testa, Tohr pensou em como a fêmea de Hollywood tinha sido salva pela Virgem Escriba. Ela estava no limite da morte, apenas para ser trazida de volta e receber uma longa vida.

Lá embaixo, na clínica, a mesma coisa tinha se passado com a Dra. Jane. Morta, mas retornara à vida com nada menos do que uns bons anos para viver ao lado de seu *hellren*.

Tohr concentrou seus olhos na figura com o manto a sua frente.

A raiva fervia em seu estômago dilatado, e toda aquela pressão apenas fazia aumentar seu sentimento. Aquela aristocrata caída das graças, que agora atendia pelo nome de No'One, também tinha ressuscitado, tinha recebido novamente o dom da vida das mãos da maldita mãe da Raça.

Sua Wellsie?

Morta e enterrada. Nada além de memória e cinzas.

Para sempre.

Como seu humor começou a piorar, ele se perguntou quem seria preciso subornar para receber esse tipo de recompensa. Sua Wellsie fora uma fêmea cheia de valor, tanto quanto aquelas outras três. Por que, então, não fora poupada? Por que, caralho, ele não era como aqueles outros machos, que queriam viver intensamente até o fim de seus dias?

Por que ele e sua *shellan* não receberam misericórdia quando mais precisavam?...

Ele a estava encarando.

Não... ele estava lançando um olhar penetrante e masculino na direção daquela fêmea.

Do outro lado da mesa, Tohrment, filho de Hharm, mantinha seus olhos severos e furiosos focados em No'One, como se ele ressentisse não apenas a presença dela na casa, mas cada molécula de ar que entrava em seus pulmões, cada palpitar de seu coração.

A expressão não favorecia seu rosto. Na verdade, Tohr tinha envelhecido muito desde a última vez que ela o vira, embora os vampiros, em especial aqueles de boa linhagem, aparentavam ter por volta de vinte anos mesmo poucos anos antes de sua morte. E isso não era a única mudança nele. Tohr sofria de uma constante perda de peso – independentemente do quanto comesse à mesa, não tinha carne suficiente envolvendo seus ossos, seu rosto ostentava bochechas afundadas e uma mandíbula demasiadamente pronunciada, e manchas escuras rodeavam seus olhos afundados.

Entretanto, sua doença física, fosse o que fosse, não o impedia de lutar. Ele não havia se trocado antes da refeição, e suas roupas úmidas estavam manchadas com sangue vermelho e óleo preto, um lembrete visceral de como todos os machos passavam as noites.

Pelo menos tinha lavado as mãos.

Onde estava sua companheira?, ela se perguntava. No'One não tinha visto nenhum sinal de uma *shellan* – talvez tivesse se mantido solteiro durante todos esses anos? Se ele tivesse uma fêmea, ela provavelmente estaria aqui para lhe dar apoio.

Ajustando a cabeça ainda mais para dentro do capuz, ela apoiou o garfo e a faca na lateral do prato. No'One perdeu completamente o apetite por comida. Tampouco estava faminta por ecos do passado. Esse passado, contudo, não era nada que No'One pudesse recusar educadamente...

Tohrment era tão jovem quanto ela quando os dois passaram todos aqueles meses juntos em um chalé reforçado no Antigo País, protegendo-se do frio do inverno, da umidade da primavera, do calor do verão e dos ventos do outono. Passaram quatro estações juntos, vendo a barriga dela crescer com a vida, um ciclo completo do calendário, ciclo durante o qual ele e seu mentor, Darius, tinham alimentado-a, abrigado e cuidado dela.

Não era assim que deveria ter sido sua primeira gravidez. Não era assim que uma fêmea de sua linhagem deveria ter vivido. Aquilo não se parecia nem um pouco com o que destino que ela imaginara para si mesma.

Era arrogante de sua parte supor qualquer coisa, entretanto. E não houvera, e ainda não havia, como voltar. A partir do momento em que fora capturada e extirpada de sua família, No'One tinha mudado para sempre – tanto quanto se tivessem derramado ácido sobre seu rosto, ou se seu corpo tivesse sido queimado a ponto de se tornar irreconhecível, ou se tivesse perdido seus membros ou a visão ou a audição.

E isso ainda não era o pior. O fato de ser maculada já era péssimo, mas, por um *symphato*? E que o estresse havia desencadeado sua primeira necessidade?

Ela havia passado aquelas quatro longas estações debaixo de um telhado de palha, ciente de que havia um monstro crescendo dentro dela. De fato, teria perdido sua posição social se fosse um vampiro que a tivesse raptado e arrancado de sua família aquilo que ela tinha de mais valioso: sua virgindade. Antes de seu rapto, como a filha do *lídher* do Conselho, ela fora um produto extremamente valioso, o tipo de coisa que, como uma bela joia, era mantida escondida e revelada em ocasiões especiais para ser admirada.

Aliás, seu pai estivera fazendo planos para que No'One se vinculasse a alguém que pudesse oferecer um padrão de vida ainda mais alto do que aquele com que ela havia nascido...

Ela se lembrou, com uma clareza terrível, de que estava cuidando de seus cabelos quando ouviu um suave ruído vindo da porta francesa. Apoiou a escova de cabelos na penteadeira. E o trinco da porta tinha sido aberto por alguém que não era ela...

Nos momentos silenciosos que se passaram desde então, ela, às vezes, imaginava que, naquela noite, tinha ido até os aposentos subterrâneos com sua família. Não estava se sentindo bem – provavelmente a sensação que precedia seu período de necessidade – e tinha ficado lá em cima porque havia mais coisas para distraí-la de sua inquietação.

Sim... às vezes ela fingia que os tinha seguido até o porão e, uma vez lá, finalmente conseguia contar a seu pai sobre a criatura estranha que costumava aparecer no lado de fora de seu quarto, na sacada.

Ela teria se salvado. Salvado o guerreiro a sua frente, aquela fúria dele...

Ela usara a adaga de Tohrment. Logo após o parto, ela havia tomado a arma dele. Incapaz de suportar a realidade do que havia entregado ao mundo, incapaz de respirar uma vez mais sequer no destino a que estava fadada, enterrou a lâmina na própria barriga.

A última coisa que ouvira antes que sua visão enturvasse fora o berro dele...

O barulho da cadeira de Tohrment sendo empurrada para trás a fez dar um salto, e todos aqueles que estavam à mesa ficaram em silêncio, todos pararam de comer, todos os movimentos cessaram, toda a conversa foi interrompida enquanto ele se apressava para fora da sala.

No'One ergueu o guardanapo e limpou a boca debaixo do capuz. Ninguém olhou para ela. Era como se ninguém tivesse percebido o olhar fixo que Tohr lançava em sua direção. Entretanto, em um canto do outro lado da mesa, o anjo com cabelos loiros e negros olhava diretamente para ela.

Desviando o olhar dele, No'One viu Tohrment sair da sala de bilhar em direção ao corredor. Ele carregava uma garrafa com um líquido escuro em cada uma das mãos, e seu rosto sombrio não era menos do que uma máscara da morte.

Fechando as pálpebras, ela mergulhou profundamente dentro de si mesma, tentando encontrar as forças de que precisaria para se aproximar daquele macho que havia acabado de partir tão abruptamente. Ela viera até este lado, até esta casa, para fazer as pazes com a filha que havia abandonado.

Entretanto, alguém mais precisava receber um pedido de desculpas. E, embora as palavras de arrependimento fossem o objetivo final, ela começaria com o vestido. Devolveria a peça a ele assim que terminasse de lavá-la e passá-la com suas próprias mãos. Comparativamente, aquele era um ato tão pequeno... Mas era necessário começar de alguma forma, e o vestido havia claramente atravessado gerações, passado para que a filha de No'One o vestisse, já que ela não tinha família.

Mesmo depois de todos esses anos, ele continuou cuidando de Xhexania.

Era um macho de valor.

No'One preparou-se para deixar a sala ainda mais quieta, mas mesmo assim o ambiente ficou novamente em silêncio enquanto ela se levantava da cadeira. Mantendo a cabeça baixa, não saiu através da porta principal, como Tohr fizera, mas pela porta de serviço, que levava à cozinha.

Mancando, passou pelos fornos, balcões e *doggens* ocupados que a olhavam com reprovação. Em seguida, tomou a escada na parte de trás, aquela que tinha simples paredes de gesso pintadas de branco e degraus de madeira de pinheiros...

— Era da *shellan* dele.

A sola de couro macio da sandália de No'One rangeu quando ela deu meia-volta. Lá embaixo, o anjo estava parado no primeiro degrau da escada.

— O vestido — disse ele. — Aquele era o vestido que Wellesandra usava na noite em que eles se vincularam, quase duzentos anos atrás.

— Ah, então devo devolvê-lo a sua companheira...

— Ela está morta.

Um calafrio percorreu a espinha de No'One.

— Morta...

— Um *redutor* atirou no rosto dela — enquanto No'One ofegava, os olhos brancos dele não piscavam. — Ela estava grávida.

No'One segurou-se ao corrimão enquanto seu corpo oscilava.

— Sinto muito — disse o anjo. — Comigo não tem eufemismo, e você precisa saber onde estará pisando se for devolver a peça a ele. Xhex deveria ter-lhe dito. Fico surpreso por saber que ela não lhe contou.

De fato. Embora não tivessem realmente passado muito tempo juntas — e estavam pisando em ovos sobre muitos assuntos que diziam respeito à relação entre elas.

— Eu não sabia — disse ela, finalmente. — As bacias de visão do Outro Lado... elas nunca...

No entanto, ela não estava pensando em Tohrment quando procurou as bacias: estava preocupada com Xhexania e concentrada nela.

— A tragédia, como o amor, deixa as pessoas cegas — ele disse, como se pudesse ler os arrependimentos de No'One.

— Não vou levar o vestido para ele — ela negou com a cabeça. — Já lhe causei muitos danos. Presenteando-o com... o vestido de sua companheira...

— É um gesto agradável. Acho que você deveria entregar a peça para ele. Talvez isso ajude.

— Fazer o quê? — questionou ela, entorpecida.

— Lembre-o de que ela se foi.

No'One franziu a testa.

— Como se ele tivesse se esquecido...

— Você se surpreenderia, minha querida. A cadeia de memórias precisa ser quebrada. Por isso eu lhe digo, leve o vestido para ele e permita que ele o aceite de você.

No'One tentou imaginar aquela troca.

— Que crueldade... Não. Se está assim tão interessado em torturá-lo, então faça isso você mesmo.

O anjo arqueou uma sobrancelha.

— Não é tortura. É a realidade. O tempo está passando, e ele precisa continuar a vida. E rápido. Leve o vestido para ele.

— Por que está tão interessado na vida dele?

— O destino dele é o meu.

— Como isso é possível?

— Confie em mim, não fui eu quem fez as coisas serem assim.

O anjo olhou para ela como se a desafiasse a encontrar uma mentira que fosse em qualquer coisa que ele havia declarado.

— Perdoe-me – disse ela, asperamente. – Mas eu já causei muitos danos para aquele bom macho. Não devo fazer parte de nada que possa magoá-lo.

O anjo esfregou os olhos como se estivesse com dor de cabeça.

— Droga. Ele não precisa ser protegido. Ele precisa de um bom chute na bunda. E, se não levar logo esse chute, vai *rezar* para estar na merda em que está agora.

— Não estou entendendo nada...

— O inferno é um lugar de muitos níveis. E, para onde ele está indo, digamos que a agonia que está sentindo agora não passará de pregos enfiados debaixo das unhas.

No'One recuou e teve de limpar a garganta.

— Você não sabe lidar muito bem com as palavras, anjo.

— Sério? Não me diga...

— Eu não posso... Não posso fazer o que você quer que eu faça.

— Sim, você pode. Você tem de fazer.

CAPÍTULO 7

Quando Tohr chegou ao bar da sala de bilhar, não se importou em verificar quais garrafas pegara. No patamar do segundo andar, entretanto, reparou que na mão direita trazia uma Herradurra, a tequila de Qhuinn, e na esquerda... *Drambuie?*

Tá, tudo bem, ele podia estar desesperado, mas ainda tinha papilas gustativas, e aquela merda era asquerosa.

Enquanto seguia em direção à sala de estar no final do corredor, trocou a última garrafa por um bom rum tradicional – talvez fingiria que a tequila era Coca-Cola e misturasse os líquidos.

Em seu quarto, fechou a porta, rompeu o selo do Bacardi e o meteu goela abaixo, engolindo a bebida. Pausa para engolir e respirar. De novo. Eeeeeeee de novo... e mais outra vez, um belo gole. A linha de fogo que se estendia de seus lábios até o estômago trazia uma sensação agradável, como se ele tivesse engolido um raio. E, portanto, ele manteve o ritmo, tomando ar quando era necessário, como se estivesse nadando estilo livre em uma piscina.

Metade da garrafa já tinha sido consumida em cerca de dez minutos, e ele ainda mal havia entrado no quarto – o que era bastante idiota, ele supôs.

Diferente de ficar embriagado, algo que era bastante necessário.

Ele colocou um pouco de lado a bebida e atravessou o quarto com seus coturnos, até finalmente conseguir tirá-los. A calça de couro, as meias e a camiseta sem mangas logo também deixaram seu corpo.

Quando estava nu, entrou no banheiro, abriu o chuveiro e entrou na ducha com as garrafas nas mãos.

O rum durou enquanto passava xampu nos cabelos e sabonete no corpo. Quando deu início ao enxágue, Tohr abriu a Herradurra e mandou ver.

Começou a sentir os efeitos somente quando saiu do banho. Os limites afiados de seu temperamento giravam e faziam brotar a euforia do esquecimento. Mesmo quando aquela onda de sensações o tomou, ele continuou bebendo enquanto seguia com o corpo respingando até o quarto.

Tohr queria ir até a clínica e ver como estavam Xhex e John, mas sabia que ela ia sobreviver e que o casal teria de se entender sozinho. Além disso, seu humor estava péssimo, e Deus sabia que aqueles dois já tinham passado por poucas e boas naquele beco.

Não havia razão para se meter.

Tohr deixou o edredom secar seu corpo. Bem, o edredom e o calor que soprava gentilmente dos difusores de ar no teto. A tequila durou um pouco mais do que o rum – provavelmente porque seu estômago tinha se regulado depois de todo o álcool e o vasto jantar. Quando a tequila acabou, Tohr depositou a garrafa sobre o criado-mudo e ajeitou seus membros confortavelmente – o que não era difícil. Naquele momento, ele poderia ser embalado em uma caixa da FedEx que não veria problema algum.

Ele fechou os olhos, e o quarto começou a girar lentamente, como se a cama estivesse sendo drenada e tudo começasse lentamente a escoar.

Você sabe... considerando como as coisas estavam progredindo, ele teria de se lembrar de escapar com segurança. A dor em seu peito não era mais do que um leve eco. Sua sede de sangue estava reprimida; suas emoções, tão serenas quanto um balcão de mármore. Nem mesmo quando dormia ele conseguia alcançar esse tipo de descanso...

A batida na porta de seu quarto foi muito suave, pensou até que fosse o palpitar de seu coração. Então, repetiu-se. E mais uma vez.

– Puta que pariu, que merda...

Ele levantou a cabeça da almofada e berrou:

– *Que foi?*

Como não obteve resposta, ele pôs-se de pé.

– Opa. Sim, tudo bem... *Olá?*

Segurando-se na cabeceira da cama, atirou a Herradurra vazia no chão. Epa. Seu centro de gravidade estava dividido entre o dedo mínimo do pé esquerdo e a parte externa da orelha direita. O que significava que seu corpo queria seguir em duas direções diferentes ao mesmo tempo.

Alcançou a porta como se estivesse patinando no gelo ou girasse em um carrossel ou andasse com um helicóptero como chapéu.

E a maçaneta da porta era um alvo em movimento, embora aquela porta inclinando-se de um lado para o outro sem quebrar fosse um verdadeiro mistério.

Abrindo-a violentamente por completo, Tohr rosnou:

– Que foi?!

Não havia ninguém ali. Mas o que viu o deixou sóbrio

Do outro lado do corredor, pendurado de um dos cabides de bronze, derramando-se como as águas de uma cachoeira, estava o vestido vermelho de sua Wellsie usado na vinculação.

Ele olhou para a esquerda e não viu ninguém. Então, olhou para a direita e viu... No'One.

No final do corredor, a fêmea coberta com o manto andava tão rapidamente quanto sua perna coxa lhe permitia. Seu corpo frágil movimentava-se desajeitadamente debaixo das dobras do áspero tecido.

Ele provavelmente conseguiria alcançá-la. Mas, que merda, tinha claramente matado de medo a fêmea e, se já não estava no clima para conversar à mesa do jantar, agora estava ainda mais "desclimado".

Está vendo? Agora estava até inventando palavras.

Sem contar que estava completamente pelado.

Cambaleando pelo corredor, Tohr posicionou-se de frente para o vestido. A peça havia sido visivelmente lavada com cuidado e preparada para ser guardada, suas mangas estavam preenchidas com lenços de papel, o cabide era do tipo que tinha uma área acolchoada para proteger o corpete.

Quando ele olhou para o vestido, o efeito do álcool fez parecer que a saia voava com a brisa. O tecido, vermelho como sangue, parecia balançar para frente e para trás, capturando a luz e refletindo-a de volta para ele em diferentes ângulos.

Mas Tohr não estava se movimentando, estava?

Estendeu a mão e levantou o cabide de onde ele estava pendurado. Então, levou-o para seu quarto e fechou a porta. Sobre a cama, deitou a peça do lado que Wellsie sempre preferira – o mais distante da porta – e cuidadosamente arrumou as mangas e a saia, fazendo vários ajustes até que o vestido estivesse na posição perfeita.

Em seguida, apagou a luz.

Deitou-se e curvou o corpo para o lado, apoiando a cabeça no travesseiro ao lado daquele que confortaria a cabeça de Wellsie.

Com uma mão trêmula, tocou o cetim do corpete estruturado, sentindo o espartilho posicionado dentro do tecido, a estrutura do vestido feita para realçar o corpo suave e curvado de uma fêmea.

Não era tão bom quanto sentir o corpo dela. Assim como o cetim não era tão bom quanto a pele de Wellsie. E as mangas não eram tão boas quanto seus braços.

– Sinto sua falta... – ele acariciou o vestido na região que cobriria a cintura de sua amada. Onde *deveria* estar a cintura de sua amada. – Sinto tanto sua falta.

E pensar que ela já tinha estado dentro daquele vestido... Passara um curto período ali dentro, nada além de uma fotografia de uma noite na vida de ambos.

Por que as memórias não podiam trazê-la de volta? Elas pareciam fortes o suficiente, poderosas o suficiente, um feitiço de evocação que devia fazê-la magicamente surgir dentro daquele vestido.

Mas ela estava viva apenas na mente de Tohr. Sempre com ele, sempre fora de alcance.

Aquilo era a morte, ele se deu conta. Uma ótima autora de ficção.

E, assim como se estivesse relendo uma passagem em um livro, ele se lembrou do dia da vinculação, a forma como ele ficara tão nervoso ao lado de seus Irmãos, correndo os dedos por seu manto de cetim e seu cinto cravejado de joias. Seu pai de sangue, Hharm, ainda não havia chegado. A reconciliação que chegara ao final de sua vida demorou um século para acontecer. Mas Darius estava lá, o macho que verificava se tudo estava bem com ele a cada um ou dois segundos, sem dúvida preocupado para que Tohr não desse com a fuça no chão, desmaiado.

O que o tornava o segundo da fila.

E então, Wellsie surgiu...

Tohr deslizou a mão até a saia de cetim. Fechando os olhos, imaginou a pele viva e aquecida de Wellsie preenchendo mais uma vez aquele vestido. A respiração fazendo o corpo expandir e contrair dentro do corpete. As pernas longas, realmente longas, evitando que a bainha da saia tocasse o chão. Os cabelos ruivos descendo em cachos até o laço negro nas mangas.

Em sua visão, ela era real e estava em seus braços, lançando um olhar por entre aqueles longos cílios enquanto dançavam o minueto com os outros. Naquela noite, os dois eram virgens. Ele se mostrou um perfeito idiota. Ela, por sua vez, sabia exatamente o que fazer. E as coisas seguiram assim durante toda a vinculação.

Embora tenha rapidamente se revelado um grande amante.

Eles tinham sido *yin* e *yang*, e ainda assim exatamente iguais: ele tinha sido um sargento com a Irmandade; ela, um general em casa. E, juntos, eles tinham tudo...

Talvez fosse por isso que tudo tinha acontecido, ele pensou. Tohr teve muita sorte, assim como Wellsie, e talvez a Virgem Escriba tivesse de controlar o nível de perfeição de tudo aquilo.

E agora ali estava ele, vazio como o vestido, porque aquilo que o preenchia, assim como preenchia o vestido, não estava mais lá.

As lágrimas que brotavam do canto de seu olho eram silenciosas, do tipo que deslizavam e encharcavam o travesseiro, viajando por cima de seu nariz e escorrendo livremente, uma após a outra, como a chuva que cai da beirada de um telhado.

Seu polegar deslizava de um lado para o outro do cetim, como se ele estivesse esfregando a mão no quadril de Wellsie, como fazia quando estavam juntos. Ele apoiou a perna por cima do tecido, de modo que se posicionasse sobre a saia.

Mas não era a mesma coisa. Não havia corpo algum ali, e o tecido cheirava a limão, e não à pele de sua amada. E, no fim das contas, ele estava sozinho naquele quarto que não era o deles.

– Deus, sinto tanto sua falta – disse, com uma voz trêmula. – Todas as noites. Todos os dias...

Do outro lado do quarto escuro, Lassiter estava no canto ao lado da cômoda, sentindo-se péssimo enquanto Tohr sussurrava para o vestido.

Esfregando a mão no rosto, ele se perguntava por quê... *Por que*, porra, de todas as maneiras que ele tinha para se livrar do Limbo, tinha de ser justamente essa?

Aquela merda começava a irritá-lo outra vez.

Ele. O anjo que não dava a mínima para as outras pessoas. Aquele que deveria ter sido um negociador de reclamações ou um advogado de danos pessoais. Ou qualquer outro serviço na face da terra onde ferrar outras pessoas seria um êxito de trabalho.

Jamais deveria ter sido um anjo. Aquilo exigia um conjunto de habilidades que ele não tinha, e que não conseguia fingir ter.

Quando o Criador se aproximara dele com uma oportunidade de se redimir, ele se concentrou demais na ideia de ficar livre para refletir sobre as particularidades daquela atribuição. Tudo o que chegava a seus ouvidos eram palavras como: "Vá para a Terra colocar esse vampiro de volta nos trilhos, libertar aquela *shellan*" e outros blá-blá-blás de mesmo teor... Depois disso, viu-se livre para cuidar de seus problemas em vez de ficar preso na terra do "nem aqui nem ali". Parecia um bom negócio. E, no início, foi. Aparecer na floresta com um Big Mac, alimentar o pobre desgraçado, arrastá-lo de volta para cá... E, então, esperar até que Tohr estivesse fisicamente fortalecido para iniciar o processo de seguir em frente.

O plano era bom. Mas, em seguida, veio o preço.

"Seguir em frente", aparentemente, era mais do que apenas enfrentar o inimigo.

Ele estava perdendo as esperanças a ponto de jogar as mãos para o alto... E então, de repente, aquela fêmea, No'One, apareceu na casa. E, pela primeira vez, Tohr conseguiu realmente se concentrar em algo.

Foi quando a luz se acendeu em Marmorelândia: "seguir em frente" exigiria outro nível de participação no mundo.

Tudo bem. Ótimo. Magnífico. Fazer o cara transar... beleza. Então, todo mundo sairia ganhando – em especial, o próprio Lassiter. E, caramba, no instante em que ele tinha visto No'One sem capuz, percebeu que estava no caminho certo. Ela era surpreendentemente bela, o tipo de fêmea que fazia um macho que não estivesse interessado em nada disso ficar com o pau duro a ponto de arrebentar as calças. No'One tinha a pele alva como papel, e cabelos loiros que chegariam até os quadris se não estivessem trançados. Com aqueles lábios rosados, olhos de um cinza adorável e bochechas da cor do interior de um morango, ela era linda demais para ser real.

E, obviamente, era perfeita por uma série de outros motivos: ela queria consertar as coisas, e Lassiter supôs que, com um pouco de sorte, a natureza seguiria seu curso e tudo se ajeitaria em seu devido lugar... e No'One iria parar na cama do Irmão.

Tudo bem. Ótimo. Magnífico.

Mas e aquela... demonstração... do outro lado do quarto? Nada bem. Nada ótimo. Nada magnífico.

Esse tipo de sofrimento era um abismo, um purgatório para alguém que não tinha morrido. E o anjo bem que queria ter alguma maldita ideia de como arrastar o Irmão para fora daquilo.

Francamente, para Lassiter, apenas testemunhar aquilo já era difícil o suficiente.

E, por falar nisso, ele não tinha planejado respeitar o cara. Afinal, estava aqui em uma missão e não para fazer amizade com sua chave para a liberdade.

O problema era que, conforme o cheiro acre da agonia daquele homem se espalhava e saturava o ar do quarto, era impossível não sentir pena dele.

Ele simplesmente não podia mais aceitar essa merda.

Deslizando em direção ao corredor, ele caminhou sozinho em meio às estátuas, a caminho da enorme escadaria. Sentou-se no degrau mais alto e ouviu os barulhos da casa. Lá em baixo, os *doggens* faziam a limpeza após a Última Refeição. Seus comentários animados eram como música ambiente tocando ao fundo, de tão tagarelas. Atrás dele, no escritório, o Rei e a Rainha estavam... "trabalhando", por assim dizer, o cheiro de vinculação de Wrath saturando o ar, o ruído da respiração arrastada de Beth bem discreto. O restante da casa estava relativamente quieto, já que os outros Irmãos, as *shellans* e convidados tinham se recolhido para dormir... ou fazer outras coisas, no estilo do que o casal real estava fazendo.

Erguendo os olhos, ele se concentrou no teto pintado que se estendia acima do piso de mosaico do saguão. Sobre as cabeças dos guerreiros retratados em seus corcéis assustadores e carrancudos, o céu azul e as nuvens brancas chegavam a ser ridículos – afinal, vampiros não podiam lutar durante o dia. Mas, que seja, aquilo era a beleza da realidade representada em contraste à realidade em que se vivia. Quem tinha o pincel na mão se tornava o deus que gostaria que governasse sua vida, capaz de escolher entre os produtos do catálogo do destino e o jogo de cartas do acaso e, com isso, buscar uma vantagem prolongada e continuada para si mesmo.

Olhando para as nuvens, ele esperou pela figura que aguardava aparecer, e ela logo surgiu.

Wellesandra estava sentada em um campo enorme e deserto, a planície acinzentada era pontuada por pedregulhos e o vento impiedoso soprando contra ela, vindo de todas as direções. Ela não estava tão bem quanto tinha estado da primeira vez em que ele a vira. Sob o cobertor cinza em que ela se agarrava para proteger a si mesma e à criança, ela havia se tornado mais pálida, seus cabelos ruivos começavam a desaparecer, transformando-se apenas em uma mancha sem vida, sua pele estava ficando pastosa, seus olhos, já sem qualquer sombra discernível de castanho. E o bebê em seus braços, o pequeno e envolto pacotinho de felicidade, já não se movia tanto.

Essa era a tragédia do Limbo. Ao contrário do Fade, a passagem por ali não durava para sempre. Era apenas uma estação de passagem para o destino final, e a de cada um era um pouco diferente. A única coisa que era igual? Se você permanecesse ali durante muito tempo, não poderia mais sair. Nada de graça eterna para você.

Acabaria transitando em um vazio parecido com o *Dhunhd*, sem qualquer chance de se livrar daquele vácuo.

E aqueles dois estavam chegando a seu limite.

– Estou fazendo o melhor que posso – disse-lhes. – Aguentem firme... porra, *aguentem firme*.

CAPÍTULO 8

A primeira coisa que Xhex fez quando voltou à consciência foi procurar por John no quarto de recuperação.

Ele não estava na cadeira do outro lado da sala. Não estava no chão, nem escorado em algum canto. Tampouco estava ao lado da cama.

Ela estava sozinha.

Onde diabos estava John?

Ah, sim, claro. Ele a tinha pajeado o tempo todo no campo de batalha, mas agora a deixara aqui? Teria ele pelo menos ficado ali por perto durante a cirurgia?

Com um gemido, ela pensou em rolar o corpo para o lado, mas com todas aquelas intravenosas em seu braço e fios em seu peito decidiu não lutar contra os equipamentos. Bem, e também havia o fato divertidíssimo de alguém ter feito um buraco enorme em seu ombro. Várias vezes.

Enquanto ela estava ali deitada com uma carranca estampada no rosto, tudo naquele quarto a irritava: o ar aquecido soprando do teto, o zumbido das máquinas atrás de sua cabeça, os lençóis que mais pareciam feitos de lixa, o travesseiro duro como pedra, o colchão mole demais...

Que bosta, onde John estava?

Pelo amor de Deus, ela poderia ter cometido um erro ao vincular-se a ele. O fato de ela amá-lo era o que causava isso? Seria impossível mudar isso, e ela nem queria mudar. Entretanto, Xhex deveria ter pensado melhor antes de oficializar as coisas. Embora os papéis definidos para cada sexo estivessem mudando no mundo dos vampiros – graças, em grande parte, a Wrath ter suavizado os Velhos Costumes –, ainda havia uma enorme quantidade de hábitos patriarcais ridículos envolvendo as *shellans*. Era possível ser uma amiga, uma namorada, uma colega de trabalho, um mecânico de carro e, puta que pariu, esperar que sua vida fosse somente sua.

Mas ela temia que, uma vez que seu nome estivesse nas costas de um macho – pior ainda, de um macho guerreiro de sangue puro –, as coisas mudassem e que as expectativas se tornassem outras. Que seu companheiro começasse a ficar mais assertivo e a pensar que a fêmea era incapaz de cuidar de si mesma.

Onde *estava* John?

Cansada daquilo, ela se livrou dos travesseiros, tirou a intravenosa e prendeu a ponta de forma que o soro e o que mais tivesse ali não pingasse por todo o chão. Em seguida, desligou o aparelho que monitorava seu coração e então afastou os fios de seu peito com a mão livre.

Manteve o braço direito imobilizado contra a caixa torácica – ela só precisava andar, não hastear uma bandeira.

Pelo menos não estava com um cateter.

Colocando seus pés no linóleo, ela levantou-se com cuidado e se parabenizou por ser uma paciente tão boa. No banheiro, lavou o rosto, escovou os dentes e usou o vaso.

Quando saiu novamente, teve esperança de ver John em uma das duas portas de entrada.

Não.

Dando a volta na cama, pegou suas coisas lentamente, pois seu corpo ainda estava entorpecido por causa das medicações, da cirurgia e porque precisava se alimentar – embora a maldita verdade era que sugar a veia de John era a última coisa em que estava interessada. Quanto mais tempo ele ficava distante, menos ela queria ver aquela sua bunda peluda.

Droga.

Dirigindo-se para o armário, ela abriu as portas revestidas, livrou-se do avental e vestiu uma espécie de jaleco – que, é claro, não servia nela, pois era de um tamanho masculino. Mas que bela metáfora, não? Enquanto lutava para se vestir usando apenas uma mão, ela xingava John, a Irmandade, o papel das *shellans*, das fêmeas em geral... e especialmente a camisa e a calça, batalhando com apenas uma mão para puxar para cima o tecido que caía a seus pés.

Enquanto marchava em direção à porta, cuidadosamente ignorou o fato de que estava procurando por seu companheiro. Em vez disso, focou-se nas músicas que passavam por sua cabeça, pequenas versões *a capela* de um top 40 feliz, como "O que deu a ele o direito de chamar sua atenção no campo de batalha", "Com que direito, porra, ele pode tê-la deixado aqui sozinha", e, no topo de todas as paradas, "Todos os machos são idiotas".

Doo-dah, doo-dah.*

Abriu a porta de supetão e viu, do outro lado do corredor, John sentado no chão duro, com joelhos pontudos como estacas para montar uma barraca e braços cruzados sobre o peito. Seus olhos se encontraram com os de Xhex assim que ela apareceu – não que John tivesse olhado na direção dela, mas por ele estar concentrado no espaço que ela ocuparia desde muito antes de ela sair dali.

A voz furiosa na cabeça dela se calou. Ele estava com a aparência de alguém que tinha ido até o inferno e trouxera as chamas da sala de estar do diabo com as próprias mãos nuas.

Descruzando os braços, ele usou as mãos para falar: *Pensei que você pudesse gostar de sua privacidade.*

Que merda. Lá estava ele, arruinando o mau humor dela.

Aproximando-se, ela baixou o corpo ao lado dele. John não a ajudou, e Xhex sabia que ele estava fazendo aquilo de propósito... Como uma forma de honrar a independência dela.

– Acho que essa foi nossa primeira briga – disse ela.

Ele assentiu.

E eu odiei. A coisa toda. E me desculpe... Eu simplesmente... não sei explicar o que aconteceu comigo, mas quando vi você ferida, perdi a cabeça.

---

* Trecho de música de desenho animado, como em "Everybody sing this song, doo-dah, doo-dah / Well everybody sing this song all the DooDah day (...)". (N. E.)

Ela expirou lenta e demoradamente.

– Você disse que aceitava o fato de eu lutar. Logo antes de nossa vinculação, você disse que aceitava isso.

Eu sei. E ainda aceito.

– Tem certeza?

Um instante depois, ele assentiu novamente.

Eu amo você.

– Eu também. Quero dizer, amo você. Você sabe.

Mas ele não tinha realmente respondido à pergunta dela, tinha? E ela não tinha energia para continuar nem mais um segundo com aquilo. Os dois ficaram ali, sentados em silêncio no chão, até que ela finalmente estendeu o braço e segurou a mão dele.

– Eu preciso me alimentar – ela declarou com uma voz rouca. – Você poderia...

John lançou um olhar na direção dela e anuiu com a cabeça.

Sempre, articulou com os lábios.

Ela se levantou sem a ajuda dele e estendeu a mão livre em sua direção. Quando ele segurou a palma de sua amada, ela concentrou suas forças e o puxou para cima. Então, conduziu-o até o quarto de recuperação e trancou as portas com a mente enquanto John se sentava na cama.

Ele estava esfregando a palma das mãos na calça de couro como se estivesse nervoso, e, antes que ela pudesse se aproximar, John pulou da cama. *Eu preciso tomar um banho. Não posso chegar perto de você assim. Estou coberto de sangue.*

Santo Deus, ela sequer tinha se dado conta de que ele ainda estava usando as roupas de luta.

– Está bem.

Eles trocaram de lugar, ela se dirigindo até a extremidade do colchão, ele seguindo para o banheiro para ligar a água quente. John deixou a porta aberta... então, enquanto ele tirava sua camiseta regata, ela observava como seus músculos se agrupavam e se retorciam.

O nome dela, Xhexania, não estava apenas tatuado, mas esculpido em lindos símbolos por todas as suas costas.

Quando John se abaixou para tirar as calças de couro, seu belo traseiro ficou à mostra, suas fortes coxas flexionando-se enquanto ele desnudava uma perna e, logo depois, a outra. Quando ele entrou debaixo da ducha, saiu do ângulo de visão dela. Entretanto, logo depois retornou.

Ele não estava excitado, ela percebeu.

Era a primeira vez. Especialmente considerando que ela estava prestes a se alimentar.

John enrolou uma toalha em volta do quadril. Quando se virou na direção dela, seu olhar sombrio a deixou entristecida. *Você prefere que eu vista um roupão?*

Que merda, o que tinha acontecido com eles?, ela pensou. Puta que pariu, eles haviam passado por tanta coisa para colherem o que deveriam ser os bons frutos apenas para estragar tudo.

– Não – ela sacudiu a cabeça e esfregou as mãos nos olhos. – Por favor... não...

Quando John se aproximou, manteve a toalha exatamente onde estava.

Quando chegou diante dela, caiu de joelhos e ergueu o pulso. *Beba de mim. Por favor, deixe-me cuidar de você.*

Xhex inclinou o corpo e agarrou a mão dele. Alisando o polegar para cima e para baixo sobre a veia, ela sentiu a ligação entre eles crescer outra vez, aquele vínculo que havia sido cortado no beco agora se regenerava como uma ferida que se curava.

Inclinando-se, ela agarrou-o pela nuca, trazendo a boca dele para perto da sua. Enquanto o beijava lentamente, por todo o corpo, ela afastou as pernas, abrindo espaço para ele se curvar para frente, o quadril de John encontrando-se com aquele lugar que era seu, e somente seu.

Quando a toalha caiu no chão, a mão dela buscou seu pau – e deu-se conta de que já estava completamente duro.

Do jeito que ela queria.

Acariciando-o, ela curvou o lábio superior, deixando suas presas expostas. Então, inclinou a cabeça para o lado, e deslizou a ponta afiada pelo pescoço dele.

O corpo enorme de John estremeceu – então, ela repetiu o movimento, dessa vez usando a língua.

– Suba aqui na cama comigo.

John não perdeu tempo, e logo preencheu o espaço que ela abriu para ele ao empurrar o próprio corpo para trás.

Havia muito contato visual entre eles, como se os dois estivessem se conhecendo novamente.

Tomando a mão dele, ela a levou até seu quadril enquanto se empurrava para mais perto dele, de modo que seus corpos fizessem contato, seus toques se intensificavam, o cheiro da vinculação começava a saturar o ar.

Ela havia planejado seguir com as coisas suavemente, em marcha lenta, mas a carne dos dois tinha outros planos. A necessidade tomou conta, assumiu o controle da situação, e ela avançou em sua garganta, tomando aquilo que precisava para sobreviver e se fortalecer – e também para marcá-lo como sendo dela. Em resposta, seu corpo cresceu contra o dela, sua ereção desejando penetrá-la.

Enquanto ela sugava fortemente a veia de John, lutava para tirar aquele jaleco – mas ele cuidou disso, agarrando-lhe a cintura e arrancando as calças com tanta violência a ponto de o tecido rasgar ruidosamente. E então, a mão dele estava bem lá, exatamente onde ela queria que estivesse, movendo-se contra a essência dela, apalpando e deslizando, provocando e finalmente a penetrando. Trabalhando aqueles dedos longos que a invadiam, ela encontrou o ritmo que era garantia de prazer para os dois, seus gemidos competindo com o sangue por espaço em sua garganta.

Depois que atingiu o primeiro orgasmo, ela mudou de posição – com a ajuda dele – e cavalgou nos quadris de seu macho. Ela precisava manter-se relativamente parada para conseguir acesso à garganta dele, mas ele tratou de cuidar dos movimentos, metendo nela, para dentro e para fora, para dentro e para fora, produzindo a fricção que ambos queriam.

Quando ela gozou pela segunda vez, precisou afastar sua boca da pele dele e gritar seu nome. E enquanto ele enterrava seu pau mais profundamente nela, Xhex parou de se movimentar e absorveu a sensação das estocadas. Era tão familiar e, ao mesmo tempo, tão novo.

Jesus... a expressão no rosto dele... seus olhos estavam fechados, suas presas expostas, os músculos em seu pescoço, retesados, tudo isso enquanto um fio do delicioso líquido vermelho escorria por cada marca de dente – feridas que ela ainda teria de lamber para fechá-las.

Quando as pálpebras de John finalmente se abriram, ela encarou a imagem embaçada daqueles olhos azuis de seu parceiro. O amor que ele sentia por ela não era apenas emocional. Definitivamente, havia um componente físico naquele sentimento. Era assim que os machos vinculados funcionavam.

Talvez ele não tivesse conseguido se conter naquele beco, ela pensou. Talvez aquilo fosse a besta contida em uma aparência civilizada, a parte animal dos vampiros que separava sua espécie daqueles humanos frios e sem graça.

Inclinando-se delicadamente, ela lambeu as feridas para selá-las, desfrutando do sabor que permanecia no interior de sua boca e no caminho expresso até sua garganta. Xhex já conseguia sentir o poder percorrendo seu corpo, e isso era apenas o começo. Conforme absorvia o que John havia lhe oferecido, ela se sentiria mais e mais fortalecida.

– Eu amo você – ela declarou.

Com isso, afastou-o para longe dos travesseiros, de modo que agora estava sentada em seu colo, a ereção de John penetrando-a ainda mais profundamente, alcançando seu núcleo quente. Usando a mão livre para segurar o pescoço de John, ela o trouxe até sua veia e o manteve ali.

Ele não precisava de mais nenhum estímulo – e a dor que veio com aquela picada adocicada levou-a ao limite do orgasmo enquanto sua boceta exigia mais uma vez que ele gozasse. Ela rebolava, montada naquele gigantesco mastro, apertando-o, lançando-se contra ele.

John segurou-a firmemente, e a imagem de canto de olho que ela tinha daqueles braços forçou-a a franzir a testa. Aqueles membros enormes e salientes, independente de quão fortalecida ela estivesse naquele momento, poderiam erguê-la mais, meter com tudo, com força, bem rápido, sem parar. Eram maiores que as coxas dela, mais grossos que sua cintura.

Seus corpos não eram, de forma alguma, criados para serem iguais, não é mesmo? Ele sempre seria mais poderoso do que ela.

Uma realidade, é claro. Mas a quantidade de peso que alguém era capaz de levantar não determinava sua competência no campo de batalha; tampouco era a única maneira de se julgar um guerreiro. Ela era uma atiradora tão precisa quanto ele, tão boa quanto com as adagas e igualmente furiosa e obstinada diante de uma presa.

Só precisava fazê-lo enxergar isso.

A biologia era um fato inegável. Mas até os machos tinham um cérebro.

Quando o sexo finalmente chegou ao fim, John deitou-se ao lado de sua companheira, completamente saciado e sonolento. Providenciar comida provavelmente seria uma boa ideia, mas agora ele não tinha nem energia nem vontade.

Não queria deixá-la – naquele momento, nos próximos dez minutos, amanhã, na semana que vem, no próximo mês...

Quando ela se enroscou nele, John puxou um cobertor da mesa de cabeceira e o estendeu sobre eles, embora a combinação do calor de seus corpos fosse capaz de mantê-los aquecidos a ponto de quase assarem.

Ele conhecia muito bem os sinais de quando ela adormecia – a respiração de sua fêmea tornava-se diferente e ela movia as pernas de tempos em tempos.

Ele se perguntava se ela estaria lhe dando uma bronca em seus sonhos.

Ele tinha muitos pontos nos quais precisava trabalhar, não restava dúvida quanto a isso.

E não tinha ninguém com quem falar sobre o assunto. Não podia simplesmente chegar para Tohr e pedir-lhe um conselho além do que recebera subitamente naquela noite. E os relacionamentos de todos os outros eram perfeitos. Tudo o que ele sempre via na mesa do jantar era casais felizes e sorridentes – dificilmente pareciam ser o tipo de gente que poderia ajudá-lo naquele momento.

Ele conseguia imaginar a resposta que receberia: *Você está tendo problemas? Sério? Hum... isso é estranho... talvez você pudesse ligar para a rádio ou algo assim?*

A única coisa que poderia mudar aquilo era o que quer que fosse sugerido por alguém com cavanhaque, óculos escuros, casaco de pele, pirulito na boca...

Entretanto, aquele era seu momento de paz. E ele e Xhex poderiam aproveitá-lo.

Tinham de fazê-lo.

Você disse que aceitava o fato de eu lutar. Logo antes de nossa vinculação, você disse que aceitava isso.

E ele realmente tinha aceitado. No entanto, essa aceitação tinha vindo antes de vê-la ferida bem diante de seus olhos.

Por mais que para John doesse admitir, o problema era que... a última coisa que ele queria ser era o Irmão que mais admirava. Agora que ele estava formalmente com Xhex, a ideia de perdê-la e seguir pelos mesmos caminhos de Tohr era o pensamento mais aterrorizante com o qual já se deparara.

John não conseguia entender de onde o Irmão tirava forças para sair da cama todas as noites. E, francamente, se ele ainda não tivesse perdoado aquele cara por partir e desaparecer logo em seguida, ele o faria agora.

John pensou naquele momento em que Wrath e a Irmandade tinham vindo em grupo até eles. Tohr e ele estavam no escritório aqui no centro de treinamento, enquanto o Irmão telefonava vez após vez para casa, esperançoso, rezando para ser atendido por alguma voz que não fosse a secretária eletrônica...

No corredor do lado de fora do escritório, havia rachaduras nas maciças paredes de concreto – apesar de serem compostas por malditos 45 centímetros de espessura. A descarga de energia de Tohr, causada por sua fúria, havia sido tão potente que literalmente o explodiu para sabe Deus onde, fazendo a base subterrânea tremer até as paredes racharem.

John continuava sem saber aonde ele tinha ido. Mas Lassiter o trouxera de volta – em má forma. E ele continuava assim.

Embora pensar dessa maneira fosse egoísta, John não queria aquilo para si. Tohr era agora metade do macho que um dia tinha sido – e não apenas porque tinha perdido peso. E, apesar de ninguém demonstrar pena de Tohr diante dele, todos os guerreiros tinham esse sentimento dentro de si.

Era difícil prever quanto tempo mais o Irmão viveria lá fora, frente ao inimigo. Ele se recusava a se alimentar, então estava cada vez mais fraco. E, ainda assim, todas as noites, partia para o campo de batalha. Sua necessidade de vingança tornava-se mais aguçada e consumia-o cada vez mais.

Ele acabaria matando a si mesmo. Ponto-final.

Era como calcular o impacto de um carro em um carvalho: uma simples questão de matemática. Basta extrair os ângulos e as trajetórias e *bum!* Lá estava Tohr, caído, morto no asfalto.

Embora... droga... ele provavelmente daria seu último suspiro com um sorriso no rosto, sabendo que finalmente estaria ao lado de sua *shellan*.

Talvez fosse por isso que John estava tão estressado com relação à Xhex. Ele era próximo de outras pessoas da casa: de sua meia-irmã, Beth, de Qhuinn e Blay, de outros Irmãos. Mas Tohr e Xhex eram aqueles com quem ele se sentia melhor – e a ideia de perder os dois era terrível.

Caraaaaalho.

Pensou em Xhex no campo de batalha. E sabia que, se ela estivesse lá fora, naqueles becos, lutando contra o inimigo, iria se ferir novamente. Todos eles saíam feridos de tempos em tempos. A maior parte dos machucados era superficial, mas era impossível prever quando a linha seria cruzada, quando uma simples luta corpo a corpo fugiria do controle e você se veria encurralado.

Não que ele duvidasse de Xhex ou das capacidades dela – apesar da bobagem que tinha saído da boca do próprio John ainda naquela mesma noite. Ele simplesmente detestava a possibilidade de algo acontecer a ela. Afinal, se você jogasse o dado várias vezes, obteria o resultado desejado – ou indesejado. E, pensando nas coisas como um todo, a vida de Xhex era mais importante do que mais um guerreiro na batalha.

Ele devia ter pensado um pouco mais a respeito disso antes de dizer que não via problema algum no fato de ela lutar...

– No que você está pensando? – ela perguntou, imersa na escuridão. Como se o que estava martelando em seu cérebro a tivesse acordado.

Ajeitando-se, ele colocou a cabeça perto da dela e acenou uma negação. Mas estava mentindo. E ela provavelmente sabia disso.

CAPÍTULO 9

Na noite seguinte, Qhuinn estava parado do outro lado do escritório de Wrath, exatamente na junção de duas paredes de um azul pálido. A sala era enorme, uns bons treze por treze, e tinha um teto alto o suficiente para causar uma hemorragia nasal em alguém. Mas o espaço estava ficando apertado.

Por outro lado, entretanto, havia mais ou menos uma dúzia de pessoas enormes amontoadas em volta da rebuscada mobília francesa.

Qhuinn sabia sobre aquela porcaria francesa. Sua mãe, que agora estava morta e enterrada, gostava do estilo, e muito antes de ele ser rejeitado por sua família recebera ordens a gritos *ad nauseam* para não se sentar naquela droga Louis alguma coisa.

Pelo menos essa era uma área onde ele não era discriminado em sua própria casa – sua mãe só permitia a si mesma e à irmã dele sentarem-se naquelas cadeiras delicadas. Qhuinn e seu irmão não tinham permissão para isso. Jamais. E seu pai era tolerado em meio a carrancas, sobretudo porque ele pagara pelos móveis algumas centenas de anos atrás.

Enfim...

Pelo menos o comando central de Wrath fazia sentido. A cadeira do Rei era tão grande quanto um carro e provavelmente pesava tanto quanto um. Os entalhes, enrugados e elegantes ao mesmo tempo, tornavam-na o trono da raça. E a enorme mesa a sua frente tampouco era adequada para uma garota.

Esta noite, e como de costume, Wrath tinha a aparência do assassino que era: silencioso, intenso, mortal. Exatamente o oposto de uma garota-propaganda da Avon. A seu lado, Beth, sua Rainha e *shellan*, permanecia séria e serena. E, do outro lado, George, seu cão-guia, parecia... bem, como se fizesse parte de um cartão-postal. Mas os golden retrievers eram assim: pitorescos, bonitos e acariciáveis.

Mais para Donny Osmond do que para senhor das trevas.

Mas, também, Wrath era mais do que adequado para aquilo.

De forma abrupta, Qhuinn correu seus olhos para o tapete Aubusson. Ele não precisava olhar para quem estava de pé do outro lado da rainha.

Ah, que droga.

Sua visão periférica estava funcionando bem demais essa noite.

Seu primo de merda, aquele filho da puta maldito, de terno e Montblanc até o rabo. Saxton, o Magnífico, estava ao lado da Rainha, parecendo uma combinação de Cary Grant com um modelo de um maldito anúncio de colônia.

Não que Qhuinn fosse um cara amargo.

Mas o cara estava dividindo a cama com Blay.

Não.

Não. Nem um pouco.

O filho da puta...

Estremecendo, ele pensou que devia redirecionar aquele insulto para algo um pouco mais distante do que eles dois...

Deus, sequer devia pensar naquilo. Não se quisesse respirar.

Blay também estava na sala, mas o cara estava distante de seu amante. Ele sempre ficava. Fosse ou não nessas reuniões, eles sempre ficavam a pelo menos um metro de distância um do outro.

O que era a única salvação para viver na mesma casa que os dois. Ninguém jamais os vira de lábios colados ou mesmo de mãos dadas.

Embora... de qualquer forma, não era como se Qhuinn não ficasse acordado durante o dia, torturando-se com pensamentos que envolviam toda aquela porcaria do Kama Sutra...

A porta do escritório se abriu, e Tohrment se arrastou para dentro. Cara, ele tinha o aspecto de alguém que havia rolado para fora de um carro em movimento na rodovia. Seus olhos eram como buracos feitos por alguém que urinou na neve, seu corpo se movia muito rigidamente enquanto ele se aproximava de John e Xhex.

Quando chegou, a voz de Wrath cortou o burburinho, calando a todos.

– Agora que estamos todos aqui, vou acabar com esse papo furado e passar a bola para Rehvenge. Não tenho nada positivo para dizer sobre isso, então ele será mais eficiente em lhes dar um resumo da situação.

Quando os Irmãos começaram a murmurar, o enorme filho da mãe de cabelo moicano fixou sua bengala no chão e pôs-se de pé. Como sempre, o mestiço estava vestido em um terno risca de giz – Deus, Qhuinn já começava a desprezar tudo o que tinha lapelas – e uma pele de mink para mantê-lo aquecido. Com suas tendências *symphato* mantidas sob controle graças a regulares injeções de dopamina, seus olhos eram violeta e, em geral, não ostentavam nenhum mal.

Em geral. Aquele cara realmente não era alguém que você gostaria de ter como inimigo, e não apenas porque, como Wrath, era o líder de seu povo. Seu trabalho durante o dia consistia em ser o rei da colônia *symphato* no norte. As noites eram passadas aqui, com sua *shellan*, Ehlena, vivendo *la vida* vampira. E os dois grupos jamais deveriam se encontrar.

E é desnecessário dizer que aquele cara era um recurso altamente valioso para a Irmandade.

– Alguns dias atrás, uma carta foi enviada para cada chefe das linhagens remanescentes – ele colocou a mão dentro do casaco de mink e tirou uma folha dobrada do que parecia ser um antigo pergaminho. – Correio tradicional, escrita à mão, no Antigo Idioma. A minha demorou um pouco para chegar, porque foi enviada primeiro para o Grande Campo no norte. Não, eu não tenho ideia de como eles conseguiram o endereço. E sim, eu tenho confirmações que todos receberam uma cópia.

Apoiando a bengala contra o sofá delicado em que estava sentado, ele abriu o pergaminho com a ponta dos dedos, como se não gostasse de sentir aquele material em sua mão. Então, com uma voz baixa e profunda, leu cada frase na língua antiga em que havia sido composta.

Meu velho e querido amigo,

Escrevo para informá-lo de minha chegada à cidade de Caldwell com os meus soldados. Embora há muito tempo tenhamos nos correspondido no Antigo País, os terríveis eventos dos últimos anos nesta jurisdição nos impediram de continuar, de toda boa consciência, onde anteriormente tínhamos estabelecido nossa moradia.

Como vocês talvez tenham ouvido de seus contatos no exterior, nossos grandes esforços erradicaram a Sociedade Redutora nas pátrias, tornando seguro para nossa forte raça florescer em paz e segurança por lá. Claramente, é hora de levar este braço fortalecido de proteção para ajudá-los desse lado do oceano — a raça aqui, nessas regiões, vem enfrentando perdas insustentáveis, que talvez pudessem ser evitadas se tivéssemos chegado aqui anteriormente.

Não peço retorno pelos serviços que podemos prestar à raça, embora eu realmente aprecie a oportunidade de me encontrar com você e com o Conselho — no mínimo para expressar minhas mais sinceras condolências por tudo que vocês enfrentaram desde os levantes. É uma pena que as coisas tenham chegado a esse ponto — o comentário é triste, já que diz respeito a certos segmentos de nossa sociedade.

Com meus sinceros cumprimentos,
Xcor

Quando Rehv terminou, ele dobrou o papel e o fez desaparecer. Ninguém disse uma palavra.

— Essa também foi minha reação — ele murmurou sombriamente.

Aquilo abriu as comportas, todos começaram a falar de uma só vez, os xingamentos ricos e pesados espalhando-se pelo ar.

Wrath cerrou o punho e bateu em sua mesa até o abajur pular, e George apressou-se em se esconder debaixo do trono de seu mestre. Quando a ordem foi finalmente restaurada, era como se um cavalo tivesse sido domado com uma mordaça, uma trégua sutil, foi mais como uma pausa no relinchar e empinar do que como um silêncio total.

– Sei que o filho da mãe esteve fora ontem à noite – anunciou Wrath.

Tohrment, então, expressou-se:

– Nós nos envolvemos com Xcor, é verdade.

– Então, isso não é falso.

– Não, mas foi escrito por outra pessoa. Ele é analfabeto...

– Eu vou ensinar o filho da mãe a ler – murmurou V. – Vou enfiar toda a Biblioteca do Congresso no cu dele.

Quando grunhidos de aprovação ameaçaram transformarem-se em um novo motim, Wrath socou a mesa de novo.

– O que sabemos sobre esse grupo?

Tohr deu de ombros.

– Partindo do pressuposto de que ele manteve os mesmos caras, então somam um total de cinco. Três primos. Aquele astro pornô, Zypher...

Rhage bufou com o comentário. Obviamente, embora agora fosse um cara feliz e vinculado, ele achava que a raça tinha uma, e somente uma, lenda do sexo – e era ele.

– E Throe estava com ele naquele beco – disse Tohr com uma voz mais suave. – Veja, não vou mentir: está claro que Xcor está articulando um plano contra...

Quando ele não terminou a sentença, Wrath assentiu.

– Mim.

– Ou seja, nós...

– Nós...

– Nós...

Mais vozes do que se poderia contar murmuraram aquela palavra. A mesma sílaba vinha de todos os cantos da sala, de cada assento, de cada parede em que alguém estava encostado. E o negócio era esse. Diferentemente do pai de Wrath, este rei tinha sido, antes de mais nada, um guerreiro e um Irmão – portanto, os laços que tinham se formado não eram fruto de algum artefato de obrigação prescrita, mas do fato de que Wrath tinha ficado ao lado de todos eles no campo de batalha e salvado pessoalmente a vida deles em uma ou outra ocasião.

O Rei abriu um leve sorriso.

— Eu aprecio o apoio.

— Ele precisa morrer — quando todos olharam para Rehvenge, ele deu de ombros. — É simples assim. Não vamos ficar de besteira com protocolos e reuniões. Vamos simplesmente acabar com ele.

— Você não acha que está um pouco sedento demais por sangue, devorador de pecados? — rosnou Wrath.

— De um rei para outro, saiba que estou lhe mostrando o dedo do meio neste exato momento — e ele estava, com um sorriso. — Os *symphatos* são conhecidos por sua eficiência.

— Sim, e eu entendo de onde você está vindo. Infelizmente, de acordo com a lei, você precisa me agredir antes de eu poder enterrá-lo.

— E é para isso que essa discussão está se encaminhando.

— Concordo. Mas estamos de mãos atadas. Encomendar o assassinato do que seria um macho inocente não vai nos ajudar diante dos olhos da *glymera*.

— Por que você precisa estar associado com a morte?

— E se o filho da mãe for inocente — falou Rhage, — então eu sou a porra do coelhinho da Páscoa.

— Que bom — alguém gracejou. — Vou chamá-lo de "Hollywood Pula-Pula" de agora em diante.

— Fera Fofinha — outro berrou.

— Nós poderíamos colocá-lo em um anúncio de chocolate e ganhar alguma grana...

— Pessoal, — gritou Rhage, — a questão é que ele *não* é inocente e eu *não* sou o coelhinho da Páscoa...

— Onde está sua cesta?

— Posso brincar com seus ovos?

— Dá um pulinho, cara...

— Será que vocês podem calar a boca? Sério!

Enquanto vários comentários sobre coelhos eram distribuídos como biscoitos em um voo doméstico, Wrath precisou dar mais um soco ou dois na mesa. O motivo daquele humor estava claro. O nível de estresse era tão alto que, se eles não se distraíssem um pouco, as coisas ficariam feias logo. Isso não significava que a Irmandade não estivesse focada. No mínimo, sentiam-se como Qhuinn: como se tivessem tomado um soco no estômago.

Wrath era a fábrica vital, a base de tudo, a respiração que dava vida à raça. Depois das revoltas brutais da *Sociedade Redutora*, o que sobrou da aristocracia tinha fugido de Caldwell para suas casas seguras fora da cidade. A última coisa de que os vampiros precisavam agora era continuar aquela fragmentação, especialmente na forma da queda violenta daquele que por direito era Rei.

E Rehv estava certo: a situação estava se encaminhando para isso. Inferno, até mesmo Qhuinn era capaz de ver o caminho. Primeiro passo: criar dúvida nas mentes da *glymera* sobre a capacidade da Irmandade para proteger a raça. Segundo passo: preencher o "vácuo" no campo de batalha com aqueles soldados de Xcor. Terceiro passo: criar aliados no Conselho e espalhar raiva e falta de confiança contra o Rei. Quarto passo: destronar Wrath e enfrentar a tempestade. Quinto passo: emergir como um novo líder.

Quando a ordem foi finalmente restabelecida no ambiente, Wrath parecia extremamente desagradado.

– Da próxima vez que vocês, seus idiotas linguarudos, me fizerem dar um soco na mesa, vou expulsá-los daqui.

E para deixar isso claro, ele se abaixou, pegou seu cachorro acovardado de 45 quilos e o colocou no colo.

– Vocês estão assustando meu cachorro, e isso está me deixando puto – continuou.

Quando o animal apoiou sua cabeça enorme e quadrada na dobra do braço do Rei, Wrath acariciou aqueles pelos claros e sedosos. A imagem era absolutamente absurda: o vampiro com aspecto horrivelmente cruel acalmando aquele cachorro belo e gentil. Entretanto, os dois tinham uma relação simbiótica. Tanto de um lado quanto do outro, o amor e a confiança eram tão consistentes quanto sangue.

– Agora, se você estão prontos para agirem de forma racional, então lhes direi o que vamos fazer – anunciou o Rei. – Rehv irá manter o cara distante pelo máximo de tempo que puder.

— Ainda acho que devíamos enfiar uma faca no olho esquerdo dele — murmurou Rehv. — Mas, em vez disso, eu preciso segurá-lo onde ele está. Ele quer ver e ser visto e, como *lídher* do Conselho, a essa altura posso me recusar a cooperar com ele. Sua voz nos ouvidos da *glymera* não é o que precisamos.

— Enquanto isso — anunciou Wrath, — vou sair para me encontrar pessoalmente com os chefes de família em seus territórios.

Com isso, e apesar do aviso dado anteriormente, uma explosão brotou na sala, as pessoas pularam de seus assentos, erguendo as mãos com as adagas.

Má ideia, pensou Qhuinn, concordando com os outros.

Wrath os deixou à vontade por um minuto, como se já esperasse isso. Então, retomou o controle da reunião.

— Não posso esperar apoio se eu não conquistá-lo. E não vejo pessoalmente algumas dessas pessoas há décadas, talvez séculos. Meu pai se encontrava com elas todos os meses, se não todas as semanas, para resolver conflitos.

— Você é o Rei! — alguém gritou. — Não precisa fazer merda nenhuma...

— Está vendo aquela carta? É a nova ordem mundial... Se não responder de forma proativa, eu me condenarei. Vejam, meus Irmãos, se estivessem lá fora, no campo de batalha, prestes a encarar o inimigo, vocês se enganariam com relação ao cenário? Mentiriam para si mesmos sobre a disposição das ruas, dos prédios, dos carros, ou sobre se está frio ou calor, chovendo ou não? *Não.* Então, por que eu deveria me enganar pensando que a tradição é algo com que posso contar durante uma guerra armada? Se fosse nos tempos de meu pai... aquela porcaria era um colete à prova de balas. Agora? É uma folha de papel, pessoal. Vocês precisam saber disso.

Um longo período de silêncio se instalou. Em seguida, todos olharam para Tohr. Como se estivessem acostumados a se virarem para ele quando a coisa ficava feia.

— Ele está certo — disse o Irmão com uma voz rouca. Em seguida, concentrou-se em Wrath. — Mas você precisa saber que não vai fazer isso sozinho. Vai precisar de dois ou três de nós a seu lado. E os encontros precisam ser alocados em um período de meses. Se você colocá-los todos juntos, parecerá desesperado. E, sendo mais direto, não quero que ninguém se organize para atingi-lo. Os locais de encontro precisam ser verificados anteriormente por nós e... – neste momento, ele fez uma pausa para olhar em volta. – Você precisa estar ciente de que estaremos prontos para detonar. Vamos atirar para matar se sua vida estiver em risco. Seja homem, mulher, *doggen* ou o chefe de família. Não vamos pedir permissão nem atirar somente para ferir. Se puder aceitar essas condições, então nós o deixaremos seguir em frente.

Nenhuma outra pessoa poderia ter exposto as regras daquela forma e sair andando sem mancar. O Rei dava as ordens à Irmandade, e não o contrário. Mas este era o novo mundo, como Wrath havia dito.

O macho em questão rangeu os molares por alguns instantes. Em seguida, grunhiu:

– De acordo.

Uma expiração coletiva atingiu o ar. Qhuinn se pegou olhando para Blay. Ah, inferno, aquilo sim era um saco – e era por isso que ele evitava aquele cara como se ele fosse a praga. Bastava um olhar para ele ficar perdido, com todos os tipos de reações correndo por seu corpo, até a sala girar um pouco...

Por nenhum motivo específico, os olhos de Blay se abriram e encontraram os de Qhuinn. Era como ser beliscado na bunda por um fio elétrico. Seu corpo sentia espasmos a ponto de ele precisar esconder a reação tossindo e desviando o olhar.

Tão discreto quanto uma cratera. Pois é. Fantástico.

– ... E, enquanto isso – dizia Wrath, – quero descobrir onde esses soldados estão hospedados.

– Eu posso cuidar disso – prontificou-se Xhex. – Especialmente se eu os encontrar durante o dia.

Todas as cabeças se viraram na direção dela. Ao lado de Xhex, John ficou tenso da cabeça aos pés, e Qhuinn praguejou baixinho.

Aquilo sim era confrontação... mas, os dois não tinham acabado de passar por um isso?

Cara, às vezes ele se sentia realmente contente por não estar em um relacionamento.

De novo, não, pensou John. Pelo amor de Deus, eles tinham acabado de se entender outra vez, e agora *isso*?

Se ele pensava que lutar lado a lado com Xhex era sinônimo de problema, a ideia de ela tentar se infiltrar no Bando de Bastardos, no território deles, deixava John ainda mais apreensivo.

Enquanto ele deixava sua cabeça cair novamente contra a parede, percebeu que todo o mundo o encarava, inclusive o cachorro. Literalmente – até os olhos acastanhados de George estavam apontados em sua direção.

– Vocês estão de brincadeira comigo. Só pode ser isso. – disse Xhex.

Mesmo depois que ela falou, ninguém olhou em sua direção. Todos continuavam olhando para John. Como ele era o *hellren* de Xhex, esperavam claramente sua aprovação – ou sua desaprovação – sobre o que ela tinha dito.

E John parecia não conseguir se mexer, preso no meio do lamaçal entre o que ela queria e onde ele não queria que eles terminassem.

Wrath limpou a garganta.

– Bem, essa é uma oferta gentil...

– Oferta gentil? – ela vociferou. – Como se eu estivesse convidando-o para jantar?

Diga alguma coisa, ele disse a si mesmo. Coloque suas mãos trêmulas para cima e diga a ela... O quê? Que ele aceitaria que ela fosse atrás de seis machos sem escrúpulos? Depois do que Lash havia feito a ela? E se ela fosse capturada e...

Oh, Jesus, ele estava ficando louco com aquilo. Sim, ela era durona, forte e capaz. Mas tão mortal quanto qualquer outro. E, sem Xhex, ele simplesmente não teria vontade alguma de ficar neste mundo.

Rehvenge apoiou a bengala no chão e se levantou.

– Vamos conversar, você e eu...

— Com licença? — ela esbravejou. — "Conversar?" Como se fosse eu quem precisasse de correções? Sem ofensas, mas, vá à merda, Rehv! Vocês todos precisam que eu faça o possível para ajudar.

Quando todos os outros machos na sala começaram a olhar para seus coturnos e sapatos, o rei dos *symphato* acenou uma negação com a cabeça:

— As coisas são diferentes agora.

— Como?

— Por favor, Xhex...

— Vocês são loucos? Só porque meu nome está ligado ao dele, eu de repente me tornei uma prisioneira ou alguma merda desse tipo?

— Xhex...

— Ah, não, não mesmo. Vocês que se danem com esse tom de "seja racional" — ela lançou um olhar penetrante para todos os machos e, em seguida, concentrou-se em Beth e Payne. — Não sei como vocês suportam isso. Realmente não sei.

John estava tentando pensar no que poderia dizer para evitar o conflito, mas aquilo era perda de tempo. Dois trens já tinham batido de frente e havia partes de metal retorcido e motores esfumaçando por toda a parte.

Especialmente quando Xhex marchou em direção à porta como se estivesse preparada para arrebentá-la simplesmente para mostrar que tinha razão.

Quando John seguiu atrás dela, Xhex lançou um olhar duro para ele.

— Se você está vindo atrás de mim por qualquer outro motivo que não seja me deixar seguir Xcor, pode parar onde está. Porque você pertence a esse grupo de misóginos atrasados. Não está do meu lado.

Erguendo a mão, ele falou na língua de sinais: *Não é errado querer mantê-la segura.*

— Isso não tem nada a ver com segurança, mas com controle.

Que bobagem! Você estava ferida há menos de 24 horas...

— Está bem. Tenho uma ideia: eu quero manter *você* seguro. Que tal, então, *você* deixar de lutar? — ela olhou sobre o ombro, na direção de Wrath. — Você vai me apoiar, meu senhor? E quanto ao restante desses idiotas aí? Vamos colocar uma saia e uma meia-calça em John, que tal? Vamos, me ajudem. Não? Ah, vocês não acham que isso seria "justo"?

As têmporas de John queimavam, e ele simplesmente... não queria fazer o que fez. Simplesmente aconteceu.

John deu um pisão com seu coturno, produzindo um barulho fortíssimo, e apontou... direto para Tohr.

Embaraçoso. Desagradável. Silêncio.

Mais ou menos porque ele e Xhex tinham não apenas lavado a roupa suja em público, como também porque ele conseguiu prender as meias úmidas e as camisas manchadas bem na cabeça de Tohr.

Em resposta? O Irmão apenas cruzou os braços sobre o peito e assentiu. Uma vez.

Xhex balançou a cabeça.

— Eu preciso dar o fora daqui. Preciso limpar minha cabeça. John, se você preza o que é bom para você, *não* me siga.

E, de uma hora para a outra, ela se foi.

Em seguida, John esfregou a mão no rosto, pressionando as palmas com tanta força que se sentiu como se estivesse refazendo seus traços.

— Que tal todo o mundo sair para a noite? — disse Wrath suavemente. — Quero conversar com John. Tohr, você fica.

Não era preciso pedir duas vezes. A Irmandade e os outros saíram como se alguém estivesse roubando seus carros no pátio.

Beth ficou para trás. Assim como George.

Quando as portas se fecharam, John olhou para Tohr. *Sinto muito...*

— Não, filho. — O macho deu um passo para frente. — Também não quero que você fique na posição em que eu estou.

O Irmão colocou os braços em volta de John, que os aceitou, lançando-se naquele corpo que certa vez fora enorme... mas que mesmo assim conseguia segurá-lo.

A voz de Tohr mantinha-se constante no ouvido de John:

— Está tudo bem. Eu entendo você. Está tudo certo...

John colocou a cabeça para o lado e olhou para a porta pela qual sua *shellan* tinha saído. Cada músculo de seu corpo queria ir atrás dela, mas esses músculos também eram o que os mantinham separados. Racionalmente, ele entendia tudo que ela estava dizendo, mas o coração e a mente de John eram controlados por alguma coisa à parte de tudo isso, algo maior e mais primordial. E que estava passando por cima de tudo.

Era errado. Desrespeitoso. Antiquado de uma forma que ele jamais pensou que poderia ser. John não pensava que as mulheres deviam viver isoladas e acreditava em sua parceira e a queria...

Segura.

Ponto-final.

– Dê algum tempo a Xhex e depois iremos atrás dela, está bem? – murmurou Tohr. – Você e eu iremos juntos.

– Bom plano – elogiou Wrath, – porque nenhum de vocês vai sair para o campo de batalha esta noite – o Rei ergueu a mão para evitar que uma discussão se formasse. – Certo?

Aquilo fez ambos ficarem quietos.

– E então, você está bem? – perguntou o Rei a Tohr.

O sorriso do Irmão não era nem um pouco caloroso.

– Eu já estou no inferno... As coisas não se tornarão piores porque ele está me usando como um exemplo de onde não quer estar.

– Tem certeza disso?

– Não se preocupe comigo.

– Falar é mais fácil do que fazer – Wrath acenou com a mão, como se não quisesse continuar com aquele assunto. – Terminamos?

Quando Tohr assentiu e virou-se na direção da porta, John fez uma reverência para a Primeira Família e seguiu atrás do macho.

E não precisou se apressar. Tohr estava a sua espera no corredor.

– Ouça o que eu digo... está tudo bem. Estou falando sério...

Eu... Eu sinto muito, disse John. *Por tudo. E... droga, eu sinto falta de Wellsie. Sinto muita saudade dela.*

Tohr piscou os olhos por um instante. Em seguida, disse sussurrando:

– Eu sei, filho. Sei que você também a perdeu.

Você acha que ela teria gostado de Xhex?

– Sim – a sombra de um sorriso brotou naquele semblante endurecido. – Ela só viu Xhex uma vez e foi um bom tempo atrás, mas elas se deram bem. E, se tivessem tido tempo, teriam se dado muito bem. E, cara, em uma noite como esta, poderíamos nos divertir com as fêmeas.

Isso é verdade, disse John enquanto tentava imaginar como seria abordar Xhex.

Pelo menos, ele conseguia imaginar aonde ela iria: de volta para sua própria casa perto do rio Hudson. Aquele era seu refúgio, seu espaço privado. E, quando ele aparecesse nos degraus diante da porta, só poderia torcer para ela não mandá-lo embora.

Mas eles precisavam resolver isso de alguma forma.

Acho melhor eu ir sozinho, gesticulou John. *As coisas provavelmente vão ficar feias.*

Ou, melhor dizendo, *mais* feias, ele pensou.

– Tudo bem. Mas saiba que estarei aqui se você precisar de mim.

E não era sempre assim?, pensou John quando eles se separaram. Era como se eles se conhecem há séculos, e não há apenas alguns anos. Mas, por outro lado, John imaginou que era isso o que acontecia quando você cruzava o caminho com alguém com quem era realmente compatível.

A sensação era a de que você sempre esteve ao lado desse alguém.

CAPÍTULO 10

— Eu devo fazer isso.

Quando No'One falou, o grupo de *doggens* no qual ela tinha se infiltrado virou-se como um bando de aves, todos de uma vez. Na modesta sala dos empregados, havia machos e fêmeas amontoados, todos vestidos adequadamente para seus papéis — fosse de cozinheiro ou de faxineiro, de padeiro ou de mordomo. Ela os tinha encontrado quando começou a andar sem rumo, e quem era ela para não tomar vantagem quando uma oportunidade surgia.

O *doggen* que estava no comando, Fritz Perlmutter, parecia prestes a desmaiar. Mas é claro, ele tinha sido *doggen* do pai dela muitos anos atrás, e tinha dificuldade em aceitar No'One decidida a tomar um papel de serviçal.

— Minha querida senhora...

— No'One. Meu nome agora é No'One. Por favor, me chame assim e somente assim. Como eu disse, devo cuidar da lavanderia no centro de treinamento.

Onde quer que fosse aquilo.

Aliás, a noite passada com aquele vestido tinha sido, de certa forma, uma bênção, uma vez que a tarefa manteve as mãos de No'One ocupadas e a fez passar as horas com entusiasmo. No passado, tinha sido assim também no Outro Lado. O trabalho manual era a única coisa que a acalmava e que dava algum sentido a sua existência.

Como ela sentia falta de ter um objetivo.

Para dizer a verdade, ela tinha vindo até aqui para servir Payne, mas a fêmea não queria ser servida. Tinha vindo até aqui para tentar restabelecer uma relação com sua filha, mas a fêmea havia recentemente se vinculado, com distrações vitais. E ela tinha vindo até aqui em busca de algum tipo de paz, mas só se sentia mais louca com a falta do que fazer desde que chegara.

E isso foi antes de ela quase discutir com Tohrment mais cedo nesta manhã.

Pelo menos, ele havia aceitado o vestido. A peça não estava mais onde ela a havia pendurado quando ele atendeu grosseiramente depois de ela bater na porta...

De repente, ela se deu conta de que o mordomo a estava olhando com expectativa, como se ele tivesse acabado de dizer algo que precisasse de uma resposta.

— Por favor, leve-me lá embaixo — ela pediu — e mostre-me as tarefas.

Considerando que o rosto velho e enrugado do homem ficou ainda mais caído, ela concluiu que aquela não era a resposta que ele estava esperando.

— Senhora...

— No'One. E você, ou algum membro de sua equipe, pode me mostrar agora.

Todos os rostos daquela massa reunida adotaram um ar de preocupação, como se os rumores de que o céu cairia estivessem se tornando realidade.

— Obrigada por facilitar — ela disse ao mordomo.

Claramente reconhecendo que ele não venceria aquela batalha, o chefe dos *doggens* fez uma demorada reverência.

— Mas é claro que eu devo, senho... Há, No... Hum...

Quando ele não conseguiu falar o nome dela, como se o título de "senhora" fosse necessário para que a voz passasse por sua traqueia, ela sentiu pena dele.

— Você tem sido muito útil — ela murmurou. — Agora, por favor, guie-me até lá.

Depois de dispensar os demais, ele a levou para fora da sala dos funcionários, passando pela cozinha e pela sala de estar, através de outra porta que era nova para ela. Conforme seguiam o caminho, ela se lembrou de quando era nova, da orgulhosa filha de uma família de posses que se recusava a cortar a própria carne no prato, ou a escovar os próprios cabelos, ou a vestir a si mesma. Que desperdício. Pelo menos agora que ela não era ninguém e não tinha nada, sabia como passar as horas de uma forma produtiva: trabalhando. O trabalho era a chave.

– Vamos por aqui – pronunciou o mordomo enquanto segurava uma enorme porta escondida debaixo da escadaria. – Permita-me fornecer-lhe as senhas.

– Obrigada – ela agradeceu, memorizando-as.

Enquanto seguia o *doggen* pelo longo e estreito túnel subterrâneo, ela pensou, sim, se fosse ficar deste lado, precisava se ocupar com as tarefas domésticas, mesmo se isso ofendesse os *doggens*, a Irmandade, as *shellans*... Isso ainda era melhor do que a prisão de seus próprios pensamentos.

Eles deixaram o túnel, passando pela parte de trás de um closet e entrando por uma sala rebaixada que tinha uma mesa e armários de metal, além de uma porta de vidro.

O *doggen* limpou a garganta:

– Este é o centro de treinamento e a clínica médica. Temos salas de aula, academia, armários, sala de musculação, área para fisioterapia e piscina, além de várias outras comodidades. Há uma equipe que toma conta da limpeza detalhada de cada seção – isso foi dito severamente, como se ele não se importasse com o fato de ela ser uma convidada do Rei; ela não iria atrapalhar a programação dele... – Mas a *doggen* que toma conta da lavanderia está deitada, descansado, já que ela é uma *mitte* doggen* e não é seguro ficar em pé o tempo todo. Por favor, vamos por aqui.

Ele segurou a porta de vidro aberta, e eles saíram no corredor e seguiram por um cômodo com portas duplas que era equipado identicamente à lavanderia que ela usara na noite anterior na casa principal. Durante os vinte minutos seguintes, ele a lembrou de como as má-

---

* Grávida. (N. E.)

quinas funcionavam. Em seguida, o mordomo apresentou novamente para ela um mapa das instalações, para que No'One pudesse saber onde recolher os cestos e onde devolver o que ela viesse a fazer.

E então, depois de um silêncio desconfortável e um adeus ainda mais desconfortável, ela felizmente estava sozinha.

Em pé no meio da lavanderia, cercada por máquinas de lavar e de secar e de tábuas de passar, ela fechou os olhos e respirou profundamente.

Ah, a adorável solidão, e o feliz peso da obrigação sobre seus ombros... Durante as próximas seis horas, ela não precisaria pensar em nada além de toalhas e lençóis brancos: encontrá-los, colocá-los nas máquinas, dobrá-los, devolvê-los aos locais adequados.

Aqui não havia espaço para o passado ou para seus arrependimentos. Tudo era trabalho.

Pegou um carrinho com rodinhas e o levou até o corredor, dando início às atividades, começando pela clínica e voltando à lavanderia quando já não havia mais espaço para roupas no pequeno veículo. Depois de colocar as primeiras peças na máquina de lavar, saiu novamente, passando pelo vestiário e encontrando uma montanha de tecidos brancos. Precisou fazer duas viagens para pegar todas aquelas toalhas; empilhou-as no centro da lavanderia, ao lado do ralo no chão cinza de concreto.

Sua última parada levou-a para a extremidade esquerda, após atravessar todo um corredor e chegar à piscina. Conforme andava, as rodas do carrinho faziam um barulhinho de assobio, e seus pés seguiam de forma irregular. Segurar-se nos cestos lhe dava um pouco mais de estabilidade e a ajudava a ir mais rápido.

Quando ouviu a música vindo da área da piscina, diminuiu o ritmo. Até parar.

O som das notas e das vozes não fazia sentido algum, já que todos os membros da Irmandade e suas *shellans* tinham saído para a noite. A não ser que alguém tivesse deixado o som ligado depois de sair da piscina.

Passando pela antessala rebaixada e coberta com mosaicos de machos atléticos, ela se deparou com uma parede de calor e umidade tão pesada que era como se tivesse envolvido seu corpo em um manto de veludo. E, por toda a volta, havia um cheiro químico estranho no ar, um odor que a levava a se perguntar com o que eles tratavam a água. No Outro Lado, tudo permanecia fresco e limpo, mas ela sabia que as coisas não funcionavam assim na Terra.

Deixando o cesto no lobby, ela seguiu em frente na direção de um espaço enorme que mais parecia uma caverna. Estendeu a mão e tocou nos azulejos aquecidos que cobriam a parede, correndo os dedos pelo céu azul e os campos verdes, mas pulando todos os machos vestidos, segurando lanças e espadas, em posição de corrida.

Ela adorava a água. O flutuar, a diminuição da dor em sua perna coxa, a sensação da breve liberdade...

– Oh... – ela arfou ao virar em uma esquina.

A piscina era quatro vezes maior do que a maior banheira do Outro Lado e sua água brilhava com o tom azul-claro – provavelmente por causa dos azulejos na parte inferior. Linhas negras corriam por toda a extensão, denotando raias, e outras linhas corriam pela lateral, marcando claramente a profundidade. Lá em cima, o teto era abobadado e coberto com mais mosaicos. Havia bancos encostados nas paredes, oferecendo um local para as pessoas se sentarem. Sons ecoando, a música agora mais alta, mas não alta demais, e a canção lúgubre trazia uma ressonância agradável.

Considerando que estava sozinha, ela não conseguiu resistir e testou a temperatura com seu pé descalço.

Tentador. Extremamente tentador.

No entanto, em vez de se entregar ao desejo, ela se concentrou novamente em suas obrigações, voltando até o cesto, jogando o conteúdo em uma cesta maior feita de vime e depois jogando o peso de seu corpo em um pano úmido.

Quando virou-se para ir, parou e olhou novamente para a água.

Seria impossível que o ciclo das primeiras roupas que ela colocou na lavadora tivesse sido concluído. De acordo com a máquina, faltavam ainda 45 minutos.

Ela olhou a hora no relógio de parede. Talvez pudesse passar apenas alguns minutos na piscina, concluiu. Ela poderia aproveitar aquele tempo para aliviar as dores na parte inferior de seu corpo e não havia nada que pudesse fazer no que dizia respeito ao trabalho durante os próximos minutos.

Pegou uma das toalhas limpas e dobradas e verificou se não havia ninguém na antessala. Foi um pouco mais adiante e deu uma olhada no corredor.

Não havia ninguém por perto. E agora era a hora para fazer isso, afinal, a equipe de funcionários estaria concentrada em limpar e organizar o segundo piso da mansão, já que tinham de terminar aquele serviço entre a Primeira e a Última Refeição. E não havia ninguém recebendo tratamento na clínica, pelo menos por enquanto.

Ela precisava ser rápida.

Mancou até a parte mais rasa da piscina, afrouxou seu manto e tirou o capuz, despindo-se até ficar apenas com a roupa de baixo. Em seguida, após uma breve hesitação, livrou-se do restante – ela teria de se lembrar de trazer outra peça como aquela se quisesse fazer isso outra vez. Era melhor manter-se modesta. Enquanto dobrava suas peças de roupa, deliberadamente olhou para a panturrilha que havia ferido, correndo o olhar pelas cicatrizes que formavam um horrível mapa de alívio composto por montanhas e vales em sua pele. Certa vez, a parte inferior de sua perna havia funcionado perfeitamente bem e tido um aspecto tão adorável que serviria de modelo para muitos artistas. Agora, era um símbolo de quem e do que ela era, um lembrete da queda das graças que a tinha tornado uma pessoa inferior... E, depois de algum tempo, alguém melhor.

Felizmente, havia um corrimão cromado ao lado da escada, e ela o agarrou para se equilibrar enquanto lentamente entrava na água aquecida. Enquanto descia, lembrou-se de sua trança e prendeu os volumosos cabelos sobre a cabeça, dobrando a extremidade solta de modo que aquela colmeia permanecesse no lugar.

E, então... deslizou para dentro da água.

Fechando os olhos de felicidade, entregou-se à perda de peso de seu corpo, a temperatura da água era como uma brisa aquecida batendo em sua pele, seu corpo flutuando suavemente nas palmas tranquilas da piscina. Enquanto caminhava em direção ao centro, ela desfez-se da ideia de não molhar os cabelos e ficou de costas na água, movendo as mãos em círculos para manter-se flutuando.

Por um breve instante, permitiu-se sentir algo, abrindo a porta de seus sentidos.

E aquilo era... bom.

Deixado para trás na mansão durante aquela noite, Tohr estava fora da lista, preso lá dentro e de ressaca: três ingredientes pessimamente combinados sem sentido.

A boa notícia era que, com a maioria das pessoas fora ou cuidando da própria vida, ele não precisava afetar os outros com seu mau humor.

E, portanto, seguiu para o centro de treinamento, vestindo apenas seu traje de banho. Tendo ouvido que a maior parte das ressacas era causada por desidratação, ele decidiu não apenas ir até a piscina e mergulhar... mas também levar consigo alguma bebida de consolo. E como isso era saudável.

O que ele apanhou? Ah, que bom, vodca... Ele gostava de vodca pura e, olha só, parecia até água.

Parou no túnel, deu um gole na vodca de V. e engoliu...

Caralho. O som do coturno de John batendo no chão, como o badalar de um maldito sino, não era algo que ele esqueceria. Assim como o dedo do garoto apontado para ele.

Hora de dar outro gole... e por que não mais um?

Quando continuou seu caminho em direção ao que provavelmente seria uma festa com direito a afogamento, percebeu que estava tomando um caminho bastante clichê: tinha visto seus Irmãos desse jeito de tempos em tempos, andando por aí com uma cabeça confusa, uma atitude agressiva e uma garrafa de suco batizado presa às mãos. No passado, antes de ter perdido Wellsie, nunca entendera os motivos.

Agora? Muito menos.

Você fazia o que tinha de fazer para sobreviver às horas. E as noites em que você não podia sair eram as piores – a menos, é claro, que você estivesse encarando toda a luz brilhante do dia. Isso era ainda pior.

Quando saiu do escritório e se concentrou na piscina, ficou contente por não ter de estampar o rosto com uma expressão falsa ou atentar-se a seu palavreado ou acalmar seu temperamento.

Abrindo a porta da antessala, sua pressão sanguínea acalmou-se enquanto aquela onda aquecida e receptiva de umidade envolveu seu corpo. A música também ajudava. Partindo do sistema de som, U2 preenchia o ar, o bom e velho *The Joshua Tree* ecoando por todo o lado.

A primeira coisa que percebeu ao olhar para a pilha de tecidos do lado mais raso da piscina era que havia algo fora de lugar. E, talvez, se não tivesse tomado uns goles de vodca, teria conseguido somar dois e dois antes de...

Flutuando no centro da piscina, uma fêmea estava com o rosto para cima sobre a água, seus seios nus brilhando, seus mamilos enrijecidos no ar quente, a cabeça para trás.

– Caralho.

Era difícil saber o que tinha soado mais alto: sua exclamação ou a garrafa de vodca estilhaçando-se contra os azulejos do chão... ou o barulho da água espirrando enquanto No'One sacudia o corpo e balbuciava alguma coisa, cobrindo-se enquanto tentava manter a cabeça acima do nível da água.

Tohr deu meia-volta e colocou as mãos sobre os olhos...

Enquanto ele se virava, o vidro quebrado rasgou a sola de seu pé descalço. A dor o fez perder o equilíbrio – não que ele precisasse de ajuda para isso, já que estava embriagado de vodca. Estendeu uma mão para o chão para tentar controlar a queda contra os azulejos – e cortou também a palma da mão.

– Que merda! – gritou, tentando se livrar dos cacos de vidro.

Enquanto ele rolava para ficar de costas, No'One saiu da água e arrastou seu manto em volta da pele nua. A enorme trança se soltou enquanto ela forçava o capuz para cobrir a cabeça.

Em meio a mais palavrões, Tohr ergueu as palmas buscando verificar o ferimento. Ótimo. Bem no centro da mão que usava para segurar a adaga, cinco centímetros de comprimento, e a porcaria ainda por cima tinha alguns milímetros de profundidade.

Só Deus sabia o que o vidro tinha feito a seu pé.

– Eu não sabia que você estava aqui – disse ele, sem olhar na direção dela. – Sinto muito.

De canto de olho, percebeu que No'One estava se aproximando. Os pés descalços da mulher apareciam por debaixo da bainha de seu manto.

– Não chegue mais perto – ele latiu. – Há vidro por todo o lado.

– Eu vou ficar bem.

– Beleza – ele murmurou enquanto levantava o pé para verificar o estrago que tinha causado ali.

Fantástico – um corte maior. Mais profundo. Sangrando mais. E ainda havia cacos da garrafa ali dentro.

Rosnando, ele segurou o pequeno triângulo de vidro e o puxou para fora de sua pele. Seu sangue no caco era de um vermelho forte, e ele virou o pedaço de vidro de um lado para o outro, observando o jogo de luz que aquilo formava.

– Está pensando em operar?

Tohr ergueu o olhar e avistou o doutor Manny Manello, cirurgião humano, *hellren* vinculado com a irmã gêmea de V. O cara tinha aparecido com um kit de primeiros socorros, além daquela sua característica atitude de "eu sou dono do mundo".

Qual era o problema dos médicos? Eles costumavam ser tão maus quanto guerreiros. Ou reis.

O humano agachou ao lado de Tohr.

– Você está sangrando.

– Não me diga.

Bem quando ele se perguntava onde estaria No'One, a fêmea surgiu com uma vassoura, uma lixeira com rodinhas e uma pá de lixo. Sem olhar para ele ou para o humano, ela começou a varrer a área com cuidado.

Pelo menos agora estava calçada.

Jesus Cristo... ela estava totalmente nua.

Enquanto Manello cutucava e verificava a mão ferida, e em seguida começava a anestesiá-la e costurá-la, Tohr observou a fêmea de canto de olho – sem olhar diretamente para ela. Especialmente não depois de...

Jesus... Ela estava realmente, realmente nua...

Certo, era hora de parar de pensar nisso.

Focando-se em sua perna coxa, ele percebeu que aquele defeito era bastante pronunciado, e imaginou se ela teria se ferido na pressa de sair da piscina e se vestir.

Ele a tinha visto frenética antes. Mas somente uma vez...

Na noite em que eles a libertaram daquele *symphato*.

Tohr tinha matado o filho da mãe. Atirado bem na cabeça do raptor, fazendo-o desabar como uma pedra. Depois, Darius e ele a colocaram em uma carruagem e a levaram de volta para a casa de sua família. O plano seria devolvê-la a eles. Retorná-la a seu sangue. Entregá-la àqueles que, por direito, deviam ajudá-la a se curar.

Entretanto, quando eles se aproximaram da enorme mansão, ela fugiu do nada da carruagem, apesar de os cavalos seguirem a uma velocidade considerável. E ele jamais esquecera a imagem dela naquela camisola branca, correndo a toda velocidade pelo campo como se estivesse sendo perseguida, embora o sequestro tivesse chegado ao fim.

Sabia que estava grávida. Por isso, tentara fugir.

E, naquela ocasião, também mancava.

Fora sua única tentativa de escapar. Bem, até ela dar à luz, a tentativa que funcionou.

Deus... Tohr tinha ficado nervoso durante os meses que passara junto a ela na casa de Darius. Não tinha experiência alguma com nenhum tipo de fêmea. Sim, claro, ele tinha crescido rodeado por elas enquanto estivera com sua mãe, mas ele ainda era criança. Assim que começou a passar por sua transição, foi arrancado de sua casa e jogado no campo de treinamentos intensos de Bloodletter – onde ficara ocupado demais tentando permanecer vivo para se preocupar com qualquer vadia.

Àquela altura, sequer tinha conhecido Wellsie pessoalmente. Sua promessa a ela tinha sido uma obrigação que sua mãe contraíra para ele quando Tohr tinha 35 anos, antes de ela sequer nascer...

Com um puxão, Tohr chiou, enquanto Manello procurava uma agulha e linha.

– Desculpe. Quer mais lidocaína?

– Estou bem.

O capuz de No'One mudou bruscamente de posição enquanto ela correu o olhar pela cena. Depois de um instante, voltou a varrer.

Talvez tenha sido o efeito do álcool, mas Tohr subitamente deixou de se importar com pretextos. Ele se permitiu encarar abertamente a fêmea enquanto o médico terminava de cuidar da palma de sua mão.

– Sabe, vou ter de arrumar uma muleta para você – murmurou Manello.

– Se me disser do que precisa, posso trazer para você – disse No'One com uma voz suave.

– Ótimo. Vá até a sala onde ficam os equipamentos, no final da academia. Na sala de fisioterapia, você vai encontrar a...

Enquanto o cara lhe dava instruções, No'One assentia, seu capuz se movimentando para cima e para baixo. Por algum motivo, Tohr tentou enxergar o rosto dela, mas a imagem estava embaçada. Não a tinha visto direito há séculos – aquele breve instante alguns minutos atrás não contava, afinal, ele a tinha visto de longe. E, quando ela tinha se revelado para Xhex e para ele, antes da cerimônia de vinculação, Tohr estava chapado demais para prestar atenção.

Mas ela era loira, disso ele sabia. E sempre gostou da escuridão – ou pelo menos tinha gostado de ficar nas sombras quando eles estiveram no chalé de Darius. Ela não queria ser vista também naquela época.

– Certo. Muito bem – disse Manello enquanto analisava a sutura. – Vamos acabar com isso e seguir para o próximo.

No'One retornou no momento em que o cirurgião estava terminando de prender a gaze no lugar.

– Pode observar se quiser.

Tohr franziu a testa até perceber que Manello estava falando com No'One. A fêmea estava mantendo-se um pouco afastada e, como se aquele capuz fosse um rosto com expressão, ele sabia que ela estava preocupada.

– Mas já vou avisando – disse Manello ao alcançar o pé de Tohr. – Este ferimento está pior do que o da mão... Mas a palma é mais importante, pois é com ela que ele luta.

Enquanto No'One hesitava, Tohr deu de ombros.

– Você pode ver o que quiser, se tiver estômago para isso.

Ela deu a volta e posicionou-se atrás do médico, cruzando os braços e colocando-os dentro das mangas de seu manto de modo que parecesse alguma espécie de estátua religiosa. Porém, ela estava bastante viva: quando Tohr reclamou ao sentir a agulha invadir seu corpo para injetar o anestésico, No'One pareceu refugiar-se em si mesma.

Como se a dor dele a afetasse.

Tohr desviou o olhar enquanto a sutura era feita.

– Está bem, terminamos – disse Manello algum tempo depois. – E, antes que você pergunte, eu lhe digo "sim, provavelmente". Considerando quão rapidamente vocês se curam, acredito que você deva estar bem amanhã à noite. Pelo amor de Deus, vocês são como carros: levam uma porrada, vão até a funilaria e logo já estão outra vez na estrada. Os humanos demoram tanto para se recuperar nessas ocasiões.

Aham, está bem. Tohr não estava exatamente em condições de ser comparado com uma SUV. A exaustão que o envolvia deixava claro que ele precisava se alimentar. E que aquelas feridas relativamente pequenas poderiam levar algum tempo para cicatrizar.

Exceto aquela sessão com Selena, ele não tinha tomado de uma veia desde... Não, não era hora de entrar nesse assunto. Não era necessário abrir essa porta.

– Nada de andar com esse pé – ordenou o cirurgião enquanto tirava as luvas. – Pelo menos até o amanhecer. E nem pense em nadar.

– Sem problemas. – Especialmente quando o assunto era nadar. Depois do que ele tinha visto flutuando no meio daquela maldita piscina, talvez jamais voltasse a usá-la. Talvez jamais voltasse a entrar em qualquer piscina.

A única coisa que evitou que ele a abordasse e piorasse a situação era o fato de não haver nada sexual de sua parte. Sim, ele tinha se assustado. Mas isso não significava que ele queria... sabe... transar com ela ou algo assim.

– Uma pergunta – disse o médico enquanto levantava-se e estendia a mão para ajudar Tohr.

Ele aceitou a ajuda e viu-se um pouco surpreso ao encontrar-se sendo solidamente puxado até ficar de pé.

– O quê?

– Como isso aconteceu?

Tohr lançou um olhar para No'One – que, por sua vez, rapidamente desviou os olhos e virou todo o corpo na direção oposta.

– A garrafa escorregou da minha mão – murmurou Tohr.

– Ah, bem... acidentes acontecem – o tom de "sim, é claro" com que o médico falou deixou claro que ele não acreditava nem um pouco naquela lorota. – Me chame, se precisar de mim. Vou ficar no consultório pelo resto da noite.

– Obrigado, cara.

– Claro.

E, então... Tohr e No'One estavam sozinhos e juntos.

CAPÍTULO 11

Enquanto No'One via o médico se distanciar, pegou-se desejando afastar-se mais um passo de Tohrment. Parecia que, na ausência de outras pessoas, ele subitamente tinha se aproximado. E muito. Demais.

No silêncio que se instalou, ela teve a sensação de que eles deviam estar conversando, mas sua mente estava anuviada. *Mortificada* seria insuficiente para descrever o que ela sentia, mas o instinto lhe dizia que, se ela pudesse se explicar, talvez conseguisse fazer aquela sensação desaparecer.

Ao mesmo tempo, estava enxergando Tohrment demais para poder sentir-se à vontade. Ele era tão alto – centímetros e centímetros, pelo menos uma régua toda mais alto do que ela. E o corpo daquele homem não era tão fraco quanto o dela. Embora ele estivesse mais magro do que No'One se lembrava e fosse muito mais esguio do que os demais Irmão, ainda sim tinha um corpo mais largo e mais musculoso do que o de qualquer membro da *glymera*...

Onde estava a língua dela?, pensou No'One.

E, enquanto ainda se perguntava isso, tudo que conseguia fazer era medir a largura brutal daqueles ombros e os enormes contornos daquele peito enorme e aqueles braços longos e ferozmente musculosos. Aquilo não significava, entretanto, que ela o considerasse amigável. Sentiu-se repentinamente amedrontada por toda aquela força física...

Foi Tohrment quem deu um passo para trás, com o rosto deixando claro a ojeriza.

– Não olhe assim para mim.

Tremendo, ela se lembrou de que fora aquele macho que a tinha libertado. Não era alguém que a tinha ferido. Ou que viria a feri-la.

– Sinto muito...

– Ouça bem, porque quero que isto fique claro: não estou interessado em nada que venha de você. Não sei que tipo de jogo você está fazendo e...

– Jogo?

Os braços fortes de Tohrment se levantaram enquanto ele apontava para a piscina:

– Estava esperando que eu descesse até aqui...

No'One encolheu o corpo.

– O quê?! Eu não estava esperando nem você nem ninguém...

– Mentira...

– Eu verifiquei antes para ter certeza de que estaria sozinha...

– Você estava nua, boiando lá como uma espécie de vadia...

– *Vadia?*

Suas vozes altas ricochetearam pelas paredes como balas, cruzando caminhos enquanto um interrompia ao outro.

Tohrment, ainda apoiado em seu quadril, projetou o corpo para frente.

– Por que veio até aqui?

– Eu trabalho como lavadeira...

– Não para o centro de treinamento... para este maldito complexo.

– Eu queria ver minha filha...

– Então, por que você não passou mais tempo com ela?

– Ela foi recentemente vinculada! Eu até tentei mostrar-me disponível.

– Sim, eu sei. Só que não para ela.

O desrespeito naquela voz grossa a fez querer encolher, mas a injustiça cometida por Tohrment lhe gerava mais determinação.

– Não tinha como eu saber que você entraria aqui. Pensei que todos tinham saído para a noite...

Tohrment diminuiu a distância entre os dois.

– Vou dizer isto apenas uma vez: não há nada aqui para você. Os machos vinculados dessa casa estão comprometidos com suas *shellans*,

Qhuinn não tem interesse, e eu também não. Se veio aqui em busca de um *hellren* ou de um amante, está sem sorte...

— Não quero um macho! — seu grito fez Tohr calar-se, mas aquilo não estava nem perto de chegar ao fim. — Devo dizer *isto* apenas uma vez: eu me mataria antes de aceitar qualquer outro macho dentro do meu corpo. Sei o motivo de seu ódio, e respeito suas razões, mas eu não quero nem você, nem nenhum outro de sua espécie. *Nunca mais.*

— Então, que tal começar andando por aí coberta com suas malditas roupas?

Ela teria lhe dado um tapa na cara se pudesse alcançar seu rosto. Podia até sentir a palma de sua mão formigando. Mas ela não pulou para apagar, por meio da força, aquela expressão no rosto dele. Erguendo o queixo, ela disse com toda a dignidade que conseguia reunir:

— Caso você não se lembre do que aquele último macho fez comigo, saiba que eu não esqueci. Se você prefere acreditar no que eu digo ou viver na ilusão, isso não é problema meu... não me diz respeito.

Enquanto mancava para passar por ele, desejou que sua perna fosse o que tinha sido no passado. O orgulho seria muito melhor servido se acompanhado por passos regulares.

Assim que chegou à antessala, ela olhou de volta para Tohrment. Ele não tinha dado meia-volta, portanto, ela falou olhando para aqueles ombros... e para o nome de sua *shellan*, que estava gravado em sua pele.

— Não voltarei a me aproximar da água. Com ou sem roupa.

Enquanto cambaleava até a porta, todo seu corpo tremia. E foi somente quando sentiu o golpe de vento frio no corredor que se lembrou de que tinha deixado para trás o carrinho com a cesta de lixo, a vassoura e uma peça de roupa.

Ela não voltaria lá para pegá-los, disso estava certa.

Na lavanderia, concentrou-se em si mesma e encostou-se na parede ao lado das portas.

De uma hora para a outra, sentiu como se estivesse sufocando, e então tirou o capuz da cabeça. De fato, seu corpo estava quente, e aquele calor não era fruto dos tecidos pesados que vestia. Uma chama interna havia brotado. Era como se houvesse gravetos em seu estômago e a fumaça aquecida preenchesse seus pulmões, deixando-a sem oxigênio.

Era impossível conciliar o macho que ela conhecera no Antigo País com aquele que acabara de ver. O primeiro tinha sido um pouco estranho, mas jamais desrespeitoso; uma alma boa e gentil, que de alguma forma demonstrara excelência em seus esforços brutais durante a guerra. E, ainda assim, mantivera sua compaixão.

A interação atual não passava de um reservatório de amargura.

E pensar que ela tinha acreditado que cuidar daquele vestido ajudaria em alguma coisa...

Ela teria mais sorte em mover a mansão com o poder da mente.

Logo após a partida furiosa de No'One, Tohr chegou à conclusão de que, apesar de John Matthew não ter se cortado na mão e no pé até agora esta noite, parecia que os dois tinham muito em comum: um temperamento cortês, ambos agora vestidos com uma fantasia de Capitão Idiota – o que incluía, gratuitamente, a capa da desgraça, as botas da vergonha e os códigos do celular da destruição.

Jesus, o que tinha saído da boca dele?

Caso você não se lembre do que aquele último macho fez comigo, saiba que eu não esqueci.

Com um gemido, ele apertou a parte de cima do nariz. Por que motivo ele pensaria, por um segundo que fosse, que aquela fêmea teria algum interesse sexual em um macho?

– Porque você supôs que ela estivesse se sentindo atraída por você e isso o fez pirar.

Tohr fechou os olhos.

– Não agora, Lassiter.

Naturalmente, o anjo caído não prestou atenção à linha verbal de "PERÍMETRO DA POLÍCIA – NÃO ULTRAPASSE". O idiota com cabelos loiros e castanhos aproximou-se e sentou-se em um dos bancos, colocando seus cotovelos nos joelhos cobertos por uma calça de couro. Seus olhos estranhos e brancos permaneciam fixos e sombrios.

— É hora de você e eu termos uma conversinha.

— A respeito das minhas habilidades sociais? — Tohr sacudiu a cabeça. — Sem querer ofender, mas eu preferiria receber conselhos de Rhage. E isso significa alguma coisa.

— Você já ouviu falar do Limbo?

Tohr desajeitadamente deu meia-volta, apoiando-se no pé que não estava ferido.

— Não estou interessado em ter uma aula sobre religião, obrigado.

— É um lugar bastante real.

— Assim como Cleveland, ou Detroit, ou o belo centro de Burbank — ele tinha sido um fã do *Laugh-In*, um programa de comédia da década de 1960. Fique à vontade para julgá-lo. — Mas tampouco preciso saber sobre esses lugares.

— É onde Wellsie está.

O coração de Tohr deixou de bater por um instante.

— De que diabos você está falando?

— Ela não está no Fade.

Certo. Está bem. Tohr devia continuar a conversa dizendo "Que *merda* é essa que você está falando?". Mas, em vez disso, só conseguiu encarar aquela criatura.

— Ela não está onde você pensa que está — murmurou o anjo.

Com a boca seca, Tohr conseguiu pronunciar:

— Você está me dizendo que Wellsie está no inferno? Porque essa seria a única outra opção.

— Não, o inferno não é a única outra opção.

Tohr respirou profundamente.

— Minha *shellan* era uma mulher digna e está no Fade. Não há motivos para pensar que ela esteja no *Dhund*. Quanto a mim, já cansei de pular no pescoço das pessoas por esta noite. Então, vou sair por aquela porta bem ali — disse, apontando na direção da antessala para se fazer claro. — E você vai me deixar ir em paz, porque não estou no clima para discussões.

Virando-se, Tohr começou a mancar, usando a única muleta que No'One tinha lhe trazido.

— Você tem muita certeza sobre algo de que não faz a menor ideia.

Tohr parou. Fechou os olhos mais uma vez. Rezou para que alguma emoção brotasse em sua mente – qualquer uma que não fosse a necessidade de matar.

Sem sorte.

Olhou para trás, sobre o ombro.

– Você é um anjo, certo? Então, deve sentir compaixão. Acabei de chamar de vadia uma fêmea que foi estuprada até engravidar. Você acha mesmo que sou capaz de aguentar essa merda sobre minha *shellan* neste momento?

– Há três lugares para onde as pessoas vão na vida após a morte. O Fade, onde entes queridos se reúnem; o *Dhund*, para onde vão os injustos, e o Limbo...

– Você ouviu o que eu acabei de dizer?

– ... que é onde as almas ficam presas. Não é como os outros dois...

– Perdão...?

– ... porque o Limbo é diferente para cada um. Neste exato momento, sua *shellan* e seu filho estão presos por sua causa. É por isso que vim até aqui. Estou aqui para ajudá-lo, na tentativa de auxiliá-los a irem para onde pertencem.

Cara, que péssima hora para se estar com o pé ferido, pensou Tohr, já que, de uma hora para a outra, ele sentiu o equilíbrio deixar seu corpo. Ou isso, ou o centro de treinamento estava girando no eixo da casa.

– Eu não entendo – sussurrou Tohr.

– Você precisa seguir a vida, meu caro. Pare de se prender a ela, para que ela possa também seguir seu caminho...

– Não existe um purgatório, se é isso que você está sugerindo...

– De onde você acha que eu vim?

Tohr arqueou uma sobrancelha.

– Você realmente quer que eu responda?

– Deixe de ser engraçadinho. Eu estou falando sério.

– Não, você está mentindo.

– Você já se perguntou por que eu o encontrei naquela floresta? Por que continuei por aqui? Já se perguntou alguma vez por que estou desperdiçando meu tempo com você? Sua *shellan* e seu filho estão presos, e eu fui enviado para cá com o objetivo de libertá-los.

— Filho? – sussurrou Tohr.

— Sim. Ela estava grávida de um menino.

As pernas de Tohr pareceram se desfazer naquele momento. Felizmente, entretanto, o anjo saltou para frente e o segurou antes que o Irmão quebrasse algum osso.

— Venha por aqui – Lassiter o guiou na direção do banco. – Sente-se e coloque a cabeça entre os joelhos. Toda a cor de seu rosto já foi para o inferno.

Dessa vez, Tohr achou melhor não discutir. Deixou seu traseiro abaixar e permitiu-se ser massageado pelo anjo. Enquanto abria a boca e tentava respirar, percebeu que, sem nenhum motivo aparente, os azulejos no chão não tinha mais a cor azul, mas eram multicoloridos, com manchas brancas, cinza e azul-marinho.

Uma enorme mão fazia círculos em suas costas, e ele sentiu-se estranhamente confortado.

— Um filho... – Tohr ergueu um pouco a cabeça e passou a palma da mão pelo rosto. – Eu queria ter um filho.

— Ela também.

Tohr ergueu bruscamente o olhar.

— Wellsie nunca me disse isso.

— Ela se manteve em segredo porque não queria soar arrogante sobre ter dois machos em casa.

Tohr riu. Ou talvez fosse um soluçar.

— Isso seria muito típico dela.

— Pois é.

— Então, você a viu?

— Sim. E ela não está bem, Tohr.

De repente, ele se sentiu... prestes a vomitar. O que era melhor do que chorar.

— Purgatório?

— O Limbo. E há um motivo para não saberem de sua existência. Se você sair, seguirá para o Fade... ou para o *Dhund*. E suas experiências envolvendo o lugar onde você estava serão esquecidas, uma memória ruim que se desfaz. E, se a sua janela se fechar, você ficará preso lá para sempre, e não é como se você estivesse preenchendo relatórios sobre a paisagem.

— Eu não consigo entender... ela viveu decentemente a vida. Era uma fêmea digna que foi levada cedo demais. Por que não foi para o Fade?

— Você ouviu o que eu disse? Por sua causa!

— Por minha causa? — Tohr ergueu as mãos. — Mas o que eu fiz de errado, porra? Estou vivo e respirando. Não acabei com a minha própria vida e não vou fazer isso...

— Você não a está deixando partir. Não negue isso, Tohr. Vamos, veja só o que você acabou de fazer com No'One. Você a viu nua, não por culpa dela, e quase explodiu a cabeça da mulher porque pensou que ela estava dando em cima de você.

— E é errado eu não querer ser desejado? — Tohr franziu a testa. — Além do mais, como é que você sabe o que acabou de acontecer?

— Você não tem a ilusão de que está sozinho em algum momento, tem? E o problema não está em No'One, mas em você. Você não quer se sentir atraído por ela.

— Eu *não me senti* atraído por ela. Não, mesmo.

— Mas não tem problema nenhum se estiver. Eis a questão...

Tohr estendeu a mão, agarrou a parte da frente da camisa do anjo e puxou a cabeça da criatura para junto da sua.

— Tenho duas coisas a lhe dizer. Eu não acredito em nada do que você está me dizendo e, se quer saber o que é melhor para você, cala essa merda de boca e não diga nem mais uma palavra a respeito de minha parceira.

Enquanto Tohr o soltava e se levantava, Lassiter praguejou.

— Cara, você não tem toda a eternidade para isso.

— Fique longe do meu quarto.

— Você está mesmo disposto a colocar em risco a eternidade dela por causa de sua fúria? Você seria arrogante a esse ponto?

Tohr olhou sobre seu ombro. Mas o filho da mãe já tinha desaparecido.

Não havia nada além de ar no banco onde o anjo se sentara. E era difícil discutir assim.

— Que diabo! Vai tomar no cu, seu anjo de merda.

CAPÍTULO 12

Quando Xhex entrou no Iron Mask, sentiu-se como se estivesse voltando no tempo. Trabalhou em clubes como aquele ao longo de anos, andando em meio a pessoas semelhantemente desesperadas, mantendo os olhos atentos em busca de problemas... como aquele nó de tensão que havia se formado um pouco adiante.

Diretamente na frente dela, dois caras estavam se enfrentando, um par de touros góticos fazendo tudo menos rasparem o chão com seus coturnos New Rocks. De um dos lados, uma garota com cabelos negros e brancos, decote brilhante e um espartilho ridículo envolto por faixas de couro preto toda satisfeita.

Xhex queria dar uma pancada na cabeça daquela criatura e fazê-la ir embora somente por causa daquele comportamento.

O verdadeiro problema, entretanto, não era aquela idiota com seios quase à mostra, mas os dois pedaços de carne que estavam prestes a dar início a uma batalha no melhor estilo UFC. A preocupação não era exatamente com o que eles fariam com o nariz ou o maxilar um do outro, mas, sim, a forma como as outras duzentas pessoas se comportavam. Corpos masculinos voando em doze direções diferentes podiam machucar seriamente várias pessoas que passavam por ali, e quem precisava disso?

Ela estava prestes a se intrometer quando lembrou que aquele trabalho não era mais seu. Agora não era responsável por babacas e suas libidos e seus ciúmes, seus problemas com tráfico e consumo de drogas, suas explorações sexuais...

E, de qualquer forma, lá estava Trez "Latimer" cuidando de tudo.

Os humanos na multidão viam Moor como apenas mais um deles, só um pouco maior e mais agressivo. Mas ela conhecia a verdade. Aquele Shadow era muito mais perigosa do que qualquer *Homo sapiens* poderia imaginar. Se quisesse, poderia rasgar as gargantas dos humanos em um piscar de olhos e depois jogar as carcaças facilmente em uma fogueira, assá-las e devorá-las durante o jantar com uma espiga de milho e um pacote de salgadinhos.

Os Shadows tinham uma forma única de se livrarem de seus inimigos.

Alguém aí precisa de um antiácido?

Conforme o volume do corpo de Trez causava impressão, a dinâmica da cena mudou instantaneamente: a vadiazinha deu uma olhada para ele e pareceu esquecer o nome dos dois caras que iriam se enfrentar por culpa dela. Enquanto isso, os dois palhaços bêbados esfriaram um pouco a cabeça, dando um passo para trás e reavaliando a situação.

Um bom plano. Eles estavam a um segundo de fazer a situação ser forçosamente reavaliada para eles.

Os olhos de Trez encontraram-se com os de Xhex por uma fração de segundo, e então ele se concentrou em seus três fregueses. Quando a mulher tentou se jogar em cima dele, piscando os olhos e o tecido mamário, ela causou a mesma impressão que um bife causa a um vegetariano: vagamente enojado.

Em meio à música que ecoava no local, Xhex só conseguiu entender algumas palavras soltas aqui e ali, mas podia imaginar muito bem o roteiro: *Não seja idiota. Resolva isso lá fora. Primeiro e último aviso antes de você se tornar uma* persona non grata.

No final, Trez teve praticamente de tirar a ave de rapina de cima dele com um pé de cabra – de alguma forma, ela conseguiu se prender ao braço dele.

Tentando sacudi-la para longe enquanto dizia "você não pode estar falando sério", ele se aproximou.

– Olá.

Aquele sorriso sexy que ele abria tão lentamente era o problema, é claro. E a voz grossa não ajudava. Nem o corpo.

– Oi – ela teve de devolver o sorriso. – Problemas com fêmeas outra vez?

— Sempre — ele olhou em volta. — Cadê seu macho?
— Não está aqui.
— Ahhhh — uma pausa. — Como você está?
— Não sei, Trez. Não sei nem por que estou aqui. Eu só...

Estendendo a mão, ele colocou um braço pesado em volta dos ombros dela e a puxou contra seu corpo. Deus, o cheiro dele continuava o mesmo: uma mistura de Gucci Pour Homme com odores que eram exclusivamente *dele*.

— Vamos, garota — ele murmurou. — Vamos para meu escritório.
— Não me chame de "garota".
— Está bem. Que tal "florzinha"?

Ela passou o braço em volta da cintura dele e inclinou sua cabeça contra aquele peitoral enquanto eles começaram a caminhar juntos.

— Você gosta das coisas como elas estão? — perguntou Xhex.
— Sim. Mas não gosto nada de sua aparência. Prefiro vê-la mal-humorada e puta da vida.
— Eu também, Trez. Eu também...
— E então, posso chamá-la de "florzinha"? Ou preciso ser ainda mais durão com você? Posso chamá-la de "docinho", se for necessário.

Na parte de trás do clube, ao lado de um vestiário onde as "dançarinas" tiravam e depois colocavam novamente as roupas com as quais chegavam da rua, o escritório de Trez tinha uma porta que mais se parecia com a de um refrigerador. Lá dentro, havia um sofá de couro preto, uma grande mesa de metal e um baú revestido com chumbo e parafusado ao chão. Apenas isso. Bem, além das ordens de compra, recibos, mensagens telefônicas, notebooks...

Era como se um milhão de anos tivessem se passado desde que ela estivera perto de tudo aquilo.

— Acho que iAm ainda não passou por aqui — disse ela, acenando para a mesa.

O irmão gêmeo de Trez jamais suportaria aquilo.

— Ele está na casa de Sal, preparando o jantar. E vai ficar lá até meia-noite.
— Como sempre, então.
— Se tudo correr bem...

Enquanto eles sentaram, ele em sua cadeira que mais parecia um trono, ela no sofá, Xhex sentiu uma dor em seu peito.

– Converse comigo – disse ele, com um semblante sério e obscuro.

Segurando a cabeça com a mão e cruzando as pernas de modo que um tornozelo estivesse apoiado no joelho, ela brincou com o cadarço de seu coturno.

– E se eu lhe disser que quero meu antigo trabalho de volta?

Com sua visão periférica, ela o viu recuar ligeiramente.

– Pensei que você estivesse lutando com os Irmãos.

– Também pensei.

– Wrath não se sente à vontade com uma fêmea no campo de batalha?

– É o John que não se sente – quando Trez praguejou, ela expirou duramente. – Eu sou a *shellan* dele, então o que conta é o que ele diz.

– Ele realmente a olhou nos olhos e...

– Ah, ele fez mais do que isso – quando um uivar ameaçador se espalhou pelo ar, Xhex acenou com a mão. – Não, nada violento. A discussão... Mas discussões também não são nem um pouco divertidas.

Trez recostou-se novamente na cadeira. Bateu os dedos na bagunça a sua frente. Encarou-a.

– É claro que você pode voltar... Você me conhece. Não sou preso à noção vampiresca de propriedade... E a nossa sociedade é matriarcal, então, eu nunca entendi a misoginia dos Antigos Costumes. Entretanto, estou preocupado com você e John.

– Vamos dar um jeito.

Como? Ela não fazia ideia. Mas não acreditava que eles não seriam capazes de colocar em palavras.

– Eu só não posso ficar naquela casa sem fazer nada – continuou Xhex. – E não quero nem pousar meus olhos naquele bando. Que droga, Trez, eu devia ter imaginado que essa coisa de vinculação era má ideia. Aquilo não serve para mim.

– Parece que não é você quem está criando o problema, embora eu entenda o lado dele. Se alguma coisa acontecer com iAm, eu ficaria completamente louco. Então, não é uma boa ele e eu lutarmos um ao lado do outro.

— Mas vocês fazem isso.

— Sim, mas somos idiotas. E há outra coisa: nós não saímos para procurar briga todas as noites. Temos trabalho em nossos escritórios para nos manter ocupados, e só cuidamos dos problemas que aparecem diante de nós — ele abriu uma das gavetas da mesa e jogou um molho de chaves para Xhex. — Há uma última sala vazia no final do corredor. Se aquele detetive da divisão de homicídios do Departamento de Polícia de Caldwell voltar aqui para conversar sobre Chrissy e aquele namoradinho morto dela, daremos um jeito na situação, caso seja necessário. Enquanto isso, vou colocá-la de volta na folha de pagamento. Você veio em boa hora... Eu realmente preciso de ajuda para organizar os seguranças. Mas não há uma obrigação em longo prazo... e estou falando sério. Você pode sair quando quiser.

— Obrigada, Trez.

Os dois se encararam, cada um de um lado da mesa.

— Vai ficar tudo bem — disse o Shadow.

— Tem certeza disso?

— Claro.

A aproximadamente um quarteirão e meio do Iron Mask, Xcor estava parado sob o toldo de um estúdio de tatuagem. A iluminação vermelha, amarela e azul do letreiro de neon irritava seus olhos e seus nervos.

Throe e Zypher tinham entrado no estabelecimento há aproximadamente dez minutos. Mas não estavam atrás de uma tatuagem.

Por tudo que havia de mais sagrado, Xcor preferia que seus soldados estivessem em qualquer outro lugar, em qualquer outra missão. Mas, infelizmente, era impossível negociar quando havia necessidade de sangue em jogo — e eles ainda precisavam encontrar uma fonte confiável para isso. Mulheres humanas serviriam, tamanha a necessidade deles, mas a força não duraria tanto tempo, e isso significava que a caça por vítimas seria quase tão frequente quanto por sangue.

Aliás, eles estavam ali há apenas uma semana, e Xcor já conseguia sentir o efeito retardado em sua carne — no Antigo País, havia vampiras fêmeas que eram contratadas para prestar os serviços. Aqui, não possuíam esse luxo e temiam não o ter tão cedo.

Embora o problema fosse resolvido se ele se tornasse rei.

Enquanto esperava, trocou o peso do corpo de um coturno para o outro, mas seu casaco de couro fazia um chiado bem sutil. Em suas costas, escondida em seu coldre, mas pronta para a ação, sua foice estava tão impaciente quanto ele.

Às vezes, podia jurar que aquela arma conversava com ele. Por exemplo, de tempos em tempos, um humano passava pela abertura do beco onde ele estava: podia ser um humano sozinho, caminhando rapidamente, ou uma mulher tentando acender um cigarro em meio ao vento, ou um pequeno grupo farreando. Fosse qual fosse a variante, seus olhos os seguiam como presas, atentando-se à forma como seus corpos se moviam e onde eles podiam esconder armas e quantos saltos seriam necessários para Xcor entrar no caminho deles.

Durante todo o tempo, sua foice sussurrava para ele, impulsionando-o a agir.

Na época de Bloodletter, os humanos haviam sido menos numerosos e mais fracos, bons tanto para serem usados como alvo quanto como fonte de sustento – que era como a raça de ratos sem cauda acabou com tantos mitos de vampiro. Agora, entretanto, os roedores tinham invadido o palácio que era a Terra, tornando-se uma ameaça.

Era uma pena que ele não pudesse ajeitar as coisas em Caldwell apropriadamente. Subjugar não apenas o grande Rei Cego e a Irmandade, mas também os *Homo sapiens*.

Sua foice estava preparada, isso era certo. Ela praticamente vibrava nas costas dele, implorando para ser usada, falando com aquela voz mais sexy do que qualquer coisa que ele já tivesse ouvido de uma fêmea.

Throe saiu do estúdio de tatuagem e dirigiu-se até o beco. Imediatamente, as presas de Xcor se alongaram e seu pau ficou duro como um taco de beisebol – não por estar interessado em sexo, mas porque era assim que seu corpo funcionava.

– Zypher está acabando com eles agora – disse o tenente.

– Ótimo.

Quando uma porta se abriu um pouco mais para baixo naquela rua, ambos enfiaram a mão em seus sobretudos de couro e agarraram as armas. Mas era apenas Zypher... com um triunvirato de garotas, todas tão atraentes quanto lixo ao lado de um prato com o jantar.

Mendigas, pedintes, esse tipo de coisa, não importa. O importante é que todas elas tinham o requisito principal: um pescoço.

Ao se aproximar, Zypher estava sorrindo, mas tomando cuidado para não expor suas presas. Com seu sotaque, rosnou:

— Estas são Carla, Beth e Linda...

— Lindsay – gritou a mulher que estava do outro lado.

— Lindsay – ele se corrigiu, estendendo a mão e puxando-a mais para si. – Garotas, vocês conheceram meu amigo... e este é meu chefe.

O soldado nem se deu ao trabalho de se apresentar – afinal, por que desperdiçar fôlego? Ainda assim, mesmo com a apresentação inadequada, elas pareciam empolgadas. Carla, Beth e Lin-sei-lá-o-que sorriram para Throe, todas com um brilho verde nos olhos... até encararem Xcor.

Embora a maior parte de seu corpo estivesse sob a escuridão, uma luz de segurança acima da porta pela qual eles tinham saído era ativada por movimento, e elas claramente não gostaram do que viram. Duas delas desabaram o olhar na direção do chão. A outra estava muito ocupada, brincando com a jaqueta de couro de Zypher.

A rejeição intrínseca não era algo inédito. Aliás, nenhuma mulher tinha olhado para ele com ares de aprovação ou de atração.

Felizmente, ele não dava a mínima.

Antes que o silêncio se tornasse desconfortável, Zyper falou:

— Enfim, essas mulheres adoráveis estão prestes a ir para o trabalho.

— No Iron Mask – completou Lin-sei-lá-o-quê.

— ... mas elas concordaram em nos encontrar aqui às três horas em ponto.

— Quando sairmos – completou uma delas.

O trio começou a dar risadas irritantes e desnecessárias, e então Xcor ficou tão interessado por elas quanto elas se interessaram por ele. Aliás, suas ambições eram muito maiores do que aquelas de Zypher. O sexo, assim como beber sangue, era uma função biológica inconveniente, e ele era esperto demais para cair naquela armadilha ridícula chamada de romance.

Se alguém estava tão decidido a tomar esse caminho, a castração era mais fácil, menos dolorosa e permanente.

– E então, temos um encontro? – perguntou Zypher à mulher.

Aquela que havia se prendido às roupas dele sussurrou alguma coisa que o fez abaixar a cabeça. Quando suas sobrancelhas se apertaram, não foi difícil entender qual era o conteúdo daquelas palavras, e a mulher não pareceu muito infeliz com a resposta dele.

Ela ronronou.

Mas é claro. Era justamente isso o que faziam aquelas gatas de beco não castradas, supôs Xcor.

– Temos um encontro – disse o vampiro, lançando um olhar para Throe. – Eu prometi que cuidaríamos muito bem dessas três mulheres.

– Eu tenho o que precisamos.

– Muito bom. Ótimo – ele apertou o traseiro de uma delas, e depois de outra. A terceira, a mulher que tentava entrar dentro do casaco dele, bem... Ele a puxou e a beijou violentamente.

Mais risadinhas. Mais olhares recatados que não denunciavam que aquelas eram prostitutas prestes a receber seus pagamentos.

Quando estavam indo embora, cada uma das mulheres olhou novamente para Xcor. Os semblantes delas sugeriam que ele era como uma doença à qual elas logo estariam expostas. Ele se perguntava quem sofreria os efeitos nocivos daquilo quando todas elas voltassem. Afinal, tão certo quanto os dias eram longos demais e as noites curtas demais, ele ficaria com uma delas.

Só custava um pouco mais em situações daquele tipo.

– Belos espécimes da virtude – disse Xcor em um tom seco quando estava novamente sozinho com seus soldados.

Zypher deu de ombros.

– Elas são o que são. E vão dar para o gasto.

– Estou me esforçando para encontrar fêmeas decentes para nós – disse Throe. – Mas não é nada fácil.

– Talvez você precise se esforçar mais – Xcor olhou para o céu. – Agora, de volta ao trabalho. Estamos perdendo tempo.

CAPÍTULO 13

Vadia? Vadia?

Enquanto No'One seguia para o Outro Lado e entrava novamente no Santuário onde passara séculos, não conseguia tirar de sua cabeça nem aquela palavra tampouco a fúria que ela lhe causara.

Lá embaixo, no centro de treinamento, as roupas limpas nunca tinham sido dobradas tão enfaticamente e, quando No'One terminou suas atividades, ficar na mansão durante as horas em que a luz do dia se espalhava lá fora tornara-se impossível.

Aquele era seu único outro destino.

E, além do mais, já tinha passado da hora de ela vir até aqui e se revigorar.

Parada no campo repleto de flores coloridas, ela respirou profundamente várias vezes. E rezou para conseguir ficar sozinha. As Escolhidas eram um grupo simpático de fêmeas sagradas e mereciam mais do que No'One tinha para o oferecer a alguém que passava casualmente por ali. Mas, felizmente, a maioria das Escolhidas estava do Outro Lado agora, com o Primale.

Segurando seu manto erguido, ela começou a caminhar, marchando em meio às tulipas que brotavam perpetuamente com suas flores enormes e de cores vibrantes como se fossem joias. Ela continuou por seu caminho até que sua perna coxa começou a protestar. E, mesmo assim, prosseguiu sua caminhada.

O precioso território da Virgem Escriba era delimitado de todos os quatro lados por uma densa floresta, salpicada com construções e templos em estilo clássico. No'One conhecia cada telhado, cada parede, cada caminho, cada piscina – e agora, com aquela fúria, circulou tudo aquilo.

A raiva lhe dava vida, empurrando-a para frente em direção a... nada nem ninguém. E, ainda assim, ela seguiu adiante.

Como podia aquele macho, que a tinha visto sofrer, insultá-la daquela forma? Ela fora uma virgem da qual o presente que pretendia dar àquele com quem se vincularia havia sido roubado.

Vadia!

Aliás, Tohrment não era o único macho que ela algum dia conheceu – e, conforme o pensamento brotou em sua mente, ela refletiu que, nesse sentido, eles eram muito parecidos. Ela também tinha se desfeito de uma versão antiga de si mesmo. Mas, diferente dele, sua persona atual era melhor do que a antiga.

Depois de algum tempo, sua perna doía tanto que ela precisou diminuir o passo... E então parar. A dor era um ótimo clarificador, fazia o ambiente no qual ela estava se tornar melhor do que aquele que ela tinha deixado para trás e carregava consigo.

No'One estava parada diante do Templo das Escribas Sequestradas.

E o templo estava vazio. Assim como todos os outros prédios.

Enquanto olhava em volta, a verdadeira profundidade do silêncio a invadiu. A paisagem estava subitamente desocupada. Era como se, num arrastão de ironia, a cor vibrante que finalmente tinha chegado até aqui não tivesse substituído o branco penetrante, mas afastado toda a vida.

Lembrando-se do passado, quando havia tantas coisas para cuidar, ela se deu conta de que, na verdade, tinha ido ao Outro Lado não apenas para procurar sua filha, mas para encontrar outro lugar onde pudesse se ocupar até a exaustão e, assim, não pensar demais nas coisas.

Aqui ela não tinha nada para fazer.

Santa Virgem Escriba, estava prestes a enlouquecer.

De repente, uma imagem dos ombros largos e nus de Tohrment, filho de Hharm, invadiu sua mente até cegá-la.

WELLESANDRA

O nome estava gravado na enorme extensão da musculatura daquele macho, escrito na Antiga Língua, a marca de uma verdadeira união de corpos e almas.

Depois de ter algo como aquilo arrancado de si pelo destino, sem dúvida ele estava tão arruinado quanto ela. E, a princípio, ela também havia ficado furiosa. Quando chegou aqui, depois de sua morte, e Directrix mostrou-lhe suas atividades, seu entorpecimento havia se desfeito, revelando a chama da raiva. Entretanto, não havia nada que ela pudesse atacar, nada além de si mesma – e ela tinha feito isso ao longo de décadas.

Pelo menos até perceber o motivo de seu destino, o propósito por trás da tragédia, a causa de sua salvação.

Ela tinha recebido uma segunda chance, para que pudesse renascer em um papel que envolvesse serviços e humildade, para aprender como seus modos anteriores eram errados.

Abrindo a porta do templo, mancou para dentro do salão espaçoso, onde havia filas de mesas e rolos de pergaminho e penas. Em cada estação no centro da área de trabalho, havia uma tigela redonda de cristal com três quartos de seu volume preenchido de uma água tão pura que era praticamente invisível.

De fato, Tohrment estava sofrendo tanto quanto ela, talvez apenas começando aquela jornada que No'One acreditava ter terminado há anos demais para se contar. E, embora sua fúria fosse uma emoção simples se comparada à injustiça da acusação, compreensão e compaixão eram as posturas mais difíceis – e mais valiosas – que poderia adotar...

Ela tinha aprendido isso com o exemplo que as Escolhidas criaram.

Mas compreensão requeria conhecimento, ela pensou, olhando para uma das tigelas.

Enquanto dava um passo para frente, sentiu-se desconfortável com a busca que estava prestes a iniciar, e escolheu uma estação bem lá no fundo, longe das portas e das janelas de chumbo do tamanho das de uma catedral.

Ao sentar-se, não encontrou poeira na superfície da mesa, nem qualquer sinal de poluição na água, nem tinta seca no frasco – apesar de que muito tempo se passara desde que a sala estivera cheia de fêmeas buscando os eventos da raça e registrando a história que aparecia diante de seus olhos bondosos.

No'One pegou a tigela, segurando-a com a palma das mãos, e não com os dedos. Com um movimento quase imperceptível, começou a fazer círculos na água, imaginando as costas de Tohrment com a maior clareza que conseguia.

Não demorou muito para que uma história começasse a se desdobrar, contada por meio de imagens em movimento, banhadas em cores e animadas pelo amor.

Ela jamais tinha pensado em buscar Tohrment ou a vida dele nas tigelas. Das últimas vezes que viera aqui, tinha sido para verificar as fortunas de sua família e o curso da vida de sua filha. Agora, entretanto, ela sabia que tinha sido doloroso demais para si mesma olhar os dois guerreiros que haviam lhe dado abrigo e proteção.

Em seu último e mais covarde ato, ela traiu ambos.

Na superfície da água, avistou Tohrment com uma fêmea ruiva de alta estatura. Eles dançavam valsa – ela, naquele vestido vermelho; ele, sem a parte de cima da roupa e mostrando a ela a escarificação de seu nome no Antigo Idioma. Ele estava tão alegre, resplandecendo de felicidade. Seu amor e a vinculação o faziam brilhar como a Estrela do Norte.

Outras cenas se seguiram, correndo ao longo dos anos, de quando tudo era novo entre eles ao conforto que vinha com a familiaridade, de moradas pequenas a casas maiores, dos bons tempos em que eles riram juntos aos tempos difíceis quando discutiram.

Aquilo era o melhor que a vida tinha a oferecer a alguém: uma pessoa a quem amar e por quem ser amada, com quem você esculpia significado no tronco de carvalho da passagem do tempo perene.

E então, outra cena.

A fêmea estava em uma cozinha adorável e reluzente, parada diante de um fogão. Havia uma frigideira no fogo, com um pouco de carne cozinhando dentro dela, e a fêmea segurava uma espátula na mão. Mas ela não olhava para baixo. Encarava o espaço diante dela, com os olhos desfocados enquanto a fumaça subia.

Tohrment surgiu, avançando na direção da porta. Gritou o nome da fêmea e agarrou uma pequena toalha.

Perto do fogão, Wellesandra deu um pulo, agora atenta, e empurrou a frigideira queimando para longe do fogo. Começou a falar, e embora não houvesse sons associados às imagens, estava claro que a fêmea se desculpava.

Depois que tudo estava resolvido e mais calmo e sem correr risco de se incendiar, Tohrment encostou-se no balcão, cruzou os braços sobre o peito e falou por alguns instantes. Em seguida, o silêncio se instalou.

Demorou um bom tempo até Wellesandra finalmente responder. Nas imagens anteriores de suas vidas, ela sempre parecia ser forte e direta... agora, sua expressão era hesitante.

Quando terminou de responder, os lábios da fêmea se uniram, e seus olhos focaram-se nos de seu macho.

Os braços de Tohrment se descruzaram paulatinamente, até dependurarem-se nas laterais do corpo. Sua boca também ficou mais relaxada, a ponto de seu maxilar parecer prestes a cair. Ele piscou os olhos várias vezes, abrindo e fechando, abrindo e fechando, abrindo e fechando...

Quando finalmente se movimentou, fez isso com a elegância de alguém que tinha quebrado todos os ossos do corpo: lançou-se pela distância que os separava e caiu de joelhos diante de sua *shellan*. Estendeu as mãos trêmulas e tocou a barriga dela, enquanto lágrimas brotavam de seus olhos.

Ele não disse uma palavra. Apenas puxou sua parceira para perto de si. Seus braços fortes e musculosos envolveram a cintura dela; sua bochecha úmida descansou sobre o útero dela.

Acima dele, Wellesandra começou a sorrir... abriu um sorriso radiante, melhor dizendo.

Abaixo da expressão de felicidade dela, contudo, repousava o rosto aterrorizado de Tohr. Como se ele já soubesse que a gravidez que a alegrava seria uma desgraça para eles três...

– Pensei que a encontraria deste lado.

No'One virou-se violentamente. A água da tigela espirrou em seu manto; a imagem estava arruinada.

Tohrment estava na passagem da porta, como se o fato de ela invadir sua privacidade o tivesse chamado para proteger o que era seu por direito. O mau humor dele tinha se dissipado, mas, mesmo sem a fúria, o rosto esquelético do macho não era nada parecido com aquele que ela acabara de ver.

— Vim para lhe pedir desculpas — disse ele.

No'One cuidadosamente colocou a tigela de volta como estava, observando a superfície agitada da água se acalmar e o nível do líquido lentamente voltar à forma original, reabastecendo-se por meio de um reservatório desconhecido e invisível.

— Achei melhor esperar até que eu estivesse um pouco mais sóbrio e...

— Eu estava vendo você — disse ela. — Na tigela, com a sua *shellan*.

As palavras da mulher fizeram Tohr se calar.

Levantando-se, No'One ajeitou seu manto, embora estivesse como sempre estava: dobras de tecido reto e sem forma.

— Eu entendo por que você se irrita tão fácil e tão rapidamente. Faz parte da natureza de um animal ferido atacar até mesmo uma mão amiga.

Quando ela levantou o olhar, ele franzia profundamente a testa, de modo que suas sobrancelhas agora formavam uma única linha. Não estava exatamente aberto para uma conversa. Mas era hora de limpar o ar entre eles e, assim como limpar uma ferida aberta, era esperado que aquilo causasse dor.

Mas, antes, a infecção precisava ser combatida para que deixasse a carne.

— Há quanto tempo ela morreu?

— Foi morta — disse ele, um instante depois. — Ela foi morta.

— Há quanto tempo?

— Quinze meses, vinte e seis dias e sete horas. Eu teria de verificar um relógio para saber os minutos.

No'One aproximou-se da janela e lançou um olhar em direção ao gramado verde.

— Como você descobriu que ela tinha sido tirada de você?

— Meu Rei. Meus Irmãos. Eles vieram até mim e me contaram que ela tinha tomado um tiro.

— O que aconteceu depois disso?

— Eu gritei. Desapareci para outro lugar, longe dali. Chorei por semanas sozinho no meio do nada.

— Você não realizou a cerimônia do Fade?

— Demorei quase um ano para voltar – disse. Então, praguejou e esfregou a mão no rosto. – Não consigo acreditar que você está me perguntando sobre essa merda. E não acredito que eu esteja respondendo.

Ela encolheu os ombros.

— É por isso que você foi tão cruel comigo na piscina. Você sente culpa, e eu sinto como se você me devesse alguma coisa. Esse último fato me deixa mais confiante, e o primeiro faz seus lábios relaxarem.

Ele abriu a boca. Fechou-a. Abriu-a novamente.

— Você é muito esperta.

— Não exatamente. É uma coisa óbvia.

— O que você viu nas tigelas?

— Você tem certeza de que quer que eu diga?

— Tudo aquilo se passa eterna e infinitamente em minha cabeça. Não vou achar que é uma notícia recente, seja lá o que for.

— Ela lhe contou, na cozinha, que estava grávida. Você caiu no chão diante dela... sua fêmea estava feliz, mas você não.

Quando ele ficou pálido, ela desejou ter falado sobre alguma das outras cenas.

E, então, ele a surpreendeu:

— É estranho... mas eu sabia que aquela era uma má notícia. Seria sorte demais. Ela queria tanto ter filhos. A cada dez anos, brigávamos por causa disso, quando ela tinha aqueles ataques de necessidade. Finalmente, a situação chegou a um ponto em que ela me deixaria se eu não a permitisse tentar. Era como escolher entre uma bala de revólver ou uma adaga... de uma forma ou de outra, eu sabia que a perderia.

Usando a muleta, ele mancou até uma cadeira, puxou-a e se sentou. Enquanto Tohr desajeitadamente tentava encontrar uma posição para seu pé ferido, No'One percebia que agora eles tinham mais uma coisa em comum.

Ela se aproximou lentamente dele e, de modo estabanado, sentou-se à mesa a seu lado.

— Sinto muito — quando percebeu que ele ficou surpreso, ela mais uma vez encolheu os ombros. — Como posso não oferecer minhas condolências diante de sua perda? Na verdade, depois de vê-los juntos, acho que jamais conseguirei esquecer o quanto você a amava.

Depois de um instante, ele murmurou com uma voz rouca:

— Então somos dois.

Quando os dois ficaram em silêncio, Tohr encarou a mulher pequena e coberta com um capuz que estava sentada a seu lado. Pouco mais de um metro os separava, cada um em uma das mesas. Mas pareciam estar mais próximos do que isso.

— Tire o capuz para mim — quando No'One hesitou, ele insistiu: — Você viu o melhor de minha vida. Eu quero ver os seus olhos.

As mãos pálidas da mulher se levantaram e estremeceram ligeiramente enquanto ela afastava o que cobria seu rosto.

Ela não o encarou. Provavelmente não conseguiria.

Com um olhar desprovido de sentimentos, ele mediu os ângulos espetaculares que formavam os traços daquela fêmea.

— Por que você usa esse capuz o tempo todo?

Ela respirou profundamente. Seu manto se ergueu e então caiu, e ele foi forçado a se lembrar que era provável que ela ainda estivesse nua ali dentro.

— Responda — ele ordenou.

Enquanto ela ajeitava os ombros, ele pensou que qualquer um que pensasse que aquela fêmea era fraca estaria redondamente enganado.

— Este rosto — ela virou seu maxilar perfeito e as maçãs do rosto pronunciadas e rosadas — não representa quem eu sou. Se as pessoas o virem, irão me tratar com um respeito que não seria apropriado. Até mesmo as Escolhidas cometeram esse equívoco. Cubro meu resto porque, se eu não fizer isso, estarei propagando uma mentira, e mesmo que isso cause dores apenas para mim, não há problema.

— Você descreve as coisas de uma forma única.

— A explicação não foi suficiente?

— Sim, foi — quando ela estendeu a mão para levantar novamente o capuz, ele segurou seu braço. — Se eu prometer me esquecer de sua aparência, você manteria o capuz abaixado? Não consigo saber como está seu humor quando você está escondida... e, caso não tenha percebido, não estamos falando exatamente sobre a temperatura aqui.

Ela manteve as mãos no capuz, como se não conseguisse soltá-lo. Então, encarou-o. Olhou-o tão diretamente que ele recuou.

Aquela era a primeira vez que ela, de fato, olhava para ele, Tohr deu-se conta. Desde sempre.

Falando com uma sinceridade impressionante, ela disse:

— Vamos deixar as coisas bem claras entre nós: eu não tenho interesse por nenhum macho. Sinto uma repulsa sexual por aqueles de sua espécie, e isso inclui você também.

Ele limpou a garganta, ajeitou a regata, ajustou-se na cadeira.

Em seguida, expirou lentamente, sentindo-se aliviado.

No'One continuou:

— Se eu lhe ofendi...

— Não, de forma alguma. Sei que não é pessoal.

— Não é mesmo.

— Para dizer a verdade, isso torna as coisas... mais fáceis. Por que eu me sinto da mesma forma — ao ouvir essas palavras, ela chegou a abrir um leve sorriso. — Somos muito parecidos, por sinal.

Eles permaneceram em silêncio por algum tempo, até ele abruptamente dizer:

— Eu ainda amo minha *shellan*.

— E por que não amaria? Ela era adorável.

Ele sentiu-se sorrindo pela primeira vez em... tanto tempo.

— Não era apenas pela aparência dela. Era por tudo nela.

— Eu percebi pela forma como você olhava para ela. Você estava encantado.

Ele apanhou uma das penas e verificou a ponta afiada.

— Meu Deus... eu estava tão nervoso naquela noite em que nos vinculamos. Eu a queria tanto... e não conseguia acreditar que ela seria minha.

— A vinculação foi arranjada?

— Sim. Por minha *mahmen*. Meu pai não se importava com esse tipo de coisa. Tampouco se importava comigo, para dizer a verdade. Mas minha mãe tomou conta de tudo da melhor forma que podia – e era uma mulher inteligente. Ela sabia que, se eu tivesse uma boa fêmea, seria feliz durante o resto de minha vida. Ou... bem, pelo menos esse era o plano.

— Sua *mahmen* está viva?

— Não, e fico feliz por ela não estar. Ela não teria gostado nada disso.

— E seu pai?

— Também está morto. Ele me repudiou até quase chegar ao túmulo. Mais ou menos seis meses antes de morrer, ele me chamou para ir até ele. E eu não teria ido, se não fosse por Wellsie. Ela me forçou a vê-lo, e estava certa. Ele formalmente me deu valor quando já estava em seu leito de morte. Não sei por que isso era tão importante para meu pai, mas foi assim que as coisas aconteceram.

— E o que aconteceu com Darius? Eu não o vejo há algum tempo...

— Darius foi morto pelo inimigo, pouco antes de Wellsie – quando ela se surpreendeu e levou a mão à boca, ele assentiu – Tem sido uma merda, de verdade.

— Você está totalmente sozinho? – ela falou em um tom amigável.

— Tenho meus Irmãos.

— Você os deixa entrar em sua vida?

Com uma breve risada, ele acenou uma negação.

— Você é ótima quando o assunto é retórica, sabia?

— Sinto muito, eu...

— Não, não se desculpe – ele devolveu a pena de volta ao suporte. – Eu gosto de conversar com você – quando ouviu o tom de surpresa em sua própria voz, ele riu duramente. – Bem, parece que eu estou lançando todos os meus charmes para você esta noite, não é mesmo? – batendo as mãos nas coxas de modo a colocar um ponto-final na conversa, ele se levantou com a ajuda da muleta. – Ouça, também vim aqui para fazer uma pequena pesquisa. Você sabe onde fica a biblioteca? Seria uma droga se eu não conseguisse encontrá-la.

– Sim, é claro – ela se levantou e colocou novamente o capuz sobre a cabeça. – Vou levá-lo até lá.

Quando ela passou na frente de Tohr, ele franziu a teta.

– Você está mancando mais do que o de costume. Por acaso se machucou?

– Não. Quando eu me movimento demais, sinto dores.

– Você poderia cuidar disso lá embaixo... Manello está...

– Obrigada, mas não quero.

Tohr estendeu bruscamente a mão e fez No'One parar antes que ela chegasse à porta.

– O capuz. Deixe-o abaixado, por favor – quando ela não respondeu, ele insistiu: – Não há ninguém aqui além de nós. Você está segura.

CAPÍTULO 14

Enquanto John Matthew permanecia parado na margem do Rio Hudson, a aproximadamente quinze minutos a norte do centro de Caldwell, sentiu-se como se estivesse a mil milhas de distância de todo mundo.

Às suas costas, a brisa permanente e a pequena cabana que, se você não soubesse do que se tratava, acreditaria que não valeria sequer o esforço de bater na porta. O lugar, entretanto, era uma fortaleza, com paredes reforçadas com aço, telhado impenetrável, janelas à prova de balas e poder de fogo suficiente em sua garagem para fazer metade da população da cidade ver Deus bem de perto.

Ele tinha suposto que Xhex viria para cá. Estava tão convencido disso que sequer se importou em segui-la.

Mas a fêmea não estava aqui...

A luz de um farol de carro, apontando para a direita, forçou-o a virar a cabeça. O veículo se aproximava pela pista, chegando mais próximo da cabana vagarosamente.

John franziu a testa ao ouvir o ruído do motor: grave, profundo, um rosnado terrível.

Não era um Hyundai ou um Honda. Tampouco poderia ser uma Harley, suave demais.

Seja lá que merda fosse aquilo, continuava vindo, até chegar ao terreno onde a casa tinha sido construída. Alguns momentos mais tarde, luzes começaram a invadir o interior da mansão, iluminando as varandas e acumulando-se lá dentro, pelos três andares.

Aquela droga parecia uma espaçonave prestes a decolar.

Não era assunto dele. E, de qualquer forma, era hora de ir embora.

Com um xingamento mudo, desfez-se em moléculas e seguiu para a boca do lixo de Caldie, aquela área com bares, clubes de striptease e estúdios de tatuagem em volta de Trade Street.

O Iron Mask fora o segundo clube de Rehvenge, um local para se dançar, transar e usar drogas criado para atender uma clientela gótica deixada de lado por seu primeiro estabelecimento, o ZeroSum – que tinha uma atmosfera mais voltada para o estilo Eurotrash.

Havia uma fila de pessoas aguardando para entrar – sempre tinha –, mas os dois seguranças, Big Rob e Silent Tom, reconheceram-no e deixaram-no passar na frente dos demais frequentadores.

Cortinas de veludo, sofás de dois lugares, luzes escuras; mulheres vestindo couro preto e usando maquiagem branca e extensões que faziam seus cabelos chegarem em ao traseiro; homens reunidos em grupos, formulando estratégias para conseguirem transar; música depressiva que poderia levar alguém a contemplar a ideia de engolir uma bala de revólver.

Mas talvez fosse apenas seu humor.

E ela estava aqui. Ele conseguia sentir seu sangue em Xhex, e então prosseguiu, atravessando a multidão, focando-se naquele sinal.

Quando John Matthew chegou à porta sem qualquer identificação que dava para a área do clube reservada aos funcionários, Trez saiu das sombras. Lógico.

– E aí? – disse o Shadow, oferecendo um aperto de mão.

Os dois apertaram as mãos, bateram os ombros e deram tapinhas um nas costas do outro.

– Você está aqui para conversar com ela? – John assentiu e o cara abriu a porta. – Passei para ela o escritório ao lado daquele vestiário, perto de minha sala. Vá até lá. Ela só está verificando os relatórios dos funcionários.

O Shadow parou de forma abrupta, mas já tinha ido além da conta.

Jesus Cristo...

– Ah... bem, ela está lá no fundo – murmurou o cara, deixando claro que estava muito disposto a ficar fora de tudo aquilo.

John entrou e seguiu pelo corredor. Quando aproximou-se da porta, não viu um cartaz com o nome de Xhex, mas perguntou-se quanto tempo aquilo duraria.

E bateu na porta, embora ela já devesse saber que ele estava ali.

Quando Xhex respondeu, John entrou...

Ela estava no canto do outro lado, com o corpo inclinado e puxando alguma coisa no chão. Quando levantou o rosto e lançou um olhar penetrante, Xhex congelou; o que denunciou a John que, de fato, ela não tinha notado que era ele ali.

Ótimo. Ela estava tão envolvida com seu novo antigo trabalho que já tinha se esquecido dele.

— Ah... oi — olhando novamente para baixo, ela continuou o que estava fazendo, puxando...

Puxando uma extensão que saía debaixo do arquivo, a extremidade com as tomadas agora voando.

Antes que o fio ricocheteasse e a atingisse, ele pulou para frente, agarrou aquela coisa e foi golpeado; a dor começou a espalhar-se por sua caixa torácica.

— Obrigada — ela agradeceu quando ele lhe passou o fio e se afastou. — Estava preso lá atrás.

Então... você vai trabalhar aqui agora?

— Sim, vou. Não acho que exista outra opção que seja realista. E — o olhar dela endureceu. — Se você tentar dizer que eu não posso...

Meu Deus, Xhex, não estamos nesse ponto. Ele se movimentava para frente e para trás sobre a mesa que os separava. *Nós não somos assim.*

— Na verdade, acho que somos. Afinal, aqui estamos, não é mesmo?

Eu não quero fazer você deixar de lutar...

— Mas fez. Não vamos fingir o contrário — Xhex sentou-se na cadeira de escritório e soltou o corpo enquanto um grito se formava em sua garganta. — Agora que você e eu estamos vinculados, os Irmãos e também seu Rei tiram conclusões de você. Não, espere... eu ainda não terminei — ela fechou os olhos como se estivesse exausta. — Deixe-me explicar tudo. Sei que eles me respeitam, mas respeitam mais a prerrogativa do macho vinculado do que a de sua *shellan*. Isso não é uma exclusividade da Irmandade, mas está no tecido da sociedade dos vampiros, e não há dúvida de que seja fruto do fato de um macho vinculado ser um animal perigoso. Você não pode mudar isso, e eu não posso viver dessa forma, então, sim, estamos nessa situação.

Eu posso conversar com eles, fazê-los...

– Eles não são a raiz do problema.

John sentiu uma necessidade repentina de socar uma parede. *Eu posso mudar.*

De repente, os ombros de Xhex se soltaram, e seus olhos, aqueles olhos cinzentos como metal, tornaram-se fulminantes.

– Não acredito que você possa, John. E eu também não posso. Não vou ficar sentada em casa esperando você voltar a cada amanhecer.

Não estou pedindo para você fazer isso.

– Que bom, porque eu não vou voltar para a mansão – quando John sentiu o sangue deixar sua cabeça, limpou a garganta: – Sabe, toda essa coisa da vinculação... sei que você não pode fazer nada a respeito disso. Eu estava irritada quando saí, mas venho pensando desde então e... droga, sei que se você conseguisse se sentir diferente, ser diferente, você faria isso. Mas a realidade é que poderíamos passar mais alguns meses de desgraça tentando encontrar uma forma e aprender a odiar um ao outro no processo... e eu não quero isso. Você não quer isso.

Então, você está terminando comigo?, ele perguntou. *É isso?*

– Não! Não sei... quero dizer... ah, que merda – ela jogou as mãos para o alto. – O que mais posso fazer? Estou tão frustrada com você, comigo mesma, com tudo... Nem sei se o que estou dizendo faz sentido.

John franziu a testa, percebendo que estava no mesmo terreno cheio de complicações em que ela estava. Será que havia um meio-termo?

Nós somos mais do que isso, afirmou em língua de sinais.

– Quero acreditar no que você está dizendo – ela disse com uma voz suave. – Quero mesmo.

Impulsivamente, ele deu a volta na mesa e parou perto dela. Agarrando-se ao apoio do braço, virou a cadeira em sua direção e estendeu ambas as mãos, oferecendo-as a ela.

Não houve nenhuma exigência. Nada de hostilidade. Ela poderia escolher aceitá-las ou não.

Depois de um instante, Xhex colocou suas mãos sobre as dele e, quando ele a puxou para que se levantasse, ela não tentou contrariá-lo.

Deslizando os braços em volta dela, John a trouxe mais para perto de si. E então, usando sua força, ele ergueu-a do chão e segurou-a em seus braços fortes, mantendo-a suspensa.

Encarando-a, ele aproximou seus lábios da boca dela, dando um selinho. Ao perceber que não recebera um tapa em troca nem um chute no saco ou uma mordida, ele inclinou a cabeça e beijou-a mais incisivamente, convencendo-a a se abrir para ele.

Quando ela fez isso, ele puxou o corpo dela ainda mais contra o dele e beijou-a com todo seu amor. Sua mão foi parar no traseiro dela, apalpando-o; a outra estava presa em sua nuca. Quando um gemido brotou da garganta dela, ele sabia que tinha conseguido o que queria.

Embora não tivesse uma solução imediata para a situação do macho vinculado, ele sabia que aquela ligação entre os dois era algo certo em um mundo que de repente parecia preenchido com "talvez nãos".

John interrompeu o beijo. Levou-a de volta até onde ela estava sentada. E foi até a porta.

Me envie uma mensagem de texto quando quiser me ver outra vez, gesticulou. *Vou lhe dar espaço, mas esteja certa de uma coisa: eu vou esperá-la para sempre.*

***

Que bom que estou na cadeira, pensou Xhex quando a porta se fechou atrás de John.

Sim, uau! Seja lá o que estava se passando pela cabeça dela, seu corpo agora estava tão fluido e leve quanto ar quente.

Ela ainda o desejava. E ele tinha deixado claro o que viera aqui dizer. Os dois combinavam – pelo menos com relação àquilo.

Que droga, e como eles combinavam.

Merda! O que fazer agora?

Bem, uma ideia... seria enviar uma mensagem de texto pedindo para ele voltar, trancafiar-se naquela sala e estrear o novo escritório – e não da forma esperada.

Ela chegou a pegar o telefone. No final, enviou uma mensagem com um conteúdo totalmente diferente.

Vamos dar um jeito. Prometo.

Quando abaixou o telefone, sabia que dependia dela e de John descobrir como seria seu futuro. Precisavam encontrar uma forma adequada de passar o tempo, uma forma que fosse apropriada às necessidades dos dois.

Ela tinha imaginado que lutaria lado a lado com John e a Irmandade. E ele também tinha pensado isso.

Talvez essa realidade estivesse por vir. Talvez não.

Enquanto ela corria o olhar pelo escritório, sentiu-se incerta de quanto tempo permaneceria ali...

A batida na porta que interrompeu seus pensamentos foi única e forte.

– Sim? – ela gritou.

Big Rob e Silent Tom entraram, com a mesma aparência de sempre. Por mais que ela ainda estivesse com a cabeça em John, era melhor colocar aquela máscara de "sou toda negócios". Xhex tinha passado muitas noites garantindo o funcionamento perfeito do clube.

Isso ela podia fazer.

– Diga – ela disse.

Naturalmente, Big Rob seguiu a ordem.

– Há um novo fornecedor na cidade.

– Qual é o tipo de negócio?

O cara bateu o dedo na lateral do nariz.

Drogas. Que maravilha... embora nada surpreendente. Rehv tinha sido o comandante do tráfico na cidade, mas e agora que ele tinha saído de cena? As oportunidades, assim como a natureza, detestavam o vazio... e o dinheiro era um bom motivador.

Que bela bosta. O submundo de Caldwell já era uma mesa de três pernas vinda do inferno, e eles não precisavam de mais instabilidade.

– E quem é?

— Ninguém sabe. Ele surgiu do nada e acabou de comprar meio milhão em pó de Benloise, com dinheiro.

Ela franziu a testa. Não que duvidasse das fontes de seu leão-de-chácara, mas aquilo era produto demais.

— Não significa que será vendido em Caldwell.

— Pegamos isso de um cara chapado. Ele estava no banheiro masculino.

Big Tom jogou um pacote de celofane na mesa. Era o de sempre, cinco gramas, pronto para ser usado, exceto por um pequeno detalhe: estava selado com um lacre vermelho.

Merda...

— Não tenho ideia do que está escrito aí.

É claro que ele não sabia. Era um caractere do Antigo Idioma, uma letra que não tinha equivalente no inglês. Aquilo costumava ser usado para selar documentos oficiais. E representava a morte.

A questão era: quem estava tentando tomar o lugar de Rehv e que, por acaso, era alguém da raça?

— O cara de quem você tomou isso... você o deixou ir? — questionou Xhex.

— Ele está a sua espera em meu escritório.

Ela se levantou e deu a volta na mesa. Agarrou-se com um golpe feroz ao braço de Big Tom e disse:

— Eu sempre gostei de você.

CAPÍTULO 15

No santuário, No'One guiou Tohrment até a biblioteca, onde esperava deixá-lo para fazer suas pesquisas sobre qualquer assunto. Quando chegaram ao destino, entretanto, ele abriu a porta para ela e acenou para que ela seguisse adiante. E assim o fez.

O templo de livros era longo, comprido e alto. Por toda a volta, volumes encadernados em couro, preenchidos com letras cuidadosas de gerações de Escolhidas, estavam colocados em prateleiras de mármore, organizados em ordem cronológica. As histórias contidas eram relatos não fictícios das vidas vividas lá embaixo e testemunhadas por meio da tela transparente de água.

Tohrment ficou de pé por um momento. A muleta o mantinha instável enquanto ele permanecia com o pé enfaixado levantado.

– O que você está procurando? – ela perguntou enquanto olhava para as prateleiras mais próximas.

A imagem dos volumes levou-a a pensar sobre o futuro da manutenção do passado. Com as Escolhidas explorando o mundo real, elas já não registravam mais tantas coisas – se é que já registravam alguma coisa. Aquela longa tradição poderia muito bem se perder.

– Algo sobre a vida após a morte – respondeu Tohrment. – Você sabe se existe alguma seção sobre isso?

– Acredito que as crônicas estão organizadas por ano, e não por assunto.

– Você já ouviu falar do Limbo?

– Do quê?

Ele riu duramente enquanto mancava para frente e começava a inspecionar os livros.

– Exatamente. Temos o Fade, temos o *Dhund*. Dois fins opostos que eu acreditava serem as únicas opções quando morremos. Estou procurando alguma evidência de que existe outra opção. Droga... sim... estão em ordem cronológica, e não separados por assunto. Será que em outro lugar a organização é diferente?

– Não que eu saiba.

– Há algum sistema de indexação?

– Acredito que somente por data. Mas não sou nenhuma especialista no assunto.

– Droga, talvez sejam necessários anos para se verificar tudo isso.

– Uma opção seria conversar com uma das Escolhidas. Sei que Selena era uma escriba...

– Ninguém precisa saber disso. É sobre minha Wellsie.

A ironia daquela frase pareceu deixá-lo desconcertado.

– Espere! Há outra sala.

Guiando-o pelo corredor central, ela o fez virar para a esquerda, em direção ao que era, essencialmente, um cofre.

– Este é o local mais sagrado, onde as vidas da Irmandade são mantidas.

As portas pesadas resistiram à invasão, pelo menos quando ela tentou abri-las. Mas, perante a força de Tohrment, elas se renderam para revelar uma sala apertada, porém alta.

– Então, ela nos mantém trancafiados – disse secamente enquanto verificava os nomes nas lombadas. – Veja só isso... – ele puxou um dos volumes e analisou a lombada. – Ah, Throe... pai do Throe atual. Eu me pergunto o que aquele velho pensaria a respeito da pessoa com quem seu filho está indo para a cama.

Enquanto ele devolvia o volume, ela não se sentiu constrangida e o encarou. As sobrancelhas dele estavam franzidas por conta da concentração; seus dedos, fortes embora finos, manuseavam os livros com cuidado, seu corpo inclinava-se na direção da prateleira.

Os cabelos negros eram grossos e brilhantes, e também muito curtos. E aquela mecha branca próxima da franja parecia estranhamente fora de lugar – até ela perceber que ele tinha olhos cansados e assombrados.

Oh... aqueles olhos. Azuis como as safiras do Tesouro e tão preciosos quanto, ela acreditava.

No'One se deu conta de que ele era muito bonito.

O curioso era que o fato de ele ser apaixonado por outra mulher possibilitava que ela o avaliasse até mesmo àquele nível. Como ele sentia tudo aquilo por sua *shellan*, ele estava seguro. A ponto de ela já nem mesmo se sentir desconfortável com o fato de ele tê-la visto despida. Aquele macho jamais a enxergaria com qualquer desejo sexual. Isso seria uma violação de seu amor por Wellesandra.

– Há mais alguma coisa aqui? – perguntou Tohrment, inclinando ainda mais o corpo enquanto se apoiava na muleta. – Eu só vejo biografias dos Irmãos.

– Aqui, permita-me ajudá-lo.

Juntos, eles verificaram todos os volumes. E não encontraram nenhum que pudesse fazer referência ao paraíso ou ao inferno. Apenas Irmão após Irmão após Irmão...

– Nada – ele murmurou. – Para que serve uma biblioteca se você não consegue encontrar merda nenhuma?

– Talvez... – segurando a beirada de uma prateleira, ela inclinou-se desajeitadamente, verificando os nomes. Por fim, encontrou o que procurava. – Poderíamos pesquisar no próprio livro.

Cruzando os braços sobre o peito, ele pareceu zombar de si mesmo.

– Ela estaria aqui, não estaria?

– Ela foi parte de sua vida, e você é o assunto.

– Puxe-o.

Havia vários volumes dedicados a ele, e No'One puxou para fora aquele que trazia os eventos mais recentes. Abriu-o e passou pela declaração da linhagem de Tohr, impressa na parte da frente. Então, correu os olhos por várias páginas que narravam as proezas daquele homem no campo de batalha. Quando chegou às últimas anotações, No'One franziu a testa.

— O que diz aí?

No Antigo Idioma, ela leu em voz alta a data e, em seguida, a anotação: "*Neste dia, ele perdeu a shellan com quem se vinculara, Wellesandra, que era jovem e da Terra. Subsequentemente, afastou-se da sociedade comunitária da Irmandade da Adaga Negra*".

— Isso é tudo?

— Sim.

Ela virou o livro para que Tohr pudesse ler com os próprios olhos, mas ele correu a mão pelo ar.

— Jesus Cristo! Minha vida foi arruinada e é só isso que elas escrevem.

— Talvez estivessem respeitando seu sofrimento — ela devolveu o livro. — Parece claro que esse tipo de dor deve ser mantido privado.

Ele não disse mais nada. Apenas ficou ali parado, apoiado na muleta que o mantinha em pé. Seus olhos furiosos não desviavam do chão.

— Fale comigo — ela disse suavemente.

— Que bosta — enquanto ele esfregava os olhos, a exaustão irradiava de seu corpo. — A única paz que eu tenho em meio a todo esse pesadelo é saber que Wellsie está no Fade com meu filho. Somente assim consigo viver. Quando estou prestes a perder a sanidade, digo a mim mesmo que ela está bem, e que é melhor eu, e não ela, sofrer essa dor, que é melhor que eu esteja sentindo saudade aqui embaixo, na Terra. Por que, afinal, o Fade supostamente é todo paz e amor, certo? Mas aí aquele anjo surge e começa a falar sobre uma espécie de Limbo. E agora, do nada, meu único consolo já era. E, para piorar tudo, eu nunca ouvi falar desse lugar e não consigo encontrar informações sobre ele.

— Eu tenho uma ideia. Venha comigo — quando ele apenas a encarou, percebeu que ela não estava disposta a receber uma resposta negativa. — Venha.

Segurando-o pelo braço, ela o levou para fora daquela saleta e de volta à área principal da biblioteca. Então, analisou novamente os livros, verificando as datas dos volumes, localizando os mais recentes.

— Qual foi o dia em que ela...

Tohrment repetiu o dia e o mês, e então ela puxou o volume apropriado.

Folheando-o, ela sentiu uma presença pairar sobre ela – e não era ameaçadora.

– Aqui. Aqui está ela.

– Oh meu Deus. O quê?

– Só diz... sim, a mesma coisa que estava escrita em seu volume. Ela foi levada da Terra! Espere um instante.

Caminhando para trás e depois de volta para frente, No'One procurou histórias de outros machos e de outras fêmeas que tinham morrido naquela data. Fulano foi para o Fade. Cicrano foi para o Fade. Beltrano foi para o Fade.

Quando olhou novamente para Tohrment, sentiu um medo profundo.

– De fato, não diz que ela está lá. No Fade, quero dizer.

– O que você quer dizer com isso?

– A única afirmação é que ela perdeu a vida. Não diz que ela está no Fade.

Em algum ponto do frio e seco coração de Caldwell, Xcor seguia um único *redutor*.

Em um beco de um parque com um gramado irregular, ele se movimentava silenciosamente atrás do morto-vivo, mantendo a foice em sua mão e o corpo preparado para atacar. Aquela era uma criatura extraviada, que tinha se separado do bando que Xcor e seu grupo tinham atacado anteriormente.

O ser estava claramente ferido. Seu sangue negro deixava um rastro pelo chão – um caminho que era, afinal, bastante óbvio.

Xcor e seus soldados tinham matado todos os colegas do *redutor* quando estavam nos becos. Tinham coletado alguns souvenirs mediante ordens de Xcor, que então se separou para encontrar o desertor solitário. Enquanto isso, Throe e Zypher voltaram ao estúdio de tatuagem para preparar as mulheres para se alimentar, e os primos retornaram para a base para cuidar dos ferimentos da batalha.

Se as mulheres fossem despachadas com o entusiasmo adequado, talvez eles conseguissem encontrar outro esquadrão de inimigos antes do amanhecer – embora "esquadrão" não fosse a palavra adequada. Profissional demais. Os atuais recrutas não se pareciam nem um pouco com os que viviam no Antigo País no apogeu da guerra que lá ocorrera. Recém-criadas, essas criaturas sequer haviam se tornado pálidas, e não pareciam muito bem organizados ou capazes de trabalharem juntas durante um serviço em equipe. Além disso, suas armas eram bastante parecidas com o que era usado nas ruas: estiletes, navalhas, tacos... Se possuíam revólveres, eram inadequados e certamente não sabiam atirar.

Era um exército reunido cuja força parecia estar sobretudo no número de membros. E a Irmandade não conseguia acabar com eles? Que vergonha.

Concentrando-se novamente em sua presa, Xcor começou a se aproximar.

Hora de colocar um ponto-final no trabalho. Ir se alimentar. E sair à caça novamente.

A área comum que eles tinham atravessado para chegar até aqui ficava debaixo do rio, e era iluminada demais para o gosto de Xcor. E aqui fora também: salpicado por mesas para piquenique e tambores enormes servindo como lata de lixo, o local não oferecia muitos abrigos de olhos curiosos, mas pelo menos a noite estava suficientemente fria para manter os humanos dignos de alguma credibilidade dentro de suas casas. É claro que sempre haveria transeuntes em volta, entretanto. Felizmente, eles costumavam permanecer em seus próprios mundos. E, se não fizessem isso, ninguém prestaria atenção neles.

Mais adiante, o *redutor* estava em um caminho de concreto que, em vez de guiá-lo em direção à segurança, simplesmente o entregaria à morte – e ele estava pronto para seu último ato. Começava a cambalear de um lado para o outro, lançando um braço para fora na tentativa inútil de recuperar o equilíbrio que logo não passaria de uma ilusão. O outro braço estava preso no meio do corpo. Se continuasse assim, a criatura logo cairia no chão. E, se isso acontecesse, não haveria nenhuma diversão.

Um soluçar se espalhou em meio aos ruídos abafados da noite.

E mais um.

A criatura estava chorando. Aquela coisa maldita estava chorando como uma fêmea.

A onda de fúria que invadiu Xcor espalhou-se tão rapidamente a ponto de quase deixá-lo sem ar. Guardou de forma abrupta sua foice e pegou sua adaga de aço.

Antes, eram só negócios. Agora, era pessoal.

Por vontade de Xcor, as luzes nos enormes postes nas calçadas começaram a se apagar uma por uma, tanto à frente quanto atrás do assassino. A escuridão se alastrou até a criatura finalmente perceber, por meio de suas fraquezas e de sua dor, que sua hora havia chegado.

– Oh, que merda! Não! – a criatura virou-se na direção da luz da última lâmpada. – Cristo, não!

Seu rosto estava totalmente lívido, como se usasse maquiagem, mas não porque tivesse sido um assassino durante o tempo necessário para se tornar tão pálido. Jovem, com cerca de dezoito ou vinte anos, ele tinha tatuagens por toda a volta do pescoço e pelos braços. E, se não falhava a memória de Xcor, aquela criatura tinha sido bastante competente com adagas – mas somente em lutas mão a mão, que envolviam mais instinto do que treinamento.

Tinha claramente sido um agressor em suas encarnações anteriores. Seu showzinho de força inicial provara que aquela criatura era usada contra oponentes que recebiam apoio após um primeiro golpe. Mas foram-se os tempos de sua força e ego, e aquelas lágrimas patéticas provavam que o que havia ali era o âmago daquela coisa.

Quando a última luz, aquela que estava sobre o assassino, apagou-se, ele gritou.

Xcor atacou com força brutal, lançando seu enorme peso no ar e agarrando-se àquela coisa enquanto ela caía contra a grama.

Apertando a cara do *redutor* com a palma de uma mão, Xcor enterrou a adaga no ombro e a puxou, atravessando tendão e músculo, e também um osso. A respiração quente saiu da boca do assassino quando ele gritou novamente – provando mais uma vez que até mesmo os mortos-vivos tinham receptores de dor.

Xcor abaixou-se e levou a boca até a orelha do assassino.

– Chore para mim. Chora... chora até não conseguir mais respirar.

O filho da mãe ouviu a ordem e a levou a cabo, chorando abertamente em meio a inspirações forçadas e expirações trêmulas. Reinando em meio ao showzinho, Xcor absorveu a fraqueza por seus poros, deixando-a invadir, prendendo-a em seus pulmões.

A fúria que ele sentia ultrapassava a guerra, ultrapassava aquela noite e aquele momento. No fundo da alma, queimando sua medula, o asco o fez querer sacar a arma e esquartejar o ex-humano.

Mas havia um modo mais apropriado de terminar aquilo.

Puxando a criatura para cima de sua barriga, Xcor empurrou os joelhos entre as coxas apertadas do assassino, abrindo suas pernas como se ele fosse uma fêmea prestes a ser enrabada. Levantando o *redutor* contra seu corpo forte, Xcor o lançou com a cabeça contra o chão.

E então, começou o serviço.

Nada de empunhar a adaga e fincá-la em um golpe. Agora era hora de precisão e de uma sequência cuidadosa com sua adaga.

Enquanto o *redutor* tentava penosamente lutar, Xcor cortou o colarinho da camisa da criatura e, em seguida, enfiou a adaga entre os dentes e rasgou o tecido em dois, deixando os ombros do assassino expostos e para trás. Havia uma tatuagem de uma espécie de cenário urbano – produzida com respeitável competência –, a tinta criava um ótimo efeito sobre a superfície suave daquela pele. Pelo menos nas áreas onde o sangue negro e oleoso não a maculava.

O choro e a respiração dificultosa faziam a imagem se distorcer e tomar forma novamente, distorcer e tomar forma novamente, como um filme exibido toscamente na tela.

– Arruinar essa obra de arte é uma pena – rosnou Xcor. – Deve ter demorado muito para ficar pronta. E também deve ter doído.

Xcor colocou a ponta da lâmina no pescoço da criatura. Perfurando a carne, afundou-a ainda mais, até ser contido por um osso.

Mais choro.

Xcor levou sua boca novamente ao ouvido do puto.

– Só estou revelando o que todo o mundo pode ver.

Com um golpe forte e certeiro, cravou ainda mais a adaga, sentindo as vértebras enquanto a presa gritava como um porco. Depois, Xcor colocou-se de joelhos sobre a panturrilha do assassino, plantou a palma de uma mão sobre o ombro... e agarrou no topo da espinha, no pescoço.

O que aconteceu quando Xcor lançou toda a sua força na direção de seu objetivo não era algo a que um ser humano pudesse sobreviver. Mas o *redutor* continuou vivo, mesmo quando já era impossível respirar e se levantar novamente. Sua infraestrutura básica, aquela que definia sua postura e sua mobilidade, seu peso e sua medida agora estavam dependurados na mão de Xcor.

O assassino continuava chorando. Lágrimas escorriam de seus olhos.

Xcor sentou-se e respirou pesadamente, sentindo-se exausto. Seria interessante deixar aquela criatura fraca aqui, em seu estado atual, com um destino que envolvia ser um dejeto sem coluna vertebral para sempre. Então, ele levou um momento para desfrutar do sofrimento e gravar aquela imagem da punição em sua mente.

Lembrando-se do que tinha se passado ao longo dos anos, ele recordou-se de quando estivera em posição similar, reduzido às emoções cruas, caído no chão, nu e humilhado.

Você não vale nada, assim como essa sua cara. Saia daqui.

Bloodletter tinha sido frio; seus subordinados, eficientes e impiedosos. Os braços e as pernas de Xcor tinham sido presos, e ele fora carregado até a boca da caverna do campo de guerra – onde foi arremessado como se estivessem se livrando do excremento de um cavalo.

Sozinho em meio à neve branca do inverno, Xcor permanecera deitado onde pousara, muito parecido com o que aquele assassino estava sofrendo, impotente, à mercê de outras pessoas. No entanto, Xcor permanecera com o rosto para cima.

Aliás, aquela não foi a primeira vez em que ele fora descartado. Começando pela fêmea que o parira, passando pelo último orfanato no qual vivera, Xcor tinha um longo histórico de rejeição. O campo de guerra fora sua última chance de fazer parte de qualquer comunidade, e ele se recusava a ser expulso de lá.

Teria de conquistar seu retorno enfrentando a dor. E até mesmo Bloodletter mostrou-se impressionado com o que ele provara ser capaz de suportar.

Chorar era coisa de jovens, fêmeas e machos castrados. Uma pena que a lição fora desperdiçada nesse pedaço de...

– Você estava ocupado.

Xcor levantou o rosto. Throe tinha saído do nada. Não havia dúvida de que se materializara na cena.

– As mulheres estão prontas? – perguntou Xcor com uma voz rouca.

– Está na hora.

Xcor esforçou-se para reunir forças. Tinha de dar um jeito naquela bagunça – deixar o cadáver ali, em um local onde humanos poderiam encontrá-lo e analisá-lo até suas cabeças explodirem, estava fora de cogitação.

– Há um banheiro bem ali – Throe apontou para o outro lado do gramado. – Acabe logo com isso e deixe a gente lavar você.

– Como se eu fosse um bebê? – Xcor lançou um olhar penetrante para seu tenente. – Acho melhor não. Volte lá para as vadias. Estarei lá num minuto.

– Você não pode levar seus troféus.

– E onde você sugere que eu os deixe? – o tom dele sugeria que "em seu rabo" era uma opção, pelo menos a partir do ponto de vista dele. – Vá!

Throe desaprovou e discordou, mas, mesmo assim – e por protocolo –, assentiu e deu o fora.

Já sozinho, Xcor lançou um último olhar para aquela carcaça.

– Ah, acabe logo com isso.

O impulso de punir ainda mais aquele ser enfraquecido proporcionou-lhe energia para golpeá-lo com a adaga mais uma vez na região do peito. No instante em que a lâmina penetrou, Xcor ouviu um estalo, viu um chamejar e então não havia nada além de uma mancha na grama onde o *redutor* estivera deitado.

Arrastando-se para conseguir ficar em pé, Xcor pegou a coluna de sua presa e colocou, junto com seus demais troféus, na bolsa em seu ombro.

Mas não coube. Uma extremidade ficou saliente na parte de cima da bolsa.

Throe tinha razão sobre aquilo. Merda.

Desmaterializando-se sobre o banheiro, ele deixou os troféus perto do sistema de ventilação e forçou-se para dentro, onde estavam as pias e os vasos sanitários. Percebeu que o local tinha um cheiro de desodorante artificial de ambientes, mas nada era capaz de sobrepujar o fedor de carne podre de sua presa.

As luzes ativadas por movimento se acenderam quando ele se moveu, criando uma névoa fluorescente. As bacias das pias eram feitas de aço inoxidável e bastante rudimentares, mas a água corria fria e limpa. Inclinou o corpo para baixo, encheu as mãos de água e lavou o rosto uma vez. Duas vezes. E outra vez.

Desperdiçar tempo se arrumando era algo tão estúpido, ele pensou. Aquelas prostitutas não se lembrariam de nada. E, no fundo, lavar-se não deixaria seus traços mais bonitos.

Por outro lado, era melhor não afugentá-las. Arrastar aquelas mulheres de volta até eles seria um tédio.

Quando levantou a cabeça, viu seu reflexo nas folhas toscas de metal que deveriam funcionar como espelhos. Embora a imagem estivesse embaçada, ele notou sua feiura e pensou em Throe. Apesar do fato de o soldado ter passado a noite lutando, sua bela imagem era tão fresca quanto uma flor. Sua boa aparência ofuscava a realidade de que ele tinha sangue dos assassinos em suas roupas e que havia sido arranhado e contundido.

Xcor, no entanto, poderia ter descansado por duas semanas inteiras, participado de verdadeiros banquetes e se alimentado de uma maldita Escolhida que sua aparência ainda seria de causar repulsa.

Enxaguou o rosto mais uma vez. Então, olhou em volta em busca de algo para se secar. Tudo o que parecia haver ali eram máquinas parafusadas às paredes para secar as mãos com ar quente.

Seu sobretudo de couro estava nojento. A camisa preta folgada, logo abaixo, estava nas mesmas condições.

Ele deixou o banheiro com água fria escorrendo pelo queixo, reaparecendo no telhado. Sua bolsa não estava suficientemente a salvo aqui, e ele teria de deixar sua foice e seu casaco em algum lugar muito seguro.

A exaustão espalhava-se por seu corpo. Tudo aquilo era uma merda de uma grande chateação.

CAPÍTULO 16

Muito acima do caos de Caldwell, na Biblioteca das Escolhidas, silenciosa e repleta de mármore, um grito tão alto invadiu a cabeça de Tohr, que era de se impressionar que No'One não tivesse coberto as orelhas com todo aquele barulho.

Ele estendeu violentamente as mãos.

– Me dê isso.

Tomando o volume das mãos dela, ele forçou seus olhos a se concentrarem nos caracteres tão cuidadosamente desenhados do Antigo Idioma.

Wellesandra, vinculada ao Irmão da Adaga Negra Tohrment, filho de Hharm, filha de sangue de Relix, deixou a Terra nesta noite, levando consigo seu filho que não chegou a nascer, uma criança de aproximadamente quarenta semanas.

Lendo a curta passagem, Tohr sentiu como se todo o evento tivesse acontecido há apenas um instante. Seu corpo submergiu àquele rio de sofrimento tão antigo e familiar.

Ele teve de ler os símbolos algumas vezes antes de conseguir se concentrar não apenas no que estava lá, mas também no que não estava.

Nenhuma menção ao Fade.

Passando os olhos por outros parágrafos, buscou por notações de outros falecimentos. Havia uma série deles.

Passou da Terra para o Fade. Passou da Terra para o Fade. Passou da – ele virou a página – *Terra para o Fade.*

– Santo Deus...

Quando um barulho agudo ecoou pelo ambiente, ele não ergueu o olhar. Entretanto, No'One começou a puxar seu braço abruptamente.

– Sente-se, por favor, sente-se – ela o agarrou com mais força. – Por favor.

Ele se soltou, e o banquinho que ela tinha arrastado até ali recebeu o peso dele.

– Seria possível elas terem se esquecido de anotar? – perguntou Tohrment com uma voz gutural.

Não havia necessidade de No'One ou de qualquer outra pessoa responder àquela pergunta. A Escolhida recolhida havia feito um trabalho sagrado, e elas nunca cometiam erros. E esse tipo de equívoco seria um bem sério.

A voz de Lassiter brotou dentro de Tohr.

É por isso que eu vim... Estou aqui para ajudá-lo, para ajudá-la.

– Preciso voltar à mansão – ele murmurou.

Um instante depois, Tohr já estava em pé, mas não conseguiu se sustentar por muito tempo. A combinação de uma fraqueza súbita em seu corpo com a porra do pé ferido o fez cair contra uma das prateleiras. O contorno de seu corpo fez os livros formarem uma onda – livros que até então estavam com as lombadas tão perfeitamente organizadas. E então ele tropeçou na direção oposta, despencando livremente pelo ar.

Alguma coisa pequena e suave o segurou no meio do caminho até o chão.

Era um corpo. Um corpo pequeno e feminino com quadril e seios que de repente, assustadoramente, marcaram-no, mesmo em meio àquele susto.

Instantaneamente, a imagem de No'One naquela piscina, o corpo nu brilhante e molhado, explodiu como um campo minado em seu cérebro, a detonação tão forte que atravessou todas as suas forças.

Aquilo aconteceu tão rapidamente: o contato, a memória... e a excitação.

Debaixo do sobretudo de couro, seu membro ficou totalmente duro. Sem culpa.

— Deixe-me ajudá-lo a sentar-se novamente — ele a ouviu dizer, mas a voz parecia vir de muito longe.

— Não toque em mim — ele a empurrou e mancou para longe. — Não chegue perto de mim. Eu estou... estou perdendo o controle...

Enquanto mancava em meio às prateleiras, ele não conseguia respirar, não conseguia sustentar o próprio peso.

Assim que saiu da biblioteca, acelerou para longe do Santuário, lançando seu corpo infiel sobre sua cama na mansão.

E ele ainda estava duro quando chegou lá.

Dá.

Olhando para o botão de sua calça, ele tentou encontrar outra explicação. Talvez fosse um coágulo. Um coágulo em seu pênis... ou talvez... droga...

Ele simplesmente não podia se sentir atraído por outra fêmea.

Tohr era um macho vinculado, caramba!

— Lassiter... — ele olhou em volta. — Lassiter!

Caralho, onde estava aquele anjo?

— Lassiter! — berrou.

Quando não recebeu resposta, ninguém atravessando a porta, percebeu que estava sozinho com seu pau bem duro.

A fúria fez sua mão fechar-se fortemente.

Com um movimento feroz, golpeou a si mesmo na área que estava apresentando "problemas", cravando a mão nos *cojones*...

— *Caralho!*

Era como ser atingido por uma demolidora e ter seu arranha-céu desmoronando. A dor o invadiu tão rápida e intensamente que chegou a morder o tapete.

Enquanto enfrentava a ânsia de vômito e tentava se colocar de joelhos – e durante todo o tempo preocupado com a possibilidade de ter causado algum ferimento interno sério –, uma voz seca se instalou em meio aos gemidos de dor.

— Puta merda, isso deve ter doído – o rosto do anjo invadiu o ângulo de visão de Tohr. — Pensando pelo lado positivo, você poderia cantar a parte de Alvin[*] no CD de Natal.

---

[*] Referência a *Alvin e os Esquilos*. (N.R.)

– Que... – era difícil falar. Mas também era difícil respirar. E toda vez que ele tossia, perguntava-se se seus testículos estavam subindo em direção à garganta. – Me diga... o Limbo...

– Quer esperar a falta de ar passar?

Tohr estendeu uma mão e agarrou o anjo pelo bíceps.

– Diga, seu filho da puta.

Era uma verdade universal entre os homens: toda vez que você via um cara tomar um golpe no saco, você sentia uma "dor-fantasma" em suas próprias partes.

Enquanto Lessiter se agachava ao lado do que restava do corpo do Irmão, ele sentiu uma leve náusea, e precisou de um momento para segurar o que se dependurava entre suas próprias pernas – só para garantir aos amiguinhos lá embaixo que, independentemente de quão iconoclasta ele fosse, algumas coisas continuavam sendo sagradas.

– Fale para mim!

Era impressionante notar que o cara ainda conseguia reunir energia para gritar. E não, "talvez mais tarde, quando você se recuperar" não era uma opção de resposta para um idiota que era capaz de se bater daquele jeito.

Tampouco havia motivos para amortecer a verdade. Ir direto ao ponto era a melhor opção.

– O Limbo não é exatamente a jurisdição da Virgem Escriba ou de Ômega. É o território do Criador. E, antes que você me pergunte, esse é o criador de todas as coisas. De sua Virgem Escriba, de Ômega, de tudo isso. Há algumas formas de ir parar lá, mas, na maioria das vezes, isso acontece porque você não se desprende ou porque alguém não se desprende de você.

Quando Tohr permaneceu em silêncio, Lassiter reconheceu os sinais da perturbação na mente daquele macho e sentiu pena do pobre filho da mãe.

Colocando uma mão no ombro do Irmão, o anjo disse suavemente:

– Respire comigo. Vamos fazer isso juntos. Apenas respire por um minuto...

Eles ficaram ali por um longo período. Tohr permanecia inclinado sobre seu quadril, Lassiter sentindo-se uma prancha.

Em sua longa vida, ele tinha visto o sofrimento de todas as formas. Doença. Desmembramento. Desencanto em escalas épicas.

Olhando para sua mão estendida, ele se deu conta de que tinha se desprendido de tudo aquilo. Endurecido pelo excesso de exposição e pelas experiências pessoais. Distanciado-se de qualquer compaixão.

Cara, ele era o anjo errado para fazer aquele trabalho.

Que situação infernal eles dois estavam enfrentando.

Os olhos de Tohr se levantaram, e suas pupilas estavam tão dilatadas que, se Lassiter não soubesse que eram azuis, diria que eram negros.

– O que eu posso fazer...? – gemeu o Irmão.

Ah, cara, ele não podia suportar aquilo.

De forma abrupta, ele se levantou e foi até a janela. Do lado de fora, a paisagem estava discretamente acesa, e os jardins estavam longe de estarem resplandecentes em seu estado nascente. Aliás, a primavera era uma incubadora fria e cruel, como os meses em que o calor do verão tirava folga.

E parecia que toda uma vida passaria antes de esse calor chegar.

– Me ajude a ajudá-la – disse Tohr com uma voz rouca. – Foi isso que você me disse.

No silêncio que se seguiu, Lassiter não tinha nada. Nem voz. Sequer pensamentos. E isso significava que, a não ser que ele tirasse algo do próprio rabo, seria levado de volta àquele inferno feito sob medida para ele, sem nenhuma esperança de escapar. E Wellsie e aquela criança ficariam presos em um outro inferno. E Tohr em seu próprio.

Ele tinha sido tão arrogante.

Nunca tinha lhe ocorrido que aquilo não funcionaria. Quando foi abordado, mostrou-se petulante, confiante e pronto para as consequências – o que significava a liberdade para si mesmo.

Tentar com ardor era algo que nunca lhe ocorrera. O conceito de falha sequer se aproximava de sua tela de radar.

E ele nunca esperava se importar com o que acontecera a Wellsie e Tohr.

— Você disse que estava aqui para me ajudar, para ajudá-la — quando Tohr não recebeu resposta, sua voz tornou-se mais grave. — Lassiter, eu estou de joelhos aqui.

— Está de joelhos porque seus testículos estão na altura de seu diafragma.

— Você me disse...

— Você não acredita em mim, lembra?

— Eu vi. Nos livros do Outro Lado. Ela não está no Fade.

Lassiter olhou para os jardins e ficou maravilhado com quão perto da vida eles estavam — apesar do aspecto murcho e enrugado, as plantas estavam prestes a florescer e a cantar para receber a primavera.

— Ela não está no Fade!

Alguma coisa o agarrou, fazendo-o virar e lançando-o com tanta força de costas contra a parede que, se estivesse com suas asas, elas teriam arrebentado.

— Ela não está lá!

O rosto de Tohr se transformou em uma breve lembrança de si mesmo e, quando uma mão agarrou sua garganta, Lassinter teve um momento de lucidez. O Irmão poderia matá-lo bem aqui, neste exato momento.

Talvez fosse assim que ele voltaria para o Limbo. Algumas pancadas na cabeça, depois talvez um pescoço quebrado e puf! Você falhou. Olá, vazio infinito.

O curioso é que ele nunca tinha sequer cogitado a ideia de voltar para lá. Talvez devesse ter feito isso.

— É melhor você começar a abrir essa merda da sua boca, anjo — rosnou Tohr.

Lassiter analisou aquele rosto mais uma vez, avaliou a força naquele corpo, mediu a raiva.

— Você a ama tanto...

— Ela é minha *shellan*...

— Era. *Era*, porra.

Um breve silêncio se instalou. Em seguida, um estalo e um espetáculo de luzes. E muita dor. Além de um estremecimento nos joelhos... não que ele fosse admitir isso.

O safado havia lhe nocauteado.

Lassiter afastou o cara para longe, cuspiu sangue no tapete e pensou em retribuir o golpe. Mas que se foda a briga. Se o Criador fosse chamá-lo de volta, então teria de vir buscá-lo. Tohr não iria enviá-lo por correio aéreo.

Hora de dar o fora deste quarto.

Enquanto caminhava em direção à porta, os xingamentos murmurados atrás dele foram facilmente ignorados. Especialmente considerando que ele se perguntava se um de seus olhos estava pendurado e preso apenas pelo nervo óptico.

– Lassiter. Cacete, Lassiter... Eu sinto muito.

O anjo seguiu em frente.

– Quer saber qual é o problema? – ele apontou diretamente para o rosto do cara. – *Você* é o problema. Sinto muito por você ter perdido sua fêmea. Sinto por você ainda ter esses pensamentos suicidas. Sinto muito por você não ter nenhum estímulo para sair da cama, ou para ir para a cama. E sinto muito por você ter uma bolha no rabo, dor de dente e uma merda de dor de ouvido. *Você* está vivo. *Ela* não. E o fato de você estar preso ao passado está colocando vocês dois no Limbo.

Recuperando o equilíbrio, ele marchou até o filho da puta.

– Você quer saber o que está escrito em letras miúdas? Então, preste atenção, porra. Ela está desaparecendo... e não está seguindo a caminho do Fade. Você é o motivo pelo qual isso está acontecendo. Este... – ele apontou para o corpo ferido do macho e para o pé e a mão cobertos por curativos. – Este é o motivo pelo qual ela está lá. E quanto mais tempo você passar preso a ela e a sua antiga vida e a tudo que perdeu, menores são as chances de ela se libertar. Você está no comando aqui, não ela nem eu. Então, que tal dar outro golpe em si mesmo da próxima vez? Seu otário.

Tohr arrastou uma mão trêmula até seu rosto, como se estivesse tentando tirar areia de seus traços. E, então, tocou sua regata – bem na área do coração.

– Eu não posso simplesmente parar porque o corpo dela parou.

– Mas você está agindo como se isso tivesse acontecido ontem, e tenho a impressão de que isso não vai mudar – Lassiter foi até a cama, onde o vestido usado na vinculação repousava. Esmurrando o tecido, ele puxou a peça pela saia volumosa, sacudindo-a. – Isso aqui não é ela. Sua raiva não é ela. Seus sonhos, sua porra de sofrimento... nada disso é ela. Ela está *morta*.

– Eu sei disso – disse Thor, virando o rosto para trás. – Você acha que eu não sei?

Lassiter balançou o vestido para frente, o cetim parecendo uma chuva de sangue.

– Então, diga!

Silêncio.

– Diga, Tohr. Eu quero ouvir.

– Ela está...

– *Diga.*

– Ela está...

Quando a palavra não veio, o anjo sacudiu a cabeça e atirou o vestido na cama. Murmurando, seguiu novamente em direção à porta.

– Isso não vai dar em nada. Infelizmente, o mesmo vale para ela.

CAPÍTULO 17

Conforme o amanhecer se aproximava, Xhex encerrava sua primeira noite de trabalho em seu antigo escritório. As horas tinham passado rapidamente. A natureza de lidar com uma série de pessoas em um espaço fechado e misturado a álcool fazia o tempo passar rápido o suficiente. Também era bom ser novamente Alex Hess, chefe da segurança – uma fêmea, embora usasse um nome falso em meio aos humanos.

E era realmente fantástico não ter a Irmandade em sua cola, pensou Xhex.

O que não era tão divertido era o fato de que tudo parecia monótono, como se a vida tivesse sido demolida e agora esperasse que os caminhões de calçamento chegassem.

Ela nunca tinha ouvido falar de fêmeas se vinculando. Mas, como de costume, isso não significava que ela fosse uma aberração. E o ponto principal: sem John a seu lado, tudo parecia ser enorme e impressionantemente apático.

Uma rápida verificação em seu relógio de pulso deixou claro que havia ainda uma hora de escuridão. Caramba, ela desejou ter vindo para cá de moto para que pudesse ligar os faróis e acelerar a velocidades absurdas pelas sombras. Mas sua Ducati estava trancada na garagem.

Ela se perguntava se havia alguma regra impedindo as *shellans* de dirigir.

Provavelmente não... Contanto que ela usasse uma sela, vestisse uma armadura e um capacete à prova de balas, reforçado e resistente a derrapagens, eles provavelmente a deixariam dar algumas voltas em torno da fonte em frente à casa.

Vrooom. Vroooom. E uma merda de uma freada.

Deixando para trás o escritório, ela trancou tudo com a mente para que não tivesse de se preocupar com as chaves...

— Ei, Trez – disse Xhex quando seu chefe saiu do vestiário feminino. – Estava vindo aqui justamente para falar com você.

O *Shadow* estava enfiando a camisa branca e amarrotada, passando-a pelos músculos das costas e parecendo mais calmo do que o de costume. Um segundo depois, uma das funcionárias saiu radiante pela porta, como se seu rosto tivesse sido polido à mão.

O que provavelmente não estava muito longe de ser verdade.

Pelo menos a expressão da mulher denunciava a Xhex que Trez estava fazendo as coisas por baixo dos panos. Mas, ainda assim... as pessoas não deviam se alimentar onde trabalhavam. Complicações poderiam surgir.

— Vejo você amanhã à noite – disse a mulher, abrindo um enorme sorriso. – Estou atrasada. Preciso encontrar meus amigos.

Depois que a garota se afastou, Xhex olhou para Trez.

— Você devia usar outras fontes.

— É conveniente, e eu sou cuidadoso.

— Não é seguro. E, além disso, você poderia confundir a mente dela.

— Eu nunca uso a mesma duas vezes – Trez passou o braço em volta dela. – Mas chega de falar de mim. Você já terminou?

— Sim.

Juntos, eles seguiram pelo mesmo corredor que a mulher atravessara. Deus... eram os velhos tempos retornando, como se nada tivesse acontecido desde a última vez em que eles estavam tão próximos um do outro. E, ainda assim, Lash acontecera. John acontecera. A vinculação tinha...

— Não vou insultá-la me oferecendo para acompanhá-la até sua casa – murmurou Trez.

— Então você quer manter suas pernas exatamente onde elas estão agora, não é mesmo?

— Sim. Elas estão perfeitas para as minhas calças – ele abriu a porta para ela. A corrente de ar frio se apressava para dentro como se estivesse tentando fugir de si mesma. – O que você quer que eu diga a ele se ele me abordar?

– Que eu estou bem.

– Que bom que mentir não é um problema para mim – quando ela ameaçou rebater, o Shadow simplesmente revirou os olhos. – Não desperdice seu fôlego ou meu tempo. Vá para casa e durma um pouco. Talvez as coisas estejam melhores amanhã.

Como resposta, ela lhe deu um rápido abraço e, então, adentrou a escuridão.

Em vez de se desmaterializar e seguir para o norte, ela vagou pela Trade Street. Todos estavam encerrando o expediente. Discotecas e bares se livravam de seus últimos clientes – que tinham uma aparência tão boa quanto chiclete mastigado. Os estúdios de tatuagem já desligavam seus letreiros de neon. O restaurante Tex-Mex fechava as portas.

A paisagem parecia cada vez mais gasta conforme ela seguia. Tudo se tornava mais sombrio e sujo até ela finalmente alcançar quarteirões inteiros de prédios abandonados. Com a crise econômica, negócios fechavam com uma frequência enorme, e era cada vez menor o número de arrendatários.

Xhex parou, inspirou profundamente e olhou para a esquerda.

O cheiro inconfundível de um vampiro macho veio de uma ladeira deserta.

Antes do problema com a Irmandade, ela teria ido até lá, verificado se ele precisava de alguma ajuda e descoberto o que os Irmãos estavam fazendo.

Agora, ela simplesmente continuou andando, seguindo adiante com a cabeça erguida. Eles não queriam a ajuda dela – não, isso provavelmente não era uma descrição acurada. Eles pareciam bem com ela até John começar a ver um problema nisso. Era como se eles já não se sentissem à vontade com ela...

Dois quarteirões à frente, um corpo enorme pôs-se no caminho de Xhex.

Ela derrapou até parar, respirou profundamente e sentiu seus olhos formigarem.

Na brisa que soprava contra ela, o cheiro inconfundível de vinculação de John era apimentado e sombrio, e apagava o fedor da cidade e aquele maldito golpe de infelicidade.

Xhex começou a andar na direção dele. Rápido. Mais rápido ainda... Agora estava correndo.

Ele a encontrou no meio do caminho, passando a correr assim que a viu acelerar o passo. Trombaram um no outro.

Seria difícil dizer a boca de quem encontrou a boca de quem, quais braços apertavam com mais força, ou qual dos dois era o mais desesperado.

Mas, também, eles eram iguais nesse ponto.

Interrompendo o beijo, ela gemeu:

– Minha cabana.

Logo que John assentiu, ela desapareceu, assim como ele... e os dois se materializaram do lado de fora da casa dela...

Não era necessário esperar para entrar.

Ele a penetrou de pé, contra a porta, no frio.

Tudo foi muito rápido e intenso, ela tirou as calças até deixar as pernas nuas, ele saiu abrindo tudo quanto era botão. Logo, as pernas dela estavam bem abertas e encaixadas no quadril dele, e seu pau já enterrava fundo em sua boceta.

Penetrou-lhe com tanta força a ponto de fazer sua cabeça bater contra a porta, como se ela estivesse tentando invadir a própria casa. E, em seguida, mordeu-a na lateral do pescoço – não para se alimentar, mas para mantê-la firme no lugar. Ele se sentiu muito maior dentro dela, alongando-a até chegar ao máximo de sua capacidade. Ela precisava daquilo. Naquele momento, naquela noite, ela precisava dele crua e deliberadamente, e até mesmo com um pouco de dor.

Cacete, sim, e como ela precisava – e foi exatamente isso que teve.

Quando ele gozou, seu quadril prendeu-se ao dela, seu pau liberando um verdadeiro furacão dentro da fêmea, levando-a também ao orgasmo.

E então, eles estavam na cabana. No chão. Ela com as pernas abertas; ele com a boca em seu sexo.

Com as mãos presas ao quadril dela e o membro ainda ereto saindo pela abertura do sobretudo, ele a lambeu com uma língua furiosa, chicoteando-a, penetrando-a, tomando o que acabara de lhe oferecer.

O prazer era insuportável, uma espécie de agonia que a fez jogar a cabeça para trás e se contorcer no chão, com as palmas das mãos golpeando o linóleo enquanto lutava, sem sucesso, para não empurrar o próprio corpo para trás...

O orgasmo chegou tão violentamente a ponto de fazê-la gritar o nome de seu macho. Luzes intensas se espalhavam diante dos olhos dela. E ele não diminuiu nem um pouco o ritmo. Conforme os violentos golpes de língua continuavam a devorar sua fenda, ela estava certa de que, em algum momento, ele a morderia na parte interna da coxa, na junção onde a veia espessa descia para alimentar a parte inferior de seu corpo. Mas havia sucção demais, gozo demais... tudo demais para que ela tivesse consciência ou conseguisse se importar com qualquer coisa.

Quando John finalmente parou e levantou a cabeça, eles estavam no canto do outro lado, quase na sala de estar. Ah, que imagem. O rosto de seu parceiro estava avermelhado; sua boca, úmida e inchada; suas presas tão longas que ele sequer conseguia fechar a boca. E ela estava igualmente excitada, com uma respiração ofegante e o sexo palpitando em um ritmo que lhe era próprio.

E John continuava ereto.

Uma pena que ela mal tinha energia para piscar os olhos... porque ele merecia algo tão bom quanto como pagamento.

Mas ele parecia saber exatamente o que ela estava pensando. Elevando-se entre as pernas abertas de sua fêmea, ele se ajeitou e começou a fodê-la novamente.

Com um gemido, ela arqueou as costas e ajeitou o quadril.

– Venha por cima de mim – ela gemeu em meio a dentes cerrados.

John meteu com tudo, mantendo a palma da mão em volta de seu membro grosso, o som de estalos aumentando a cada investida em meio a todo aquela fricção úmida. Suas enormes coxas afastaram-se enquanto ele separava os joelhos para conseguir um equilíbrio melhor, os músculos de seu antebraço estavam rigidamente pronunciados à medida que ele penetrava mais fundo e com mais força. E então ele rosnava alguma coisa, embora em silêncio, seu corpo enrijeceu-se quando jatos quentes encharcaram o sexo dela com uma refrescante violência.

Pensar que estava toda molhada e naquelas condições era quase suficiente para fazê-la gozar mais uma vez. Mas vê-lo fazer aquilo? Isso a fez perder o controle de novo...

— Ela vai querer duzentos dólares a mais para trepar com ele.

Xcor ficou de lado durante as negociações com as prostitutas, assegurando-se de estar na escuridão — especialmente agora que Throe tinha alcançado a parte manhosa da negociação para que ele fosse encaixado. Não havia motivos de lembrar como era a aparência dele. Isso só faria o preço aumentar.

Somente duas das três garotas tinham aparecido naquela casa abandonada no final da Trade Street, mas, aparentemente, a terceira estava a caminho. E, por estar atrasada, ela tiraria a má-sorte: ele.

Suas amigas, entretanto, cuidariam dela — a não ser, é claro, que elas pretendessem ficar com uma parte do preço maior. Afinal, boas prostitutas, assim como bons soldados, costumavam cuidar de si mesmas.

Abruptamente, Zypher aproximou-se da mulher que negociava, claramente preparado para usar seus bens físicos com o objetivo de conservar seus bens financeiros. Quando o vampiro correu a ponta de um dedo pela clavícula, ela pareceu entrar em transe.

Zypher não estava brincando de jogos psicológicos. Fêmeas de ambas as raças não conseguiam se aguentar quando ficavam perto dele.

O vampiro mergulhou em direção à orelha dela e falou suavemente. Então, lambeu a garganta dela. Atrás dele, Throe estava como sempre: silencioso, atento, paciente e esperando sua vez.

Sempre um cavalheiro.

— Está bem — concordou a mulher, já quase sem fôlego. — Só mais cinquenta dólares...

Naquele momento, a porta se abriu bruscamente.

Xcor e seus soldados enfiaram a mão em seus casacos, buscando suas armas, prontos para matar. Mas era apenas a prostituta que estava atrasada.

— Olá, garotas! — disse ela às amigas.

Parada na passagem de uma porta com uma jaqueta solta puxada sobre suas roupas de prostitutas, e com o equilíbrio afetado de um bêbado, a mulher certamente tinha usado alguma substância. Seu rosto estava permeado com a expressão de alegria típica de alguém que acabara de usar drogas.

Ótimo. Seria mais fácil lidar com ela assim.

Zypher bateu as palmas das mãos.

– Podemos dar início às atividades.

Um riso saiu da boca da mulher ao lado dele.

– Adoro seu sotaque.

– Então, você pode ficar comigo.

– Espere! Eu também – riu outra delas. – Eu também adoro seu sotaque!

– Você vai cuidar do meu colega soldado, meu amigo, que vai pagar todas vocês agora.

Throe deu um passo à frente segurando o dinheiro, e quando estendeu a mão com as notas, as prostitutas pareciam mais concentradas nos dois machos do que no dinheiro.

Uma inversão de papéis profissionais que Xcor podia apostar que não acontecia com muita frequência.

E então, os pares se formaram, com Throe e Zypher arrastando suas presas para cantos separados, enquanto Xcor era deixado com a prostituta drogada.

– Como é, vamos fazer isso ou não? – disse ela, com um sorriso ensaiado. Aliás, o fato de os olhos estarem suavizados pelo efeito das drogas tornava a expressão quase real.

– Venha até mim.

Ele estendeu a mão para fora da escuridão.

– Ah, eu gosto disso – ela se aproximou, lançando mão de movimentos exagerados de quadril. – Você soa como... não sei o quê.

Quando ela colocou a palma da mão contra a de Xcor, ele a puxou para perto de si. Porém, ela não demorou para se afastar.

– Oh... há... hum... está bem.

Virando o rosto para o lado, ela esfregou a mão no nariz e o apertou, como se não conseguisse suportar o cheiro daquele homem. Lógico. Era necessário mais do que se enxaguar com água para afastar o cheiro de *redutor* de alguém. E, naturalmente, Throe e Zypher tinham dado uma passada rápida em casa para se lavarem. Ele, entretanto, ficara para lutar.

Dois dândis. Por outro lado, as mulheres que os acompanhavam não buscavam por uma fuga.

— Mas tudo bem — ela disse com resignação. — Porém, *nada de* beijos.

— Eu não me lembro de ter sugerido beijos.

— Só para esclarecer as coisas.

Quando os gemidos começaram a ecoar, Xcor encarou a humana. Ela estava com os cabelos soltos em volta dos ombros, parecendo sujos e ensebados. A maquiagem era pesada e manchada em volta dos lábios e no canto de um olho. Seu perfume misturava-se ao suor e...

Xcor franziu a testa quando sentiu um cheiro nada bem-vindo.

— Agora, escute: não olhe desse jeito para mim — ela esbravejou. — Esta é minha política e você pode...

Ele a deixou falar enquanto estendia a mão e afastava as mechas loiras de um lado, deixando a garganta exposta. Nada além de pele suave. E, do outro lado...

Ah, sim. Lá estavam eles. Duas marcas exatamente sobre a jugular.

Ela já tinha sido usada esta noite por alguém da espécie de Xcor. E aquilo explicava a névoa e o cheiro forte que chegava a seu nariz.

Xcor colocou os cabelos novamente para frente. Então, deu um passo para se afastar da mulher.

— Não acredito que você esteja tão irritado — ela murmurou. — Só porque eu não vou beijá-lo. Eu não vou devolver o dinheiro, saiba disso. Trato é trato.

Alguém estava tendo um orgasmo. Os sons do prazer eram tão ricos e luxuriantes que a sinfonia transformou, mesmo que por um período curtíssimo, a ladeira abandonada em um verdadeiro banheiro feminino.

— Mas é claro que você pode ficar com o dinheiro — ele murmurou.

— Quer saber? Vai se foder! Pode ficar com a grana — ela jogou as notas na direção dele. — Você fede a esgoto e é tão feio que chega a ser um pecado.

Enquanto as notas quicavam no peito de Xcor, ele inclinou ligeiramente a cabeça.

— Como quiser.

— Vai tomar no cu.

A espontaneidade com a qual ela se transformou de pura alegria em uma mulher insuportável sugeria que esse tipo de mudança de humor não era incomum para ela. Esse era mais um motivo para manter o relacionamento entre ele e o sexo feminino estritamente profissional.

Enquanto ele se inclinava para pegar o dinheiro, ela puxou o pé para trás e tentou chutá-lo na cabeça.

Que estupidez. Com todo o treinamento que tinha como guerreiro, além dos anos de experiência em combate, o corpo de Xcor se defendeu sem sua mente consciente oferecer comandos. A prostituta levou um golpe no tornozelo, perdeu o equilíbrio e caiu no chão. E antes que ele estivesse ciente até mesmo de que estava em movimento, fez a mulher girar no chão e tomou seu pescoço frágil na dobra de seu forte braço.

E estava pronto para quebrar aqueles ossos.

Mas ela não voltou a agredi-lo. Agora, choramingava e implorava.

Xcor cedeu imediatamente, pulando para longe dela e então ajudando-a a se sentar apoiando-se na parede. A mulher estava ofegante. Seu peito pulava com tanta força que parecia prestes a fazer aqueles seios falsos explodirem contra o sutiã com enchimento.

Quando ele pairou sobre ela, pensou em como Bloodletter lidaria com aquela situação. O macho não a deixaria passar do momento em que disse que não beijaria. Ele teria o que queria e que se foda o quanto aquilo poderia machucá-la. Ou até matá-la.

– Olhe para mim – ordenou Xcor.

Quando aqueles olhos enormes e apavorados encontraram-se com os dele, Xcor apagou a memória de ela ter estado ali, levando-a a um transe. A respiração da mulher acalmou-se instantaneamente, e seu corpo recuperou aquela compostura relaxada e à vontade; as mãos que anteriormente estavam frenéticas e trêmulas também se aquietaram.

Xcor pegou o dinheiro e colocou no colo dela. Ela merecia aquilo, já que provavelmente teria alguns ferimentos quando a manhã chegasse.

Em seguida, com um gemido, ele se sentou e se posicionou ao lado dela contra a parede, alongando as pernas e cruzando-as na altura dos tornozelos. Ele tinha de voltar àquele arranha-céu para pegar sua bolsa com os troféus, e também sua foice, mas estava cansado demais para se movimentar naquele momento.

Para ele, nada de se alimentar esta noite nem mesmo lançando mão de hipnose.

Se ele tomasse a veia da mulher a seu lado, talvez a matasse. Xcor estava violentamente faminto e não sabia quanto dela já tinha sido sugado. Pelo que ele podia perceber, a vertigem que ela sentia era fruto de baixa pressão sanguínea.

Olhando para o outro lado, viu seus soldados mandando bala e tinha de admitir que o ritmo dos corpos era erótico. Sob circunstâncias diferentes, ele imaginou que Zypher uniria os dois casais em um enorme emaranhado de braços e pernas, seios e mãos, picas e bocetas escorregadias. Só que não aqui. O lugar era sujo, perigoso e frio.

Soltando a cabeça contra a parede, Xcor fechou os olhos e continuou ouvindo.

Se ele caísse no sono e seus soldados questionassem onde ele tinha se alimentado, simplesmente faria uso do serviço do outro vampiro para desfazer as preocupações deles.

E, mais tarde, haveria tempo para cravar os dentes em outra fonte de alimento.

Na verdade, ele detestava se alimentar. Diferente de Bloodletter, ele não sentia prazer algum em forçar mulheres e fêmeas a fazerem aquilo – e Deus sabia que nenhuma delas jamais o satisfizera por vontade própria.

Ele supôs que devia a própria vida às prostitutas.

Quando alguém chegava novamente a um orgasmo, dessa vez um de seus soldados – Throe, se tivesse que dar um palpite –, Xcor imaginou-se com um rosto diferente, uma bela face, um rosto gracioso, que atraía as mulheres em vez de afastá-las aos berros.

Talvez ele devesse remover sua própria coluna.

Mas essa era a beleza dos pensamentos. Ninguém precisava conhecer suas fraquezas.

E quando você terminasse de pensar nelas, poderia jogá-las na lixeira mental à qual pertenciam.

CAPÍTULO 18

Qhuinn nunca tinha lidado bem com esperas. E isso quando as coisas iam bem. Imagine agora, considerando que ele tinha mentido duas vezes sobre onde John Matthew estava.

A situação não era nada agradável.

Quando ele se moveu preguiçosamente até a porta escondida pela enorme escadaria – para que pudesse entrar no túnel se alguém passasse por ali –, teve a melhor visão possível da sala de estar. O que significava que, quando a porta da sala se abrisse, ele veria totalmente seu casal *favorito*: Blay e Saxton.

Já devia saber que sua sorte não permitiria que ele visse algo diferente.

Cavalheiro que era, Blay segurou a porta aberta, e Saxton entrou, o filho da mãe lançando um olhar entreaberto sobre o ombro.

Cara, esse tipo de "olhar" era pior do que ver os dois se beijando em público.

Não restava dúvida de que tinham saído para um jantar agradável e voltado para o quarto de Saxton para algumas brincadeirinhas que eram difíceis de acontecerem na mansão. Privacidade total não era algo que se conseguia ter no complexo...

Enquanto Blay tirava seu casaco Burberry, sua camisa se abriu, revelando a marca de mordida em seu pescoço e em sua clavícula.

Só Deus sabia em quais outras partes de seu corpo havia outras marcas como aquela.

De repente, Saxton fez alguma coisa que levou Blay a enrubescer. E a risada tímida e reservada que se seguiu fez Qhuinn querer vomitar loucamente.

Que ótimo, o putinho era comediante, e Blay gostava de suas piadas. Fantástico.

Pois é.

E então, Saxton subiu as escadas. Blay, por outro lado, passou por...

Merda! Qhuinn se distanciou e avançou na direção da porta. Suas mãos trêmulas tentavam abrir o trinco.

– Oi.

As mãos de Qhuinn ficaram paralisadas. Seu corpo ficou paralisado. Seu coração paralisou.

Aquela voz. Aquela voz profunda e suave que ele tinha ouvido durante quase toda sua vida.

Endireitando o corpo, afastou aquela maldita ideia de fugir, deu meia-volta e encarou seu ex-melhor amigo como macho.

– Olá. Tendo uma boa noite?

Droga, ele queria não ter perguntado aquilo. Como se o cara não estivesse tendo uma boa noite...

– Sim, e você?

– É. Também. John e eu saímos. Ele já voltou e em breve seguiremos para a sala de musculação. Ele está se arrumando.

Era difícil saber se ele estava mentindo ou se a dor no peito o deixava tão tagarela.

– Nada de Última Refeição para você?

– Nem.

Um som em meio aos grilos que cantavam ao fundo. O tema de *Jeopardy!* Uma bomba nuclear – Qhuinn não teria percebido nem uma nuvem de cogumelo naquele momento.

Santo Deus, os olhos de Blay eram tão insuportavelmente azuis! Mas, que merda, os dois estavam realmente sozinhos. Quando foi a última vez que aquilo tinha acontecido?

Ah, sim. Bem depois que Blay ficara com seu primo pela primeira vez.

– Então você tirou os piercings... – comentou Blay.

– Não tirei todos eles.

– Por quê? Quero dizer... eles sempre foram, tipo, tão *você*, sabe?

– Acho que não quero mais ser definido daquele jeito.

Quando as sobrancelhas de Blay se arquearam, Qhuinn quase sentiu vontade de fazer a mesma coisa. Ele esperava que outra resposta saísse daquela boca. Algo como: "Hunf". Ou "Tanto faz". Ou "Eu ainda tenho piercings onde eles fazem diferença, não se preocupe".

Depois disso, ele poderia agarrar os testículos e bufar como se eles fossem do tamanho de sua cabeça.

Não era de se surpreender que Saxton parecia atraente.

– Então, sim... – disse ele. Então, limpou a garganta. – Então, como estão as coisas entre vocês?

Sinalização de uma segunda viagem ao paraíso por aquelas sobrancelhas ruivas.

– Eu estou bem. Nós estamos... ah, bem.

– Bom... ah...

Um instante depois, Blay olhou sobre seu ombro em direção à porta da despensa. Aquilo claramente era o início de uma despedida.

Ei, quando você sair, Qhuinn teve vontade de dizer, *pode me fazer um favor? Acho que deixei meu ventrículo no chão, então, por favor, não pise nele quando for embora. Obrigado.*

– Você está se sentindo bem? – murmurou Blay.

– Sim. Vou malhar com John – ele já tinha dito aquilo. Caralho! Aquela situação era um desastre. – E então, aonde você vai?

– Eu vou descolar algo para Sax e eu comermos.

– Nada de Última Refeição para vocês, também. Acho que temos isso em comum – alguém devia chamar as animadoras de torcida com seus pompons. Que beleza. – Então, sim, aproveite. Quero dizer, aproveitem.

Do outro lado da sala, a porta se abriu, e John Matthew entrou.

– Filho da puta! – sussurrou Qhuinn. – O desgraçado tinha de voltar agora.

– Pensei que você tinha dito que...

– Eu estava dando cobertura, para nós dois.

– Vocês não estavam juntos? Espere, você foi pego sem ele!

– Não foi escolha minha, acredite.

Enquanto Qhuinn seguiu em direção ao Sr. Independente, Blay ficou a seu lado. John olhou para os dois, e sua expressão de satisfação se desfez, como se alguém lhe tivesse dado um chute na bunda usando uma bota com bico de aço.

– Precisamos conversar – chiou Qhuinn.

John olhou em volta como se estivesse procurando um bunker para se enfiar. Sim, bem, não teve sorte. A sala praticamente não tinha móveis, e o pobre coitado não conseguiria saltar longe o suficiente para alcançar a sala de jantar.

Qhuinn, eu ia telefonar...

Qhuinn o agarrou pela nuca e o empurrou. Depois de passar pelo batente, John se libertou e seguiu em direção ao bar. Pegou uma garrafa de Jack e a abriu violentamente.

– Caramba, você acha que isso é alguma merda de piada? – Qhuinn apontou para a lágrima tatuada debaixo de seu olho. – Eu deveria estar com você durante cada segundo do dia e da noite, seu idiota! Estou aqui, tendo de mentir por sua causa durante os últimos quarenta e cinco minutos.

– É verdade. Ele fez isso.

A voz de Blay surgir atrás de Qhuinn foi uma surpresa – agradável, por assim dizer.

Fui ver como Xhex estava! Neste momento, ela é minha prioridade.

Qhuinn jogou as mãos ao ar.

– Ótimo. Então, quando V. me mandar embora daqui, espero que você se sinta muito bem. Obrigado.

– John, você não pode ser tão cabeça de vento com relação a essas coisas – Blay aproximou-se e pegou um copo, como se estivesse com medo de seu colega engolir toda a garrafa. – Me passe isso.

Ele pegou a bebida, colocou uma boa dose no copo e...

Bebeu.

– Que foi? – ele murmurou enquanto era encarado. – Aqui, tome de volta se quiser.

John bebeu um gole e olhou para o vazio. Depois de um instante, empurrou a garrafa de Jack na direção de Qhuinn.

Virando os olhos, Qhuinn murmurou:

— Pelo menos, esse é o tipo de desculpa que vou aceitar.

Enquanto ele pegava a garrafa, ocorreu-lhe que haviam transcorrido anos desde que os três tinham passado tempo juntos. No entanto, antes de suas transições, costumavam passar todas as noites depois do treino no quarto antigo de Blay, na casa dos pais do cara, à toa, jogando videogame, bebendo cerveja e conversando sobre o futuro.

E agora que eles finalmente estavam onde queriam estar? Tudo estava tomando um rumo diferente...

Mas John estava certo. O cara estava apropriadamente vinculado agora, portanto, é claro que seu foco estava voltado em outra direção. E Blay estava se divertindo muito com Saxton, o Putinho.

Qhuinn era o único preso ao passado.

— Puta que pariu – ele murmurou para John. — Vamos apenas esquecer isso.

— Não – falou Blay abruptamente. — Isso *não* está certo. Pare com essa merda, John... você permitiu que ele viesse com você. Não estou nem aí se você vai ficar com Xhex ou não. Você deve isso a ele.

Qhuinn segurou a respiração, concentrando todas as energias que tinha no macho que havia sido seu melhor amigo e nunca seu amante... e que jamais seria.

Mesmo depois de tudo o que tinha acontecido entre eles, todas as merdas que ele fizera – que, por sinal, eram lendárias –, Blay ainda tinha seu apoio.

— Eu amo você – disse Qhuinn abruptamente em meio ao silêncio.

John levantou as mãos e disse:

Eu também o amo. E sinto muito, muito mesmo. Essa coisa entre Xhex e eu...

Blá-blá-blá. Ou melhor, *Blá-blá-blá*, em língua de sinais.

Qhuinn não estava ouvindo nada. Enquanto John falava e falava, explicando seu problema, ele se sentiu tentado a interromper e deixar claro não apenas o que tinha dito, mas a quem tinha dito. Mas só conseguia pensar em Blay aproximando-se com Sax, e naquele maldito enrubescimento.

Precisou unir todas as suas forças para olhar para John e dizer:

– Vamos dar um jeito nessa situação, está bem? Apenas deixe-me segui-lo... não vou olhar, prometo.

John movia as mãos, dizendo alguma coisa. Qhuinn assentia com a cabeça. Então, Blay começou a se distanciar, dando um passo, e mais um, e outro.

Mais conversas. Blay falava.

E então, o macho virou-se e saiu do bar. Para pegar comida. Para ir se encontrar novamente com Saxton.

Um leve assobio o fez despertar e focar-se novamente em John.

– Sim. Claro.

John franziu a testa.

Você quer uma multa de estacionamento colada em sua cara?

– O quê?!

Sinto muito, achei que você não estava acompanhando o que eu dizia. E acho que eu estava certo.

Qhuinn deu de ombros.

– Veja por este ângulo: não estou mais com vontade de espancar você.

Ah, que bom. Um bônus. Mas Blay está certo. Não vou voltar a fazer isso.

– Valeu, cara.

Aceita um gole?

– Sim. Boa ideia. Ótima ideia. – Ele deu a volta no bar. – Aliás, vou pegar uma garrafa para mim.

CAPÍTULO 19

— Ela está morta.

Ao ouvir a voz masculina, Lassiter olhou para trás. Do outro lado de seu quarto, Tohr estava parado na passagem da porta, apoiando o corpo no batente.

Lassiter abaixou a lã que estava guardando. Fazia as malas não porque podia levar aquela merda toda com ele, mas porque parecia justo organizar suas coisas para a convocação que estava prestes a vir: depois que fosse sugado de volta para o Limbo, a equipe de funcionários da casa teria de destruir as roupas que ele vestira e os poucos itens que colecionara.

O Irmão entrou e fechou a porta, deixando os dois a sós.

— Ela está morta — Tohr seguiu mancando até chegar à *chaise longue*, onde sentou-se. — Pronto, eu disse.

Lassiter abaixou o traseiro sobre a cama e encarou o Irmão.

— E você acha que isso é suficiente?

— O que você quer de mim, porra?

Ele só conseguiu rir.

— Por favor. Se eu estivesse dirigindo esse espetáculo, você já a teria aqui embaixo há muito tempo e eu já teria ido embora de toda essa merda.

Tohr deu um leve riso, provocado pela surpresa.

— Ah, qual é, cara? — murmurou Lassiter. — Eu não quero ferrar você. No mínimo porque você tem o peito achatado, e eu gosto de seios. E, além disso, você é um cara legal. Merece mais que isso – agora, Tohr olhou para baixo, em choque. – Ah, pelo amor de Deus!

Lassiter se levantou e seguiu novamente em direção às gavetas abertas da cômoda. Puxou uma calça de couro, amarrotou-a e a guardou novamente. Trabalhar com as mãos deveria fazer seu cérebro conseguir se concentrar. Mas isso não funcionou tão bem. Talvez ele devesse bater a cabeça na parede.

– Vai a algum lugar? – perguntou o Irmão, algum tempo depois.

– Sim.

– Está desistindo de mim?

– Eu já disse: não sou eu quem faz as regras aqui. Vou ser levado de volta, e vai ser mais cedo do que o esperado.

– Levado de volta para onde?

– Para onde eu estava – ele estremeceu, embora estremecer fosse algo reservado a maricas. Mas uma eternidade de isolamento era o inferno para um cara como ele. – Não é uma viagem que anseio fazer.

– E você vai para onde... Wellsie está?

– Como eu disse, todos têm Limbos diferentes.

Tohr apoiou a cabeça nas mãos.

– Eu não posso simplesmente me desligar. Ela era minha vida. Que droga, como é que eu...

– Você pode começar parando de tentar se castrar com um soco quando seu pau ficar duro por causa de outra fêmea.

Quando o Irmão ficou em silêncio, Lassiter teve a sensação de que ele estava prestas a chorar. E, sim... puxa... aquilo tornava as coisas desconfortáveis. Caramba.

Lassiter sacudiu a cabeça.

– Se quer saber a verdade, eu sou o anjo errado para este trabalho.

– Eu nunca a traí – Tohr fungou duramente pelo nariz, o som tão másculo quanto podia ser. – Outros machos... até mesmo os vinculados... eles pegam mulheres de tempos em tempos. Talvez façam sexo com elas por aí. Mas eu não. Ela não era perfeita, mas era mais do que suficiente para me manter satisfeito. Caramba... E quando Wrath precisou de alguém para ficar de olho em Beth antes de eles se vincularem? Ele me enviou. Sabia que eu não daria em cima dela, não apenas por respeito a ele, mas também porque eu não estaria nem um pouco interessado. Literalmente, não pensei em ter nada com outra fêmea por um minuto sequer.

– Você pensou esta noite.

– Não me lembre.

Bem, pelo menos ele estava enxergando o fato.

– E é por isso que estou prestes a fazer minha viagem somente de ida para a Terra Sem Retorno. E sua *shellan* vai ficar onde está.

Tohr esfregou a mão no centro do peito, como se sentisse dor.

– Você tem certeza de que eu não morri e já fui para esse Limbo? Porque a sensação aqui certamente é essa merda que você descreve. Sofrimento, mas sem o *Dhund*.

– Não sei. Talvez algumas pessoas não se deem conta de que estão no Limbo. Mas eu acho que fui bem claro com relação ao que disse, e você precisa se desprender para ela poder seguir em frente.

As mãos de Tohr caíram, como se o mundo tivesse acabado para ele.

– Nunca pensei que houvesse algo pior do que a morte dela. Eu não conseguia imaginar nenhum desenrolar dos acontecimentos que pudesse ferir mais – ele praguejou. – Eu devia ter imaginado que o destino é tão sádico quanto pode ser criativo. Imagine só... Eu transar com outra fêmea leva a que eu amo ao Fade. Uma equação fabulosa. Realmente incrível, porra.

Aquilo não era nem a metade, pensou Lassiter. Mas por que entrar em detalhes agora?

– Eu preciso saber uma coisa – anunciou o Irmão. – Sendo meu anjo, você acredita que algumas pessoas são amaldiçoadas desde o início? Que algumas vidas já nascem destinadas ao fracasso?

– Eu acho que... – caramba, Lassiter não queria ir tão fundo. Aquilo não era *nada* típico dele. – Eu... ah... eu acho que a vida corre por uma série de probabilidades espalhadas na cabeça de cada idiota vivo no planeta. As chances são, por definição, injustas. E aleatórias.

– E quanto a esse seu Criador? Ele não tem um papel?

– Nosso Criador – corrigiu-o Lassiter. – E eu não sei, mas não coloco muita fé em nada.

– Um anjo que é ateu?

Lassiter riu levemente.

— Talvez seja por isso que eu sempre arranjo problemas.
— Não. Isso acontece porque você é um verdadeiro babaca.

Os dois gargalharam. Depois, ficaram em silêncio.

— E então, o que vai ser necessário fazer? – perguntou Tohr. – Francamente, mas que merda o destino vai querer de mim agora?

— O mesmo que qualquer empreendimento. Sangue, suor e lágrimas.

— Só isso? – ironizou Tohr. – E aqui estava eu ingenuamente pensando que seria um braço ou uma perna.

Lassiter não respondeu, então o Irmão sacudiu a cabeça e continuou:

— Ouça, você precisa ficar aqui. *Precisa* me ajudar.

— Não está dando certo.

— Eu vou tentar com mais afinco. Por favor.

Depois de uma eternidade, Lassiter sentiu sua cabeça anuir.

— Está bem. Certo. Vou ficar.

Tohr expirou longa e lentamente, como se estivesse sentindo-se aliviado. Isso deixava claro o que ele tinha entendido: todos eles estavam encrencados.

— Sabe... – anunciou o Irmão. – Eu não gostei de você logo que nos conhecemos. Pensei que fosse um imbecil.

— O sentimento era mútuo. Embora não a parte de achar que você era um imbecil. E não era pessoal. Eu não gosto de ninguém e, como disse, não acredito em nada.

— E mesmo assim você vai ficar para me ajudar?

— Não sei. Acho que apenas quero o que sua *shellan* quer – ele deu de ombros. – No fim das contas, vivos e mortos são a mesma coisa. Todos estão apenas em busca de um lar. Além disso... não sei por que, mas você não é tão ruim.

Tohr voltou para seu quarto um pouco mais tarde. Quando chegou à porta, encontrou a muleta encostada na parede.

No'One a levara de volta. Depois que ele havia deixado aquela coisa no Outro Lado.

Levantou a muleta e entrou no quarto... e quase esperava encontrá-la nua em sua cama, pronta para o sexo. O que era completamente ridículo – por incontáveis motivos.

Tohrment parou na *chaise longue* e olhou para o vestido que Lassiter tinha pegado com tanta grosseria. O leve cetim estava espalhado de modo a formar ondas. Aquela bagunça criava uma imagem maravilhosa e brilhante sobre a cama.

– Minha amada está morta – ele disse em voz alta.

Quando o som das palavras desapareceu, algo se tornou súbita e ridiculamente claro: Wellesandra, filha de sangue de Relix, jamais voltaria a preencher aquele corpete. Nunca passaria a saia pela cabeça e ajeitar ao corselete, ou soltaria as pontas dos cabelos dos laços na parte de trás. Não voltaria a procurar por sapatos que combinassem ou se irritar por ter espirrado logo depois de passar rímel. Ou ficar preocupada se derrubaria algum líquido na saia.

Ela estava morta.

Que irônico. Ele sentiu o luto durante todo o tempo, e ainda assim não tinha se atentado ao mais óbvio: ela não voltaria. Nunca mais.

Levantando-se, foi até o vestido e o apanhou. A saia se recusava a obedecer, deslizando por sua mão e caindo novamente no chão – fazendo o que queria, tomando controle da situação.

Exatamente como sua Wellsie fazia.

Quando ele finalmente conseguiu segurar tudo, levou o vestido até o closet, abriu as portas duplas e pendurou aquele glorioso peso em um cabide de bronze.

Droga. Ele veria aquela peça toda vez que fosse até ali.

Puxou-a de volta e a colocou do outro lado, de modo que ficasse na escuridão, atrás dos dois ternos que ele nunca vestia e das gravatas que lhe tinham sido trazidas não por sua parceira, mas por Fritz.

E então, ele fechou novamente a porta do closet.

Voltou à cama, deitou-se e fechou os olhos.

Seguir em frente não precisava envolver sexo, disse a si mesmo. Simplesmente não precisava. Aceitar a morte, deixá-la seguir e salvá-la. Isso ele poderia fazer sem nenhuma atividade que envolvesse uma mulher pelada e coisas nessa linha. Afinal, o que ele faria? Ir até os becos, encontrar uma puta e comê-la? Isso era uma função do corpo, como a respiração. Difícil ver como algo assim poderia ajudar.

Ainda deitado, tentou imaginar pombos se libertando de gaiolas e águas explodindo represas e ventos soprando por árvores e...

Que bosta! Era como se, dentro de suas pálpebras, houvesse uma tela ligada no Discovery Channel.

Mas, quando ele estava prestes a cair no sono, as imagens mudaram, transformando-se em água, uma relaxante água verde azulada, correndo fluidamente, calma, água tépida, cercada por ar úmido.

Tohr não saberia dizer exatamente quando caiu no sono, mas a imagem se transformou em um sonho que começou com um braço alvo, um adorável braço alvo flutuando na água, a mesma água verde azulada relaxante que corria fluidamente. Calma. Tépida...

Era sua Wellsie quem estava ali. Sua bela Wellsie, com os seios intumescidos apontando para cima como flechas enquanto ela flutuava, sua barriga firme, o quadril deslumbrante e o sexo nu banhado pela água.

No sonho, ele se viu entrando na água, caminhando a passos curtos. Suas roupas começavam a se molhar...

De repente, parou e olhou para o peito.

Suas adagas estavam presas ali. Suas armas, debaixo dos braços. Seu cinto com munição preso em volta do quadril.

Que diabos estava fazendo? A pólvora molharia e se tornaria inútil...

Aquela não era Wellsie.

Que merda, aquela *não* era sua *shellan*...

Com um grito, Tohr livrou-se do sonho e pulou na cama. Batendo a mão nas coxas, esperava encontrar a calça de couro molhada. Mas não, nada daquilo havia sido real.

No entanto, a ereção havia voltado. E um pensamento ao qual ele se recusava a acreditar mergulhou fundo em sua mente.

Olhou para seu membro enrijecido e praguejou, sua enorme extensão o fez pensar nas inúmeras vezes que usara seu pênis para sentir prazer e se divertir e... para procriar.

Agora ele só desejava que a ereção fosse embora e não retornasse.

Tohr ajeitou-se novamente contra os travesseiros, e a tristeza o invadiu como um peso físico quando ele percebeu a verdade que havia naquilo que o anjo dissera. De fato, de alguma forma, ele não tinha deixado sua Wellsie seguir.

Ele... era o problema.

VERÃO

CAPÍTULO 20

Do ponto de vista vantajoso criado com a ajuda de binóculos, a mansão do outro lado do Rio Hudson parecia enorme, uma gigantesca composição de andares sobre andares fortemente disposta na lateral de um penhasco rochoso. Em todos os pisos, luzes brilhavam através dos painéis de vidro, como se aquela coisa não tivesse paredes sólidas.

– Belo lugar – comentou Zypher em meio à brisa forte e agradável.
– É – veio a resposta de seu lado esquerdo.

Xcor afastou os binóculos dos olhos.

– Exposição demais à luz do dia. É um churrasco esperando para acontecer.

– Talvez ele tenha equipado o porão – supôs Zypher. – Com mais daquelas banheiras de mármore...

Considerando o tom de sua voz, o soldado estava imaginando fêmeas de diferentes tipos na água com espuma. Xcor lançou-lhe um olhar penetrante antes de voltar a observar.

Mas que desperdício. Assail, filho de um dos maiores Irmãos que já existira, poderia ter sido um lutador, um guerreiro, talvez até mesmo um Irmão, mas sua mãe Escolhida caíra, forçando-o a seguir um caminho.

Embora se pudesse argumentar que o filho da mãe sequer houvesse tido pênis, ele teria forjado seu próprio destino com ocupações que iam além das banheiras de mármore. Da forma como as coisas seguiram, entretanto, ele era apenas mais um sugador inútil da espécie, um dândi que não fazia nada que valesse a pena durante suas noites.

Embora tudo isso pudesse mudar esta noite.

Debaixo daquele céu carregado de nuvens, contra o pano de fundo composto por relâmpagos, o macho era significativo, pelo menos por um curto período de tempo. Considerando isso, as circunstâncias de sua relevância poderiam custar-lhe a vida, mas, se os livros de História serviam para alguma coisa, ele poderia ser lembrado como tendo um pequeno papel em um momento crucial para a raça.

Não que soubesse disso, obviamente.

Mas, também, seria possível esperar que uma isca estivesse ciente de que atrairia tubarões.

Observando novamente a área da mansão, Xcor concluiu que a falta de árvores e arbustos era resultado de um processo de limpeza que ocorrera antes da construção. Sem dúvida, um aristocrata iria querer jardins bem cuidados; o fato de que isso dificultaria o acesso à casa não era o tipo de coisa com que Assail se preocuparia.

A boa notícia era que, embora fosse provável que houvesse aço em sua estrutura – como parte das vigas de sustentação, pinagem dos pisos, barrotes do telhado –, seria possível entrar e sair com a ajuda de todo aquele vidro.

– Ah, sim, eis o orgulhoso proprietário do imóvel – rosnou Xcor ao perceber um macho enorme entrando na grande sala de estar.

Nem mesmo as cortinas escondiam a presença dele. Era como se aquele cara fosse um hamster em sua gaiola.

O macho merecia morrer por ser tão idiota. De fato, a foice nas costas de Xcor começou a entoar uma canção um tanto triste.

Xcor aumentou o zoom dos binóculos. Assail tirava algo do bolso na altura de seu peito. Um charuto. E, naturalmente, o cinzeiro era de ouro. Aquele cara provavelmente pensava que o fogo, assim como os pacotes de carne, vinha apenas das lojas.

Matá-lo seria realmente um prazer.

Junto com os outros que logo apareceriam por aqui.

Aliás, o Conselho da *glymera* tinha desdenhado Xcor e seu Bando de Bastardos. Nenhum convite para reunião. Nenhum cumprimento do *lídher*, Rehvenge. Sequer uma resposta oficial à carta que fora enviada na primavera.

Num primeiro momento, isso o frustrou a ponto de deixá-lo violento. Mas então, um passarinho começou a cantarolar em seu ouvido, e outro caminho se abriu.

Em uma guerra, a melhor arma não costuma ser uma adaga, um revólver nem mesmo um canhão. Era algo invisível e mortal – e não se tratava de gás venenoso. Algo totalmente sem peso e com uma gravidade que não poderia ser medida.

Informações sólidas, verificadas, de uma fonte de dentro do campo do inimigo. Informações desse tipo tinham o poder de uma bomba atômica.

Sua carta ao Conselho tinha, de fato, sido recebida. E, além disso, fora levada a sério. O grande Rei Cego, embora não dissesse nada, tinha dado início imediato a reuniões com chefes de todas as linhas de sangue remanescentes – pessoalmente, no local onde residiam.

Um movimento concreto em tempos de guerra – e que provava que o desafio de Xcor tinha uma base na realidade. Um rei não arriscava sua vida dessa forma, a não ser que não viesse mantendo contato com seus súditos e agora se visse forçado a restabelecer esse vínculo.

Em retrospectiva, aquilo era ainda melhor do que uma reunião com o Conselho. Havia um número limitado de membros restantes, e todos eles tinham moradias conhecidas. Wrath já tinha realizado audiências com a maioria e, graças àquele passarinho, Xcor sabia muito bem com quem os encontros ainda não tinham acontecido.

Mudando o foco de seus olhos, ele avaliou o telhado, as varandas, a chaminé na lateral mais próxima.

De acordo com a fonte de Xcor, Assail tinha voltado na primavera, assumido a propriedade da moradia e... isso era tudo que os aristocratas sabiam. Bem, além do fato notável de o macho não ter trazido ninguém consigo – nem família, nem funcionários, nem *shellan* – e de que ele mantivera isso em segredo. Isso era incomum para um membro da *glymera*, mas talvez ele estivesse esperando para ver como as coisas aconteceriam neste novo ambiente antes de trazer seu sangue para perto e entreter outras pessoas de sua estirpe...

Havia um irmão mais novo, não? Também mimado por aquela Escolhida caída que era a mãe deles. Talvez meio irmã de alguém de má reputação?

Atrás de si, Xcor ouviu seus soldados se aproximarem, suas roupas de couro rangiam, suas armas dançavam. Lá em cima, nuvens de tempestade continuavam lançando raios intermitentes de luz. Entretanto, o eco dos trovões continuava distante.

Ele devia ter suposto desde o início que as coisas chegariam a esse ponto. Se queria tirar Wrath do trono, teria de agir com as próprias mãos. Apoiar-se na *glymera* na busca de algo além de desilusões infundadas da nobreza fora um erro.

Pelo menos, ele tinha suas mãos no Conselho. Depois da batalha, quando as coisas estivessem uma bagunça, ele precisaria de apoio. Felizmente, havia mais pessoas que concordavam com ele do que discordavam dele. Wrath não era nada além de uma figura decorativa. E, embora em tempos de paz isso fosse tolerável, nesta era de guerra e contendas algo desse tipo era insustentável.

Os Antigos Costumes poderiam manter aquele macho no lugar onde ele não pertencia apenas por determinado tempo. Enquanto isso, Xcor esperaria pelo momento certo. E então, atacaria de forma decidida.

Era hora do reinado de Wrath transformar-se em uma nota de rodapé que seria esquecida em breve.

– Eu detesto esperar – murmurou Zypher.

– Essa é a única virtude que importa – rebateu Xcor.

Na sala de estar da mansão da Irmandade, todos se reuniam para sair na noite, os machos andavam em volta do pé da enorme escadaria, suas armas brilhando em seus peitos e quadris, suas sobrancelhas caindo na direção dos olhos frios, os corpos caminhando afetadamente, como os de cavalos que se recusavam a colocar ferradura.

Nas sombras do lado de fora da despensa, No'One aguardava Tohrment descer e se unir a eles. Tohr costumava ser um dos primeiros, mas, ultimamente, demorava cada vez mais...

Lá estava ele, no patamar do segundo piso, coberto por couro preto. Enquanto descia, segurava casualmente o corrimão.

Mas aquilo não a enganava.

Ele tinha se tornado muito mais fraco ao longo dos últimos meses. Seu corpo desaparecia, até se tornar óbvio que apenas sua necessidade de vingança o estimulava.

Tohrment tinha sede de sangue. E, ainda assim, claramente se recusava a ceder às demandas da carne.

Assim, ela nervosamente esperava e observava no início de cada noite. E também no fim de cada noite. A cada pôr do sol, ela esperava que ele finalmente descesse mais animado. Quando o amanhecer estava prestes a chegar, ela se via rezando para que ele retornasse vivo.

Santíssima Virgem Escriba, ele...

– Você está com uma aparência horrível – disse um dos Irmãos.

Tohrment ignorou o comentário enquanto se posicionava ao lado do macho enorme que tinha se vinculado a Xhexania. Os dois formavam uma equipe, pelo que ela podia perceber, e estava grata por isso. O mais novo parecia ser sangue-puro, apesar de sua nomenclatura, e ela tinha ouvido muitos comentários sobre as proezas daquele rapaz no campo batalha. Além do mais, aquele lutador em particular jamais estava sozinho. Atrás dele, tão fiel quanto seu reflexo, estava um soldado com um semblante realmente terrível, um semblante que combinava com suas íris e um olhar frio e calculado que sugeria que ele era tão inteligente quanto forte.

Ela precisava acreditar que ambos intercederiam se Tohrment estivesse em perigo.

– Aproveitando a vista? Eu não.

Ela chiou e deu meia-volta. A bainha de seu manto pareceu ficar suspensa no ar por uma fração de segundo. Lassiter tinha saído pela porta da despensa, sem que ela soubesse, e agora estava preenchendo a passagem aberta da porta. Seus cabelos loiros e negros e seus piercings dourados refletiam a luz que vinha de cima dele.

Seus olhos sagazes sempre eram algo de que se deveria escapar, mas, nos últimos instantes, aquele olhar esbranquiçado não estava voltado para ela.

Cruzando os braços sobre o peito e enfiando as mãos nas mangas de seu manto, ela voltou a analisar Tohrment.

– Na verdade, não sei como ele ainda está lutando.

– É hora de parar de se insinuar para ele.

Ela não estava exatamente certa do que aquilo significava, mas podia imaginar.

– Há Escolhidas aqui que estão disponíveis para as pessoas se alimentarem. Ele certamente poderia usar uma delas, não?

– É o que se esperaria.

Permanecendo reunidos, o foco dos guerreiros se desviou por um instante quando Wrath, o Rei Cego, apareceu no topo da escada e desceu em direção ao grupo. Ele também estava vestido para a guerra, e não trazia consigo seu adorado cachorro – que agora era guiado por sua rainha. Os dois caminhavam de forma tão sincronizada que se moviam com a mesma postura, o mesmo passo, o mesmo equilíbrio.

Tohrment fora assim no passado, pensou No'One.

– Eu queria descobrir uma forma de ajudá-lo – disse ela. – Faria qualquer coisa para vê-lo apoiado, e não sozinho em meio a seu sofrimento.

– Você está falando sério? – surgiu a voz obscura.

– É claro.

Lassiter colocou seu rosto no ângulo de visão de No'One.

– Você está *mesmo* falando sério?

Ela queria dar um passo para trás, mas percebeu que a passagem da porta estava bloqueada.

– Sim.

O anjo estendeu a palma da mão para ela apertar.

– Faça um juramento.

Ela franziu a testa.

– Não estou entendendo...

– Você afirma que faria qualquer coisa... quero que jure isso – agora, aqueles olhos brancos ardiam. – Estivemos embromando desde a primavera, e nosso tempo não era infinito na época. Você disse que quer salvá-lo, e eu quero que você se comprometa com isso... não importa o preço a se pagar.

De forma abrupta, como se a memória tivesse sido propositalmente inserida na menta dela – talvez por um anjo, mas mais provavelmente por sua consciência –, ela se lembrou daqueles momentos depois de dar à luz Xhexania, quando sua dor física e sua angústia mental tinham se transformado em uma força única, o equilíbrio finalmente equalizado quando a agonia em seu coração, por tudo que ela havia perdido, tinha se manifestado em seu âmago.

Incapaz de suportar o peso de tudo aquilo, ela pegara a adaga de Tohrment do coldre em seu peito e a usara de uma forma que o fez gritar.

Um grito rouco fora a última coisa que ela ouvira.

Olhando para o anjo, ela sabia que não era nenhuma idiota, que já não era ingênua.

– Você está sugerindo que eu o alimente?

– Sim, estou. É hora de dar mais um passo nisso.

No'One ficou paralisada antes de voltar a olhar para Tohrment. No entanto, quando observou o corpo frágil daquele grande macho, chegou a uma conclusão. Ele a tinha enterrado... então, ela certamente poderia empenhar-se em aceitá-lo em sua veia para alimentá-lo e dar-lhe vida.

Presumindo que ele concordaria em aceitar a oferta.

Presumindo que ela pudesse fazer aquilo.

De fato, ela sentiu seu corpo estremecer, mesmo com o pensamento hipotético, mas sua mente rejeitava a resposta da carne. Aquele não era um macho interessado em nada que viesse dela. Aliás, aquele era o único macho que ela poderia alimentar seguramente.

– O sangue de uma Escolhida seria mais puro – ela se ouviu dizer.

– Mas não nos levaria a lugar algum.

No'One sacudiu a cabeça, recusando-se a enxergar qualquer coisa naquela afirmação. Então, apertou a mão do anjo.

– Saciarei a necessidade de sangue dele. Se ele vier até mim.

Lassiter inclinou o corpo muito ligeiramente.

– Eu cuido dessa parte. E vou ficar de olho em você até isso acontecer.

– Não será necessário. Minha promessa é uma dívida.

CAPÍTULO 21

Parado na sala de estar com seus Irmãos, Tohr teve um mau pressentimento com relação aos acontecimentos da noite. Mas ele tinha acordado daquele sonho envolvendo Wellsie e seu filho, o sonho que ele tinha tido de tempos em tempos, mas que somente entendera depois que Lassiter lhe apresentara o contexto. Agora, Tohr sabia que eles estavam no Limbo, envoltos por um cobertor cinza em meio a uma paisagem cinzenta, fria e inexorável.

Eles lentamente estavam ficando cada vez mais distantes.

Da primeira vez em que tivera a visão, ele foi capaz de distinguir cada fio de cabelo na cabeça de sua *shellan*, o formato de lua quarto-crescente nas unhas da mão dela e a forma como as fibras do cobertor cinza absorviam a estranha luz ambiente. Além dos contornos da trouxa que ela ninava contra o peito.

Agora, entretanto, ela estava a metros de distância, e a área cinza que se interpunha entre eles era algo que ele tentava cruzar, mas de forma alguma conseguia. E tão terrível quanto isso era o fato de ela ter perdido toda a cor. Agora, seu rosto e seus cabelos estavam acinzentados por conta da prisão na qual ela estava.

Era natural que ele tivesse perdido a sanidade momentaneamente ao acordar.

Pelo amor de Deus, Tohr tinha feito tudo o que podia ao longo dos últimos meses para tentar fazer a vida seguir em frente: colocado aquele vestido de lado, participado da Primeira e da Segunda Refeições. Experimentado a porra da ioga, aquela merda toda transcendental e até mesmo feito pesquisas na internet sobre os estágios do sofrimento e o caralho a quatro na linha psico-blá-blá-blá.

Tinha tentado não pensar conscientemente em Wellsie e, se seu subconsciente trazia uma memória, ele a desfazia. Quando seu coração doía, imaginava aqueles malditos pombos brancos sendo soltos da gaiola, represas se libertando e estrelas cadentes, além de toda uma série de metáforas ridículas dignas daqueles pôsteres motivacionais de autoajuda.

E ele continuava tendo aquele sonho acinzentado.

E Lassiter ainda estava aqui.

Não estava funcionando...

– Tohr? Você vem com a gente? – latiu Wrath.

– Sim.

– Tem certeza? – depois de um instante, Wrath virou-se de volta para o restante do grupo. – Então, faremos assim: V., John Matthew, Qhuinn e Tohr vêm comigo. Os demais ficam em campo, prontos para agir como apoio.

Um grito de acordo dos Irmãos ecoou e logo todos se espalharam pelo corredor.

Tohr foi o último a se dirigir até a porta. E, quando chegou ao batente, alguma coisa o fez parar e olhar para trás.

No'One tinha saído de algum lugar e estava bem no limite da imagem de uma macieira estampada no chão. Seu capuz e seu manto a faziam parecer uma sombra que, de uma hora para a outra, transformara-se em 3D.

O tempo tornou-se mais lento e pareceu parar quando os olhos dele encontraram-se com os dela. Uma força estranha o manteve onde ele estava.

Nos meses que se passaram desde a primavera, ele a tinha visto durante as refeições, tinha se forçado a conversar com ela, puxado algumas cadeiras e ajudado a servi-la como fazia com as demais fêmeas da casa.

Mas não tinha ficado sozinho com ela e nunca a tocara.

Por algum motivo, sentiu-se como se a estivesse tocando agora.

– No'One? – ele chamou.

Os braços dela se desdobraram para fora das mangas, e suas mãos foram até o capuz que lhe cobria o rosto. Com elegância, ela se mostrou para ele.

Seus olhos eram luminosos e ligeiramente assustados. Seus traços continuavam tão perfeitos quanto se mostraram no Santuário, durante a primavera. E, mais abaixo, sua garganta era uma coluna de pele pálida e perfeita... que ela tocou levemente com as pontas dos dedos trêmulos.

De forma totalmente repentina, a fome o atingiu. A necessidade reverberou por todo seu corpo, fazendo suas presas crescerem, seus lábios se separarem...

– Tohr? Que diabos...

A voz dura de V. quebrou o feitiço. Praguejando, Tohr olhou sobre o ombro.

– Já estou indo...

– Ótimo. Porque o Rei está a sua espera. É sério, cara.

Tohr lançou mais um olhar para a sala, mas No'One não estava mais lá. Era como se nunca tivesse estado ali.

Esfregando os olhos, Tohr se perguntou se tinha imaginado tudo aquilo. Ele tinha se permitido ficar exausto até chegar ao ponto de ter alucinações...

Porém, algo dentro dele indicou que se estava vendo coisas, então não era alucinação.

– Não diga nem mais uma palavra – ele murmurou enquanto passava por seu Irmão. – Nada. Nem mais uma merda de palavra.

Quando V. disse algo em voz baixa, estava claro que se tratava daquela ladainha envolvendo todos os erros de Tohr, reais ou imaginários, mas que se dane. Pelo menos aquela bosta estava mantendo a boca do filho da mãe ocupada enquanto eles caminhavam em direção a Wrath, John Matthew e Qhuinn.

– Pronto – anunciou Tohr.

Nenhum deles precisava verbalizar coisa alguma para Tohr. Suas expressões eram claras o suficiente.

Segundos depois, os cinco se rematerializaram no gramado da casa – um gramado tão vasto que seria possível manter todo um exército ali. Tragicamente, apenas o dono estava na casa, porque isso era tudo o que restara da linhagem.

Eles tinham estado em tantas casas como essas ao longo dos últimos meses. Casas demais. E as histórias eram sempre as mesmas. Famílias dizimadas. Esperanças desfeitas. Aqueles que sobraram, foram deixados para trás alquebrados, não vivos.

A Irmandade não tomava como certo que essas visitas eram bem-vindas, embora, naturalmente, ninguém rejeitasse os pedidos do Rei. E eles não se arriscavam: com as armas em punho, a posição que tomavam ao se aproximar da porta trazia Tohr à frente de Wrath, V. atrás, John ao lado da mão da adaga do Rei e Qhuinn do lado oposto.

Mais duas reuniões como essa e eles poderiam fazer uma pausa.

O que aconteceu a seguir provava que a inoperância poderia acontecer a qualquer instante.

De forma abrupta, o mundo começou a girar, e a imagem da enorme casa se distorcia como se tivesse marshmallow na fundação.

– Tohr! – alguém gritou.

Uma mão o agarrou. Outra pessoa pronunciou xingamentos.

– Ele levou um tiro?

– Filho da puta...

Praguejando, Tohr afastou todos de seu corpo e recuperou o equilíbrio.

– Pelo amor de Deus, estou bem...

V. aproximou-se tanto do rosto de Tohr que era quase como se estivesse dentro do nariz dele.

– Vá para casa.

– Você ficou louco...

– Você será um peso aqui. Vou chamar reforço.

Tohr estava pronto para dar início a uma discussão, mas Wrath logo acenou negativamente com a cabeça.

– Você precisa se alimentar, meu Irmão. Já está na hora.

– Layla está preparada para isso – afirmou Qhuinn. – Eu a mantive deste lado.

Tohr olhou para os quatro e sabia que tinha perdido. Cristo, V. já estava com o telefone encostado no ouvido.

E também sabia que, de certa forma, eles estavam certos. Mas, Deus, ele não queria ter de enfrentar aquela provação outra vez.

– Vá para casa – ordenou Wrath.

V. deixou de lado o celular.

– O tempo estimado para a chegada de Rhage é... bingo.

Quando Hollywood apareceu, Tohr praguejou algumas vezes seguidas. Mas seria impossível lutar contra eles... ou contra sua própria realidade.

Com todo o entusiasmo de alguém que estava prestes a ter um membro amputado, ele voltou para a mansão para encontrar Layla, a Escolhida.

Merda!

Com a ajuda dos binóculos, Xcor observava o vulnerável Assail caminhar por uma enorme cozinha, parando diante de uma janela que dava na direção dos bastardos.

O macho continuava pecaminosamente belo, com seus cabelos negros ferozes e pele bronzeada. Aqueles traços eram tão aristocráticos que ele chegava a parecer inteligente... embora isso fosse característico da *glymera*. Com frequência, pessoas com feições refinadas e corpos em forma eram erroneamente vistas por outros como tendo cérebros também bem desenvolvidos.

Quando o vampiro se envolveu com uma atividade de alguma espécie, Xcor franziu a testa e se perguntou se não estava vendo coisas. Ah... não. Parecia que o macho estava de fato verificando o mecanismo de uma arma, como se estivesse acostumado a fazer aquilo. E, depois de enfiá-la debaixo do paletó feito sob medida, pegou outra e realizou os mesmos movimentos.

Estranho.

Teria o Rei o precavido de que poderiam haver problemas na visita? Mas não, isso seria loucura. Se você ocupasse o assento de maior poder da raça, não iria querer parecer cercado.

Especialmente se, de fato, você estivesse cercado.

– Ele está partindo – anunciou Xcor quando Assail pareceu seguir em direção à garagem. – Não vai se encontrar com Wrath. Pelo menos não esta noite... ou certamente não aqui. Vamos cruzar o rio. Agora.

Em um piscar de olhos, eles se desmaterializaram, retomando suas formas na fila de pinheiros no limite da propriedade.

Ele tinha cometido um erro com relação à paisagem, percebeu Xcor. Havia manchas circulares por toda a área, onde a grama voltava a crescer. E aqui, no fundo da casa, havia uma pilha perfeitamente montada não apenas com lenha, mas com árvores inteiras. Além de um machado enterrado em um tronco, e uma serrilha... e madeira amarrada cortada recentemente para ser queimada.

Então, o macho tinha pelo menos alguns *doggens*. E, aparentemente, um respeito por quão importante era não oferecer cobertura para agressores. A não ser que as remoções tivessem ocorrido para se obter uma melhor visão?

Não havia nada além de floresta deste lado da casa.

Aliás, Assail não parecia ser um aristocrata comum, pensou sombriamente Xcor. A questão era por quê.

O portão da garagem mais próxima da casa começou a subir silenciosamente, lançando para fora um feixe de luz cada vez maior. Lá dentro, um poderoso motor ecoou, e então uma coisa preta brilhante e rebaixada começou a sair em marcha a ré.

Quando o veículo parou e o portão começou a descer, ficou claro que Assail estava esperando pacientemente até a casa estar totalmente segura antes de ele partir.

E então, quando começou a se distanciar, não foi de forma rápida. Nem com os faróis acesos.

– Vamos segui-lo – ordenou Xcor, segurando os binóculos na altura do cinto.

Desmaterializando-se em intervalos, eles foram capazes de seguir o macho pelo rio em direção a Caldwell. A perseguição não apresentou desafio algum. Apesar de estar atrás do volante do que parecia ser um carro esportivo capaz de alcançar velocidades consideráveis, Assail parecia não sentir nenhuma urgência... o que, sob outras circunstâncias, Xcor descreveria como o macho sendo um aristocrata típico com nada melhor a fazer além de ter uma boa aparência em um assento de couro.

Mas talvez não fosse esse o caso...

O carro parou em todos os semáforos vermelhos, evitou a rodovia e se dirigiu aos becos e às ruas na área central da cidade com a mesma falta de entusiasmo.

Assail virou para a esquerda, depois para a direita, e esquerda novamente. Mais uma vez à esquerda. Virou mais algumas vezes até ir parar na parte mais antiga do emaranhado urbano, onde prédios de escritórios com tijolos aparentes estavam dilapidados e grupos de pessoas e restaurantes servindo comida aos desabrigados eram mais comuns do que negócios em busca de lucro.

Uma rota mais sinuosa não poderia ser tomada ali.

Xcor e seu grupo mantiveram-se atrás dele, seguindo do topo de um prédio ao outro, uma prática que se tornava mais complicada conforme as condições dos edifícios ficavam cada vez piores.

Entretanto, não demorou para o carro parar em um beco apertado, entre uma casa para alugar condenada e o que restava de um prédio sem elevadores. Quando Assail saiu do veículo, tragou seu cigarro. A leve fumaça espalhou-se pelas correntes de ar até atingir o nariz de Xcor.

Por um instante, Xcor perguntou-se se eles teriam sido atraídos para uma armadilha – e, quando levou a mão até a arma, seus soldados fizeram a mesma coisa. Mas logo um sedã preto virou bruscamente e aproximou-se pela via. Quando parou diante de Assail, sua posição favorita se tornou clara. Diferentemente dos recém-chegados, o vampiro tinha estacionado diante de um cruzamento, de modo que pudesse seguir em qualquer direção.

Sábio de sua parte, se ele quisesse fugir.

Humanos saíram do outro carro. Quatro no total.

– Você está sozinho aqui? – perguntou o que estava na frente.

– Sim. Como você pediu.

Os humanos trocaram olhares que sugeriam que a confirmação do macho era uma loucura.

– Trouxe o dinheiro?

– Sim.

– Onde está?

– Está comigo – o inglês do macho era parecido com o de Xcor, de um sotaque carregado. Mas as comparações terminavam por aí. O que havia lá embaixo era um sotaque da alta sociedade, e não um irlandês rústico. – Trouxe o que eu pedi?

– Sim, está aqui. Deixe-nos ver o dinheiro.

– Só depois que eu inspecionar o que você trouxe para mim.

O homem que falava puxou uma arma e a apontou para o peito do vampiro.

– Não é assim que vamos fazer isso.

Assail soltou uma lufada de fumaça azul e segurou o cigarro entre a ponta dos dedos.

– Você ouviu o que eu disse, seu idiota? – rosnou o humano enquanto os três atrás dele enfiavam as mãos nos paletós.

– Sim.

– Isso vai ser feito da forma como *nós* queremos, seu cretino.

– Pode me chamar de "Assail", senhor.

– Vá à merda. Me passa a grana.

– Hum. Está bem. Foi você quem pediu.

De repente, os olhos do vampiro se fixaram nos do humano e, após um instante, o carregador automático naquela enorme palma da mão começou a vibrar muito ligeiramente. Franzindo a testa, o cara se focou em sua mão, como se estivesse lhe enviando um comando.

– Mas não é assim que *eu* faço negócios – murmurou Assail.

A boca daquela arma começou a se movimentar paulatinamente, afastando-se do vampiro e movendo-se em um círculo maior, mais largo e mais distante. Com um pânico crescente, o homem agarrou o próprio punho, como se estivesse lutando contra outra pessoa, mas nenhum de seus esforços alterou a trajetória.

Enquanto a arma era gradativamente virada para seu próprio atirador, os outros homens começaram a gritar e a se mover rapidamente. O vampiro não falou nada, não fez nada, só permaneceu totalmente calmo e no controle enquanto forçava os três a ficarem parados onde estavam, fazendo o corpo, mas não o rosto, congelar. Ah, aquelas expressões de pânico... como eram deliciosas.

Quando a pistola estava na altura da têmpora do homem, Assail sorriu, fazendo seus dentes brancos brilharem em meio à escuridão.

– Permita-me mostrar-lhe como eu fecho negócios – disse, com uma voz grave.

E então, o homem apertou o gatilho e atirou na própria cabeça.

Enquanto o corpo caía no chão e o barulho do tiro ecoava pelas redondezas, os olhos dos demais homens ficaram arregalados em meio ao terror, o corpo deles permanecia imobilizado.

– Você... – disse Assail ao homem que estava mais próximo do sedã. – Traga para mim o que eu comprei.

– Eu... eu... eu... – o homem engoliu em seco. – Nós não temos nada.

Com a soberba digna de um Rei, Assail rebateu:

– Espere aí. O que foi que você disse?

– Nós não trouxemos nada.

– E por que não?

– Por que a gente ia... – o homem precisou engolir em seco mais uma vez. – Nós íamos...

– Vocês iam tomar meu dinheiro e me matar? – quando não recebeu resposta, Assail fez que sim com a cabeça. – Posso ver a intenção disso. E, sem dúvida, vocês entendem o que eu preciso fazer agora.

Enquanto o vampiro dava mais uma tragada em seu cigarro, o homem que estava falando começou a reposicionar a própria arma. A boca do revolver logo estava apontada para sua têmpora.

Um a um, três outros tiros ecoaram.

E então, o vampiro se apressou e apagou o cigarro na boca morta do primeiro homem que havia caído.

Xcor riu suavemente enquanto Assail voltava a seu veículo.

– Devemos segui-lo? – perguntou Zypher.

A questão não era essa. Havia *redutores* a serem combatidos aqui na região central, e não havia motivos para se importar com o fato de Assail estar ganhando dinheiro com o vício dos humanos. De qualquer forma, ainda havia muito tempo útil naquela noite, e talvez ainda houvesse um encontro entre o macho e o futuro rei.

– Sim – respondeu Xcor. – Mas apenas Throe e eu. Se houver um encontro com Wrath, então encontraremos você.

– É por isso que todos nós precisamos de celulares – disse Throe. – Mais rápido, melhores coordenadas...

Xcor rangeu os dentes. Desde que chegara ao Novo Mundo, ele tinha permitido que Throe usasse um celular. Os outros, entretanto, não. A capacidade de olfato e de audição, seu instinto conquistado pelo treino e pela prática, os conhecimentos que tinha a respeito do inimigo e sobre si próprio, tudo isso não vinha com uma conta mensal, com necessidade de recarregar bateria ou a ameaça de ser esquecido ou perdido ou roubado.

Ignorando o comentário, Xcor ordenou:

– O restante de vocês siga em frente e encontre o inimigo.

– Qual inimigo? – perguntou Zypher com uma risada calorosa. – Há um número cada vez maior para escolhermos.

Era verdade. Porque Assail não estava se comportando como um aristocrata, mas como um macho que talvez estivesse tentando construir um império próprio.

Era inteiramente possível que aquele membro da *glymera* fosse o tipo de vampiro de que Xcor gostava. O que significava que ele poderia muito bem precisar ser eliminado em algum momento... e não apenas como um dano colateral.

Havia espaço para apenas um rei em Caldwell.

CAPÍTULO 22

Quando Tohr tomou forma novamente, na mansão da Irmandade, estava irritado com tudo e com todos. De cara feia. Feroz como uma cascavel.

Seguindo seu caminho até a antessala, orou para que Fritz tivesse remotamente aberto a trava e não tivesse ido pessoalmente até a porta. Ninguém precisava vê-lo naquelas condições...

Suas orações foram atendidas, e a primeira porta interna se abriu. Tohr marchou em direção à sala de estar, sem ser visto por ninguém. Todo o primeiro andar da casa estava em silêncio, os *doggens* aproveitavam a oportunidade para arrumar os quartos nos andares superiores antes de prepararem a Última Refeição.

Droga. Ele provavelmente precisava enviar uma mensagem de texto para Phury, contando onde Layla estava.

Em um instinto forte e súbito, sua cabeça soltou-se para trás, estalando. Seus olhos se focaram na sala de jantar.

Algum sinal interno lhe dizia para continuar andando. O impulso o carregava pelos arcos, passando pela mesa enorme e polida, e pelas portas duplas a caminho da cozinha.

No'One estava no balcão, quebrando ovos diante de uma tigela de cerâmica.

Sozinha.

Tudo parou naquele instante. Ela levantou o capuz e virou-se para encará-lo.

Por algum motivo, o coração de Tohr começou a bater mais forte.
— Eu imaginei você? — disse ele.
— Como?
— Eu imaginei você na antessala antes de sair?

No'One lentamente abaixou a mão, evitando que o ovo não se espatifasse. Temporariamente.
— Não, você não imaginou.
— Tire o capuz novamente.

Não era um pedido, mas uma ordem — o tipo de coisa que Wellsie jamais apoiaria. No'One, por outro lado, obedeceu solenemente.

E lá estava ela, exposta para os olhos dele, com o capuz natural de cabelos loiros terminando onde aquela trança grossa como uma corda começava, suas bochechas pálidas e os olhos luminosos, seu rosto...
— Eu disse a Lassiter... — ela limpou a garganta. — Lassiter perguntou se eu poderia alimentá-lo.
— E o que você respondeu?
— Que sim.

De repente, ele a imaginou naquela piscina, flutuando de costas, totalmente nua, com a língua penetrante da água lambendo aquela pele aquecida...

Por toda a parte.

Tohr lançou uma palma da mão para cima e concentrou-se em um dos armários da cozinha. Era difícil saber o que mais o abalava: a necessidade súbita de se unir à garganta dela, ou o extremo desespero só de pensar naquilo.
— Eu ainda sou apaixonado por minha *shellan* — ele se ouviu dizer.

E aquilo continuava sendo o problema: nem toda a decisão do mundo, nem toda aquela merda de "vire a página e siga em frente" havia alterado os sentimentos dele.
— Eu sei — respondeu No'One. — E fico feliz por isso.
— Eu devia usar uma Escolhida — ele deu um passo em direção a ela.
— Eu sei. E concordo. O sangue delas é mais puro.

Tohr deu mais um passo adiante.
— Você é de uma boa linhagem.
— Era — ela o corrigiu secamente.

A extensão frágil dos ombros de No'One começou a tremer muito levemente, como se ela tivesse sentido a fome de Tohr, o predador dentro dele acordado. De repente, ele se viu querendo pular para a ilha em que ela estava, só para que pudesse...

Fazer o quê?

Bem, isso era óbvio.

Embora seu coração e sua mente não passassem de uma pista de patinação no gelo vazia, congelados e duros por completo, o resto dele estava vivo Seu corpo pulsava com uma decisão que ameaçava estilhaçar as boas intenções, o decoro e seu processo de dor.

Quando ele deu mais alguns passos, aproximando-se dela, um pensamento horrível ocorreu-lhe: talvez fosse isso que Lassiter quis dizer quando falava em se desprender. Naquele momento, ele tinha deixado Wellsie para trás. Não estava ciente de coisa alguma exceto da diminuta fêmea a sua frente, que lutava para permanecer no lugar enquanto era perseguida por um Irmão.

Quando ele parou, estava a apenas poucos centímetros dela. Fitando sua cabeça inclinada, seus olhos fixaram-se na frágil pulsação da jugular.

A respiração dela estava tão acelerada quanto a dele.

Quando ele inspirou, sentiu um odor.

E não era de medo.

Santíssima Virgem Escriba, ele era enorme.

Enquanto No'One permanecia parada diante do grande guerreiro que se aproximava dela, sentiu o calor vindo daquele corpo masculino gigantesco, como se ela estivesse diante de uma fogueira. E, ainda assim, ela não se queimava. E não estava com medo. Sentia-se aquecida em algum ponto tão profundo, tão enterrado dentro dela, que sequer reconheceu imediatamente aquilo como parte de sua composição interna.

Tudo que ela sabia com certeza era que Tohr tomaria sua veia dentro de alguns instantes, e ela permitiria que isso acontecesse – não porque um anjo tinha pedido aquilo, e não porque ela tinha jurado, e não para compensar algo de seu passado.

Ela... queria que ele tomasse de sua veia.

Quando um silvo escapou do corpo dele, ela sabia que Tohrment tinha aberto a boca para expor suas presas.

Era hora. E ela não puxou a roupa para cobrir o pescoço. Em vez disso, soltou a parte de cima de seu manto, abriu-o na altura dos ombros e inclinou a cabeça para o lado.

Oferecendo-lhe sua garganta.

Oh, como o coração dela batia acelerado.

– Não aqui – ele rosnou. – Venha comigo.

Segurando-a pela mão, guiou-a pela despensa e fechou a porta. O cômodo era cercado por prateleiras com latas coloridas de frutas e legumes em conserva, o ar parado e aquecido possuía o cheiro de grãos recém-colhidos misturado à doçura seca da farinha.

Quando a luz se acendeu e a porta se trancou sozinha, ela sabia que era aquilo que ele queria.

E então, ele apenas a encarou conforme suas presas se alongavam ainda mais. As duas pontas brancas idênticas saíam pelos lábios entreabertos, os olhos brilhavam.

– O que eu faço? – ela perguntou com uma voz rouca.

Ele franziu a testa.

– Como assim?

– O que eu faço para você?

O *symphato* havia tomado o que ele queria e que se dane ela. E, naturalmente, seu pai jamais permitira que qualquer macho se alimentasse dela. Havia uma forma específica de...

De repente, Tohrment pareceu se afastar do vórtice, algo o empurrava de volta para um estado diferente de consciência. E, mesmo assim, seu corpo permaneceu totalmente preparado, seu peso sendo transferido de um pé para o outro, as mãos fechando em punho e abrindo, fechando e abrindo... e abrindo.

– Você nunca...

– Meu pai me poupava. E, quando fui sequestrada, eu nunca fiz isso antes.

Tohrment colocou as mãos na cabeça como se sentisse dor.

– Ouça, isso é...

– Diga o que eu devo fazer.

Quando ele a encarou outra vez, No'One pensou que o nome daquele macho realmente era apropriado. Como ele era atormentado!

– Preciso disso – disse ele, como se falasse consigo mesmo.

– Sim, precisa. Você está tão fraco que chega a doer só de olhar.

No entanto, ele estava prestes a parar, ela pensou quando os olhos de Tohrment adotaram um ar apático. E ela sabia o porquê.

– Ela é bem-vinda neste espaço – disse No'One. – Traga sua *shellan* para dentro de sua mente. Deixe-a tomar meu lugar.

Qualquer coisa para ajudá-lo. Pelo enorme bondade que Tohrment demonstrara por ela no passado, pelas maquinações cruéis do destino contra ele, ela estava disposta a fazer tudo para ele ficar bem.

– Eu posso feri-la – disse ele com uma voz dura.

– Não mais do que as coisas pelas quais já sobrevivi.

– Por que?

– Pare de falar. Pare de tentar pensar. Faça o que precisa fazer para se cuidar.

Um longo e tenso silêncio se instalou. E então, as luzes se apagaram, o pequeno cômodo ficou quase escuro, permitindo apenas a iluminação que entrava pelos painéis de vidro na porta.

Ela arfou.

Ele respirou mais profundamente.

E então, um braço musculoso a envolveu por trás da cintura e a puxou para frente. Quando ela colidiu contra aquele peitoral que mais parecia a muralha da China, era como se tivesse sido jogada contra uma rocha. Às cegas, ajeitou suas mãos para que pudesse se agarrar a alguma coisa.

A carne de seus braços era suave e aquecida, uma pele fina envolvendo músculos rijos.

Puxando. Puxando a trança dela. E agora com mais firmeza, e seus cabelos estavam soltos, seu couro cabeludo sentindo a força dos puxões e, quando ele parou, ela jogou a cabeça para trás.

Uma mão enorme se espalhou pelas mechas, desembaraçando-as, alisando-as para baixo. E, quando o pescoço dela se alongou um pouco mais, as costas foram forçadas a segui-lo até que ela estivesse totalmente presa pela força daquele macho.

Desorientada e sem equilíbrio, por um instante esqueceu-se de qual era seu objetivo – exatamente como acontecera com ele antes de as luzes se apagarem.

Buscando pelo rosto dele, ela o encontrou. No entanto, isso não servia para muita coisa. Ela não conseguia enxergar seus traços, não conseguia encontrá-lo em meio àquele corpo másculo contra o qual estava posicionada.

Naquele instante, seu semblante não passava de uma irreconhecível área composta por planos e ângulos. E seu corpo não era o de Tohrment, o Irmão que tentara salvá-la, mas algo estranho.

Era impossível voltar atrás, entretanto, impossível desfazer o movimento da roda que ela já tinha começado a girar.

A pegada, os braços, o corpo daquele macho se apertaram ainda mais até que ela sentiu-se como se estivesse sendo esmagada contra ele. E, enquanto enrijecia-se, ele levou a cabeça para baixo, um rosnado de satisfação emanando daquela caixa torácica, um cheiro misterioso e rico quase permeando a sensação de medo dela.

Mais um silvo, dessa vez seguido por um toque em sua clavícula que se assemelhava ao fio de uma lâmina, rasgando-a delicadamente para cima.

O pânico a invadiu.

Sua presença, o jeito como ele a segurava, o fato de ela não conseguir enxergar direito, tudo relacionado à experiência empurrou-a de volta ao passado, e ela começou a se debater.

E foi quando ele atacou.

Violentamente.

No'One gritou e tentou se afastar, mas as presas de Tohr já estavam cravadas profundamente, a dor era como uma doce picada de abelha. Em seguida, a sucção, acompanhada por um estremecer selvagem de seu corpo.

Alguma coisa dura projetava-se do quadril dele. Pressionava sua barriga.

Lançando mão de todas as suas forças, ela tentou novamente se libertar, mas seus esforços eram como uma leve brisa em meio a uma tempestade de furacões.

E, então, a pélvis de Tohrment começou a se movimentar contra o corpo dela, roçando, sua ereção forçando o manto, tentando encontrar alguma forma de penetrá-la enquanto ele a sugava com mais força. Gemidos de satisfação se espalhavam no ar entre eles.

Ele estava tão envolvido que sequer sentiu o medo dela.

E a mente consciente de No'One não conseguia relembrar de que ela quisera aquilo dele.

Olhando na direção do teto, ela se lembrou da época em que lutou em vão, e rezou, como tinha feito antes, para que isso acabasse logo.

Santíssima Virgem Escriba, o que ela tinha feito...

O corpo contra o de Tohr entregou tudo o que seria possível: sangue, respiração e carne. E que se danem todos, mas ele aceitou, aceitou com vigor e voracidade, bebendo mais profundamente e desejando mais do que apenas a veia.

Ele queria o âmago daquela fêmea.

Ele queria penetrá-la enquanto bebia dela.

E isso era verdade mesmo enquanto Tohr estava perfeitamente consciente de que aquela não era sua Wellsie. Os cabelos não tinham a mesma textura – o de No'One era liso e suave, e não caía em enormes cachos. O sangue de No'One não tinha o mesmo sabor – o gosto intenso contra a língua dele e o cheiro penetrante no fundo de sua garganta eram totalmente diferentes. E o corpo daquela fêmea era mais esguio e delicado, e não robusto e poderoso.

Mas, mesmo assim, ele a desejava.

Seu pau esquecido rugia sem pedir desculpas – pronto para tomar cada vez mais e... também dominar. Pelo menos sexualmente.

Droga, aquela bola de fogo de desejo e necessidade não se parecia em nada com a alimentação sem graça que ele tivera da Escolhida Selena. Era daquele jeito que as coisas deviam ser: a fuga, o desfazer da pele civilizada para revelar o animal até a medula.

E que assim fosse. Ele deu continuidade a seus movimentos.

Ajeitando No'One, ele permitiu que a mão apoiada na cintura dele descesse até que estivesse agarrando-a na lombar, e no quadril, e no traseiro.

De forma abrupta, ele a empurrou contra o armário de vidro, fazendo os painéis e as portas chacoalharem. Tohr não queria ser violento, mas era impossível lutar contra aquela necessidade. E, pior ainda, agora já sem consciência, ele sequer queria lutar contra aquela necessidade.

Levantando a cabeça, ele soltou um rugido que fez até seus próprios ouvidos doerem, e então mordeu-a novamente. Seu controle se desfazia diante do banquete que aquilo oferecia a seus sentidos tão famintos.

A segunda mordida foi mais alta, mais próxima do maxilar, e a sucção tornou-se ainda mais intensa. O alimento se espalhava pelas fibras de seus músculos, fortalecendo-o, restaurando-o, tornando-o fisicamente completo mais uma vez.

A sucção... puta que pariu, a *sucção...*

Quando ele finalmente ergueu a cabeça, estava embriagado por ela. Sua mente girava por razões que iam além da fome por sangue. Em seguida, viria o sexo, e ele até chegou a olhar em volta procurando uma cama.

Mas... eles estavam na despensa? Que diabos!

Cristo, ele sequer conseguia se lembrar de como tudo aquilo tinha acontecido.

Estava certo, entretanto, de que não queria que ela ficasse sangrando. Então, abaixou a cabeça na direção da garganta dela. Com a língua para fora, deu leves golpes naquele pescoço que havia penetrado duas vezes, sentindo a pele aveludada e saboreando-a e sentindo seu cheiro.

O odor que entrava por suas narinas não era como o de um perfume de comercial.

E não era o do tesão de uma fêmea, como ele sentira no começo.

Aquela mulher estava aterrorizada.

– No'One? – ele a chamou, enquanto a sentia tremer pela primeira vez.

Com um grito rouco, ela começou a chorar. E, para sua própria surpresa, ele se tornou temporariamente paralisado. Em seguida, o tato voltou, e ele a sentiu claramente unhando a parte de trás de seus braços. Aquele corpo delicado tentava se libertar.

Ele a soltou imediatamente.

No'One bateu na quina do armário, e então correu na direção da porta, sacudindo a maçaneta com tanta força que o vidro opaco parecia prestes a quebrar.

– Espere, vou deixá-la...

Assim que ele abriu a trava, ela saiu correndo e mancando pela cozinha, passando pela porta como se quisesse salvar a própria vida.

– Droga! – ele praguejou. – No'One!

Tohr não se importou com quem pudesse ouvi-lo quando gritou novamente o nome da fêmea. Sua voz ecoava pelo teto alto da sala de jantar enquanto ele acelerava ao lado de uma mesa, lançando seu corpo na antessala.

Enquanto ela atravessava a imagem de macieira no chão, ele se lembrou da visão dela naquela noite em que eles tentaram trazê-la para a casa de seu pai, sua camisola deslizando pela parte de trás de seu corpo, transformando-a em um fantasma enquanto corria pelo campo banhado à luz da lua.

Agora, seu manto deslizava atrás dela em direção às escadas.

O pânico que Tohr sentiu era tão forte que ele se desmaterializou para segui-la, retomando a forma na metade do caminho e ainda atrás dela. Continuou perseguindo-a correndo com os próprios pés, passando pelo escritório de Wrath e pelo corredor à direita.

Assim que ela chegou ao quarto onde estava hospedada, enfiou-se lá dentro e bateu a porta.

Tohr chegou ao painel de madeira em tempo apenas de ouvir a tranca se fechar.

Enquanto o sangue de No'One corria pelo corpo de Tohr, oferecendo a ele o poder e o apetite por comida – e a clareza na cabeça presa a sua coluna que não sentia há anos –, ele recordou-se de tudo que esquecera enquanto estava preso à garganta dela.

Ela havia se entregado livre e generosamente a ele, e ele tinha tomado demais, rápido demais, em uma sala escura onde poderia ser qualquer pessoa – menos aquela com a qual ela tinha concordado em alimentar.

Ele a tinha assustado. Ou pior que isso.

Dando meia-volta, apoiou as costas na porta do quarto de No'One e deixou seus joelhos relaxarem até seu traseiro atingir o chão.

– Puta que pariu! Que merda!

Que Deus o amaldiçoasse.

Oh, espere, isso já tinha acontecido.

CAPÍTULO 23

Pouco antes da hora de o Iron Mask fechar, Xhex estava em seu escritório, sacudindo a cabeça para Big Rob. Em sua mesa, colocada entre eles, havia três outros pacotes daquela cocaína com o símbolo da morte estampado.

– Você está me zoando com essa merda?
– Tirei de um cara há uns dez minutos.
– Você o deteve?
– Dentro dos limites da legalidade. Disse a ele que daria uma olhada nos papéis. Não mencionei exatamente que o deixaria livre para ir. Ainda bem que o cara está tão bêbado que não deve estar preocupado com os direitos civis.
– Então, deixe-me falar com ele.
– Ele está onde você gosta que eles fiquem.

Ela saiu da sala e seguiu para a esquerda. A sala de interrogatório ficava no final do corredor e sua porta não tinha uma trava – a última coisa que eles precisavam era arrumar encrenca com a polícia da cidade. Só pioraria o problema. Considerando o que acontecia entre as paredes daquela casa noturna, todos sabiam que a polícia costumava xeretar de tempos em tempos.

Enquanto abria a porta, ela xingou em voz baixa. O cara sentado à mesa estava com o corpo jogado contra a parede, o queixo abaixado na direção do peito, braços soltos e joelhos virados para o lado. Vestia-se como um dândi antiquado em estilo *steampunk*, ostentando um paletó preto bem ajustado ao corpo e uma blusa branca de gola alta – e, naturalmente, algo parecia errado. Talvez o tecido. O fato de que nada daquilo era feito à mão também colaborava. Os botões... mas era isso que acontecia quando os humanos que gostavam de fingir enfiavam seus pés nas águas da história. Eles erravam toda vez.

Fechando a porta discretamente, ela caminhou até ele. Fechou a mão e deu uma *pancada* na mesa para acordá-lo.

Ah, veja só, ele tinha uma bengala para completar o modelito. E uma capa.

Enquanto o cara olhava para trás e oscilava nas duas pernas da cadeira, ela percebeu a bengala preta desequilibrar-se e deixou a gravidade decidir o que queria fazer com o humano...

Que gracinha. Com a boca aberta, duas projeções de porcelana que se assemelhavam a presas estavam afixadas a seus caninos. Aparentemente, aquilo o fazia parecer-se ainda mais com Frank Langella.

Ela se sentou no momento em que ele caía de costas. Xhex analisou o crânio prateado em cima da bengala enquanto ele se arrastava, tentando erguer-se do chão, ajustava sua fantasia ridícula e a cadeira e se sentava novamente. Quando ele correu a mão por seus cabelos negros como a noite, foi possível perceber que as raízes eram de um castanho claro.

– Sim, nós vamos liberá-lo – ela respondeu antes que ele perguntasse. – Contanto que você me diga o que eu quero saber, não vou envolver nossos amiguinhos da polícia de Caldwell na situação.

– Certo. Sim. Obrigado.

Pelo menos, ele não fingia ter um sotaque britânico.

– Onde você conseguiu o pó? – ela ergueu a mão enquanto ele abria a boca. – Antes que você me diga que o pacote pertence a algum amigo e que você só estava guardando para ele, ou que pegou o casaco emprestado e estava nos bolsos, a polícia vai acreditar nessas desculpas tanto quanto eu. Mas garanto que eles terão a oportunidade de ouvir a mentira.

Um longo silêncio se instalou, durante o qual ela apenas o encarou. O rapaz inclusive usava lentes de contato vermelhas para dar um efeito de brilho em suas íris.

Ela se perguntava se ele teria tentado se desmaterializar e passar por uma parede.

Xhex estava pronta para ajudá-lo a confessar.

– Fiz a compra na esquina da Trade com a Eighth. Mais ou menos três horas atrás. Não sei o nome do cara, mas ele costuma estar lá todas as noites entre onze e meia-noite.

– E ele só vende essa merda com esse símbolo?

– Não – o cara pareceu relaxar. Seu sotaque de Nova Jersey agora se tornava mais pronunciado. – Ele passa qualquer coisa. Na primavera, às vezes eu não conseguia pó. Mas, não sei, no último mês ele tem farinha toda vez. É do que eu gosto.

Seria aquela produção *à la* Drácula uma rebeldia contra os costumes de Jersey?, ela se perguntava.

– Como devo chamá-lo? – ela perguntou.

– Adaga. Combina comigo – quando ele começou a se levantar, o brinco de pedra vermelha em sua orelha refletiu a luz. – Eu sou um vampiro.

– Sério? Eu pensei que vampiros não existissem.

– Ah, somos bastante reais – ele a olhou rapidamente com ares de Lothario. – Eu poderia apresentá-la a algumas pessoas. Levá-la até o conciliábulo.

– "Conciliábulo" não é uma palavra usada para bruxas?

– Eu tenho três esposas, sabia?

– Parece que sua casa é bem lotada.

– Estou procurando uma quarta.

– Obrigada por oferecer, mas sou casada – quando ela disse essas palavras, seu peito doeu. – Muito bem casada, devo acrescentar.

Ela não estava tão certa quanto à última sentença, entretanto. Meu Deus, John...

O bater na porta foi suave.

– Pois não? – ela disse olhando para trás.

– Você tem visita.

No instante em que a resposta alcançou os ouvidos de Xhex, seu corpo ganhou vida novamente. E, de repente, ela se viu pronta para acompanhar o idiota que só falava besteira até a porta.

John tinha chegado mais cedo hoje – o que não era problema algum para ela.

– Já terminamos – anunciou Xhex, levantando-se.

O humano ficou em pé, suas narinas se dilataram.

– Meu Deus, seu perfume é delicioso.

– Nunca mais traga essa merda para a minha casa ou, da próxima vez, o que vamos fazer não vai ser conversar. Entendeu?

Quando Xhex abriu a porta, o cheiro de vinculação de seu parceiro invadiu seu olfato. Aquele cheiro misterioso e apimentado atravessava o corredor.

E lá estava ele, na outra ponta, em pé na porta do escritório dela.

Seu John.

Assim que ele virou a cabeça na direção dela, abaixou o queixo e sorriu. Seus olhos pareciam um pouco endiabrados. O que significava que ele estava mais do que pronto para ela.

– Você é linda – murmurou o farsante enquanto saía da sala.

Ela estava prestes a dispensá-lo quando John avistou aquele filho da puta cheio de tesão.

E isso não era nada bom.

O macho vinculado de Xhex acelerou pelo corredor. O bater de seus coturnos era alto o suficiente para abafar a música da discoteca.

O cara com a roupa ridícula ainda estava com os olhos focados nela, mas isso não durou muito. Quando viu a carga de mais de cento e trinta quilos, aquela força indomável da natureza, vindo em sua direção, o viciado se encolheu e tentou se esconder atrás de Xhex.

Que másculo. Pois é. Um machão.

John parou quando chegou à porta e bloqueou qualquer escapatória, seus belos olhos azuis eram ferozes quando ele olhou sobre o ombro de Xhex, na direção do humano.

Deus, como queria foder com ele, pensou ela.

Com um aceno casual, ela fez as apresentações:

– Este é meu marido, John. John, esse cara já estava indo embora. Quer acompanhá-lo, querido?

Antes que o farsante pudesse responder, John colocou as presas para fora e sibilou. Era o único ruído que sua boca podia produzir além dos assobios, mas era mais eficiente do que palavras...

– Ah, cara... – murmurou Xhex enquanto dava um passo decidido para o lado.

O aspirante a vampiro estava se mijando todo.

John sentiu-se mais do que feliz por levar aquele lixo para fora. Humano ridículo, olhando para a fêmea dele daquela forma? O filho da puta tinha sorte por John estar com tanto tesão. Não fosse isso, o macho teria reservado tempo para quebrar uma perna ou um braço, só para deixar as coisas bem claras.

Agarrando a nuca do cara, John arrastou o imbecil até a saída dos fundos, abriu a porta com um chute e o levou em direção ao estacionamento.

Algo como "Ah, meu Deus, por favor, não me machuque" saía da boca do cara, e com razão. A linha do bom senso que fazia John não matar o desgraçado era tênue como um véu.

Como naquela posição era impossível fazer o safado olhar para ele, John virou o maldito, agarrou-o pelos ombros e o levantou até que os sapatos fofinhos de couro estivessem pendurados contra a brisa.

Encontrando um olhar que trazia uma cor vermelha falsa, John colocou o *poser* em transe e apagou as memórias de suas presas expostas. Depois... bem, era tentador implantar alguma coisinha sobre como os vampiros realmente existiam e estavam atrás dele.

Uma boa dose de paranoia induzida colocaria rapidamente um fim naquela farsa que o idiota vivia.

Mas, por outro lado, o esforço não valia a pena. Especialmente quando ele poderia estar dentro de sua fêmea agora.

Com um aceno final de cabeça, John deixou o cara ir embora, botando-o para correr a toda velocidade. O puto estava um pouco esquelético. Exercícios lhe fariam bem.

Quando John virou-se novamente na direção da discoteca, viu a Ducati de Xhex estacionada contra o prédio, sob uma luz de segurança, e... caramba... Ele a imaginou montada sobre aquele veículo poderoso, apoiada contra o motor, contornando alguma construção em cima da moto.

Ele então correu o olhar para a porta e percebeu que estava aberta, com Xhex parada na passagem.

– Pensei que você fosse rasgar a garganta dele – ela falou pausadamente.

Xhex estava totalmente excitada.

John aproximou-se dela e não parou até que aqueles seios estivessem encostados em seu peito, e ela nem pensou em se distanciar – o que naturalmente o deixou ainda mais no ponto. Deus, para começo de conversa, ela era linda. Mas essa separação autoimposta que eles estavam enfrentando o tornava ainda mais desesperado para estar com ela.

– Quer vir ao meu escritório? – ela perguntou quase ronronando. – Ou quer fazer aqui fora?

Quando ele apenas assentiu, quase babando, ela riu e falou:

– Que tal lá dentro para não assustarmos as crianças?

É, para a maioria dos humanos, fazer sexo não envolvia tomar sangue.

Conforme ela o guiava pelo caminho, ele a observou rebolar o quadril e se perguntou se anatomicamente seria possível a língua de alguém se arrastar pelo chão.

Eles logo estavam abraçados, ele a estava saboreando, beijando-a com todas as forças enquanto suas mãos faziam rapidamente o trabalho de afastar a saia. Os dedos dela se abriram nos cabelos dele. John inclinou a cabeça para baixo e agradeceu por ela nunca se importar em usar sutiã.

Com o mamilo dela em sua boca e uma mão entre suas pernas, ele a deitou sobre os papéis na mesa. O próximo passo era livrá-la do couro e logo ele estaria se ajeitando e penetrando Xhex.

Uma trepada rápida e furiosa, do tipo que reposicionava os móveis e provavelmente atraía atenção, sempre era a artimanha das "preliminares". A segunda vez era mais lenta. A terceira era tão sensual que mais parecia um filme feito com lentes embaçadas.

Era a forma típica de se comportar durante um banquete: entrada casual, concentrar-se nos pratos favoritos, terminar com um aperitivo delicado...

Eles gozaram juntos, ele inclinado sobre ela, ela abrindo suas longas pernas em volta do quadril dele, ambos conectados o máximo possível.

No meio da ejaculação, ele por acaso ergueu a cabeça e olhou para cima. No meio do caminho, havia um arquivo e uma cadeira extra. Por algum motivo, John percebeu pela primeira vez que a parede era feita de blocos de concreto e pintada de preto.

A mesma coisa que ele encarara ao longo dos últimos meses. E sem se dar conta daquilo.

Agora, entretanto, o fato de que aquela não era nem a casa dela nem a dele atingiu-o fortemente.

Ela não o tinha convidado para ir à casa perto do rio desde que eles transaram pela primeira vez após a separação.

Xhex tampouco tinha ido à mansão.

Fechando os olhos, John tentou se reconectar com aquilo que seu corpo ainda estava fazendo, mas tudo que alcançou foi uma vaga sensação de pulsação na região de sua cintura. Ao abrir as pálpebras, queria ver os olhos de Xhex, mas ela tinha arqueado o corpo para trás, e tudo que viu foi a ponta daquele queixo e alguns cartões de ponto, para os seguranças.

Que poderiam estar do outro lado da porta, escutando-os.

Droga... havia porra por tudo quanto era lado.

Ele estava tendo um relacionamento ilícito com sua própria parceira.

No começo, aquilo havia sido excitante, como se eles estivessem saindo juntos de uma forma como não faziam quando se conheceram. E ele acreditou que sempre seria assim, tão divertido.

No entanto, havia sombras o tempo todo naquilo, não?

Fechando os olhos bem apertado, ele se deu conta de que preferiria fazer aquilo em uma cama. A cama da vinculação. E não que John fosse antiquado, mas ele apenas sentia saudade de dormir com ela.

– O que foi, John?

Ele separou as pálpebras. Devia ter se dado conta de que ela saberia onde ele estava – habilidades *symphato* à parte, ela o conhecia como ninguém. E agora, quando ele olhava aqueles olhos cinza como chumbo, uma pontada de tristeza cortou seu peito.

Mas ele não queria falar sobre aquilo. Os dois tinham tão pouco tempo juntos...

Ele a beijou intensa e demoradamente, acreditando que aquela seria a melhor forma de distração para os dois... e funcionou. Quando a língua de Xhex encontrou-se com a de John, ele começou a penetrá-la novamente. Os longos golpes o levavam a quase perder a sanidade, e depois o faziam sentir-se relaxado. O ritmo era lento, mas inexorável, e ele, também, foi levado a um lugar onde sua cabeça se tranquilizava.

Dessa vez, o orgasmo foi uma onda suave, e ele sentiu uma espécie de desespero.

Quando a sensação passou, como acontecia com todos os orgasmos, ele tornou-se agudamente ciente da música distante e abafada, e o bater de tornozelos no corredor, e um celular tocando à distância.

– O que há de errado? – ela perguntou.

Quando ele desfez o contato entre os corpos, percebeu que ambos estavam, em grande parte, vestidos. Quando fora a última vez que estiveram totalmente nus?

Jesus... foi durante aquele período de alegria após a vinculação. O que parecia uma memória distante. Talvez até pertencesse a outro casal.

– Foi tudo bem com Wrath esta noite? – ela perguntou enquanto puxava as calças para cima. – É por isso que você está assim?

O cérebro dele precisou se esforçar para conseguir se concentrar, mas felizmente suas mãos funcionavam bem, e não apenas para fechar o botão da calça.

Sim, a reunião correu bem. Mas é difícil saber. A glymera só se importa com aparências.

– Humm... – ela nunca tinha muito a dizer sobre as questões que envolviam a Irmandade. Mas, por outro lado, considerando a posição que eles tomaram na luta de Xhex, John se surpreendeu com o fato de ela abordar aquele assunto.

Que tal hoje à noite?, ele perguntou.

Ela pegou algo sobre o que estava deitada. Um papelote.

– Temos um novo traficante na cidade.

Ele pegou o que ela jogou em sua direção e franziu a testa ao ver o símbolo impresso no celofane. *Que diabos? Isso é... o Antigo Idioma.*

– Pois é, e não temos ideia de quem está por trás disso. Mas prometo que vou descobrir.

Me avise se eu puder ajudar.

– Eu consegui isso.

Eu sei.

O silêncio que se instalou serviu para lembrá-lo em que pé eles estavam. E em que pé não estavam.

– Você está certo – ela declarou abruptamente. – Eu não o recebi em minha casa de propósito. Já é difícil o suficiente ter de vê-lo ir embora daqui.

Eu poderia ficar com você. Poderia me mudar para lá e...

– Wrath jamais permitiria isso. E ele está certo, devo acrescentar. Você é um bem muito valioso para ele, e meu chalé não chega aos pés da mansão no que diz respeito à segurança. Além disso, que diabos faríamos com Qhuinn? Ele também merece viver bem... e pelo menos enquanto você está lá, ele tem certa autonomia.

Dias alternados, então.

Ela deu de ombros.

– Até isso não ser mais o suficiente? John, isso é o que temos, e é muito mais do que muitas pessoas têm. Você não acha que Tohr mataria para ser capaz de...

Não é suficiente para mim. Eu sou insaciável, e você é minha shellan, não apenas *alguém para quem ligo quando quero transar.*

– E eu não posso voltar à mansão. Sinto muito. Se eu fizer isso, vou acabar odiando aqueles caras... e você. Gostaria de poder fingir que posso afastar toda aquela merda e adotar uma postura de "Aceitarei tudo", mas não posso.

Vou conversar com Wrath...

– O problema não é Wrath. Eles respeitam apenas seu palpite. Todos eles.

Ao perceber que ele não tinha resposta, ela se aproximou. Colocou a palma das mãos em seu rosto e o encarou. Então, continuou:

– É assim que deve ser. Agora, vá para que eu possa fechar o escritório. E volte para mim amanhã, logo no início da noite. Já estou contando os minutos.

Ela o beijou com firmeza.

E então, deu meia-volta e saiu do escritório.

CAPÍTULO 24

No'One acordou com um grito alto e aterrorizante, como se estivesse acompanhando um assassinato sangrento.

Ela precisou de um momento para perceber que estava produzindo aquele som. Sua boca estava largamente aberta, seu corpo, totalmente enrijecido e os pulmões queimando enquanto liberavam o ar.

Felizmente, ela tinha deixado as luzes acesas e viu freneticamente a seu redor as paredes do quarto cobertas com papel de parede, as cortinas e a roupa de cama também. Então, focou-se em seu manto. Sim, ela estava com o manto, e não com uma camisola fina.

Tinha sido um sonho. Um sonho...

Ela *não* estava em um porão da Terra.

Ela *não* estava à mercê do *symphato*...

– Sinto muito.

Arfando, No'One empurrou-se novamente contra a cabeceira acolchoada. Tohrment estava parado logo na entrada do quarto, com a porta fechada atrás dele.

– Você está bem? – ele perguntou.

Ela puxou o capuz para cima, ajeitando-o no lugar, escondendo-se dentro dele.

– Eu... – as memórias do que tinha acontecido entre eles dificultava o processo de pensar claramente. – Eu estou... bem o suficiente.

– Eu não acredito nisso – ele rebateu com uma voz rouca. – Deus! Eu sinto muito. Não há desculpas para o que eu fiz. E eu nunca mais vou chegar perto de você, eu juro.

A angústia na voz dele atingiu-a como se fosse dela própria.

– Está tudo bem.

– O diabo que está tudo bem. Eu até lhe causei um pesadelo.

– O que me acordou não foi você. Foi algo do passado – respirando profundamente, ela continuou: – É estranho! Eu nunca tinha sonhado com o que aconteceu comigo... nunca. Penso nisso com frequência, mas, quando durmo, só tenho a escuridão.

– E agora há pouco? – ele falou entre os dentes.

– Eu estava de volta no subsolo. No porão. O cheiro lá embaixo... Santa Virgem Escriba, o *cheiro* – envolvendo o corpo com os próprios braços, ela sentiu a corrente de ar como se estivesse novamente atrás daquela porta de carvalho. – Blocos de sal para os animais lamberem... eu tinha me esquecido deles.

– Como?

– Havia blocos de sal para os animais lá. É por isso que minhas cicatrizes ainda me acompanham. Eu sempre me perguntei se ele talvez tivesse usado alguma espécie de poder *symphato* para alterar minha pele. Mas não... eram os blocos de sal e as carnes com sal – ela sacudiu a cabeça. – Eu tinha me esquecido deles até agora. Eu me esqueci de tantos detalhes precisos...

Quando um xingamento saiu da boca dele como um rugido, ela ergueu o olhar. A expressão de Tohrment sugeria que ele gostaria de poder matar o *symphato* outra vez. Mas ele disfarçou, como se não quisesse chateá-la.

– Acho que eu nunca lhe disse que sinto muito – ele afirmou com um tom suave. – Naquela época, na casa de campo com Darius, ele e eu sentíamos muito por você ter sido...

– Por favor, não vamos mais falar sobre o assunto. Obrigada.

No silêncio desajeitado que se seguiu, o estômago de Tohr rugiu.

– Você devia comer – ela murmurou.

– Não estou com fome.

– Mas sua barriga...

– Pode ir para o inferno.

Enquanto olhava para as formas dele, No'One ficou impressionada com a diferença: mesmo depois de um período muito curto, a cor de sua pele havia retornado, suas costas estavam mais retas, seus olhos, muito mais alertas.

O sangue era algo realmente muito poderoso, ela pensou.

– Vou alimentá-lo outra vez – enquanto ele a encarava como se ela estivesse louca, No'One ergueu o queixo para também encará-lo. – Certamente, farei isso outra vez.

Para vê-lo melhorar em um período de tempo tão curto, ela estava disposta a enfrentar aqueles momentos de terror mais uma vez. Sim, seu passado ainda a aterrorizava, mas era visível, a mudança nele... o sangue dela o havia livrado da fadiga, e isso o manteria vivo lá fora, no campo de batalha.

– Como pode dizer isso? – a voz dele era rouca a ponto de falhar.

– É simplesmente como eu me sinto.

– A obrigação não deve levá-la tão longe em seu inferno pessoal.

– Essa escolha é minha, não sua.

Ele repuxou duramente as sobrancelhas.

– Você estava como uma ovelha a caminho do matadouro naquela despensa.

– Se isso fosse verdade, agora eu não estaria respirando, não é mesmo?

– Você gostou do sonho que acabou de ter? Se divertiu? – enquanto ela se encolhia, ele andou até a direção da janela fechada e olhou fixamente, como se pudesse enxergar o jardim. – Você é mais importante do que uma empregada ou uma escrava de sangue, sabia?

Com a arrogância adequada, ela o informou:

– Servir bem outras pessoas é uma tarefa nobre.

Olhando sobre o ombro, os olhos dele encontraram-se com os dela, como se ignorassem aquele manto.

– Mas você não está fazendo isso para ser nobre. Está aí, debaixo desse manto, escondendo sua beleza para se punir. Não me parece ter a ver com algum tipo de traço altruísta.

– Você não me conhece e não conhece minhas motivações.

– Eu fiquei excitado – disse ele, fazendo-a piscar os olhos. – Você precisa saber disso.

Sim, bem, ela precisava. Mas...

– E se eu estiver outra vez em sua veia, isso vai acontecer. Outra vez.

– Mas você não estava pensando em mim – ela apontou.
– Isso faria diferença?
– Sim.
– Tem certeza disso? – ele insistiu com uma voz seca.
– Você não fez nada com relação a isso, fez? E aquela única vez que você se alimentou não é suficiente... você deve saber disso. Faz muito tempo desde a última vez. Você já foi tão longe, mas vai precisar de mais sangue em breve.

Quando ele praguejou, ela ergueu mais uma vez o queixo, sem se mostrar disposta a abaixá-lo.

Depois de um bom tempo, ele sacudiu a cabeça.
– Você é tão estranha.
– Vou tomar isso como um elogio.

***

Do outro lado do quarto, Tohr encarava No'One e sentia um respeito enorme por ela – embora estivesse claro que aquela mulher era louca. Ela se mostrava totalmente inflexível, apesar de ter marcas de mordida em seu pescoço, de ter acordado gritando e de estar cara a cara com um Irmão.

Cristo, quando ele a ouviu gritar, quebrar a porta se tornou uma opção. Visões dela com outra faca de algum tipo, causando danos absurdos, levaram-no a entrar em ação. Mas tudo o que havia ali era No'One no meio daquela cama, alheia a tudo exceto o que quer que se passava por sua cabeça.

Blocos de sal? Mas que merda.

– Sua perna – ele falou suavemente. – Como isso aconteceu?
– Ele colocou uma algema de aço em volta do meu tornozelo e me prendeu com uma corrente a uma viga. Quando ele vinha até mim, a algema feria minha pele.

Tohr fechou os olhos ao imaginar aquilo.

– Oh, Deus.

Ele não saiba o que dizer depois daquilo. Ficou ali, sem poder fazer nada, entristecido, desejando que tantas coisas tivessem sido diferentes na vida deles dois.

– Acho que sei por que você está aqui – ela anunciou abruptamente.

– Porque você gritou.

– Não, quero dizer... – ela limpou a garganta. – Eu sempre me perguntei por que a Virgem Escriba me levou ao Santuário. Mas Lassiter, o anjo, está certo. Eu estou aqui para ajudá-lo, da mesma forma como você me ajudou tempos atrás.

– Eu não a salvei, lembra? Não no final.

– Salvou, sim – ela o interrompeu quando ele já começava a negar com a cabeça. – Eu costumava observá-lo enquanto você dormia, lá no Antigo País. Você estava sempre à direita do fogo e dormia com o rosto virado em minha direção. Passei horas memorizando a forma como o leve brilho das chamas dançava em seus olhos fechados, em suas bochechas e em seu maxilar.

De repente, a sala pareceu se retrair, deixando apenas os dois ali, mais próximos... mais aquecidos.

– Por quê?

– Porque você não se parecia nem um pouco com o *symphato*. Você era escuro, enquanto ele era pálido. Você era grande, ele era magro. Você era bondoso comigo, ele não era. Você foi a única coisa que evitou que eu enlouquecesse completamente.

– Eu nunca soube disso.

– Eu não queria que você soubesse.

Depois de um instante, ele disse sombriamente:

– Você sempre planejou se matar.

– Sim.

– Por que não fez isso antes do nascimento?

Cara, ele não conseguia acreditar no quão francos eles estavam sendo.

– Eu não queria amaldiçoar o bebê. Ouvi rumores sobre o que aconteceria se você cuidasse das coisas com as próprias mãos, e eu estava preparada para aceitar as consequências que cairiam sobre mim. Ainda mais se tratando de uma criança que não tinha nascido. Para começo de conversa, ela viria ao mundo com uma tristeza enorme, mas pelo menos seria capaz de traçar seu destino, de certa forma.

E, ainda assim, ela não tinha sido amaldiçoada... talvez por conta das circunstâncias. Deus sabia que ela já tinha sofrido o suficiente em seu caminho para deixar a vida.

E então, ele sacudiu a cabeça outra vez.

– Quanto a me alimentar, agradeço sua oferta. Agradeço sinceramente. Mas, de certa forma, não acho que repetir a cena que aconteceu lá embaixo ajudaria algum de nós de alguma forma.

– Admita que você se sente mais forte.

– Você disse que não tinha sonhado com essa merda desde o ocorrido.

– Um sonho não é...

– Um sonho é suficiente para mim.

Ela ergueu o queixo novamente, e caramba, se aquele hábito não fosse... bem, atraente... Não, não era atraente.

Mesmo.

– Se eu consegui sobreviver aos eventos, então posso sobreviver às memórias – disse ela.

Neste momento, observando do outro lado do quarto aquela demonstração de vontade de No'One, Tohr sentiu-se ligado a ela, como se uma corda unisse o peito de um ao peito do outro.

– Venha até mim outra vez – ela anunciou. – Quando sentir necessidade.

– Vamos ver o que acontece – ele desconversou. – Agora, você está bem? Quero dizer, aqui neste quarto? Você pode trancar a porta...

– Ficarei bem. Se você voltar a me procurar.

– No'One...

– É a única forma que vejo de consertar as coisas com você.

– Você não precisa consertar nada. Sério.

Virando-se, ele seguiu na direção da porta. Antes de sair do quarto, olhou sobre seu ombro. Ela estava encarando suas próprias mãos entrelaçadas, com a cabeça arqueada para baixo e coberta por aquele manto.

Deixando-a com a paz que lhe restava, ele levou seu estômago roncando até seu quarto e se desarmou. Ele estava absolutamente faminto, seu apetite por comida cravava um buraco na parte inferior de seu torso – e, embora preferisse ignorar aquela exigência, não havia opção. Pedindo uma bandeja a Fritz, ele pensou em No'One, e solicitou ao *doggen* que garantisse que ela também se alimentasse.

Então, era hora do banho. Depois que ligou a água, Tohr tirou as roupas e as deixou no chão de mármore, exatamente onde elas caíram. Ele estava no processo de deixá-las de lado quando viu-se no longo espelho sobre a pia.

Até mesmo seus olhos desatentos conseguiam enxergar a clara transformação em seu corpo, os músculos debaixo da pele estavam rijos, seus ombros tinham voltado a ficar onde estavam em vez de caírem em direção ao diafragma.

Uma pena que não se sentia melhor com relação a sua recuperação.

Entrando no box cercado por vidro, ele permaneceu sob os jatos, abrindo os braços e deixando a água correr por sua pele.

Quando fechou os olhos, viu-se de volta na despensa, na garganta de No'One, sugando aquela veia. Ele devia ter tomado do pulso, e não da garganta. Aliás, por que ele não tinha...

A memória abruptamente o rasgou. Os sabores e os cheiros e a sensação daquela fêmea contra ele fez sua mente se perder e seus sentidos se desfazerem.

Deus, ela havia sido um nascer do sol.

Abrindo os olhos, ele olhou para a ereção que surgira ao pensar naquela imagem. Seu pau era proporcional ao restante de seu corpo – o que significava que era longo, grosso e pesado. E capaz de permanecer assim por horas.

Enquanto a ereção se contorcia demandando zelo, ele temeu que aquela excitação fosse como a fome que tomava conta de seu corpo: não desapareceria até que ele fizesse algo a respeito.

Sim, fosse lá o que tivesse de ser feito. Caralho, ele podia escolher se masturbar ou não se masturbar, mas não faria isso, mesmo.

Segurando o sabonete, ele o passou pelas pernas e desejou que fosse V. – não, não com velas negras e esse tipo de merda. Mas, se pelo menos ele tivesse a mente do vampiro, poderia pensar em, por exemplo, a fórmula molecular do plástico, ou a composição química de creme dental com flúor, ou como a gasolina movia carros.

Ou ele poderia pensar em machos – já que ele não se sentia atraído por eles, isso poderia levar a uma brochada misericordiosa.

O problema é que ele era apenas Tohrment, filho de Hharm, então, estava preso tentando se lembrar como fazer biscoitos Toll House. Ele não sabia nada sobre ciência, não se importava com esportes e há anos não lia jornal ou assistia à TV.

Além disso, os biscoitos eram a única porcaria que ele sabia fazer... o que ia na receita? Manteiga? Margarina? Massa corrida?

Como nada lhe ocorreu, ele começou a se preocupar com a ideia de que não apenas fosse incompetente quando o assunto era cozinhar, como também não faria nada com as mãos.

Tentou outra vez. E só conseguiu se lembrar do que precisava fazer para abrir um maldito saco de salgadinhos.

Paralisado, com o pênis endurecido, ele se desesperou e fechou os olhos e pensou em sua Wellsie nua na cama do casal. Do sabor e da textura dela, de todas as formas como eles tinham estado juntos, de todos os dias passados com os corpos entrelaçados e sem fôlego.

Para se controlar, trouxe imagens de sua parceira para a parte frontal de sua mente, emboçando-as sobre qualquer coisa que estivesse relacionada com No'One. Ele não queria que outra fêmea invadisse o espaço deles. Talvez tivesse de cuidar do problema, algo que não queria fazer, mas era muito bem capaz de estabelecer barreiras.

Obviamente, ele não conseguiria traçar seu destino, mas suas fantasias deviam ser algo que ele poderia controlar.

Acariciando seu membro, tentou lembrar-se de tudo relacionado a sua bela ruiva: a forma como os cabelos dela caíam sobre o peito dele, o brilho de seu sexo nu, os seios túrgidos quando ela estava de costas.

Aquilo era apenas parte de um livro de história, entretanto, e as ilustrações haviam desaparecido – como se a mente dele tivesse arrancado a tinta das páginas.

Quando perdeu a concentração, abriu os olhos e percebeu sua enorme mão em volta daquela ereção ridícula, tentando fazer qualquer movimento ali.

Era como tirar leite de uma máquina de refrigerante – não o levaria a lugar algum. Bem, exceto por uma leve sensação na cabeça de seu membro.

— Mas que *droga*.

Considerando que aquela era má ideia, ele se ocupou com o sabão, correndo a barra pelo peito e pelas axilas.

— Senhor? — gritou Fritz do outro cômodo. — O senhor deseja mais alguma coisa?

Ele *não* iria pedir pornografia ao *doggen*. Isso seria decadente demais.

— Ah, não, obrigado, cara.

— Está bem. Tenha um sono abençoado.

Até parece.

— Você também.

Depois que a porta lá fora fechou-se novamente, Tohr passou xampu nos cabelos como ele acreditava que todos os machos faziam: aperte a garrafa com todas as suas forças, esfregue o líquido no cabelo como se estivesse tentando tirar uma mancha de um tapete e fique debaixo do chuveiro para sempre porque você usou demais aquilo que Fritz lhe trouxera.

Mais tarde, ele chegaria à conclusão de que o melhor a fazer seria manter os olhos abertos. Assim que fechou as pálpebras para se livrar da espuma, o impulso aquecido em seu torso tomou conta de suas mãos, e a necessidade de gozar retornou, agora mais forte do que antes. Seu membro pulsava, suas bolas se apertavam...

Tohr instantaneamente viu-se de novo naquela despensa, com a boca presa à garganta suave de No'One, chupando e engolindo, o líquido preenchendo sua barriga enquanto seus braços a apertavam com mais força contra seu corpo...

Sua shellan é bem-vinda aqui.

Ele sacudiu a cabeça ao ouvir a voz de No'One dentro de seu ouvido. Mas, então, percebeu que aquela era a resposta.

Envolvendo a mão em seu pau mais uma vez, ele disse ao cérebro que aquelas imagens eram de sua Wellsie. Que o sentimento, a sensação, o sabor eram de sua Wellsie, e não de outra fêmea.

Não era uma memória.

Era sua parceira retornando para ele...

O orgasmo foi tão repentino que ele chegou a se assustar. Seus olhos ficaram arregalados, seu corpo estremeceu não por causa do orgasmo, mas por conta da surpresa que, sim, de fato, ele estava gozando na vida real, e não em algum sonho que usara como escape.

Enquanto acariciava a cabeça de seu membro, viu-se gozar, viu seu sexo fazer o que devia fazer, lançando jatos que açoitavam a parede de mármore molhada e o vidro na porta do box.

A imagem era menos erótica e mais biológica.

Era apenas uma função de seu corpo, ele percebeu. Como respirar e comer. Sim, a sensação era agradável, mas respirar profundamente também era. Na ausência de emoção, sozinho no banho, aquilo não passava de uma série de ejaculações que cuspiam por sua próstata.

Os sentimentos davam significado ao sexo, fosse em uma fantasia ou com sua parceira, ou se você estivesse com alguém de quem não gostava muito.

Ou não quisesse querer, uma voz interna ressaltou.

Quando seu corpo terminou a atividade, Tohr temeu que aquilo fosse apenas uma situação inicial, já que ainda estava tão ereto quanto antes de tudo aquilo. Mas, pelo menos, a sensação não era de ter traído sua parceira. Aliás, ele sequer sentia algo, o que era bom.

Enxaguou o corpo e saiu do chuveiro. Secou-se com uma toalha e a levou consigo para o quarto.

Ele estava bastante seguro de que, depois que comesse, as coisas ficariam piores ao se deitar, e o problema não seria indigestão.

Mas estava tudo bem. Tão bem quanto pudesse ficar, ele acreditava.

O sexo que ele fazia com sua parceira era monumental, devastador, explosivo como fogos de artifício – transformador.

O que ele tinha acabado de fazer era tão sexy quanto uma dor de cabeça.

Contanto que não pensasse em...

Ele se conteve e limpou a garganta, embora não estivesse falando em voz alta.

Contanto que não pensasse em nenhuma outra fêmea, ele ficaria bem.

CAPÍTULO 25

Na noite seguinte, Xcor estava na entrada de um prédio de tijolos aparentes, no coração do centro da cidade. A porta ficava quase um metro afastada, e o lugar formava uma espécie de caixão, oferecendo-lhe um espaço escuro para se esconder, além de um abrigo contra balas perdidas.

Sozinho, ele estava extrema e completamente irritado enquanto observava a área e mantinha um olho no carro prateado que seguia.

Levantando o antebraço, olhou para o relógio de pulso. Mais uma vez. Onde estavam seus soldados?

Depois de se separar do grupo para seguir Assail, ele tinha vindo parar aqui. Entretanto, antes de partir, disse aos outros para encontrá-lo depois que terminassem as lutas — uma tarefa de localização que não deveria ser complicada. Tudo que precisavam fazer era pular do topo de um edifício a outro, fiscalizando a parte da cidade onde o tráfico de drogas era mais intenso.

Nem um pouco difícil.

E, ainda assim, lá estava ele, sozinho.

Assail ainda estava dentro do prédio à frente, provavelmente tinha lidado com mais gente do tipo que ele havia assassinado na noite anterior. O prédio de negócios onde ele entrara era aparentemente uma galeria de arte, mas Xcor era antiquado, e não ingênuo. Todo tipo de bens e serviços poderiam ser negociados em qualquer estabelecimento "legítimo".

Era quase uma hora mais tarde quando outro vampiro finalmente apareceu, e a luz na saída dos fundos brilhou contra seus cabelos extremamente negros e traços de predador. Aquele carro rebaixado no qual ele andava estava estacionado na lateral e, enquanto ele dava a volta no veículo, uma espécie de anel brilhou.

Movendo-se daquela forma, vestido de preto como estava, ele parecia... exatamente um vampiro, na verdade. Sombrio, sensual, perigoso.

Parou na porta do carro e colocou a mão dentro da jaqueta para pegar a chave...

E virou-se para encarar Xcor com uma arma nas mãos.

— Você acha mesmo que eu não sei que está me observando?

Aquela pronúncia era tão característica do Velho Mundo e tão carregada com um sotaque que praticamente transformava as palavras em uma língua estrangeira — e seria uma língua estrangeira se Xcor não estivesse tão intimamente familiarizado com o dialeto original.

Onde estavam seus malditos soldados?

Quando Xcor saiu de onde estava, levou consigo o carregador automático e se mostrou satisfeito enquanto observava o outro macho encolher-se ligeiramente ao perceber aquilo.

— Você esperava um Irmão, talvez? — rosnou Xcor.

Assail não baixou o focinho.

— Meus negócios pertencem exclusivamente a mim. Você não tem o direito de me seguir.

— Meus negócios são aquilo que eu decido serem meus.

— Suas formas de agir não irão funcionar aqui.

— E quais "formas" são essas?

— Existem leis aqui.

— Eu ouvi dizer. E estou muito certo de que quebrar algumas delas é uma de suas atividades.

— Eu não estou falando das leis humanas — como se elas fossem totalmente irrelevantes... Bem, pelo menos nisso eles concordavam. — A Antiga Lei prevê que...

— Estamos no Novo Mundo, Assail. Regras novas.

— De acordo com quem?

— De acordo com o que eu digo.

O macho estreitou os olhos.

– Já está se excedendo?

– Pode tirar suas próprias conclusões.

– Então vou permanecer com essa ideia. E devo deixá-lo agora, a não ser que você tenha planos de atirar contra mim. Nesse caso, devo levá-lo comigo – ele ergueu a outra mão, na qual segurava um aparelho preto. – Vamos deixar as coisas bem claras: a bomba que está presa ao chassi de meu carro irá explodir com o movimento de um dedo. E esse é precisamente o movimento que vai acontecer se você enfiar uma bala em meu peito ou em minhas costas. Ah, e talvez eu deva mencionar que a explosão tem um raio que certamente inclui a região onde você está, e a detonação é tão rápida que você não vai conseguir se desmaterializar para sair daí com a velocidade necessária.

Xcor riu com um respeito sincero.

– Você sabe o que dizem sobre suicídio, não? Quem se mata não vai para o Fade.

– Não é suicídio se você atirar primeiro em mim. Autodefesa.

– E você está disposto a experimentar isso?

– Se você estiver.

O macho parecia extremamente despreocupado com a escolha, em paz com a vida ou com a morte, sem se importar com a violência e com a dor. Mas, mesmo assim, atento.

Ele teria sido um soldado excepcional, pensou Xcor. Se não tivesse sido castrado pela mamãe.

– Então, a sua solução – murmurou Xcor – é a autodestruição mútua.

– O que seria?

Se Xcor estivesse com apoio, seria muito mais fácil enfrentar aquilo. Mas não... os idiotas não estavam em nenhum lugar próximo. E um princípio fundamental do conflito era que, se você estivesse de frente com um inimigo bem preparado, que era precavido e corajoso, então você não deveria se envolver. Em vez disso, era necessário recolher-se, reorganizar-se e viver para lutar sob circunstâncias mais favoráveis a sua própria vitória.

Além disso, Assail precisava ser mantido vivo tempo suficiente para que o Rei pudesse visitá-lo.

Nada disso estava indo bem, entretanto. E o humor de Xcor, terrível desde o início, tornou-se ainda pior.

Ele não disse mais nada. Simplesmente se desmaterializou e seguiu para outro beco, a pouco mais de um quilômetro dali, deixando seu distanciamento falar por si mesmo.

Quando tomou forma novamente, ao lado de uma banca de jornal fechada, estava furioso com seus soldados. Sua ira gerada pelo confronto com Assail tornou-se ainda maior quando ele pensou em seus machos.

Iniciando uma busca, passou de prédios abandonados para discotecas, estúdios de tatuagem e cortiços até encontrá-los no arranha-céu. Quando Xcor tomou forma, lá estavam todos eles, vadiando como se não tivessem nada melhor a fazer.

A violência substituiu as veias do corpo de Xcor, alastrando-se por ele. Até um ponto em que começou a sentir o palpitar da insanidade dentro de seu crânio.

Era fome de sangue, obviamente. Mas a causa daquilo não ajudou nem um pouco a acalmar suas emoções.

– Caralho, onde vocês estavam? – ele perguntou enquanto o vento chicoteava sua cabeça.

– Você disse para esperarmos aqui...

– Eu disse para vocês irem me encontrar!

Throe jogou as mãos para cima.

– Que merda! Nós precisamos de telefones, e não apenas...

Xcor avançou no macho, segurando-o pelo casaco e lançando-o contra uma porta de aço.

– Não. Levanta. A. Voz. Para. Mim.

– Eu estou certo quanto a...

– Nós *não* vamos discutir isso outra vez.

Xcor empurrou-se para longe do outro macho. Seu sobretudo era jogado de um lado para o outro por conta da força do vento que soprava em cima da cidade.

Throe, contudo, não deixaria o assunto terminar por aí.

– Nós poderíamos estar onde você queria que estivéssemos. A Irmandade tem celulares...

Xcor deu meia-volta.

– Foda-se a Irmandade!

– Você teria tido mais sorte nisso se tivéssemos formas de comunicação!

– A Irmandade é um bando de fracos por usar essas muletas tecnológicas!

Throe sacudiu a cabeça com aquele ar de aristocrata que sabia mais.

– Não. Eles estão no futuro. E não podemos nos comparar com eles se estamos no passado.

Xcor curvou a mão, formando punhos cerrados. Seu pai – ou melhor, Bloodletter – teria lançado aquele filho da puta pela lateral do prédio por conta de tamanha insolência e insubordinação. Xcor deu um passo à frente, na direção do macho.

Mas não, ele pensou com a lógica fria. Havia formas mais produtivas de lidar com isso.

– Vamos para o campo de batalha. Agora.

Enquanto levantava o rosto para encarar Throe, havia uma e apenas uma resposta aceitável – e os outros sabiam disso muito bem, a julgar pela forma como pegaram suas armas e se aprontaram para enfrentar o inimigo.

Ah, e sim, Throe, sempre um dândi que apreciava a ordem social, mesmo em situações militares, naturalmente fez a mesma coisa.

Mas, por outro lado, havia outros motivos para ele seguir ordens além da afinidade por consenso: tratava-se de uma dívida que ele acreditava que teria de pagar para sempre. Era seu compromisso com os outros bastardos, que tinha crescido com o tempo e era mútuo.

E, é claro, sua querida irmã que havia partido e que, de certa forma, continuava com ele.

Bem, para dizer a verdade, ela continuava mais com Xcor.

Assentindo com a cabeça, ele e seus soldados viajaram na forma de moléculas soltas em meio aos vários becos. Conforme seguiam o caminho, Xcor lembrou-se daquela noite há muito tempo passada, quando um cavalheiro distinto aproximou-se dele em uma parte suja de Londres com um propósito mortal.

O pedido fora mais complexo do que Throe esperava.

Fazer Xcor matar aquele que havia maculado sua irmã requereu muito mais do que apenas o dinheiro em seu bolso. Exigira toda a sua vida. E a conta da dívida o tinha transformado em algo que era muito mais do que um membro da *glymera* que por acaso tinha um nome da Irmandade. Throe fazia jus ao legado de seu sangue, superando – e em muito – as expectativas.

Superando e muito *todas* as expectativas. Na verdade, Xcor tinha feito o acordo de usar o macho como um exemplo de fraqueza para os outros. Throe devia ser uma frustração humilhada para os verdadeiros soldados, um maricas choramingão e oprimido que tinha atingido a decadência com o tempo e então concordou em servi-los.

Não onde eles foram parar.

Já na altura do chão, o beco no qual eles tomaram forma novamente mostrou-se fedorento e quente por conta do verão. Seus soldados se espalharam atrás dele, preenchendo as laterais de paredes de tijolos.

Sempre caçavam em bando. Diferente da Irmandade, eles permaneciam juntos.

Então, todos viram o que aconteceu em seguida.

Puxando uma de suas adagas de aço, Xcor agarrou o punho com força. Deu meia-volta e agora estava frente a frente com Throe.

E golpeou a barriga do macho.

Alguém gritou. Vários praguejaram. Throe inclinou o corpo na direção do ferimento...

Xcor segurou o braço do macho, puxou a arma de volta e desferiu mais um golpe.

O cheiro do sangue de vampiro fresco era inconfundível.

No entanto, devia haver duas fontes, e não apenas uma.

Guardando a adaga, Xcor empurrou Throe para trás de modo que o macho caísse no chão. Então, puxou uma das adagas de Throe e correu a ponta afiada na parte de dentro de seu antebraço.

Limpando a ferida por toda a parte superior do corpo de Throe, ele então forçou a adaga com sangue na mão do soldado. Em seguida, agachou-se, encarando ferozmente os olhos do macho.

– Quando a Irmandade o encontrar, vão levá-lo e cuidar de você. E você vai descobrir onde eles vivem. Vai dizer a eles que eu o traí e que você quer lutar ao lado deles. Você vai se integrar a eles e descobrir uma forma de se infiltrar na moradia da Irmandade – Xcor apontou o dedo na direção do rosto do macho. – E como você está muito comprometido em trocar informações, vai me contar tudo. Você tem vinte e quatro horas e então eu e você devemos nos encontrar. Caso contrário, o que resta de sua doce irmã terá um fim bastante infeliz.

Os olhos de Throe se arregalaram em seu rosto pálido.

– Sim, eu estou com ela – Xcor inclinou-se um pouco mais, até que os dois estivessem quase com o nariz encostado. – Eu a mantive conosco durante todo o tempo. Portanto, eu lhe digo para *não* esquecer onde estão seus verdadeiros aliados.

– Seu bastardo!

– Pode acreditar. Você tem até amanhã. No topo do mundo, às quatro da manhã. Esteja lá.

Os olhos do macho queimaram, e o ódio neles carregava a resposta: Xcor tinha as cinzas do macho morto, e ambos sabiam que, se ele era capaz de enviar seu segundo comandante diretamente para a barriga da besta, jogar aqueles restos na lixeira ou em um banheiro sujo ou na frigideira de um McDonald's não era nada demais.

A ameaça de tudo aquilo, entretanto, era mais do que suficiente para atingir Throe.

E assim como fizera em outros tempos, ele também se sacrificaria agora por quem tinha perdido.

Xcor se levantou e deu meia-volta.

Seus soldados estavam encostados ombro a ombro, uma parede de ameaça que o encarava diretamente. Mas ele não estava preocupado com a possibilidade de uma revolta. Cada um tinha sido criado, se é que se pode usar essa palavra, por Bloodletter – aprenderam com aquele macho sádico a arte da luta e da vingança. Se estavam surpresos, devia ser apenas porque Xcor não tinha feito isso antes.

– Voltem para a base durante o resto da noite. Eu tenho uma reunião à qual ir. Se eu voltar e encontrar algum de vocês fora de lá, vou caçá-los e não apenas feri-los. Eu vou terminar o trabalho.

Eles saíram sem olhar para Throe – ou para Xcor.

Uma escolha sábia.

A fúria de Xcor era mais pontiaguda do que as adagas que ele acabara de usar.

***

Quando foi deixado sozinho no beco, Throe colocou a mão sobre a barriga, exercendo pressão para reduzir a perda de sangue.

Embora seu corpo estivesse afetado pela dor, sua visão e audição mostravam-se extraordinariamente aguçadas enquanto avaliava o ambiente: os prédios que se erguiam sobre ele eram altos e não estavam iluminados. As janelas eram estreitas e possuíam vidros espessos e ondulados. O ar tinha cheiro de carne cozida, como se ele não estivesse distante de um restaurante que funcionava a toda capacidade. E, longe dali, ele ouviu as buzinas de carros, os freios de um ônibus e uma mulher rindo estridentemente.

A noite mal havia começado.

Qualquer um poderia encontrá-lo. Amigo. Inimigo. *Redutor.* Irmão. Pelo menos Xcor o tinha deixado com a adaga nas mãos.

Praguejando, virou-se para o lado e tentou forçar-se a ficar de pé...

Isso não resolveu o problema de ver tudo claramente e ouvir alto o suficiente. Por conta do golpe recente de agonia, o mundo pareceu recuar. A bomba que explodia em sua barriga era tão forte que ele se perguntou se aquele cara tinha destruído algum de seus órgãos.

Tentando relaxar o corpo de volta onde estava, Throe pensou que Xcor poderia muito bem estar equivocado. Talvez aquele beco fosse um caixão para ele, e não um prato cheio para a Irmandade.

Aliás, enquanto ele ficou ali, deitado, sofrendo, percebeu que devia ter imaginado que algo aconteceria. Throe havia sido treinado a pegar leve com aquele macho, da mesma forma como alguém que cuida de um tigre pode se tornar relaxado. Achou que tinha entendido certos modelos de comportamento, e encontrou neles uma segurança e previsibilidade equivocadas.

Na realidade, o perigo não tinha se dissipado, mas aumentado.

E, como fora desde o primeiro momento com Xcor, ele permanecia preso pelas circunstâncias que os tinham unido.

Sua irmã. Sua bela e pura irmã.

Eu a mantive conosco durante todo o tempo.

Throe gemeu, mas não por causa de seus ferimentos. Como Xcor tinha conseguido as cinzas?

Ele havia presumido que sua família tinha realizado uma cerimônia adequada e cuidado dos restos de sua irmã da forma apropriada. E como poderia saber que isso não tinha acontecido? Throe não tivera autorização para ver sua mãe ou seu irmão depois que o acordo fora firmado, e seu pai morrera dez anos antes.

A injustiça era gigante: depois da morte, só se podia esperar que ela tivesse a paz que merecia. Afinal, o Fade havia sido criado para almas cheias de luz e amor como ela. Mas sem a cerimônia...

Santíssima Virgem Escriba, talvez a entrada da irmã de Throe tivesse sido negada.

Isso era mais uma maldição caindo sobre ele. E sobre ela.

Olhando para o céu, onde não conseguia ver quase nada, Throe pensou na Irmandade. Se eles o encontrassem antes de sua morte e os levassem, como Xcor supôs que aconteceria, ele faria conforme lhe fora ordenado. Diferentemente dos demais membros do Bando de Bastados, ele era fiel, e não ao Rei ou a Xcor ou a seus colegas soldados – embora, na verdade, essa fidelidade tivesse começado a seguir em direção àqueles machos.

Não. Sua aliança era outra... e Xcor sabia disso. E era por isso que aquele déspota tinha feito esforços há muito tempo para reunir mais segurança contra a libertação de Throe...

A princípio, ele pensou que o mau cheiro que vinha com a brisa aquecida era fruto da lata de lixo, resultado do vento ter mudado de direção e carregado consigo o odor de restos de comida. Mas não. Havia uma doçura reveladora naquele fedor horrível.

Levantando a cabeça, olhou para seu corpo e ao longo de metros e mais metros de calçada. No final do beco, três *redutores* apareceram em seu campo de visão.

A risada daquelas criaturas era a sentença de morte para Throe, e, ainda assim, ele se pegou sorrindo, mesmo enquanto o brilho de uma luz opaca sugeria que eles traziam facas nas mãos.

A ideia de que o destino tinha frustrado o plano de Xcor parecia ser perfeitamente aceitável. Exceto em relação a sua irmã... como ele poderia ajudá-la se estivesse morto?

Quando os assassinos se aproximaram, Throe deu-se conta de que o que eles lhe causariam faria a dor em sua barriga parecer nada além de uma batida no dedo do pé.

Mas ele precisava lutar, e faria isso.

Até o último pulsar de seu coração e o êxodo final de sua respiração, ele lutaria com todas as suas forças pela única coisa que o fazia viver.

CAPÍTULO 26

Que inferno, mas Tohr percebeu uma diferença em si mesmo. Por mais que detestasse admitir, quando ele, John e Qhuinn seguiam para sua alçada na área central, Tohr estava mais forte, mais ágil e com a cabeça extremamente limpa. E seus sentidos haviam retornado. Aqueles problemas de equilíbrio tinham desaparecido. Sua visão estava aguçada. E sua audição tão boa que ele poderia perceber o esfregar das patas de ratos que corriam em busca de esconderijo nos becos.

Você nunca sabe quão complicada é sua situação até se livrar dela.

Alimentar-se era algo inegavelmente poderoso, especialmente considerando o tipo de trabalho que Tohr fazia. E sim, ele claramente precisava de uma nova profissão. Contador. Um emprego em uma lavanderia. Hipnotizador de cachorros. Qualquer coisa em que pudesse ficar sentado a noite toda.

Mas, por outro lado, ele não poderia *ahvenge* sua Wellsie fazendo algo desse tipo. E, depois de tudo que acontecera na noite anterior, desde o que ocorrera na despensa até o que tinha feito consigo mesmo depois de finalmente ir para a cama, ele sentia que ainda devia algo a ela.

Cristo, o fato de No'One ter lhe dado tamanha força o fez pensar que a memória de Wellsie tinha sido, de alguma forma, violada. Manchada. Corroída.

Ele não se sentiu tão incomodado quando se alimentou da Escolhida Selena. Talvez porque ainda estivesse com aquele estresse de guerra, mais provavelmente porque não se sentira nem um pouco excitado, antes, durante ou depois da alimentação.

Cacete, ele estava tão pronto para lutar esta noite.

E a menos de três quadras dali, encontrou o que procurava: o cheiro de *redutores*.

Quando ele e os garotos passaram a correr silenciosamente, Tohr não puxou nenhuma de suas armas para fora. Estava com um humor em que provavelmente preferiria uma luta mão a mão, e se tivesse sorte...

O gripo que cortou os sons abafados produzidos pelo trânsito distante dali não era de uma fêmea. Grave e estremecido, só podia ter saído de uma garganta masculina.

Que se dane a preocupação em fazer uma abordagem silenciosa.

Correndo mais velozmente, ele virou a esquina de um beco e se viu diante de uma parede de cheiros que conseguia claramente distinguir: sangue de vampiro, de dois tipos, ambos machos; sangue de assassino, de um tipo, forte e asqueroso.

É claro que, logo ali, havia um vampiro macho caído no asfalto, dois assassinos em pé e um *redutor* cambaleando em volta, claramente atingido no rosto – o que explicava o grito.

Aquela era toda a motivação de que ele precisava para seguir adiante.

Tohr acelerou. Fez seu corpo voar e prender-se a um dos *redutores*. Pegou o desgraçado pelo pescoço e lançou-o ao ar com uma pancada. Enquanto a gravidade cuidava daquilo, ele jogou o inimigo de cara para o chão, a tentação era de espancá-lo, mas havia alguém ferido naquele beco, portanto, aquela era uma situação de emergência. Ele puxou uma das adagas, atacou o puto no peito e tomou novamente sua posição de luta antes de a carne desaparecer.

À esquerda, John cuidava do *redutor* com sangue no rosto, golpeando-o e enviando-o de volta para o safado que o produzira. E Qhuinn tinha ficado com a terceira opção. Balançava o assassino de um lado para o outro, e finalmente o jogou com a cabeça contra a parede.

Sem inimigos para combater, pelo menos por enquanto, Tohr correu em direção ao macho no chão.

– Throe – ele sussurrou ao segurar o enorme peso do macho.

O soldado estava de costas, com uma mão segurando uma adaga e a outra apoiada na barriga. Muito sangue. Muita dor, considerando aquela expressão cheia de sofrimento.

– John! Qhuinn! – gritou Tohr. – Fiquem de olhos abertos para perceberem a aproximação de algum Bastardo.

Quando recebeu um assobio e um "Entendido" como resposta, Tohr se abaixou e procurou o pulso. O palpitar leve que encontrou não era bom sinal.

Ajeitou-se e viu-se diante de um par de olhos azuis como o céu.

– Você vai me dizer quem fez isso com você? Ou vou ter de brincar sozinho de perguntas e respostas?

Throe abriu a boca, tossiu um pouco de sangue e fechou os olhos.

– Está bem. Eu diria que foi seu chefe. Como estou me saindo? – Tohr ergueu a mão do cara e deu uma espiada no ferimento na altura do intestino. Ou melhor, nos ferimentos. – Sabe, você nunca pertenceu àquele filho da puta.

Nenhuma resposta, mas o cara não estava inconsciente. Sua respiração era rápida demais e as arfadas denunciavam a dor que vinha com a consciência. Mas que se dane. Xcor era a única explicação. O Bando de Bastardos sempre lutava em um único esquadrão e jamais teria deixado um soldado para trás – a não ser que tivesse recebido ordens de Xcor para fazer isso.

Além disso, dois tipos de sangue de vampiro? Só podia ter sido um conflito de adaga contra adaga.

– O que aconteceu? Vocês dois brigaram porque queriam pratos diferentes na Última Refeição? Por causa do código de vestimenta? Ou foi algo mais sério? Homer *versus* Fred Flintstone?

Tohr rapidamente desarmou o soldado, removendo duas armas em boas condições, muita munição, várias adagas, um rolo de arame para causar asfixia e...

– Olha só – ele latiu enquanto Throe erguia o braço. Segurando-o com facilidade, Tohr o empurrou, sem precisar se esforçar, de volta para baixo. – Movimentos rápidos vão me fazer terminar o trabalho que Xcor começou.

– Faca na canela... – veio a resposta com uma voz rouca.

Tohr levantou a calça de Throe e adivinhe só? Mais metal.

— Pelo menos ele o manteve bem armado — murmurou Tohr, enquanto pegava seu celular e telefonava para o complexo. — Tenho um problema — ele disse quando V. atendeu.

Depois de trocar algumas palavras com seu Irmão, Vishous e ele decidiram levar o filho da puta para o centro de treinamento. Afinal, o inimigo de seu inimigo poderia ser um aliado sob as circunstâncias adequadas. Além do mais, o *mhis* que envolvia o complexo poderia confundir qualquer coisa: de um GPS ao Papai Noel. Seria impossível o Bando de Bastardos encontrar aquele cara, se por acaso aquilo tivesse sido uma armação.

Dez minutos mais tarde, Butch chegou com o Escalade.

Throe não expressou sua opinião com relação a ser erguido, carregado e colocado no banco de trás: o desgraçado finalmente estava inconsciente. A boa notícia era que isso significava que ele não seria uma ameaça imediata — mas talvez fosse bom devolvê-lo vivo ao mundo.

Poder de barganha? Fonte de inteligência? Escabelo...

As opções eram infinitas.

— Exatamente o tipo de passageiro do qual eu gosto — disse Butch ao ajeitar-se novamente atrás do volante. — Ele certamente não vai tentar dirigir o carro de lá de trás.

Tohr assentiu.

— Eu vou com você.

O primeiro disparo partiu da arma de John, e Tohr imediatamente voltou a entrar em modo de combate, fechando violentamente a porta do Escalade enquanto estendia a mão para segurar sua própria arma.

O segundo tiro veio do inimigo, fosse lá quem fosse.

Lançando-se em busca de proteção atrás da SUV à prova de balas, Tohr continuou batendo no painel para que o tira desse partida. Throe era valioso demais para ser perdido por causa de algo que não passava de um bando de *redutores*. Pior, poderiam ser os Bastardos.

Quando o Irmão acelerou, Tohr ficou ali, exposto, mas rapidamente cuidou disso, rolando no chão, transformando-se em um alvo pequeno e em movimento que muito dificilmente seria atingido.

Balas o seguiram, mas o cara com o dedo no gatilho não sabia mirar contra sua presa – o ricochetear das balas no chão aproximava-se de Tohr, mas não rápido o suficiente. Quando chegou a uma caçamba de lixo, acelerou atrás da coisa, preparado para devolver os tiros assim que soubesse onde estavam seus garotos.

Silêncio no beco...

Não, aquilo não parecia certo.

Um gotejar, como se algo estivesse vazando de dentro da barriga de metal da enorme caçamba de lixo, fez Tohr franzir a testa e dar uma rápida averiguada.

Não era a lata de lixo.

Merda. Ele havia sido atingido.

Como um computador fazendo uma varredura, ele correu os olhos pelo corpo e identificou as fontes dos danos. Torso, lado esquerdo, nas costelas. Braço, na parte de dentro, dez centímetros abaixo da axila. E... isso era tudo.

Ele sequer tinha sentido as balas e elas não o abalavam, não pela dor ou pela perda de sangue. Bendita alimentação – era como colocar combustível de avião em seu tanque. E, é claro, ajudava o fato de as balas não terem atingido nenhum lugar importante, mas apenas tê-lo ferido superficialmente.

Colocando a cabeça na lateral da caçamba, Tohr não viu ninguém no beco, mas podia sentir que havia assassinos escondidos por toda a volta. Pelo menos, não sentia cheiro de nenhum sangue além do seu. Portanto, John e Qhuinn estavam bem, graças a Deus.

A calmaria que se seguiu o deixou irritado.

Especialmente quando se instalou por muito tempo.

Cara, alguém precisava fazer a luta recomeçar. Butch estava voltando com uma bomba-relógio em seu compartimento de cargas, e Tohr queria estar lá quando o Irmão chegasse ao complexo.

Mais do tema de *Jeopardy!**

---

* Um programa de televisão de perguntas e respostas sobre história, ciências, cultura e literatura. (N. E.)

Do nada, aquela cena terrível da despensa o atingiu novamente, seu apetite e No'One debatendo-se e as reações de seu corpo espalhando-se por ele...

Uma pancada de fúria atingiu-o no traseiro, arruinando sua concentração, arrastando-o para fora da luta e colocando-o exatamente onde ele não queria estar.

Conforme seu cérebro se embaralhava e seu peito queimava, ele sentiu vontade de gritar.

Em vez de fazer isso, entretanto, ele escolheu focar sua mente em outra coisa.

Posicionando ambas as armas na frente de seu corpo, ele saiu com um pulo de trás da caçamba.

Pense em um para-raios. Gatilhos foram pressionados. Chumbo voou. E ele era o alvo.

Quando os ombros de Tohr foram para trás, ele sabia que havia sido atingido novamente, mas não prestou atenção àquilo. Concentrou-se no alvo e descarregou as duas semiautomáticas no canto escuro, disparando mais e mais balas enquanto avançava.

Alguém estava gritando, mas ele não podia ouvir – não ouviu.

Tohr estava no piloto automático.

Ele era... invencível.

Quando a ligação foi feita para a equipe médica, No'One estava na sala principal de exames do centro de treinamento, entregando uma pilha de aventais recém-dobrados, que tinham acabado de sair da secadora e ainda estavam um pouco aquecidos.

Sentada à mesa, a doutora Jane inclinou-se na direção do telefone.

– Ele está o quê? Você pode repetir? Quem? E você o está trazendo *para cá*?

Naquele momento, a porta do lado de fora do corredor foi aberta violentamente e No'One involuntariamente deu um passo. Os Irmãos Vishous e Rhage invadiram a sala – e os guerreiros estavam sombrios, com olhos escurecidos, sobrancelhas abaixadas e corpo enrijecido.

Traziam adagas na mão direita.

– Espere. Sim, eles estão aqui. Você espera chegar que horas? Está bem. Sim. Estaremos prontos para ele – Jane desligou e encarou os machos. – Acho que vocês dois são responsáveis pela segurança.

– Exatamente – assentiu Vishous na beirada da mesa de cirurgia. – Então, não posso ajudá-la.

– Porque você vai acabar enfiando uma faca na garganta de meu paciente.

– Você entendeu. Onde está Ehlena?

A conversa continuou enquanto a doutora Jane começava a reunir equipamentos e pessoal, e, no caos que se seguiu, No'One rezou para que ninguém notasse sua presença. Quem estava sendo trazido...

Ao ler a mente de No'One, Vishous olhou para ela.

– Todo o pessoal que não é essencial deve sair do complexo de treinamento.

O telefone sobre a mesa tocou novamente, um ruído agudo, e Jane o colocou contra a orelha mais uma vez.

– Alô? Qhuinn? O que é... o quê? Ele fez *o quê?* – a fêmea lançou um olhar para seu parceiro; as bochechas dela já estavam empalidecidas. – Me diga a gravidade da situação. E ele precisa de transporte? Você tem... ah, graças a Deus. Sim, vou cuidar disso.

Ela desligou e falou com uma voz apática:

– Tohr foi atingido. Várias vezes. Manny! – gritou. – Temos outro chegando.

Tohrment?

Vishous praguejou:

– Se Throe fez alguma coisa com ele...

– Ele entrou em meio a um fogo cruzado – esclareceu Jane, interrompendo-o.

Todos ficaram congelados.

Quando No'One colocou uma mão contra a parede para se equilibrar, Rhage disse suavemente:

– Dá licença?

– Não sei muito mais do que isso. Qhuinn disse que ele saiu do esconderijo, puxou duas semiautomáticas e simplesmente caminhou para uma chuva de balas.

O outro médico, Manuel, passou apressadamente pela porta.

– Quem está vindo agora?

A essa altura, havia muito mais burburinho na sala. As vozes profundas se misturavam aos tons mais agudos das fêmeas. Ehlena, a enfermeira, chegou e dois outros Irmãos também.

No'One afundou-se ainda mais em um canto, ao lado de um armário de suprimentos, permanecendo fora do caminho enquanto olhava para o chão e rezava. Quando um par de coturnos negros invadiu seu campo de visão, ela sacudiu a cabeça, já sabendo o que aquela pessoa lhe diria.

– Você precisa ir.

A voz de Vishous era firme e segura. Quase simpática, o que era algo novo.

No'One levantou o queixo e se viu diante de olhos frios, que mais pareciam diamantes.

– Para dizer a verdade, você vai ter de me matar e arrastar meu corpo para fora desta sala se quiser que eu saia.

O Irmão franziu a testa.

– Veja bem, estamos trazendo para cá um perigoso...

Um rugido súbito e sutil brotou, para surpresa do macho. Uma bobagem, ela pensou, considerando que era ele quem estava fazendo o...

Não. Ele não estava.

Era ela. Aquela advertência saía do peito da própria No'One, escapando por seus próprios lábios.

Interrompendo o som, ela pronunciou:

– Eu devo ficar. Em qual sala vocês vão cuidar dele?

V. piscou os olhos, como se estivesse pasmo e nada familiar com aquela sensação. Depois de um instante, olhou sobre o ombro, para sua parceira.

– Ah, Jane... onde você vai cuidar de Tohr?

– Bem aqui. Throe vai para a segunda sala de cirurgia. Lá há menos portas, e o risco de ele escapar é menor.

O Irmão virou-se para o lado e distanciou-se, mas foi apenas para pegar um banquinho e trazê-lo para ela.

– Isso é para o caso de você se cansar de ficar em pé.

Então, ele a deixou ali.

Santíssima Virgem Escriba, quem se atirava no fogo inimigo sem proteção?, ela se perguntou.

A resposta, quando veio, fez seu estômago revirar: alguém que queria morrer durante o exercício de suas funções. Era isso.

Talvez fosse melhor se Layla o alimentasse. Menos complicado... Não. Não era verdade. A Escolhida era incrivelmente linda, sem qualquer tipo de deformação. Sim, Tohr tinha deixado claro que não queria ninguém para fazer sexo, mas a decisão de um macho poderia, infelizmente, ser testada por uma fêmea com a aparência de Layla. E qualquer resposta desse tipo o mataria.

No'One era melhor para ele.

Sim, isso era o certo. Ela poderia satisfazer as necessidades dele.

Enquanto ela continuava justificando as coisas para si mesma, notou que a ideia de vê-lo na garganta da bela Escolhida a deixava curiosamente violenta. E isso não era algo que ela quisesse examinar de perto.

CAPÍTULO 27

Throe acordou em um vazio. Não enxergava, não ouvia e não sentia o corpo, como se a escuridão que o envolvia o reivindicasse por inteiro.

Ah, então este era o *Dhund*, pensou. O oposto do Fade iluminado. O lugar sombrio era onde aqueles que tinham pecado na Terra ficavam trancafiados por toda a eternidade.

Era o inferno de Ômega, e de fato, era quente.

Sua barriga estava queimando...

— Não, você está errado. Aquele *redutor* também levou um tiro de cima. Havia alguém mais na cena do crime.

Os sentidos de Throe logo o invadiram, afastando o vazio como o sol que afasta a escuridão de uma paisagem — mas ele tomou cuidado para não alterar sua respiração ou seus movimentos: aquele macho não era um de seus colegas soldados.

Assim como não o era o segundo que falou:

— Do que você está falando?

— Quando me aproximei para golpeá-lo e mandá-lo de volta para Ômega, ele estava perfurado com balas, algumas das quais só poderiam ter vindo de um ponto de vantagem acima dele. Estou dizendo, a parte de cima do crânio, os ombros... aquela coisa estava detonada.

— Algum de nossos caras está lá?

— Não que eu sabia.

Uma terceira voz disse:

– Não. Nós estávamos no nível do chão.

– Alguém mais apagou o puto. Tohr meteu chumbo nele, é claro, mas isso não foi tudo...

– Cale a boca. Nosso convidado está voltando a si.

Esforçando-se, Throe abriu os olhos. Ah, sim. Aqui não era o *Dhund*, mas caramba, não devia ser muito diferente: toda a Irmandade da Adaga Negra enfileirava-se nas paredes do quarto onde ele estava. Os machos o encaravam com um ar agressivo que vinha de dentro dos ossos. E isso não era tudo. Havia alguns outros soldados com eles, além de uma fêmea, aquela que havia matado Bloodletter.

Além do grande Rei Cego.

Throe concentrou-se em Wrath. O macho usava óculos escuros, mas, mesmo assim, o olhar perfurante atrás daquelas lentes era perceptível. Aliás, o vampiro mais importante do planeta continuava como sempre: um enorme guerreiro, com a astúcia de um grande estrategista, a expressão de um assassino e um corpo suficientemente forte para acompanhar todo o resto.

Seu nome parecia adequado a ele.

E Xcor tinha escolhido um adversário muito, muito perigoso.

O Rei deu um passo, aproximando-se da lateral da cama.

– Meus cirurgiões salvaram sua vida.

– Eu não duvido disso – respondeu roucamente Throe. Santíssima Virgem Escriba, como a garganta dele estava inchada.

– Então, da forma como eu enxergo as coisas, sob circunstâncias normais, um macho digno deveria isso a mim. Mas, considerando com quem você está na cama, as regras normais não se aplicam.

Throe engoliu em seco algumas vezes.

– Minha primeira e única aliança é com minha família.

– Com alguma família de merda – murmurou o Irmão Vishous.

– Minhas relações de sangue, é isso. Minha... querida irmã...

– Pensei que ela estivesse morta.

Throe lançou um olhar penetrante para o guerreiro.

– Ela está.

O Rei deu um passo e posicionou-se entre os dois.

– Blá-blá-blá... eis o trato: você será libertado quando estiver suficientemente bem, livre para sair e dizer ao mundo que eu e meus rapazes somos tão cheios de compaixão e tão justos quanto a Madre Teresa, apesar de seu chefe ser quem é...

– *Era*.

– Que seja. O importante é que você é bem-vindo para permanecer inteiro...

– A não ser que apronte alguma – completou Vishous.

O Rei lançou um olhar penetrante para o Irmão.

– ... contanto que você aja como um cavalheiro. Encontraremos até mesmo alguém para alimentá-lo. Quanto mais cedo você sair daqui, melhor.

– E se eu quisesse lutar a seu lado?

Vishous cuspiu no chão.

– Nós não aceitamos traidores...

Os olhos de Wrath correram para o lado.

– V., cala essa merda de boca. Ou você vai para o corredor.

Vishous, filho de Bloodletter, não era o tipo de macho com quem alguém falava usando esse tom. Exceto, aparentemente, Wrath. Nesse caso, o Irmão com as tatuagens no rosto, reputação perversa e mão assassina fez exatamente o que lhe foi dito. Calou a merda da boca.

O que dizia muito sobre Wrath, não é mesmo?

O Rei virou-se novamente.

– Mas eu não me importaria em saber quem cortou você.

– Xcor.

As narinas de Wrath se dilataram.

– E ele o deixou lá para morrer?

– Exato – de certa forma, ele ainda não conseguia acreditar naquilo. O que o tornava um idiota. – Sim... ele fez isso.

– É por isso que agora é fiel àqueles que têm o seu sangue?

– Não. Isso sempre foi verdade.

Wrath assentiu com a cabeça e cruzou os braços sobre o enorme peito.

– Está dizendo a verdade.

– Sempre.

– Bem, é bom que você os tenha deixado agora, filho. O Bando de Bastardos está mexendo com um ninho de vespas do qual não irá conseguir fugir.

– É verdade. Não há nada que eu possa dizer que vocês já não saibam.

Wrath riu suavemente.

– Um diplomata...

Vishous o interrompeu:

– Tente animal morto...

Wrath lançou as mãos ao ar, fazendo brilhar o diamante negro do anel do Rei.

– Alguém tire essa boca da sala ou eu mesmo farei isso.

– Estou saindo, porra.

Depois que o Irmão marchou para fora, o Rei esfregou a mão na testa.

– Está bem. Chega de conversa. Sua aparência está péssima... onde está Layla?

Throe começou a negar com a cabeça.

– Eu não preciso de sangue.

– Bobagem. E você não vai morrer em nossa presença para Xcor poder nos acusar de tê-lo assassinado. Não estou disposto a dar esse tipo de arma a ele – quando o Rei começou a andar, Throe percebeu pela primeira vez que havia um cachorro ao lado daquele macho usando a coleira que Wrath segurava. Seria ele realmente cego? – É desnecessário dizer que isso será testemunhado... ah, olá, Escolhida.

Todo o cérebro de Throe pareceu desligar quando ele viu a fêmea que entrava na sala. Uma visão... deslumbrante. Alta, com olhos e cabelos claros, usando uma camisola branca. De fato, era uma Escolhida.

Ela era tão bela, ele pensou. Um crepúsculo que estava vivo e respirando, um milagre.

E não estava sozinha, conforme era esperado para uma fêmea tão bela como aquela. A seu lado, Phury, filho de Ahgony, funcionava como uma muralha de proteção. O rosto do macho a seguia bem de perto como se... talvez ela fosse dele? Ele tinha até mesmo uma adaga negra na mão, embora ela permanecesse discretamente presa a sua coxa, sem dúvida para que a fêmea não a visse e se assustasse.

— Vou deixá-lo enquanto você faz isso – anunciou Wrath. – Mas, se eu fosse você, tomaria cuidado. Meus rapazes aqui são um pouco inquietos.

Depois que o Rei Cego saiu acompanhado de seu cachorro de pelagem clara, Throe ficou sozinho com os Irmãos, os soldados e aquela fêmea.

Conforme ela se aproximava mais no quarto, seu sorriso irradiava paz e feminilidade em meio às armadilhas vis da guerra e da morte. E, se ele não estivesse deitado, teria caído de joelhos, tamanha era sua admiração.

Muito tempo havia se passado desde que tivera uma fêmea digna. Na verdade, já havia se acostumado demais a vadias e prostitutas, as quais ele tratava como damas por força do hábito, mas por quem não demonstrava preocupação.

Os olhos dele lacrimejaram.

A Escolhida o lembrava como sua irmã seria.

Phury deu um passo na frente dela, bloqueando a visão enquanto se abaixava para colocar a boca na altura da orelha de Throe. Enquanto apertava o bíceps do macho até fazê-lo gritar de dor, o Irmão rosnou discretamente:

— Se você ficar de pau duro, vou castrá-lo assim que ela sair.

Bem... não poderia ser mais claro. E um rápido olhar em volta da sala sugeria que Phury não seria o único a vir atrás dele. Os outros Irmãos brigariam para conseguir pedaços de sua carcaça caso ele armasse a barraca no meio das pernas.

Ajeitando-se de modo a ficar totalmente em pé outra vez, Phury sorriu para a fêmea como se não houvesse qualquer preocupação ali.

— Este soldado está muito agradecido pelo presente que é sua veia, Escolhida. Não está?

O "desgraçado" ficou subentendido. E a pressão que mais uma vez foi aplicada na parte de cima do braço de Throe foi tão discreta e enfática quanto a primeira.

— Estou muito grato, sua graça – ele sussurrou.

Com isso, a Escolhida sorriu para Throe, deixando-o sem ar.

— Se eu puder ser útil de qualquer forma a um macho digno, sinto-me abençoada. Não há serviço melhor para a raça do que lutar contra o inimigo.

— Posso pensar em pelo menos outro serviço melhor — alguém murmurou.

Quando Phury acenou para ela vir ao lado da cama, Throe só conseguiu olhá-la nos olhos. Seu coração se acelerava para decidir se devia bater ou parar de uma vez. E, enquanto ele imaginava qual poderia ser o sabor dela, tentou não lamber os lábios — pois certamente isso cairia na categoria de atividades proibidas. Ele também lembrou seu membro de permanecer flácido ou então perderia suas duas melhores amigas.

— Eu não sou digno — ele disse suavemente para ela.

— Isso é a mais pura verdade — alguém rosnou.

A Escolhida franziu a testa enquanto olhava para trás.

— Ah, mas ele certamente é. Qualquer um que empunha uma adaga com honra contra um *redutor* é digno — ela olhou novamente para baixo, na direção dele. — Senhor, posso servi-lo agora?

Ah, caramba.

As palavras dela foram direto para seu membro, que se ergueu e ficou duro e grosso no mesmo instante, até a ponta, que agora ardia de necessidade.

Throe fechou os olhos e rezou para ter forças. E para que os Irmãos não percebessem. E nenhum de seus pedidos lhe seria concedido. O punho dela estava próximo dos lábios dele... ele conseguia sentir o cheiro.

Com os olhos arregalados, Throe enxergou a veia frágil da Escolhida a uma distância muito curta — e que a misericordiosa Virgem Escriba o salvasse, mas ele só conseguia pensar em tocar aquela fêmea, acariciar a pele macia de sua bochecha...

Uma adaga negra forçou seu braço a descer.

— Sem tocar — ordenou Phury sombriamente.

Bem, se pelo menos aquilo fosse tudo com que o Irmão estava preocupado, ele obviamente não tinha percebido o problema abaixo da cintura de Throe.

Sem tocar estava ótimo para ele...

Ainda deitado na cama, Tohr acordou ao se dar conta de que era cedo demais para estar dormindo. Ele não devia estar lá fora, lutando? Por que estava...?

— Traga Layla para cá imediatamente — latiu uma voz masculina. — Não podemos operá-lo até que sua pressão sanguínea esteja boa.

O quê?, perguntou-se Tohr. A pressão de quem estava ruim...?

— Ela virá assim que puder — veio uma resposta distante.

Eles estavam falando dele? Não, não poderia ser...

Ao abrir os olhos, a luz industrial pendurada sobre seu rosto tornou tudo rapidamente claro. Aquele não era seu quarto, mas a clínica no centro de treinamento. E eles *estavam* falando dele.

Tudo voltou em um piscar de olhos. Ele saindo de trás da caçamba, seu corpo sendo perfurado enquanto caminhava, abrindo fogo. Ele atirando até estar bem próximo daquele assassino fedorento e cambaleante.

Depois disso, ele tinha perdido o equilíbrio e também cambaleado, como um palito solto no chão.

Por fim, as luzes se apagaram.

Com um gemido, forçou-se a levantar, mas sua mão deslizou na lateral da maca. Parecia que ele estava perdendo sangue.

Os belos traços de Manello apareceram em sua linha de visão, substituindo a luz clara e brilhante. Uau. Veja aquela expressão. O filho da mãe parecia alguém que havia acabado de comprar ingressos para ir à Disneylândia. Surpresa!

— Não era para você estar consciente.

— Tão ruim assim?

— Talvez um pouco pior. Sem ofensas, mas, porra, onde você estava com a cabeça? — o excelente cirurgião deu meia-volta e alguns passos, enfiando a cabeça para fora, no corredor. — Precisamos de Layla aqui! Agora!

Com isso, surgiu uma conversa, mas ele não conseguia entender nada. E não era porque estava ferido. Apesar de tudo aquilo, seu corpo tinha uma opinião clara a respeito de quem o alimentaria — e, pelo que ele entendia, por mais que a Escolhida fosse adorável, *não* seria ela sua fonte de sangue.

E foi um choque perceber o motivo.

Ele queria No'One. Embora aquilo não fosse justo...

— Eu posso fazer isso. Posso cuidar dele.

Ao ouvir a voz de No'One, Tohr rangeu os dentes e sentiu um impulso se espalhar por seu corpo. Virando a cabeça, olhou para as mesas com rodinhas e os instrumentos de operação e lá estava ela, no outro canto, com a cabeça coberta pelo capuz, corpo paralisado, mãos enfiadas nas mangas de seu manto.

Assim que a viu, suas presas se alongaram, e ele sentiu seu corpo preencher sua própria pele, o entorpecimento que restava começando a desaparecer, abrindo espaço para todo tipo de sensações: dor na lateral do pescoço, nas costelas e debaixo do braço. Um formigar nas pontas dos caninos, como se já estivessem em uma veia. Uma fome muito intensa por ela.

Seu membro sentia fome... por ela.

Droga.

Ele rapidamente escondeu sua ereção puxando um avental cirúrgico e colocando-o diante de seu quadril.

— Certo, você não deve ser capaz de se sentar — murmurou Manny.

Não é? Oh, ei, veja só... E quanto àquela segunda dose de surpresa do médico? Manny era um humano legal, mas estava agindo como idiota quando o assunto era a alimentação. Com aquela fome intensa por aquela fêmea em particular? Tohr era um super-homem, capaz de fazer flexões enquanto segurava um carro com a mão livre.

Mas ele estava preocupado com No'One. A última vez que eles estiveram juntos, bem, foi um erro enorme.

Do outro lado da sala, entretanto, ela apenas assentiu para ele, como se soubesse exatamente com o que ele estava preocupado e, mesmo assim, estivesse disposta a seguir em frente.

Por algum motivo, a coragem dela o fez sentir um formigar.

— Deixe-nos a sós — ele disse ao médico, sem olhá-lo no rosto. — E não deixe ninguém entrar até eu chamá-lo.

Xingamentos. Murmúrios. Ele ignorou tudo. E, quando finalmente ouviu a porta se fechar, Tohr tomou o controle de seus instintos, sabendo que estava sozinho com ela, refletindo sobre todo aquele impulso de se alimentar. Ele não iria feri-la ou assustá-la novamente. Ponto-final.

A voz fraca de No'One cortou o silêncio.

— Você está sangrando tanto...

Ah, caramba... eles deviam ter se esquecido de limpá-lo.

– Parece pior do que realmente é.
– Se fosse assim, você estaria morto.

Ele riu ligeiramente. Em seguida, riu mais um pouco... e culpou as risadas pela perda de sangue. Porque essa merda não era nada engraçada.

Enquanto esfregava o rosto, sentiu uma fisgada em um ferimento aberto e precisou se deitar novamente – o que o fez se perguntar se estava com algum problema, e não do tipo sexual. Quantas balas haviam dentro dele? Quão próximo esteve da morte?

Sem ofensas, mas, porra, onde você estava com a cabeça?

Deixando tudo aquilo de lado, ele estendeu a mão e segurou No'One. Enquanto ela se aproximava, seu mancar tornou-se mais acentuado e, quando encostou na mesa, apoiou seu quadril na lateral como se, talvez, sua perna a estivesse incomodando.

– Deixe-me segurar seus cabelos – disse ele, tentando levantar um pouco o corpo.

A mão delicada dela forçou-o a deitar-se novamente.

– Pode deixar que eu cuido disso.

Enquanto ele a via mancar para mais perto, pareceu-lhe claro que ela sentia dor.

– Há quanto tempo você está em pé?
– Já faz algum tempo.
– Você devia ter saído.

Ela aproximou o banquinho e gemeu quando tirou o peso de seus pés.

– Não antes de ter certeza que você estava em casa e seguro. Eles disseram que você entrou na linha de fogo.

Deus, ele gostaria de ver os olhos dela.

– Não é a primeira vez que faço algo estúpido.

Como se aquelas palavras fossem melhorar as coisas. Idiota.

– Eu não quero que você morra – ela sussurrou.

Mas. Que. Inferno. A emoção sincera naquelas palavras o deixou encabulado.

Quando o silêncio reinou mais uma vez, ele olhou para a sombra criada por aquele capuz, pensando naquele momento em que tinha saído de trás da caçamba. Então, voltou mais um pouco em sua memória.

— Quer saber? Fiquei puto com você por anos — quando ela pareceu se retrair, ele equilibrou o tom de voz. — Eu simplesmente não consegui acreditar no que você fez a si mesma. Chegamos tão longe, nós três. Você, eu e Darius. Éramos mais ou menos como uma família, e eu acho que sempre senti que você nos traiu, de certa forma. Mas agora, depois de ter perdido tudo o que eu tinha, entendo o motivo. Realmente entendo.

Ela inclinou a cabeça para baixo.

— Oh, Tohrment.

Ele estendeu o braço e segurou a mão dela. Mas, então, percebeu que estava sangrando e manchando-a, algo terrível contra a pureza da pele dela.

Quando tentou se afastar, ela o segurou e os manteve unidos.

Ele limpou a garganta.

— Sim, eu acho que realmente entendo por que você fez aquilo. Quando aconteceu, você não conseguia enxergar ninguém além de si mesma. Não fez aquilo para ferir as pessoas a sua volta, mas para dar um fim a seu sofrimento, porque você não conseguia aguentar nem mais um maldito minuto sequer.

Mais um longo silêncio se espalhou pela sala, até ela dizer em voz baixa:

— Quando você saiu em meio às balas esta noite, estava tentando...

— Era só para lutar.

— Era?

— Sim. Eu só estava fazendo meu trabalho.

— Considerando as reações dos Irmãos, eles pareciam achar que isso não era parte da descrição de suas atividades.

Levantando o olhar, ele viu a silhueta dos dois refletida nos contornos do aço inoxidável da luminária; ele, deitado e sangrando; ela, curvada e encoberta pelo capuz. As formas eram distorcidas, inclinadas e deformadas pela superfície irregular que as refletia, mas a imagem era correta de várias formas. Seus destinos tinham corrido de modo a torná-los ambos criaturas grotescas.

Estranhamente, as mãos dos dois segurando uma à outra pareciam ser as mais nítidas do mundo, a imagem sendo vislumbrada imediatamente.

– Eu detestei o que fiz com você ontem à noite – ele revelou.

– Eu sei. Mas isso não é motivo para você provocar a própria morte.

Verdade. Mas ele tinha razões suficientes por conta de outras coisas.

No'One tirou o capuz abruptamente, e no mesmo instante ele focou o olhar naquela garganta.

Droga, ele queria aquela veia... aquela veia que se alongava tão próxima da superfície.

Hora de pôr fim à conversa. A fome havia retornado, e não era apenas um fator biológico. Ele queria invadir a pele dela mais uma vez. Beber não apenas para curar suas feridas, mas porque gostava do sabor daquela fêmea, gostava de sentir aquela pele suave em sua boca e da forma como suas presas se enterravam profundamente e permitiam que ele tomasse parte dela para dentro dele.

Está bem, talvez ele tivesse mentido um pouco sobre aquela chuva de balas. Ele odiava tê-la ferido – mas aquele não era o único motivo que o levara a caminhar em meio ao chumbo. A verdade era que ela despertava algo nele, uma espécie de emoção, e aquela sensação começava a dar vida a outras dentro dele, sentimentos que estavam enferrujados por falta de uso.

E aquilo o aterrorizava. *Ela* o aterrorizava.

Mas, ainda assim, olhando para o rosto tenso dela naquele momento, ele sentiu-se feliz de ter saído vivo daquele beco.

– Estou feliz por ainda estar aqui.

O ar que ela expirou era uma manifestação de alívio.

– Sua presença agrada muitas pessoas, e você é importante neste mundo. Você faz muita diferença.

Ele riu, encabulado.

– Você está me superestimando.

– Você é que se subestima.

– Digo o mesmo – ele sussurrou.

– Como?

– Você sabe exatamente do que estou falando – ele pontuou a frase apertando a mão dela. E, ao perceber que ela não correspondeu, Tohr acrescentou: – Fico feliz por você estar aqui.

– Eu fico feliz por *você* estar aqui. É um milagre.

Sim, ela provavelmente estava certa. Tohr não fazia ideia de como saíra vivo de tudo aquilo. Afinal, não estava usando um colete à prova de balas.

Talvez sua sorte estivesse mudando.

Um pouco tarde demais, infelizmente.

Encarando-a, ele observou aqueles traços adoráveis, dos olhos cinza como os de um pombo aos lábios rosados e à elegante coluna formada pela garganta, e ao pulso que batia debaixo daquela pele preciosa.

De repente, ela correu o olhar para a boca dele.

– Sim – ela disse. – Vou alimentá-lo agora.

O calor e uma força crua ressurgiram no corpo dele, fazendo seu quadril estremecer, mais do que solucionando aquele problema de pressão apontado pelo médico. Mas perder o controle não era uma opção. Havia uma parte dele que queria coisas de No'One, coisas que ela não se sentiria confortável entregando a ninguém, coisas que estavam ligadas ao que ele fizera no banho e sozinho na cama durante o dia... isso não aconteceria aqui.

Além disso, sua mente e seu coração não estavam interessados em nada daquilo, e esse era outro motivo pelo qual ela era perfeita para ele. Layla poderia muito bem aceitar o corpo dele durante a excitação, mas No'One jamais faria isso. E havia traições piores a sua *shellan* do que querer o inatingível. Pelo menos com No'One, e graças ao autocontrole dele, aqueles impulsos seriam para sempre nada além de uma fantasia, uma inofensiva, não realizada, fantasia masturbatória que, na vida real, não significava mais do que assistir a filmes pornográficos na internet.

Que Deus lhe ajude, uma voz discreta apontou, se ela algum dia o quiser de volta.

Certo. Mas, como ela pareceu hesitar, ele estava certo de que aquilo jamais aconteceria.

Com uma voz gutural, Tohr disse a No'One:

– Não estou com pressa. E esteja certa de que as luzes permanecerão acesas durante todo o tempo... e vou tomar de seu pulso somente a quantidade que você estiver disposta a dar para mim.

CAPÍTULO 28

Enquanto No'One sentava-se ao lado de Tohrment, ela se ouviu falando mais uma vez:

– Sim...

Santíssima Virgem Escriba, algo havia mudado entre eles. No ar carregado e pesado que separava seus corpos, uma espécie de calor brotava, uma corrente de eletricidade aquecia a pele dela de dentro para fora.

Aquilo era totalmente diferente de quando ela estivera na escuridão da despensa com ele, lutando contra o estrangulamento perene do passado.

Tohrment xingou em voz baixa:

– Droga, eu devia ter pedido para eles me limparem antes.

Como se ele estivesse tão nojento quanto uma bancada suja ou um pedaço de tecido precisando ser levado.

Ela franziu a testa:

– Eu não ligo para sua aparência. Você respira e seu coração está batendo, e isso é tudo que importa para mim.

– Você tem padrões muito baixos para machos.

– Eu não tenho padrão algum para machos. Mas, para você, se houver segurança e saúde, então eu me sinto em paz.

– Caramba – ele praguejou em voz baixa. – Eu realmente não entendo, mas acredito no que você diz.

– É a verdade.

Olhando para suas mãos entrelaçadas, ela pensou sobre o que ele tinha lhe dito: sobre o passado, sobre os três reunidos formando uma família no Antigo País e sobre como ela abalara tudo aquilo, atingindo também sua filha.

Aliás, ela sempre enxergou a ressurreição que recebera como uma penitência por ter tirado a própria vida, mas, sim, ela percebeu mais uma vez que ali havia mais um propósito ao qual servir.

No'One tinha ferido aquele macho, mas também tinha recebido a oportunidade de ajudá-lo.

Era a doutrina fundamental do trabalho da Virgem Escriba: o círculo devia se fechar para que o equilíbrio fosse mantido.

Supondo que ela *pudesse* ajudá-lo, é claro.

Com um senso de propósito, ela olhou para o corpo dele – ou para o que ela podia ver debaixo daqueles tecidos cirúrgicos. O peito de Tohr era pontuado por músculos. Havia uma cicatriz em forma de estrela marcando um peitoral, e seu abdômen era guarnecido de força. Por toda a extensão, havia uma série de ferimentos cujas causas ela não queria imaginar, e pequenos buracos redondos que a assustavam.

Mas o que estava acontecendo debaixo da cintura dele atraiu sua atenção. Ele segurava os tecidos azuis ali, sobre o quadril, como se escondesse alguma coisa. Ela percebeu que Tohr repuxou a mão e o antebraço enquanto o encarava.

– Não se preocupe com isso – ele disse com uma voz gutural.

Ele estava excitado, pensou ela.

– Por favor, olhe nos meus olhos, No'One. Não olhe lá embaixo.

A temperatura do quarto elevou-se ainda mais, alcançando um ponto em que ela chegou a considerar a ideia de tirar seu manto. E, de repente, como se ele pudesse ler a mente dela, sua pélvis moveu-se em um arco bastante... sensual.

– Ah, caralho... No'One, é melhor não...

Uma estranha expectativa percorreu suas veias, fazendo um zumbido brotar em sua cabeça e um leve enjoo tomar conta de seu estômago. E, ainda assim, ela não conseguia pensar em não alimentá-lo. Agora ela queria ainda mais a boca dele contra a pele dela.

Pensando nisso, ela ergueu o pulso até levá-lo aos lábios dele.

Ele silvou rapidamente, mordeu-a num piscar de olhos, a dor adocicada como a picada de cem pequenas agulhas. E então... ele estava sugando. Aquela boca aquecida e úmida encaixava-se perfeitamente à pele dela, puxando o sangue com um ritmo agradável...

Ele gemeu. No fundo da garganta, gemeu de prazer e, quando isso aconteceu, ela sentiu seu coração bater ainda mais acelerado contra seu peito. Mais daquele calor, forte e insidioso explodiu por dentro da pele dela, deixando sua mente obscurecida e seu corpo lânguido.

Como se Tohrment sentisse a mudança dentro dela, ele voltou a gemer, sua cabeça se esticando, o peito subindo, os olhos revirando em sua cabeça. E, em seguida, começou a fazer barulhos que mais pareciam um ronronar – súplicas que não combinavam com aquele tamanho todo, os ruídos lamentosos tornando-se cada vez mais altos em sua garganta, alternados com os momentos em que ele engolia.

Com as luzes ligadas, e com o controle de seu braço, o pânico se instalou nela rapidamente, antes de ser deixado totalmente de lado. Havia características demais de Tohrment naquilo para ela confundi-lo com qualquer outro macho, e o cômodo bem iluminado no qual estavam não tinha nada em comum com aquele porão. Aqui, tudo era claro e limpo, e aquele macho em sua veia... era bem vampiro e nem um pouco parecido com um *symphato*.

Quanto mais à vontade eles ficavam, mais ciente ela estava de tudo aquilo.

O quadril dele se movimentava durante todo o tempo.

Debaixo dos lençóis que ela logo lavaria, debaixo da cobertura agora formada pelas palmas das mãos, sua pélvis se movimentava. E, toda vez que isso acontecia, o abdômen de Tohr se contraía e seu torso arqueava... e os barulhos se tornavam um pouco mais altos.

Ele estava profundamente excitado.

Mesmo terrivelmente ferido, seu corpo estava pronto para a vinculação – desesperado pela vinculação, se a forma como ele se movia servia como um indício.

Num primeiro momento, ela não entendeu aquele formigar que a invadiu, deixando-a entorpecida e ao mesmo tempo sensibilizando-a ao extremo. Talvez fosse o fato de ela o estar alimentando pela segunda vez em menos de um dia... Mas não. Quando as mãos de Tohrment se apertaram mais uma vez na frente do quadril, enquanto continha seu membro com ainda mais força debaixo dos lençóis, ficou claro que seu pau estava gritando por atenção e que ele tinha sido forçado a fazer um pouco de...

As luzes se tornaram ainda mais sutis quando ela percebeu que ele estava esfregando a mão na ereção.

Os lábios de No'One se separaram, e respirar tornou-se uma tarefa difícil. Debaixo de seu manto, o calor se intensificou, e ela se concentrou na região da cintura.

Santíssima Virgem Escriba, ela estava... excitada. Pela primeira vez em sua vida.

Como se ele pudesse ler a mente de No'One, olhou-a nos olhos. Viu confusão ali. E uma misteriosa escuridão que parecia beirar o medo. Mas também havia mais daquele calor, muito mais.

Enquanto os olhos dela fixavam-se aos dele, uma das mãos de Tohr se desprendeu lá de baixo e correu por seu peito. Quando ele tocou o antebraço dela, não foi para mantê-la naquele lugar ou limitar seus movimentos, mas para acariciar sua pele suavemente, lentamente.

Respirar tornou-se impossível.

E ela não se importava.

Os dedos de Tohr se apertaram naquela pele intoxicante, trazendo No'One para mais perto daquela chama que ela não conseguia ver. Fechando os olhos, ela se permitiu voar para longe de qualquer ansiedade ou preocupação, até que se tornasse incapaz de perceber qualquer coisa que não fossem as sensações em seu corpo.

De fato, enquanto ela o alimentava, ela se alimentava. Era como se a parte mais interna de sua alma estivesse sendo nutrida pela primeira vez.

Quando finalmente ouviu algumas lambidas, ela se deu conta de que aquilo havia chegado ao fim.

No'One queria dizer para ele continuar.

Implorar para ele continuar, melhor dizendo.

Levantando suas pálpebras, agora pesadas, ela não conseguia focar os olhos, e aquilo parecia no mínimo apropriado. O mundo estava confuso, assim como ela. Distorcido e confuso, como se mel corresse em suas veias e algodão massageasse seu cérebro.

Mas Tohrment estava qualquer coisa menos isso.

Ele parecia afiado como uma adaga, seus músculos agora se enrijeciam – e não somente na altura do quadril, mas por todo o corpo, do bíceps ao abdômen... até mesmo seus pés, debaixo daquele tecido, pareciam rígidos como mármore.

Sua outra mão, aquela que usava para acariciá-la, voltou novamente para a área abaixo da cintura.

– Acho melhor você ir embora.

Sua voz era tão profunda que ela chegou a franzir a testa enquanto tentava decifrar as palavras.

– Eu fiz algo errado?

– Não, mas eu estou prestes a fazer – ele rangia os dentes brancos enquanto seu quadril se movia para cima e para baixo sob o lençol.

– Eu preciso...

E foi aí que o significado daquilo se tornou claro.

– No'One, por favor... eu preciso... Não vou conseguir me segurar por muito mais tempo.

O corpo enorme de Tohr era tão belo em meio àquela agonia. Embora estivesse sangrando e ferido, havia algo inegavelmente sexual na forma como ele rangia os dentes e arqueava o corpo sobre a mesa.

Por um instante, o pesadelo envolvendo o *symphato* ameaçou retornar para assombrá-la. O terror tentava invadir sua consciência. Mas, então, Tohrment gemeu e mordeu seu lábio inferior. Aqueles longos dentes caninos furaram a pele rosada e suave.

– Eu não quero ir – ela anunciou com uma voz rouca.

Ele retesou o rosto e amaldiçoou por entre os lábios.

– Se você ficar aqui, vai ver um showzinho.

– Então, mostre para mim o que vai acontecer.

Aquilo prendeu a atenção dele. Tohr voltou a olhá-la, e seu corpo parecia congelado. Quando piscou os olhos, não fez qualquer outro movimento.

Com uma voz dura, falou:

– Eu vou gozar. Você sabe o que isso significa? Orgasmo?

Graças à Virgem Escriba aquela cadeira estava ali, pensou No'One. Porque diante daquela voz grave e do perfume inebriante daquele macho e da forma como ele segurava seu pau, até mesmo a perna estável dela não deu conta de suportar o pouco peso que ela tinha.

– No'One, você está entendendo?

A parte dela que despertou foi a que respondeu:

– Sim. Eu entendo. E quero assistir.

Ele sacudiu a cabeça como se quisesse discutir com ela. Entretanto, não falou mais nada.

– Relaxe e sinta-se à vontade, guerreiro – disse ela.

– Oh, Jesus...

– Agora.

Quando ela lhe deu a ordem, era como se ele tivesse se tornado um servo. Abaixo da cintura, debaixo dos lençóis, um de seus joelhos subiu na direção do corpo, suas coxas se afastaram enquanto ele segurava a parte vital de seu corpo que o definia tão unicamente como macho.

O que aconteceu depois desafia descrições. Ele fez movimentos contra o tecido, roçando o quadril para cima, empurrando-o para baixo. E seu corpo ganhava mais força...

Ah, os ruídos: da respiração ofegante aos remidos ao ranger da mesa.

Aquele era um macho animal no auge da paixão.

E não havia como voltar atrás.

Para nenhum deles.

Mais rápido. Mais pressão com as mãos até o peito se encher, o corpo parecer uma escultura, e não ser feito de carne. E então, ele praguejou em uma expiração explosiva e continuou se maturbando. Seus espasmos a fizeram segurar seu próprio peito e a respirar ofegantemente, como se o que estava acontecendo com ele se repetisse dentro do corpo dela. Aliás, que milagre era aquele? Tohrment parecia sentir dor, e ainda assim não queria que aquilo terminasse. A única coisa que ele parecia fazer era levantar ainda mais o quadril.

Até terminar.

Depois, o único barulho na sala era o da respiração dos dois – a princípio, bem alta; depois, tornando-se paulatinamente mais silenciosa, até que ambos voltassem completamente ao normal.

Quando os sentidos aguçados retrocederam, a mente dela voltou ao normal. E a mesma coisa parecia ser verdade para ele. Soltando as mãos de seu enorme mastro, ele revelou uma umidade no tecido que não estava lá antes.

— Você está bem? — ele perguntou roucamente.

Ela abriu a boca, mas não tinha voz. Tudo que conseguiu fazer foi assentir com a cabeça.

— Tem certeza?

Era tão difícil colocar em palavras o que estava sentindo. Ela não se sentia ameaçada, isso era certo. Tampouco sentia que aquilo era... correto.

Ela estava girando e impaciente. Dentro de sua cabeça. Fora de sua cabeça.

— Estou tão... confusa.

— Com relação a quê?

Os ferimentos das balas na pele dele forçaram-na a sacudir a cabeça. Agora não era hora de conversar.

— Deixe-me chamar os médicos. Você precisa de cuidados.

— Você é mais importante do que isso. Está tudo bem?

Considerando a linha de teimosia no maxilar de Tohr, estava claro que ele não cederia. E não restava dúvida de que, se ela saísse para buscar um médico, ele a seguiria e deixaria um rastro do sangue que não podia ser desperdiçado.

Ela encolheu o ombro.

— Eu só nunca esperava que...

Quando não terminou a frase, a realidade da situação dos dois voltou a tomar conta dela. Aquela excitação, a satisfação que ele encontrara, tudo aquilo estava ligado a sua *shellan*, certamente. No'One havia lhe dito que Wellesandra era bem-vinda entre eles, e ele tinha deixado muito claro que não queria ninguém além daquela fêmea. Enquanto Tohr parecia ter se concentrado em No'One, era muito provável que estivesse usando-a apenas para projetar a imagem de outra mulher.

O que aconteceu não tinha nada a ver com ela.

O que não devia incomodá-la. Aquilo era, afinal de contas, exatamente o que ela tinha lhe dito que queria.

Então, por que ela se sentia tão curiosamente chateada?

– Eu estou bem – ela o encarou – Juro. Agora, posso buscar os médicos? Não vou conseguir respirar direito até eles cuidarem de você.

Os olhos de Tohr se estreitaram. Mas ele logo assentiu.

– Está bem.

Ela sorriu duramente e deu meia-volta.

Quando chegou à porta, Tohr a chamou:

– No'One...

– Sim?

– Quero lhe retribuir o favor.

Bem, isso a fez ficar paralisada.

E também quase fez o coração de Tohr congelar.

Enquanto No'One estava parada na porta, de costas para ele, Tohr não conseguia acreditar no que tinha acabado de sair de sua boca. Mas aquilo era verdade, e ele estava decidido a levar sua proposta a cabo.

– Sei que você vai ao Santuário para cuidar de suas necessidades de sangue – ele disse, – mas isso pode não ser o suficiente. Não esta noite. Eu já bebi demais de você nas últimas vinte e quatro horas.

Ela não respondeu, mas ele sentiu o cheiro da fêmea e precisou abafar um rugido de resposta que brotava em sua garganta. Tohr não sabia se ela tinha mentalmente se dado conta, mas sua resposta era clara: ela queria o que ele tinha para lhe oferecer.

Desesperadamente.

Mas... Deus, em que ele estava se metendo? Tohr iria alimentar outra que não sua fêmea Wellsie?

Que Deus lhe ajudasse se ela o quisesse de volta...

Não, não, nãããããão. A questão aqui não era sexo. Ele precisava cuidar de No'One depois de ela ter permitido que ele sugasse sua veia. Era apenas sangue – o que já era suficientemente inquietante. E isso acabava com ele.

Tem certeza disso?, perguntou uma voz em sua mente.

Quando ele estava prestes a não se importar consigo mesmo outra vez, aquele discurso ridículo de Lassiter tomou conta mais uma vez de seus pensamentos: *Você está vivo. Ela não. E o fato de você estar preso ao passado está colocando os dois em um Limbo.*

Tohr limpou a garganta.

— Estou sendo sincero. Quero estar lá para você agora. É simplesmente biológico...

Será mesmo?, perguntou a voz.

Cai fora, porra...

— Perdão? – disse ela, lançando um olhar sobre o ombro, arqueando as sobrancelhas.

Ótimo, então ele não estava apenas falando sozinho.

— Veja – disse ele. – Me procure depois que eles terminarem os curativos. Estarei em meu quarto.

— Pode ser que você esteja mais ferido do que imagina.

— Não. Isso já me aconteceu antes. Muitas vezes.

Ela ajeitou o capuz sobre a cabeça.

— Você precisa de sua força para se recuperar.

— Você me deu força mais do que o suficiente para nós dois. Venha comigo... quero dizer... – Droga. Merda. – Venha *até mim*.

Uma longa pausa se instalou.

— Vou procurar o médico.

Quando No'One saiu, ele deixou sua cabeça cair para trás – e bater com força no travesseiro duro sobre a maca. A pancada reverberou em seu crânio. Mas a dor trazia uma sensação boa. Então, ele repetiu o movimento.

Manello entrou na sala de exames.

— Vocês dois já terminaram?

O tom de voz do médico não trazia ares de sarcasmo, algo que Tohr teria apreciado mais se não tivesse se dado conta naquele momento de que havia gozado no lençol.

— Está bem, vamos lá, amigão – o médico enfiou um par de luvas de látex nas mãos. – Tirei os raios X quando você estava dormindo, e fico feliz em lhe contar que você só tem duas balas no corpo. Uma no peito e outra no ombro. Então, vou fazer a chumbectomia e depois dar alguns pontos na entrada e na saída das balas. Coisa simples.

— Preciso me limpar antes.

— Isso é parte do meu trabalho. E acredite, tenho água destilada suficiente para limpar todo esse sangue ressecado e ainda lavar um carro.

– É que... bem... eu não estava falando exatamente desse tipo de sujeira.

Era como se pneus tivessem cantado na sala. Quando a expressão de Manello passou de relaxada a extremamente profissional, ficou claro que a mensagem fora recebida.

– Certo. E que tal se eu trocasse o lençol?

– Boa ideia. Obrigado.

Inferno! Tohr estava com o rosto enrubescido. Ou isso, ou tinha também tomado um tiro no rosto e só estava percebendo agora.

Eles não se olharam enquanto um lençol passava desajeitadamente das mãos de um para o outro. Em seguida, Manello ficou diligentemente ocupado sobre uma mesa de aço inoxidável, verificando agulhas e linhas e tesouras e pacotes de produtos esterilizados que estavam ali dispostos.

Era incrível como o sexo podia transformar dois adultos crescidos em adolescentes.

Tohr se limpou e disse para sua ereção se acalmar. Mas, infelizmente, seu pau parecia falar outra língua, já que continuou duro como uma pedra. Surdo, talvez?

Ele estava um pouco cansado de brigar com seu membro.

Jogando o tecido sujo no chão, ele se cobriu com um lençol limpo.

– Estou, ah... pronto.

A boa notícia era que pelo menos ele não tinha sido atingido na coxa, então Manello permaneceria acima da cintura.

– Muito bem – disse o médico ao se virar novamente para Tohr. – Agora, acho que você pode dar conta disso com anestesia local, e quanto menos drogas usarmos, melhor. Então, eu prefiro tentar operá-lo sem deixá-lo inconsciente, está bem?

– Eu não ligo, doutor. Faça como preferir.

– Gosto de sua atitude. Vamos começar com essa na parte superior do peito. Talvez você sinta uma dorzinha enquanto eu aplico a anestesia...

– Puta que pariu.

– Sinto muito.

– Não tem outra saída.

Bem, nenhuma outra saída além de pregá-lo à mesa.

Enquanto Manello se envolvia com seu trabalho, Tohr fechou os olhos e pensou em No'One.

– Eu não preciso ficar aqui embaixo depois que terminarmos, preciso?

– Se você fosse um humano, aí certamente precisaria. Mas essa droga já está cicatrizando. Caramba, vocês são incríveis!

– Então já vou poder voltar para a mansão.

– Bem, sim... depois – um ruído ressoou, como se o cara tivesse derrubado uma das balas de chumbo na bandeja. – Acho que Mary quer falar com você antes.

– Por quê?

– Ela só quer verificar como você está.

Tohr focou seu olhar penetrante no médico.

– Por quê?

– Você já se deu conta de como tem sorte por não ter...

– Eu não preciso "conversar" com ela, se é disso que você está falando.

– Ouça, eu não vou me meter nisso.

– Eu estou bem.

– Você foi baleado esta noite.

– Ossos do ofício.

– Bobagem. Você não está "bem" e precisa "conversar" com alguém, seu idiota – enquanto pronunciava as palavras *bem* e *conversar*, o humano gesticulou com as mãos, formando aspas no ar, apesar de seus dedos estarem ocupados segurando instrumentos médicos.

Tohr fechou os olhos, frustrado.

– Olha, farei a mesma coisa que Mary quando eu puder, mas... logo depois da cirurgia estarei ocupado.

Em resposta, o cirurgião desligou sua mente – e ela estava, em grande parte, habitada por palavrões.

Entretanto, aquilo não era problema de Tohr.

CAPÍTULO 29

Mais para o lado leste, em meio à enorme zona rural de Caldwell, Zypher estava sentado em silêncio na parte de cima de seu beliche. De forma alguma, estava sozinho nas acomodações do porão do Bando dos Bastardos: seus três primos estavam lá, todos querendo conversar tanto quanto ele, mas, igualmente, nada inclinados a ceder.

Não havia movimento real algum entre eles. Nada de som, exceto pelos sussurros de sua faca talhando a madeira suave. Várias e várias vezes.

Ninguém estava dormindo.

Enquanto o amanhecer se estampava sobre a terra e lançava suas luzes por todo o seu domínio, os pensamentos daqueles homens se mostravam bastante parecidos. O peso das ações de seu líder caía expressivamente sobre eles.

Não era de todo inexplicável o fato de Xcor ter apunhalado tão brutalmente Throe por conta de tamanha insubordinação. Não era inacreditável que ele tivesse ordenado que o resto deles permanecesse distante, de modo que aquele colega soldado fosse deixado ali, correndo o risco de morrer nas mãos do inimigo.

E, ainda assim, por algum motivo, ele não conseguia entender. Da mesma forma como os demais claramente não compreendiam.

Throe sempre havia sido a ligação que os unia, um macho com mais honra que todos os demais somados... e também com um raciocínio lógico que o levara a se tornar o facilitador ao lado de Xcor. Throe costumava ficar nas linhas de frente com seu líder frio e calculista, a única voz que poderia afetar ao macho – bem, geralmente. Ele também fora o tradutor entre todos eles e o restante do mundo, o único com acesso à internet, aquele que havia achado esta casa e estava tentando arrumar fêmeas da raça para alimentá-los. O macho que coordenava o dinheiro e os servos.

E também estava certo no que dizia respeito à tecnologia.

Mas Xcor se recusava a dar o braço a torcer, e agora, se os assassinos não pegaram Throe naquele beco, os Irmãos poderiam muito bem tê-lo matado somente por uma questão de princípios.

Por outro lado, um preço logo cairia sobre a cabeça de todos eles. Era tão somente uma questão de tempo...

Ao examinar sua escultura, Zypher concluiu que ela estava uma merda. Seria impossível saber se aquilo era um pássaro ou apenas um toco de madeira. Aliás, ele não possuía habilidade artística alguma em suas mãos, em seus olhos ou em seu coração. Aquilo era apenas uma maneira de passar tempo enquanto não conseguia dormir.

Na verdade, Zypher desejava que houvesse uma fêmea por ali. Trepar era seu maior talento, e ele era conhecido por passar horas entre as pernas de uma mulher e alcançar excelentes resultados.

Zypher certamente poderia se beneficiar com esse tipo de distração.

Jogando o pedaço de madeira na direção do pé de seu beliche, ele examinou sua adaga. Tão pura e afiada, capaz de muito mais do que apenas desenhar os traços de uma maldita andorinha.

Num primeiro momento, ele não gostou de Throe. O macho chegara ao Bando dos Bastardos em uma noite chuvosa, e parecia tão deslocado quanto realmente estava: era um bom rapaz entre assassinos, em pé do lado de fora de uma cabana na qual ele certamente não abrigaria nem mesmo um cavalo.

De sua cartola até seus sapatos perfeitamente polidos, cada centímetro daquele macho fora desprezado por todos.

E então, Xcor os fizeram tirar no palito quem o espancaria primeiro. Zypher venceu. E sorriu enquanto estalava seus dedos e se preparava para acabar com a virilidade do macho e servi-la em uma bandeja de prata.

Throe se debateu ao receber os primeiros socos, sem lançar mão de qualquer forma apropriada para se defender, mas absorvendo os golpes em sua cabeça e estômago. Entretanto, mais cedo do que o esperado, alguma coisa nele despertou. Sua postura havia mudado sem qualquer motivo aparente, seus punhos se levantavam, seu corpo preenchia aquelas roupas refinadas de uma forma completamente diferente.

A reviravolta fora, no mínimo, extraordinária.

Zypher continuou lutando contra o macho, desferindo combinações de socos que eram subitamente defendidos e, depois de algum tempo, retribuídos, até que ele próprio teve de aumentar seus esforços.

Aquele dândi estava aprendendo, exatamente ali, naquele momento, ainda enquanto suas finas vestimentas eram rasgadas e despedaçadas, ainda enquanto se tornavam cada vez mais ensopadas pela chuva e pelo sangue do próprio infeliz.

Já durante aquela primeira luta – e em cada uma que se seguia –, ele havia demonstrado uma incrível capacidade de assimilar. Entre o soco inicial que havia sido desferido contra ele até o momento em que finalmente caíra exausto no chão, aquele macho evoluíra mais como um guerreiro do que soldados que passaram anos no acampamento de guerra de Bloodletter.

Todos eles haviam permanecido em volta de Throe enquanto ele ficava ali, sentado na lama, com o peito pesado, o belo rosto ferido e a cartola há muito arrancada de sua cabeça.

Colocando-se de pé ao lado do macho, Zypher cuspiu sangue e, em seguida, inclinou o corpo e estendeu a mão. O dândi ainda tinha muito a provar – mas certamente não tinha se mostrado submisso durante a luta.

De fato, ele sempre provou não ser submisso.

Era estranho ter qualquer sentimento de aliança para com algum membro da aristocracia. Mas Throe seguia adquirindo cada vez mais respeito. E há muito tempo tornara-se um deles – embora essa união pudesse, de muitas formas, ter chegado ao fim esta noite.

Zypher girou sua faca para frente e para trás. A luz de velas contra a lâmina formava uma bela imagem – tão linda como quando aquela luz caía sobre a pele da parte interna da coxa de uma fêmea.

Xcor havia usado uma daquelas adagas para fazer o que queria fazer – cortar, destroçar, matar. Mas e seu alvo? Considerando tudo o que Throe tinha feito por eles, o líder, em um momento de fúria, havia feito mais mal do que bem. Na verdade, a fome de Xcor por sangue tornava-se cada vez mais instável. E uma mente como a dele somada aos planos que ele tinha... bem, não eram uma boa combinação.

Zypher sentiu cócegas na nuca. Uma daquelas aranhas que viviam com eles passou com suas oito pernas por ali. Praguejando enquanto levava a mão até o local, ele esfregou sua pele, destruindo aquela criatura.

Ele devia tentar dormir um pouco. Na verdade, estava esperando o retorno de Xcor, mas o amanhecer tinha chegado há tempos e o macho não havia retornado.

Talvez estivesse morto. Talvez a Irmandade o tivesse pegado sozinho. Ou, talvez, uma daquelas reuniões clandestinas que Xcor tinha com aquele membro da *glymera* tinha dado errado.

Zypher se surpreendeu ao perceber que não dava a mínima. Aliás, a verdade é que ele tinha esperanças de que Xcor nunca mais voltasse para casa.

Aquilo era uma grande mudança em seu modo de pensar. Na época em que o Bando dos Bastardos se reuniu pela primeira vez no Antigo País, eles eram um grupo de mercenários, cada um lutando por seus próprios interesses. Bloodletter havia sido o único capaz de uni-los: aquela máquina de matar, que não tinha benevolência alguma para controlar qualquer um de seus impulsos, fora o mais brutal dos machos a calçar botas de soldado. E eles individualmente o seguiram como um símbolo de liberdade e força na guerra.

Afinal de contas, seria impossível que a Irmandade da Adaga Negra pegasse algum deles.

Com o passar do tempo, entretanto, os vínculos se tornaram mais fortes. Independentemente da forma de pensar de Xcor, os soldados que lutaram a seu lado desenvolveram uma espécie de lealdade... e a estenderam a ex-aristocrata, Throe.

– Você vai falar com ele? – Syphon perguntou suavemente da parte de baixo do beliche.

Ele e Syphon vinham compartilhando beliches durante eras. Zypher sempre ficava por cima. E o mesmo acontecia com fêmeas e mulheres, e eles formavam uma boa dupla. Syphon conseguia manter o ritmo: na cama, no chão, contra uma parede e durante a batalha também.

– Sim. Se ele chegar em casa.

– Eu não morreria se ele não voltasse – o sotaque irlandês era carregado em meio àquela voz profunda, fazendo as sílabas soarem um pouco confusas. E o mesmo sotaque banhava as palavras dos primos do macho. – Ele não devia ter feito aquilo.

– Verdade.

– Você não tem de necessariamente apoiá-lo.

– Não, eu cuidarei disso.

O grunhido que veio em resposta sugeria que haveria reforço disponível imediatamente, e ele poderia muito bem precisar. Xcor era tão bom como lutador quanto o era como amante.

– Malditas aranhas – Zypher murmurou enquanto dava mais um tapa em sua nuca.

– Nós deveríamos ter feito alguma coisa – anunciou alguém na penumbra.

Era Balthazar.

E murmúrios de concordância correram em meio à luz de velas.

– Não vamos ficar aqui sentados com os braços cruzados outra vez – falou Zypher. – E não devemos fazer isso agora.

Supondo que o filho da mãe retornasse. O que, se não acontecesse, não seria por ter pensado melhor e ter se arrependido daquilo que fizera. Isso não aconteceria ao se tratar de Xcor. Ele era tão resoluto quanto suas lâminas.

Mas uma coisa havia ficado clara: se Throe estava morto, Xcor teria um motim em suas mãos. Droga, talvez isso fosse verdade mesmo se o soldado continuasse vivo. Ninguém iria colocar a cabeça na guilhotina em busca do trono por alguém que não honrava os laços de...

Zypher deu um tapa na nuca tão forte que alguém comentou:

– Se preferir açoites, nós temos alguns aqui.

A umidade o fez levar a mão para frente.

Sangue. Sangue vermelho. Muito sangue.

Caramba, ele deve ter sido mordido pela maldita aranha. Levando a outra mão até o local, ele investigou a nuca, sondando-a com as pontas dos dedos.

Uma gotícula atingiu a parte de trás de seu pulso.

Quando olhou para cima, na direção das vigas que formavam o piso superior, sua bochecha foi atingida pela próxima gota, que caiu por uma pequena rachadura na madeira.

Ele logo pulou para fora do beliche, empunhando adagas em ambas as mãos antes que outra gota respingasse.

Os outros instantaneamente entraram em estado de alerta, sem sequer lançarem uma pergunta. O simples fato de tê-lo visto pronto para lutar os fez saltarem de suas camas e ficarem atentos.

– Você está sangrando – sussurrou Syphon.

– Não sou eu. É alguém no andar de cima.

Zypher inspirou em uma tentativa de reconhecer algum odor, mas só conseguiu captar o cheiro de mofo, aquele fedor impregnado da umidade subterrânea.

– Talvez a Irmandade tenha entregado Xcor de volta para nós – alguém arriscou.

Em questão de segundos, as armas foram verificadas, e as armaduras já estavam colocadas.

– Eu vou primeiro – Zypher anunciou.

Não houve discussão. Logo, ele já estava na base da escada resistente e começando a subir. Os outros o seguiram. E, embora todos eles juntos provavelmente pesassem em torno dos quinhentos quilos, subiram sem emitir ruído algum, sem deixar que a velha madeira rangesse ou chiasse na ponta de suas mãos. Ou seus pés, melhor dizendo.

Pelo menos até eles chegarem ao topo. Os três últimos degraus haviam sido instalados propositalmente de forma mais instável, de modo a denunciar qualquer invasor que se aproximasse.

Ele os evitou, forçando-se a desmaterializar-se e a seguir diretamente até a porta de aço reforçada, trancada por uma estrutura de aço colocada nas quatro paredes que possuíam uma rede de aço pregada no gesso.

Seria impossível apostar numa forma fácil de entrar ou sair daquele lugar.

Com cuidado, ele discretamente tirou o ferrolho de aço e girou a maçaneta. Então, conseguiu deixar a porta entreaberta.

O cheiro de sangue fresco se apressou em invadir seu olfato – um cheiro tão forte a ponto de fazê-lo sentir o sabor metálico e adocicado na parte de trás de sua garganta. E Zypher reconheceu a fonte daquele sangue.

Era Xcor. E não havia nada nem ninguém com ele: nenhum fedor de *redutor*, nenhum cheiro sombrio de vampiro macho, nenhum vestígio de colônia barata daquelas usadas por humanos.

Zypher acenou para que os outros permanecessem distantes. Ele poderia precisar deles para salvar seu traseiro se seu nariz não estivesse lhe passando as informações corretas.

Abrindo a porta com um empurrão rápido e silencioso, Zypher adentrou a escuridão criada pelas tábuas e também pelas cortinas que cobriam todas as janelas.

Em meio aos ladrilhos lascados da cozinha e ao piso de madeira empoeirado do corredor, no canto do outro lado da sala de estar, no centro de um círculo de luz de velas acastanhada, Xcor estava sentado, envolto por uma poça de sangue.

O soldado ainda usava suas roupas de luta, a foice e as demais armas tinham sido deixadas a seu lado no chão. Suas pernas, estendidas; seus braços, nus e ensanguentados, descansando sobre as coxas.

Havia uma adaga de aço em sua mão.

Ele estava cortando a si mesmo. Cortando-se mais e mais com a lâmina de sua faca assassina. Cortava seus braços fortes. O sangue escorria em linhas demais para serem contadas. Entretanto, isso não era o mais impressionante. Havia lágrimas no rosto do macho. Lágrimas correndo por suas bochechas, pingando de sua mandíbula e de seu queixo, misturando-se com o que se esvaía de sua carne.

Palavras, roucas e baixas, ecoavam:

– ... maldito covarde... chorão, desprezível, maricas... pare com isso... *pare com isso*... você fez o que tinha de fazer com ele... covarde de merda!

Parecia que mais alguém havia criado vínculos com Throe.

Aliás, o líder estava com um aspecto desprezível em meio a sua desgraça e a seu arrependimento.

Zypher passou pela porta de volta ao corredor e a fechou novamente.

– Que foi? – Syphon perguntou em meio à escuridão.

– Precisamos deixá-lo.

– Xcor está vivo, então?

– Sim. E ele está sofrendo por suas próprias mãos, pela razão certa. Está derramando seu sangue por aquele a quem ofendeu tão mortalmente.

Murmúrios de aprovação se espalharam e, em seguida, todos eles se viraram e seguiram escada abaixo.

Aquilo era um começo. Mas havia ainda um longo caminho a ser percorrido antes de reconquistar a lealdade daqueles soldados. E eles precisavam saber o que tinha acontecido a Throe.

Sentando no chão duro, numa poça de seu próprio sangue, Xcor estava dividido entre seu treinamento nas mãos de Bloodletter e seu coração, ele acreditava.

Era difícil descobrir, já com essa idade, que ele realmente tinha um coração. E mais difícil ainda era acreditar que aquela descoberta era uma bênção.

Parecia mais ser um emblema do fracasso. Bloodletter lhe ensinara muito bem quais eram as características de um bom soldado. E emoções que não fossem a raiva, a vingança e a ganância não eram parte do léxico. Lealdade era algo que se exigia de seus subordinados. E, se eles não demonstrassem essa lealdade a você e somente a você, então era necessário livrar-se deles, assim como o era livrar-se de armas que não funcionam. O respeito era concedido unicamente em resposta à força de seu inimigo, e simplesmente porque você não queria ser superado por ter subestimado o adversário. O amor estava associado unicamente à aquisição e à defesa bem-sucedida de seu poder.

Enfiando novamente a lâmina de sua adaga manchada de vermelho em sua pele, ele chiou ao sentir a dor se espalhar por seus braços e pernas, fazendo sua cabeça zumbir e seus batimentos cardíacos acelerarem.

Enquanto o sangue fresco jorrava, ele rezou para que o líquido afastasse de seu corpo o formigar confuso gerado pelo arrependimento que se instalara em sua mente logo após ele ter deixado Throe naquele lugar.

Aquilo tudo poderia dar tão errado...

Na verdade, o caos se instalou antes de ele deixar aquele beco.

Depois que mandou seus soldados permanecerem afastados de Throe, ele pretendia também se afastar. No entanto, observou as cenas que se seguiram de cima do telhado de um dos prédios, permanecendo escondido enquanto vigiava seu soldado. Aparentemente, Xcor justificara o feito a si mesmo dizendo que aquilo ocorrera para que os Irmãos encontrassem seu segundo comandante, não a *Sociedade Redutora* – porque a informação de que ele precisava era do primeiro inimigo, e não desse último.

Entretanto, ele assistira a Throe se contorcendo de dor no asfalto, com os membros se revirando em ângulos estranhos enquanto ele procurava alívio experimentando deixar o corpo em outras posições. A realidade de um guerreiro orgulhoso tornando-se indefeso penetrou em seu ser.

Por que razão Xcor tinha causado tamanha agonia?

Enquanto os ventos avançaram contra Xcor naquela noite, limpando sua mente e esfriando sua raiva, ele se deu conta de que suas ações repousavam de forma desconfortável dentro dele. Insuportavelmente desconfortável.

Quando os assassinos chegaram, Xcor chegou a sacar sua arma, preparado para defender o mesmo macho que ele havia ferido. Mas Throe logo desferiu um primeiro ataque formidável, e depois os Irmãos vieram e agiram conforme ele havia previsto, acabando facilmente com os *redutores*, apanhando Throe e o colocando na parte de trás de um veículo preto.

Naquele momento, Xcor tinha decidido não seguir o SUV. E a razão pela qual ele escolheu isso era ridícula quando posta diante de suas ações anteriores.

Throe seria tratado por pessoas extremamente competentes no abrigo da Irmandade.

Diga o que quiser sobre os filhos da puta preferirem o luxo, mas Xcor sabia que eles tinham acesso a cuidados médicos de melhor qualidade. Eles formavam a guarda privada do Rei; Wrath não lhes ofereceria nada que fosse de qualidade inferior. Se Xcor os seguisse com a ideia de se infiltrar no complexo? A Irmandade poderia muito bem descobri-lo e lutar com ele pelo caminho, em vez de levar Throe para receber a ajuda da qual necessitava.

Mas a verdade era que Xcor permaneceu distante pela razão errada, pela razão ruim, por um motivo inaceitável. Mesmo com todo o treinamento que recebera, ele se deu conta de que estava escolhendo a vida de Throe, mesmo que, para isso, tivesse de passar por cima de sua ambição. Sua raiva o tinha levado em uma direção, mas seu arrependimento o guiava por outro caminho. E este último sentimento foi o que saiu vitorioso.

Bloodletter certamente tinha se revirado em seu túmulo.

Decisão tomada, ele padecia nos escombros da noite e em meio às suas intenções quando um tiroteio tomou conta do beco, antes mesmo que o veículo onde Throe estava tivesse dado partida.

Enquanto ele reunia suas forças mentais, uma breve trégua tomou conta, e depois, Tohrment, filho de Hharm, caminhou até o meio da via, sem proteção, tornando-se um alvo para os *redutores* recém-chegados, mesmo enquanto descarregava suas armas de fogo na direção dos assassinos.

Era impossível não respeitar aquilo.

Xcor estava diretamente acima do assassino que deu o primeiro disparo contra o Irmão. E pôde ver que, mesmo quando as balas do inimigo acertaram Tohrment, o Irmão seguiu adiante com as duas pistolas empunhadas. Decidido, inabalável.

Um tiro na cabeça e sua vida chegaria ao fim.

Motivado por algum sentimento que ele se recusou a nomear, Xcor caiu de barriga no chão, rastejou até o limite do edifício, e empunhou sua própria arma, esvaziando o pente nos *redutores* que estavam de cobertura, eliminando qualquer possibilidade da morte dos Irmãos. Parecia uma recompensa apropriada para aquele tipo de coragem.

Então, ele se desmaterializou para longe daquele lugar e andou pelas ruas de Caldwell por horas. Os ensinamentos de Bloodletter batiam na porta de sua mente, exigindo entrar para que pudessem desfazer a sensação de que o que ele fizera com Throe era algo errado.

O arrependimento, entretanto, somente se intensificou, correndo sob sua pele, redefinindo sua relação com seu soldado... e também com o macho que ele um dia chamou de *Pai*.

A ideia de que ele talvez não fosse como Bloodletter o deixou irritado. Especialmente considerando que Xcor tinha colocado a si mesmo e a seu Bando de Bastardos em curso de colisão contra o Rei Cego – e a execução de um plano daquele tipo requereria uma força que somente poderia ser encontrada naqueles que não possuíam compaixão.

De fato, agora era tarde demais para recuar daquele caminho, mesmo se ele quisesse – e, na verdade, ele não queria. Xcor ainda planejava derrubar Wrath – pela simples razão de que o trono era para ser tomado, independentemente do que os Antigos Costumes ou as cegas tradições ditavam.

Mas, quando o assunto era seus soldados e seu segundo comandante...

Reconcentrando-se em seu antebraço, o hábito e uma busca cega por sua própria pele mais uma vez o fez enfiar a lâmina em sua carne, arrastando a ponta de modo que a ferida se abrisse suja e extremamente dolorosa.

A cada momento, tornava-se mais difícil encontrar pele que não estivesse cortada.

Chiando entre seus dentes apertados, ele implorou para que a dor invadisse seu âmago. Ele precisava daquilo para enterrar suas emoções da mesma forma como a voz de Bloodletter era sempre lembrada, trazendo-lhe uma mente limpa e um coração frio.

Porém, não estava funcionando. A dor somente se duplicou em seu coração, ampliando a traição que ele cometera a um bom macho, com uma boa alma, que o havia servido tão bem.

Com o corpo escorregadio por causa de seu sangue, nadando em sua própria tortura, ele cravou a lâmina mais uma vez, e de novo, esperando a antiga e familiar lucidez aparecer...

E, quando ela não veio, Xcor viu a si mesmo chegando à conclusão de que, se ele algum dia tivesse chance, ele iria libertar Throe, de uma vez por todas.

CAPÍTULO 30

Enquanto Tohr permanecia deitado sozinho em sua cama, não estava ciente de nada além do latejar em seu pênis. Bem, disso e do cheiro de flores recém-colhidas, já que Fritz estava envolvido em sua rotina de cuidar dos vasos do corredor – como sempre fazia ao meio-dia.

– É isso que você quer de mim, anjo? –perguntou em voz alta. – Vamos lá, eu sei que você está aqui. É isso que quer?

Para enfatizar a pergunta, Tohr colocou suas mãos debaixo das cobertas e as deslizou pelo peito e pela barriga, até chegar à área de seu quadril. Quando segurou seu pênis, não conseguiu reprimir o torturante arquear de sua coluna ou o gemido que brotou em sua garganta.

– Cadê você, porra? – ele rosnou, incerto sobre com quem estava falando em meio à penumbra. Lassiter. No'One. Os Destinos misericordiosos, se houvesse algum.

De certa forma, ele não conseguia acreditar que estava à espera de outra fêmea. Tampouco que o delicado equilíbrio entre a urgência e a culpa estivesse rapidamente se desfazendo, permitindo que a primeira predominasse.

– Se você disser meu nome enquanto faz *isso*, serei obrigado a vomitar.

A voz de Lassiter era áspera e etérea quando brotou no canto mais distante da sala, onde a espreguiçadeira ficava.

— Está falando disso? — Deus, aquile era ele mesmo falando?, Tohr se perguntou. Faminto, impaciente e mal humorado por ainda estar excitado.

— É uma direção melhor do que entrar em uma chuva de balas... — mais um som abafado se espalhou. — Ei, sem ofensa, mas você se importaria em colocar as mãos em algum lugar onde eu possa vê-las?

— Você pode fazê-la vir até mim?

— Livre arbítrio é isso. E as mãos, porra? Se você não se importar.

Tohr puxou ambos os braços para fora das cobertas e sentiu-se compelido a declarar:

— Eu quero alimentá-la, e não transar com ela. Eu não faria No'One enfrentar algo assim.

— Sugiro que você a deixe chegar às próprias conclusões com relação ao sexo — o cara tossiu um pouco. Mas, também, falar sobre sexo era algo desajeitado entre homens se a fêmea em pauta fosse uma mulher cheia de valor. — Talvez ela tenha suas próprias opiniões.

Tohr pensou novamente na forma como ela o olhou na clínica, enquanto ele se alimentava. No'One não sentira medo. Em vez disso, parecia hipnotizada.

Ele não estava certo de como lidar com aquilo...

Seu corpo arqueou-se por conta própria, como se quisesse dizer "É claro que sabe, cara!".

Quando outra tosse ecoou, Tohr riu brevemente.

— Você tem alergia a essas flores?

— Sim, é isso. Vou deixá-lo agora, está bem? — uma pausa se instalou. — Estou orgulhoso de você.

Tohr franziu a testa.

— Pelo quê?

Quando ele não recebeu uma resposta, percebeu que o anjo já tinha partido.

Uma suave batida na porta fez Tohr levantar-se rapidamente. E quase nem sentiu a dor de seus ferimentos, afinal, sabia exatamente quem era.

— Entre.

Venha para mim.

A porta logo estava entreaberta, e No'One deslizou para dentro, fechando-os ali.

Quando ele ouviu o barulho da tranca, seu corpo desligou sua mente de uma vez. Aquele corpo a alimentaria... e que Deus ajudasse aos dois, mas eles também transariam se ela permitisse.

Por um breve instante de lucidez, ele pensou que deveria dizer a No'One para ir embora, para que eles pudessem evitar o que viesse à tona quando o sexo chegasse ao fim e suas mentes estivessem limpas... e duas pessoas sabiam que aqueles coquetéis Molotov que pareciam uma coisa divertida e empolgante de se fazer e de se atirar também eram, na verdade, capazes de destruir paisagens.

No entanto, Tohr apenas estendeu a mão para ela.

Depois de um momento, ela ergueu as mãos e retirou seu capuz. Enquanto ele relembrava o rosto e a forma daquela fêmea, percebeu que ela não era nada parecida com sua Wellsie. No'One era menor e tinha um corpo mais delicadamente esculpido. Com uma cor de pele pálida, e não vibrante. Peculiar, em vez de sem graça.

Mas gostou do que viu. E, de certa forma, o fato de ela ser tão diferente facilitava as coisas. Afinal, assim era menos provável que ele algum dia substituísse a amada em seu coração por aquela fêmea. Embora seu corpo estivesse excitado, isso não significava que eles tivessem uma conexão. Os machos de sua linhagem, quando com boa saúde e bem alimentados – como ele estava agora –, poderiam ter uma ereção até mesmo olhando para um saco de batatas.

E No'One, apesar da opinião que tinha a respeito de si própria, era deveras mais atraente do que vegetais.

Cristo, o clima de romance estava simplesmente *incrível* por aqui, não é mesmo?

Ela se aproximou devagar. Quase não dava para perceber que mancava. E, quando chegou na beirada do colchão, desceu o olhar para o peito nu de Tohr, para os braços, o abdômen e ainda mais para baixo.

— Estou excitado outra vez – anunciou Tohr com uma voz gutural.

E, cá entre nós, você não acha que ele falou aquilo para avisá-la, certo? A verdade? Ele esperava receber aquele olhar novamente, que estampava o rosto dela quando ele gozou.

E, veja só, lá estava: calor e curiosidade. Nada de medo.

– Devo tomar de seu pulso aqui? – ela perguntou.

– Venha para a cama – ele quase rosnou.

Ela estendeu um joelho e o colocou sobre o colchão alto. Em seguida, tentou desajeitadamente levar o outro joelho até a mesma altura. Entretanto, sua perna fraca a deixou sem equilíbrio, e seu corpo lançou-se para frente.

Tohr segurou-a com facilidade, agarrando-a pelos ombros e impedindo que caísse de cara.

– Peguei você.

E não havia duplo sentido naquela fala.

Deliberadamente, ele a puxou para cima dele, de modo que No'One ficasse posicionada sobre aquele peito definido. Cara, ela não pesava nada. Mas também, nunca comia muito.

Tohr não era o único que precisava se alimentar da forma adequada.

Ele logo parou de se movimentar, permitindo que ela se ajustasse. Ele era bastante macho e estava em ponto de bala. Além disso, já a havia apavorado demais. No que dependesse dele, No'One poderia tomar todo o tempo do mundo para ter certeza de quem estava com ela.

De um instante para outro, o cheiro dela se alterou, adotando as notas embriagantes da excitação de uma fêmea. Em resposta, a região do quadril de Tohr se ergueu debaixo das cobertas, e ela lançou um olhar sobre seu ombro e observou o corpo dele reagir.

Se ele fosse um cavalheiro, teria escondido a resposta de seu corpo e assegurado que aquele encontro seria tão somente para retribuir o favor que ela tinha lhe prestado. Mas ele estava se sentindo muito mais *macho* do que cavalheiro.

A propósito, Tohr abaixou-a sobre seu peito, ajustando-a de modo que aquela boca feminina alcançasse sua jugular.

Pele.

Pele quente de macho contra seus lábios.

Pele quente e limpa de vampiro. Dourada, e não branca como gesso. Aquele cheiro picante, e a força, e... algo tão erótico a ponto de fazer o corpo dela retornar àquele lugar vulcânico.

Enquanto ela inspirava, o cheiro dele – aquela fragrância de macho – produziu uma reação sem precedentes. Por um instante, tudo se transformou em instinto. As presas dela projetaram-se para fora de seu maxilar superior, seus lábios se separaram, sua língua escapou da boca com o intuito de prová-lo.

– Prove, No'One. Você sabe que quer. Me aceite...

Engolindo em seco, ela afastou a boca da pele de Tohr e o olhou naqueles olhos incandescentes.

Havia muitas emoções para decifrar naquelas pupilas, assim como naquela voz e naquela expressão de Tohr. Aquilo não era fácil para ele. É claro... este era o quarto que ele dividia com Wellesandra, onde ele, sem dúvida, havia passado muitos momentos com sua parceira.

E, ainda sim, ele a desejava. Era óbvio pela tensão que se espalhava por aquele corpo másculo, por aquele pênis ereto como granito que ela podia enxergar até mesmo por baixo das cobertas.

Ela conhecia os problemas da encruzilhada na qual Tohr estava, dividido entre contradições. Ela também se sentia assim. No'One queria se entregar, mas, se ela se alimentasse dele agora, as coisas progrediriam. E ela não sabia ao certo se estava preparada para chegar aonde aquilo os levaria.

Não teria volta para ela. Nem para ele.

– Você não me quer em seu pulso? – ela disse em uma voz que nada se parecia com a dela.

– Não.

– Então, onde você me quer?

Mas aquilo não era uma pergunta. E, Santíssima Virgem Escriba, ela não reconhecia quem estava falando com ele daquele jeito – com uma voz rouca, sedutora, exigente.

– Em minha garganta.

As palavras de Tohr saíam ainda mais graves, e ele gemeu quando os olhos dela retornaram ao ponto onde ele parecia tê-la deliberadamente colocado.

Aquele guerreiro poderoso queria ser usado por ela. Enquanto ele se deitava sobre os travesseiros, seu enorme corpo parecia entregue àquela estranha submissão que ela havia visto antes, como se estivesse preso por cordas invisíveis que ele seria incapaz de romper.

Seus olhos permaneceram encarando-a diretamente enquanto ele inclinava sua cabeça para o lado, expondo sua veia no lado oposto de onde ela estava. Então, ela teria de se esticar mais uma vez até o outro lado do peito dele. Sim, pensou, ela também queria aquilo, mas antes de fazer qualquer movimento, ela deu uma brecha a seu interior para entrar em pânico. A última coisa que queria era se sentir extenuada e perder o controle no meio daquilo.

Nenhum sinal brotou das profundezas de seu ser. Pela primeira vez, o presente estava tão vivo e era tão cativante que o passado não era nem um eco, nem uma sobra. Naquele momento, No'One sentia-se totalmente pura.

E bastante certa a respeito do que queria.

Ela estendeu o braço e se alongou ao máximo para superar a impossível amplitude do enorme torso daquele macho. Seu tamanho era praticamente uma piada, a justaposição de seus corpos mostrava-se absurda – e, ainda assim, ela não sentia medo. As almofadas duras formadas pelo peitoral de Tohr e a amplitude de seus ombros não eram nada a se temer.

Só serviam para aguçar o apetite que ela sentia por aquela veia.

O corpo dele arqueou para cima quando ela se deitou sobre ele. E ah... o calor! Fervendo e atravessando a pele dele, aumentando a necessidade que inundava o corpo dela. Como se eles estivessem cozinhando até seus corpos se fundirem.

Tanto tempo havia se passado desde a última vez que ela tocara em um macho. E, no passado, isso somente havia acontecido sob a supervisão estrita não apenas de seu pai, mas também de outros machos de sua linhagem. Aliás, em tudo aquilo havia uma sensação de cerimônia – a biologia suavizada pela sociedade e suas expectativas.

No'One nunca tinha sentido tesão. E, se o macho encantador e educado com o qual ela estivera sentisse algo desse tipo, então ele sabiamente não demonstrava.

O que estava acontecendo agora era tudo o que as experiências antigas não haviam sido.

Isso era cru, selvagem e muito sexual.

– Tome de mim – ele ordenou, enquanto travava sua mandíbula e erguia o queixo, buscando deixar a garganta mais exposta.

Quando levou a cabeça para baixo, ela tremia da cabeça aos pés. E penetrou a pele dele sem qualquer elegância.

Dessa vez, o gemido partiu da garganta dela.

O sabor daquele macho era diferente de tudo que conseguia se recordar, um grito em sua boca, sobre sua língua, descendo por sua garganta. O sangue de Tohr era o mais puro e o mais forte que ela já tomara. E oh, a força e o poder daquele macho! Era como se a potência de seu corpo de guerreiro se alastrasse dentro dela, transformando-a em algo muito melhor do que fora antes.

– Tome mais – ele ordenou com uma voz áspera. – Tome tudo...

Ela fez o que ele ordenou, reajustando o ângulo de sua cabeça, de modo que agora sua mordida fosse ainda mais perfeita. E, enquanto bebia com renovado gosto, ela viu-se tomando consciência do peso de seus seios enquanto eles descansavam sobre o peito dele. E da dor em seu estômago que, independentemente de quanto ingeria, tornava-se cada vez mais aguda. E da natureza lânguida de suas pernas, como se tudo o que quisessem fazer fosse ficarem abertas.

Para ele.

Aquela rigidez que tomava conta de seu corpo se desfez por completo – como se fosse irreversível. E o que isso importava? Ela estava tão consumida que já não conseguia ligar para nada, a não ser o que estava recebendo.

CAPÍTULO 31

Tohr gozou logo após a primeira mordida de No'One. Era impossível conter as contrações de seus testículos ou os choques pulsantes que viajaram até seu pau, ou a explosão que se lançou através da cabeça de sua ereção enquanto ele estremecia debaixo do lençol.

– Caraaaaalho... *No'One...*

Como se entendesse o que tinha acabado de acontecer e o que ele estava pedindo permissão para fazer, No'One assentiu diante da garganta de Tohr. Então, chegou ao ponto de tomar o pulso dele, empurrando a mão de Tohr sob o lençol.

Dessa vez, não foi necessário pedir duas vezes.

Abrindo as pernas, Tohr acariciou o comprimento de sua enorme ereção em um ritmo que combinava com o pulsar daquelas veias. E, quando gozou mais uma vez, sentiu sua excitação alcançar o ponto máximo, e então segurou seus testículos e os apertou com força. Prazer e dor se tornaram um espelho daqueles encontrados em parque de diversões. Os reflexos distorcidos de um contra o outro amplificava as sensações, desde as presas cravadas em seu pescoço até as erupções abaixo da cintura.

O sentimento de desapego, de deixar de lado a dor contra a qual ele lutava noite e dia, era um alívio enorme. Tohr sentia-se como um lago temporariamente derretido e livre daquela cobertura de gelo. E ali, ele entregou-se a ela, na forma como ele se deixou deitar sob aquele corpo magro, capturado e mantido em seu peso delicado e uma mordida poderosa.

Muito tempo havia se passado desde a última vez em que sentira algo tão bom em meio ao gelo permanente de sua alma. E, como sabia que todas as suas obrigações estariam lhe esperando ao pôr do sol, ele se permitiu entregar-se ainda mais a essa experiência, aproveitando deliberadamente cada uma das sensações.

Quando No'One finalmente retraiu suas presas, o movimento das lambidas para selar as perfurações o fez gozar novamente. O calor e a sensação úmida que se arrastavam sob a pele de Tohr foram conduzidos até sua ereção, que estremeceu e se contraiu, liberando mais daquele líquido que já banhava sua barriga, ensopando os lençóis.

Ele olhou nos olhos de No'One enquanto gozava, mordendo seu lábio inferior, empurrando a cabeça para trás – para que ela soubesse exatamente o que estava acontecendo com ele.

E foi aí que ele se deu conta. No'One também queria sentir aquilo.

O cheiro luxurioso que No'One emanava deixava isso claro para ele.

– Você vai me deixar fazer você se sentir bem? – ele perguntou com uma voz rouca.

– Eu... eu não sei o que fazer

– Isso é um "sim"?

– Sim... – ela expirou.

Rolando para o lado, ele suavemente empurrou-a contra o colchão.

– Tudo que você precisa fazer é ficar deitada aqui. Eu vou cuidar de tudo.

A facilidade com a qual ela obedeceu foi uma surpresa carregada de humildade. E um sinal imediato para a libido dele tirar a roupa daquela fêmea, montar nela e gozar por todo o seu corpo.

O que não aconteceria. Por uma série de razões.

– Eu vou devagar – ele gemeu, perguntando a si mesmo com qual deles estava falando. E, em seguida, pensou... merda, sim, ele iria devagar. Tohr não sabia se ainda se lembrava do que se fazia com uma fêmea.

Do nada, uma sombra cruzou sua mente, saltou de seu cérebro e caiu entre eles, tornando aquele momento um tanto quanto obscuro.

Com uma mistura de dor e tristeza, ele percebeu que não conseguia se lembrar de quando ele e Wellsie estiveram juntos pela última vez. E, se soubesse, na época, o que estava prestes a acontecer, teria prestado muito mais atenção àquele momento.

Sem dúvida, havia sido uma daquelas sessões confortáveis, esquecíveis e, acima de tudo, profundas na cama onde o casal havia se vinculado, com ambos em êxtase e felizes por se entregarem àquelas correntes...

– Tohrment?

O som da voz de No'One mexeu com ele, ameaçando acabar com tudo o que estava acontecendo no presente. No entanto, Tohr logo pensou em Lassiter e em sua *shellan* naquele submundo cinza, presa naquele campo solitário e cheio de areia.

Se parasse agora, esse momento nunca mais voltaria. Essa possibilidade... outra situação dessas com No'One ou com qualquer outra fêmea. Ele ficaria para sempre estagnado na saída de sua dor – e Wellsie nunca seria libertada.

Caramba... como tantas coisas na vida, era necessário ultrapassar os obstáculos. E este era enorme. E também não iria durar para sempre. Tohr já tinha enfrentado mais de um ano de luto e tristeza, e haveria décadas e séculos desses sentimentos a sua frente. Pelos próximos dez, quinze minutos, uma hora – fosse lá quanto isso durasse –, ele só precisava estar atento ao aqui e ao agora.

Somente com No'One.

– Tohrment, podemos...

– Posso soltar seu manto? – a voz dele soava morta para seus próprios ouvidos. – Por favor, deixe-me ver seu corpo.

Quando ela assentiu, Tohr engoliu em seco e levou uma mão trêmula até o laço que prendia aquele manto. A peça se soltou com pouca ou nenhuma ajuda dele, e logo o tecido já estava livre do vestido que lhe cobria o corpo.

O membro de Tohr latejou indomavelmente ao vê-la quase nua diante de seus olhos, de suas mãos, de sua boca.

E aquela reação deixou claro que, infelizmente, ou felizmente, Tohr poderia fazer aquilo. De fato, ele *faria* aquilo.

Depois de deslizar a mão pela cintura de No'One, ele fez uma pausa. Wellsie tinha um corpo tão exuberante, todas as curvas e a força feminina que ele tanto adorava. No'One, entretanto, não era assim.

– Você precisa se alimentar mais – ele disse duramente.

Quando as sobrancelhas de No'One se uniram e ela pareceu se retrair para longe de Tohr, ele queria socar sua própria cabeça. Nenhuma fêmea precisava ouvir sobre suas deficiências em momentos como aquele.

– Você é muito bonita – ele elogiou enquanto seus olhos sondavam o tecido fino que cobria os seios e o quadril – Eu só me preocupo com você. Só isso.

Quando ela voltou a relaxar, ele esperou um pouco, acariciando-a pela colcha de linho que cobria aquele corpo feminino, fazendo movimentos suaves na barriga de No'One. A imagem daquela fêmea flutuando na superfície cristalina da água azul da piscina, os braços abertos, a cabeça para trás e os seios firmes apontando para cima... aquela imagem fez Tohr gemer.

E forneceu-lhe uma direção específica.

Levando as pontas dos dedos para cima, ele acariciou a base de seu seio.

O silvo que ela liberou e o arquear súbito daquele corpo delicado deixaram claro que aquele toque era mais do que bem-vindo. Mas não era necessário se apressar. Tohr tinha avançado o sinal na despensa, e isso não aconteceria novamente.

Relaxando até deixar seu corpo lânguido, ele elevou um pouco mais o indicador, até que ele estivesse acariciando o mamilo de No'One. E ela voltou a arquear o corpo.

Mais exploração.

O corpo dele estava desesperado. Seu pau lutava contra as cobertas, contra seu autocontrole, contra o ritmo que decidira adotar. Mas ele mantinha as reações de seu membro em segredo. E as coisas continuariam assim. Agora, era a vez de No'One, e não a dele, e a maneira mais rápida de virar a mesa seria levar seu corpo nu para qualquer lugar perto dela.

Devia ser o sangue dela correndo dentro dele. Sim, era isso. Esse devia ser o motivo de ele sentir um desejo tão ardente de vincular.

Quando as pernas de No'One estremeceram sobre o edredom e ela o agarrou pelos braços usando as unhas, ele segurou todo o seio dela, deixando de lado o polegar e usando o indicador para alisá-la.

– Você gosta disso? – ele perguntou com uma voz arrastada, enquanto ela se mostrava sem fôlego.

A resposta, quando No'One finalmente conseguiu falar, não foi nada além de um emaranhado de ruídos. Mas toda aquela reação erótica falava por si própria.

Ela *realmente* gostava do que estava sentindo.

Usando os dedos para fazer movimentos circulares na parte inferior das costas de No'One, ele a ergueu gentilmente na direção de sua boca. Tohr hesitou por um momento antes de segurá-la, pois não conseguia acreditar que estava fazendo aquilo com outra fêmea. Nunca passou por sua cabeça que ele teria qualquer tipo de vida sexual fora de suas memórias. Mas o sexo acontecia agora, aquela ligação elétrica que chegava a soltar faíscas, seu corpo nu e excitado, sua boca prestes a provar outra fêmea.

– Tohrment... – ela gemeu – Eu não sei o que estou...

– Está tudo bem. Você está em minhas mãos. Eu vou cuidar de você.

Deixando sua cabeça abaixar, ele abriu os lábios e os esfregou no tecido que cobria aqueles mamilos, para cima e para baixo. Em resposta, ela enterrou as mãos nos cabelos dele, sentindo-se bem em tocar aquele escalpo, apertando-o, arranhando-o.

Droga, o cheiro dela era fantástico, mais suave e mais cítrico do que o de Wellsie e, ainda assim, funcionando como combustível de foguete em suas veias.

Uma lambida no tecido áspero o levou a sentir um toque do paraíso. Então, ele esfregou a língua em No'One mais uma vez. E mais uma.

Sugando-a para dentro de sua boca, ele prendeu-se àquele mamilo, puxando-o para cima enquanto encontrava o ritmo adequado. E enquanto ela se encaixava ainda mais nele, Tohr correu as mãos por todo seu corpo, aprendendo os caminhos do quadril e da parte externa das coxas, da barriga e daquela delicada caixa torácica.

A cama rangia suavemente. O colchão envolvia o corpo dele enquanto se aproximava de No'One e unia cada vez mais seus corpos.

Era hora de dar um passo adiante.

Era *por isso* que as fêmeas sentiam a necessidade de olhar nos olhos quando pensavam em seus machos.

No'One finalmente entendeu porque, quando um *hellren* entrava em um ambiente, sua *shellan* se endireitava e abria uma espécie de sorriso secreto. Essa era a causa dos olhares trocados entre as duas metades de uma espécie. Essa era a urgência de se chegar à cerimônia de vinculação, depois de os convidados terem se alimentado e dançado, quando a casa parecia estar fechada durante todo o dia.

Era por isso que os casais vinculados e repletos de felicidade às vezes não desciam para a Primeira Refeição. Ou para a Última Refeição. Ou para qualquer outra refeição.

Isso era o banquete dos sentidos, o mais farto dos alimentos para a espécie.

E era algo que ela acreditava que jamais viria a conhecer.

Qual seria o motivo de ela ser capaz de apreciar aquilo? Apesar da necessidade frenética de seus corpos, Tohr era muito cuidadoso com ela. Embora ele estivesse claramente excitado, assim como ela também estava, ele não se apressou. O autocontrole daquele macho era como um conjunto de barras de aço firmes contendo os instintos de vinculação que os dois agora sentiam. O ritmo e a forma como ele a provava, sem pressa e sem ameaça, era como a queda graciosa de uma pluma em meio ao ar paralisado.

Para dizer a verdade, aquilo estava deixando No'One louca.

Mas ela sabia que ele adotara aquele ritmo para o bem dela. Embora se sentisse frustrada, ela sabia que aquela era a forma correta de se fazer aquilo, pois assim seria impossível que confundisse com quem estava ou que duvidasse de se realmente queria ou não.

A sensação da boca molhada de Tohr arremetendo contra seu peito a fez gritar e arranhar o couro cabeludo dele. E isso foi antes de ele começar a chupá-la.

Com a boca em volta de um mamilo, Tohr perguntou:

– Quer abrir suas pernas para mim?

As coxas de No'One obedeceram antes que seus lábios pudessem formular uma reposta positiva. O riso que ela recebeu em resposta foi um estrondo profundo de satisfação vindo do peito de Tohr. Ele também não perdeu tempo. Colocando novamente sua boca no mamilo dela, ele desceu a mão até a perna de No'One, deslizando-a pela parte interna da coxa.

– Levante seu quadril para mim – ele pediu antes de voltar a lamber mais seu mamilo.

Ela obedeceu imediatamente, tão perdida na expectativa a ponto de sequer ser capaz de compreender por que ele havia pedido aquilo. A resposta veio quando ela sentiu um toque macio ao longo de suas pernas.

O tecido. Ele estava tirando o tecido.

Logo ela sentiu novamente o toque de Tohr, o contato na parte superior de sua coxa, e descendo, antes de retornar à parte interna...

Oh, a ausência de barreiras. Como se aquilo já não estivesse suficientemente delicioso.

Em resposta, No'One arqueou a pélvis, tencionando seu corpo, sem chegar a lugar algum quando o assunto era fazê-lo se apressar e mergulhar naquele calor no qual ele logo viria a se deliciar. Na verdade, diante das habilidades diversas daquele macho, a energia no âmago de No'One tornou-se algo mais atrevido. A sensação de bem-estar transformou-se em uma necessidade intensa, uma dor muito semelhante àquela de quando ele havia tomado da veia dela.

O primeiro toque de Tohr no sexo dela não foi nada além de uma amostra – o que a fez gritar mais. O segundo foi um movimento mais lento. O terceiro foi...

No'One empurrou sua mão para baixo, agarrando a de Tohr, empurrando-o contra seu calor.

O gemido dele foi inesperado, sugerindo que a sensação de tocar sua boceta talvez o tivesse feito gozar. Sim, ela percebeu pela forma como o corpo dele transbordava um espasmo, liberando um jato, seu quadril balançando debaixo das cobertas de uma forma que a levou a pensar em penetração.

Penetrações fortes e repetidas.

– Tohrment – a voz dela era trêmula, seu cérebro estava sobrecarregado, somente seu corpo se dava conta de tudo o que estava acontecendo.

Ele precisou de algum tempo para responder com algo além de uma expiração pesada.

– Está tudo bem com você?

– Me ajude. Eu preciso...

Ele esfregou os lábios no seio de No'One e afastou a mão.

– Vou cuidar disso. Prometo. Espere só mais um pouco.

Ela não sabia quanto tempo mais poderia "esperar" antes de seu corpo explodir.

Mas ele logo ensinou-a que a frustração poderia levá-la a alcançar outros níveis de prazer.

Por fim, a fricção começou da mesma forma como tudo aquilo tinha início: lentamente, levemente, uma provocação, e não um toque intenso. Mas, graças à bendita Virgem Escriba, aquilo não ficaria assim. Quando ele sutilmente aumentou a pressão na fenda de No'One, ela se lembrou da forma como ele se masturbou na clínica, as mãos empurrando para baixo na altura do quadril, seu corpo criando fricção até algo explodir e o prazer se tornar palpável.

O orgasmo foi mais poderoso do que qualquer coisa que ela já havia sentido. Nem mesmo a dor que ela sentira nas mãos do *symphato* chegava perto do prazer que se espalhava pela parte inferior de seu corpo, reverberava em seu torso e ecoava na ponta dos dedos dos pés e das mãos.

Ela conhecia a Terra. Ela conhecia o Santuário.

Mas isso... era o Paraíso.

CAPÍTULO 32

Quando No'One atingiu o orgasmo, Tohr gozou novamente. A sensação do sexo escorregadio daquela fêmea, de seu quadril se sacudindo e sua voz gritando levaram Tohr muito além do limite. Ela estava molhada; ela estava aberta; ela estava pronta para ele.

Ela estava voluptuosa.

Enquanto No'One se esfregava contra as mãos de Tohr, ele quis colocar a boca nela e deslizar a língua para dentro dela, de modo que pudesse engolir o que tinha dado a ela.

Aliás, se ela não estivesse tão firmemente presa a ele, Tohr teria imediatamente se movimentado e alcançado a posição que queria, descendo pelo corpo dela e encontrando-a com seus lábios.

Mas neste momento ele não iria a lugar algum. Não antes que gozassem juntos e seus músculos se soltassem dos ossos.

Mas ela não o soltou.

Mesmo depois que o orgasmo de No'One passou, seus braços se mantiveram fortemente agarrados ao pescoço de Tohr.

Quando ela começou a tremer, ele sentiu cada tremor.

Num primeiro momento, ele se perguntou se aquilo era a paixão retornando, mas logo se tornou óbvio que não era esse o caso.

No'One estava chorando discretamente.

Quando Tohr tentou se afastar, ela apenas se agarrou a ele com mais força, empurrando a cabeça contra o peito dele e se escondendo.

No'One claramente não estava com medo dele nem havia sido ferida por ele. Mas, Deus, ainda assim...

– Shh... – ele sussurrou enquanto colocava sua grande palma da mão nas costas dela e começava a fazer suaves movimentos circulares e a dar leves tapinhas. – Está tudo bem.

Na verdade, aquilo era mentira. Ele não estava certo de que as coisas estivessem bem. Especialmente quando ela começou a soluçar intensamente.

Considerando que não havia nada que ele pudesse fazer a não ser ficar com ela, Tohr deixou sua cabeça cair perto da dela e puxou o edredom para cobri-la e mantê-la aquecida.

No'One chorou por muito tempo.

Ele a teria abraçado por ainda mais tempo do que aquilo.

Era estranho... proporcionando-lhe uma base para se firmar, ele também sentia que se firmava, o que lhe dava um propósito e um foco que eram tão fortes quanto a energia sexual fora há apenas poucos instantes. E, em retrospecto, ele deveria saber que isso estava por vir. O que havia acabado de acontecer era provavelmente a primeira e única experiência sexual com a qual No'One consentia. Fêmea de valor de uma família de alta linhagem? Certamente ela sequer tinha autorização para andar de mãos dadas com um macho.

A violência daquele *symphato* havia sido a única coisa que ela conhecera.

Filho da puta! Tohr queria matar aquele merda outra vez.

– Eu não... sei por que... estou chorando – ela disse. As palavras saíram de sua boca em ásperas expirações.

– Estou aqui com você – ele murmurou. – E vou ficar a seu lado o tempo que precisar.

Mas as emoções estavam ficando para trás. A respiração de No'One se acalmava, regularizando-se.

Tudo havia chegado ao fim após uma última inspiração estremecida. Em seguida, ela ficou parada. E ele também.

– Fale comigo – ele continuou acariciando as costas dela. – Diga o que está sentindo.

Ela abriu a boca como se fosse responder, mas somente sacudiu a cabeça.

– Bem, eu acho que você é muito corajosa.

– Corajosa? – ela riu. – Você não me conhece muito bem mesmo.

– Bastante corajosa. Isso não deve ter sido fácil para você. E para mim, é uma honra saber que você tenha me deixado... fazer o que fiz com você.

O rosto dela se transformou em uma imagem carregada de confusão.

– Por que motivo?

– É necessário grande confiança, No'One. Especialmente para alguém que enfrentou o que você enfrentou no passado.

Franzindo a testa, ela pareceu se retrair para dentro de si mesma.

– Ei – disse Tohr, colocando o indicador sob o queixo dela. – Olhe para mim – quando ela o encarou, ele correu levemente aquele dedo por seu rosto. – Eu gostaria de ter algo filosófico ou impressionante ou... qualquer coisa... para ajudar a colocar as coisas em perspectiva para você. Mas não tenho, e sinto muito por isso. Mas eu sei de uma coisa. É necessário ter muita coragem para superar o passado. E você fez isso essa noite.

– Acredito que nós dois sejamos corajosos, então.

Os olhos dele se afastaram.

– Sim.

Um período de silêncio se instalou, como se o passado tivesse sugado toda a energia para fora deles.

De repente, ela perguntou:

– Por que o que vem depois é tão estranho? Eu me sinto tão distante de você.

Ele assentiu, pensando que sim, o sexo podia ser estranho daquele jeito, mesmo se não houvesse complicações como aquelas que eles estavam enfrentando. Mesmo que você não percorresse o caminho até o fim, a proximidade devastadora que era compartilhada parecia se tornar um sentimento de distância, apesar do fato de os dois estarem deitados lado a lado.

– Devo voltar para meu quarto agora – ela anunciou.

Ele a imaginou atravessando o corredor, e para ele aquilo parecia distante demais.

– Não. Fique aqui.

Mesmo sob as luzes fracas, ele percebeu que ela estava novamente franzindo a testa.

– Tem certeza? – perguntou ela.

Ele estendeu a mão e afastou uma mecha de cabelos loiros que tinha escapado daquela trança.

– Sim, tenho.

Eles olharam um para o outro por um longo tempo, e de alguma forma – talvez por conta do olhar de vulnerabilidade estampado no rosto dela, talvez por causa da linha formada por sua boca, talvez Tohr estivesse lendo a mente dela – ele sabia exatamente o que aquela fêmea estava pensando.

– Eu sabia que era você – ele disse suavemente. – O tempo todo, eu sabia que era você.

– E isso era correto, como ele diria?

Ele se lembrou de sua companheira.

– Você não se parece em nada com minha adorável Wellsie – quando Tohr ouviu No'One limpar a garganta, percebeu que havia falado alto. – Não, o que eu quero dizer é que...

– Não precisa explicar – o sorriso entristecido de No'One era tão cheio de compaixão. – Realmente não precisa explicar.

– No'One...

Ela ergueu sua mão.

– Não há necessidade de se explicar. A propósito, as flores aqui são lindas. Eu nunca vi flores tão perfumadas quanto essas. Nunca mesmo.

– Para dizer a verdade, elas estão lá fora, no corredor. Fritz as troca a cada dois dias. Ouça, eu posso fazer algo por você?

– Você já não fez o suficiente? – ela respondeu com uma pergunta.

– Eu gostaria de lhe trazer um pouco de comida.

No'One arqueou suas graciosas sobrancelhas.

– Eu prefiro não incomodá-lo.

– Mas você está com fome, certo?

— Bem... sim...

— Então espere. Eu volto em um minuto.

Tohr rapidamente pulou do colchão, e inconscientemente preparou-se para que o mundo girasse radicalmente. Mas ele não sentiu tontura, nem precisou recuperar o equilíbrio, nem rodopiou ou algo assim. Seu corpo estava carregado de energia enquanto ele dava a volta pelos pés da cama.

Os olhos de No'One seguiram na direção de Tohr, e a expressão no rosto dela o fez ficar paralisado.

A especulação voltava a estampar os olhos dela. E a fome, também.

Tohr não tinha pensado sobre se haveria um bis depois que tudo tinha acontecido. Porém, considerando a forma como ela olhava para ele, a resposta parecia ser um grande "sim". Bem, pelo menos da parte dela.

— Você gosta do que vê? — ele perguntou em uma voz grave.

— Sim...

Bem, aquilo lhe causou uma ereção: abaixo de sua cintura, seu pau entrou novamente em estado de atenção – e azar o dela se seus olhos não assistissem àquele espetáculo.

— Quero fazer outras coisas com você – ele rosnou. – O que aconteceu pode ter sido apenas o começo, se você quiser assim.

Os lábios de No'One ficaram entreabertos, suas pálpebras abaixaram-se.

— Você quer isso?

— Sim, eu quero.

— Então eu diria que... sim, por favor.

Ele assentiu para ela, como se eles tivessem chegado a alguma espécie de acordo. Então, teve de forçar a si mesmo a se afastar da cama.

Aproximando-se do armário, vestiu uma calça jeans e seguiu na direção da porta.

— Alguma coisa em particular? – ele perguntou antes de sair.

No'One lentamente negou com a cabeça. Suas pálpebras continuavam abaixadas, sua boca ainda estava entreaberta, suas bochechas, ruborizadas. Caramba! Ela não fazia ideia de quão atraente ficava naquela cama grande e bagunçada, com seu manto caindo para fora do colchão, seus cabelos desarrumados, com ondas loiras despencando. E com aquela sua fragrância mais forte e sedutora do que nunca.

Talvez a comida pudesse esperar. Especialmente quando ele notou que as pernas nuas daquela fêmea estavam para fora do emaranhado formado pelo edredom.

Sim, ele tinha planos devassos para eles.

De forma abrupta, ela puxou as cobertas sobre sua perna coxa, escondendo-a dele.

Tohr marchou de volta para perto dela e, decidido, puxou o edredom de volta para onde estava. Correndo a ponta dos dedos por aquelas feridas mal curadas, ele a olhou nos olhos.

– Você é linda. Cada centímetro de você é lindo. Não pense nem por um segundo que há algo errado em você. Estamos entendidos?

– Mas...

– Não. Eu não vou escutar isso – inclinando o corpo, ele pressionou os lábios contra as canelas, as panturrilhas e o tornozelo de No'One, tocando as cicatrizes, acariciando-as. – Linda. Você é toda linda.

– Como pode dizer isso? – ela sussurrou, piscando os olhos em uma tentativa de conter as lágrimas.

– Porque é a verdade – endireitando o corpo, ele a apertou mais uma vez. – Nada de esconder seu corpo de mim, está bem? E depois de alimentá-la, acho que eu terei de mostrar para você que eu estou falando muito sério.

Aquilo a fez sorrir e depois rir um pouco.

– Essa é minha garota! – ele murmurou. Mas... que droga! Ela não era dele. Que merda era essa que havia acabado de sair de sua boca?

Forçando-se a seguir novamente na direção da porta, ele saiu para o corredor, fechando-a dentro daquele quarto que testemunhara tal união de corpos.

– Que diabos?! – levantando a perna, ele observou a sola de seu pé descalço. Havia tinta prateada ali.

Olhando para baixo, Tohr encontrou um rastro de tinta prateada seguindo o corredor em direção à sacada do segundo andar.

Praguejando, ele se perguntou qual dos *doggen* estaria trabalhando em qual parte da casa. Pelo menos, as manchas deixavam os pobres infelizes alegres; caso contrário, Fritz ficaria irritado.

Tohr seguiu a linha formada pelas gotas até a grande escadaria, e então desceu até a sala de estar, acompanhando-as.

As marcas seguiam direto para a antessala
– Bom dia, senhor. Precisa de alguma coisa?

Tohr virou-se para Fritz, que vinha da sala de jantar trazendo nas mãos cera para o chão.

– Oi, sim. Preciso de um pouco de comida. Mas por que essa tinta? Vocês estão fazendo alguma coisa obscena com a fonte lá fora?

O mordomo pareceu confuso e franziu a testa.

– Não há tinta em lugar algum do complexo, senhor.
– Bem, alguém está dando uma de Michelângelo.

Tohr se abaixou e passou um dedo em uma das pequenas poças...

Espere aí... não era tinta.

E cheirava a flores.

Flores recém-colhidas?

Na verdade, aquele era o cheiro que permeava seu quarto.

Enquanto os olhos de Tohr corriam na direção da antessala, ele pensou na chuva de balas em que tinha entrado. E pensou que o fato de ele ter saído vivo talvez não tivesse sido um milagre.

– Chame a doutora Jane, imediatamente – ele gritou para o *doggen*.

Ah, sim, pensou Lassiter enquanto rolava sobre as pedras aquecidas e começava a tomar sol em seu traseiro nu. É isso que está acontecendo...

Considerando tudo, aquilo era um bom dia para tomar tiros.

Uma boa noite, melhor dizendo.

Ou ainda, uma boa temporada.

Graças ao Criador, era verão. Deitado nos degraus da frente da mansão, Lassiter recebia em seu corpo os brilhantes megawatts do mês de julho, raios de sol que curavam seu corpo atingido por balas. Sem isso? Ele poderia ter morrido novamente – o que não era a forma como ele queria se reencontrar com seu chefe. Aliás, a luz do sol era para Lassiter o que o sangue era para os vampiros: algo necessário e que ele realmente apreciava. E, enquanto banhava-se sob aqueles raios, sua dor desapareceu, sua força retornou, e ele pensou em Tohr.

Que idiota da parte dele apostar em um movimento como aquele no beco. Em que, em nome de tudo o que havia de mais sagrado, o filho da mãe estava pensando?

Não importa. Ele não deixaria, de forma alguma, aquele desgraçado entrar no meio daquele tiroteio sem proteção. Ambos tinham chegado muito longe para arriscar que todo o progresso que haviam conquistado fosse por água abaixo.

Não mesmo.

E agora, por ele ter se tornado uma almofada para alfinetes, Tohr e No'One estavam transando.

Então, nem tudo tinha se perdido. Lassiter, entretanto, estava pensando seriamente em socar as bolas do Irmão como uma forma de recompensa. Por um lado, aquilo doía para cacete. Por outro, se estivéssemos em dezembro, talvez ele não conseguisse sobreviver.

O som da pesada porta da entrada principal se abrindo o fez erguer-se e virar a cabeça. A doutora Jane, aquela médica fantástica do complexo, passou por ali tão rápido que parecia planejar correr uma maratona.

Ela derrapou para parar, buscando não tropeçar nele.

– Aí está você!

Oh, veja, ela tinha trazido consigo sua pequena caixa de brinquedinhos, a pequena cruz vermelha indicava que ali havia suprimentos de emergência.

– Um ótimo momento para se pegar um bronzeado – ela murmurou.

Lassiter deixou sua cabeça cair para trás de modo que sua bochecha encostasse naquela pedra aquecida.

– Só estou tomando meu remédio como um bom paciente.

– Você se importaria se eu examiná-lo?

– Seu companheiro irá me matar se você me vir nu?

– Você está nu.

– Você não está olhando para meu lado profissional – quando ela simplesmente pairou sobre ele, sem tecer qualquer comentário, Lassiter murmurou: – Está bem. Como quiser. Mas não fique na frente do sol. Eu preciso dele mais do que preciso de você.

A médica colocou a caixa no chão, próximo à orelha dele, e então ficou de joelhos.

– Sim, V. me contou mais ou menos como você funciona.

– Posso apostar. Sabe, eu e ele tivemos nossas idas e vindas – o filho da mãe inclusive o havia salvado uma vez. O que fora um milagre, tendo em mente quanto detestavam um ao outro. – Nós temos uma história.

– Ele me contou isso – disse a médica com um tom que denunciou sua distração, como se ela estivesse verificando os buracos no corpo de Lassiter. – Pode ser que ainda haja uma bala em seu corpo. Você se importa se eu virá-lo?

– A bala não importa. Meu corpo vai consumi-la, contanto que eu receba uma quantidade suficiente de sol em meus ombros.

– Você ainda está sangrando muito.

– Vai ficar tudo bem.

E ele estava começando a achar que aquilo não era mentira. Depois que tudo aconteceu, Lassiter se manteve invisível escondido no banco de passageiros da Mercedes que trouxera Tohr de volta para a clínica. Assim que chegou ao centro médico, o anjo roubou alguns curativos e enrolou seu próprio traseiro como se fosse uma múmia, tentando não sangrar por todo o local. Não havia motivo para ele se apressar em direção ao ar livre – afinal, ainda não havia luz do sol àquela hora. Ou pelo menos não o suficiente para fazer qualquer diferença. Além disso, ele pensou que poderia rapidamente dar um jeito na dor.

Não. Foi somente alguns instantes depois que entrou naquele quarto com Tohr que percebeu que estava encrencado. Respirar tornou-se uma tarefa mais complicada. A dor se tornou mais aguda. Sua visão começou a embaçar. Felizmente, todavia, àquela hora o sol já estava perfeitamente estampado no céu.

E, de qualquer forma, ele teria de sair assim que No'One aparecesse.

– Lassiter. Eu quero ver a parte frontal de seu corpo.

– Isso é o que todas as garotas dizem.

– Você está esperando que eu o vire? Porque posso fazer isso, se for necessário.

– Seu companheiro não vai gostar disso.

– Como se isso fosse incomodar você...

– Tem razão. Na verdade, faz o esforço valer a pena.

Com um gemido, ele enfiou suas mãos em uma daquelas poças prateadas e brilhantes debaixo de seu corpo, e então se virou, agindo como o pedaço de carne que ele realmente era.

– Nossa – arfou a médica.

– É, né? Grande como o de um cavalo.

– Se você se comportar muito bem e sobreviver a isso, prometo não contar a V.

– Sobre meu tamanho.

Ela riu brevemente.

– Não. Que você achou que eu olharia para você de outra forma que não fosse profissional. Posso enfaixar aqui? – ela o tocou levemente no peito. – Mesmo se eu deixar as balas aí dentro, talvez a faixa amenize o sangramento.

– Não é uma boa alternativa. Tudo é uma questão de luz solar batendo contra a superfície de meu corpo. E eu vou ficar bem, contanto que o tempo não fique nublado.

– Deveríamos tentar arrumar uma câmara de bronzeamento artificial para você?

Lassiter deu risada. O que o fez tossir.

– Não, não. Tem de ser a coisa real.

– Eu não gosto do som desse chacoalhar.

– Que horas são?

– Uma e vinte e seis.

– Volte aqui em meia-hora para ver como eu vou estar.

Um período de silêncio se instalou.

– Está bem, farei isso – disse Jane. – Tohr vai querer um...

– O telefone da médica tocou e ela atendeu a ligação:

– Eu estava falando de você neste exato instante. Sim, estou com ele, e ele está... mal, mas diz que está cuidando de si mesmo. Claro que vou ficar com ele... Não, estou com muitos suprimentos. Ligo para você em vinte minutos. Tudo bem, dez – houve uma longa pausa, e então a médica respirou fundo: – É... ah... São vários ferimentos à bala. No peito dele – mais uma pausa. – Alô? Alô, Tohr? Ah, que bom. Pensei que a ligação tivesse caído. Sim. Não, escute, você precisa confiar em mim. Se eu achasse que ele estivesse correndo perigo, eu o arrastaria para a antessala, mesmo se ele fosse gritando e esperneando. Mas, para ser sincera, estou vendo ele se curar agora, enquanto nos falamos. Estou vendo os ferimentos internos se desfazerem diante de meus próprios olhos. Está bem. Sim. Tchau.

Lassiter não teceu qualquer comentário sobre tudo aquilo. Simplesmente ficou onde estava, com os olhos fechados e seu corpo agindo como um painel solar capaz de torná-lo novamente saudável.

– Então você é o motivo pelo qual Tohr saiu com vida daquele beco? – a boa médica murmurou depois de alguns instantes.

– Eu não sei do que você está falando.

CAPÍTULO 33

— Desculpe, meu amigo, mas você só vai poder se alimentar uma vez. Foi isso que me disseram.

Throe permanecia deitado na cama à qual tinha sido amarrado e não se surpreendeu com a resposta que o médico humano lhe dera. Fortalecer um prisioneiro não ajudaria em nada a Irmandade. O problema era que aquele cara não estava se recuperando muito bem, e um pouco mais de sangue talvez o ajudasse.

Claro que, se ele fosse se alimentar, não seria uma adorável coincidência conseguir ver aquela Escolhida mais uma vez antes de ir embora?

Ela estava perto. Ele podia senti-la...

— De fato, creio que planos estejam sendo feitos para sua partida iminente. Muito em breve já será noite.

Talvez se ele simplesmente se recusasse a ir embora?

Não, isso provavelmente não conteria a Irmandade. Eles iriam apenas lidar com ele como qualquer outro tipo de refugo.

O humano cirurgião saiu logo depois. A propósito, como é que podiam estar usando um humano? E logo Throe foi deixado sozinho de novo.

Quando a porta abriu novamente, ele não se importou em abrir os olhos. Não era a Escolhida...

O estalar do metal perto de seu ouvido atraiu sua atenção. Arregalando os olhos amplamente, encarou o cano de uma Magnum calibre .357.

O dedo de Vishous, coberto por uma luva, estava encostado no gatilho.

– Hora de acordar.

– Se vocês me mandarem embora agora – falou Throe com uma voz fraca. – Eu não vou conseguir sobreviver.

E aquilo era verdade. Tendo vivido com o fraco sustento das fêmeas humanas por todo o tempo que vivera, ele não estava em condições de se curar de ferimentos tão sérios de forma tão rápida.

Vishous deu de ombros.

– Então, devolveremos você a Xcor em um caixão de madeira.

– Boa sorte com isso, cara. Eu não lhe direi onde pode encontrá-lo.

Embora não por causa de Xcor, ele não queria que seus companheiros soldados – ou, melhor dizendo, seus antigos camaradas – fossem pegos de surpresa e atacados desprevenidamente.

– Pode me torturar o quanto quiser – continuou Throe, – mas nada vai escapar de meus lábios. Nada mesmo.

– Se eu decidir torturá-lo, muita coisa vai sair de sua boca, pode ter certeza.

– Vá em frente, então...

O cirurgião se posicionou entre eles.

– Está bem, vamos relaxar antes que eu precise pegar minha agulha e linha outra vez. Você – ele acenou para Throe, – cala a boca, porra. Esse cara aqui não precisa de estímulos para perder sangue. E quanto a soltá-lo? – O médico se concentrou no Irmão. – Meu paciente tem razão. Veja só os sinais vitais dele. O cara está por um fio. Pensei que o objetivo disso era garantir que ele sobrevivesse. Ou seja, ele vai precisar de outro gole na veia. Ou isso, ou mais uma ou duas semanas de recuperação.

Os olhos de gelo do Irmão correram para os aparelhos que apitavam e piscavam atrás da cama.

Quando o guerreiro praguejou baixinho, Throe sorriu para si mesmo.

O Irmão saiu sem dizer mais uma palavra sequer.

– Obrigado – Throe agradeceu o médico.

O homem franziu a testa.

— Essa é apenas minha opinião como médico. Acredite em mim, eu mal posso esperar para você deixar de ser responsabilidade minha.

— Está bem, parece justo.

Mais uma vez sozinho, ele esperou ansiosamente. E o fato de ninguém aparecer durante algum tempo deixou claro que os Irmãos estavam discutindo sobre seu destino.

Provavelmente, uma discussão acalorada.

Quando a porta finalmente foi aberta com violência, suas narinas se dilataram, e sua cabeça se inclinou para o lado... lá estava ela.

Tão adorável quanto um sonho. Tão divina quanto a lua. Tão real quanto possível.

Cercada pelos Irmãos Phury e Vishous, a Escolhida sorria docemente para ele, como se não soubesse que aqueles machos estavam preparados para rasgá-lo até mesmo se ele espirrasse na direção dela.

— Senhor, disseram-me que o senhor quer mais?

Eu quero você todinha, ele pensou enquanto assentia para aquela Escolhida.

Aproximando-se da cama, ela sentou-se ao lado dele, mas Phury expôs suas presas sobre a cabeça da Escolhida e Vishous sutilmente apontou aquela arma para a virilha de Throe.

— Aqui — disse Phury, redirecionando-a com cuidado para uma cadeira. — Você vai se sentir muito mais confortável aqui.

Aquelas palavras nem de longe eram verdade, pois agora ela tinha de estender a mão para alcançá-lo. De qualquer forma, a voz do Irmão era tão hipnotizante e calma a ponto de fazer com que a afirmação parecesse ser verdadeira.

Enquanto a Escolhida erguia o braço, Throe queria lhe dizer que era linda e que ele tinha sentido sua falta e que a veneraria se tivesse uma chance de fazer isso. No entanto, ele gostava de ter a língua na boca, e não fatiada e arremessada contra o chão.

— Por que você me olha desse jeito? — ela perguntou.

— Você é tão linda!

Sobre os ombros da Escolhida, Phury mostrou novamente suas presas, transformando seu rosto em nada além de um semblante ameaçador.

Throe não se importou. Ele estava provando daquela ambrosia outra vez, e os dois machos não fariam nada realmente horrível na frente da bela Escolhida.

Que, naquele exato momento, estava completamente ruborizada – o que a deixava ainda mais resplandecente.

Quando a Escolhida se abaixou para frente e colocou seu pulso na boca de Throe, os braços dele se repuxaram contra as correntes que o prendiam. Ela se sentiu confusa por um momento, por conta do barulho que aquele movimento gerou. Mas não havia nada para ver sobre as cobertas; tudo estava coberto debaixo dos tecidos que o mantinham aquecido.

– É só barulho das molas do colchão – ele murmurou.

A Escolhida sorriu novamente e voltou a ajustar seu pulso sobre a boca dele.

Envolvendo-a com os olhos, ele a golpeou com a boca o mais cuidadosamente que conseguia, sem querer feri-la nem mesmo da forma mais sutil. Enquanto bebia, ele a olhava no rosto, registrando a imagem em sua memória para que pudesse mantê-la perto de seu coração.

Porque provavelmente essa era a última vez que ele a veria.

De fato, Throe estava dividido entre agradecer à Virgem Escriba por ter essa fêmea em sua vida, mesmo que apenas por um instante, e enxergar aquelas duas oportunidades de encontrá-la como uma espécie de maldição.

Ela não largaria dele, ele temeu. Assombrando-o como um fantasma...

A sessão acabou cedo demais, e ele logo se viu afastando seus caninos daquela pele cheirosa. Lambeu-a uma vez, duas vezes, acariciando-a com a língua...

– Está bem, já é o suficiente – Phury levantou-a da cadeira, lançando um sorriso cheio de calor para a Escolhida. – Procure Qhuinn agora... você vai precisar se fortalecer.

Isso era verdade, Throe pensou enquanto sentia um golpe de culpa. Ela de fato parecia pálida e levemente aturdida. Mas, também, ela o tinha alimentado duas vezes em poucas horas.

Ele desejou que seu nome fosse Qhuinn.

Phury acompanhou-a até a porta e se despediu falando algumas palavras no Antigo Idioma. Em seguida, virou-se novamente para a sala e garantiu que a tranca estivesse no lugar.

Um punho voou na direção de Throe e, ao vislumbrar o couro negro em movimento, ele sabia que aquele pulso pertencia ao Irmão Vishous.

E o estrondo foi tão alto que mais parecia um tronco de árvore sendo partido ao meio.

Mas ele sempre teve um queixo duro.

Quando os sinos de catedral soaram na cabeça de Throe e ele cuspiu sangue, Vishous disse sombriamente:

— Isso é por olhar para ela como se a estivesse comendo mentalmente.

Do outro lado do quarto, o Irmão Phury também fechou o punho e começou a socar a palma da outra mão. Enquanto se aproximava, falou em um tom perverso:

— E isso é para garantir que você não vai seguir em frente com essa ideia brilhante.

Throe sorriu para os dois. Quanto mais os dois batiam nele, maior era a probabilidade de ele precisar se alimentar novamente.

Eles também estavam certos: Throe realmente queria estar com ela, embora "fazendo amor" fosse um termo mais apropriado para a descrição.

E aqueles momentos com ela valiam a pena, independentemente do que os dois lhe fizessem.

Lá em cima, na mansão, Tohr estava sentado no primeiro degrau da enorme escadaria, mantendo os cotovelos sobre os joelhos dobrados, o queixo sobre o punho e seu celular diante de seus olhos.

Sua bunda estava dormente.

Aliás, depois de ficar sentado onde estava pelas últimas quanto tempo?... cinco horas?... ele provavelmente precisaria da ajuda da doutora Jane para remover, por meio de métodos cirúrgicos, as fibras de carpete de seu traseiro.

A estação de segurança na entrada soltou um bipe, e ele passou caminhando pelas telas duplas, liberando a tranca da porta.

Lassiter entrou sozinho, provavelmente porque a doutora Jane havia retornado ao subsolo. E o anjo estava nu como um pássaro... e incrivelmente bem. Sem buracos de balas, nada de cicatrizes, nenhuma contusão.

— Se você continuar me olhando desse jeito, vai ter de me levar para jantar depois — Tohr encarou o anjo. — Onde você estava com a cabeça, porra?

Lassiter sacudiu seu dedo.

— Você, de todas as pessoas, não precisava me perguntar isso. Não a respeito da noite passada.

Já que estava falando sobre aquilo — e totalmente despreocupado com o fato de estar nu —, Lassiter seguiu pela sala de bilhar e finalmente chegou ao bar. A boa notícia era que, pelo menos, ele estava atrás do balcão enchendo um copo com bebida, seu longo amiguinho apoiado nas duas boias não estavam totalmente visíveis.

— Scotch? Gim? Bourbon? — perguntou o anjo. — Eu estou servindo um "orgasmo".

Tohr esfregou a mão no seu rosto.

— Você poderia nunca mais falar essa palavra perto de mim quando estiver com a bunda totalmente de fora?

As palavras fizeram surgir uma série de "Orgaaaaasmmoooo, orgaaaaasmmoooo, orgaaaassssmmmoooooo" no andamento da 5ª Sinfonia de Beethoven. Felizmente, aquela porcaria com gosto de fruta que o filho da mãe colocou em seu copo acabou com a cançãozinha enquanto ele engolia tudo de uma só vez.

— Ahhhhh... — o anjo sorriu. — Acho que vou tomar mais um gole. Você não quer? Ou já tomou o suficiente para esta tarde?

Uma imagem mental do seio de No'One em sua mão — e em sua boca — fez com que o pênis de Tohr apreciasse aquela ideia.

— Lassiter, eu sei o que você fez.

— Lá fora? Sim, o sol e eu nos damos bem. Ele é o melhor médico do mundo, e eu não preciso pagar a conta. Viva, viva!

E mais bebida. O que sugeria que toda aquela fanfarronice poderia ser um pouco forçada.

Tohr sentou-se em um dos banquinhos.

– Caramba, por que você se atirou na minha frente?

O anjo começou a preparar o terceiro drink para si mesmo.

– Vou dizer a mesma coisa que eu falei para a doutora Jane: não tenho a menor ideia do que você está falando.

– Havia ferimentos causados por balas em todo o seu corpo.

– Havia?

– Sim.

– E você pode provar isso? – Lassiter deu uma voltinha enquanto mantinha os braços para cima. – Pode provar que eu ao menos fui ferido?

– Por que negar?

– Não se trata de uma negação se sequer faço ideia do que você está falando.

Com outro sorriso conquistador, Lassiter esvaziou o copo de novo. E então, imediatamente começou a preparar o quarto drink.

Tohr negou com a cabeça.

– Se vai ficar bêbado, por que não faz isso como um homem de verdade?

– Eu gosto do sabor de fruta.

– Você é o que você bebe.

O anjo correu os olhos em direção ao relógio.

– Droga. Perdi o *Maury*. Mas pelo menos consegui gravar a *Ellen*.

Lassiter seguiu até a sala e se esticou no sofá de couro. E Tohr agradeceu quando o desgraçado pelo menos teve a decência de jogar um cobertor sobre as partes íntimas. Quando a imagem surgiu na televisão, mostrando Ellen DeGeneres dançando com uma fileira de donas de casa, ficou claro que conversar já não era parte da lista de afazeres do anjo.

– Eu só não entendo por que você fez aquilo – murmurou Thor.

Aquilo era bem característico do anjo, permanecer centrado em si mesmo.

Naquele momento, No'One apareceu nos arcos da sala. Usava seu manto e o capuz sobre a cabeça, mas Tohr a vira nua e entregue, e logo sentiu seu corpo voltar à vida, pulsante de desejo lascivo.

Quando deixou o banco e caminhou até a fêmea, ele podia jurar ter ouvido Lassiter murmurar "É por isso".

Aproximando-se da fêmea, Tohr falou:

– Ei, você recebeu a comida?

– Sim – ela murmurou. – Mas fiquei preocupada quando você não voltou. O que aconteceu?

Ele correu o olhar de volta para Lassiter. O anjo parecia ter caído no sono. Sua respiração era regular, e o controle remoto estava descansando em meio a uma mão relaxada pousada sobre o peito. A bebida borbulhava no chão ao lado dele.

Mas Tohr não acreditava na aparência de desmaiado do anjo.

– Nada – ele respondeu asperamente. – Não é nada. Vamos descansar um pouco lá em cima.

Quando ele a guiou, tocando-a suavemente nos ombros, No'One o questionou:

– Tem certeza?

– Sim.

E eles realmente iriam descansar. De uma hora para outra, Tohr sentiu-se exausto.

Ele se poupou de olhar sobre o ombro enquanto seguia até a antessala. Lassiter estava exatamente onde ele havia ficado, mas agora carregava um sorriso sutil em seu rosto.

Como se tudo tivesse valido a pena. Como se o importante fosse Tohr e No'One ficarem juntos.

CAPÍTULO 34

Conforme a noite avançava, Throe caminhava pelas ruas de Caldwell sozinho, desarmado, vestido apenas com um avental cirúrgico... e estava mais forte do que quando chegara ao Novo Mundo.

A surra que levara das mãos daqueles dois Irmãos o havia curado quase que imediatamente, e a Irmandade o soltou logo depois daquela segunda alimentação.

Ainda havia algumas horas antes de seu encontro com Xcor, então Throe passou o tempo envolvido com seus próprios pensamentos, caminhando com um par de tênis de corrida que havia sido presente do inimigo.

Durante o tempo que passara com a Irmandade, não descobriu nem um sinal de onde o complexo ficava localizado. Estava inconsciente quando foi levado às instalações e deixou o local trancafiado em uma van sem janelas. Depois de um passeio bastante demorado, sem dúvida por um caminho sinuoso, ele fora deixado perto do rio, para que cuidasse de si mesmo.

É claro que a van não tinha placa ou qualquer outra característica que a distinguisse. E ele tinha a sensação de que estava sendo observado – como se os Irmãos estivessem esperando para ver se ele tentaria segui-los.

Ele não tentou. Em vez disso, ficou onde estava até que eles foram embora... e então, começou sua caminhada.

A brilhante manobra de Xcor não havia sido nem um pouco produtiva. Bem, exceto ter salvado sua vida. O pouco que ele descobrira sobre a Irmandade não era nada que não pudesse ser imaginado: eles tinham muitos recursos, a julgar pela quantidade e sofisticação dos equipamentos médicos com os quais Throe fora tratado; o número de pessoas que ele vira ou ouvira andando pelo corredor era simplesmente impressionante; e a segurança era levada muito a sério. Na verdade, eles pareciam ser uma comunidade completa que se escondia tanto dos olhos humanos quanto dos *redutores*.

Tudo devia estar no subsolo, ele pensou, bem protegido, camuflado para parecer que ali não havia nada em particular. Afinal, mesmo durante as invasões, quando muitas das casas das raças haviam sido encontradas e destruídas, nenhum rumor de que a casa do Rei fora atingida surgiu.

Então, o plano de Xcor não gerou nada além de animosidade em Throe.

E, por um instante, ele chegou a questionar se se encontraria ou não com seu ex-líder.

No final, ele sabia que tal rebelião não aconteceria. Xcor tinha algo que Throe queria – uma única coisa, na verdade. E, enquanto aquelas cinzas permanecessem na mão daquele macho, nada poderia ser feito além de ranger os dentes, abaixar a cabeça e forçar-se a seguir adiante. Afinal, era isso que ele vinha fazendo há séculos.

Entretanto, não cometeria o mesmo erro duas vezes. Somente um idiota não se lembraria da realidade visceral de como estavam as coisas entre eles.

A resposta era conseguir colocar as mãos nos restos de sua irmã. E logo que fizesse isso, ele sentiria falta de seus companheiros soldados da mesma forma que lhe doía não ter sua família, mas, ainda assim, Throe deixaria o Bando de Bastardos para trás – à força, se assim fosse necessário. Então, talvez ele criasse raízes em algum lugar nos Estados Unidos. Voltar para o Antigo País não era uma opção. Talvez se sentisse tentado a visitar novamente aqueles de sua linhagem, o que não seria justo para eles.

Mais próximo do fim da noite, por volta das quatro da madrugada, a julgar pela posição da Lua, ele se desmaterializou e seguiu até o topo do arranha-céu. Não trazia armas que pudesse sacar para se proteger, mas tampouco pretendia lutar. Pelo que Throe sabia, sua irmã não conseguiria entrar no Fade sem a cerimônia adequada, então ele teria de viver tempo suficiente para conseguir enterrá-la.

Mas, assim que fizesse isso...

Acima das ruas e de outros prédios da cidade, na estratosfera curiosamente silenciosa onde nem buzinas, nem gritos, nem o barulho dos caminhões de entrega ecoavam tão cedo, o vento era forte e frio, mesmo com a umidade do ar e a temperatura quente. Sobre sua cabeça, trovões rosnavam e relâmpagos se espalhavam pelas laterais de algumas nuvens de tempestade que prometia um início de dia bastante úmido.

Quando começou sua jornada com Xcor, Throe era mais um cavalheiro treinado na refinada arte de liderar uma fêmea em uma pista de dança, e não se envolvia em combates mão a mão. Porém, aquele macho já não era quem um dia fora.

Então, ficou ali naquele espaço aberto sem se sentir um covarde ou sem ter vontade de se desculpar, com os pés travados no chão e os braços na lateral do corpo. Não havia fraqueza na linha de seu maxilar, no contorno de seu peito ou no ângulo raso formado por seus braços. Em seu coração, não sentia medo daquilo que pudesse aparecer para cumprimentá-lo. Tudo isso era por causa de Xcor. Throe tinha tecnicamente nascido um macho, mas somente aprendera a honrar esse seu lado depois de se envolver em um conflito com Xcor.

E sempre deveria isso aos machos com quem tinha passado tanto tempo...

Uma pessoa saiu de trás das engrenagens mecânicas. O vento batia sobre um longo casaco, fazendo-o sacudir para longe de um corpo pesado e mortal.

Instinto e treino se uniram quando Throe se colocou em posição de batalha, preparado para enfrentar seu...

Enquanto o macho dava um passo para frente, a luz que passava pela porta ali em cima banhou seu rosto.

Não era Xcor.

Throe não desfez sua posição de ataque.

– Zypher?

– Sim – o soldado avançou abruptamente para frente, acelerando para diminuir a distância entre os dois.

Antes que Throe se desse conta, ele estava envolto em um forte abraço, segurando em braços tão apertados quanto os seus próprios contra um corpo tão maciço quanto o seu.

– Você sobreviveu – arfou o soldado. – Você está vivo...

Desajeitadamente num primeiro momento, e em seguida com um desespero estranho, Throe abraçou o outro guerreiro.

– Sim, sim. Estou.

Com um movimento brusco, ele foi empurrado para trás e examinado dos pés à cabeça.

– O que eles fizeram com você?

– Nada.

Aqueles olhos se estreitaram.

– Fale a verdade comigo, irmão. E, antes que responda, um de seus olhos ainda está roxo.

– Eles arrumaram um médico para mim. E também uma... Escolhida.

– Uma Escolhida?!

– Sim.

– Talvez eu devesse tentar ser apunhalado.

Throe teve de rir.

– Ela era... como nada nesse mundo. Cabelos, pele e semblante puros, etérea, embora fosse uma criatura viva e estivesse respirando.

– Eu pensei que elas fossem fabricadas.

– Eu não sei. Talvez eu tenha romantizado a situação. Mas ela era exatamente como os rumores descrevem as Escolhidas – mais adorável do que qualquer fêmea que seus olhos já possam ter visto.

– Não me torture assim! – exclamou Zypher, abrindo um leve sorriso. Em seguida, tornou-se sério novamente. – Você está bem.

Aquilo não era uma pergunta, mas trazia um tom de exigência.

– Durante a maior parte do tempo, eles me trataram como um convidado – verdade, exceto pelas algemas e pelas pancadas. Mas, considerando que eles estavam protegendo a virtude de uma pedra preciosa, Throe tinha de tirar o chapéu para o que aqueles caras tinham feito. – Mas, sim, estou totalmente recuperado, graças ao médico deles – ao dizer isso, o macho olhou em volta. – Onde está Xcor?

Zypher sacudiu a cabeça.

– Ele não veio.

– Então é você quem vai me matar?

Estranho Xcor mandar outro macho cumprir uma tarefa que certamente lhe traria tanto gosto.

– Claro que não, caralho – Zypher tirou uma das alças da mochila do ombro. – Vim aqui para lhe dar isso.

Ele tirou da bolsa uma caixa de latão grande e quadrada, com marcas e inscrições ornamentadas.

Throe só conseguiu ficar olhando para aquilo.

Ele não via aquela caixa há séculos. Aliás, ele não sabia que ela tinha sido tirada de sua família até Xcor usá-la para ameaçá-lo.

Zypher limpou a garganta.

– Ele me mandou dizer que você está livre. Sua dívida com ele foi paga e ele está devolvendo a falecida a você.

As mãos de Throe tremiam intensamente até aceitarem o peso das cinzas de sua irmã. Então, pararam de tremer.

Enquanto Throe permanecia ali, em meio ao vento e à garoa, chocado e incapaz de se mover, Zypher deu a volta nele, mantendo as mãos no quadril e os olhos nas pedras que cobriam o telhado do arranha-céu.

– Ele não é mais o mesmo desde que você partiu – confessou o soldado. – Esta manhã, eu o encontrei se cortando até os ossos por conta do luto que sentia.

Os olhos de Throe saltaram na direção do macho que ele conhecia tão bem.

– É mesmo?

– Verdade, cara. Ele fez isso o dia todo. E agora à noite sequer saiu para lutar. Voltou sozinho para o esconderijo, mandou todos os caras saírem, menos eu, e depois me deu isso.

Throe levou a caixa mais para perto de seu corpo, segurando-a com força.

– Tem certeza que é por minha causa que ele está tão chateado? – perguntou secamente.

– Com certeza. Na verdade, no fundo do coração, Xcor não é como a Irmandade. Ele quer ser... e é capaz de fazer muito contra outros, algo que eu não sou capaz. Mas para você, para nós, nós somos o clã dele – o olhar de Zypher estava carregado de sinceridade. – Você devia voltar para nós. Para ele. Xcor não vai voltar a agir daquela forma, essas cinzas são a sua prova. E nós precisamos de você, não somente por causa de tudo que você faz, mas também por quem você se tornou para nós. Não faz nem vinte e quatro horas que você se foi e nós estamos todos chateados com a sua ausência.

Throe lançou um olhar para o céu, para a tempestade violenta e causticante lá em cima. Depois de ter sido ferido pelas circunstâncias, não conseguia sequer considerar a ideia de ser ferido consensualmente.

– Todos nós seremos incompletos sem você. Inclusive ele.

Throe só conseguiu sorrir ligeiramente.

– Você chegou a imaginar algum dia que diria isso?

– Não – a risada que se espalhou com os golpes de vento era profunda. – Não sobre um aristocrata. Mas você é mais do que isso.

– Graças a você.

– E a Xcor.

– Não sei se estou pronto para dar algum crédito a ele.

– Volte comigo. Reveja Xcor. Una-se novamente a sua família. Por mais que possa lhe doer esta noite, você está tão perdido sem nós quanto nós estamos sem você.

Em resposta, Throe só conseguiu correr o olhar para a cidade, para as luzes como as das estrelas escondidas lá em cima.

– Não consigo confiar nele – Throe ouviu-se dizer.

– Ele lhe conferiu sua liberdade esta noite. Certamente, isso significa alguma coisa.

– Todos nós estaremos diante de sentenças de morte se continuarmos. Eu vi a Irmandade. Se eles eram formidáveis antes, no Antigo País, aquilo não era nada comparado aos suprimentos que eles têm agora.

– Então, eles vivem bem?

– Eles têm uma vida inteligente. Eu seria incapaz de encontrá-los, se realmente quisesse. E a Irmandade tem instalações enormes, eles são uma força que devemos reconhecer – ele correu novamente o olhar em volta. – Xcor vai ficar decepcionado com o que eu descobri. E olha que é muito pouco.

– Ele disse que não.

Throe franziu a testa.

– Não entendo.

– Ele afirmou que não quer saber de nada. É muito improvável que você receba um pedido de desculpas diretamente dele, mas ele lhe deu a chave daquilo que o prendia, e não vai aceitar nenhuma informação vinda de você.

Um breve golpe de fúria o atingiu. Então, para que tudo aquilo?

Mas talvez Xcor não tivesse considerado que se sentiria daquela forma. E Zypher estava certo. A ideia de não estar ao lado daqueles machos era como a morte. Depois de todos esses anos, eles eram tudo que ele tinha.

– Se eu voltar, eu poderia ser um risco à segurança. E se eu tiver feito um pacto secreto com a Irmandade? E se eles estiverem aqui? – ele acenou para a área em volta. – Ou talvez esperando em algum outro lugar para me seguir?

Zypher deu de ombros, sem nenhuma preocupação.

– Estamos tentando nos encontrar com eles há meses. Uma confluência desse tipo seria bem-vinda.

Throe piscou os olhos. E, em seguida, começou a rir.

– Vocês são loucos.

– Você não quer dizer "nós"? – Zypher sacudiu a cabeça abruptamente. – Você jamais nos trairia. Mesmo se detestasse Xcor com todas as suas forças, você jamais comprometeria o restante de nós.

Aquilo era verdade, ele pensou. Quanto a detestar Xcor...

Throe olhou para baixo, na direção da caixa em seus braços.

Ao longo dos anos, ele tinha se questionado várias vezes sobre as curvas nos caminhos de seu destino.

E parecia que esta noite ele se questionaria mais uma vez.

Talvez estivesse incerto sobre a empreitada contra Wrath, mas agora que tinha visto aquela fêmea Escolhida, ele realmente gostava da ideia de tomar o trono e encontrá-la para poder reivindicá-la para si.

Sede de sangue? Sim, de fato. No passado, ele jamais pensaria dessa forma. Mas agora tinha se acostumado a conseguir o que queria, o manto de civilidade se desfazia depois de anos sem receber cuidados.

Se ele conseguisse chegar a Wrath, então poderia encontrá-la novamente...

Throe sentiu sua boca se movimentar abruptamente e ouviu sua própria voz seguir com o vento.

— Ele vai ter de me autorizar a comprar celulares.

Xcor passou a noite toda em casa.

O problema eram os ferimentos em seus antebraços. Ele detestava o fato de que aquelas feridas ainda precisavam cicatrizar, mas era suficientemente inteligente para saber que mal podia usar seus membros. Aliás, o simples ato de segurar a colher para levar a sopa até a boca apresentava-se uma tarefa complicada.

Uma adaga contra o inimigo seria algo impossível. E havia também o risco de infecção.

Era aquela coisa maldita. Outra vez. Talvez se ele tivesse reservado tempo para se alimentar daquela prostituta antes... ora, havia sido na primavera?

Franzindo a testa, ele executou um movimento desconfortável, mas que lhe rendeu muito. Não era de se surpreender que continuasse em uma situação complicada... mas pelo menos não estava completamente enlouquecido por sangue.

Ou estava? Pensando no que fizera a Throe, era difícil não julgar suas ações pela ótica da condenação.

Praguejando, soltou a cabeça. Exaustão e uma espécie estranha de aborrecimento pousaram em seus ombros...

A porta de trás da cozinha se abriu e, considerando que era cedo demais para seus soldados retornarem, ele sabia que era Zypher com notícias sobre a partida de Throe.

– Ele estava bem? – perguntou Xcor sem levantar o olhar. – Conseguiu sair vivo?

– Sim, e está bem.

Xcor finalmente ergueu o olhar. Throe estava na passagem com forma de arco, de pé e com o orgulho estampado no rosto, olhos alertas, corpo fortalecido.

– E voltou bem para casa – terminou o macho, falando com um tom sombrio.

Xcor voltou a se concentrar imediatamente em sua sopa e piscou os olhos com força. Observou, como se a uma distância enorme, a colher em sua mão sacudir até derramar o líquido.

– Zypher não lhe disse? – murmurou rispidamente.

– Que eu estava livre? Sim, ele falou.

– Se quiser brigar, então terei de deixar minha refeição de lado.

– Não sei se você estaria disposto a fazer qualquer outra coisa que não se alimentar neste momento.

Malditas camisetas sem manga, pensou Xcor enquanto virava os braços para dentro em uma tentativa de deixar menos à mostra aqueles ferimentos.

– Eu poderia reunir forças, se isso for necessário. Onde estão suas botas?

– Não sei. Eles ficaram com tudo que eu tinha.

– Você foi bem tratado?

– Suficientemente bem – Throe deu alguns passos à frente. As tábuas que constituíam o chão rangeram sob seus pés. – Zypher disse que você não queria saber de nada do que vi.

Xcor negou com a cabeça.

– E também disse que eu nunca receberia um pedido de desculpa de você – uma longa pausa invadiu o local. – Mas eu quero um pedido de desculpas. Agora.

Xcor colocou a sopa de lado e se viu analisando as feridas que tinha causado em si mesmo, lembrando-se de toda aquela dor, de todo aquele sangue – que tinha secado no chão logo abaixo dele.

– E aí o que acontece? – ele disse em uma voz áspera.

– Você terá de descobrir.

Justo, pensou Xcor.

De uma forma deselegante – não que ele tivesse qualquer elegância, para começo de conversa –, ele se levantou. E, por diversas razões, seu equilíbrio estava comprometido. A sensação de vertigem tornou-se pior quando ele encarou seu... amigo.

Olhando diretamente para Throe, deu um passo adiante e estendeu a mão.

– Eu sinto muito.

Três palavras simples proferidas em voz alta e clara e que não fariam todo o trabalho. Então, Xcor continuou:

– Eu agi errado ao tratá-lo da forma como o fiz. Eu não... não sou tão parecido com Bloodletter quanto achei que fosse. Ou quanto eu gostaria de ser.

– Isso não é algo ruim – falou Throe em voz baixa.

– Quando diante de alguém como você, eu concordaria.

– E com relação aos outros?

– Também com relação aos outros – Xcor sacudiu a cabeça. – Mas para por aí.

– Então, suas ambições não mudaram...

– Não. Mas meus métodos jamais serão os mesmos.

No silêncio que se seguiu, ele não fazia ideia do que receberia em troca: uma ofensa, um soco, uma maldita briga. A instabilidade o atingiu mais do que o aceitável.

– Peça para que eu retorne para você como um macho livre – ordenou Throe.

– Por favor, volte. E você tem minha palavra, embora ela não valha muita coisa, de que receberá o respeito que há muito tempo merece.

Depois de um instante, Throe segurou a mão de Xcor.

– Então, está certo.

Xcor expirou um ar estremecido que deixou claro seu alívio.

– Certo, está bem.

Soltando a mão do guerreiro, inclinou-se, pegou sua tigela de sopa quase intocada e ofereceu um pouco a Throe.

– Você vai permitir que eu mude nossa forma de comunicação – afirmou o enorme macho.

– Sim.

E isso foi tudo.

Throe aceitou a sopa e aproximou-se de onde Xcor estava sentado. Abaixou-se e colocou a caixa de latão do outro lado antes de finalmente começar a comer.

Xcor uniu-se a ele na mancha de sangue que esvaíra naquele dia. E, no silêncio, encerraram a reunião. Mas aquilo não havia chegado ao fim. Pelo menos, não para Xcor.

Seu arrependimento continuou acompanhando-o. O peso da consequência de suas ações alterou-o para sempre, como um ferimento que deixou uma cicatriz indelével e curou-se da forma errada.

Ou, melhor dizendo, nesse caso, da forma correta.

OUTONO

CAPÍTULO 35

No'One acordou em meio a um terremoto.

Abaixo dela, o colchão se remexia, a enorme força da perturbação lançando os travesseiros para todos os lados, fazendo as cobertas voarem, e um vento congelante açoitava sua pele...

Sua consciência logo se deu conta da causa do caos. Não era a terra chacoalhando, mas Tohrment. Ele se debatia ao lado dela como se lutasse contra amarras que o prendiam à cama, seu corpo maciço sacudia descontroladamente.

Tohr tivera aquele sonho outra vez. Aquele sobre o qual ele se recusava a falar e que, portanto, devia ter a ver com sua amada.

A luz do banheiro banhou seu corpo nu enquanto ele se colocava de pé, os músculos retesados de suas costas lançando sombras endurecidas, seus punhos fechados, suas coxas tensas como se ele estivesse prestes a saltar para frente.

Enquanto recuperava o fôlego e se localizava, o nome cravado em sua pele na forma de um arco gracioso expandiu-se e contraiu-se, quase como se a fêmea estivesse novamente viva.

WELLESANDRA

Sem dizer uma palavra, Tohrment foi até o banheiro, fechou a porta, desligou a luz e... desligou-se dela.

Deitada no escuro, No'One ouviu a água começar a correr. Uma rápida olhada no relógio ao lado da cama indicou que já era quase hora de se levantar, mas, mesmo assim, ela ficou onde estava.

Quantos dias ela tinha passado na cama daquele macho? O equivalente a um mês. Não, dois... Talvez três? O tempo deixou de ter um significado para ela; as noites passavam como a fragrância em uma brisa de verão.

Ela supôs que ele era seu primeiro amante.

Mas... talvez ele se recusasse a aceitá-la por inteiro.

Além disso, mesmo depois de todo aquele tempo juntos, ele não permitia que ela o tocasse. Nem mesmo dormia debaixo das mesmas cobertas que ela. Ou a beijava na boca. E Tohr não queria tomar um banho de banheira com ela nem acompanhá-la na piscina. Tampouco a via se vestir com olhos desejosos e não a abraçava quando dormiam.

Ainda assim, ele era generoso com seus talentos sexuais, levando-a várias vezes àquele lugar de alegria efêmera, sempre cuidadoso com o corpo e com os orgasmos dela. E No'One sabia que aquilo também o levava a sentir prazer. As reações no corpo daquele macho eram intensas demais para passarem despercebidas.

Parecia ganância da parte dela desejar mais. Mas ainda assim ela desejava.

Apesar de todo o calor insano que eles faziam brotar um no outro, da forma como ele livremente se alimentava dela e ela dele, No'One se sentia... paralisada. Presa em um lugar que estava longe de ser um último destino. Embora tivesse estabelecido uma organização em suas noites trabalhando no complexo, e alívio e ansiedade a cada amanhecer, quando ele voltava saudável e forte, ela se sentia estagnada. Inquieta.

Infeliz.

Motivo pelo qual ela finalmente pediu que um visitante viesse ao complexo esta noite.

Pelo menos ela poderia fazer algum progresso. Ou era o que esperava.

Saindo do bolsão de calor que tinha criado para si mesma, No'One estremeceu, embora o sistema de aquecimento estivesse ligado. A temperatura inconstante era a única coisa à qual ela ainda precisava se adaptar neste lado – e a única coisa do Santuário da qual sentia falta. Aqui, havia momentos em que estava aquecida demais, e outros em que sentia frio – e estes últimos eram mais frequentes agora que setembro tinha chegado e trazido consigo os ventos frios do outono.

Enquanto se ajeitava em seu manto, sentiu as dobras frias e tremeu em meio ao abraço do tecido. Ela se certificava de sempre estar vestida ao sair da cama. Tohrment nunca tinha dito nada, mas ela sentia que ele a preferia assim. Por mais que aquele macho parecesse gostar de tocá-la, seus olhos a evitavam quando ela estava nua, desviando-se para outro lado também quando estavam em público – embora estivesse claro que os Irmãos já sabiam que ela ficava com ele.

Ela tinha essa sensação, embora ele tivesse dito que sabia que era a ela a quem ele dava prazer, que ele tentava encontrar sua *shellan* no corpo dela, nas experiências que tinham juntos.

Enfiando os pés nos sapatos de couro, ela hesitou antes de sair. Detestava o fato de Tohr estar naquela situação extrema, mas ele jamais conversaria com ela sobre o assunto. Aliás, nos últimos tempos, o macho não falava muito quando ela estava por perto, embora seus corpos fossem fluentes naquela linguagem que usavam para se comunicar. Por sinal, nada bom aconteceria se ela insistisse, especialmente considerando o humor com o qual ele devia estar.

Forçando a si mesma na direção da porta, ela colocou o capuz para cima e a cabeça para baixo, e olhou para os dois lados antes de sair no corredor e fechar Tohr sozinho lá dentro.

Como de costume, saiu sem fazer qualquer barulho.

– Lassiter – sussurrou Tohr no espelho do banheiro. Quando não recebeu resposta, jogou mais um pouco de água fria em seu rosto. – *Lassiter.*

Quando fechou os olhos, viu sua Wellsie naquela paisagem cinza. Ela estava ainda mais longe dele agora, quase perdida na distância, ainda mais difícil de ser alcançada enquanto permanecia sentada naquelas pedras acinzentadas.

Eles estavam perdendo o contato.

— Lassiter, cadê você, porra?

O anjo finalmente surgiu na lateral da jacuzzi, com um pacote de biscoitos de chocolate Freddie Freihofer em uma mão e uma caneca de leite na outra.

— Quer um? — ele ofereceu, sacudindo o pacote cheio de calorias. — Acabei de tirá-los da geladeira. Ficam muito mais gostosos quando estão frios.

Tohr o encarou.

— Você me disse que eu era o problema — quando tudo que ele recebeu foi o barulho do anjo mastigando os biscoitos, teve vontade de enfiar o pacote todo goela abaixo do desgraçado. De uma vez. — Ela ainda está lá. Está quase desaparecendo.

Lassiter deixou de lado aquela comida que só servia para tirar o apetite antes do jantar, como se talvez já não sentisse mais fome. E, quando simplesmente negou com a cabeça, Tohr entrou em pânico por um instante.

— Se você estiver me enganando, anjo, eu vou matá-lo.

O outro macho virou os olhos.

— Eu já estou morto, idiota. E talvez eu deva lembrá-lo de que sua *shellan* não é a única pessoa que eu estou tentando libertar com isso. Meu destino é o destino dela, lembra? Se você falar, eu falharei; então, não tenho um pingo de vontade de enganá-lo.

— Então, por que diabos ela está naquele lugar horrível?

Lassiter jogou as mãos para o ar.

— Veja bem, cara, é necessário mais do que alguns orgasmos. Você já deve saber disso.

— Jesus Cristo, eu não posso fazer muito mais do que já estou...

— É mesmo? — Lassiter estreitou os olhos. — Você tem certeza disso?

Quando os olhares se encontraram, Tohr precisou se concentrar em outra coisa. E também reavaliar a privacidade que ele acreditava ter com No'One.

Que se foda. Eles tinham gozado centenas de vezes juntos, então...

— Você sabe como eu o quanto você *não* fez — disse o anjo com um tom suave. — Sangue, suor e lágrimas. É isso que será necessário.

Abaixando a cabeça, Tohr esfregou a mão nas têmporas, sentindo-se prestes a gritar. Mas que merda...

— Você vai sair esta noite, não vai? — murmurou o anjo. — Então, quando voltar, venha se encontrar comigo.

— De qualquer forma, você me acompanha por aí, não é verdade?

— Não sei do que você está falando. Vamos nos encontrar depois da Última Refeição.

— O que você vai fazer comigo?

— Você disse que quer ajuda... bem, eu vou lhe oferecer ajuda.

O anjo se levantou e seguiu na direção da porta do banheiro. Em seguida, voltou para pegar seus malditos biscoitos.

— Até o amanhecer, meu amigo.

Agora, sozinho, Tohr refletiu brevemente sobre quais seriam as vantagens de dar um soco no espelho, mas logo entendeu que isso poderia comprometer suas chances de sair e encontrar alguns *redutores* para matar. E, naquele momento, isso era a única coisa que o mantinha vivo.

Sangue. Suor. Lágrimas.

Praguejando, ele tomou um banho, fez a barba e retornou para o quarto. No'One já tinha saído, provavelmente para poder descer e fazer a Primeira Refeição separada dele. Ela fazia isso todas as noites, embora a discrição não fosse capaz de enganar ninguém.

Você sabe como eu o quanto você não *fez.*

Que merda, Lassiter provavelmente tinha razão, e não apenas com relação ao assunto sexo.

Enquanto refletia sobre isso, ele percebeu que nunca tinha se explicado para No'One. Mas era impossível que ela não soubesse que ele tivera aquele pesadelo outra vez. O fato de ele pular da cama como um pão em uma torradeira era como um letreiro de neon dentro do quarto. Entretanto, ele nunca conversou com ela sobre aquilo. Nunca lhe deu abertura para falar sobre o assunto.

Na verdade, ele não conversava com ela sobre coisa alguma. Nem sobre seu trabalho lá fora, no campo de batalha. Nem sobre os Irmãos. Nem sobre as lutas constantes que o Rei andava travando contra a *glymera*.

E ele mantinha distância de tantas outras formas...

No closet, puxou uma calça jeans, enfiou o enorme corpo nela e...

O cós ficou preso na altura das coxas. E, quando ele puxou a calça mais uma vez, ela continuou onde estava. Puxando com ainda mais força, a calça se rasgou em duas metades.

Mas. Que. Porra.

Merda de calça.

Apanhou outro par de calças. E o mesmo problema aconteceu... suas coxas estavam muito grossas para elas.

Percorreu o closet, verificando todos os seus conjuntos de roupas de guerreiro. Agora que tinha refletido um pouco sobre aquilo, as peças andavam se tornando mais apertadas nos últimos tempos. As jaquetas limitavam os movimentos de seus ombros, camisas rasgavam na área da axila no fim da noite.

Olhando sobre seu ombro, ele viu seu reflexo no espelho sobre uma das cômodas.

Caramba, ele estava de volta ao tamanho que certa vez tivera. Era estranho o fato de ele não ter percebido isso até esta noite, mas seu corpo, agora com um esquema regular de alimentação, tinha se expandido até as dimensões anteriores. Seus ombros estavam marcados por músculos, seus braços, enormes, sua barriga, definida, suas coxas, inchadas e poderosas.

No'One era responsável por isso. Era o sangue dela que o estava tornando tão forte.

Virando-se para o outro lado, seguiu até o telefone ao lado da cama, pediu outra calça de couro de um tamanho maior, para ontem, e então, colocou-o ao lado da espreguiçadeira.

Seus olhos permaneciam fixos no closet.

O vestido da cerimônia de vinculação ainda estava lá, empurrado para os fundos, pendurado onde ele o havia deixado quando decidira seguir em frente.

Lassiter estava certo. Ele não tinha levado as coisas tão longe quanto poderia. Mas, Deus, transar com outra fêmea? Sexo "de verdade"? Isso ele só tinha feito com sua Wellsie.

Droga... esse pesadelo tornava-se cada vez pior.

Mas, Deus, aquela visão quando ele acordava, de sua *shellan* ainda mais distante, ainda mais apagada, seus olhos exaustos, torturados e acinzentados como aquela paisagem.

O bater na porta foi forte demais para ser Fritz.

– Entre.

John Matthew colocou a cabeça para dentro. O garoto estava vestido para lutar. Suas armas, preparadas; seu humor, obscuro.

– Vai sair cedo? – perguntou Tohr.

Não, eu troquei de turno com Z... só queria avisá-lo disso.

– O que há de errado?

Nada.

Que mentira. A verdade transparecia nas palavras do jovem, suas mãos assumiam contornos enfáticos na língua de sinais. E ele não olhava para nada além do chão.

Tohr pensou na cama bagunçada do outro lado, e no fato de No'One ter deixado um de seus vestidos extras na cadeira da escrivaninha.

– John – disse Tohr. – Ouça...

O jovem não olhou para ele. Apenas ficou ali, na porta aberta, com a cabeça e as sobrancelhas abaixadas e o corpo se retorcendo de vontade de deixar aquele lugar.

– Já falo com você. E feche a porta.

John esperou e cruzou os braços quando terminou de fechar a porta. Bosta. Por onde começar.

– Acho que você sabe o que está acontecendo aqui. Com No'One...

Não é da minha conta, foi a resposta que veio na língua de sinais.

– Bobagem – pelo menos isso rendeu a Tohr um breve contato visual. Uma pena, já que ele ficou paralisado com a revelação. Como poderia explicar o que estava acontecendo? – É uma situação complicada, mas ninguém entende o lugar onde Wellsie está – merda, qual era o nome? – Quero dizer...

Você a ama?

– No'One? Não, eu não a amo.

Então, que diabos está fazendo aqui? – não, não responda. John andou de um lado para o outro, mantendo as mãos no quadril. As armas que carregava refletiam leves golpes de luz. *Eu posso imaginar.*

Infelizmente, pensou Tohr, a raiva era justificável. Um filho protegendo a memória de sua mãe.

Deus, aquilo feria.

– Eu preciso seguir em frente – sussurrou Tohr com uma voz rouca. – Não tenho escolha.

O caralho que não. Mas, como eu disse, não é da minha conta. Agora, preciso ir. Tchau...

– Se você está pensando que isso está sendo divertido para mim, está muito enganado.

Eu ouvi os barulhos. Sei exatamente o quanto você está se divertindo.

Quando John partiu, a porta se fechou com uma pancada.

Fantástico. Para que esta noite se tornasse ainda melhor, só faltava alguém perder uma perna. Ou a cabeça.

CAPÍTULO 36

Falando de forma geral, o cheiro do sangue humano não era nem um pouco interessante quando comparado ao de um *redutor* ou ao dos vampiros. Entretanto, era igualmente reconhecível, e algo a se prestar pouca atenção.

Quando Xhex passou a perna por cima de sua moto, inspirou novamente o ar.

Definitivamente humano, vindo do lado oeste do Iron Mask.

Verificando o relógio, viu que ainda tinha algum tempo antes de seu encontro, e, embora no curso normal das coisas não se importasse nem um pouco em se envolver com bagunças humanas, diante dos eventos atuais no mercado negro ela só conseguiu sair da moto, pegar a chave e se desmaterializar naquela direção.

Ao longo dos últimos três meses, uma série de assassinatos havia ocorrido no centro da cidade. Bem, até aí, nenhuma novidade. No entanto, aqueles que a interessavam não envolviam gangues preguiçosas passando por ali, ou dedos apertando gatilhos por conta do calor da paixão, ou bêbados sendo atropelados. Seu grupo de interesse era outro: mortes relacionadas a drogas.

Mas não aquelas a que todos estavam acostumados.

As mortes eram todas suicídios.

Intermediários estavam acabando com a própria vida – mas, no fundo, quais eram as possibilidades de aqueles filhos da puta desenvolverem todos, ao mesmo tempo, uma consciência? A não ser, é claro, que alguém colocasse um aditivo de moral no sistema de água de Caldwell. E, se isso acontecesse, Trez ficaria sem trabalho por uma série de razões.

A polícia humana estava desconcertada. A notícia tinha se espalhado por todo o país. Os políticos estavam em polvorosa.

Ela tinha até mesmo tentado dar uma de Nancy Drew, mas sempre estava ou atrasada ou sem dinheiro.

Por outro lado, Xhex já sabia a resposta para várias daquelas perguntas humanas: o símbolo da morte no Antigo Idioma, estampado naqueles papelotes, era a chave. E caramba, quanto mais caras engoliam balas disparadas por suas próprias mãos, mais daqueles selos surgiam. E agora o símbolo também começava a aparecer nos embrulhos de heroína e de ecstasy, não somente nos de cocaína.

O vampiro em questão, quem quer que ele ou ela fosse, começava paulatinamente a deixar claro que pensava que aquela região lhe pertencia. E, depois de um verão agitado influenciando a escória humana a se deletar da piscina genética, ele conseguiu matar toda uma população do ramo de venda de drogas. Só havia sobrado os varejistas nas esquinas... e Benloise, o grande fornecedor.

Quando ela tomou forma novamente atrás de uma van estacionada, ficou claro que tinha chegado à cena logo depois do que ocorrera: havia dois caras formando uma espécie de poça de lama no asfalto, deitados de cabeça para cima com olhos que já não enxergavam coisa alguma. Ambos tinham armas nas mãos e buracos na frente do cérebro, e o carro no qual tinham vindo ainda estava parado, com as portas abertas e fumaça saindo pelo escapamento.

Mas nada daquilo era algo com que ela se importava. Xhex estava interessada no vampiro macho entrando em um belo Jaguar, com seus cabelos negros refletindo um azulado com a luz de uma passagem em forma de abóbada.

Parecia que a situação dela estava melhorando.

Com um movimento rápido, Xhex tomou forma novamente na frente do carro, e graças ao fato de os faróis não estarem ligados, pôde ver bem o rosto que brilhava atrás do painel.

Olha só, ela pensou enquanto ele erguia a cabeça em sua direção.

A risada que lentamente saiu da boca do macho era como as noites de verão: profunda e aquecida – e perigosa como uma tempestade de raios.

– A bela Xhexania.

– Assail. Bem-vindo ao Novo Mundo.

– Ouvi dizer que você estava por aqui.

– Digo a mesma coisa sobre você – ela assentiu. – Sei que você tem prestado um serviço público.

O vampiro adotou uma expressão malévola, pela qual Xhex só conseguiu demonstrar respeito.

– Você me dá crédito por motivos que talvez não sejam os certos.

– Sei. Claro.

– Não vá me dizer que você se importa com esses ratos sem rabo?

– Eu me importo com o produto que está correndo em minha discoteca.

– Discoteca? – sobrancelhas elegantes arquearam-se sobre aqueles olhos frios. – Você trabalha com humanos?

– Acredito que a expressão correta seria "mantenho-os na linha".

– E você não aprova o uso de substâncias químicas?

– Quanto mais influenciados por drogas, mais irritantes eles se tornam.

Uma longa pausa se instalou.

– Você está bonita, Xhex. Mas, também, sempre foi.

Ela pensou em John e na forma como ele dera um jeito naquele "mamãe, quero ser vampiro" alguns meses antes. A situação seria diferente com Assail, entretanto. John se divertiria bem mais com um oponente mais a sua altura, e Assail era capaz de qualquer coisa...

Com uma pontada de dor, ela subitamente se perguntou se seu parceiro se importaria em brigar por ela a essa altura.

As coisas andavam diferentes entre eles, e não de uma forma positiva. Todas aquelas decisões do verão, de que ficariam próximos e ligados, haviam desaparecido em meio às dificuldades dos trabalhos noturnos, e aquelas visitas rápidas que faziam um ao outro parecia criar mais distância do que curar.

Mesmo agora, no frio do outono, suas visitas eram mais complicadas e menos frequentes. E também menos sexuais.

– Qual é o problema, Xhex? – perguntou Assail com uma voz suave. – Posso sentir o cheiro de sua dor.

– Você superestima seu nariz. E seu alcance, se acha que pode tomar Caldwell tão rapidamente. Você está tentando preencher um espaço grande demais.

– O espaço de Rehvenge, seu chefe, você quer dizer.

– Exatamente.

– Isso significa que você virá trabalhar para mim quando eu terminar de limpar a área?

– De jeito nenhum.

– E quanto a você? – ele tentou amenizar a situação abrindo um sorriso. – Sempre gostei de você, Xhex. Se, em algum momento precisar de um emprego de verdade, venha me procurar. Eu não tenho nada contra mestiços.

E não é que aquele comentariozinho a fez querer chutá-lo nos dentes?

– Sinto muito, estou feliz onde estou.

– A julgar pelo seu cheiro, não, você não está – quando ele ligou o motor do carro, o rugido sutil denunciou quantos cavalos havia debaixo do capô. – A gente se vê por aí.

Com um aceno casual, ele se fechou dentro do carro, acelerou e partiu sem acender o farol.

Enquanto ela olhava para os mortos que o macho deixava para trás, pensou, bem, pelo menos agora ela tinha um nome em mãos, mas isso era a extensão da boa notícia. Assail era o tipo de macho do qual você não podia desgrudar os olhos por um minuto. Um camaleão sem consciência, aquele cara podia ter mil faces diferentes para mil pessoas diferentes – ninguém jamais sabia quem ele era de verdade.

Por exemplo, Xhex não acreditou que ele a achasse atraente, nem mesmo por um segundo. Aquilo era apenas um comentário para desestabilizá-la. E tinha funcionado, mas não pelo motivo que ele tinha em mente.

Deus, John...

Aquela droga entre eles estava matando os dois, mas eles continuavam paralisados. Incapazes de fazer as coisas funcionarem; incapazes de se desprenderem.

Estava tudo errado.

Retornando a sua moto, ela montou no veículo, colocou os óculos de sol para proteger os olhos e partiu. Enquanto saía do centro, passou por alguns carros de polícia com as sirenes ligadas e histéricas correndo o mais rápido que seus pneus permitiam em direção a onde ela acabara de estar.

Divirtam-se, rapazes, ela pensou.

Perguntando-se se eles tinham um protocolo para múltiplos suicídios a essa altura.

Então, seguiu para o norte, em direção às montanhas. Teria sido mais eficiente simplesmente se desmaterializar, mas ela precisava arejar a cabeça, e nada melhor do que seguir a cento e vinte quilômetros por hora em uma via rural para limpar totalmente o crânio. Com o ar frio empurrando seus óculos de aviador na direção do nariz e sua jaqueta formando uma segunda pele contra seus seios, ela forçou ainda mais o motor, apoiando-se rente à moto, tornando-se parte da máquina.

Enquanto se aproximava da mansão da Irmandade, Xhex não estava certa do motivo pelo qual tinha concordado com aquilo. Talvez apenas tivesse se surpreendido com o pedido. Talvez quisesse trombar com John por acaso. Talvez estivesse procurando por alguma coisa, qualquer coisa que fosse diferente daquela neblina de tristeza na qual estava vivendo.

Por outro lado, talvez o fato de ela estar prestes a se encontrar com sua mãe fosse uma droga que só tornaria as coisas piores.

Mais ou menos quinze minutos depois, ela saiu da estrada e atravessou o *mhis* que sempre estava naquele lugar. Diminuindo a velocidade para que não atingisse um cervo ou uma árvore, ela lentamente subiu a montanha, parando em uma série de portões similares àqueles que levavam para a entrada do centro de treinamento.

Ela só precisava parar brevemente em cada uma das câmeras de segurança, afinal, sua visita já era esperada.

Depois de passar pela última barricada e começar a fazer uma curva que levava ao jardim, seu coração pareceu subir até a boca. A enorme casa de pedra continuava com a mesma aparência. Mas é claro, por que teria mudado? Poderia haver uma chuva de bombas nucleares na costa nordeste que o lugar continuaria intacto.

A fortaleza, baratas e Twinkies. Isso era tudo o que sobraria.

Ela parou a Ducati logo depois dos degraus de pedra que seguiam até a porta principal, mas não saiu de cima da moto. Olhou para o arco formado pelo batente, para os enormes painéis decorados, para as gárgulas carrancudas que escondiam câmeras de segurança em suas bocas – e não encontrou nenhum capacho desejando boas-vindas.

Ou seja, "Entre se tiver coragem".

Uma rápida olhada em seu relógio lhe disse o que ela já sabia: John estaria lá fora na noite, lutando na parte da cidade de onde ela tinha acabado de sair.

Xhex virou a cabeça para o lado esquerdo.

Viu que sua mãe estava lá fora, nos jardins atrás da casa.

Isso era bom. Ela não queria entrar. Não queria atravessar a antessala. Não queria se lembrar do que vestira, pensara ou sonhara quando fora vinculada.

Fantasia idiota do que a vida seria.

Desmaterializando-se do outro lado da barricada, ela não teve problemas para se orientar. Xhex e John andavam por aqui na primavera, escondiam-se atrás das árvores florescendo que logo dariam frutos, respirando o cheiro esquecido da terra fresca, abraçando-se contra o frio que sabiam que em breve já não estaria no ar.

Tantas possibilidades existiam naqueles tempos, e considerando onde eles estavam agora, parecia apropriado que o calor do verão já tivesse ido embora, que o período das flores já tivesse ficado no passado. Agora as folhas estavam no chão, os arbustos estavam mais uma vez despidos e tudo parecia agachado.

Bem, ela era ou não era um cartão de presente hoje à noite?

Focando-se em sua mãe, ela seguiu pela lateral da casa, passando pelas portas francesas da sala de bilhar e da biblioteca.

No'One estava ao lado da piscina, uma imagem parada e iluminada pelo brilho azul da água que ainda precisava ser drenada.

Uau... pensou Xhex. Alguma coisa havia causado uma grande mudança naquela fêmea, e fosse lá o que tivesse mudado, havia alterado muito de sua superestrutura emocional. Seu rosto estava transformado, mas não de uma forma negativa, e sim como uma casa que estava passando por enormes reformas. Era um bom começo, uma metamorfose positiva que provavelmente já vinha acontecendo há tempos.

— Bom trabalho, Tohr — murmurou Xhex muito discretamente.

Como se tivesse ouvido as palavras, No'One olhou para trás, sobre seu ombro. E foi então que Xhex se deu conta de que o capuz que sempre estava erguido agora estava abaixado, com seus cabelos suaves e loiros em tranças enfiadas debaixo do manto.

Xhex esperou que o medo acendesse aquele rosto. E esperou. E esperou...

Caramba, alguma coisa tinha *realmente* mudado.

— Obrigada por vir — disse No'One enquanto Xhex se aproximava.

Sua voz estava diferente. Um pouco mais profunda. Mais decidida. Aquela fêmea estava realmente muito mudada.

— Obrigada por me convidar — respondeu No'One.

— Você está com uma aparência muito boa.

— Você também.

Parada em frente à mãe, ela analisou a forma como o reflexo da luz da piscina brincava em seu adorável rosto. E, no silêncio que se seguiu, Xhex franziu a testa. As informações inundavam seus receptores sensoriais enquanto uma imagem ia lentamente, brevemente, estranhamente se formando.

— Você está de mãos atadas — disse Xhex, pensando que as palavras eram levemente irônicas.

As sobrancelhas de sua mãe arquearam.

— De fato... Sim, estou.

— Que curioso — disse Xhex, olhando para o céu. — Eu também.

Encarando a fêmea forte e orgulhosa diante de si, No'One sentiu a mais estranha das ligações com sua filha: enquanto os reflexos incansáveis da piscina brincavam ao longo de um rosto duro e sombrio, aqueles olhos cinza como metal carregavam uma frustração similar à que a própria mãe sentia.

— Então, você e Tohr, hein? — disse Xhex casualmente.

No'One levou as mãos à face extremamente enrubescida.

— Eu não sei como responder a isso.

— Talvez eu não devesse ter levantado o assunto. Mas é que... sim, isso está em toda a sua mente.

— Não é verdade.

— Mentirosa.

Mas o tom não era de acusação. Nem de censura. Era apenas a declaração de um fato.

No'One virou-se de volta para a água e lembrou-se de que, como mestiça de *symphato*, sua filha saberia a verdade mesmo se ela não dissesse uma palavra.

— Eu não tenho direitos sobre ele — murmurou No'One, olhando para a superfície sinuosa da piscina. — Não tenho direito a nada. Mas não é por isso que pedi para você vir...

— Quem disse?

— Como?

— Quem disse que ele não é seu?

No'One sacudiu a cabeça.

— Você conhece todos os motivos.

— Não, não conheço. Se você o quiser e ele a quiser...

— Ele não quer. Não... de todas as formas — No'One puxou os cabelos para trás, embora eles já não estivessem em seu rosto. Santíssima Virgem Escriba, o coração dela batia com tanta força. — Eu não posso, eu não devo falar sobre isso.

Parecia mais seguro não murmurar uma sílaba sequer para ninguém. Ela sabia que Tohr não gostaria de ser questionado a respeito daquilo.

Uma longa pausa se instalou.

— John e eu não estamos nada bem.

No'One olhou com sobrancelhas erguidas, impressionada com a sinceridade de sua filha.

— Eu imaginava. Faz muito tempo que você se foi daqui, e ele não parece nada feliz. Eu esperava um resultado diferente. De muitas formas.

Eles também.

E, de fato, o que Xhex disse era verdade. Ambos estavam emperrados — e não exatamente da forma que desejariam.

— Acho que você e Tohr combinam — disse Xhex abruptamente enquanto começava a se aproximar do limite da piscina. — Eu gosto da ideia.

No'One arqueou novamente as sobrancelhas e reavaliou sua regra de não falar sobre o assunto.

— É mesmo?

— Ele é um bom macho, equilibrado, confiável... É muito trágico o que aconteceu com a família dele. John anda preocupado com Tohr há tanto tempo... Sabe, ela era a única mãe que John teve. Wellsie, eu digo.

— Você chegou a conhecê-la?

— Não formalmente. Ela não fazia o tipo de quem ia ao lugar onde eu trabalhava, e Deus sabe que eu nunca fui bem-vinda onde a Irmandade estava. Mas eu estava ciente de sua reputação. Osso duro de roer, realmente durona, uma fêmea de valor nesse sentido. Não acho que a *glymera* gostava muito dela, e o fato de ela não dar a mínima para eles é outro fator que a faz subir em meu conceito.

— Eles viveram uma verdadeira história de amor.

— Sim, pelo que ouvi. Francamente, fico surpresa com o fato de ser capaz de dar esse passo, mas fico feliz que isso tenha acontecido. Fez muito bem a você.

No'One respirou profundamente, sentindo o cheiro de suas lágrimas ressecadas.

— Ele não tem escolha.

— Como?

— Bem, não é uma coisa que *eu* deva contar, mas digamos que, se ele pudesse escolher outro caminho, faria isso.

— Não entendo aonde você quer chegar — quando No'One não deu mais explicações, Xhex encolheu os ombros. — Posso respeitar os limites.

– Obrigada. E fico feliz que tenha vindo.

– Eu me surpreendi quando soube que você me queria aqui...

– Eu cometi erros demais com você – quando Xhex recuou visivelmente, No'One assentiu. – Logo que cheguei aqui, eu me senti sobrecarregada com tanta coisa. Perdida, embora eu falasse a língua; isolada, apesar de não estar sozinha. Mas quero que você saiba que você é o único motivo pelo qual vim. E, esta noite, é hora de me desculpar com você.

– Pelo quê?

– Por abandoná-la logo no início de sua vida.

– Jesus... – a fêmea esfregou a mão nos cabelos curtos. Seu corpo fortalecido estremeceu, como se ela tivesse de fazer esforços para não correr. – Ah, ouça, você não tem do que se desculpar. Afinal, não pediu para ser...

– Você era uma criança recém-nascida neste mundo, sem uma *mahmen* que se importasse com você. Eu me afastei quando você não podia fazer muito mais do que chorar em busca de calor e de socorro. Eu estou... muito arrependida, minha filha – No'One levou a mão até o coração. – Precisei de muito tempo para encontrar minha voz e minhas palavras, mas saiba que eu ensaiei isso por horas em minha cabeça. Quero que o que eu lhe diga seja correto, porque tudo entre nós foi errado desde o primeiro dia. E isso é tudo por minha culpa. Fui egoísta, não tive coragem e...

– Pare – a voz de Xhex estava tensa. – Por favor, apenas pare.

– ... eu errei ao ter virado minhas costas para você. Foi errado de minha parte esperar tanto tempo. Errei em tudo, mas... – ela bateu o pé. – Esta noite eu assumo todos os meus erros, para que eu possa lhe entregar meu amor, independentemente de quão imperfeito e indesejado ele seja. Eu não mereço ser sua mãe ou chamá-la de filha, mas talvez possamos formar uma espécie de amizade. Posso entender se minha amizade também for rejeitada, e sei que não tenho direito de exigir nada de você. Mas saiba que estou aqui, com meu coração e mente abertos, para descobrir mais sobre quem você é e o que você é.

Xhex piscou os olhos uma vez e permaneceu em silêncio. Como se aquelas palavras que lhe haviam sido ditas tivessem sido transmitidas de um rádio com má frequência e ela fosse obrigada a analisá-las para entender o significado.

Depois de um instante, a fêmea falou com voz rouca:

— Eu sou uma *symphato*. Você sabe disso, não? O termo "mestiça" não significa nada quando metade de mim vem de um devorador de pecados.

No'One ergueu o queixo.

— Você é uma fêmea cheia de dignidade. É isso que você é. Não dou a mínima para a composição de seu sangue.

— Você teve medo de mim.

— Eu tinha medo de tudo.

— E você precisa enxergar aquele macho em meu rosto. Toda vez que olha para mim, você se lembra de tudo que lhe foi feito.

Ao ouvir isso, No'One engoliu em seco. Ela supunha que isso era verdade, mas também era o menos importante em tudo aquilo que estava acontecendo. Já tinha passado da hora de dizer aquelas palavras a sua filha.

— Você é uma fêmea de valor. É isso que eu enxergo. Nada mais... *e nada menos*.

Xhex piscou os olhos outra vez. Mais algumas vezes. Então, mais rápido.

E então, lançou o corpo para frente, e No'One viu-se envolvida em um abraço forte e decidido.

Ela não hesitou por um instante sequer em retribuir o gesto de afeto.

Enquanto abraçava a filha, ela pensou que sim, de fato o perdão era melhor expressado por meio do contato físico. Palavras não poderiam transmitir nuances da sensação de um abraço que ela tinha descartado em um momento de agonia, ou ter seu sangue contra ela, segurar – mesmo que brevemente – aquela fêmea que ela tinha tão egoisticamente deixado de lado.

— Minha filha – ela disse em uma voz rachada. – Minha filha linda, forte, digna.

Com uma mão trêmula, No'One envolveu a parte de trás da cabeça de Xhex e virou o rosto de sua filha para o lado, de modo que pudesse apoiá-la no ombro, como se fosse um bebê. Então, com toques suaves e gentis, acariciou-lhe aqueles cabelos curtos.

Era impossível dizer que No'One se sentia agradecida por qualquer coisa que aquele *symphato* tinha feito a ela. Mas aquele momento afastou a dor. Aquele momento crucial em que ela sentiu como se o círculo que começara a se desenhar em seu útero havia finalmente se fechado, duas metades que há muito tempo seguiam caminhos separados e agora abriam caminho uma para a outra.

Quando Xhex finalmente se afastou, No'One arfou:

– Você está sangrando! – encostando a mão na bochecha da filha, ela secou as gotas vermelhas com a mão. – Vou chamar a doutora Jane...

– Não se preocupe. É só... não é nada com que se preocupar. Isso é a forma como eu choro.

No'One colocou a mão no rosto da filha e sacudiu a cabeça, impressionada.

– Você não se parece nada comigo – quando Xhex desviou duramente o olhar, No'One falou: – Não, isso é bom. Você é muito forte. Muito poderosa. Eu amo isso em você... e amo tudo mais em você.

– Você não pode estar falando a verdade.

– O seu lado *symphato*... de certa forma, é uma bênção – quando Xhex começou a demonstrar que discordava, No'One a interrompeu: – Isso lhe dá uma camada de proteção contra... as coisas.

– Talvez.

– Certamente.

– Quer saber de uma coisa? Eu nunca fiquei brava com você. Quero dizer, eu entendo por que você fez o que fez. Você trouxe uma abominação a esse mundo...

– Jamais use essa palavra quando estiver perto de mim – rosnou No'One. – Não para falar de si mesma. Fui clara?

Xhex deu uma risada enlouquecida que veio da garganta enquanto jogava as mãos para cima.

– Está bem, está bem.

– Você é um milagre.

– Estou mais para uma maldição – quando No'One abriu a boca para rebater, Xhex a interrompeu: – Veja, eu aprecio tudo isso. De verdade. Quero dizer, é bondoso de sua parte. Mas não acredito em borboletas e unicórnios, e você também não devia acreditar. Você sabe o que eu sou há... bem, desde que me conheço como gente.

No'One franziu a testa.

— Você tem trabalhado no mundo humano, não? Acredito que tenha ouvido isso em algum momento.

Xhex levantou suas mãos pálidas, flexionando os dedos de modo a parecerem garras e, em seguida, soltando-os.

— Eu sou uma assassina. Recebo para caçar pessoas e matá-las. Há sangue por todo o meu corpo, No'One... e você precisa saber disso antes de planejar qualquer união fofinha entre nós. Mais uma vez, fico feliz por você ter me pedido para vir até aqui, e está mais do que perdoada por tudo, mas não sei se você tem uma imagem realista a meu respeito.

No'One enfiou os braços nas mangas de seu manto.

— Você está envolvida com essa prática agora?

— Não para a Irmandade ou para meu chefe antigo. Mas com o trabalho que tenho no momento? Se eu precisar revisitar aquelas habilidades, sim, eu certamente sou capaz de matar. Protejo o que é meu, e se alguém entrar em meu caminho, farei o que precisa ser feito. Eu sou assim.

No'One estudou aqueles traços, aquela expressão dura, aquele corpo retesado e musculoso que mais parecia o de um macho e enxergou o que havia por trás daquela força. Xhex trazia uma vulnerabilidade, como se estivesse esperando para ser deixada de lado, ignorada, empurrada para um canto.

— Por mim, tudo bem.

Xhex chegou a pular.

— O quê?

No'One ergueu um pouco mais o queixo.

— Estou cercada por machos que vivem de acordo com essa regra. Por que o simples fato de você ser uma fêmea tornaria isso diferente? Na verdade, estou orgulhosa de você. Melhor ser o agressor do que o agredido. E eu prefiro que você, em vez de qualquer outra pessoa, pense assim.

Xhex inspirou um ar estremecido.

– Meu... Deus... você não faz ideia de quanto eu precisava ouvir isso agora.

– Terei prazer em repetir, se você quiser.

– Eu nunca pensei que... Bem, não importa. Estou feliz por você estar aqui. Feliz por você ter telefonado. Feliz por você...

A frase ficou no ar, mas No'One sorriu, emitindo uma luz clara e brilhante que parecia sair diretamente de seu peito.

– Eu me sinto da mesma forma. Talvez se você tiver... como se diz? Se você tiver tempo livre, poderíamos passar algumas horas juntas longe daqui.

Xhex abriu um leve sorriso.

– Posso lhe perguntar uma coisa?

– O que você quiser.

– Você já andou de moto?

– O que é isso?

– Venha até a frente da casa. Vou mostrar para você.

CAPÍTULO 37

Tohr retornou no fim da noite com duas adagas sujas, nenhuma munição e um ferimento no osso de sua coxa direita que o fazia mancar como um zumbi.

Merda de chave de boca. Mas, por outro lado, o troco àquele *redutor* em particular tinha sido um tanto quanto engraçado. Nada como esfregar o rosto do inimigo contra o chão para melhorar o humor.

O asfalto era seu amigo.

Fora uma noite difícil de luta para todos eles, e também uma noite atrasada – e ambas as características eram positivas. As horas se aceleraram, e embora ele fedesse à carne estragada por conta de todo aquele sangue negro e suas botas de couro precisassem ser costuradas de um dos lados, Tohr se sentia melhor do que quando do saíra.

Lutar e transar, como Rhage sempre dizia, eram os dois melhores estabilizantes de humor do mundo.

Uma pena que o fato de ele estar mais relaxado não significasse que algo havia mudado. A mesma droga estava esperando por ele quando veio para casa.

Quando colocou o pé na antessala, deu início ao ritual do desarmamento, soltando o coldre em seu peito, o coldre em seu ombro, o coldre em sua cintura. O cheiro de carneiro recém-cozido com alecrim preenchia a antessala, e um rápido olhar na sala de jantar deixou claro que os *doggen* tinham preparado tudo da forma correta: prata brilhando, cristal reluzindo e as pessoas começando a se reunir para a Última Refeição.

Diferentemente do que costumava acontecer, No'One não estava entre eles.

Subindo as escadas correndo, Tohr não conseguiu negar a excitação que se tornava cada vez mais dura dentro de suas calças de couro conforme ele alcançava degraus mais altos. Mas a ereção não exatamente o deixou feliz.

Você sabe tão bem quanto eu o quanto você não fez.

Quando ele chegou à porta, agarrou a maçaneta e fechou os olhos. Em seguida, forçando o painel de madeira a se abrir, chamou:

– No'One?

O turno dela teria chegado ao fim há aproximadamente uma hora. Fritz insistira para que ela tirasse algum tempo para se preparar para o jantar – algo que ela insistiu não ser necessário num primeiro momento, mas do qual parecia tomar vantagem ultimamente, considerando que a jacuzzi estava sempre úmida na área próxima ao ralo quando Tohr retornava das lutas.

Ele esperava não encontrá-la na banheira. Tohr queria tomar um banho e não saberia como lidar com a situação de ambos estarem nus e juntos no banheiro.

Você sabe como eu...

– Cale a boca.

Ele largou as armas e começou a arrancar a camisa e os coturnos.

– No'One. Você está aqui?

Franzindo a testa, ele inclinou o corpo na direção do banheiro. Onde não encontrou ninguém.

Nenhuma fragrância no ar. Nenhuma água secando na banheira. Nenhuma toalha fora de lugar.

Estranho.

Com a cabeça dispersa, saiu novamente no corredor, alcançou a enorme escada e fez bom uso da porta escondida abaixo dela. Enquanto passava pelo túnel subterrâneo, ele se perguntava se No'One estaria na piscina.

Ele esperava que não. Seu pau implorava que sim.

Pelo amor de Deus, ele não sabia mais que merda pensar.

Mas ela não estava boiando, nem nua nem com roupas, na superfície da água. E não estava onde as lavadoras e secadoras ficavam. Nem na sala de musculação ou no vestiário ou na academia arrumando as toalhas. Nem na área da clínica, colocando aventais limpos nas prateleiras.

Ela não estava lá.

O retorno de Tohr à mansão durou metade do tempo que ele precisou para correr para fora e, quando chegou à cozinha, tudo que encontrou foi um bando de *doggen* realizando a rotina do jantar.

Tornando seus sentidos aguçados pela primeira vez, ele descobriu que ela não estava em lugar algum da mansão.

Um pânico avassalador espalhou-se por ele, fazendo sua cabeça zumbir.

Não, espere. Aquilo era o som de uma moto?

Aquele rosnado profundo e estrondoso não fazia sentido. A não ser que Xhex tivesse vindo até a casa por algum motivo, o que seria uma boa notícia para John.

No'One estava lá fora, na frente da casa. Agora.

Rastreando o sangue dele que corria nas veias dela, Tohr perpassou pela sala de estar, a antessala e ficou completamente paralisado no degrau superior da entrada.

Xhex estava em sua Ducati. Suas roupas de couro preto se adequavam perfeitamente à moto. E logo atrás dela? No'One tomava parte do assento, com o capuz abaixado e os cabelos formando uma bagunça frisada. Seu sorriso era tão claro quanto o sol.

A expressão mudou quando ela o viu, tornando-se mais endurecida.

– Ei – disse ele, sentindo sua frequência cardíaca voltar ao normal.

Tohr sentiu outra pessoa atrás dele, saindo da antessala. John.

Xhex olhou para seu parceiro e assentiu, embora sem desligar o motor. Olhando para trás, sobre o ombro, ela disse:

– Está tudo bem aí, mãe?

– Sim, tudo bem – No'One saiu da moto desajeitadamente, seu manto caindo até os pés, como se ele estivesse aliviado com o passeio. – Vejo você amanhã à noite?

– Sim. Eu venho apanhá-la às três.

– Perfeito.

As duas fêmeas dividiram um sorriso tão terno que ele quase desabou em lágrimas: algo de alguma espécie havia sido alcançado entre elas e, se ele não podia ter sua Wellsie e seu filho de volta, ele desejava que No'One encontrasse sua verdadeira família.

Parecia que um passo havia sido dado na direção certa.

Enquanto No'One subia os degraus, John trocou de lugar com ela, descendo em direção à motocicleta. Tohr queria perguntar a ela onde as duas tinham ido, o que ela tinha feito, o que tinha sido dito. Mas ele lembrou a si mesmo de que, apesar de dormirem juntos, ele não tinha direito a nada daquilo.

O que deixava claro para ele quão longe eles não tinham ido, não é mesmo?

– Você se divertiu? – ele perguntou enquanto se colocava de lado e segurava a porta aberta para ela.

– Sim, foi divertido – ela levantou a bainha de seu manto e mancou em direção à antessala. – Xhex me levou para dar uma volta de motocicleta. Ou o correto é dizer "moto"?

– As duas formas estão certas.

Armadilha da morte. Fornecedora de órgãos para doação. Tudo isso servia.

– Mas, da próxima vez, use um capacete.

– Capacete? Como aqueles para andar a cavalo?

– Não exatamente. Estamos falando de outro um pouco mais resistente do que veludo com uma faixa que desce até o queixo. Vou arranjar um para você.

– Ah, obrigada – ela arrumou as mechas soltas de seu cabelo loiro. – Foi tão... emocionante. Como voar. Senti medo no começo, mas ela foi devagar. Depois, entretanto, passei a adorar. E ela acelerou bastante.

Bem, aquilo não o deixava exatamente mais à vontade com a situação.

E pela primeira vez ele se pegou desejando que ela estivesse com medo. Aquela Ducati não passava de um motor com um maldito assento parafusado. Um movimento desajeitado e aquela pele delicada da fêmea não seria nada além de arranhões vermelhos causados pela estrada.

— Sim, isso é ótimo — em sua mente, ele começou a dar um discurso sobre segurança para ela, que abrangia os fundamentos da energia cinética e termos médicos como *hematoma* e *amputação*. — Está pronta para comer?

— Estou faminta. Todo aquele ar fresco...

Um pouco distante dali, ele ouviu o rugido da motocicleta dando partida. Em seguida, John entrou parecendo morto.

O garoto foi direto à sala de bilhar, e quer apostar quanto que ele não estava atrás de amendoins assados? Mas seria impossível conversar com ele. John tinha deixado isso muito, muito claro logo no início da noite.

— Venha — disse Tohr. — Vamos nos sentar.

O leve e costumeiro burburinho em volta da mesa tornou-se um silêncio quando eles passaram pela porta arqueada, mas ele estava concentrado demais na fêmea que andava a sua frente para se importar. A ideia de que ela estivera sem ele pelo mundo, acelerando na noite com Xhex, fiz com que ela parecesse diferente.

A No'One que ele conhecia jamais teria feito algo assim.

E, droga... por algum motivo, seu corpo estremeceu ao pensar naquela fêmea com roupas diferentes daquele manto, montada naquela moto, com os cabelos soltos em vez de trançados, correndo enlouquecida noite adentro.

Como ela ficaria usando calça jeans? O jeans certo, aquele que abraça completamente o traseiro das fêmeas e faz os machos quererem montar — e não estamos exatamente falando de montar em uma moto aqui.

De repente, ele a visualizou nua contra a parede, com as pernas abertas, sua boceta molhada e pronta, os cabelos soltos e as mãos segurando os seios fartos e intumescidos. Como um bom garoto, ele estava de joelhos, com a boca na fenda entre as pernas dela, sua língua massageando aquele ponto sobre o qual ele tanto aprendera usando os dedos.

Ele estava chupando-a. Sentindo-a contra seu rosto enquanto ela arqueava o corpo e se apertava.

O rugido que brotou em sua garganta foi alto o suficiente para ecoar na sala silenciosa. Alto o suficiente para fazer No'One olhar para trás. Alto o suficiente para fazê-lo parecer um total e perfeito idiota.

Para disfarçar, ele fez um trabalho elaborado puxando uma cadeira para a fêmea se sentar. Como se aquilo fosse tão difícil quanto enfrentar uma cirurgia cerebral.

Enquanto No'One se sentava, o cheiro de excitação daquela fêmea chegou às narinas de Tohr e ele quase precisou se estrangular para evitar que outro daqueles rugidos vibrasse em seu peito.

Quando ele se ajeitou em sua própria cadeira, sua ereção ficou aprisionada, espremida atrás do zíper da calça de couro. Talvez o fornecimento de sangue fosse cortado, e seu pau se acalmasse. Mas, a julgar pela teoria do anel peniano, o que aconteceria seria exatamente o oposto.

Fantástico.

Ele pegou o guardanapo, desfez aquelas dobras elaboradas e...

Todos estavam olhando para ele e para No'One. A Irmandade, suas *shellans*, até mesmo os *doggens* que ainda não tinham começado a servir.

– O que foi? – ele murmurou enquanto ajeitava o guardanapo sobre as pernas.

E foi então que ele percebeu que não estava usando uma camisa. E No'One não estava usando o capuz.

Difícil saber quem estava atraindo mais atenção. Provavelmente ela, já que a maioria daquelas pessoas só a tinha visto com o rosto coberto.

Antes que ele percebesse, seu lábio superior se curvou por conta de suas presas se alongando, e ele encarou cada um dos machos, lançando-lhes um silvo grave e desagradável, apesar do fato de todos estarem bem felizes e vinculados, e serem seus Irmãos, e ele não ter o direito de querer marcar território ali.

Várias sobrancelhas se arquearam. Alguns que ali estavam pediram outra dose do que quer que estivessem bebendo. Alguém começou a assobiar casualmente.

Enquanto No'One se apressava em subir o capuz, conversas constrangedoras sobre a temperatura e esportes se espalharam.

Tohr esfregou os dedos nas têmporas. Era difícil saber o que estava lhe causando aquela dor de cabeça.

Havia muitos fatores para escolher.

No final, a refeição ocorreu sem mais nenhum incidente. Mas também, exceto por uma briga de comida ou um incêndio na cozinha, era difícil imaginar o que poderia compor um segundo ato digno de atenção ao lado da Irmandade.

Quando tudo chegou ao fim, No'One e ele apressaram-se para fora da sala de jantar – mas não pelo mesmo motivo, evidentemente.

– Eu preciso ir trabalhar agora – ela disse enquanto eles subiam as escadas. – Fiquei fora a noite toda.

– Você pode compensar com o cair da noite.

– Isso não seria certo.

Quando se viu quase dizendo-lhe que ela devia ir para a cama em vez de para o trabalho, ele se deu conta de que, ao longo dos últimos meses, No'One só tinha passado tempo com ele. Sim, claro, ela trabalhava, mas sempre o fazia sozinha e, durante as refeições, permanecia em silêncio.

E, além do mais, quando eles estavam lá em cima, ou estavam se alimentando, ou dormindo. Sendo assim, ela pouco interagia com ele também.

– Onde você e Xhex foram?

– Por toda parte. Até o rio, no centro...

Ele fechou os olhos brevemente quando ela disse "no centro". E, em seguida, teve de se perguntar por que ele nunca a tinha levado a lugar algum. Ou ele estava de folga, ou ia para a academia, ou estava lendo na cama, esperando que ela terminasse logo suas atividades. Nunca lhe ocorrera fazer nada com ela no mundo lá fora.

É porque você a está escondendo o máximo que pode, apontou a consciência de Tohr.

Que seja. Ela estava sempre trabalhando...

– Ei, espere um minuto. Por que você nunca tem uma noite de folga? – ele quis saber com um franzir de testa enquanto botava seu cérebro para funcionar. Caramba, que diabos aquele mordomo estava fazendo, forçando essa fêmea a trabalhar como escrava?

– Eu tenho, mas nunca tiro folga. Não gosto de ficar sentada à toa sem fazer nada.

Tohr esfregou o polegar em uma sobrancelha.

– Se você me der licença – ela murmurou –, vou até o centro de treinamento para dar início ao meu trabalho.

– Quando você termina?

– Por volta de quatro da tarde.

– Está bem – enquanto ela dava meia-volta, ele a segurou pelo antebraço. – Ah, escute, se você for entrar no vestiário durante o dia, sempre bata na porta e avise, está bem?

A última coisa de que qualquer um precisava era que ela visse algum dos Irmãos nus.

– Ah, é claro. Eu sempre faço isso.

Enquanto No'One desapareceria em direção a outro corredor, ele a observava andando, sua perna manca que carregava uma dignidade inata que, de repente, Tohr sentiu não estar honrando.

– Nós temos um encontro, lembra?

Olhando para a direita, ele sacudiu a cabeça ao ver Lassiter.

– Não estou no clima.

– Que pena. Venha, eu já preparei tudo.

– Ouça, sem querer ofender, mas eu não sou uma boa companhia agora.

– Vai me dizer que você é boa companhia em algum momento?

– Eu realmente não...

– Blá-blá-blá. Cale a boca, porra, e mexe essa bunda.

O anjo o segurou e o puxou. Tohr desistiu de tentar lutar e permitiu ser arrastado pela escada e pelo corredor abarrotado de estátuas... até o outro lado. Passaram pelo quarto dele, pelos quartos dos machos, pela suíte de Z., Bella e Nalla, pelo alojamento dos funcionários, até a entrada da sala de cinema.

Tohr parou imediatamente.

– Se for outra maratona de *Amigos para Sempre*, vou chutar seu traseiro até você não conseguir mais se sentar.

— Olhe só para você! Tentando ser engraçadinho.

— É sério, se você tem um pingo de compaixão, vai me deixar ir para a cama.

— Tenho M&M's de amendoim lá dentro.

— Não faz meu estilo.

— Raisinets.

— Bela porcaria.

— Sam Adams.

Tohr estreitou os olhos.

— Gelada?

— Quase congelando.

Tohr cruzou os musculosos braços sobre o enorme peito definido e disse a si mesmo que não faria beicinho como uma criança de cinco anos. Em seguida, falou:

— Eu quero Milk Duds.

— Eu tenho. E pipoca também.

Praguejando, Tohr abriu violentamente a porta e subiu em direção à caverna banhada por uma leve luz vermelha. O anjo fez tudo perfeitamente quando eles chegaram lá: doces variados servidos em pratos fundos. Sam Adams com um estoque extra no chão, em um balde com gelo. Uma visão constrangedoramente calórica com, sim, uma caixa amarela de Milk Duds. E a maldita pipoca.

Eles se sentaram um ao lado do outro e colocaram os pés no apoio para pés.

— Por favor, apenas me diga que não é alguma espécie de pornô da década de sessenta — murmurou Tohr.

— Não. Quer pipoca? — ofereceu o anjo enquanto apertava play e passava a tigela ao colega. — Manteiga extra, do tipo bem industrial, e não aquela porcaria feita com leite de vaca.

— Estou sossegado.

Na tela, o que começou a ser exibido foi o logo de algum estúdio com uma série de créditos, depois, duas pessoas sentadas em um sofá, conversando.

Tohr deu um gole em sua cerveja.

— Que merda é essa?

– *Harry e Sally, Feitos um para o outro.*

Tohr afastou a *longneck* de sua boca.

– O quê?

– Cale a boca. Depois disso, vamos assistir a um episódio de *A Gata e o Rato*. Na sequência, *Tarde demais para esquecer*... o antigo, e não aquela porcaria com Warren Beatty. E mais tarde, *A princesa prometida*.

Tohr bateu o quadril no interruptor e levantou de sua cadeira.

– Está bem. Certo. Divirta-se...

Lassiter apertou o *pause* e colocou uma mão pesada sobre o ombro de Tohr.

– Senta aí, porra. Assista e aprenda.

– Aprender o quê? Quanto eu odeio comédias românticas? Que tal apenas definirmos as coisas e você me deixar ir embora?

– Você vai precisar disso.

– Para a minha segunda carreira, como maricas?

– Porque você precisa se lembrar como é ser romântico.

Tohr negou com a cabeça.

– Não. Não, mesmo. Não vai acontecer.

Enquanto Tohr se lançava no trem chamado "nem passando por cima do meu cadáver", Lassiter simplesmente negava com a cabeça.

– Você precisa lembrar que isso é possível, meu camarada.

– O cacete que preciso...

– Você está atolado, Thor. E, embora possa ter tempo a perder por aqui, Wellsie certamente não pode se dar a esse luxo.

Tohr calou a boca. Sentou-se novamente. Começou a tirar o rótulo da cerveja.

– Não posso fazer isso, cara. Não posso fingir que me sinto desse jeito.

– Mais ou menos como você não pode transar com No'One? Quanto tempo mais você pretende ficar do jeito que está?

– Até você desaparecer. Até Wellsie ficar livre e você ir embora.

– E como isso está funcionando para você? Você gosta daquele sonho que o fez acordar hoje?

– Filmes não vão ajudar – ele disse depois de um momento.

– O que mais você vai fazer? Ficar batendo punheta em seu quarto até No'One voltar do trabalho, e depois tocar uma para ela? Ah, espere, deixe-me adivinhar... andar de um lado para o outro sem um destino. Como se você nunca tivesse feito isso antes – Lassiter enfiou a tigela de pipoca na frente de Tohr. – O que custa passar um tempo aqui comigo, porra? Cale a boca e coma pipoca, idiota.

Tohr aceitou o que estava diante de seu rosto simplesmente porque ou era isso, ou acabaria com bichos de pelúcia colocados em seu colo.

Uma hora e trinta minutos mais tarde, ele precisou limpar a garganta enquanto Meg Ryan dizia a Billy Crystal que ela o odiava, bem no meio de uma festa de Ano Novo.

– Molho à parte – disse Lassiter enquanto se levantava. – A resposta para tudo.

Um minuto mais tarde, um Bruce Willis jovem apareceu na tela, e Tohr começou a agradecer.

– Isso é muito melhor. Mas precisamos de mais cerveja.

– Eu tenho aqui.

Um engradado mais tarde, eles tinham também assistido a dois episódios de *A Gata e o Rato*, incluindo um de Natal no qual toda a equipe cantava com os atores na última cena.

O que *não* fez Tohr precisar limpar a garganta outra vez. Sério. Não fez.

Em seguida, tentaram assistir a *Tarde demais para esquecer*. Pelo menos até Lassiter sentir pena dos dois e começar a apertar o botão de avançar.

– As garotas dizem que esse é o melhor – murmurou o anjo enquanto apertava o botão mais uma vez e algum ator começou a se movimentar em velocidade acelerada. – Talvez esse filme tenha sido um erro.

– Amém.

Certo, o filme da princesa não era um saco. Aquela droga era engraçada em alguns pontos. E sim, era legal quando o casal ficava junto no final. Além disso, ele gostava do Columbo no papel do avô, mas não podia afirmar que aquilo o estava tornando um Casanova.

Lassiter olhou em volta.

– Ainda não terminamos.

— Apenas continue me dando cerveja.
— Peça e você receberá.

O anjo deu a Tohr uma cerveja gelada e desapareceu na sala de controles para trocar o DVD. Quando retornou para onde eles estavam sentados, a tela se iluminou com...

Tohr sacudiu o corpo para frente em sua cadeira.

— Caralho!

Quando o corpo de Lassiter passou diante da projeção na tela, um par de seios enormes cobriu seu rosto e seu peito. *Aventuras de uma mãe fogosa*. Um verdadeiro clássico.

— É pornô!

— Dãã...

— Está bem, eu *não* vou assistir a isso com você.

Ainda em pé, o anjo deu de ombros.

— Só queria garantir que você soubesse o que está perdendo.

Gemidos ecoaram pelo sistema de som enquanto aqueles seios... aqueles malditos seios pareciam estar batendo na boca de Lassiter.

Tohr cobriu os olhos para evitar a cena horrorosa.

— Não. Eu não vou fazer isso!

Lassiter pausou o filme, e então os sons desapareceram. E, ao analisar o dedo do anjo, Tohr percebeu que ele tinha apertado *stop*, e não *pause*, graças a Deus.

— Só estou tentando ajudá-lo a superar — Lassiter sentou-se, abriu uma cerveja e pareceu cansado. — Cara, essa porcaria de ser anjo... é tão difícil influenciar qualquer merda de coisa. Nunca tive problema com o livre arbítrio antes, mas, pelo amor de Deus, eu queria poder transportar você diretamente para onde você precisa estar, como em *Jeannie é um gênio* — quando Tohr estremeceu, o anjo continuou, sussurrando. — Mas tudo bem. Daremos um jeito de fazer você chegar lá.

— Na verdade, estou tremendo por imaginá-lo em uma fantasia cor-de-rosa daquelas usadas em um harém.

— Ei, eu tenho um bumbum bonito, é bom você saber.

Tohr bebeu cerveja por algum tempo até o logo da Sony começar a aparecer em pontos aleatórios da tela.

— Você já se apaixonou? — questionou Tohr.

— Uma vez. Nunca mais.

— O que aconteceu? — quando o anjo não respondeu, Tohr correu o olho pelo ambiente. — Ah, então você pode enfiar a mão na minha ferida, mas eu não posso fazer o mesmo?

Lassiter deu de ombros e abriu mais uma cerveja.

— Sabe o que eu acho?

— Não vou saber se você não me contar.

— Acho que deveríamos tentar assistir à mais um episódio de *A Gata e o Rato*.

Tohr expirou lenta e demoradamente, mas só conseguiu concordar. Assistir a filmes com aquele cara não era chato, já que eles falavam por cima dos diálogos enquanto bebiam Sam Adams e comiam porcarias. Aliás, Tohr sequer conseguia se lembrar de quando foi a última vez que participou de algum programa assim.

É claro, deve ter sido com sua Wellsie. Se ele tinha tempo livre, sempre o passava com ela.

Deus, quantos dias eles tinham desperdiçado, passados sem pensar em nada na frente da televisão, assistindo a reprises de filmes ruins exibidos na TV a cabo ou a noticiários entediantes. Eles ficavam de mãos dadas, ou ela deitava sobre o peito de Tohr ou ele brincava com os cabelos dela.

Um desperdício de tempo, ele pensou. Mas, quando eles passavam minutos, horas fazendo aquilo, era uma alegria simples e verdadeira.

Mais uma coisa pela qual sentir luto.

— Que tal algo mais antigo da carreira de Bruce Willis? — ele perguntou duramente.

— *Duro de Matar*?

— Você coloca o DVD, e eu vou preparar mais pipoca.

— Fechado.

Quando os dois se levantaram e seguiram até a parte de trás, ele para o balcão com doces e refrigerantes, Lassiter para a cabine de controle, Tohr o parou.

— Obrigado, cara.

O anjo lhe deu um tapinha no ombro e sentiu-se contente.

– Só estou fazendo meu trabalho.

Tohr observou os cabelos loiros e negros do anjo entrarem pela porta estreita.

A porra do livre arbítrio estava certo. E quanto a ele e No'One?

Era difícil pensar no que estava por vir. Caramba, logo da primeira vez que eles ficaram juntos, ele precisou de muita coragem para superar as emoções e poder aceitar a veia dela, oferecer sua veia àquela fêmea e estar com ela.

Se ele levasse isso mais adiante?

O próximo nível faria tudo isso parecer um passeio no parque.

CAPÍTULO 38

Era meio-dia em ponto quando o celular de Xcor tocou e o barulho sutil o fez acordar de seu leve sono. Com golpes desajeitados, ele procurou e segurou o aparelho, apertando o botão verde e levando o telefone à orelha logo em seguida.

Na prática, ele detestava aquela droga. Em termos práticos, entretanto, era um benefício incrível, que o fazia questionar por que tinha resistido tanto a adotá-lo.

– Sim? – atendeu. Quando uma voz altiva lhe respondeu, ele sorriu na penumbra à luz de velas do porão. – Saudações, cavalheiro. Como está hoje, Elan?

– O que... o que... – o aristocrata teve de reunir mais fôlego. – O que você me enviou?

Para começo de conversa, sua fonte no Conselho tinha uma voz bastante aguda. O pacote que ele claramente tinha acabado de abrir parecia fazer a voz do macho alcançar a estratosfera.

– Prova de nosso trabalho – enquanto ele falava, cabeças começaram a se levantar nos beliches. Seu Bando de Bastardos acordava, ouvindo. – Eu não queria que você pensasse que superestimamos nossa eficácia. Ou, que a Virgem Escriba nos proteja, que fôssemos infiéis com relação as nossas atividades.

– Eu... eu... o que eu devo fazer com... isso?

Xcor virou os olhos.

– Talvez alguns de seus servos possam dividir e compartilhar entre seus companheiros, os membros do Conselho. E, em seguida, eu imagino que seu tapete precise ser limpo.

Dentro da caixa quadrada de papelão com um metro de cada lado que ele havia entregado, Xcor colocou algumas lembrancinhas dos assassinatos – todo tipo de pedaço de *redutores*: braços, mãos, coluna dorsal, uma cabeça, parte de uma perna. Ele os vinha guardando, preparando-os para o momento certo de chocar o Conselho e provar que o trabalho estava sendo feito.

O perigo estava no risco de a natureza grotesca do "presente" ser um tiro no próprio pé, fazendo-os serem vistos como selvagens. A possível recompensa era que ele e seus soldados seriam vistos como eficazes.

Elan limpou a garganta antes de falar:

– De fato, vocês andaram bastante ocupados.

– Sei que isso é terrível, mas a guerra é um negócio horrível, de modo que vocês devam ser apenas beneficiários, e não participantes dela. Nós precisamos salvá-los – até vocês não serem mais úteis – desse tipo de desprazer. Eu gostaria de apontar, todavia, que isso é uma pequena amostra de todos aqueles que matamos.

– Verdade?

O leve temor naquela voz era gratificante.

– Sim. Podem ter certeza de que lutamos todas as noites pela raça, e alcançamos muitos sucessos.

– Sim, certamente... e eu gostaria de deixar claro que não preciso de mais "provas", como você coloca. Devo dizer, contudo, que eu telefonaria para você esta tarde de qualquer forma. O encontro final com o Rei foi agendado.

– Ah, é?

– Telefonei para os membros do Conselho porque agendei uma reunião para esta noite. Um encontro informal, é claro, para que não fosse necessário incluir Rehvenge. Assail deu a entender que não poderá comparecer. Deve ter uma audiência com o Rei, ou então ele viria até minha casa.

– É claro – disse lentamente Xcor. Ou melhor, claro que não. Considerando as buscas noturnas de Assail, que só tinham se tornado mais intensas desde o verão, ele provavelmente estaria ocupado. – E eu agradeço pelas informações.

– Quando os outros chegarem, quero exibir esta amostra – disse o aristocrata.

– Faça isso. E diga a eles que estou pronto para encontrá-los a qualquer momento. Apenas conte comigo... sou seu servo nisso e em todo o resto. De fato – ele fez uma pausa para acentuar o que dizia, – será uma honra associar-me a eles sob sua apresentação. E, juntos, você e eu podemos assegurá-los que entendam corretamente o estado vulnerável em que estão sob o governo do Rei Cego e da segurança que você e eu poderemos lhes oferecer.

– Oh, sim... de fato, sim – o cavalheiro ouviu todas as palavras. Afinal, era exatamente para isso que tinha ligado. – E aprecio muito sua sinceridade.

Incrível como um discurso calculado é capaz de enganar.

– E eu agradeço seu apoio, Elan – quando Xcor desligou o telefone, olhou para seus soldados e se focou em Throe. – Depois do pôr do sol, nós nos reuniremos novamente na propriedade de Assail. Talvez não seja nada dessa vez.

Enquanto os outros rosnavam sua prontidão, Xcor ergueu o celular sem dizer coisa alguma e inclinou a cabeça para seu segundo comandante.

– Senhor, chegamos. A porta está se fechando atrás de nosso veículo.

Quando a voz de Fritz saiu pelo sistema de comunicação do carro, o relatório do mordomo não era exatamente uma novidade, embora Tohr não conseguisse ver nada de onde estava.

– Obrigado, cara.

Batendo os dedos pelo chão do veículo, Tohr ainda se sentia zonzo por conta de todas as cervejas que tinha bebido com Lassiter. E seu estômago mais parecia um poço azedo graças à maratona de margarina plástica e Milk Duds.

Mas talvez a náusea fosse mais fruto de onde eles estavam.

— Senhor, está livre para se soltar.

Tohr rastejou até as portas duplas e se perguntou por que diabos estava fazendo aquilo consigo mesmo. Depois que ele e Lassiter terminaram sua homenagem a John McClane, o anjo partiu para ir dormir. E Tohr teve... essa ideia, por nenhum motivo aparente.

Abrindo a porta, entrou na garagem escura e a fechou.

Fritz abaixou a janela.

— Senhor, talvez eu deva apenas esperar aqui.

— Não, pode ir. Eu vou ficar aqui até o sol se pôr.

Tem certeza de que as cortinas estão fechadas lá dentro?

— Sim. Isso é parte do protocolo. E eu confio em meu *doggen*.

— Talvez eu simplesmente deva ir até lá verificar?

— Realmente não é necessário.

— Por favor, senhor. Não me mande para casa para encarar seu Rei e os Irmãos sem ter certeza de que o senhor está seguro.

Era difícil discutir contra aquele pedido.

— Eu espero aqui.

O *doggen* tirou seus velhos ossos de trás do volante e acelerou casa adentro com uma velocidade admirável. Provavelmente porque estava preocupado com a possibilidade de Tohr mudar de ideia.

Quando o mordomo entrou na casa, Tohr caminhou por ali, inspecionando seu antigo aparelho de cortar grama, os rastelos, o sal para derreter a neve no caminho até a garagem e o Stingray conversível que tinha sido levado para a mansão da garagem, naquela noite em que ele levara o vestido de Wellsie para Xhex.

Ele não quis voltar aqui para devolver o vestido depois que fora lavado e passado.

E não estava certo de que queria estar aqui agora.

— Está tudo seguro, senhor.

Tohr deu meia-volta e saiu do espaço vazio onde o Corvette estivera estacionado.

— Obrigado, cara.

Ele não esperou o mordomo sair antes de entrar — o sol estava iluminando demais o outro lado das portas da garagem. Então, com um aceno final, Tohr se preparou e caminhou pelo corredor dos fundos.

Quando a porta se fechou com um estalo atrás dele, a primeira coisa que viu logo na entrada foi os casacos de inverno deles. As malditas jaquetas ainda estavam penduradas nos cabides – a dele, a de Wellsie e a de John.

A de John era pequena, visto que ele ainda estava em período de pré-transformação naquela época.

Era como se todos aqueles malditos itens os estivessem esperando voltar para casa.

– Boa sorte com isso – ele murmurou.

Preparando-se, continuou seguindo em frente, entrando na cozinha que fora o sonho de Wellsie.

Fritz tinha deixado as luzes acesas de propósito, e o choque de ver tudo pela primeira vez desde as mortes fez Tohr se perguntar se não teria sido melhor entrar no escuro. Os balcões que eles tinham escolhidos juntos, e aquele enorme refrigerador que ela tanto adorava. E a mesa que compraram on-line na 1stdibs.com, e o conjunto de prateleiras que ele tinha instalado para ela colocar os livros de receitas... tudo isso estava em exposição, limpo e brilhando como no dia em que fora entregue/instalado/montado.

Droga, nada havia mudado. Tudo estava exatamente como na noite em que ela tinha sido morta. Seu *doggen* havia tirado a poeira e feito apenas isso.

Seguindo até a escrivaninha embutida, ele se forçou a apanhar o *post-it* com uma nota com a caligrafia dela.

Terça: Havers – check-up, 11h30.

Ele soltou o bloco de notas que havia pegado e virou-se, questionando seriamente sua sanidade. Por que tinha vindo até aqui? Que resultado positivo aquilo poderia produzir?

Caminhou até a sala de estar, a biblioteca e a sala de jantar, passando pelos ambientes públicos do primeiro andar... até sentir como se não conseguisse respirar, até que o zumbido causado pelo álcool tivesse desaparecido por completo e sua visão, seu olfato e sua audição estivessem insuportavelmente aguçados. Por que ele estava...

Tohr piscou quando se viu diante de uma porta.

Ele tinha dado a volta completa e estava de novo na cozinha.

E estava parado no caminho para o porão.

Ah, droga. Isso não. Ele não estava preparado para algo do tipo.

A verdade era que Lassiter e seus filmes idiotas tinham feito mais mal do que bem. Todos aqueles casais na tela, embora eles fossem apenas instrumento de ficção, alguns tinham invadido seu cérebro e desencadeado todo tipo de reação.

E nenhuma das reações estava ligada a sua Wellsie.

Em vez disso, ele só tinha pensado sobre aqueles dias com No'One, com os corpos se enrijecendo debaixo das cobertas, ela o encarando como se desejasse muito mais do que aquilo que ele estava lhe oferecendo. Ele se contendo por respeito a sua falecida, e talvez, no fundo, Tohr fosse uma porra de um covarde.

Provavelmente as duas coisas, em medidas iguais.

Considerando o que estava se passando em sua cabeça, ele precisava vir aqui. Precisava das memórias de sua amada, das imagens de sua Wellsie que talvez ele tivesse esquecido, de um golpe poderoso do passado para competir com a traição que ele sentia estar causando no presente.

De uma distância enorme, ele observou as próprias mãos se estenderem e segurarem a fechadura. Virando-a para a direita, ele empurrou o pesado painel de aço pintado, abrindo a porta. Quando as luzes ativadas por movimento se acenderam na escada, tudo se tornou da cor creme. Os degraus que levavam para baixo tinham carpete com aquela cor; as paredes também. Tudo calmo e sereno.

Aquele havia sido o santuário do casal.

O primeiro passo foi equivalente a pular no Grand Canyon. E o segundo não foi nem um pouco melhor.

Ele ainda se sentia assim quando chegou à base da escada e não havia mais nenhum degrau a descer.

O porão da casa seguia a planta do primeiro piso, embora apenas dois terços do espaço estivessem finalizados com uma enorme suíte, uma academia, uma lavanderia e uma minicozinha. O restante do espaço funcionava como depósito.

Tohr não sabia dizer quanto tempo passou ali.

Mas, por fim, ele andou para frente, em direção à porta fechada mais adiante.

O fato de ela se abrir e revelar um buraco negro parecia totalmente apropriado...

Droga. O lugar ainda tinha o cheiro dela. Seu perfume. Seu aroma.

Tohr entrou e fechou a porta. Preparou-se enquanto levava a mão até o interruptor na parede, acendendo as luzes gradualmente.

A cama estava arrumada, provavelmente pelas mãos dela. Embora eles tivessem funcionários, ela era o tipo de fêmea que gostava de fazer algumas coisas com as próprias mãos: cozinhar, limpar, dobrar as roupas.

Arrumar a cama do casal no final de cada dia.

Não havia sinal algum de poeira em nenhuma das superfícies, nem nas penteadeiras – na dele ou na dela –, nem nos criados-mudos – o dele com o despertador, o dela com o telefone –, nem na escrivaninha com o computador que eles dividiam.

Droga, ele não conseguia respirar.

Para fazer um intervalo de seu sufoco, ele foi até o banheiro com a ideia de repor o oxigênio em seu corpo.

Mas devia ter imaginado que não funcionaria. Ela também estava em cada azulejo daquele cômodo – exatamente como em cada centímetro da casa.

Abrindo um dos armários, pegou um tubo da loção que ela usava nas mãos e leu o rótulo, a parte da frente e a parte de trás, algo que ele nunca fizera enquanto sua fêmea estava viva. Fez a mesma coisa com uma das garrafas extras de xampu que ela guardava, e também com o pote de sais de banho que... sim, tinha exatamente o mesmo cheiro do qual ele se lembrava, limão verbena.

Tohr voltou ao quarto.

Foi até o closet...

Ele não saberia dizer exatamente quando a mudança ocorreu. Talvez quando ele chegou aos suéteres dela, aqueles que estavam empilhados em um cubículo. Talvez enquanto analisava os sapatos colocados perfeitamente em ordem nas prateleiras inclinadas. Talvez enquanto segurava as blusas em seus cabides, ou não, as calças... ou talvez as saias ou os vestidos...

Mas, finalmente, no silêncio, em sua dolorosa solidão, em seu sofrimento perene, ele se deu conta de que tudo aquilo não passava de coisas.

As roupas, as maquiagens, os artigos de higiene, a cama que ela tinha arrumado, a cozinha na qual ela havia cozinhado, a casa que ela tinha transformado no lar deles.

Eram apenas coisas.

E, da mesma forma como ela não voltaria a preencher o vestido da noite de vinculação, Wellsie jamais voltaria ali para reivindicar nada daquilo. Tudo tinha sido dela, e ela tinha vestido, e usado e necessitado de cada item, mas eles não eram ela.

Diga... Diga que ela está morta.

Eu não consigo.

Você é o problema.

Nada que ele fez durante o luto a trouxera de volta. Nem a agonia das memórias, nem a bebedeira irracional, nem as lágrimas de um fraco ou a resistência à outra fêmea... Nem evitar este lugar ou as horas sentado sozinho com um buraco vazio no peito.

Ela havia partido.

E isso significava que aquilo tudo eram apenas coisas em uma casa vazia.

Deus, isso não era o que ele esperava sentir. Tohr tinha vindo aqui para se afastar de No'One. E o que aconteceu? Tudo que encontrou foi uma coleção de objetos inanimados, com tanto poder de transformar sua vida quanto a capacidade que tinham de andar e conversar sozinhos.

Entretanto, considerando onde Wellsie estava, a ideia que ele buscava de encontrar uma forma de dar fim a sua ligação com No'One era uma loucura. Ele devia estar celebrando a ideia de conseguir pensar em outra fêmea.

Em vez disso, aquilo ainda parecia uma maldição.

CAPÍTULO 39

De volta à mansão da Irmandade, No'One se sentou na cama que dividia com Tohrment, com seu manto apoiado no edredom a seu lado e seu vestido cobrindo a pele.

Silêncio. Aquele quarto era tão silencioso sem ele.

Onde ele estava?

Quando ela voltou aqui, depois de seu trabalho no centro de treinamento, tinha esperança de encontrá-lo esperando-a, aquecido e talvez adormecido, nu, sobre o edredom. Em vez disso, as cobertas estavam todas arrumadas, os travesseiros ordenados na cabeceira da cama, a manta extra, que ele usava para se aquecer, ainda perfeitamente dobrada ao pé do colchão.

Ele não estava na sala de musculação, na piscina ou na academia. Tampouco tinha estado na cozinha quando ela parou brevemente para beber alguma coisa. Nem na sala de bilhar ou na biblioteca.

E não tinha aparecido para a Primeira Refeição.

A fechadura se virou, e ela deu um pulo – somente para soltar uma expiração profunda e relaxante. Seu sangue no corpo do guerreiro anunciava que ele tinha retornado antes até mesmo de o cheiro cítrico dele chegar às narinas dela, antes até mesmo de seu enorme corpo preencher todo o espaço do batente da porta.

Ele ainda não tinha colocado uma camisa. Ou botas em seus pés.

E seu olhar era sombrio e desolado como os corredores do *Dhund*.

– Onde você estava? – ela sussurrou.

Ele se esquivou do olhar dela e da pergunta, seguindo até o banheiro.

– Estou atrasado. Wrath convocou uma reunião.

Quando o chuveiro foi ligado, ela pegou seu manto e o colocou sobre os ombros, ciente de que ele estava desconfortável com o fato de ela estar completamente despida fora da cama. Mas isso não era a causa do humor de Tohr – afinal, ele já estava assim antes mesmo de olhar na direção dela.

Sua amada, ela pensou. Só podia ter algo a ver com sua amada.

E No'One sentiu que provavelmente devia deixá-lo sozinho.

Mas não fez isso.

Quando ele saiu, estava com uma toalha envolvida em seu quadril, e foi direto para o closet, sem sequer lançar um olhar para ela. Apoiando a palma da mão no batente da porta, ele o abriu. O nome tatuado em seus ombros iluminou-se com as luzes acima dele.

No entanto, Tohr não tirou nenhuma peça de roupa do armário. Apenas inclinou a cabeça e ficou paralisado.

– Eu visitei minha casa hoje – explicou abruptamente.

– Hoje? Durante as horas de luz?

– Fritz me levou.

O coração de No'One acelerou quando ela pensou naquele macho exposto à luz do sol. Espere, eles não viviam juntos aqui?

– Nós tínhamos nossa própria casa – ele explicou. – Não ficávamos aqui com todos os outros.

Então, este não era o quarto da vinculação. Ou a cama da vinculação.

Quando ele não disse mais coisa alguma, ela se apressou em falar:

– O que você encontrou lá?

– Nada. Absolutamente nada.

– Suas coisas foram retiradas de lá?

– Não. Deixei tudo exatamente como estava na noite em que ela morreu. Desde as louças, que estão limpas dentro da lavadora, até a correspondência no balcão, o rímel que ela deixou para fora depois de usá-lo pela última vez...

Ah, que agonia para ele, pensou No'One.

— Fui até lá procurando por ela, e tudo que vi foi uma exposição do passado.

— Mas você nunca está longe dela, sua Wellesandra está sempre com você. Ela respira em seu coração.

Tohrment deu meia-volta, com olhos vidrados, intensos.

— Não como costumava ser.

De forma abrupta, ela se ajeitou sob o olhar dele. Mexeu na ponta de seu manto. Cruzou as pernas. Descruzou-as.

— Por que está me olhando assim?

— Eu quero transar com você. É por isso que voltei para casa.

Quando o rosto de No'One percebeu o choque inflamável nos olhos dele, Tohr não se importou em disfarçar a verdade com palavras bonitas, ou pedidos de desculpas, ou qualquer tipo de estardalhaço. Estava cansado demais de tudo: lutar contra seu corpo, discutir com o destino, combater uma inevitabilidade à qual ele se recusava a se render há muito tempo.

Em pé na frente dela, ele estava nu de uma forma que nada tinha a ver com falta de roupas. Nu e cansado... e faminto por ela.

— Então, você pode ter a mim – ela disse com uma voz suave.

Quando ele se deu conta das palavras, sentiu que seu rosto empalidecia.

— Você entendeu o que eu disse?

— Você foi suficientemente brusco.

— Você devia me mandar para o inferno.

Uma breve pausa se instalou.

— Bem, não precisamos continuar.

Sem rancor. Sem implorar. Sem decepções – o negócio era ele e onde ele estava.

Como ela podia ser tão... gentil?, ele se perguntava.

— Eu não quero feri-la – disse ele, sentindo vontade de retribuir o favor.

— Você não vai me ferir. Eu sei que você ainda ama sua parceira, e não o culpo por isso. O que você e ela tiveram foi um amor que só acontece uma vez em toda a vida.

— E quanto a você?

— Eu não tenho nenhuma necessidade ou desejo de tomar o lugar dela. E eu o aceito como você é, da forma como você escolher vir até mim. Ou se escolher não vir até mim, se tiver de ser assim.

Tohr praguejou quando uma parte de sua dor inesperadamente se tornou menos intensa.

— Isso não é justo com você.

— Sim, é justo. Eu fico feliz simplesmente por passar o tempo com você. Isso é o suficiente, e mais do que eu esperava receber de meu destino. Esses últimos meses têm sido uma alegria complicada que eu não trocaria por nada. Se tiver de chegar ao fim, então pelo menos eu tive o que tive. E, se continuar, então eu terei mais sorte do que mereço. E, se isso de alguma forma lhe traz paz, por menor que seja, então sinto que alcancei meus objetivos.

Quando ela ficou em silêncio, aquela dignidade quieta de No'One o atingiu. Realmente o atingiu. E foi com uma sensação de absoluta irrealidade que ele foi até ela, abaixou o corpo e segurou o rosto daquela fêmea em suas mãos.

Acariciando sua bochecha, ele a encarou.

— Você é... – a voz dele se desfez. – Você é uma fêmea de muita honra.

No'One colocou suas mãos nos pulsos espessos de Tohrment, tocando-o suave e levemente.

— Ouça as minhas palavras e acredite nelas. Não se preocupe comigo. Cuide do seu coração e da sua alma antes de qualquer outra coisa. São eles o que mais importam.

Ajoelhando-se diante dela, ele se encostou entre suas pernas, preenchendo o espaço que criou usando seu próprio corpo. Como sempre acontecia quando estava com ela, ele se sentiu ao mesmo tempo desajeitado e relaxado estando tão próximo.

Tohr correu os olhos pelo rosto dela, aquele rosto belo e bondoso. Então, focou-se em seus lábios.

Movendo-se lentamente, ele inclinou o corpo para frente, incerto sobre que diabos estava fazendo. Ele nunca a havia beijado. Nem uma vez sequer. Apesar de conhecer tão bem o corpo dela, Tohr não conhecia sua boca. E quando os olhos dela se arregalaram, ficou claro que No'One não esperava aquela intimidade.

Inclinando a cabeça para o lado, ele fechou os olhos... e diminuiu a distância entre eles, até encontrar aqueles lábios aveludados.

Suavemente, castamente, ele pressionou sua boca contra a dela e se afastou.

Não era o suficiente.

Aproximando-se novamente, apoiou-se na boca dela, esfregando-se, oferecendo-se. Então, desfez o contato abruptamente e forçou-se a ficar em pé. Se não parasse agora, Tohr simplesmente iria até o fim, e já estava atrasado para se encontrar com Wrath e seus Irmãos. Além do mais, aquilo não podia ser apenas uma sessão de sexo rápido.

Era mais importante que isso.

– Eu preciso me vestir – ele explicou a No'One. – Preciso ir.

– E eu estarei aqui quando você voltar. Se me quiser aqui.

– Eu quero.

Ele se distanciou e não perdeu tempo colocando as roupas ou reunindo suas armas. E, quando pegou a jaqueta de couro, não tinha a intenção de passar diretamente pela porta. Em vez disso, entretanto, parou e olhou para ela. No'One estava correndo a ponta dos dedos pelos lábios, com olhos arregalados e cheia de perguntas, como se nunca tivesse sentido algo sequer próximo do que acabara de sentir.

Ele caminhou de volta até a cama.

– Foi seu primeiro beijo? – perguntou.

Ela enrubesceu. Seu rosto adotou o mais adorável tom rosado, seus olhos encaravam timidamente o carpete.

– Sim.

Por um instante, tudo que ele pôde fazer foi sacudir a cabeça por conta de tudo o que ela tinha enfrentado.

Então, inclinou o corpo para baixo.

– Permite que eu lhe dê outro?

– Sim, por favor... – ela arfou.

Ele a beijou, dessa vez mais demoradamente, mordiscando seu lábio inferior, chegando a roçá-lo gentilmente com uma de suas presas. Com o contato, o calor explodiu entre eles, especialmente quando ele a puxou contra seu corpo, abraçando-a mais apertado do que devia, considerando a quantidade de armas que havia pendurada em seu torso.

Antes de segurá-la em pé, ele se forçou a colocá-la de volta na cama.

– Obrigado – ele sussurrou.

– Pelo quê?

Tudo que ele conseguiu fazer foi encolher os ombros, pois grande parte de sua gratidão era complicada demais para ser verbalizada.

– Acho que por tentar não me mudar.

– Jamais – disse ela. – Agora, tome cuidado.

– Pode deixar.

Já no corredor, ele fechou a porta silenciosamente e respirou fundo.

– Está tudo bem, meu Irmão?

Ele sacudiu o próprio corpo e olhou para Z. O macho estava, assim como Tohr, vestido para a luta, mas atravessando o corredor vindo da direção oposta de sua suíte.

– Ah, sim, claro. E você?

– Fui enviado para buscá-lo.

Certo. Entendido. E Tohr ficou feliz por ser Z. Sem dúvida, o cara estava ciente de seu mau humor, mas, diferentemente de outros – *cof*Rhage*cof* –, Z. jamais se intrometeria.

Juntos, eles atravessaram o corredor e entraram no escritório do Rei, chegando exatamente enquanto V. dizia:

– Eu não gosto nada disso. O vampiro que ferrou nossa vida meses atrás de repente telefona e diz que está pronto para vê-lo?

Assail, pensou Tohr, ajeitando-se contra as prateleiras de livros.

Enquanto seus irmãos murmuravam diferentes variações do assunto nada divertido, ele entrou no jogo e concordou completamente. Coincidência demais...

Atrás da enorme mesa, a expressão de Wrath tornou-se totalmente fria, e apenas o olhar naquele rosto transformou a sala em um ambiente silencioso. Ele iria, com ou sem os demais.

– Merda – resmungou Rhage. – Você não pode estar falando sério.

Praguejando em voz baixa, Tohr imaginou que poderia pular a fase de discutir. Considerando a pressão no maxilar de Wrath, os Irmãos perderiam qualquer competição de vontade.

— Você está usando um colete Kevlar? – ele disse ao Rei.

Wrath alongou as presas.

— E quando foi que não usei?

— Só precisava deixar isso claro. Que horas você quer sair?

— Agora.

Vishous acendeu um cigarro feito à mão e exalou a fumaça.

— Inferno é uma boa definição do que vamos enfrentar.

Wrath se levantou, agarrou a guia de George e deu a volta no trono.

— Quero apenas um esquadrão regular formado por quatro de vocês. Se formos lá com muitas armas, vai parecer que estamos nervosos. Tohr, V., John e Qhuinn ficarão na linha de frente.

Fazia sentido. Rhage com sua fera parecia demais um coringa. Z. e Phury estavam tecnicamente fora do grupo esta noite. Butch precisava estar preparado com o Escalade. E Rehv não estava na sala, o que significava que seu dia de trabalho como rei dos *symphatos* o tinha forçado a seguir mais uma vez para o norte.

Ah, e Payne? Considerando sua aparência, ela era suficientemente sexy para causar um curto-circuito em Assail, deixando-o abobalhado e incapaz de falar. Como sua irmã gêmea, ela tinha a tendência de causar uma boa impressão no sexo oposto.

Mas todos receberiam mensagens de texto, e Wrath estava certo. Se eles levassem toda a maldita família, acabariam transmitindo a mensagem errada.

Enquanto todos chegavam aos degraus da enorme escadaria, todos os tipos de resmungos discretos podiam ser ouvidos. E, na base da escada, as armas eram mais uma vez verificadas e os coldres apertados mais um pouco.

Tohr lançou um olhar para John. Qhuinn estava mais grudado ao traseiro do cara do que suas calças, e isso era bom, já que era óbvio que nem tudo andava bem no mundo de John: ele tinha o cheiro da vinculação, mas a aparência da morte.

O Rei se inclinou e conversou com George por um instante. Então, agarrou sua rainha e beijou-a decididamente.

— Voltarei para casa antes que você perceba minha ausência, *leelan*.

Enquanto Wrath caminhava em meio à multidão e desaparecia no quintal sem qualquer ajuda, Tohr foi até Beth, segurou sua mão e a apertou.

— Não se preocupe. Eu o trarei de volta assim que isso terminar... e vou trazê-lo inteiro.

— Obrigada. Meu Deus, obrigada — ela colocou os braços em volta dele e abraçou-o fortemente. — Sei que ele está seguro com você.

Enquanto ela se agachava para confortar o cachorro ansioso, Tohr seguiu em direção à porta, diminuindo a velocidade quando estava diante do congestionamento de Irmãos na antessala. Esperando para passar, lançou um olhar para o balcão no segundo andar. No'One estava no topo das escadas, parada sozinha, com o capuz abaixado.

Aquela trança precisava ir embora, ele pensou em silêncio. Cabelos belos como os dela eram feitos para receber luz e brilhar.

Tohr levantou a mão, acenando. E, logo que No'One retribuiu o gesto, ele saiu e se juntou à noite fria.

Parado próximo a John — mas não próximo demais —, ele esperou que Wrath assentisse, e então se desmaterializou com o Rei e os garotos até uma península no Hudson, um pouco mais a norte do chalé de Xhex.

Quando Tohr tomou forma novamente, em um canto pouco arborizado da floresta, o ar estava revigorantemente frio e trazia consigo o cheiro de folhas caídas e das rochas úmidas na margem do rio.

Lá em cima, a mansão contemporânea de Assail era realmente uma obra de arte, mesmo vista por trás, na parte das garagens. A estrutura palaciana tinha dois andares principais e uma varanda circundando-a. Tudo calculado e com janelas, de modo a oferecer o máximo possível de vista para a água.

Um lugar ridículo para um vampiro viver. Toda aquela estrutura de vidro durante a luz do dia?

Mas, também, o que esperar de um membro da *glymera*?

A casa havia sido verificada anteriormente, assim como ocorrera com todos os outros locais de reunião, para que eles estivessem familiarizados com a disposição do exterior. E V. tinha invadido a propriedade e checado também o lado de dentro. Relatório: nada de mais por lá, e isso claramente não havia mudado. Sob as luzes acesas no teto, não havia muito em termos de móveis.

Era como se Assail vivesse em uma caixinha de amostra contendo ele mesmo.

E, ainda assim, aparentemente, o cara tinha feito algumas coisas inteligentes. De acordo com V., todos aqueles painéis de vidro eram ligados com fios finos de aço, como o sistema de desembaçamento das janelas de um carro. Portanto, era impossível se desmaterializar e entrar ou sair. Ele também tinha limpado o gramado que circundava o local, de modo que se algo ou alguém se aproximasse, seria um alvo fácil de ser avistado.

Por falar nisso, Tohr deixou seus instintos e sentidos vagarem... e nada apareceu em seu radar. Nada que não devesse mover se movimentou, apenas troncos de árvores e folhas voando com a brisa, um cervo a aproximadamente trezentos metros dali, seu Irmão e os caras atrás dele.

Pelo menos até um carro aparecer na pista estreita e pavimentada.

Jaguar, Tohr adivinhou com base no som do motor.

Sim, isso mesmo. Um XKR preto. Com janelas cobertas de Insulfilm.

O conversível com focinho alongado passou, parou na porta da garagem mais próxima da mansão e entrou assim que os portões subiram. Assail, ou quem quer que estivesse atrás do volante, não desligou o motor ou desceu do carro logo em seguida. Ele esperou até o portão abaixar completamente e, enquanto isso acontecia, Tohr percebeu que não havia vidraças no portão. A mesma coisa com os outros cinco portões.

Ele os havia acrescentado depois que se mudou, pensou Tohr.

Talvez o filho da puta não fosse um completo idiota.

– Está bem. Vou seguir para a porta da frente – os olhos de diamante de V. brilharam. – Enviarei um sinal a vocês, ou vocês ouvirão aquele grito leve de uma garota. De qualquer forma, saberão o que fazer.

E ele foi embora, desmaterializando-se ao dar a volta em um canto da casa. Seria melhor manter os olhos nele, mas Wrath era a parte mais importante disso, e a fileira de árvores nos fundos era o único esconderijo disponível.

Enquanto eles aguardavam, Tohr segurou sua arma. E John Matthew e Qhuinn fizeram a mesma coisa. O Rei estava respingando balas de calibre .40, mas seus revólveres continuaram pendurados. Seria defensivo demais ele aparecer com uma arma na mão.

Mas sua guarda pessoal? Bem, isso era parte da maldita descrição do trabalho.

Mantendo-se preparado, ele desejou, mais uma vez, que eles pudessem deixar o Rei em casa para o processo que vinha antes do jogo, mas Wrath havia negado a ideia meses atrás. Irritante demais, sem dúvida, considerando que, diferentemente de seu pai, Wrath fora um guerreiro antes de tomar o trono. Mas caramba, momentos como esse faziam você querer raspar seu próprio rosto no asfalto.

O celular de Tohr tocou três tensos minutos mais tarde: *Porta da cozinha ao lado da garagem.*

– Ele quer que sigamos para a entrada dos fundos – disse Tohr, guardando o telefone. – Wrath, isso é quarenta e cinco metros à frente, em linha reta.

– Entendido.

Os quatro se desmaterializaram e reapareceram na varanda dos fundos, em uma posição que oferecia a Wrath o máximo de proteção possível. Tohr estava bem na frente do Rei, John a sua direita, Qhuinn à esquerda. V. imediatamente tomou a posição traseira.

E, no mesmo instante, Assail abriu a porta.

CAPÍTULO 40

A primeira impressão que Tohr teve de seu anfitrião foi a de que Assail não havia mudado em nada. Aquele cara ainda era grande o suficiente para ser um Irmão e tinha cabelos tão negros a ponto de fazer V. parecer loiro. E suas roupas eram, como sempre, formais e com o corte perfeito. Assail também continuava tão cauteloso como sempre, mantendo um olhar astuto e ligeiramente cerrado, enxergando demais, capaz de fazer coisas demais.

Mais um ótimo acréscimo para o continente.

Nem a pau.

O aristocrata lançou um sorriso que não alcançou seus olhos.

– Acredito que quem está no meio de todos esses corpos seja Wrath.

– Demonstre um pouco mais de respeito, idiota – esbravejou V.

– Elogios são o condimento da conversa – Assail se afastou, deixando-os atravessar a porta sozinhos. – No fim, só atrapalham.

Wrath se desmaterializou no caminho de Assail, movimentando-se com tanta agilidade a ponto de se virem peito a peito.

Exibindo presas longas como adagas, o Rei rosnou grave.

– Cuidado com o tom, filho. Ou tornarei impossível para você continuar lançando suas grosserias por aí.

Assail deu um passo para trás e estreitou os olhos como se estivesse lendo os sinais vitais de Wrath.

– Você não é como seu pai.

– Nem você. Infelizmente.

Enquanto V. fechava a porta, Assail levou a mão até o interior do bolso de sua jaqueta e imediatamente viu quatro canos de armas se apontarem para sua cabeça. Paralisado, ele correu o olhar de uma arma para outra.

– Eu estava pegando um charuto.

– Se eu fosse você, faria isso com movimentos lentos – murmurou Wrath. – Meus rapazes não se importariam de derrubá-lo exatamente onde você está.

– Ainda bem que não estamos na minha sala de estar. Eu adoro o tapete que tenho lá – Ele olhou para V. – Tem certeza que deseja fazer isso aqui na entrada da casa?

– Sim, paspalho, tenho certeza – rosnou Vishous.

– Fobia de janelas?

– Você estava prestes a acender – falou Wrath. – Ou ser apagado. Que tal nós resolvermos isso primeiro e depois falar sobre a sua casa que, por sinal, mais parece uma peneira.

– Eu gosto da vista.

– Que poderia ser a vista de seu túmulo – disse V., enquanto acenava para a mão que o cara tinha enfiado no bolso.

Arqueando uma sobrancelha, Assail puxou um longo charuto cubano e fez questão de mostrá-lo a todos na sala. Em seguida, enfiou a mão em um bolso lateral, puxou um isqueiro de ouro e ergueu-o para mostrar aos machos bem armados.

– Alguém quer se juntar a mim? Não? – ele cortou a ponta do charuto e o acendeu, aparentemente despreocupado com o fato de sua cabeça ainda estar na mira.

Depois de algumas tragadas, ele disse:

– Então, eu quero saber uma coisa.

– Não comece a conversa assim – murmurou V.

– É por isso que finalmente me chamou? – perguntou Wrath.

– Sim, é por isso – o vampiro rolou seu charuto para frente e para trás entre o polegar e o indicador. – Você tem alguma intenção de modificar as leis sobre o comércio com seres humanos?

Inclinando-se para o lado, Tohr analisou rapidamente o que ele conseguia ver do restante da casa – o que não era muito: uma cozinha moderna, uma pequena área da sala de jantar e uma sala de estar do outro lado. Quando percebeu que não havia ninguém se movimentando nos cômodos vazios, focou novamente o olhar.

– Não – disse Wrath. – Contanto que os negócios estejam sob o radar, pode fazer o que você quiser. Com que tipo de comércio você está envolvido?

– Varejo.

– De quê?

– Isso tem alguma importância?

– Se você não responder, só posso supor que se trate de drogas ou de mulheres – Wrath franziu as sobrancelhas quando não recebeu resposta. – Então, qual das opções?

– Mulheres geram problemas demais.

– É difícil manter essa porcaria de drogas no radar.

– Não da forma como eu conduzo as coisas.

V. se intrometeu:

– Então, você é a razão dos intermediários estarem se matando em becos.

– Sem comentários.

Wrath franziu a testa novamente.

– Por que abordar esse assunto agora?

– Vamos simplesmente deixar claro que eu me encontrei com uma das muitas partes interessadas.

– Seja mais específico.

– Bem, uma delas tem mais de um metro e oitenta de altura. Cabelos curtos e escuros. Seu nome rima com *sex*, e seu corpo definitivamente foi projetado para isso.

Ah, não, você não disse isso, pensou Tohr.

O silvo emitido por John fez todos olharem para ele. E, como era de se imaginar, o cara estava com os olhos focados em Assail, como se, pelo menos mentalmente, já estivesse rasgando a garganta do safado.

– Perdão – disse Assail com uma voz arrastada. – Eu não sabia que você era chegado a ela em algum aspecto.

Tohr rosnou em nome de seu filho – embora eles estivessem distantes.

— Ela é muito mais do que apenas uma "chegada" dele, idiota. Portanto, pode enfiar essa especulação no rabo. E, enquanto faz isso, mantenha-se longe dela.

— Foi ela que veio até mim.

Ótimo. Aquelas palavras caíram como um balão de chumbo.

Antes que a situação fugisse do controle, Wrath ergueu a mão e falou:

— Eu não ligo a mínima para o que você faz com os humanos, contanto que você limpe toda a sua sujeira. Mas, se você se tornar um alvo, saiba que está sozinho.

— E quanto a nossa espécie interferindo em meu comércio.

Wrath sorriu um pouco. Seu rosto cruel não demonstrava qualquer sinal de humor.

— Já está enfrentando problemas para defender seu território? Adivinhe? Não se pode ter aquilo que não se pode manter.

Assail inclinou a cabeça.

— Concordo...

O som do vidro sendo estilhaçado ecoou atrás de todos eles, atravessando a casa. Era hora de se abaixar rapidamente. Tiros.

Avançando com um movimento cheio de força, Tohr lançou-se ao ar. Seu corpo enorme voou sobre os azulejos espanhóis. Seu alvo? Wrath.

Quando o rá-tá-tá-tá-tá da chuva de balas atingiu os fundos da casa, Tohr empurrou o Rei contra o chão, cobrindo seu Irmão com a maior área possível de seu corpo. Todo mundo, inclusive Assail, atirou-se no chão. O grupo se arrastou, buscando cobertura contra várias paredes.

— Meu senhor, foi atingido? — Tohr sussurrou no ouvido de Wrath enquanto apertava o botão para enviar uma mensagem de texto pelo seu celular.

— Talvez o pescoço — veio a resposta em um gemido.

— Fique deitado e completamente parado.

— Você está sobre mim. Acha mesmo que eu poderia ir a algum lugar?

Tohr virou a cabeça para analisar onde todos estavam. V. estava sobre Assail, com a mão fechada na garganta do cara. Sua arma estava apontada para a têmpora do anfitrião. E Qhuinn e John estavam deitados com as costas paralelas ao chão, um de cada lado do espaço pelo qual tinham entrado, cobrindo o exterior da casa e também a entrada para a cozinha.

A brisa fria que entrava pela vidraça quebrada na porta não trazia consigo qualquer cheiro particular, o que deixou claro quem estava armando tudo aquilo. Assassinos teriam invadido o local, considerando que tanto o vento predominante quanto o tiro tinham vindo do norte.

Era Xcor e seu Bando de Bastardos.

Mas qual era a novidade? Como se eles já não soubessem disso... O único tiro havia sido disparado de um rifle. Seu alvo, após atravessar os malditos painéis na porta, era Wrath. E muito tempo tinha se passado desde a última vez que a Sociedade Redutora mostrara alguma elegância em seus ataques.

— Você devia ter mantido essa reunião privada, vampiro — esbravejou V. em um tom mortal.

— Ninguém sabe que vocês estão aqui.

— Então vou presumir que você ordenou sozinho o assassinato.

V. estava prestes a atirar naquele filho da puta, pensou Tohr sem se importar. Ia atirar aqui e agora.

Assail manteve-se sob controle, olhando para os Irmãos de modo que agora o cano da arma estivesse apontado para sua testa.

— Vai se foder! É por isso que eu queria fazer a reunião na sala de estar. Lá o vidro é à prova de balas, idiota. E, uma observação, eu também fui atingido, seu tolo.

O homem levantou o braço e mostrou sua mão direita, aquela que estava segurando o charuto, pingando sangue.

— Então, talvez seus amigos tenham má pontaria.

— Isso *não* é questão de má pontaria. Eu também sou o alvo.

Mais balas espalharam-se pela parte dos fundos da casa, penetrando a construção através do buraco na porta. Merda, o painel térmico protegia bem contra o inverno nova-iorquino, mas era incapaz de manter as balas de uma Remington do lado de fora.

— Como você está? — Tohr sussurrou no ouvido de Wrath enquanto verificava o telefone em busca de uma resposta de seus outros Irmãos.

– Bem. Você? – porém, o Rei logo tossiu... e, cara, era como se houvesse um chocalho em seus pulmões.

Ele estava sangrando em algum ponto do trato respiratório.

Movendo-se de forma tão rápida quanto um suspiro, Assail livrou-se da mão de V. em sua garganta e atravessou até a parte de trás da saleta na entrada da casa, rumo a uma porta que saía para a garagem.

– Não atirem! Eu tenho um carro no qual vocês podem levá-lo! E estou apagando todas as luzes da casa.

Quando tudo ficou escuro, Vishous se desmaterializou em cima do cara, empurrando-o para baixo e esfregando seu rosto no piso.

– Eu vou matá-lo agora...

– Não – ordenou Wrath. – Não antes de sabermos o que está acontecendo.

Banhado pela escuridão, V. apertou os dentes e olhou para o Rei. Mas pelo menos não apertou o gatilho. Em vez disso, encostou a boca no ouvido de seu anfitrião e rosnou:

– É melhor você pensar duas vezes antes de seguir novamente na direção de qualquer saída.

– Faça isso você mesmo, então.

As palavras saíram como: "Então, faxa icho ochê meshmo".

Vishous olhou para Tohr e seus olhares se encontraram. Quando Tohr acenou discretamente, o outro Irmão praguejou... depois, estendeu a mão e abriu a porta da garagem. As luzes automáticas ainda estavam acesas desde quando Assail entrara em sua casa um pouco antes. Tohr pôde ver quatro carros: um Jaguar, um Spyker, uma Mercedes preta e uma van preta sem janelas laterais.

– Pegue o GMC – grunhiu Assail. – As chaves estão na ignição. O carro é totalmente à prova de balas.

Quando tudo ficou em silêncio do lado de fora, John e Qhuinn começaram a revezar-se em dar tiros através do vidro quebrado, encontrando um ritmo constante e alternado, simplesmente para garantir que ninguém tentasse se desmaterializar e entrar na casa.

Droga, a maldita munição não duraria muito mais tempo.

Tohr praguejou por conta da falta de opções, e também pelo fato de não ter recebido resposta alguma da Irmandade.

— As coisas estão sob controle – disse Qhuinn, mantendo-se próximo da porta. – Mas, antes de vocês tentarem sair, precisamos dos outros Irmãos aqui.

— Eu já os alertei – murmurou Tohr. – Eles estão a caminho.

Pelo menos, ele esperava que estivessem.

Assail falou com uma voz alta o suficiente para se sobressair aos tiros:

— Pegue a maldita van. Eu não estou tentando enganar vocês.

Tohr encarou o cara com um olhar fuzilante.

— Se estiver, eu vou arrancar sua pele com você ainda vivo.

— *Não* estou.

Considerando o fato de que não havia mais nada que pudesse ser garantido, Tohr saiu de cima de Wrath e ajudou o Rei a se agachar. Droga, havia sangue na lateral de seu pescoço. Muito sangue.

— Mantenha a cabeça abaixada, meu senhor, e me siga enquanto eu o guio.

— Não me diga...

Movimentando-se com toda a agilidade possível, Tohr começou a arrastá-los pelo chão, conduzindo o Rei até a parede, de modo que Wrath pudesse encostar a mão e se orientar.

— Lava-roupas – explicou Tohr, puxando-o para longe, para que evitasse encostar na lavadora quadrada. – Secadora. Porta, dois metros. Um. Meio metro. Descer degrau.

Quando os dois passaram por Assail, o macho os observou.

— Jesus, ele realmente é cego.

Wrath parou imediatamente e puxou sua adaga, apontando-a diretamente para o rosto de Assail.

— Mas minha audição funciona muito bem.

Assail provavelmente teria recuado, mas estava preso entre a parede, uma bala e a ponta afiada de uma adaga, o que não lhe dava muito espaço para manobras.

— Sim. De fato.

— Esta reunião não terminou – disse Wrath.

— Eu não tenho mais nada.

— Eu tenho. Preste atenção, filho... Se houver uma mão sua nessa reviravolta, sua próxima parada será em um caixão feito de madeira de pinho.

— Não fui eu. Eu juro que não tenho nada a ver com isso. Sou um homem de negócios, pura e simplesmente isso. Tudo que quero é ficar em paz.

— Bendita Greta Garbo — rosnou V. quando Tohr forçou Wrath a entrar novamente em movimento.

Já na garagem, Tohr deslizou com o Rei pelo concreto liso, rodeando os outros veículos. Quando chegaram à van, ele verificou o veículo, e em seguida abriu a porta traseira e empurrou o vampiro mais poderoso do planeta para dentro como se Wrath fosse uma mala.

Quando Tohr fechou novamente as portas, reservou um momento para respirar fundo. Então, seguiu até o lado do motorista e entrou no veículo. A luz interior permaneceu acesa por algum tempo depois que Tohr se sentou – e, sim, as chaves estavam onde Assail disse que estariam. Uma série de reformas consideráveis haviam sido feitas na van: dois tanques de combustível, lataria de aço reforçada, vidro com uma espessura que realmente sugeria ser à prova de balas.

Havia uma divisão deslizante que separava a parte traseira da frontal, e Tohr a abriu o suficiente para conseguir monitorar o Rei.

Com a audição extremamente afiada, Tohr ouvia o gotejar do sangue como um barulho tão alto quanto os tiros que o causaram.

— Você foi atingido feio, meu senhor.

Tudo o que ele recebeu como resposta foi tosse.

Merda.

John estava pronto para matar.

Enquanto permanecia parado à esquerda da maldita porta traseira, os enormes músculos de suas coxas grossas tremiam, e seu coração batia aceleradamente em seu peito. Sua arma, entretanto, continuava firme como uma pedra.

O Bando de Bastardos tinha aberto fogo a partir de onde a Irmandade chegara: do outro lado do gramado limpo, na floresta atrás da casa.

Um tiro muito bem disparado, ele pensou. A primeira bala de rifle havia feito um buraco na vidraça da porta e seguido exatamente na direção da cabeça de Wrath, embora houvesse muitas pessoas ali na sala.

Muito perto. Perto demais.

Aqueles caras eram verdadeiros profissionais – o que, no fundo, significava que deviam estar se preparando para um segundo ataque, e não por aquele mesmo ângulo, que agora estava tão bem guardado.

Enquanto Qhuinn continuava puxando o gatilho em um movimento lento, até mesmo estável, John se inclinou para trás e olhou em direção à cozinha.

Assobiando baixo, John atraiu o olhar de Qhuinn e usou a cabeça para acenar naquela direção.

– Entendido.

– John, não vá lá fora sozinho – alertou V. – Vou observar a porta dos fundos, e também ficar de olho em nosso anfitrião.

– E se eles passarem pela abertura? – questionou Qhuinn.

– Vou matar um por um.

Era difícil discutir com aquele cara. Especialmente quando o Irmão estava com sua segunda arma apontada para a direção em que Qhuinn e John estavam anteriormente atirando.

Aquilo era o fim de qualquer outra tentativa de conversa.

John e Qhuinn caíram lado a lado e saíram juntos. Usando a luz da Lua como guia, passaram pela cozinha bem equipada e tentaram abrir todas as portas que encontravam pela frente. Trancada. Trancada. Trancada.

As salas de jantar, estar e de TV, que por sinal eram bem espaçosas – mais ou menos como uma espécie de campo de futebol que tinha sido transformado em uma casa para exibição. A boa notícia era que havia colunas decoradas em intervalos regulares para segurar o teto, e elas funcionavam como cobertura para John e Qhuinn enquanto eles aceleravam para fora, verificando portas de vidro deslizantes e abaixando-se novamente.

Tudo estava trancado: enquanto eles davam a volta na sala gigantesca, todas as portas estavam realmente travadas. Mas, Deus, aquela quantidade enorme de vidro...

Parando bruscamente, ele apontou o cano da arma para um lado da sala, assobiou duas vezes para sinalizar a V. e deu um tiro de teste.

Nada de vidro estilhaçado. Sequer um arranhão. O painel de três metros por dois simplesmente aceitou a bala e a segurou, como se aquilo não passasse de um chiclete.

Assail não estava mentindo. Pelo menos não a respeito disso.

Partindo dos fundos da casa, a voz do anfitrião era distante, mas clara.

– Fechem e tranquem a porta na base das escadas em direção ao segundo andar. Rápido.

Entendido.

John deixou Qhuinn analisar os banheiros e o escritório enquanto corria em direção a uma escadaria de mármore preto e branco. É claro que, enfiado na parede, havia um painel de aço inoxidável à prova de fogo que, quando aberto, cheirava à tinta fresca – como se tivesse sido instalado ainda recentemente.

Havia duas trancas no painel: uma para que você pudesse se isolar no andar de cima, e outra para fazer a mesma coisa na parte de baixo.

Enquanto ele ajeitava uma das trancas, não teve alternativa que não fosse respeitar a forma como Assail lidava com as medidas de segurança.

– Este lugar é uma fortaleza – exclamou Qhuinn enquanto saía de outro banheiro.

Porão?, disse John movimentando a boca, para que não precisasse guardar sua arma de volta no coldre.

Como se pudesse ler mentes, Assail gritou:

– A porta do porão está trancada. Ela fica na cozinha, perto da segunda geladeira.

Eles correram de volta na direção de onde tinham partido, localizando mais uma daquelas portas de aço que por acaso já tinham sido colocadas no lugar.

John verificou seu telefone e viu a mensagem de texto que Rhage tinha enviado para o grupo: *Luta no centro. Indo + rápido q puder.*

Merda, John ofegou enquanto mostrava a tela para Qhuinn.

– Estou indo lá fora – o cara anunciou enquanto acelerava em direção a uma das portas de correr. – Tranque a porta depois que eu...

John avançou na direção do guerreiro, segurando-o. *O caralho que você vai*, gesticulou com a boca.

Qhuinn se soltou do apertão de John.

– Isso é uma enorme catástrofe esperando para acontecer, e Wrath precisa ser levado para a clínica – quando John praguejou em silêncio, Qhuinn negou com a cabeça. – Seja racional, amigo. Você é o apoio de V. com Assail, e vocês dois têm de manter o interior da casa protegido. Da mesma forma, aquela van precisa entrar em movimento, já que o Rei está sangrando. Você precisa me deixar sair e fazer o que estiver a meu alcance para proteger a área. Não podemos perder ninguém.

John praguejou mais uma vez enquanto sua mente se mantinha agitada em busca de outras alternativas.

No final, ele segurou a lateral do pescoço de seu melhor amigo e os dois encostaram as testas por um breve instante. Em seguida, soltou-o e se afastou – mesmo que aquilo quase o matasse.

Seu primeiro dever era salvar o Rei, e não seu melhor amigo. Wrath era a questão crítica aqui, e não Qhuinn.

Além disso, Qhuinn era um filho da mãe letal, movimentava-se rapidamente, era bom com armas e ótimo com facas.

Não havia alternativa que não fosse confiar naquelas habilidades. E o desgraçado estava certo: eles eram extremamente necessários nessa situação.

Com um aceno final, Qhuinn passou por uma porta de vidro, e John logo a fechou e a trancou, deixando o macho seguir sozinho.

Pelo menos, o Bando de Bastardos provavelmente acreditaria que todos estavam na casa e que continuariam lá – eles deviam saber que o apoio estava chegando e, na maioria das situações, as pessoas esperavam os reforços chegarem antes de darem início a um contra-ataque.

– John! Qhuinn! – chamou V. – Que diabos está acontecendo lá fora?!

John correu de volta para a entrada da casa. Infelizmente, não havia nenhuma forma eficaz de se comunicar sem perder sua arma.

– Droga, Qhuinn saiu sozinho, não é?

Assail riu levemente.

– E eu pensei que eu fosse o único com o desejo de morrer.

CAPÍTULO 41

Assim que Syphon apertou o gatilho de seu rifle de longo alcance, o primeiro pensamento que brotou na cabeça de Xcor foi o de que o macho podia muito bem ter matado o Rei.

Parado no abrigo da floresta, ele se mostrou impressionado com a precisão da mira de seu soldado: a bala voou sobre o gramado, explodiu o painel de vidro da porta e derrubou o Rei como um saco de areia.

Ou isso, ou o Rei havia escolhido se abaixar.

Era impossível saber se o desaparecimento foi uma reação defensiva ou a queda de um macho gravemente ferido.

Talvez ambas as alternativas fossem verdadeiras.

– Abram fogo – ordenou pelo transistor ultramoderno em seu ombro. – E assumam segundas posições.

Com uma precisão ensaiada, seus soldados entraram em ação. O barulho dos tiros dava cobertura enquanto todos, exceto por ele e Throe, moviam-se em várias direções.

A Irmandade chegaria a qualquer momento. Portanto, restava pouco tempo para os bastardos se prepararem para o conflito. Ajudava o fato de seus soldados estarem bem treinados.

De repente, as luzes da casa foram apagadas. Um movimento inteligente. A escuridão tornava mais difícil isolar os alvos, mas, considerando a forma como todos os vidros tinham resistido às balas, exceto aquela porta dos fundos, parecia que Assail era muito mais tático do que um membro comum da *glymera*.

Carros-bomba, não obstante.

Na calmaria que se seguiu, Xcor só conseguiu supor que, se o Rei estivesse vivo e completamente a salvo, Wrath se desmaterializaria através da abertura na porta dos fundos, deixaria o local, e então os demais atacariam. Mas, se o Rei estivesse ferido, eles se abaixariam e esperariam até os outros membros da Irmandade chegarem para dar cobertura enquanto alguém transportaria Wrath de carro. E se o Rei Cego estivesse morto? Eles ficariam com o corpo para protegê-lo até que os outros chegassem aqui.

Uma arma disparou no interior da casa. Um tiro, e o brilho de luz do revólver indicava que o disparo havia sido dado do lado esquerdo.

Eles estavam testando o vidro, pensou Xcor. Então, ou Assail estava morto, ou os Irmãos não confiavam nele.

– Alguém está saindo – disse Throe a seu lado.

– Atirem para matar – ordenou Xcor.

Não havia razão alguma para correr riscos em uma captura: qualquer um que lutasse do lado da Irmandade era treinado para resistir à tortura e, portanto, não era um bom candidato para se coletar informações. Mais diretamente ao ponto, essa situação era um barril de pólvora prestes a explodir, e reduzir o número de soldados do lado inimigo era o objetivo mais importante. Manter prisioneiros definitivamente não era uma prioridade.

Tiros ecoaram quando os bastardos tentaram atingir quem quer que tivesse saído, mas, naturalmente, o guerreiro se desmaterializou, então era pouco provável que tivesse sido atingido.

A Irmandade chegou toda de uma vez. Os enormes lutadores tomavam posições em todo o exterior da casa, como se tivessem analisado a área antecipadamente.

Houve troca de tiros. Xcor apontava para os dois guerreiros no telhado enquanto os outros se concentravam nas formas escuras que se deslocavam pela varanda e também em qualquer um que pudesse tentar se aproximar pela floresta logo atrás.

Ele precisava bloquear o caminho de qualquer veículo que tentasse sair da casa.

– Vou cobrir a garagem – ele falou em seu transistor. – Mantenham suas posições.

Olhando por cima do ombro, na direção de onde estava Throe, Xcor ordenou:

– Ofereça cobertura aos primos a norte.

Quando seu soldado assentiu e partiu, Xcor abaixou-se e fez o mesmo, mudando de posição e correndo, pois estava alerta demais para conseguir se desmaterializar: se eles tentassem levar Wrath por veículo porque ele estava ferido, Xcor *tinha* de ser aquele a sentir o gostinho de frustrar a fuga do Rei e de terminar o trabalho, caso isso fosse necessário. A garagem, portanto, era o melhor ponto estratégico: os Irmãos teriam de dirigir um dos veículos de Assail, já que aparentemente não tinham vindo de carro. E Assail certamente ofereceria esse tipo de ajuda. Ele não tinha nenhuma aliança com qualquer dos grupos – nem com o Bando de Bastardos, nem com o Conselho e provavelmente nem mesmo com o Rei. Mas certamente não estava disposto a suportar o preço da vingança de outra pessoa contra Wrath.

Xcor ajustou-se atrás de uma enorme pedra que ficava na beirada da área asfaltada na parte dos fundos da casa. Sacando uma pequena e convexa faixa de metal que fora polida até alcançar o brilho extremo, ele posicionou o espelho sobre a rocha, de modo a conseguir enxergar o que quer que estivesse atrás dele. E então, esperou.

Ah, sim. Certo novamente...

Enquanto o tiroteio continuava, a porta da garagem mais à direita se abriu. A proteção que ela oferecia ia desaparecendo, painel a painel.

A van que saiu em marcha a ré não tinha janelas em sua parte traseira, e Xcor poderia apostar que, como grande parte daquela casa, as laterais do veículo eram impenetráveis por qualquer coisa menor do que um míssil antiaéreo.

Era possível, obviamente, que esse fosse um artifício.

Mas ele não perderia a oportunidade, caso não fosse.

Piscando e levantando o olhar, ele verificou a área atrás de si, então se concentrou novamente no veículo. Se ele pulasse na frente da van, talvez conseguisse atirar contra o motor pela grade dianteira.

O ataque que veio por trás foi tão rápido que ele só conseguiu sentir um braço agarrando-o pela garganta e seu próprio corpo sendo puxado. Adotando instantaneamente o modo de autodefesa mão a mão, ele deu um golpe extremamente forte na barriga do guerreiro, evitando que o macho quebrasse seu pescoço e aproveitando a vantagem momentânea para dar meia-volta.

Ele teve a breve impressão de estar diante de olhos que não combinavam... e logo, o assunto era apenas a luta.

O macho atacou com tanta ferocidade que ser golpeado por aqueles socos era como ser atingido por uma frota de carros. Felizmente, Xcor tinha equilíbrio e reflexos impressionantes, e quando se agachou, pegou o macho pelas coxas e o derrubou com força. Montando na parte de baixo daquele corpo enorme, de modo a mantê-lo preso ao chão, Xcor pulou um pouco mais para cima e golpeou o rosto do lutador até que houvesse sangue não somente nos nós de seus dedos, mas também voando pelo ar.

Sua posição de vantagem não durou muito. Apesar de o guerreiro possivelmente não conseguir enxergar direito, de alguma forma o macho prendeu um dos punhos de Xcor e se segurou a eles. Com força bruta, ele puxou, trazendo Xcor para perto, e deu um golpe tão forte com a cabeça que, por um instante, o mundo tornou-se incandescente, como se as árvores em volta deles fossem compostas por fogos de artifício, e não por galhos e folhas.

Uma mudança abrupta na gravidade deixou claro para Xcor que eles estavam rolando no chão, mas que se dane isso. Ele conteve o impulso estendendo uma perna e cravando a ponta de sua bota no chão. Enquanto suportava o enorme peso sobre seu peito, Xcor viu a van preta cantando pneus, passando como um morcego que fugira loucamente do inferno pista afora.

A raiva que sentiu ao perceber que tinha perdido a oportunidade de acabar com o Rei lhe rendeu força extra, e ele se levantou segurando o macho em seus ombros, como se aquele soldado fosse um xale.

Xcor puxou sua faca de caça e desferiu golpes na parte de trás de seu próprio torso, ciente de que tinha atingido alguma coisa, já que oferecia resistência e também xingamentos. Mas logo voltou a sentir aquela mão apertar seu pescoço, desafiando sua respiração, obrigando-o a se esforçar ainda mais para obter oxigênio.

A grande pedra atrás da qual havia se escondido estava a cerca de um metro de distância, e Xcor seguiu na direção dela. Suas botas batiam duramente contra o chão. Dando meia-volta, bateu o corpo do macho na pedra uma vez... duas vezes...

Na terceira vez, pouco antes de o soldado desmaiar, ele soltou a mão da garganta de Xcor. Desorientado e cambaleando, ele se libertou exatamente no mesmo instante em que uma bala passou assobiando ao lado de sua cabeça – tão perto, que ele chegou a sentir um golpe de calor em seu escalpo.

Atrás dele, o soldado caiu com um som oco e profundo na grama, mas aquilo não duraria muito – e uma rápida olhada na troca de tiros deixou claro para ele e para seu Bando de Bastardos que, se eles continuassem ali por muito tempo, baixas catastróficas ocorreriam. Sim, eles levariam alguns dos membros da Irmandade com eles, mas isso lhes custaria um número altíssimo de soldados.

Seu instinto lhe dizia que Wrath já tinha saído da casa. E, droga, mesmo se metade da Irmandade estivesse lá dentro ou em volta daquela van – e se o Rei estava sendo transportado para longe, alguns deles sem dúvida estariam acompanhando o veículo –, ainda haveria muitos Irmãos aqui na margem do rio para causar danos vitais a ele e a seus machos.

Bloodletter teria ficado e lutado.

Xcor, entretanto, era mais esperto do que isso. Se Wrath estivesse fatalmente ferido, ou se aquele era o corpo dele, Xcor precisaria de seu Bando de Bastardos para a segunda fase de sua tomada do poder.

– Retirada – ele anunciou no aparelho em seu ombro.

Xcor preparou a bota de combate e deu um chute naquele filho da puta com olhos diferentes caído no chão – para ter certeza de que o macho ficaria onde estava.

Então, Xcor fechou os olhos e forçou-se a se acalmar mais e mais. A vida e a morte dependiam de ele conseguir adotar o estado de espírito adequado.

E quando outra bala passou com um zumbido ao lado de seu crânio, ele se sentiu criando asas e voando.

— Como estão as coisas aí atrás?

Tohr gritou a pergunta enquanto manobrava com força a van em mais uma curva da estrada. Aquela porcaria chacoalhava como uma mesinha de centro com pernas bambas, sacudindo para um lado e para o outro a ponto de fazer até mesmo ele sentir uma leve náusea.

Wrath, enquanto isso, parecia uma bolinha de gude em um vidro ali atrás, rolando de um lado para o outro e agitando os braços para tentar manter o equilíbrio.

— Dá para... — Wrath cambaleou na direção oposta e tossiu um pouco mais. — Você pode diminuir a velocidade deste veículo?

Tohr olhou pelo retrovisor. Ele manteve a divisão aberta para que pudesse ficar de olho no Rei, e com o brilho do painel, Wrath parecia branco como um fantasma. Exceto pelas áreas em que o sangue manchava a pele de sua garganta. Essas áreas estavam vermelhas como cerejas maduras.

— Não dá, sinto muito.

Se a sorte estivesse ao lado deles, a Irmandade estaria mantendo o Bando de Bastardos totalmente ocupado na casa. Mas seria impossível ter certeza de qualquer coisa agora. E ele e Wrath estavam do lado errado do rio Hudson com uns bons vinte minutos de estrada por vir.

E sem apoio.

E Wrath... caramba, sua aparência não era nada boa.

— Como você está se sentindo? — perguntou Tohr mais uma vez.

A essa altura, a pausa tornou-se maior. Longa demais.

Rangendo os dentes, ele fez um desvio a caminho da clínica de Havers. Droga, a distância era quase a mesma. Portanto, seguir para aquela instalação na esperança de encontrar alguém, qualquer pessoa, com formação médica não os faria economizar muito tempo.

De repente, Lassiter surgiu do nada no banco do passageiro.

— Você pode abaixar sua arma — disse o anjo em um tom seco.

Droga, ele tinha apontado a arma para Lassiter.

– Eu assumo o volante. Você cuida dele – ordenou o anjo.

Num piscar de olhos, Tohr livrou-se do cinto de segurança e logo Lassiter assumiu o volante. E, quando isso aconteceu, ficou claro que o Irmão estava totalmente armado. Belo toque.

– Obrigado, cara.

– Não há de quê. E aqui, permita-me lançar um pouco de luz sobre a vítima.

O anjo começou a brilhar, mas sua luz se espalhava apenas em direção à parte traseira do veículo. E... caramba... quando Tohr atravessou a divisão dentro do veículo, o que ele viu na luz dourada era a morte pairando sobre o Rei. A respiração de Wrath era rasa e dificultosa, os músculos em seu pescoço estavam retesados por conta do esforço que ele tinha de fazer para conseguir levar oxigênio até seus pulmões.

Aquele tiro no pescoço estava comprometendo as vias aéreas acima do pomo de Adão. Restava esperar que aquilo fosse apenas um inchaço; na pior das hipóteses, ele estava com uma artéria rompida e se afogando em seu próprio sangue.

– Quão longe estamos da ponte? – ele latiu para Lassiter.

– Eu posso vê-la.

O tempo de Wrath estava se esgotando.

– Não diminua a velocidade. Por nada.

– Pode deixar.

Tohr se ajoelhou ao lado do Rei e arrancou sua própria jaqueta de couro.

– Vou ver se posso ajudá-lo, meu Irmão.

O Rei agarrou o braço de Tohr.

– Não... se... incomode... com... isso...

– Não é incômodo algum, meu senhor – e ele não estava sendo paranoico com relação ao perigo que eles estavam enfrentando. Se o Rei não obtivesse alguma ajuda para respirar, morreria antes que alguém pudesse diagnosticar o que havia de errado em seu corpo.

Entrando rapidamente em ação, Tohr rasgou o casaco do Rei, tirou a parte da frente do colete Kevlar e sentiu-se ligeiramente tranquilizado ao perceber que não havia coisa alguma naquele peitoral enorme.

O problema era o ferimento no pescoço, e sim, uma inspeção mais minuciosa deixou claro que a bala estava localizada em algum lugar por ali. Só Deus sabia o que exatamente estava errado. Mas Tohr estava certo de que, se pudesse abrir um ponto de acesso para o ar abaixo do ferimento, então o Rei teria chance de sair vivo.

– Wrath, eu tenho de fazê-lo respirar. E, por favor, pelo amor de sua *shellan*, não tente discutir comigo sobre o problema em que você está metido. Eu preciso que você trabalhe comigo, e não contra mim.

O Rei apalpou o rosto com a mão e, quando finalmente encontrou seus óculos, empurrou-os para longe. Quando aqueles olhos verdes incrivelmente lindos e brilhantes fixaram-se nos olhos de Tohr, era como se eles funcionassem.

– Tohr? Tohr... – debatendo-se desesperadamente, o Rei tentou respirar. – Onde... você?

Tohr segurou a palma trêmula da mão do Rei e a apertou com força.

– Estou bem aqui. Você vai me deixá-lo ajudar a respirar, está bem? Acene para mim, meu Irmão.

Quando o Rei assentiu com a cabeça, Tohr gritou para Lassiter:

– Mantenha a velocidade constante até eu chamá-lo novamente.

– Estamos chegando à ponte agora.

Pelo menos, eles tinham seguido reto.

– Velocidade constante, anjo, estamos entendidos?

– Entendido.

Tohr puxou uma de suas adagas e a colocou no chão acarpetado, perto da cabeça de Wrath. Então, pegou sua garrafa de água e a cortou: apanhando o tubo de plástico flexível que serpenteava do bocal para o interior, ele arrancou a coisa para fora e cortou em ambas as extremidades, em seguida, jogou a água.

Ele se inclinou para Wrath.

– Vou ter de fazer um corte em você.

Droga, agora a respiração estava ainda pior. Não passava de alguns leves golpes de ar.

Tohr não aguardou o consentimento ou um sinal de que o Rei tinha entendido suas palavras. Segurou a faca e, com a mão esquerda, sondou a área suave e carnuda entre os terminais das clavículas dele.

– Prepare-se – anunciou com uma voz rouca.

Era uma pena ele não poder esterilizar a lâmina, mas mesmo se tivesse uma fogueira para esquentá-la completamente, Tohr não teria tempo para deixar o metal esfriar. Aquela respiração dificultosa tornava-se cada vez mais baixa, e não mais alta.

Fazendo uma silenciosa oração, Tohr fez exatamente como V. havia lhe ensinado: pressionou a ponta afiada de sua adaga contra a pele, atravessando-a em direção ao túnel enrijecido que era o esôfago. Mais uma rápida oração e ele fez um corte profundo, mas não tanto. Logo em seguida, empurrou o tubo flexível oco para dentro do Rei.

O alívio veio rapidamente. O ar saía com um pequeno assobio. E, depois, Wrath inspirou uma quantidade de ar adequada. E mais uma... e outra.

Apoiando a palma de uma mão no chão, Tohr concentrou-se em manter aquele tubo exatamente onde estava, fincado na parte frontal do pescoço do Rei. Quando o sangue começou a escorrer, ele deixou de segurar o tubo e apertou ao redor do plástico, mantendo a ligação tão apertada quanto possível.

Aqueles olhos cegos com suas íris alfinetadas encontraram-se com os de Tohr, e eles demonstravam gratidão, como se o Irmão tivesse salvado sua vida ou algo assim.

Mas eles ainda teriam de esperar para saber se o Rei realmente sairia vivo. Cada leve solavanco sentido pela suspensão do veículo deixava Tohr louco, e eles ainda estavam a uma distância considerável de casa.

– Fique comigo – murmurou Tohr. – Fique bem aqui comigo.

Quando Wrath assentiu e fechou os olhos, Tohr olhou para o colete Kevlar. Aquelas porcarias eram feitas para proteger os órgãos vitais, mas não eram garantia alguma de um retorno seguro para casa.

E, a propósito, como diabos eles conseguiriam tirar a van daquele lugar? Certamente, os soldados de Xcor teriam seguido em grupo até a garagem – aqueles bastardos sedentos por sangue saberiam que aquela era a única rota de fuga para um rei ferido.

Alguém devia ter dado cobertura ao veículo. Sem dúvida, um dos Irmãos chegou ali no último minuto.

– Você consegue dirigir mais rápido? – perguntou Tohr.
– Estou pisando fundo – o anjo olhou para trás. – E não me importo com o que tenha de atropelar.

CAPÍTULO 42

No'One estava lá em baixo, no centro de treinamento, empurrando um cesto cheio de lençóis limpos em direção às camas hospitalares, quando aconteceu outra vez.

O telefone tocou na sala de exames principal, e então ela ouviu, pela porta aberta, a doutora Jane conversar de forma rápida e decidida e usar o nome "Tohr".

O que começou como uma hesitação ouviu quase uma apoplexia. As mãos de No'One se agarraram à beirada de metal do cesto, seu coração batia fortemente enquanto o mundo se inclinava e ela começava a girar e girar e girar...

No fim do corredor, a porta de vidro do escritório se abriu violentamente, e Beth, a rainha, apressou-se pelo túnel.

– Jane! Jane!

A médica colocou a cabeça para fora da sala de exames.

– Estou com Tohr no telefone agora. Eles o estão trazendo imediatamente.

Beth correu pelo corredor, seus cabelos escuros voavam atrás dela.

– Estou pronta para alimentá-lo.

Foi necessário um momento para as implicações começarem a fazer sentido.

Não era Tohr, não, não Tohr, não era Thor... Graças à Santíssima Virgem Escriba...

Mas Wrath... não o *Rei*!

O tempo tornou-se uma faixa elástica que se esticava infinitamente. Os minutos se tornavam mais lentos, arrastados, enquanto os moradores da casa começavam a chegar. Então, de repente, uma extensão terminal foi alcançada e *pronto!*, tudo se tornou uma enorme mancha.

A doutora Jane e o curandeiro Manuel saíram acelerados da sala de exames, carregando uma maca entre eles e uma bolsa preta com uma cruz vermelha dependurada no ombro do macho. Ehlena os acompanhava, trazendo em suas mãos ainda mais equipamentos. E a rainha fazia a mesma coisa.

No'One seguiu pelo corredor atrás deles, correndo, manca, com seus chinelos de couro, alcançando a pesada porta de aço que levava até o estacionamento e se apertando para passar antes que ela se fechasse. No meio-fio, uma van com janelas escurecidas cantou pneu até parar, a fumaça fazendo redemoinhos ao sair do escapamento.

Vozes – atormentadas e profundas – lutavam por espaço em meio ao ar quando as portas traseiras do veículo se abriram, e Manuel, o curandeiro, pulou para o lado de dentro.

Então, Tohr saiu.

No'One arfou. Ele estava coberto por sangue – as mãos, o peito, as roupas de couro, tudo estava manchado de vermelho. Fora isso, ele parecia bem. O problema devia realmente ter sido com Wrath.

Santíssima Virgem Escriba, o Rei...

– Beth! Entre aqui! – gritou Manuel. – *Agora!*

Depois que Tohr ajudou a rainha a entrar, ficou ao lado das portas abertas com a mão no quadril. Seu peito subia e descia freneticamente, seu olhar sombrio, apontado para o tratamento que o Rei recebia. Enquanto isso, No'One ficou parada nas laterais, esperando e rezando para a Virgem Escriba, seu rosto encarando e se desviando da expressão terrível e fixa de Tohr ao lado da van. Tudo que ela podia enxergar do Rei eram suas botas, poderosas, de solas grossas e negras, as ranhuras profundas o suficiente para deixar marcas no concreto – pelo menos quando um macho tão extraordinário quanto ele as usasse.

Ou voltaria a usá-las, se Wrath voltasse a andar.

Envolvendo o corpo com os próprios braços, ela desejou poder ser uma Escolhida, uma fêmea sagrada ligada à Virgem Escriba, capaz de abordar a mãe da raça para desobrigações especiais. Mas ela não era assim.

Tudo o que podia fazer era esperar em meio ao anel de outras pessoas que se formava em volta da van.

Seria impossível saber quanto tempo eles passaram cuidando do Rei dentro daquele veículo. Horas. Dias. Mas, finalmente, Ehlena ajustou a maca o mais perto possível, e Tohr pulou novamente na parte traseira do carro.

Wrath foi carregado para frente por seu leal Irmão e deitou-se no colchão coberto por um lençol branco – que não ficaria dessa cor por muito tempo, temia No'One enquanto analisava o pescoço do Rei. O vermelho já começava a atravessar as camadas de curativo na lateral.

O tempo era algo de importância primordial – mas antes que eles pudessem levá-lo para dentro da clínica, o enorme macho agarrou-se à blusa destruída de Tohr e começou a apontar para a garganta. De repente, fechou a mão em um punho e a abriu virada para cima, como se estivesse segurando alguma coisa.

Tohr assentiu e olhou para os médicos.

– Vocês precisam tentar tirar a bala. Precisamos dela. É a única forma de sermos capazes de provar quem fez isso.

– E se puser a vida dele em risco? – questionou Manuel.

Wrath começou a sacudir a cabeça e apontar novamente, mas a rainha falou por ele:

– Então você vai deixá-la exatamente onde está – quando seu parceiro a encarou, ela deu de ombros. – Sinto muito, meu *hellren*, tenho certeza de que os Irmãos vão concordar. O mais importante é garantir a sobrevivência dele.

– Ela está certa – rosnou Tohr. – A bala é menos importante. Além disso, já sabemos de quem é a culpa.

Wrath começou a movimentar a boca, mas não falou coisa alguma. Por que havia um tubo saindo de sua garganta?

– Que bom, ainda bem que chegamos a um acordo – murmurou Tohr. – Agora cuidem dele, por favor.

Os médicos assentiram e se distanciaram com o Rei. A rainha seguiu com Wrath, conversando com ele em tons suaves e urgentes enquanto corria ao lado da maca. De fato, enquanto eles passavam pelas portas em direção ao centro de treinamento, os olhos verdes pálidos de Wrath mantiveram-se no rosto dela, embora fossem incapazes de se focar.

Ela o estava mantendo vivo, pensou No'One. Aquela ligação entre os dois o sustentava tanto quanto qualquer coisa que os médicos estivessem fazendo.

Tohr, enquanto isso, também ficou ao lado de seu líder, passando por No'One sem sequer olhar para ela.

Ela não o culpou, entretanto. Como ele poderia ver outra coisa?

Entrando novamente no corredor, ela se perguntou se não devia tentar voltar ao trabalho. Mas, não, isso seria impossível.

No'One simplesmente seguiu o grupo até todos eles, incluindo Tohr, entrarem na sala de cirurgia. Sem se atrever a se intrometer, ela permaneceu do lado de fora.

Não demorou para o restante de Irmandade se aproximar.

Tragicamente.

Durante as próximas horas, os horrores da guerra tornaram-se evidentes demais. Os riscos de morte manifestados pelos ferimentos trazidos pelos Irmãos que voltavam do campo de batalha.

Havia sido uma luta armada violenta. Pelo menos era o que eles diziam a suas parceiras enquanto todas se reuniam para confortá-los. O rosto de cada um era ansioso, seu olho aterrorizado, corações em pânico apertados juntos. A boa notícia era que todos eles tinham voltado para casa – os machos e a única fêmea, Payne, retornaram seguros e receberam tratamento.

Só havia Wrath para se preocupar.

O último a chegar tinha os piores ferimentos, com exceção do Rei. Estava tão ferido que, em um primeiro momento, No'One sequer conseguiu reconhecer quem era. A mecha de cabelos negros e o fato de John Matthew o estar carregando informavam que provavelmente tratava-se de Qhuinn – mas certamente seria impossível alegar isso pelo rosto machucado daquele macho.

Ele havia sido brutalmente espancado.

Enquanto ele era carregado para a segunda sala de cirurgias, No'One pensou nos ferimentos naquela perna e torceu para que a cura dele e a de todos eles não se parecesse em nada com a dela.

O amanhecer eventualmente se aproximou, mas ela só percebeu isso quando olhou para o relógio na parede. Lampejos intermitentes dos vários dramas foram apresentados quando as portas do centro cirúrgico se abria e se fechava, mas, por fim, aqueles que estavam sendo tratados eram enviados para seus quartos, ou recebiam autorização para seguirem até a casa principal – mas nenhum deles deixava o local. Todos se ajeitavam, assim como ela tinha feito, contra as paredes de concreto do corredor, fazendo vigília não apenas pelo Rei, mas também por seus companheiros guerreiros.

Os *doggen* trouxeram comidas e bebidas para aqueles que conseguiam se alimentar, e No'One ajudou a passar as bandejas com suco de frutas e café e chá. Ela trouxe travesseiros para ajudar a relaxar os pescoços tensos e cobertores para aliviar o frio do chão. E lenços – não que alguém estivesse chorando.

A natureza estoica daqueles machos e de suas parceiras era uma espécie de força por si só. Mesmo assim, No'One sabia que, apesar das aparências, eles estavam apavorados.

Mais membros da casa chegaram: Layla, a Escolhida; Saxton, o advogado que trabalhava com o Rei; Rehvenge, que sempre a deixava nervosa, embora jamais tivesse feito nada além de ser educado com ela; o adorado cachorro do Rei, que não pôde entrar na sala de cirurgia, mas foi confortado por todos e o gato preto, Boo, que se alisava por entre as botas *stretched-out*, pulava nos colos e recebia carícias enquanto isso.

Fim da manhã.

Tarde.

Fim da tarde.

Às cinco e sete da tarde, a doutora Jane e seu parceiro, Manuel, finalmente deram as caras, tirando a máscara do rosto exausto.

– Wrath está reagindo tão bem quanto o esperado – reportou a mulher. – Mas, considerando que ele foi tratado no caminho, temos que observá-lo durante vinte e quatro horas para saber se não há nenhuma infecção.

– Mas vocês podem cuidar disso – falou o Irmão Rhage. – Não podem?

– Podemos dar um jeito nisso – respondeu Manuel, assentindo. – Ele vai superar essa... aquele durão desgraçado não vai aceitar nenhum outro resultado que não seja esse.

Um abrupto grito de guerra da Irmandade se espalhou. O respeito, a adoração e o alívio que eles sentiam eram claros. E, enquanto No'One respirava aliviada, percebeu que não era por causa do Rei. Era porque não queria que Tohr tivesse de enfrentar outra perda.

Isso era bom. Abençoada seja a Virgem Escriba.

CAPÍTULO 43

Num primeiro momento, Layla não conseguiu entender para o que estava olhando. Um rosto, sim, e um rosto que ela supostamente conhecia cada centímetro. Mas as partes que o compunham estavam tão distorcidas que ela seria incapaz de identificar o macho se não o conhecesse tão bem.

– Qhuinn...? – ela sussurrou enquanto se aproximava da cama hospitalar.

Ele tinha recebido suturas, a linha preta corria abaixo de sua sobrancelha e pela bochecha, sua pele brilhava por estar tão inchada, seus cabelos ainda em um emaranhado com sangue ressecado, a respiração, rasa.

Olhando para os aparelhos ao lado da cama, Layla não ouviu alarmes tocarem, não viu nada piscando. Era um bom sinal, não?

Mas ela se sentiria melhor se ele respondesse.

– Qhuinn?

Na cama, ele virou a mão e soltou o punho fechado, revelando aquela palma grande e larga.

Ela colocou sua mão sobre a dele e o sentiu apertar.

– Então você está aí – falou Layla com uma voz rouca.

Mais um aperto em sua mão.

– Eu preciso alimentá-lo – ela gemeu, sentindo a dor do macho como se fosse sua. – Por favor, abra sua boca para mim. Permita-me diminuir sua dor...

Quando ele ouviu, houve um estalo, como se as articulações de seu maxilar não estivessem funcionando como deviam.

Preparando a própria veia, ela levou seu pulso até aqueles lábios feridos e entreabertos.

– Beba de mim.

A princípio, ficou claro que ele estava tendo dificuldades para engolir, então ela lambeu um dos pontos onde havia cravado as presas para diminuir o fluxo de sangue. Quando Qhuinn ganhou um pouco de força, ela mordeu o próprio pulso novamente.

E o alimentou por todo o tempo que ele permitiu, torcendo para que sua força se tornasse a força dele, transformando-se em poder de cura.

Como aquilo tinha acontecido? Quem tinha feito aquilo com ele?

Considerando a quantidade de corpos enfaixados no corredor, estava claro que os *redutores* tinham enviado uma força bruta para as ruas de Caldwell no dia anterior. E Qhuinn certamente tinha atacado o mais forte e mais cruel membro das forças inimigas. Ele era assim. Inabalável, sempre disposto a se colocar na linha do perigo – e esse traço vingativo no macho chegava ao ponto de preocupá-la.

Havia uma linha tênue entre a coragem e a imprudência fatal.

Quando ele terminou, Layla selou as feridas e puxou uma cadeira, sentando-se a seu lado mais uma vez de mãos dadas.

Era um alívio assistir à transformação milagrosa das feridas em seu rosto. Se Qhuinn continuasse se recuperando com essa velocidade, logo não haveria nada além de ferimentos superficiais, quase imperceptíveis quando o amanhã chegasse.

Se o macho estivesse com alguma lesão interna, elas também seriam curadas.

Ele ia sobreviver.

Sentada ali com ele, em silêncio, Layla pensou sobre os dois e sobre a amizade que havia brotado daquela adoração inapropriada que ela sentira por ele. Se algo lhe acontecesse, ela sentiria o luto como se fosse uma irmã de sangue, e não havia nada que ela não fosse capaz de fazer por ele. E sentia que ele faria o mesmo por ela.

De fato, ele tinha feito tanto por ela. Havia lhe ensinado a dirigir e a lutar com os punhos, a atirar usando armas e a operar todo tipo de computador. Qhuinn tinha apresentado Layla a filmes e à música, comprado para ela roupas que iam além do manto branco tradicional das Escolhidas. Dedicara tempo para responder às perguntas que ela tinha sobre o lado dele e para fazê-la rir quando ela precisava se sentir bem.

Layla tinha aprendido tanto com ele... devia muito àquele macho.

Então, parecia ingratidão sentir-se insatisfeita com o que ela tinha. No entanto, ela ultimamente vinha enfrentando uma estranha ironia: quanto mais aprendia, mais vazia sua vida parecia. E, por mais que ele a empurrasse em direções opostas, Layla ainda via seus serviços à Irmandade como a atividade mais importante à qual poderia dedicar seu tempo.

Enquanto Qhuinn tentava se reposicionar, praguejou ao sentir o desconforto. Layla estendeu a mão para acalmá-lo, acariciando aqueles cabelos fibrosos. Somente um dos olhos do macho funcionava, e ele o focou nela, a luz atrás daquela cor azul mostrava-se exausta e grata.

Um sorriso brotou nos lábios da Escolhida, e ela acariciou suavemente com a ponta do dedo a bochecha ferida. Essa proximidade platônica que eles compartilhavam era estranha... Era uma ilha, um santuário, e ela a valorizava muito mais do que aquele calor que certa vez sentira pelo macho.

O elo vital também a fez perceber o quanto ele sofria assistindo a seu adorado Blay com Saxton.

Sua dor era sempre presente, cobrindo-o como se fosse a pele de seu corpo, aprisionando-o, definindo os contornos e as áreas retas de seu corpo.

Aquilo a fazia sentir rancor de Blay em alguns momentos, embora não fosse seu papel julgar. Se havia uma coisa que ela tinha aprendido era que os corações de outras pessoas só eram conhecidos por elas mesmas – e Blay era, no fundo, um macho digno...

A porta se abriu atrás dela, e o macho em seus pensamentos apareceu como se convocado por suas ponderações.

Blaylock também estava ferido, mas seu estado era muito melhor do que o do macho na cama – pelo menos externamente. Por dentro, a realidade era totalmente diferente: ainda completamente armado, ele parecia muito, muito mais velho do que sua idade. Especialmente enquanto pensava no colega soldado.

Ele parou logo que entrou na sala.

– Eu queria saber como você... ele... está.

Layla focou-se novamente em Qhuinn. O olho dele que enxergava estava fixo no macho ruivo, e aquele olhar por ele lançado já não a feria – bem, não no sentido que ela desejava a si mesma.

Ela queria que aquele soldado ficasse com Qhuinn. De verdade.

– Entre – disse ela. – Por favor. Já terminamos aqui.

Blay se aproximou lentamente, posicionando as mãos aleatoriamente nas faixas presas a seu corpo: no coldre, no cinto, na tira de couro em volta de sua coxa.

Entretanto, sua compostura era mantida. Pelo menos até ele falar. Então, sua voz saiu gaguejada.

– Seu filho da puta idiota.

Layla arqueou as sobrancelhas, lançando um olhar penetrante a Blay, embora fosse pouco provável que Qhuinn precisasse de alguém como ela para defendê-lo.

– Perdão, mas, como é que é?

– De acordo com John, ele saiu da casa e seguiu em direção ao Bando de Bastardos. Sozinho.

– Bando de Bastardos?

– O grupo que tentou assassinar Wrath. Esse filho da puta idiota assumiu para si a responsabilidade de sair no meio de todos eles, completamente sozinho, como se fosse algum tipo de super-herói. O fato de ele não ter morrido é realmente um milagre.

Ela imediatamente transferiu seu olhar penetrante para a cama. Parecia claro que a Sociedade Redutora tinha uma nova divisão, e a ideia de ele ter se exposto daquela forma a fez querer gritar com ele.

– Seu filho da puta idiota.

Qhuinn tossiu um pouco. E mais um pouco.

Sentindo um golpe de medo, ela deu um pulo.

– Vou chamar os médicos...

Entretanto, Qhuinn estava sorrindo, e não engasgado.

Num primeiro momento, a risada do macho foi tensa, mas logo se tornou mais forte, até que a cama tremesse por conta de algo que ele achava tão engraçado.

– Não vejo graça nenhuma nisso – ela esbravejou.

– Nem eu – concordou Blay. – Que diabos há de errado com você?

Qhuinn continuou rindo, divertindo-se por sabe lá a Virgem Escriba qual o motivo.

Layla encarou Blay e falou:

– Eu estou com vontade de espancá-lo.

– Não faria diferença agora. Espere até ele estar melhor, e então, pegue-o de jeito. Aliás, eu posso segurá-lo enquanto você o espanca.

– Foi a... coisa... certa... a se... fazer... – gemeu Qhuinn.

– Eu concordo – disse Layla, levando as mãos ao quadril. – Blay está completamente certo. Eu vou dar umas porradas em você mais tarde. E você me ensinou exatamente onde se deve atingir um macho.

– Ótimo – murmurou Blay.

Depois que eles ficaram em silêncio, a forma intensa como os machos se encaravam fez o coração de Layla se iluminar. Talvez eles chegassem a um acordo agora?

– Preciso me retirar para verificar os outros pacientes – ela se apressou em dizer. – Ver se alguém precisa se alimentar...

Qhuinn estendeu a mão e segurou a Escolhida.

– E você?

– Não, eu estou bem. Você foi mais do que generoso na semana passada. Eu me sinto muito forte – ela abaixou o corpo e beijou a testa do macho. – Descanse. Eu voltarei mais tarde para ver como você está.

Enquanto passava por Blay, ela disse em voz baixa:

– Vocês dois, conversem. Vou dizer a todos para que os deixem sozinhos.

Enquanto Layla se distanciava, Blay só conseguiu encarar, desacreditado, os cabelos perfeitamente penteados atrás da cabeça da Escolhida.

Quando Blay entrou na sala, a ligação entre Qhuinn e aquela fêmea foi como um soco em seu estômago. Todo aquele contato visual, o fato de estarem de mãos dadas, a forma como ela inclinava seu corpo elegante contra o dele... o modo como ela e somente ela o sustentou.

E, ainda assim, parecia que ela queria que ele ficasse sozinho com Qhuinn.

Não fazia sentindo. Se alguém tinha interesse em manter os dois separados, esse alguém era ela.

Focando novamente o olhar no macho, Blay pensou: Deus, era difícil até mesmo olhar para aqueles ferimentos, embora eles já estivessem passando pelo processo de cura.

– Contra quem você lutou? – ele perguntou com uma voz dura. – Ah, nem se preocupe em responder. Eu conversei com John assim que cheguei em casa. Sei muito bem o que você fez.

Qhuinn ergueu suas mãos inchadas e usou os dedos para fazer um "X".

– Xcor...? – disse Blay. Quando Qhuinn assentiu com a cabeça, fechou uma carranca como se o movimento fizesse sua cabeça doer. – Não... isso, não faça muito esforço.

Qhuinn dispensou a preocupação com um aceno, adotando aquele seu jeito clássico de "não tem nada de mais nisso". Com uma voz rouca, falou:

– Está... tudo bem.

– O que o fez sair atrás dele?

– Wrath... foi atingido... eu conheço o... ego de Xcor... Só podia ser ele... – ele precisou respirar demoradamente, e o ar saiu de forma trêmula enquanto expirava. – ... o cara queria evitar a fuga do Rei. O bastardo... tinha de... tinha de ser neutralizado... ou Wrath jamais...

– Teria saído vivo de lá – completou Blay enquanto massageava a nuca. – Caramba, você salvou a vida do Rei.

– Não... muitas pessoas juntas... fizeram isso.

É, ele não estava tão certo disso. Na casa de Assail, a situação tinha se transformado em um completo caos – o tipo de falta de controle que afetaria ambos os lados: se o Bando de Bastardos não recuasse logo depois que a Irmandade chegasse, aconteceriam baixas de ambos os lados.

Olhando para Qhuinn, ele não conseguiu não imaginar em que estado Xcor estaria. Se ele estava nessas condições, então o bastardo estaria pelo menos tão ruim quanto. Provavelmente pior.

Blay sacudiu o próprio corpo, dando-se conta de que estava parado em silêncio na beirada da cama.

– Ah...

Muito tempo atrás, uma vida toda, nunca houve silêncio entre eles. Mas eram garotos naquela época, e não machos completamente feitos.

Padrões diferentes, ele supôs.

– Acho que eu devo deixá-lo – ele disse. Mas não saiu.

Aquilo poderia facilmente ter acabado de outra forma, pensou Blay. A habilidade que Xcor tinha para matar era muito bem conhecida – não por Blay pessoalmente, mas ele ouvira histórias do Antigo País. Além disso, pelo amor de Deus, não era qualquer um que tinha coragem não apenas para falar em atacar Wrath, mas para realmente atirar contra ele, não?

Letal ou idiota. E a última alternativa não se aplicava nesse caso.

Qhuinn poderia facilmente ter sido atingido por mais do que apenas vários e vários socos.

– Quer que eu traga alguma coisa para você? – perguntou Blay. Mas, dááá, o cara não conseguia comer e já tinha sido alimentado.

Layla tinha cuidado disso.

Cara, se ele fosse brutalmente sincero consigo mesmo – e parecia que "brutalmente" era a palavra do dia –, havia momentos em que ele sentia rancor da Escolhida. Entretanto, Blay não tinha o direito de se sentir chateado, especialmente considerando o que ele e Saxton tinham regularmente e considerando que nada mudaria por parte de Qhuinn.

Você quase morreu esta noite, ele queria dizer. *Seu filho da puta idiota, você quase morreu... E, se isso acontecesse, o que nós faríamos?*

E ele não queria dizer "nós" no sentido de "a Irmandade".

Nem mesmo "nós" no sentido de ele e John.

Queria dizer algo como... "eu".

Droga, por que as coisas com aquele macho sempre tomavam esse rumo?

Era simplesmente estúpido demais. Particularmente enquanto ele pairava sobre o cara, observando as cores retornarem para aquele rosto mutilado e a respiração se tornar menos trabalhosa e os ferimentos desaparecendo ainda mais... tudo graças a Layla.

– É melhor eu ir – disse Blay, sem sair.

Aquele olho, aquele olho azul, continuava encarando-o. Ensanguentado, com um corte na sobrancelha logo acima. Um olho que não devia conseguir se focar, mas conseguiu.

– Eu preciso ir – Blay finalmente falou.

Sem sair.

Droga, ele não sabia que diabos estava fazendo.

Uma lágrima escapou daquele olho. Tornando-se mais pesada ao passar pela pálpebra inferior, ela juntou no outro canto, formou um círculo de cristal e pesou tanto a ponto de não poder ser segurada pelos cílios. Libertando-se, a lágrima serpenteou para baixo, perdendo-se nos cabelos negros que caíam sobre a têmpora.

Blay queria chutar seu próprio traseiro.

– Droga, deixe-me chamar a doutora Jane. Você deve estar sentindo dor. Eu volto já.

Qhuinn gritou o nome dele, mas Blay já estava de costas.

Idiota. Maldito idiota. O pobre macho estava lá, sofrendo em uma cama de hospital, parecendo mais um dos personagens de *Sons of Anarchy* – a última coisa de que ele precisava era de companhia. Mais analgésico, isso sim era necessário.

Correndo pelo corredor, ele encontrou a doutora Jane usando o computador principal da clínica, lançando notas nos registros médicos.

– Qhuinn precisa de uma injeção de alguma coisa. Venha rápido, por favor.

A mulher já estava pronta, puxando uma maleta de remédios com aparência antiga e atravessando o corredor com ele.

Quando ela entrou no quarto, Blay deu aos dois um pouco de privacidade, andando de um lado para o outro na frente da porta.

– Como ele está?

Blay parou e deu meia-volta, tentando sorrir para Saxton. Mas não conseguiu.

— Ele decidiu ser um herói, e acho que realmente foi um herói, mas Santo Deus...

O outro macho deu um passo para frente, movimentando-se com elegância em seu terno feito sob medida, seus sapatos Cole Haan golpeando levemente o chão, como se fossem refinados demais para fazerem muito barulho – mesmo se o chão fosse de linóleo.

Ele não pertencia à guerra. Jamais pertenceria.

Ele jamais seria como Qhuinn, que saía de sua segurança e se metia em uma enorme briga, combatendo o inimigo com nada além das mãos para acabar com o agressor e servi-lo no almoço.

E isso provavelmente era parte do motivo pelo qual era mais fácil lidar com Saxton. Sem extremos. Além disso, o macho era inteligente, refinado e engraçado... tinha modos e muita exposição ao que a vida tinha de melhor a oferecer e sempre se vestia bem.

Era fantástico na cama.

Por que aquilo soava como se ele estivesse tentando se convencer de alguma coisa?

Enquanto Blay explicava o que tinha acontecido no campo de batalha, Saxton ficou parado perto dele. O cheiro da colônia Gucci tinha efeito calmante.

— Sinto muito. Sua cabeça deve estar uma bagunça por causa disso tudo.

E o macho era um santo. Um santo altruísta. Nada de ciúme? Qhuinn não era assim. Qhuinn era extremamente possessivo.

— Sim, está – respondeu Blay. – Uma bagunça total.

Saxton estendeu a mão e segurou a de seu parceiro, apertando-a sutilmente. Mas logo desfez o contato com sua palma aquecida e macia.

Qhuinn jamais seria tão discreto com relação às coisas. Ele era como uma banda de fanfarra, um coquetel Molotov, um touro em uma loja de porcelana que não se importava com o tipo de estrago que causava em seu caminho.

— A Irmandade sabe?

Blay sacudiu o próprio corpo.

— Do quê?

— O que ele fez. Eles sabem?

— Bem, se chegou ao ouvido deles, certamente não foi Qhuinn quem contou. John parecia chateado, e eu perguntei para ele o que estava acontecendo, e foi assim que ouvi a história.

— Você devia contar a Wrath... a Tohr... a alguém. Qhuinn merece receber reconhecimento por isso, embora não faça o estilo dele se importar com esse tipo de bobagem.

— Você o conhece bem — murmurou Blay.

— Conheço. E conheço você tão bem quanto — o rosto de Saxton se retesou por um instante, mas mesmo assim ele sorriu. — Você precisa cuidar dele agora.

A doutora Jane saiu da sala, e Blay deu meia-volta.

— Como ele está?

— Não sei... O que exatamente você percebeu de estranho? Qhuinn estava descansando confortavelmente quando eu cheguei lá.

Bem, droga, ele não podia dizer que o macho estava chorando. Mas era inegável que Qhuinn jamais demonstraria aquele tipo de fraqueza a não ser que estivesse realmente sentindo alguma dor muito forte.

— Acho que entendi errado, então.

Blay por acaso percebeu, ao olhar sobre o ombro da médica, que Saxton passava a mão por seus cabelos loiros e ondulados, arrumando uma mecha que tinha caído para fora do lugar, sobre sua testa.

Aquilo era o mais estranho... Sax podia ter uma ligação de sangue com Qhuinn, mas, naquele momento, ele era muito parecido com o que Blay fora por anos.

Por outro lado, a falta de reciprocidade era a mesma, independentemente dos traços que refletiam a emoção.

Droga.

CAPÍTULO 44

Do outro lado do corredor, Tohr estava sentado em uma cadeira na frente da cama em que Wrath tinha sido deitado. Provavelmente era hora de ir embora.

Já fazia algum tempo que era hora de ir embora.

Pelo amor de Deus, até mesmo a rainha tinha caído no sono ao lado de seu parceiro na cama.

Era bom que Beth não se importava com a tagarelice dele. Mas eles tinham chegado a um acordo anos atrás, provando exatamente o que uma maratona de Godzilla faria por um relacionamento.

No canto, em uma enorme cama bege para cachorro, George se espreguiçava, desenrolando o próprio corpo e olhando para seu dono. Sem receber resposta, abaixou a cabeça e suspirou.

– Ele vai ficar bem – disse Tohr.

As orelhas do cachorro se levantaram, e ele sacudiu duas vezes seu rabo peludo.

– Sim, eu prometo.

Ao perceber que o cão tinha entendido suas palavras, Tohr ajeitou-se e esfregou a mão nos olhos. Cara, estava exausto. Tudo o que queria fazer era deitar-se como George e dormir por todo um dia.

O problema era que, embora o drama tivesse chegado ao fim, suas glândulas suprarrenais apitavam toda vez que ele pensava naquela bala. Duas polegadas para a direita e ela teria atingido a jugular, apagando a luz para Wrath de uma vez por todas. De fato, de acordo com os médicos Jane e Manny, o local onde por acaso o projétil parou era o único ponto "seguro" naquela área – supondo que o cara estivesse acompanhado por alguém que pudesse, ah, digamos, fazer uma traqueostomia em uma van em movimento com nada além de um tubo vazio e uma adaga negra.

Jesus Cristo... que noite!

E graças à Virgem Escriba por aquele anjo ter aparecido. Se isso não tivesse acontecido? Tohr estremeceu só de imaginar.

– *Esperando Godot*?

Os olhos de Tohr seguiram na direção da cama. As pálpebras do Rei estavam abaixadas, porém abertas. Sua boca formava um leve sorriso.

A emoção apareceu intensa e rapidamente, sobrecarregando os neurotransmissores de Tohr, roubando sua voz.

E Wrath parecia entender. Abrindo sua mão livre, ele acenou, embora não conseguisse erguer o braço.

Os pés de Tohr pareciam se arrastar enquanto ele se levantava e se aproximava da cama. Assim que chegou mais perto, ajoelhou-se diante de seu rei e tomou a palma da mão do macho, virando-a para o outro lado, e beijou o enorme diamante negro que brilhava no dedo de Wrath.

Então, como um maricas, descansou a cabeça no anel, nos dedos de seu Irmão.

Tudo poderia ter sido perdido esta noite. Se Wrath não tivesse saído vivo, tudo teria mudado.

Enquanto o Rei apertava fortemente a mão, Tohr pensou na morte de sua Wellsie, e não sentiu nada além de um medo renovado. Perceber que havia outras pessoas que ele poderia perder não era nada reconfortante. No mínimo, aquilo o fez queimar. A ansiedade fez seu estômago se revirar.

E pensar que, depois da morte de sua *shellan*, ele estaria isento de se afogar na piscina da dor.

Em vez disso, parecia que ainda poderia ir mais fundo.

– Obrigado – sussurrou Wrath com uma voz rouca. – Obrigado por salvar minha vida.

Tohr ergueu a cabeça e a sacudiu.

— Eu não fui o único.
— Mas foi em grande parte. Eu lhe devo essa, meu Irmão.
— Você teria feito o mesmo.
Aquele tom tipicamente aristocrático tomou conta:
— Eu. Lhe. Devo. Essa.
— Compre uma cerveja para mim numa noite dessas e estaremos quites.
— Você está dizendo que salvar minha vida vale algo como seis dólares?
— Você está subestimando e muito o quanto eu gosto de uma *longneck*. — um enorme cachorro caramelo empurrou a cabeça por debaixo da axila de Tohr. Olhando para baixo, ele disse: — Está vendo? Eu disse para você que ficaria tudo bem.

Wrath riu brevemente, mas logo fechou a cara, como se sentisse dor.
— Olá, amigão.

Tohr saiu do caminho para que macho e cão pudessem sentir um ao outro. Então, ergueu aquele maço de pelos caramelo de quarenta quilos para cima e posicionou-o ao lado do Rei.

O rosto de Wrath ficou claramente iluminado enquanto ele olhava de um lado para o outro, entre sua *shellan*, que estava dormindo, e o animal, pronto para agir como sua enfermeira.
— Fico feliz por essa ter sido nossa última reunião — falou Tohr.
— É, eu gosto de sair com um tiro...
— Não posso mais deixar você fazer essa droga. Você entende, não? — Thor olhou para os antebraços do Rei, analisando aquelas tatuagens ritualísticas que descreviam sua linhagem. — Você precisa estar vivo no fim da noite, meu senhor. As regras são outras para você.
— Ouça, eu já fui atingido antes.
— E não vai voltar a ser. Não enquanto eu o estiver observando.
— Que diabos significa isso? Você vai me acorrentar no porão?
— Se for necessário.

Wrath apertou as sobrancelhas enquanto sua voz se tornava mais forte.
— Você realmente pode ser um saco, sabia?

— Não é uma questão de personalidade. E isso é óbvio, ou você não estaria fazendo xixi na cueca.

— Eu não estou usando cueca — o Rei abriu mais um sorriso. — Estou nu aqui embaixo.

— Obrigado pela imagem.

— Você sabia que, tecnicamente, você não pode me dar ordens.

Wrath estava certo. Não se podia dizer ao líder da raça o que fazer. Mas, quando Tohr encarou o macho, ele não estava falando com o Rei, mas sim com seu Irmão.

— Até Xcor ser neutralizado, não vamos deixar você se arriscar.

— Se houver uma reunião do Conselho, eu vou participar. E ponto-final.

— Não haverá. A não ser que queiramos. E agora? Ninguém precisa de você em lugar algum que não seja aqui.

— Que merda! Eu sou o Rei... — Wrath acalmou a voz ao perceber que Beth estava acordando. — Podemos conversar sobre isso mais tarde?

— Não é necessário. Esse assunto já está encerrado, e todos os Irmãos me apoiarão nisso.

Tohr não desviou o olhar quando o Rei o encarou duramente. Apesar de aqueles olhos serem cegos, eles eram suficientemente penetrantes para cravar um buraco em seu crânio.

— Wrath — ele falou duramente, — veja quem está a seu lado. Você quer deixá-la aqui sozinha? Quer que ela sofra o luto por perdê-lo? Esqueça todos nós... e quanto a Beth?

Apostar na *shellan* era um golpe baixo, mas qualquer arma podia ser usada naquela luta.

Wrath praguejou e fechou os olhos.

E Tohr sabia que tinha vencido quando o macho virou o rosto para os cabelos de Beth e respirou profundamente, como se estivesse cheirando o xampu da fêmea.

— Chegamos a um acordo? — perguntou Tohr.

— Vai se foder — murmurou o Rei, ainda virado para sua amada.

— Ótimo. Fico feliz por termos concordado.

Depois de um instante, Wrath virou-se para ele novamente.

— Eles tiraram a bala do meu pescoço?

— Sim, tiraram. Tudo o que precisamos é encontrar o rifle que a disparou — Tohr acariciou a cabeça quadrada de George. — E só pode ser o Bando de Bastardos. Xcor seria o único disposto a tentar algo assim.

— Precisamos descobrir onde eles vivem.

— Eles são cautelosos. Espertos. Seria necessário um milagre para isso.

— Então comece a rezar, meu Irmão. Comece a rezar.

As imagens do ataque passaram mais uma vez pela mente de Tohr. A audácia era fora do comum e sugeria que Xcor era capaz de praticamente tudo.

— Eu vou matá-lo — ele falou em voz baixa.

— Xcor? — quanto Tohr assentiu, Wrath continuou: — Acho que você vai ter de entrar na fila para conseguir esse trabalho, supondo que possamos associá-lo ao atirador. A boa notícia é que, como chefe do Bando de Bastardos, ele pode ser responsabilizado pelas ações de seus guerreiros. Portanto, se algum de seus soldados apertou o gatilho daquele rifle, então poderemos acabar com ele.

Enquanto Tohr pensava em tudo aquilo, a dor em seu estômago alcançou níveis insuportáveis.

— Você disse que me devia um favor. Bem, é isso que eu quero: que a morte de Xcor seja causada por minhas mãos. As minhas e as de mais ninguém.

— Tohr... — quando o macho apenas olhou para frente, Wrath encolheu o ombro. — Não posso entregá-lo a você antes de termos provas.

— Mas pode deixar estipulado que, se for o responsável, ele é meu.

— Está bem. Ele é todo seu, se encontrarmos alguma prova.

Tohr pensou nos semblantes dos Irmãos lá fora, no corredor.

— Você precisa oficializar isso.

— Ah, qual é? Se eu estou dizendo...

— Você sabe como eles são. Se algum dos caras cruzar o caminho do filho da mãe, vai arrancar a pele dele como se arranca a pele de uma uva. Neste momento, aquele macho tem mais alvo em seu traseiro do que um campo de tiro. Além disso, fazer uma declaração não leva muito tempo.

Wrath fechou as pálpebras brevemente.

— Está bem, está bem... pare de falar e vá encontrar uma testemunha.

Tohr foi até a porta e enfiou a cabeça para fora. E, num golpe de sorte, a primeira pessoa que viu foi... John Matthew.

O jovem estava parado ao lado do quarto de recuperação do outro lado, com o traseiro no chão, preocupado, ao lado de um Blaylock, com as mãos na cabeça como se houvesse um alarme de incêndio disparado dentro de seu crânio.

Mas ele logo se ajeitou e falou com as mãos, *Está tudo bem com Wrath?*

— Sim — Tohr olhou pelo corredor enquanto Blay murmurou uma oração de agradecimento. — Ele vai ficar bem.

Você está procurando alguém?

— Eu preciso de uma testemunha...

Eu posso fazer isso.

Tohr arqueou as sobrancelhas.

— Ótimo. Obrigado.

Enquanto John Matthew se levantava, um estalo ecoou, como se suas costas estivessem praticando uma sessão autônoma de quiropraxia. Então, quando John saiu mancando, Tohr percebeu que o garoto estava ferido.

— Você pediu para a doutora Jane dar uma olhada nisso?

John se abaixou e ergueu a perna da calça cirúrgica que estava usando. Sua panturrilha estava envolvida com gaze branca.

— Bala ou adaga? — perguntou Tohr.

Bala. E sim, eles cuidaram bem do ferimento.

— Ótimo. Como você se saiu, Blay?

— Apenas um ferimento superficial em meu braço.

Só isso?, pensou Tohr. Afinal, o filho da mãe parecia um pouco abatido — mas é claro, aquela tinha sido uma noite longa para todos eles.

— Fico feliz, filho. Nós voltaremos em um minuto.

— Eu não vou sair daqui.

Enquanto John passava pela porta, Tohr deu um passo para o lado e logo o seguiu.

— Como você está, filho? — perguntou Wrath enquanto o garoto se aproximava e se abaixava para beijar o anel.

Conforme John falava em língua de sinais, Tohr traduzia:

— Ele diz que está bem. Diz que, se não for uma ofensa, há algo que ele e Blay precisam dizer a você.

— Sim, claro. Vá em frente.

— Ele diz que... ele estava com... Qhuinn na casa... depois que atiraram contra você, antes de a Irmandade chegar... Qhuinn saiu sozinho... ah, Blay falou com o cara pouco tempo atrás. Blay disse que... Qhuinn disse a ele que brigou com... Xcor... para que... Espere aí, John, fale mais devagar. Obrigado... Então, que ele brigou com Xcor para... que você pudesse escapar na van...

Beth se levantou, arregalando os olhos e apertando as sobrancelhas como se estivesse entendendo, em linhas gerais, a conversa.

— Você está falando sério? — espantou-se o Rei.

— Ele lutou com Xcor. Um contra um...

Caramba, pensou Tohr. Ele tinha ouvido dizer que o jovem tinha saído da casa, mas pensou que a história terminava por aí.

Wrath suspirou.

— Aquele sim é um macho digno.

— Espere, John, ou eu não consigo acompanhar. Lutaram um contra um... Então Xcor, que estava esperando para atacar a van, foi neutralizado. Ele, quer dizer, John, quer saber se há algum tipo de reconhecimento oficial que... possa ser dado a Qhuinn? Algo para reconhecer... seu... serviço extraordinário. Só uma observação... — agora Tohr falava por si mesmo. — Se quer saber minha opinião pessoal, eu apoio totalmente a ideia.

Wrath permaneceu quieto por um momento.

— Com licença, deixe-me ver se entendi direito. Qhuinn saiu depois que os Irmãos chegaram, certo?

Tohr voltou a interpretar:

— John diz que não. Ele estava sozinho, sem defesa, desprotegido antes de eles chegarem. Qhuinn disse que precisava fazer o possível para assegurar que você fosse ficar bem.

— Aquele cabeça-de-vento idiota!

— Está mais para herói — falou Beth, abruptamente.

— *Leelan*, você está acordada — Wrath focou-se em sua parceira no mesmo instante. — Eu não queria perturbá-la.

– Acredite, o simples fato de eu poder ouvir sua voz já é o paraíso... você pode me acordar quando quiser – ela o beijou suavemente na boca. – Bem-vindo de volta.

Ambos, Tohr e John, ocuparam-se de olhar para o chão enquanto as palavras doces eram trocadas.

Então, o Rei voltou-se novamente para eles.

– Qhuinn não devia ter feito isso.

– Eu concordo – murmurou Tohr.

O Rei concentrou-se em John.

– Sim, está bem. Faremos alguma coisa por ele. Eu não sei o que, mas esse tipo de coisa é épica. Estúpida, mas épica.

– Por que você não faz dele um Irmão? – propôs Beth.

No silêncio que se seguiu, Wrath ficou boquiaberto, e aquilo foi uma reação em cadeia: Tohr fez a mesma coisa, e John também.

– O quê? – disse a rainha. – Ele não merece? Ele não está lá sempre para todo mundo? E o garoto perdeu a família inteira... Sim, ele vive aqui, mas às vezes tenho a impressão de que ele se sente como se não pertencesse a este lugar. Há forma melhor de agradecê-lo e de deixar claro que ele faz parte de nossa comunidade? Sei que ninguém duvida de sua força em campo de batalha.

Wrath limpou a garganta.

– Bem, de acordo com os Antigos Costumes...

– Que se fodam os Antigos Costumes. Você é o Rei e pode fazer o que quiser.

Mais um silêncio total se instalou, afastando até mesmo os ruídos do sistema de ventilação que lançava ar quente pelo teto.

– O que você acha, Tohr? – perguntou o Rei.

Enquanto Tohr encarava John, sentiu uma pontada gerada por quanto ele queria conferir aquela honra ao jovem que era o mais próximo do que ele tinha de um filho. Mas era de Qhuinn que eles estavam falando.

– Eu acho que... sim, acho que poderia ser uma boa ideia – ele se ouviu dizendo. – Qhuinn devia receber o título, e os Irmãos devem respeitá-lo. Afinal, esta não foi a única noite em que ele brilhou. O cara é um guerreiro estelar, mas, mais do que isso, ele se acalmou muito ao longo do último ano. Então, sim, acho que ele seria capaz de lidar com essa responsabilidade agora, e isso é algo que eu talvez não dissesse em outros momentos.

– Está bem, vou pensar sobre isso, *leelan*. É uma sugestão maravilhosa – o Rei virou o rosto novamente para Tohr. – Agora, quanto ao favor, chegue mais próximo de mim, meu Irmão, e coloque-se de joelhos. Temos uma testemunha agora, o que é ainda melhor.

Quando Tohr obedeceu e segurou na mão do Rei, Wrath falou no Antigo Idioma:

– *Tohrment, filho de Hharm, está preparado para receber, e somente você, o direito de matar com as suas, e apenas as suas, mãos Xcor, filho de um senhor desconhecido, como retaliação a uma afronta mortal contra mim ocorrida na noite passada, se tal afronta puder ser provada como sendo fruto de ordem direta ou indireta de Xcor?*

Colocando a mão sobre seu coração acelerado, Tohr falou com voz grave:

– *Estou totalmente preparado, meu senhor.*

Wrath olhou para sua parceira:

– *Elizabeth, filha de sangue do Irmão da Adaga Negra Darius, comigo vinculada, seu Rei, você de agora em diante concorda em testemunhar minha concessão feita a este macho, levando adiante a representação deste momento para todos os outros, colocando também sua assinatura no pergaminho para comemorar esta proclamação?* – quando ela respondeu positivamente, ele olhou para John: – *Tehrror, filho de sangue do Irmão da Adaga Negra Darius, também conhecido pelos nomes de John e Matthew, você concorda de agora em diante em testemunhar minha concessão feita a este macho, levando adiante a representação deste momento para todos os outros, colocando também sua assinatura no pergaminho para comemorar esta proclamação?*

Tohr traduziu a mensagem da língua de sinais americana:

– *Sim, meu senhor, ele concorda.*

– *Então, pelo poder a mim assegurado por meio de meu pai, ordeno que você, Tohrment, filho de Hharm, siga adiante e realize a agora obrigação real de retaliação em meu nome, mediante as provas exigidas, trazendo no futuro o corpo de Xcor, filho de um senhor des-*

conhecido, para mim como um serviço prestado a seu rei e a sua raça. Seu compromisso é uma obrigação para com sua linhagem passada, presente e futura.

Mais uma vez, Tohrment inclinou-se em direção ao anel que tinha sido usado por gerações da linhagem de Wrath.

– Sou, nesta ocasião e em todas as demais, seu servo. Meu coração e meu corpo buscam apenas obedecer a sua, e somente a sua, autoridade.

Quando Tohr levantou o olhar, Wrath estava sorrindo.

– Sei que você vai trazer o bastardo para casa.

– Pode acreditar, meu senhor.

– Agora, caia fora daqui. Nós três precisamos muito dormir.

Vários adeus foram trocados, e logo Tohr e John estavam lá fora, no corredor, em um silêncio desconfortável. Blay tinha caído no sono do lado de fora do outro quarto de recuperação, mas não estava descansando – havia um franzir bem marcado em sua testa, como se ele estivesse pensativo até mesmo em meio a seu sono R.E.M.

Uma pancadinha em seu antebraço fez Tohr concentrar-se novamente em John.

Obrigado, disse o jovem em língua de sinais.

– Pelo quê?

Por apoiar Qhuinn.

Tohr encolheu o ombro.

– É o mínimo, cara. Caramba, você já pensou no número de vezes que ele se jogou no meio de uma luta com todas as armas empunhadas? Ele merece um reconhecimento, e ser nomeado para fazer parte da Irmandade não devia ser algo relacionado ao sangue, mas, sim, ao mérito.

Você acha que Wrath vai fazer aquilo?

– Não sei... É complicado. Há muita história a ser enfrentada. Os Antigos Costumes teriam de ser reformulados. Mas tenho certeza de que o Rei fará algo por ele...

No fim do corredor, No'One saiu por uma porta, como se tivesse sido atraída pelo som da voz de Tohr.

No instante em que ele a viu, perdeu sua linha de raciocínio, dirigindo toda sua atenção àquela mulher de manto. Caralho... ele estava selvagem demais para ficar perto dela, faminto demais para ter qualquer tipo de contato, indisposto demais para tomar boas decisões.

Que Deus os ajudasse, mas, se ele fosse até ela, tomaria aquela fêmea para si.

De canto de olho, Tohr avistou John dizendo algo em língua de sinais.

Precisou reunir cada gota de seu autocontrole para forçar sua cabeça na direção do garoto.

Ela estava muito preocupada com você. Esteve esperando aqui fora, com a gente... Pensou que você tinha sido ferido.

– Ah... caramba, que droga.

Ela ama você.

Certo, bem, aquilo não o fez sentir-se muito melhor.

– Que nada. Ela só é, bem, você sabe... uma pessoa cheia de compaixão.

John limpou a garganta, embora estivesse usando as mãos para falar.

Eu não tinha percebido que as coisas estavam tão sérias entre vocês dois.

Pensando em quão chateado o jovem havia ficado, Tohr só conseguiu acenar, dispensando o comentário.

– Não, quero dizer... não é nada demais. Sério. Eu sei quem eu amo e a quem pertenço.

Mas aquelas palavras não pareciam corretas, não na boca dele, não para os ouvidos dele... não para o coração em seu peito.

Sinto muito por... você sabe, por eu ter ficado tão bravo antes, falou John. *É que... Wellsie é a única mãe que tive e... Não sei. A ideia de você estar com outra fêmea me faz querer vomitar. Embora isso não seja justo.*

Tohr sacudiu a cabeça e abaixou seu tom de voz:

– Jamais se desculpe por se importar com nossa fêmea. E quanto a essa coisa de amar, eu devo dizer mais uma vez: apesar do que parece para quem vê de fora, eu vou amar uma e somente uma fêmea pelo resto da minha vida. Independentemente do que eu fizer, com quem eu estiver, ou como as coisas possam parecer, pode ter certeza disso, filho. Estamos entendidos?

Também era difícil porque as convicções de Tohr eram sinceras e honestas assim como a ruína de Wellsie. Não eram?

Deus, ele conseguiria encontrar uma forma de se livrar de toda essa bagunça?

Enquanto esse pensamento carregado de pânico lhe ocorreu, ele virou os olhos e encarou o corpo esguio e imóvel de No'One.

Atrás dela, Lassiter deu um passo e o encarou. A decepção no rosto do anjo era tão evidente a ponto de ficar claro que, de alguma forma, ele tinha ouvido o que Tohr dissera.

Talvez todas as palavras.

CAPÍTULO 45

Enquanto Tohr caminhava em direção a No'One, John voltou a seu perímetro de linóleo do lado de fora do quarto de Qhuinn.

De certa forma, ele não queria ver o Irmão atravessar o corredor a caminho daquela outra fêmea. Aquilo parecia essencialmente errado, como se uma das leis do universo tivesse decidido funcionar ao contrário. Droga, traçando um paralelo com sua própria vida, John se deu conta de que a ideia de haver outra fêmea que não fosse Xhex em sua vida era uma maldição. Embora ele estivesse em constante agonia sem ela, ainda a amava tanto que se sentia assexuado.

Por outro lado, ela ainda estava viva.

E seria impossível negar que o relacionamento estava sendo bom para Tohr. Ele tinha novamente o tamanho que tivera quando John o conhecera: grande, forte e musculoso. E verdade seja dita: aquele cara não tinha entrado em uma armadilha mortal de uma luta armada ou pulado de uma ponte há meses.

Ainda bem que Qhuinn tinha percebido isso. Legal.

Além do mais, seria difícil não aprovar No'One: ela não era uma dessas periguetes. Era quieta, despretensiosa, tinha boa aparência.

Havia tantas candidatas piores por aí no mundo. Alpinistas sociais. Tipos esnobes da *glymera*. Fêmeas peitudas que só sabiam rir.

Deixando sua cabeça cair para trás contra a parede de concreto, ele fechou os olhos enquanto ouvia os dois conversarem. Logo, as vozes cessaram, e ele supôs que os dois tinham se retirado, provavelmente para irem para a cama.

Certo, ele não iria pensar nisso.

Deixado sozinho, ele ouviu a respiração suave e o ajeitar ocasional dos braços de Blay, decidido a manter sua mente longe de Xhex.

Engraçado, essa mistura de espera-e-preocupação parecia os velhos tempos: Blay e ele esperando por Qhuinn.

Cara, eles tinham sorte de o macho ter voltado vivo para casa...

Enquanto sua memória se prendia às imagens daquela mansão no rio, ele viu Wrath caindo no chão e V. com a arma apontada para a cabeça de Assail... e Tohr usando o próprio corpo como um escudo para proteger o Rei. Então, Qhuinn e ele estavam fazendo uma busca pela casa, discutindo ao lado daquela porta de correr, brigando para que seu melhor amigo não saísse lá fora, na noite, desprotegido e sozinho.

Você precisa me deixar fazer o que for necessário.

Os olhos de Qhuinn eram decididos e extremamente destemidos, pois ele conhecia suas capacidades, sabia que, embora houvesse a chance de não voltar para casa, era forte o bastante e estava seguro o suficiente de suas habilidades como guerreiro, e faria o possível para diminuir aquele risco.

E John o deixou ir, embora seu coração disparasse e sua cabeça gritasse e seu corpo estivesse preparado para bloquear a porta de saída. Embora o que estivesse lá fora não fossem *redutores* recém-recrutados, mas o Bando de Bastardos, que era muito bem treinado, experiente e extremamente brutal. Apesar do fato de Qhuinn ser seu melhor amigo, um macho importante em sua vida, alguém cuja perda o abalaria pelo resto da vida.

Droga.

John levou as mãos à frente do rosto e o massageou.

No entanto, nenhum tipo de massagem alteraria a revelação desagradável e inegável que estava diante dele.

Ele viu Xhex naquela reunião com a Irmandade, na primavera passada, quando ela se ofereceu para encontrar o esconderijo de Xcor. *Eu posso cuidar disso. Especialmente se eu encontrá-los durante o dia.*

Ela falava com olhos duros e cabeça no lugar, certa de suas capacidades.

Vocês precisam que eu faça o que for preciso.

Quando seu melhor amigo estava nessa posição? Ele não gostava nada daquilo, mas deu um passo para o lado e deixou o macho fazer o que devia ser feito por um bem maior – embora houvesse perigo mortal envolvido. Se algo acontecesse com aquele cara e ele morresse? John se sentiria estilhaçado, mas esse era o código dos soldados, o código da Irmandade.

O código dos machos.

Perder Xhex seria muito pior, obviamente – afinal, John era um macho vinculado. Mas a realidade era que, ao tentar salvá-la de um destino violento, ele a tinha perdido completamente. Não tinham mais nada: nem paixão, nem diálogo, nem calor... pouco contato. E tudo isso porque a necessidade de protegê-la havia tomado o controle.

Era tudo culpa dele.

Ele tinha se vinculado com uma guerreira – e ficado louco ao perceber que o risco de se ferir tinha saído do nível hipotético para se tornar uma realidade. E Xhex estava certa. Ela não o queria morto ou nas mãos do inimigo, mas ainda assim permitia que ele saísse para o campo de batalha todas as noites.

Ela o estava deixando fazer o possível para ajudar.

Ela não permitia que suas emoções tentassem evitar que ele realizasse o trabalho – e se tivesse feito isso? Bem, então ele provavelmente teria explicado com amor e paciência que tinha nascido para lutar, que era cuidadoso e...

O roto falando do rasgado, não é mesmo? Além do mais, como ele teria se sentido se alguém enxergasse o fato de ele ser mudo como um fator que limitasse suas habilidades de luta? Como teria reagido se lhe dissessem que, apesar de todas as outras qualificações e destrezas, apesar de seu talento e de seus instintos naturais, ele não seria aceito no campo de batalha porque não conseguia falar?

Ser uma fêmea não era uma deficiência em nenhum sentido da palavra. Mas ele a tinha tratado como uma pessoa com deficiência, não? Tinha chegado à conclusão de que, porque ela não era um macho,

Xhex não poderia participar dos conflitos, mesmo com todas as suas qualificações e habilidades.

Como se seios fartos tornassem tudo mais perigoso.

John voltou a massagear o rosto. Sua cabeça começava a latejar por conta de toda aquela pressão. Seu lado vinculado estava arruinando sua vida. Melhor dizendo, *tinha arruinado* sua vida. Porque ele não sabia se, independentemente do que pudesse fazer agora, teria Xhex de volta.

John tinha certeza de uma coisa, entretanto.

De repente, ele pensou em Tohr e naquele juramento.

E agora sabia o que precisava fazer.

Enquanto Tohrment caminhava na direção de No'One, ela ficou sem fôlego. Seu corpo sólido ia de um lado para o outro, acompanhando o ritmo de seus passos. Seus olhos ardentes estavam fixos nela, como se ele quisesse consumi-la de alguma forma vital, prová-la de todas as formas possíveis.

Ele estava pronto para vincular, ela pensou.

Santíssima Virgem Escriba, ele estava vindo para possuí-la.

Eu quero transar com você.

A mão de No'One se movimentou para abrir seu manto, e foi um choque perceber que ela estava pronta para abrir suas roupas naquele momento. Não aqui, ela disse a seus dedos, mas em outro lugar.

Em sua cabeça, não havia nenhum pensamento sobre aquele *symphato*, nada de ansiedade para saber se ela sentiria dor, nenhuma sensação de que poderia se arrepender por isso. Só havia uma paz ressonante em meio a seu corpo, que pulsava com a necessidade que deixava claro que ela desejava demais aquele macho. Ela havia esperado pacientemente por essa vinculação.

Ambos estavam prontos.

Tohrment deu um passo à frente dela. Seu peito subia e descia, e suas mãos se curvaram, formando punhos fechados.

— Eu vou lhe dar uma chance de se livrar de mim. Agora. Saia do centro de treinamento, e eu vou ficar aqui.

A voz dele soava cruel, tão grave e profunda a ponto de deixar as palavras quase ininteligíveis.

A dela, por outro lado, era muito clara:

— Eu não devo me distanciar de você.

— Você entende o que estou dizendo? Se você não for embora, eu estarei inteiro dentro de você no próximo minuto e meio.

No'One ergueu o queixo.

— Eu quero você dentro de mim.

Um forte rugido escapou da boca de Tohr, o tipo de som que, se No'One tivesse ouvido em outro contexto, talvez a tivesse deixado assustada. Mas ali, diante daquele macho maravilhoso, enorme e excitado? Seu corpo respondeu tornando-se mais solto, preparando-se ainda mais para aceitá-lo.

Ele não foi gentil ao se abaixar e agarrá-la, deixando-a com as pernas balançando e apoiadas na dobra de seu braço. E ele não fez movimentos lentos ao seguir em direção à piscina — como se a ideia de levá-los até uma cama na mansão fosse preocupação demais.

Enquanto Tohr caminhava carregando-a como se ela fosse um prêmio, No'One o encarava. As sobrancelhas do macho estavam franzidas, sua boca entreaberta de modo a exibir suas presas, seu rosto iluminado pela excitação. Ele queria aquilo. Precisava daquilo.

E não haveria retorno.

Não que ela fosse escolher voltar atrás. No'One estava adorando a forma como ele a fazia se sentir naquele momento.

Embora ela acreditasse ser desleal aceitar o cumprimento levando em conta o desespero com a qual ele a possuiu, Tohr ainda estava apaixonado por sua falecida parceira. Mas, por outro lado, ele desejava No'One — e isso era o bastante. Talvez fosse tudo o que ela viria a ter — e, ainda assim, como havia dito a ele, muito mais do que ela poderia esperar.

Por vontade dele, a porta de vidro na entrada do hall da piscina se abriu para os dois e, quando fechou, depois que passaram, No'One ouviu a fechadura estalar enquanto se trancava. Em seguida, eles atravessaram rapidamente a antessala e viraram em um canto que dava para a piscina. O calor daquele ar pesado e úmido deixava o corpo dela ainda mais lânguido...

Em uma sequência coordenada, as luzes no teto adotaram um brilho mais fraco, e a iluminação verde-azulada da piscina ganhou intensidade, lançando um tom de água marinha sobre tudo.

— Agora não tem volta — disse Tohrment, como se lhe desse uma última chance de botar um ponto-final naquilo.

Quando ela apenas assentiu com a cabeça para ele, ele rosnou mais uma vez e a colocou de costas em um dos bancos de madeira. Tohr era fiel a sua palavra. Não esperou ou hesitou, logo arqueou o corpo dela e uniu suas bocas, aproximando seu peito ao dela, ajeitando suas pernas no meio das dela.

Passando o braço em volta da nuca de Tohrment, ela o abraçou apertado enquanto os lábios se movimentavam um contra o outro e a língua dele penetrava a boca dela. O beijo foi glorioso e intenso, chegando a um ponto em que ela sequer percebeu que ele estava desfazendo o laço que segurava seu manto.

Em seguida, as mãos dele estavam sobre ela. Por dentro de seu vestido, as mãos de Tohr queimavam enquanto ele acariciava os seios, explorando cada vez mais para baixo. Afastando as coxas para ele, ela ergueu o vestido e conseguiu o que queria, os dedos dele tocando seu clitóris, massageando-a, levando-a ao limite — sem ultrapassá-lo.

— Eu quero beijá-la — ele rugiu contra a boca dela. — Mas não posso esperar.

Ele a estava beijando?, ela pensou.

Antes que ela pudesse responder, ele levantou o quadril e movimentou com urgência seu enorme membro que, naquele momento, quase estourava a calça de couro.

E então, alguma coisa quente e feroz, batendo... e cutucando... deslizou contra ela.

No'One arqueou o corpo e gritou o nome dele — e foi então que ele a possuiu. Conforme a voz dela ecoava pelo teto alto, o corpo de Tohr a invadiu, forçando-se para dentro, abrindo seu caminho, rígido e ao mesmo tempo suave como cetim.

Tohrment soltou a cabeça ao lado da dela enquanto os dois se fundiam, e em seguida parou de se movimentar — o que era bom: a sensação de se alongar e acomodar a enorme ereção quase lhe causava dor – mas ela não trocaria aquilo por nada no mundo.

Gemendo no fundo da garganta, Tohr colocou seu corpo novamente em movimento – devagar em um primeiro momento, aumentando depois a velocidade, seu quadril rebolando contra o dela enquanto a segurava pela parte de fora das coxas, apertando-as. Com uma forte onda de paixão os dominando, cada sensação era amplificada. A mente dela logo se tornou totalmente presente e arrebatada pela forma como ele a domava sem feri-la.

Quando o ritmo estava prestes a fugir do controle, No'One agarrou-se a ele com todas as forças que lhe restavam, seu corpo arqueando mesmo preso sob o dele, seu coração despedaçando-se e recompondo-se ao mesmo tempo enquanto o prazer subitamente intensificou-se e explodiu. De fato, seu orgasmo fez com que seu sexo se agarrasse ao mastro dele e passasse a roçar em um ritmo alternado, atingindo o clímax de uma forma completamente diferente dessa vez – mais intenso, mais duradouro. E pareceu fazê-lo também perder as estribeiras e entregar-se a suas próprias contrações selvagens e masculinas, sua pélvis estocando-a até a liberação do esguicho de macho contra seu núcleo.

Tudo aquilo pareceu durar para sempre, mas, como todo voo em que se embarca, eles finalmente deixaram a liberdade do céu e voltaram para a terra.

A consciência retornou como um peso gradual e desconfortável.

Ele ainda estava vestido, assim como ela. O manto ainda estava preso a seus ombros e braços. E o banco segurava suas omoplatas e a parte de trás de sua cabeça. E o ar em volta dela não era tão quente quanto fora a paixão.

Que estranho, ela pensou. Embora eles tivessem compartilhado tantas coisas antes, os momentos que tinham acabado de acontecer os havia tomado por inteiros e os levado ao paraíso.

Ela se perguntava como ele estava se sentindo...

Tohrment ergueu a cabeça e olhou para ela. Não havia nenhuma expressão clara em seu rosto – nem de alegria, nem de dor, nem de culpa.

Ele simplesmente olhou para ela.

— Está tudo bem com você? — perguntou Tohr.

Quando a voz dela pareceu tê-la abandonado, ela assentiu, embora não estivesse certa do que sentia. Fisicamente, estava tudo bem com seu corpo — aliás, ele continuava recepcionando aquela presença em sua reentrância. Mas até saber como ele estava se sentindo, ela não seria capaz de afirmar mais coisa alguma.

A última fêmea com quem ele estivera fora sua *shellan*... E certamente isso se passava pela cabeça dele durante aquele silêncio carregado.

CAPÍTULO 46

Tohr permaneceu paralisado exatamente onde estava, equilibrado sobre No'One, sua ereção ainda enterrada no corpo dela, seu sexo retorcendo-se enquanto ele tentava romper a luxúria.

Esperou sua consciência começar a gritar.

Preparou-se para uma desolação arrebatadora por estar com outra fêmea.

Ele estava pronto para que alguma coisa, para que qualquer coisa, invadisse seu peito: desespero, fúria, frustração.

Tudo o que sentiu foi a sensação de que o que acabara de acontecer era um começo, e não um fim.

Desviando seu olhar para o rosto de No'One, ele estudou aqueles traços em busca de qualquer indicação de que ele a tinha trocado por sua *shellan*, sondando seu próprio interior atrás de algum sinal de alarme, preparando-se para alguma explosão enorme.

Tudo o que sentiu foi que aquilo era correto.

Estendendo a mão, afastou uma mecha de cabelos loiros do rosto dela.

– Tem certeza de que você está bem?

– Você está?

– Sim. Eu meio que estou... Quero dizer, realmente estou bem. Acho que eu estava preparado para qualquer coisa, menos isso. Se é que faz algum sentido.

O sorriso que brotou no rosto de No'One não perdia em nada para os raios de sol. A expressão transformava seus traços em uma beleza tão resplandecente que o deixava sem fôlego.

Tão gentil. Tão compassiva. Tão receptiva.

Ele não teria sido capaz de fazer aquilo com nenhuma outra fêmea.

– Você se importa de tentarmos outra vez? – ele perguntou com uma voz suave.

As bochechas dela adotaram um tom rosado mais intenso.

– Por favor...

Seu tom de voz fez o membro de Tohr saltar dentro dela, seu calor apertado e umedecido fazendo carícias tão únicas a ponto de fazê-lo rugir e dar início novamente aos movimentos de vaivém.

No entanto, não era justo pedir para ela se deitar naquele banco duro. Envolvendo-a em seus braços, ele a segurou com força próximo a seu peito e deixou suas fortes coxas fazerem o trabalho de sustentar os dois. Quando já estava em pé, abraçando-a, ele a beijou novamente, inclinando a cabeça e movendo sua boca contra a dela enquanto apertava aquelas belas nádegas femininas e se preparava para encadear um ritmo. Usando os braços, ele a levantava e a abaixava sobre sua ereção, beijando-a na área da garganta e da clavícula enquanto a penetrava em um novo ângulo, explorando mais profundamente seu sexo molhado.

Ela era incrível, envolvendo-o, segurando-o apertadinha, a fricção fazendo Thor desejar mordê-la simplesmente para poder saboreá-la.

Mais rápido. Ainda mais rápido.

O manto balançava ferozmente, e No'One devia estar detestando sentir aquele tecido bater contra sua pele, pois abruptamente o soltou, afastando-o de seus ombros e deixando-o cair no piso. Enquanto seus braços envolviam novamente o pescoço dele, ela o espremeu ainda mais entre as pernas. E Tohr não viu problema algum naquilo.

Apertando-a com seus dedos, ele estava cada vez mais próximo do limite – e o mesmo valia para No'One. Os sons que ela produzia, gemidos incríveis, seu delicioso cheiro se espalhando, sua trança batendo loucamente contra as costas nuas...

De repente, ele diminuiu o ritmo e puxou o elástico que prendia aqueles cabelos, soltando completamente as mechas. Sacudindo os fios para fora do confinamento, ele os puxou sobre os ombros dos dois, transformando seus cabelos em um cobertor para ambos.

Desfazer aquela trança o levou também a se desfazer: duas penetrações mais tarde, seu corpo estava à beira do precipício. O orgasmo começava a tomar conta até ele praguejar em uma arfada explosiva.

Cambaleando em meio ao prazer, ele apertou a mão dela e levou seu rosto na direção daqueles fios loiros, inspirando, sentindo o cheiro delicado do xampu que ela usava. Droga, o aroma dela o levou ainda mais alto, até seu orgasmo tornar-se subitamente feroz, convulsionando seu corpo, desestabilizando-o, tornando-o temporariamente cego.

O mesmo deve ter acontecido a ela – à distância, ele a ouviu gritar seu nome enquanto ela prendia as pernas em volta do quadril dele, fundindo-os em um só corpo.

Incrível. Absolutamente incrível. E ele segurou o prazer por todo o tempo possível – para ambos. Quando ele finalmente se ajeitou, No'One apoiou a cabeça em seus ombros largos, deixando o corpo cair contra aquele peito másculo, soltando-se de forma tão adorável quanto seus cabelos.

Espontaneamente, uma das mãos dele encontrou as costas dela e se arrastou para cima, até a base de seu pescoço. Quando a respiração de Tohr se acalmou, ele apenas a abraçou.

Antes que se desse conta, ele os estava balançando de um lado para o outro. Ela não pesava quase nada para aqueles braços fortes, e Tohrment teve a sensação de que poderia mantê-los unidos e com os corpos encostados para sempre.

Depois de algum tempo, No'One finalmente sussurrou:

– Eu devo estar começando a ficar pesada.

– Nem um pouco.

– Você é muito forte.

Cara, aquilo fez bem para o ego dele. A questão era que, se ela o atingisse novamente com palavras como aquelas, Tohr se sentiria como se pudesse fazer supino com um ônibus, com um avião aterrissado sobre o ônibus.

– Eu devo ajudá-la a se limpar – ele disse.

– Por quê?

Certo, aquilo era sexy. E o levou a querer fazer outras coisas com ela. Todo tipo de coisas.

Olhando sobre o ombro de No'One, ele avistou a piscina, e pensou que, de fato, a necessidade era a mãe da invenção.

– Que tal darmos um mergulho?

No'One ergueu a cabeça e falou:

– Eu poderia ficar assim...

– Para sempre?

– Sim – os olhos dela, agora entreabertos, brilharam com a luz verde-azulada. – Sim, para sempre.

Enquanto a encarava, Tohr pensou que ela estava tão viva. Suas bochechas estavam coradas, os lábios, inchados depois de ele ter cuidado de todo o corpo dela, seus cabelos, luxuriantes e ligeiramente selvagens. Ela era cheia de vida e quente e...

Tohrment começou a rir.

Oh, pelo amor de Deus, ele não fazia ideia do porquê – não havia nada engraçado ali, mas, de uma hora para a outra, ele começou a rir como um lunático.

– Desculpe – ele conseguiu pronunciar. – Não sei qual é o problema.

– Eu não me chateio com isso – ela sorriu para ele, mostrando suas presas delicadas e seus dentes regulares e brancos. – É o som mais belo que já ouvi.

Tomado por um impulso que não entendia, Tohr deu um grito e avançou na direção da piscina, dando um passo largo, e mais um, e um terceiro. Com um salto poderoso, lançou os dois na piscina.

Ambos pousaram como se fossem um só na água aquecida. Braços suaves e invisíveis os seguravam em uma almofada aquecida, isolando-os da força da gravidade, poupando-os de qualquer pouso forçado.

Ao mergulhar a cabeça, ele encontrou a boca dela e a tomou para si, beijando-a debaixo da superfície da água enquanto apoiava os pés e dava um impulso para cima, para que os dois encontrassem ar.

No processo, seu pênis encontrou mais uma vez o sexo de No'One.

Ela estava bem ali com ele, prendendo aquelas belas pernas novamente em volta de seu quadril, ecoando o ritmo dele, retribuindo-lhe o beijo. E aquilo era bom. E era... correto.

Um pouco mais tarde, No'One se viu nua, molhada e esticada na lateral da piscina, em uma cama de toalhas que Tohrment havia preparado para ela.

Ele estava ajoelhado a seu lado. Suas roupas molhadas prendiam-se aos músculos, seus cabelos brilhavam, seus olhos eram intensos enquanto ele encarava o corpo da fêmea.

Uma insegurança repentina se instalou, fazendo-a sentir frio.

Sentando-se, ela se cobriu...

Tohrment segurou-lhe as mãos e suavemente as levou até a lateral de seu corpo.

– Você está estragando a minha vista.

– Você gosta...?

– Ah, sim. Eu adoro – ele inclinou o corpo e a beijou profundamente, deslizando a língua dentro dela, fazendo-a relaxar de modo que ficasse deitada novamente. – Hummm, é disso que estou falando.

Quando ele recuou um pouco, No'One sorriu para ele.

– Você me faz sentir...

– O quê? – ele abaixou a cabeça e esfregou os lábios em sua garganta, na clavícula, na ponta do seio. – Bela?

– Sim.

– É isso que você é – ele beijou o outro mamilo e o chupou para dentro de sua boca. – Bela. E acho que você devia deixar de usar esse manto de uma vez por todas.

– O que eu vou vestir, então?

– Vou arrumar algumas roupas para você. Todas que quiser. Ou então você pode ficar pelada.

– Na frente dos outros... – ela provocou. O silvo que saiu da boca de Tohr foi o melhor cumprimento que ela já recebera. – Não?

– Não.

– Então, talvez em seu quarto.

– Isso eu posso aceitar.

Os lábios de Tohr percorreram pela lateral do corpo dela, até que sua presa corresse sobre suas costelas. Então, ele desceu pela barriga dela, beijando-a suave e preguiçosamente. Somente quando ele estava muito mais longe, segurando-a pelo quadril e roçando-se cada vez mais próximo a sua fenda, ela percebeu que Tohr tinha um objetivo.

– Abra suas pernas para mim – ele pediu com uma voz grave. – Deixe-me ver o que você tem de mais belo. Deixe-me beijá-la onde eu quero estar.

Ela não estava completamente certa do que ele estava sugerindo, mas sentia-se impotente para negar qualquer coisa quando ele usava aquele tom de voz para falar com ela. Confusa, ela levantou um joelho, afastando as coxas, e soube quando ele olhou para ela, pois o macho quase uivou sua satisfação.

Tohrment posicionou-se entre suas pernas e as afastou ainda mais, segurando-a dos dois lados. E então, seus lábios estavam dentro dela, quente, sedosa e molhada. A sensação de pele suave com pele suave fez brotar mais um orgasmo, e Tohr aproveitou o momento, penetrando-a com a língua, lambendo sua almofadinha incandescente, encontrando o ritmo dela e conduzindo-a além.

Ela prendeu as mãos nos cabelos negros do macho e rebolou com o quadril.

E pensar que ela tinha gostado do sexo...

Mal sabia ela que havia muito mais a ser descoberto.

Tohr era extremamente atento e meticuloso em suas explorações, respeitando seu próprio tempo, exceto quando a estava levando às alturas do prazer. E, quando ele finalmente afastou a boca, seus lábios estavam úmidos e avermelhados, e então ele esfregou a língua por eles enquanto a encarava com olhos entreabertos.

Em seguida, ele se ergueu e a segurou pelos quadris, inclinando-os para cima.

Sua ereção estava extremamente volumosa e longa, e No'One já sabia que ele cabia perfeitamente dentro dela.

E ele meteu mais uma vez.

Dessa vez, ela se atentou mais à imagem dele e à sensação de tê-lo dentro de seu corpo. Levantando-se sobre ela, ele penetrou daquela forma forte e potente como fazia, dando prazer aos dois enquanto mexia o quadril para frente e para trás, entrando e saindo dela.

O sorriso de Tohr era sombrio. Erótico.

– Você gosta de me ver fazendo isso?

– Sim. Oh, sim...

Foi tudo que ela conseguiu dizer enquanto outra onda de orgasmo se formava e tomava o controle de seus pensamentos, de sua fala, de seu corpo, de sua alma, limpando sua mente.

Quando ela finalmente voltou a se acalmar e tornou-se capaz de recuperar o foco, reconheceu a força no rosto de Tohrment, os músculos apertados em volta dos olhos e do maxilar, os movimentos de seu peito. Ele ainda não tinha gozado.

– Você quer ver? – ele falou entre os dentes.

– Oh, sim...

Quando deixou o corpo dela, seu membro ereto estava como seus lábios tinham estado: úmido e inchado.

Com uma mão enorme, ele segurou sua ereção e, com a outra, apoiou o peso de seu corpo contra o chão, de modo que pudesse esticar seu físico sobre o corpo relaxado e aberto daquela fêmea. Afastando os ombros, ele foi capaz de oferecer-lhe uma visão plena enquanto alisava seu mastro, movendo a mão para cima e para baixo. A cabeça retesada de seu pau aparecia e desaparecia em meio àquele punho.

Sua respiração tornou-se mais intensa e mais dificultosa enquanto ele mostrava para ela como era seu orgasmo.

Quando chegou a hora, seu grito de prazer ecoou nos ouvidos dela e ele jogou a cabeça para trás, mantendo o queixo apontado para frente enquanto expunha suas presas e silvava. Então, em jorradas rítmicas, jatos de porra saíram dele, lambuzando o sexo e a barriga dela, fazendo-a arquear o corpo como se a satisfação fosse também dela.

Quando ele finalmente vergou, ela estendeu os braços.

– Venha aqui.

Ele obedeceu sem hesitar, trazendo seu peito na direção a seus seios antes de virar-se de lado para amortecer o peso dela.

— Você não está com frio? — ele murmurou. — Seus cabelos estão molhados.

— Eu não me importo — ela se aconchegou no corpo dele. — Eu estou simplesmente perfeita.

Um rugido de aprovação brotou da garganta de Tohrment.

— Você é Rosalhynda.

Ao ouvir o som de seu antigo nome, ela tentou se afastar, mas ele a segurou.

— Não posso continuar chamando você de No'One*. Não depois disso.

— Eu não gosto daquele nome.

— Então, escolha outro.

Encarando-o, ela teve uma noção clara de que ele não iria abrir mão disso. E também não a chamaria daquele nome que ela tinha escolhido há muito, muito tempo... quando a palavra definia o que ela acreditava ser.

Talvez ele estivesse certo, entretanto. Agora ela não se sentia mais como se não fosse ninguém.

— Você precisa de um nome.

— Eu não posso escolher — ela respondeu, sentindo uma forte dor no coração.

Ele olhou para o teto. Envolveu uma mecha dos cabelos dela em volta de um de seus dedos. Estalou a língua.

— O outono é minha estação preferida do ano — ele declarou algum tempo depois. — Não que eu esteja me acovardando ou algo assim, mas eu gosto das folhas quando elas se tornam avermelhadas e alaranjadas. Ficam lindas sob a luz da lua, mas, de certa forma, é uma transformação impossível. O verde da primavera e do verão é apenas uma sombra da identidade verdadeira das árvores. E aquela cor, conforme as noites se tornam cada vez mais frias, é um milagre toda vez que acontece. É como se as folhas estivessem tentando recompensar a perda do calor com todo o fogo que elas têm. Eu gosto do outono — ele a encarou. — Você é assim, bela e com um brilho incandescente... e é hora de você aparecer. Por isso, sugiro... Autumn.

---

* No'One = Ninguém. [N.T.]

No silêncio que se seguiu, ela percebeu um formigar no canto de seus olhos.

– Qual é o problema? – ele se apressou em perguntar. – Caramba, você não gosta desse nome? Posso escolher outro. Lihllith? Que tal Suhannah? Ou... Joe? Fred? Howard, talvez?

Ela levou a mão ao rosto dele.

– Eu amei. É perfeito. De agora em diante, devo ser conhecida pelo nome que você escolheu para mim, pelo nome da estação em que as folhas queimam... Autumn.

Ela se levantou e encostou os lábios nos dele.

– Obrigada. Obrigada.

Quando ele assentiu solenemente, ela o envolveu em seus braços e o segurou firme. Ser nomeada era ser reivindicada, e aquilo a fez sentir-se renovada e... renascida.

CAPÍTULO 47

Muito tempo se passou antes de Tohr e Autumn deixarem para trás a área quente e úmida da piscina deles. Cara, ele nunca mais voltaria a enxergar aquele lugar de outra forma que não fosse como sendo "deles".

Segurando aberta a porta que dava para o corredor, de modo que ela pudesse passar, ele inspirou profundamente, acalmando-se. Autumn... o nome perfeito para uma fêmea tão perfeitamente adorável.

Andando um ao lado do outro, eles seguiram juntos o caminho até o escritório. Tohr deixava marcas de seus pés por onde passava, já que a calça que ele havia torcido ainda estava úmida na área da bainha. Autumn, por outro lado, não deixava rastro – afinal, seu manto estava seco.

Era a última vez que ela ia usar aquela maldita peça.

Caramba, seus cabelos eram lindos quando estavam totalmente soltos sobre os ombros. Talvez ele pudesse convencê-la também a deixar a trança para trás.

Quando entraram no túnel, ele passou o braço em volta dela, puxando-a para perto dele. Ela se encaixava bem. Autumn era menor do que... bem, Wellsie era muito mais alta. A cabeça de Autumn ficava mais abaixo em seu peito, seus ombros não eram tão largos, e seus passos eram desiguais, enquanto que os de sua companheira eram suaves como o deslizar da seda.

Mas ela se encaixava. De uma forma diferente, é verdade, mas era inegável o fato de que seus corpos combinavam.

Aproximando-se da porta que dava para a mansão, ele ficou para trás e a deixou seguir adiante, subir os degraus. Quando chegaram ao topo, ele passou em sua frente, digitou o código, abriu o caminho para a antessala, e segurou a porta para Autumn.

Quando ela passou, ele perguntou:

– Com fome?

– Faminta.

– Então, vá até lá em cima e deixe-me servi-la.

– Ah, eu posso pegar alguma coisa na cozinha.

– Não. De forma alguma. Eu vou servi-la – ele a acompanhou até a base da enorme escadaria. – Suba e espere na cama. Eu levo a comida.

Autumn hesitou ao pisar no primeiro degrau.

– Você realmente não precisa fazer isso.

Ele balançou a cabeça enquanto pensava em todo o exercício que os dois tinham praticado ao lado da piscina.

– Preciso, sim. E muito. Você vai me agradar tirando esse manto e esperando nua em meio aos lençóis.

O sorriso que começou a brotar nos lábios daquela fêmea era tímido, mas se tornou espetacular.

E então, ela deu meia-volta e exibiu-lhe rapidamente a parte de trás de seu corpo.

Observar aquele quadril balançar enquanto ela subia as escadas germinou nele uma ereção. De novo.

Apoiando uma mão contra o corrimão esculpido, ele só conseguiu olhar para o tapete em uma tentativa de se recompor.

Um palavrão horrendo o fez virar a cabeça.

Péssima palavra, mas em boa hora...

Caminhando pelo mosaico com a imagem de uma macieira florida, ele prosseguiu até a sala de bilhar. Lassiter estava no sofá, concentrado na enorme tela sobre a lareira.

Embora Tohr estivesse seminu e um tanto quanto molhado, ele seguiu em frente, posicionando-se entre o anjo e a TV.

– Ouça, eu...

– Caralho! – Lassiter começou a se movimentar como se suas mãos estivessem em chamas e ele tentasse apagá-las. – Sai da frente!

– Deu certo? – perguntou Tohr.

Alguns xingamentos mais tarde, o anjo virou-se para o lado, em uma tentativa de conseguir enxergar a tela.

– Espere só um minuto...

– Ela está livre? – sussurrou Tohr. – Só me responda isso.

– Ahá! – Lassiter apontou para o aparelho de TV. – Filho da *puta*! Eu sabia que você era o pai!

Tohr lutou contra o impulso de espancar o filho da mãe até que ele conseguisse usar a cabeça. O futuro de sua Wellsie estava em risco, e aquele idiota estava preocupado com os testes de paternidade do Maury?

– Você só pode estar brincando.

– Não, estou falando muito sério. O safado tem três filhos com três irmãs. Que tipo de homem é esse?

Tohr bateu na própria cabeça em vez de acertar a do anjo.

– Lassiter... *qual é*, cara?!

– Veja, eu ainda estou aqui, não estou? – murmurou o anjo enquanto ele silenciava a gritaria e o barulho das pessoas pulando como loucas no palco de Maury. – Enquanto eu ainda estiver aqui, existe trabalho a ser feito.

Tohr desabou o enorme corpo em uma cadeira. Apoiando a cabeça nas mãos, rangeu os dentes.

– Eu não entendo essa merda. O destino quer sangue, suor e lágrimas... Bem, eu me alimentei dela, nós... Ah, nós suamos, não há dúvida. Bastante. Só Deus sabe que eu já chorei o suficiente.

– As lágrimas não contam – esclareceu o anjo.

– Como isso é possível?

– Simplesmente é, meu amigo.

Ótimo. Fantástico!

– Quanto tempo mais eu tenho para conseguir libertar minha Wellsie?

– A resposta para essa pergunta está em seus sonhos. Por enquanto, sugiro que você vá alimentar sua fêmea. Vendo suas calças molhadas, posso perceber que você a fez malhar bastante.

As palavras "Ela não é minha" brotaram automaticamente em sua garganta, mas ele as segurou na esperança de que não pronunciá-las poderia, de alguma maneira, ajudar.

O anjo apenas movimentou a cabeça para frente e para trás, como se estivesse bastante consciente tanto do sentimento que permaneceu não verbalizado quanto do futuro que ainda era desconhecido.

– Que droga – murmurou Tohr enquanto se levantava e seguia em direção à cozinha. – Que maldição.

A cerca de trinta quilômetros de distância, na sede do Bando de Bastardos, o som do chiado se espalhava pelo ar carregado do porão. Rítmico, irregular, lamentoso.

Enquanto Throe lançava um olhar sem rumo em direção à luz de uma vela, ele não se sentia nada bem com relação ao estado de seu líder.

Xcor tinha enfrentado uma luta mão a mão infernal no fim do encontro na casa de Assail. Ele se recusava a dizer com quem tinha lutado, mas o oponente só podia ser um Irmão. E, é claro, Xcor não tinha recebido nenhum cuidado médico desde o ocorrido. Não que o Bando de Bastardos tivesse muito a oferecer nesse sentido.

Praguejando em voz baixa, Throe cruzou os braços sobre o peito e tentou se lembrar da última vez em que o macho tinha se alimentado. Santíssima Virgem Escriba! Teria sido na primavera, com aquelas três prostitutas? Não era de se espantar que ele não estava se curando, e não ficaria bem até estar bem alimentado.

O chiado se transformou em uma tosse pesada, e depois retornou em um ritmo mais lento, mais sofrido.

Xcor acabaria morrendo.

Aquela conclusão tenebrosa tomava forma e ganhava mais força desde que a respiração tinha se tornado mais dificultosa, horas atrás. Para sobreviver, o macho precisava de uma das duas coisas, de preferência ambas: acesso a instalações médicas, socorro e pessoal especializado como aqueles de que a Irmandade dispunha; e sangue de uma fêmea vampira.

Seria impossível ter acesso à primeira opção, e a segunda tinha se mostrado, ao longo dos últimos meses, um verdadeiro desafio. A população de vampiros em Caldwell estava crescendo lentamente, mas, desde os ataques, o acesso às fêmeas se tornava cada vez mais difícil.

Ele ainda por cima precisava encontrar uma que estivesse disposta a prestar serviços para eles, embora ele fosse capaz de pagar valores generosos.

Mas, levando em conta a condição de Xcor, talvez nem isso fosse suficiente. Na verdade, eles precisavam mesmo era de um milagre.

De forma espontânea, uma imagem daquela Escolhida espetacular que o alimentara nas instalações da Irmandade irrompeu na mente de Throe. A essa altura, o sangue daquela fêmea seria um salva-vidas para Xcor. Literalmente. O problema é que ela era tão inalcançável – e em vários níveis. Para começo de conversa, como Throe seria capaz de encontrá-la? E, mesmo se pudesse entrar em contato com a Escolhida, ela certamente saberia que ele era parte das forças inimigas.

Ou não? Ela o chamara, diante dele, de soldado de valor. Então, talvez a Irmandade tivesse mantido a identidade dele em segredo, numa tentativa de proteger a sensibilidade delicada da Escolhida.

Nenhum ruído mais. Nada.

– Xcor? – gritou Throe enquanto se sentava apressadamente na cama. – Xcor...

Então, houve mais uma sessão de tosse e, em seguida, a respiração dificultosa retornou.

Santíssima Virgem Escriba, Throe não fazia ideia de como os outros conseguiam dormir com todo aquele barulho. Mas, considerando que aqueles soldados haviam lutado por tanto tempo alimentando-se com nada além de sangue humano, talvez dormir fosse sua única oportunidade de recarregar um pouco as energias. A glândula adrenal de Throe havia se tornado mais forte do que aquela necessidade extrema por volta de duas da tarde, entretanto; e foi então que ele começou a vigiar o processo respiratório de Xcor.

Quando estendeu a mão na direção do celular para verificar a hora, Throe teve de se esforçar para ver os números no display. O ritmo de sua mente era frenético.

Desde aquele incidente ocorrido no verão entre eles, Xcor tinha se tornado um macho diferente. Continuava autocrático, exigente e cheio de cálculos que poderiam assustar, mas o olhar que ele lançava para seus soldados havia mudado. Xcor andava mais conectado a todos eles. Seus olhos estavam abertos para um novo nível de relacionamento, do tipo que ele sequer parecia conhecer anteriormente.

Seria uma pena perder o bastardo agora.

Depois de esfregar as mãos nos olhos, Throe finalmente conseguiu ler as horas: cinco e trinta e oito da tarde. O sol provavelmente estava se aproximando do horizonte, e o crepúsculo certamente começava a se instalar no céu a leste. Seria melhor esperar até a escuridão completa, mas ele não tinha mais tempo a perder – especialmente considerando que não tinha certeza dos resultados do que estava prestes a fazer.

Throe deixou o beliche, colocou-se em pé, foi até a cama de Zypher e balançou as cobertas sob as quais o macho estava.

– Suma daqui – gemeu o soldado. – Ainda temos trinta minutos...

– Você precisa tirar os outros daqui – murmurou Throe.

– Preciso?

– E você tem de ficar para trás.

– Tenho?

– Vou tentar encontrar uma fêmea para alimentar Xcor.

Aquelas palavras atraíram a atenção do soldado. Zypher levantou a cabeça, do outro lado da cama.

– Sério?

Throe foi até os pés do beliche para que eles pudessem olhar um nos olhos do outro.

– Assegure-se de que ele não saia daqui e esteja preparado para levá-lo de carro até as coordenadas que eu lhe der.

– Throe, o que você está pensando em fazer?

Sem oferecer uma resposta, Throe deu meia-volta e começou a colocar as calças. Suas mãos estavam trêmulas por conta da situação incerta de Xcor e pelo fato de que, se suas preces fossem atendidas, ele logo estaria novamente na companhia daquela fêmea.

Olhando para baixo e vendo suas roupas de combate, ele hesitou. Santíssima Virgem Escriba, como Throe desejava ter algo diferente de couro para vestir agora. Um belo terno de lã penteada com gravata. Sapatos de cadarço que combinassem. Roupas íntimas.

– Aonde você vai? – Zypher perguntou com um tom feroz.

– Não importa. O que eu vou encontrar é o que importa.

– Por favor, diga que você está levando armas.

Throe parou novamente. Se por algum motivo seus planos dessem errado, talvez ele precisasse mesmo de armas. Mas não queria assustá-la – supondo que ele pudesse realmente encontrá-la e fazê-la vir até ele. Aquela fêmea era tão delicada...

Alguns itens escondidos, ele decidiu. Uma ou duas armas, algumas facas, nada que ela pudesse notar.

– Muito bem – murmurou Zypher enquanto começava a verificar suas armas.

Poucos minutos depois, Throe deixou o porão, seguindo para a porta da cozinha.

Silvando e erguendo os braços, ele se viu forçado a voltar para a escuridão da casa. Sentindo seus olhos arderem e lacrimejarem, o macho praguejou e caminhou até a pia. Abriu a torneira de água fria e jogou um pouco do líquido em seu rosto.

Toda uma eternidade pareceu se passar antes que a tela de seu telefone informasse que agora era mais seguro sair. E, dessa vez, ele abriu a porta sem fazer tanto escândalo.

Ah, o alívio da noite.

Deixando para trás seu confinamento, ele pisou em terra firme e encheu seus pulmões com o ar frio e úmido do outono. Fechando os olhos que ainda ardiam, focou-se em seu interior e se desmaterializou para longe da casa, lançando suas moléculas para o norte e leste, até tomar forma novamente em um gramado marcado no centro por um bordo viçoso.

Parado diante do enorme tronco, debaixo das coberturas formadas por folhas vermelhas e douradas, ele inspecionou os arredores com seus sentidos afiados. Aquele espaço bucólico ficava distante, muito distante do campo de batalha da cidade. Tampouco ficava próximo do complexo dos Irmãos ou do posto avançado da Sociedade Redutora – pelo menos essa era a realidade que ele conhecia.

No entanto, para ter certeza de onde estava, Throe aguardou, tão imóvel quanto a grande árvore atrás dele, embora não tão sereno. O macho estava preparado para enfrentar qualquer um ou qualquer coisa.

Entretanto, nada nem ninguém aproximou-se dele.

Cerca de trinta minutos mais tarde, Throe se abaixou até se sentar de pernas cruzadas no chão, juntando as mãos e se acomodando.

Ele estava bastante ciente dos perigos do caminho que estava tomando. Mas, em algumas batalhas, era necessário criar suas próprias armas, mesmo correndo o risco de elas explodirem bem na sua cara. Havia um enorme perigo nisso, mas se havia uma coisa com a qual você pudesse contar quando o assunto era Irmandade, essa coisa era o estilo antiquado de proteção de suas fêmeas.

Ele tinha tomado umas boas porradas no queixo para perceber isso.

Então, Throe podia apostar que, se conseguisse chegar à Escolhida, ela não conheceria sua verdadeira identidade.

Também forçou-se a afastar qualquer culpa pela posição em que a estava colocando.

Antes de fechar os olhos, analisou novamente a área a seu redor. Havia cervos nos limites do gramado, perto de um bosque, seus cascos delicados pisoteavam as folhas caídas, as cabeças balançavam enquanto eles vagueavam. Uma coruja piou à direita, o ruído foi transportado pela brisa leve e fria até os ouvidos aguçados de Throe. Mais adiante a sua frente, em uma estrada que ele não podia enxergar, surgiu um par de faróis dianteiros, provavelmente uma caminhonete.

Nada de *redutores*.

Nenhum Irmão.

Ninguém além dele.

Abaixando as pálpebras, ele imaginou a Escolhida e lembrou-se daqueles momentos em que o sangue dela circulava dentro dele, revivendo-o, levando-o de volta ao limite em que sua vida se encontrava. Ele a viu com enorme clareza e concentrou-se em seu sabor e em seu cheiro, na própria essência de quem ela era.

E então, ele rezou. Rezou como nunca havia feito antes, nem mesmo quando vivia uma vida civilizada. Rezou com tanto afinco que suas sobrancelhas se apertaram, seu coração disparou e seus pulmões não conseguiam respirar. Rezou com um desespero que deixava uma parte dele se perguntando se aquele gesto tinha como finalidade salvar Xcor ou simplesmente permitir que ele a visse novamente.

Rezou até perder o fio de suas palavras e só lhe restar uma sensação no peito, uma necessidade bruta que ele só podia esperar ser um sinal forte o suficiente que a fizesse responder, se ela de fato recebesse esse sinal.

Throe manteve-se daquela forma durante o máximo de tempo que conseguiu, até se ver entorpecido e com frio e tão exausto a ponto de sua cabeça ficar dependurada – não por reverência, mas por cansaço.

E continuou rezando até que o silêncio persistente a sua volta se desfez mediante seu pedido... e lhe disse que era hora de aceitar o fracasso.

Quando Throe finalmente voltou a abrir os olhos, percebeu que a luz do sol agora banhava a área debaixo da copa da árvore sob a qual ele estava sentado, o satélite da Terra chegava para fazer seu turno observando nosso planeta.

Seu grito ecoou alto quando ele pôs-se em pé em um pulo.

Não era a lua a causa da luz.

Sua Escolhida estava em pé diante dele, usando um manto de um branco tão brilhante que parecia possuir luz própria.

Ela estendeu as mãos, como se buscasse acalmá-lo.

– Sinto muito por tê-lo assustado.

– Não! Não, não, está tudo bem, eu... você está *aqui*.

– Você não me convocou? – a Escolhida parecia confusa. – Eu não estava certa do que me chamava aqui. Eu... simplesmente senti essa necessidade urgente de vir até aqui. E aí está você...

– Eu não sabia se isso funcionaria.

– Bem, funcionou – ela sorriu para ele enquanto pronunciava as palavras.

Oh, Santa Virgem Escriba lá nos céus infinitos, ela era linda. Seus cabelos estavam presos em belos cachos no topo da cabeça, seu corpo era tão gracioso e elegante, seu cheiro era de ambrosia.

Ela franziu a testa e olhou para si mesma.

– Eu não estou devidamente vestida?

– Como é?

– Você está me encarando.

– Ah, na verdade, sim, estou... Por favor, perdoe-me. Eu esqueci minhas boas maneiras porque você é bela demais para os meus olhos compreenderem.

Isso a fez recuar muito ligeiramente. Era como se ela não estivesse acostumada a receber elogios. Mas talvez ele a tivesse ofendido.

– Desculpe – disse ele, antes de querer praguejar contra si mesmo. Seu vocabulário teria de se expandir além das desculpas. Rapidamente. E seria bom que ele não se comportasse como um estudante na frente dela. – Eu não quis ser desrespeitoso.

Então, ela sorriu novamente – uma bela imagem da felicidade.

– Eu acredito no que você diz, soldado. Creio que eu apenas esteja surpresa.

Por ele a achar atraente? Santo Deus...

Relembrando-se de seu passado como um cavalheiro da *glymera*, Throe fez uma reverência.

– Você me honra com sua presença, Escolhida.

– O que o traz aqui?

– Eu queria... bem, eu não queria correr o risco de causar qualquer dano a você, mas preciso lhe pedir um favor de enorme importância.

– Um favor? É mesmo?

Throe parou. Ela era tão inocente, estava tão feliz por ter sido convocada, e isso fez a culpa que ele sentia se multiplicar por dez. Mas ela era a única saída para salvar Xcor, e eles estavam no meio de uma guerra...

Enquanto lutava com sua consciência, ocorreu-lhe que havia uma maneira de recompensá-la, um juramento que ele faria em troca da ajuda, se ela concordasse em ajudar.

– Eu gostaria de pedir... – Throe limpou a garganta. – Eu tenho um colega que está gravemente ferido. Ele vai morrer se não...

– Eu preciso ir até ele. Agora. Mostre-me onde ele está e eu o ajudarei.

Throe fechou os olhos e não conseguiu sequer respirar. Na verdade, sentiu as lágrimas o ameaçarem. Com uma voz rouca, falou:

– Você é um anjo. Você não é deste planeta em sua compaixão e bondade.

– Não desperdice belas palavras. Onde está seu companheiro de guerra?

Throe apanhou seu celular e enviou uma mensagem a Zypher. Recebeu uma resposta imediata – e o tempo para trazer Xcor até aqui era extremamente curto. A menos, é claro, que o soldado já houvesse colocado o líder do Bando de Bastardos no carro e estivesse pronto para começar a dirigir.

Aquele era realmente um macho de valor. Enquanto enfiava o celular no bolso, Throe concentrou-se novamente na Escolhida.

– Ele já está a caminho. Precisa ser transportado em um veículo, pois não está nada bem.

– E depois nós vamos levá-lo até o centro de treinamento?

Não. De forma alguma. Jamais.

– Você deve ser suficiente para ele. Ele está enfraquecido mais por falta de alimento do que por conta de ferimentos.

– Devemos esperar aqui, então?

– Sim. Vamos esperar aqui.

Uma longa pausa se instalou. A Escolhida começou a se movimentar como se estivesse se sentindo desconfortável.

– Perdoe-me, Escolhida, se eu continuar a encará-la fixamente.

– Oh, não precisa se desculpar. Só estou constrangida porque é raro eu atrair tanta atenção de alguém.

Dessa vez, foi Throe quem recuou. Por outro lado, os Irmãos certamente tratavam qualquer macho que aparecesse diante dela como o haviam tratado.

– Bem, permita-me continuar – ele murmurou suavemente. – Porque eu só tenho olhos para você.

CAPÍTULO 48

Naquela noite, Qhuinn saiu pela porta escondida debaixo da enorme escadaria por volta de seis da tarde. Sua cabeça ainda estava um pouco zonza, seus passos, embaralhados, seu corpo, totalmente dolorido. Mas havia um lado positivo: ele estava em pé, conseguia se mover e continuava vivo.

A realidade poderia ser pior

Além disso, ele tinha um propósito.

Quando a doutora Jane entrara para verificar como ele estava, ainda há pouco, ela lhe disse que Wrath tinha convocado uma reunião da Irmandade. É claro que também informou-lhe de que ele estava de licença e que teria de ficar de cama na clínica – mas, e se Qhuinn perdesse o pós-desfecho do que tinha acontecido na casa de Assail? Jamais.

A médica fizera tudo o que estava a seu alcance para convencê-lo a permanecer ali, obviamente, mas, no fim das contas, telefonou para o Rei para lhe dizer que esperasse um macho a mais.

Enquanto dava a volta no corrimão decorado, Qhuinn ouviu os Irmãos conversando no segundo andar. As vozes eram altas e profundas e se sobrepunham umas às outras. Wrath claramente ainda não tinha convocado porcaria nenhuma – o que significava que havia tempo para um drink do tipo alcoólico antes de subir.

Afinal, era exatamente disso que alguém precisava quando estava cambaleando pela casa.

Depois de uma avaliação cuidadosa, ele chegou à conclusão de que a distância até a biblioteca era mais curta do que seguir até a sala de bilhar. Andando como um senhor de idade pelo caminho até as portas de carvalho, Qhuinn congelou assim que chegou à passagem em forma de arco.

– Caramba...

Havia pelo menos cinquenta livros dos Antigos Costumes amontoados no chão – e aquilo não era nem metade da bagunça. Aos pés da mesa, abaixo do tampo de vidro, mais volumes cobertos em couro estavam abertos e descansando com as tripas expostas como as de soldados mortos no campo de batalha.

Dois computadores, um laptop, blocos de anotação.

Um ranger vindo lá de cima o fez levantar os olhos. Saxton estava na escadinha de madeira, estendendo a mão para pegar um livro em uma prateleira mais alta, já próxima do teto.

– Boa noite para você, primo – falou Saxton de seu poleiro elevado.

Exatamente o macho que ele precisava ver...

– O que você está fazendo com tudo isso?

– Você está com uma aparência de muito bem recuperado – a escada rangeu de novo enquanto o macho descia com o prêmio que encontrara lá em cima. – Todos aqui estavam muito preocupados.

– Não esquente, eu estou bem – Qhuinn seguiu até as garrafas de bebida enfileiradas no bar com tampo de mármore. – E então, no que você está trabalhando?

Não pense nele com Blay. Não pense nele com Blay. Não pense nele com...

– Eu não sabia que você era o tipo de cara que gosta de xerez.

– Há? – Qhuinn olhou para baixo, em direção ao que estava colocando em seu copo. Merda. No meio do sermão que dava a si mesmo, pegou a garrafa errada. – Ah, quer saber? Eu até curto isso.

Para provar o que estava dizendo, ele deu um demorado gole – e quase engasgou quando o sabor doce chegou a sua garganta.

Qhuinn colocou outra dose em seu copo, somente para não parecer o tipo de idiota que não sabia o que estava despejando em seu próprio copo.

Certo. Engasgo. A segunda dose foi ainda pior do que a primeira.

De canto de olho, observou Saxton acomodar-se na mesa, a luminária de bronze na frente dele lançava o mais perfeito brilho sobre seu rosto. Drooooga! Ele parecia um daqueles modelos tirados diretamente de um anúncio da Ralph Lauren, com seu terno de *tweed* cor mostarda e um lenço no bolso e aquela combinação de suéter e colete de botões que mantinham seu maldito fígado à vontade.

Enquanto isso, Qhuinn usava um avental hospitalar e pés descalços. E bebia xerez.

– Então, qual é o grande projeto? – Qhuinn perguntou mais uma vez.

Saxton o encarou com um brilho estranho nos olhos.

– É uma "mudança no jogo", como se diz por aí.

– Ohhhh, assuntos supersecretos do Rei...

– De fato.

– Bem, boa sorte com isso. Parece que você tem afazeres suficientes para mantê-lo ocupado por um bom tempo.

– Vou trabalhar nisso ao longo de todo um mês. Talvez até mais.

– O que você está fazendo? Reescrevendo todos os malditos costumes?

– Somente parte deles.

– Cara, você me faz amar o meu trabalho. Eu prefiro tomar tiros a fazer trabalho burocrático – dizendo isso, Qhuinn serviu a si mesmo uma terceira dose da porra do xerez e tentou não parecer um zumbi enquanto seguia na direção da porta. – Divirta-se com esse trabalho.

– E você com as suas obrigações, querido primo. Se eu pudesse, também estaria lá em cima. Mas não tenho tempo suficiente para fazer tantas coisas.

– Você vai superar isso.

– Sim, de fato vou.

Enquanto Qhuinn assentia e se direcionava para as escadas, pensou: bem, pelo menos aquela troca não tinha sido de todo mal. Ele não tinha imaginado nada digno de censura para menores. Ou visões divertida nas quais espancava o filho da puta até ele sangrar e sujar todas aquelas belas roupas.

Progresso. Viva!

Já no segundo andar, as portas duplas do estúdio estavam totalmente abertas, e ele parou quando avistou o tamanho da multidão.

Santo Deus, todo mundo estava aqui. E não apenas os Irmãos e os guerreiros, mas suas *shellans* e os criados?

Havia realmente muitas pessoas na sala, agrupadas como sardinhas em volta dos móveis cheios de frescura.

Por outro lado, talvez aquilo fizesse sentido. Depois daquele maldito ataque com um atirador de elite, o Rei estava novamente atrás de sua mesa, sentado em seu trono, sem precisar ser ressuscitado. Então, o evento devia ser alguma espécie de celebração, ele supôs.

Antes de entrar na desordem, ele foi buscar mais uma dose de xerez, mas só de sentir o cheiro daquela bosta batendo em seu nariz já ficou claro que era melhor nem tentar. Inclinando-se para o lado, ele despejou aquela porcaria em um vaso com uma planta, deixou o copo em uma mesa no corredor e...

Assim que o grupo viu Qhuinn passar pela porta, todos se calaram. Era como se alguém tivesse um controle remoto para comandar a sala e, de repente, tivesse apertado a tecla "mudo".

Qhuinn congelou. Olhou para baixo, analisando o próprio corpo numa tentativa de descobrir se estava expondo alguma coisa indecente. Olhou para trás, tentando descobrir se alguém importante estava subindo as escadas.

Então, correu o olhar pela sala, perguntando-se se tinha perdido algo que acontecera.

Na enorme e pesada ausência de som e movimento, Wrath apoiou-se no braço da rainha e gemeu enquanto se levantava. Ele tinha um curativo em volta do pescoço e uma aparência um pouco pálida. Mas estava vivo e com uma expressão tão intensa que Qhuinn sentiu-se como se estivesse sendo fisicamente abraçado.

Em seguida, o Rei colocou a mão que ostentava o diamante negro da raça sobre o próprio peito, bem no meio, diretamente sobre o coração e, lentamente, cuidadosamente, com a ajuda de sua *shellan*, curvou-se na altura da cintura.

Para reverenciar Qhuinn.

Quando todo o sangue correu para fora da cabeça de Qhuinn e ele se perguntou que diabos o vampiro mais importante do planeta estava fazendo, alguém começou a aplaudir timidamente.

Palmas. Palmas. Palmas!

Outros logo se uniram às palmas, até que toda a sala – de Phury e Cormia a Z. e Bella e a bebê Nalla, a Fritz e sua equipe... a Vishous e Payne e seus companheiros, a Butch e Marissa e Rehv e Ehlena... – estivesse aplaudindo, com lágrimas nos olhos, Qhuinn.

Qhuinn jogou os braços em volta do próprio corpo enquanto seus olhos desiguais começavam a correr para qualquer lugar, para todos os lugares.

Até pousarem em Blaylock.

O macho ruivo estava do lado da mão direita de Qhuinn, batendo palmas como os demais. Seus olhos azuis brilhavam de emoção.

Mas é claro. Ele saberia o quanto algo assim significava para um garoto fodido, com um defeito congênito e cuja família não o queria por perto por conta do constrangimento e da vergonha social.

Ele saberia como era difícil aceitar a gratidão.

Saberia o quanto Qhuinn queria simplesmente escapar de toda aquela atenção... embora estivesse extremamente emocionado por receber uma honra que não merecia.

Em meio a tudo aquilo com o que não sabia como lidar, ele simplesmente olhou para seu velho e querido amigo.

Como de costume, Blay funcionava como uma âncora que o impedia de ser dominado pela emoção.

Quando Xhex atravessou o *mhis* em sua moto, percebeu que era difícil acreditar que estava seguindo até a mansão mediante uma ordem real: o próprio Wrath havia estendido o "convite" a ela. E, por mais que não suportasse toda aquela coisa iconoclasta, Xhex não se arriscaria a recusar uma ordem vinda diretamente do Rei.

Caramba, ela estava tomada pela náusea.

Logo que recebeu aquela mensagem de voz, Xhex foi levada a acreditar que John estaria morto, tendo sido alvejado no campo de batalha. Mas uma rápida mensagem de texto desesperada para ele e ela imediatamente obteve uma resposta. Curta e grossa: nada além de *Vc vem ao anoitecer?*

Isso foi tudo o que ela recebeu. E, quando respondeu que sim, Xhex esperou mais alguma mensagem dele.

Então, sim, ela sentia náusea porque aquilo provavelmente era John colocando oficialmente um ponto-final no relacionamento deles. No mundo dos vampiros, o equivalente ao divórcio acontecia raramente. Mas, sim, os Antigos Costumes ofereciam uma saída legal. E, naturalmente, para pessoas com o nível social de John – ou seja, filhos de sangue de um Irmão da Adaga Negra –, o Rei era o único autorizado a permitir a separação.

Só podia ser o fim.

Droga, ela realmente estava prestes a vomitar.

Ao se aproximar da entrada da mansão, ela não estacionou a Ducati no fim da fileira organizada com os carros esporte, SUVs e vans. Não... Ela deixou a moto bem na base das escadas. Se aquilo fosse o decreto real de um divórcio, Xhex ajudaria John a colocar um ponto-final nas desgraças que o casal estava enfrentando e, em seguida, iria...

Bem, ela iria telefonar para Trez e dizer a ele que não poderia aparecer no trabalho. Depois, ficaria trancada em seu chalé, chorando como uma garotinha. Por uma semana. Ou duas...

Tão estúpido. Tudo aquilo que estava acontecendo entre eles era tão estúpido. Mas ela não podia forçá-lo a mudar e ele não podia forçá-la a mudar, então que diabos sobrava para eles? Meses estavam se passando com nada além de um silêncio desconfortável entre eles dois. E a tendência não estava mudando por vontade própria; o buraco negro só ficava mais fundo e mais escuro...

Enquanto subia os degraus em direção às enormes portas duplas, ela estava se partindo em duas, estilhaçando-se como se seus ossos tivessem se tornado frágeis e entrassem em colapso com o peso dos músculos de seu corpo. Mas ela seguiu em frente – afinal, era isso que guerreiros faziam. Eles enfrentavam a dor e miravam seu objetivo – e parecia bastante certo que ela e John poriam fim a alguma coisa esta noite, algo que fora tão precioso e valoroso que ela sentia vergonha pelos dois por não cuidar daquele relacionamento em meio ao mundo frio e duro.

Diante da porta, ela não se colocou imediatamente na frente da câmera. Xhex nunca fora uma garota do tipo que zelava muito pela própria aparência, mas mesmo assim se viu esfregando a ponta dos dedos na área abaixo dos olhos e correndo a palma da mão por seus cabelos curtos. Uma rápida ajeitada em sua jaqueta de couro – e em sua coluna – e ela disse a si mesma para enfrentar aquilo.

Xhex tinha passado por muitíssimas situações piores do que essa.

Lançando mão apenas de seu orgulho, ela foi capaz de reunir um pouco de autocontrole suficiente para durar os próximos dez ou quinze minutos.

Afinal, ela tinha o resto de sua vida natural para perder a merda da compostura em algum ambiente privado.

Praguejando, apertou a campainha e deu um passo para trás, forçando-se a olhar para a câmera. Enquanto esperava, Xhex ajeitou novamente sua jaqueta de couro, bateu os pés no chão, verificou mais de uma vez se suas armas ainda estavam nos coldres, brincou com os cabelos.

Certo. Mas que diabos...!

Inclinando o corpo para o lado, ela apertou o botão novamente. Os *doggens* aqui tinham padrões altos de exigência. Normalmente, as pessoas eram atendidas apenas instantes depois de apertarem a campainha.

Na terceira tentativa, ela já estava pensando em silêncio em quantas vezes teria de implorar para...

A porta se abriu, e Fritz parecia atormentado.

– Minha senhora! Eu sinto muito...

Um barulho alto e cacofônico abafou o que quer que o mordomo estivesse dizendo. Sobre a cabeça branca do *doggen*, no topo da enorme escadaria, havia uma tremenda multidão andando e se separando, como se uma festa estivesse tendo início.

Talvez alguém tivesse acabado de comunicar a todos que iria se vincular.

Boa sorte com isso, pensou Xhex.

– Grande anúncio? – ela perguntou enquanto atravessava a antessala e se preparava para receber a notícia feliz de alguém.

– Mais como um reconhecimento – o mordomo apoiou todo o seu peso contra a porta para fechá-la. – Devo deixar que os outros contem à senhora.

Sempre o mordomo obediente – discrição era seu sobrenome.

– Eu estou aqui para ver...
– A Irmandade. Sim, eu sei.

Xhex franziu a testa.

– Pensei que fosse para ver Wrath.

– Bem, sim, é claro que o Rei também. Por favor, suba até o escritório real.

Enquanto cruzava o chão de mosaico e começava a subir as escadas, Xhex acenou para as pessoas que desciam... as *shellans*, os criados que ela conhecia, as pessoas com quem ela tinha vivido por uma mera questão de semanas – mas que, mesmo assim, tinham se tornado uma espécie de família para ela durante aquele breve período.

Ela sentiria quase tanta falta deles quanto sentiria falta de John.

– Madame? – o mordomo a chamou. – Está tudo bem com a senhora?

Xhex forçou um sorriso e imaginou que tivesse acabado de pronunciar algum palavrão.

– Sim, estou bem. Estou... bem.

Quando chegou à sala de Wrath, havia tanta aprovação na atmosfera que Xhex praticamente teve de empurrar o ar para o lado para conseguir entrar: os Irmãos estavam todos com o peito cheio com orgulho... exceto por Qhuinn, que estava tão vermelho que mais parecia um tomate.

John, entretanto, parecia reservado. Não olhava para ela, mas para o chão à frente dele mesmo.

Atrás de sua mesa, Wrath focou-se nela.

– E chegou a hora de falarmos sobre negócios – anunciou o Rei.

Quando as portas se fecharam atrás dela, Xhex não fazia a menor ideia do que estava acontecendo. John ainda se recusava a encará-la... e, droga, o Rei estava ferido na região do pescoço... Isto é, se ele não estivesse pensando que usar gaze branca na garganta era alguma forma de declaração *fashion*.

Todos se calaram, acalmaram-se, adotaram expressões sérias.

Ah, cara, eles tinham mesmo de fazer isso na frente de toda a Irmandade?

Mas o que mais ela poderia esperar? Essa forma de agir em grupo era tão predominante nesse bando de machos, então estava claro que todos estariam presentes para o fim do relacionamento do casal.

Ela ficou em pé, demonstrando toda a força que tinha.

– Vamos acabar logo com isso. Onde eu assino?

Wrath franziu a testa.

– Perdão?

– Os papéis.

O Rei olhou para o John. E de volta para ela.

– Esse não é o tipo de coisa que vou me limitar a escrever. Nunca.

Xhex olhou em volta e, em seguida, concentrou-se novamente em John, traduzindo sua rede de emoções. Ele estava nervoso, entristecido, e decidido de uma forma tão veemente que, por um instante, ela se sentiu uma idiota.

– Que diabos está acontecendo aqui? – Xhex exigiu saber.

A voz do Rei era alta e clara.

– Eu tenho uma missão para você, caso esteja interessada. Algo que tenho certeza de que você poderá fazer com notável destreza. Bem, supondo que você esteja aberta a nos ajudar.

Xhex lançou um olhar assustado para John.

Ele era responsável por isso, ela pensou. Fosse lá o que estivesse acontecendo nesta sala, ele certamente tinha causado isso.

– O que você aprontou? – ela disse diretamente para ele.

Isso o fez olhar para ela. Levantando suas mãos, ele falou em língua de sinais: *Existem limitações para o que nós podemos fazer. E precisamos de você a nosso lado.*

Virando-se para Rehv, percebeu um olhar grave sendo lançado em sua direção – e nada mais. Nada de censura, nada de "garotas não têm permissão para isso". O mesmo valia para os demais machos na sala. Não havia nada além de uma aceitação calma por ela estar presente... e uma aceitação de suas capacidades.

– O que exatamente você quer de mim? – ela perguntou falando lentamente ao Rei.

Enquanto o macho falava, ela continuou olhando para John. Ao mesmo tempo, ouvia palavras como Bando de Bastardos... tentativa de assassinato... esconderijo deles... um rifle...

Com cada expressão pronunciada, as sobrancelhas de Xhex se arqueavam mais e mais.

Está bem, então não era a respeito de uma promoção de bolos ou algo assim. O que estava em jogo era localizar o coração do inimigo, infiltrar-se em seus domínios seguros e remover quaisquer armamentos de longa distância que pudessem ter sido usados para assassinar Wrath na noite anterior.

E, com isso, oferecer à Irmandade, se tudo corresse conforme o esperado, as provas necessárias para condenar Xcor e seus soldados à morte.

Xhex apoiou as mãos no quadril – para que elas não começassem a se esfregar uma na outra por conta da alegria. Isso era exatamente o que ela desejava, uma proposta impossível respaldada por um princípio que ela não podia ignorar: vingança contra alguém que havia tentado ferrar sua vida.

– Então, o que você acha? – perguntou Wrath.

Xhex olhou para John, desejando que ele retribuísse o olhar. Quando isso não aconteceu, ela simplesmente voltou a analisar sua rede de emoções: ele estava apavorado, mas, ainda assim, resoluto.

John queria que Xhex fizesse isso. Mas por quê? O que diabos havia mudado?

– Sim, isso é algo em que eu estou interessada – ela ouviu-se dizer.

Quando vozes profundas de machos rosnaram suas aprovações, o Rei fechou um punho e bateu com a mão na mesa.

– Ótimo! Muito bem. Mas há uma coisa...

Uma pegadinha, naturalmente.

– Eu trabalho melhor sozinha. Eu não quero quatrocentos quilos de machos fazendo o papel de babá atrás de mim.

– Não. Você vai sozinha. Mas saiba que você tem todos os recursos para apoiá-la se quiser ou precisar deles. A única restrição é que você não pode matar Xcor.

– Sem problema. Eu vou trazê-lo vivo para ser questionado.

– Não. Você não pode tocar nele. Ninguém pode até analisarmos a bala. E depois, se descobrirmos o que eu acredito que descobriremos, será de Tohr o direito de matá-lo. Isso está oficialmente proclamado.

Xhex olhou para o Irmão. Jesus Cristo, ele tinha uma aparência totalmente diferente, como se fosse uma versão mais nova e saudável do cara que ela vira depois do assassinato de Wellsie. E, levando em conta a forma em que ele estava agora, Xcor já devia ter uma lápide com seu nome gravado.

– O que acontece se eu precisar me defender?

– Você está autorizada a fazer qualquer coisa necessária para garantir sua segurança. Aliás, nesse caso... – o Rei virou seus olhos cegos na direção de John. – Eu a encorajo a levar todo o armamento que conseguir carregar para garantir sua própria defesa.

Leia-se: use aquele seu lado *symphato*, garotinha.

– Mas, se for possível – acrescentou Wrath, – deixe Xcor o mais inteiro possível, e ainda vivo.

– Isso não será problema algum – respondeu Xhex. – Eu não preciso tocar em Xcor ou em qualquer um dos outros. Posso simplesmente me focar no rifle.

– Ótimo – quando o Rei sorriu e expôs suas presas, os outros se apressaram em começar a falar. – Perfeito...

– Espere, eu ainda não concordei com nada – esclareceu Xhex, fazendo todos se calarem enquanto ela olhava na direção de John. – Ainda... não.

CAPÍTULO 49

— Solte-me, seu tolo — pronunciou Xcor enquanto sentia seu corpo ser mais uma vez erguido.

Estava mais do que cansado de ser maltratado. Ele tinha sido arrancado do beliche onde estava descansando, enfiado no veículo, levado a algum outro lugar e agora mais uma vez perturbado.

— Já estamos chegando — disse Zypher.

— Deixe-me em paz... — as palavras deviam soar como uma ordem, mas, em vez disso, Xcor soava, até mesmo para seus próprios ouvidos, como uma criancinha.

Ah, como ele desejava ter sua força antiga para poder se libertar e ficar em pé sozinho.

Mas esses tempos tinham ficado para trás. Na verdade, há muito tinha ficado para trás... e talvez para sempre.

Sua condição deplorável não era resultado de um ferimento específico causado durante a briga com aquele soldado, mas uma combinação das feridas em sua cabeça e em sua barriga, a agonia mais forte do que o bater de seu coração, uma força que existia e persistia dentro dele, sobre a qual ele não tinha controle algum.

A princípio, ele tinha lutado contra a maré usando a teoria masculina do "eu dou conta disso facilmente". Entretanto, seu corpo tinha outros planos para ele, e estava mais instável do que sua mente e sua força de vontade. Agora, sentia-se dominado por essa mortalha de desorientação e exaustão...

De repente, o ar que Xcor respirava tornou-se frio e pungente, carregando consigo alguma percepção para dentro daquele corpo.

Esforçando-se para conseguir focar os olhos, ele se viu diante de um gramado, um campo que ergueu-se para revelar uma magnífica árvore de outono. E ali... sim, ali, debaixo dos arbustos com folhas avermelhadas e amareladas estava Throe.

Ao lado dele, havia uma mulher esguia, usando um vestido branco... uma fêmea.

A não ser que estivesse vendo coisas.

Não, ele não estava tendo alucinações. Quando Zypher aproximou-se mais, a imagem da fêmea tornou-se mais nítida. Ela era incomensuravelmente bela, com a pele clara e cabelos loiros formando uma espécie de coroa sobre sua cabeça.

Era uma vampira, não uma humana.

Ela era sobrenatural. Uma luz irradiava de seu corpo tão clara a ponto de eclipsar a lua.

Ah, então aquilo era um sonho.

Ele devia ter imaginado. Afinal, não havia motivo algum para Zypher levá-lo até a região rural, arriscando sua vida para eles simplesmente tomarem um pouco de ar fresco. Não havia motivo para uma fêmea estar esperando a chegada deles. Não existia a possibilidade de alguém tão bela quanto ela estar sozinha no mundo.

Não, aquilo não passava de um produto de seu delírio. Sendo assim, ele relaxou o corpo nos braços de ferro de seu soldado, concluindo que, fosse lá o que seu subconsciente tivesse criado, aquilo não era de importância alguma e, portanto, ele podia deixar as coisas acontecerem naturalmente. Em algum momento, Xcor acordaria. E talvez aquilo fosse um sinal de que ele finalmente tinha caído num sono profundo e reparador.

Além disso, quanto menos ele lutasse, mais conseguiria se concentrar nela.

Ah... que encanto. Beleza virtuosa, do tipo capaz de transformar reis em servos e soldados em poetas. Esse era o tipo de fêmea pelo qual valia a pena lutar, pelo qual valia a pena morrer. Simplesmente para se ter a oportunidade de olhá-la no rosto.

Era uma pena que ela não passava de uma visão...

O primeiro sinal de que algo estava fora do programado ocorreu quando ela pareceu assustada ao vê-lo.

Por outro lado, a mente de Xcor provavelmente estava apenas enfeitando com o realismo. Ele estava terrivelmente ferido. Espancado e faminto? No fundo, aquele enorme macho tinha sorte por ela não ter se encolhido e fugido assustada. Assim, ela levou as mãos até as bochechas e balançou a cabeça para frente e para trás até Throe entrar em cena, aparentemente para proteger a sensibilidade delicada daquela fêmea.

E como aquilo fez Xcor querer ter uma arma. Aquilo era um sonho *dele*. Se fosse para ela ser protegida, então ele cuidaria disso. Bem... supondo que ele pudesse ficar em pé, e a bela fêmea não fugisse...

– Ele está desmaiando – Xcor ouviu-a dizer.

Seus olhos flutuavam novamente na direção do som puro e doce. Aquela voz era tão perfeita quanto o resto dela. E ele se concentrou com todas as suas forças, tentando usar seu cérebro para fazê-la falar além de seu sono.

– Sim – disse Throe. – Isso é uma emergência.

– Qual é o nome dele?

Xcor falou neste momento – afinal, ele achava que devia ser o responsável por apresentar a si mesmo. Infelizmente, tudo o que saiu de sua boca foi um gemido.

– Deite-o – disse a fêmea. – Precisamos ser rápidos.

A grama suave e fria encontrou-se com aquele corpo quebrado, amortecendo-o como se a palma da terra usasse uma luva de lã. E, quando ele voltou a abrir as portas de aço que eram suas pálpebras, pôde vê-la ajoelhada a seu lado.

– Você é tão linda... – foi o que ele lhe disse.

No entanto, o que saiu de sua boca não passava de um gargarejar.

E, abruptamente, ele passou a ter dificuldades para respirar, como se alguma coisa tivesse explodido dentro de seu corpo. Talvez como resultado de tantos movimentos?

Entretanto, isso era um sonho. Então, por que algo daquele tipo devia ter qualquer importância?

Quando a fêmea trouxe o pulso na frente do rosto de Xcor, ele estendeu uma mão trêmula e a deteve antes que ela pudesse furar a própria veia.

Os olhos dela encontraram-se com os dele.

Vindo por um dos lados, Throe mais uma vez se aproximou, como se se preocupasse com a possibilidade de Xcor fazer algum movimento violento.

Não contra ela, pensou o líder do Bando de Bastardos. Nunca contra esta criatura gentil criada por sua imaginação.

Limpando a garganta, ele falou com toda a clareza que conseguia:

– Poupe o seu sangue – ele disse a ela. – Bela fêmea, poupe o que a faz tão deliciosamente vital.

Ele estava abatido demais para alguém como ela. E isso era verdade não apenas porque Xcor estava gravemente ferido e provavelmente prestes a morrer.

Mesmo em sua imaginação, ela era boa demais para sequer aproximar-se dele.

Quando Layla caiu de joelhos, encontrou dificuldades para falar. O macho deitado a sua frente estava... bem, severamente ferido, sim, é claro. Mas ele era mais do que isso. Apesar do fato de estar no chão e claramente indefeso, ele era...

Poderoso era a única palavra que lhe vinha à mente.

Tremendamente poderoso.

Ela quase não conseguia distinguir os traços dele, já que estava muito inchado e ferido. E o mesmo valia para a cor de seu rosto, visto que estava coberto por sangue ressecado. Mas sua forma física, embora não parecesse ser tão alto quanto os Irmãos, certamente era tão forte quanto eles. Seus ombros eram largos, seus braços brutalmente musculosos.

Talvez os contornos de seu corpo fossem a razão daquela impressão que ela tinha dele?

Não, o guerreiro que a havia convocado a esse campo era de igual tamanho, assim como o macho que havia trazido o ferido aos pés dela.

Este soldado caído era simplesmente diferente dos outros dois – e, na verdade, diferenciavam-se dele também de formas sutis, em seus movimentos e seus olhos.

Estava claro que aquele não era um macho com quem brincar. Em vez disso, tratava-se de um touro, capaz de esmagar tudo que estivesse em seu caminho.

No entanto, a mão que a tocava era suave como uma brisa e ainda menos pungente – ela tinha a nítida impressão de que ele não apenas a estava segurando, mas queria que ela fosse embora.

Entretanto, ela não estava prestes a deixá-lo.

De uma forma extremamente estranha, a Escolhida estava... enredada... cativada por olhos azuis que, mesmo na noite, e apesar do fato de ele ser completamente letal, pareciam acesos como fogo. E, diante disso, o coração dela se acelerou e seus olhos se prenderam àquele macho como se ele fosse ao mesmo tempo indecifrável e totalmente compreensível para ela.

Ruídos escaparam pela boca dele, sons guturais e incompreensíveis por causa dos ferimentos, quase implorando para que ela se apressasse.

Ele precisava ser limpo. Precisava de cuidados. Precisava ser alimentado até se tornar novamente saudável – o que levaria dias, talvez semanas. Ainda assim, lá estava ele, naquele campo aberto, com aqueles machos que claramente sabiam mais sobre armas do que sobre cura.

Ela olhou para o soldado que conhecia.

– Você precisa levá-lo para ser tratado depois disso.

Embora ela tivesse recebido um aceno afirmativo como resposta, seus instintos lhe diziam que ele estava mentindo.

Machos, pensou ironicamente. Ah, que gênio mais difícil...

Ela voltou a se concentrar no soldado.

– Você precisa de mim – disse a ele.

O som da voz da Escolhida parecia colocá-lo em uma espécie de transe ainda mais profundo, e ela se aproveitou disso. Por mais que aquele macho estivesse enfraquecido como estava, ela tinha a impressão de que ele ainda tinha força suficiente em seu corpo para evitar que ela levasse a veia até sua boca.

– Fique quietinho – disse ela, estendendo a mão e empurrando os cabelos curtos do macho para trás. – Fique calmo, guerreiro. Da mesma forma que você protege e serve aquelas como eu, permita-me retribuir seus serviços.

Como ele era orgulhoso... Ela podia perceber pela forma como ele movia o queixo. E, ainda assim, ele parecia ouvi-la. Soltou os antebraços dela, abriu ligeiramente a boca, como se agora ela desse as cartas.

Layla se movimentou rapidamente, preparada para tirar vantagem do fato de que ele estava relativamente cedendo – afinal, ele logo deixaria essa submissão para trás. Mordeu o pulso e rapidamente o levou na direção dos lábios do macho. As gotas de sangue caíam uma a uma.

Quando ele aceitou o que ela oferecia, o som que saía de seus lábios era nada menos do que de tirar o fôlego: um gemido envolto em gratidão infinita e, na opinião dela, uma admiração sem motivo.

Ah, como aqueles olhos dele se prendiam aos dela, ao ponto que o campo, as árvores, os outros dois machos desapareceram, e a Escolhida só conseguia se concentrar no macho que estava alimentando.

Compelida por algo com que ela não estava inclinada a negar, ela baixou o braço até que a boca dele se esfregasse no pulso dela. Isso era algo que ela nunca fazia com os outros machos. Não havia feito isso nem mesmo com Qhuinn, mas ela queria saber qual era a sensação de ter a boca dele contra sua pele...

O contato imediato foi feito, e aquele som que ele murmurava voltou a se espalhar. E não demorou para o macho formar um selo envolta dos dois furos. Ele não a feriu. Mesmo forte daquele jeito, mesmo faminto, ele não agiu como um selvagem. Sugava com cuidado, sempre olhando para ela como se quisesse protegê-la, apesar do fato de que era ele quem precisava de proteção estando naquelas condições.

O tempo passou, e Layla sabia que ele estava tomando uma grande quantidade de seu sangue, mas não se importou. Ela teria ficado para sempre naquele campo, debaixo daquela árvore... mantendo contato fixo com aquele guerreiro corajoso que quase tinha entregado a própria vida na guerra contra a Sociedade Redutora.

Ela se lembrava de ter sentido algo parecido com Qhuinn, a incrível sensação do destino, embora ela não estivesse ciente de estar viajando. Entretanto, esse impulso era muito, muito mais forte do que aquele que ela experimentara com o outro macho.

Esse era épico.

Por outro lado... por que motivo ela devia confiar em uma emoção desse tipo? Talvez isso fosse apenas uma versão mais calorosa daquilo que ela sentira por Qhuinn. Ou, talvez, aquilo fosse simplesmente a forma como a Virgem Escriba assegurava a sobrevivência da raça – biologia tornando-se mais forte do que a lógica.

Empurrando esses pensamentos carregados de blasfêmia para o lado, ela se concentrou em seu trabalho, em sua missão, em sua abençoada contribuição que era a única oportunidade de servir agora que o papel de Escolhida tinha se tornado tão reduzido.

Fornecer sangue para os machos valorosos era tudo o que restava de sua vocação. Era tudo que ela tinha na vida.

Em vez de pensar em si mesma, na forma como ela se sentia, Layla devia era agradecer à Virgem Escriba por poder ter chegado aqui em tempo de realizar sua tarefa sagrada e então, ela deveria retornar ao complexo em busca de outras oportunidades de ser útil.

CAPÍTULO 50

– O que mudou, John?

No quarto que ele e Xhex certa vez dividiram, John caminhou até as janelas e sentiu o frio exalando do vidro transparente. Lá embaixo, os jardins eram banhados por luzes de segurança, o brilho da lua artificial fazia o reboco em torno das lajes do telhado parecerem fluorescentes.

Embora ele analisasse a paisagem, não havia muito para o que olhar. Tudo tinha sido preparado para o inverno, as camas de flores cobrindo o chão macio, as árvores frutíferas protegidas, a piscina agora seca e as folhas dos bordos e carvalhos no limite da floresta, caídas sobre a grama escurecida, como se fossem pessoas desabrigadas em busca de um local para pernoitar.

– John. O que está acontecendo, porra?

No final, Xhex não tinha se comprometido, e John não podia culpá-la. Curvas de cento e oitenta graus era desorientador, e a vida real certamente não vinha com cintos de segurança ou *air bags*.

Como se explicar?, ele se perguntou enquanto se embaralhava numa tentativa de encontrar palavras. Por fim, deu meia-volta, ergueu as mãos e falou na língua de sinais: *Você estava certa.*

– Sobre o quê?

A resposta para essa pergunta seria "tudo", ele pensou enquanto começava a mover os dedos para falar.

Ontem à noite, eu assisti a Qhuinn sair para a zona de risco... sozinho. Wrath havia sido atingido. Nós estávamos confusos; a Irmandade ainda não tinha chegado para apoiar – balas voavam por toda parte. O Bando de Bastardos tinha nos cercado, e nosso tempo estava acabando, tendo em conta o ferimento do Rei. Qhuinn... veja, ele entendeu que se sairia melhor fora da casa. Sabia que, se pudéssemos proteger a garagem, então talvez conseguíssemos tirar Wrath de lá. E... sim, aquilo quase me matou, mas eu o deixei sair. Ele é meu melhor amigo, e eu o deixei sair.

Xhex aproximou-se e se sentou em uma cadeira.

– É por isso que o pescoço de Wrath estava todo coberto com gaze, e Qhuinn estava...

Ele lutou com Xcor, um contra um, e abriu caminho para Wrath ter mais chances de sobreviver. John sacudiu a cabeça para ela. *E, mais uma vez, eu o deixei ir até lá porque... eu sabia que ele tinha de fazer o que fosse possível. Era a coisa certa para a situação.*

John andou em volta. Em seguida, sentou-se nos pés da cama, apoiando as mãos nas coxas, esfregando-as. *Qhuinn é um bom guerreiro – é forte e decidido. Um peso pesado. E, porque ele fez o que fez, Wrath conseguiu sobreviver. Então, sim, Qhuinn estava certo, mesmo que a situação fosse perigosa.*

John olhou para ela. *Você ainda é a mesma para nós. Precisamos daquele rifle para declarar guerra aos Bastardos. Wrath precisa ter a prova. Você é uma caçadora que pode sair à luz do dia, algo que nenhum de nós pode fazer. Também tem suas habilidades* symphato *se as coisas ficarem críticas. Você é a pessoa certa para o trabalho. Embora pensar em você chegando perto deles me aterrorize, você é a pessoa certa para ser enviada aonde quer que eles estejam.*

Uma longa pausa se instalou.

– Eu não... não sei o que dizer.

John encolheu os ombros. *É por isso que eu não expliquei nada de antemão para você. E também já cansei de falar. A essa altura, a fala não passa de ar quente. São as ações que importam. São as provas que importam.*

Enquanto ela esfregava o rosto como se sua cabeça doesse, ele franziu a testa. *Eu pensei que... que isso a deixaria feliz.*

– Sim. Claro. É ótimo – Xhex se levantou. – Vou fazer isso. É claro que vou. Terei de ajustar as coisas com Trez, mas já vou começar esta noite.

John sentiu os receptores de dor em seu peito entrarem em ação como uma rede de energia. O que deixava claro o quanto ele esperava essa vitória.

Ele esperava que aquilo os unisse novamente.

Um Ctrl-Alt-Del que reiniciasse o sistema deles.

John assobiou para fazê-la olhar novamente para ele. *O que há de errado? Eu pensei que isso pudesse mudar as coisas.*

– Ah, é claro que as coisas já mudaram. Se você não se importa, eu vou dar uma saída... – quando a voz de Xhex falhou, ela tossiu em uma tentativa de limpar a garganta. – Sim, vá falar com Wrath. Diga a ele que sim, que estou dentro.

Enquanto seguia na direção da porta, ela parecia estar totalmente perturbada. Seus movimentos eram fortes e endurecidos.

Xhex?, ele falou usando os dedos. Mas não adiantou nada, pois ela já estava de costas.

John assobiou mais uma vez, e então pulou do colchão e a seguiu em direção ao corredor. Estendendo a mão, deu um tapinha no ombro de Xhex, pois não queria ofender agarrando-a.

– John, apenas me deixe ir...

Ele deu um passo na frente da fêmea e perdeu o fôlego. Os olhos dela estavam brilhando com lágrimas vermelhas não derramadas.

Qual é o problema?, ele perguntou desesperadamente.

Ela piscou os olhos rapidamente, recusando-se a deixar qualquer gota escorrer por suas bochechas.

– Você acha que eu vou pular de alegria porque você não está mais vinculado a mim? – ele recuou tão bruscamente que quase caiu no chão.

Como é que é?

– Eu não sabia que poderia acabar, mas, em seu caso, claramente acabou...

Que se foda isso! Ele bateu os pés no chão porque sentia a necessidade de fazer algum tipo de barulho. *Eu estou completamente vinculado a você, caramba! E isso é tudo relacionado a nós... Porque eu quero estar com você de novo... E totalmente não relacionado a nós ao mesmo tempo porque, independentemente de eu estar ou não vinculado a você, essa ainda é a coisa certa a ser feita! Você é a pessoa certa para o trabalho!*

Ela pareceu atordoada por um instante, nada além do movimento acelerado de suas pálpebras. Então, Xhex cruzou os braços sobre o peito e o encarou:

– Você está falando sério?

Sim! Ele se forçou a não pular outra vez. *Deus, sim... Caramba, sim... por tudo que é mais sagrado... sim.*

Ela desviou o olhar. Olhou para trás. Depois de um instante, falou com uma voz rouca:

– Eu tenho odiado não estar com você.

Eu também. E sinto muito. Quando John respirou profundamente, seu coração se acalmou o suficiente a ponto de não parecer que explodiria seu esterno. *Eu não acho que em algum momento serei capaz de lutar a seu lado. Isso é como esperar que um cirurgião opere a própria esposa. Mas eu não vou ficar em seu caminho. Nem eu nem ninguém. Você tinha razão desde o início... Você luta desde antes de estar comigo, e você deve ter o direito de fazer o que quer. Porém, eu não posso estar lá... Quero dizer, veja, se acontecer, aconteceu, mas eu gostaria de evitar isso se for possível.*

Quando ela abaixou ligeiramente as pálpebras, John pensou que ela o estava analisando por aquele outro lado dela, e ele ajeitou os ombros mediante aquele escrutínio. Ele sabia o que havia em sua mente, em seu coração e em sua alma.

Ele não tinha nada além de amor por ela.

Ele a queria de volta.

Ele não tinha nada a esconder.

E aquelas condições que ele havia acabado expressar eram não apenas aquilo sobre o que ele muito tinha refletido, mas também o que ele acreditava ser capaz de suportar pelo resto da vida. Aquilo não era o improviso de um jovem recém-vinculado pensando que a vida seria fácil só porque ele tinha a garota de seus sonhos em seus braços e um futuro tão brilhante a ponto de forçá-lo a usar óculos de sol.

Agora, enquanto ele falava, estava na posição de um macho que tinha vivido meses sem sua parceira; que tinha sofrido o bastante no vale da morte e retornado ciente de que a fêmea que ele amava estava neste planeta, mas não em sua vida; que tinha escapado do inferno e agora compreendia a si mesmo com outros olhos... e também a compreendia com outros olhos.

Ele estava pronto para enfrentar a vida real e se comprometer.

Ele apenas torcia para que não fosse o único pronto para isso.

Quando Xhex olhou para John, ela se viu piscando como uma idiota. Droga, ela não esperava nada disso. O chamado pessoal de Wrath, a oportunidade que a ela fora apresentada... e definitivamente não esperava o que John estava lhe dizendo agora.

Entretanto, ele estava sendo extremamente sincero. Aquilo não era um plano calculado para trazê-la de volta à vida dele. E Xhex não precisava sequer estudar o rosto do macho para saber isso... simplesmente não era o jeito dele.

Ele estava falando sério.

E ele ainda estava vinculado a ela, graças a Deus.

O problema era que ela já tinha passado por uma situação parecida com ele antes. Estava pronto para dar um passo adiante do estado feliz e normal das coisas. Em vez disso? O relacionamento mais importante que ela tivera entrou em colapso.

— Tem certeza de que você vai ficar bem sabendo que eu posso ir até onde quer que eles vivam e que pode ser que eu lute com eles, sem apoio?

Se alguma coisa acontecer com você, eu vou ficar como Tohr. De verdade. Cem por cento. Mas o medo de isso acontecer não vai me fazer tentar mantê-la presa em casa.

— Você estava bastante decidido a não ficar na posição em que Tohr está.

Ele encolheu os ombros. *Mas veja bem, eu já estou em uma posição parecida se nós não estivermos juntos. Depois que você foi ferida, eu acho que... acredito que tive essa ideia de que, se conseguisse convencê-la a não lutar, eu estaria a salvo daquilo que Tohr está enfrentando. Pensei que eu não estaria exposto a toda aquela droga porque você não tomaria um golpe de faca ou, sim... algo pior. Mas, verdade seja dita: o* centro de Caldwell não é o lugar mais seguro do planeta, e seu trabalho lá com Trez não é exatamente como cuidar de um grupinho de crianças. Sendo mais direto, eu estou a seu lado, seja na velhice, num acidente de ônibus ou na bala do inimigo. Se alguma coisa acontecer a você, eu estarei ferrado.

Xhex estreitou os olhos. Ela podia ler o rosto do macho, mas não todas as partes de seu cérebro. E, antes de se abrir com ele e permitir que suas esperanças crescessem, era importantíssimo saber que ele tinha pensado muito bem em tudo.

– E quanto ao depois? Digamos que eu consiga encontrar o rifle e trazê-lo para cá e a arma seja realmente a que foi usada, e se eu quiser ir atrás deles? Wrath não é o meu rei, mas eu gosto dele. E a ideia de que alguém tentou apagá-lo me faz sair do sério.

John não desviou o olhar, o que a fez acreditar que ele de fato considerava aquele resultado. *Contanto que eu não esteja no mesmo turno que o seu, ficarei bem. Se eu precisar aparecer como apoio, bem, as coisas são como são, e nós encontraremos uma forma de lidar com isso. Eu encontrarei uma forma de lidar com isso*, ele se corrigiu. *Só não quero estar no mesmo território que o seu, se pudermos evitar isso.*

– E se eu quiser manter meu trabalho ao lado de Trez? Permanentemente.

Isso é algo que você deve resolver.

– E se eu quiser continuar morando em meu chalé?

Eu realmente não tenho o direito de exigir nada neste momento.

Aquilo era, obviamente, tudo que Xhex queria ouvir: nenhum limite para ela, liberdade de escolha, liberdade para ser igual.

E, Deus, ela queria se entregar a tudo aquilo. Estar separada dele tinha sido o inferno mais escuro que ela já enfrentara. Mas a questão era: Xhex estava acostumada ao sofrimento crônico. A única coisa pior do que isso seria ter de se acostumar novamente àquele tipo de inferno. Ela não achava que poderia enfrentar isso...

Eu não estou fazendo isso para "acertar as coisas" com você, Xhex. Eu quero isso... Caramba, sim, eu realmente quero. Mas é assim que espero que as coisas sejam de agora em diante. E, como eu disse, palavras não significam merda nenhuma. Então, o que acha de começar a agir e ver o que acontece? Dê uma chance para que eu possa provar, por meio das minhas ações, o que acabei de lhe dizer.

— Você sabe que eu não posso enfrentar nem mais um surto seu, não sabe? Não posso... é difícil demais.

Eu sinto muito. Muito, mesmo. Enquanto ele usava os dedos para falar, também movimentava a boca, a vergonha em seu rosto quase mordendo o peito de Xhex. *Sinto muito... Eu não estava preparado para saber a forma como eu reagiria porque nunca tinha considerado as possibilidades antes de me ver envolvido até os joelhos. Eu enfrentei as coisas da forma errada... E gostaria que você me desse uma chance de enfrentá-las de uma forma melhor. Mas, ao seu tempo, quando você quiser.*

Ela lembrou-se de uma situação ocorrida um milhão de anos atrás. Lembrou-se de Lash naquele beco, quando John deu a ela a oportunidade de se vingar do inimigo com as próprias mãos. E sendo ele um macho vinculado — o que, sem dúvida, fazia-o querer destroçar o corpo daquele filho da mãe em vários pedaços.

John estava certo, pensou Xhex. Boas intenções nem sempre funcionavam, mas ele poderia provar como as coisas seriam com o passar do tempo.

— Tudo bem — disse ela com uma voz rouca. — Vamos tentar. Você vem comigo para encontrar Wrath?

Quando John assentiu, ela se posicionou ao lado dele.

Juntos, os dois caminharam em direção ao escritório do Rei.

Cada passo que davam parecia vacilante, embora a mansão fosse sólida como uma rocha. Por outro lado, ela sentia-se como se o terremoto que jogava sua vida em um liquidificador tivesse cessado bruscamente. E Xhex não confiava em seu equilíbrio ou na consistência do chão que estava sob seus pés.

Antes que eles batessem nas portas fechadas, Xhex virou-se na direção do macho que tinha seu nome gravado nas costas. A tarefa que ela estava prestes a aceitar era perigosa, algo crucial para Wrath e para a Irmandade. Entretanto, as implicações que tudo aquilo trazia para sua vida e para a de John pareciam mais significativas.

Xhex aproximou-se dele, colocou os braços em volta de seu corpo e o abraçou. Quando ele fez a mesma coisa, eles perceberam que os dois eram perfeitos um para o outro, como sempre haviam sido. Como uma mão e uma luva.

Caramba, ela esperava que isso funcionasse.

Ah, e, sim, acabar com Xcor e seu Bando de Bastardos ensandecidos?

Belo bônus.

CAPÍTULO 51

Pouco a pouco, Xcor se dava conta da realidade de que aquela fêmea vestida em um manto branco tinha sido um sonho. Era como uma neblina dissipando-se na paisagem para revelar os contornos e as concepções anteriormente obscurecidas.

Ele estava de volta ao carro, deitado no assento sobre o qual viera até aqui, saindo de seu esconderijo. Sua cabeça estava recostada na parte mais carnuda da dobra de seu cotovelo; os joelhos, dobrados um sobre o outro. Dessa vez, não era Zypher quem estava atrás do volante. Era Throe quem dirigia.

O macho permanecia em silêncio desde que eles haviam deixado o gramado. O que não era nada característico de sua personalidade.

Enquanto Xcor olhava para frente, analisava os detalhes no couro falso que cobria o assento em que Throe estava sentado. Era um trabalho difícil, considerando que a única luz que ele tinha vinha lá da frente, do painel do carro.

– Então, ela era real? – ele falou algum tempo depois.

– Sim – surgiu a resposta em voz baixa.

Xcor fechou os olhos e perguntou-se como era possível uma fêmea como aquela realmente existir.

– Ela era uma Escolhida.

– Sim.

– Como você conseguiu isso.

Uma longa pausa se instalou.

– Ela me alimentou quando eu estava nas mãos da Irmandade. Eles disseram à Escolhida que eu era um soldado. Escolheram não me identificar como sendo o inimigo para evitar que ela se preocupasse.

– Você não devia ter usado aquela fêmea – rosnou Xcor. – Ela é inocente em tudo isso.

– E qual outra opção me restava? Você estava morrendo.

Ele afastou o fato de sua mente, concentrando-se na revelação de que aquilo que era uma lenda de fato vivia e respirava. E servia à Irmandade. E a Throe.

Por algum motivo, pensar em seu soldado tomando a veia daquela fêmea fez Xcor querer estender a mão até o descanso de cabeça e dar uma pancada no pescoço do macho. Mas o ciúme, infundado como era, não passava de mais um de seus problemas.

– Você pode ter nos colocado em perigo.

– Eles nunca irão usá-la como localizador – Throe falou duramente. – Uma fêmea Escolhida? Entrando na guerra de alguma forma? Os Irmãos são antiquados demais, e ela é uma fêmea muito valiosa. Eles jamais a levariam para o campo de batalha.

Pensando um pouco mais sobre aquilo, Xcor concluiu que Throe estava certo. O valor daquela fêmea era incalculável de várias formas. Além disso, ele e seu Bando de Bastardos saíam todas as noites... estavam longe de serem alvos fáceis. E se encontrassem os Irmãos? Eles lutariam novamente. Xcor não era uma espécie de maricas para fugir do inimigo – era melhor planejar o ataque, é verdade, mas isso nem sempre era possível.

– Qual é o nome dela? – questionou Xcor.

Mais silêncio.

Enquanto ele esperava a resposta, a reticência lhe indicou que ele tinha razão para sentir ciúmes. Pelo menos em um aspecto: estava claro que seu segundo comandante se sentia da mesma forma que ele.

– O nome dela.

– Eu não sei.

– Há quanto tempo você a está vendo?

– Eu não estou vendo a Escolhida. Só entrei em contato com ela por você. Rezei para ela aparecer, e ela apareceu.

Xcor inspirou longa e lentamente, sentindo suas costelas se expandirem sem dores pela primeira vez desde que lutara contra aquele guerreiro com olhos desiguais. Era o sangue daquela fêmea no corpo dele. Aliás, ela tinha sido um verdadeiro milagre. A sensação de estar se afogando em seu próprio corpo havia se tornado mais fraca, as dores das pancadas em sua cabeça tinham diminuído, seu coração voltava a bater em um ritmo constante.

Ainda assim, a força que voltava a se espalhar por seu corpo, trazendo-o ao limite da vida, não era um bom presságio para ele e seus soldados. Era disso que a Irmandade desfrutava regularmente? Então, eles eram mais fortes não apenas pela questão de sua linhagem, mas também pela forma como se sustentavam.

Pelo menos isso não os tornava imbatíveis. O tiro de Syphon tinha deixado claro que até mesmo o Rei de sangue-puro tinha lá seus pontos de vulnerabilidade.

Mas eles eram ainda mais perigosos do que Xcor imaginava.

E quanto à fêmea...

– Você vai voltar a convocá-la? – perguntou Xcor a seu soldado.

– Não. Nunca.

Ele não hesitou... O que sugeria que aquilo ou era uma mentira, ou um juramento. Para o bem dos dois, Xcor esperava que fosse a segunda opção.

Ah, mas no que ele estava pensando? Xcor tinha se alimentado da Escolhida apenas uma vez, e ela não era dele. Jamais seria, por razões demais para até mesmo começar a enumerá-las. Na verdade, pensando em retrospectiva, até mesmo aquela prostituta humana o havia recusado na primavera. Xcor sabia que uma fêmea tão pura, perfeita e valorosa como a Escolhida jamais iria querer algo com alguém como ele. Throe, por outro lado, talvez tivesse uma chance... Porém, ele obviamente não era um Irmão.

Mas estava apaixonado por ela.

Sem dúvida, a Escolhida já estava acostumada a isso.

Xcor fechou seus olhos e se concentrou em seu corpo, sentindo-o se recompor, realinhar-se, reanimar-se.

Ele se pegou desejando que o mesmo rejuvenescimento acontecesse em seu rosto, em seu passado, em sua alma. Naturalmente, manteve os desejos inalcançáveis para si mesmo. Por um lado, era algo impossível. Por outro, tratava-se de uma vontade passageira, causada pela imagem de uma bela fêmea – que certamente tinha sentido repulsa ao vê-lo. Na verdade, não havia qualquer redenção para ele ou para seu futuro. Xcor tinha investido um golpe feroz contra a Irmandade e agora eles viriam atrás dele e de seu Bando de Bastardos, lutando com todas as forças que pudessem reunir.

E os Irmãos também tomariam outras medidas: se Wrath estivesse morto, eles sem dúvida estariam buscando preencher o trono com o macho mais próximo da linhagem que pudessem encontrar. A menos que o Rei estivesse se segurando com a ponta dos dedos na beirada do precipício da morte? Ou quem sabe superado tudo, graças a toda a tecnologia médica de que a Irmandade desfrutava no complexo?

Normalmente, pensamentos como esse o teriam consumido. A falta de respostas faria seu estômago se retorcer e o faria andar de um lado para o outro sem parar se não estivesse lutando.

Agora, entretanto, logo depois de se alimentar, suas ponderações não passavam de gritos de urgência distantes que não se aproximavam e não o energizavam.

A fêmea valorosa debaixo do colorido bordo era quem povoava sua mente.

Enquanto ele usava a memória para se lembrar da fisionomia dela, deu a si mesmo o direito de se distrair durante esta e apenas esta noite. Xcor não estava em condições de lutar nem mesmo com o presente que ela havia lhe concedido, e seus soldados estavam lá fora cumprindo a missão contra os *redutores*, então algum progresso continuava sendo feito.

Uma noite. E depois, ao pôr do sol do dia seguinte, ele a deixaria de lado como se fossem fantasias e pesadelos, e voltaria ao mundo real para participar novamente das batalhas.

Uma noite e nada mais.

Isso era tudo que ele concederia à diversão sem futuro que era aquela fantasia...

Supondo, uma voz leve apontou, que Thore mantivesse sua palavra e nunca mais voltasse a procurá-la.

CAPÍTULO 52

– Mais um?

Quando Tohr voltou sua atenção à bandeja de prata sobre a qual estava a comida, Autumn sentia vontade de recusar a oferta. Na verdade, deitada com a cabeça apoiada nos travesseiros da cama dele, ela se sentia *saciada*.

E, ainda assim, quando ele se aproximou dela com mais um morango, segurando-o por sua coroa verde e macia, ela pensou que a fruta era demais para resistir. Deixando os lábios entreabertos, ela aguardou, como havia aprendido, até que Tohr levasse a comida a sua boca.

Várias das frutas vermelhas não alcançaram as exigências regidas pelo macho, e então foram deixadas de lado, em um canto da bandeja. O mesmo era verdade para o peru recentemente cozido e também para algumas folhas da salada verde. O arroz tinha passado por sua inspeção, todavia, assim como os deliciosos pãezinhos.

– Aqui – ele murmurou. – Esse aqui está bom.

No'One o observava enquanto ela aceitava o que ele oferecia. Ele estava concentrado unicamente na forma como ela consumia os alimentos – o que era, de certa forma, comovente e uma fonte de fascínio. Ela tinha ouvido falar que os machos faziam isso. Tinha até mesmo visto seus pais em um ritual parecido – sua mãe sentada à esquerda de seu pai na mesa do jantar, ele analisando cada prato, tigela, copo e xícara antes de passá-los pessoalmente, não contando com o apoio dos empregados, para sua fêmea. Assim, ele oferecia os alimentos que eram de alta qualidade. Autumn pensava que a prática era um resquício peculiar de gerações passadas. Só que não. Este espaço privado aqui com Tohrment era a base de trocas desse tipo. Aliás, ela conseguia imaginar milênios atrás, na selva, um macho voltando com um animal recentemente caçado fazendo a mesma coisa.

Aquilo a fez sentir-se... protegida. Valiosa. Especial.

– Mais um? – ele perguntou novamente.

– Você vai me fazer engordar.

– Fêmeas devem ter carne em seus ossos – ele sorriu de uma maneira distraída enquanto pegava uma amora e franzia a testa para a fruta.

Enquanto as palavras ressoaram, ela não as considerou como se ele estivesse pensando que ela desejava outra coisa. Como ela poderia desejar, se ele selecionava os alimentos perfeitos e eliminava o que acreditava não ser suficientemente digno dela?

– Uma última, então – ela falou suavemente. – E depois devo recusar todas as outras ofertas. Estou farta a ponto de explodir.

Ele deixou de lado a fruta que inspecionava, junto com todas as outras rejeitadas, e pegou uma outra. Enquanto isso, rosnou para o vegetal. Seu estômago emitiu um rosnado vazio.

– Você também precisa comer – ela ressaltou.

O grunhido que ela recebeu em resposta ou era de uma aprovação relutante da segunda fruta, ou de concordância – provavelmente a primeira opção.

Enquanto ela mordia e mastigava, ele descansou seus braços no colo dela e encarou sua boca como se estivesse preparado para ajudá-la a engolir, se isso fosse necessário.

Enquanto o silêncio banhava o quarto, ela pensou, ah, como ele havia mudado desde o verão. Agora, ele estava imenso – inacreditavelmente maior, seu corpo que já fora enorme parecia o de um mamute. E não tinha inchado de uma forma pouco atraente. Seus músculos se expandiam até o limite sem nem mesmo uma camada de gordura, uma imagem bela e proporcional para os olhos. O rosto tinha permanecido fino, mas já não parecia abatido, e a pele perdera aquela cor acinzentada que ela não reconhecera até o enrubescer voltar a brotar nas bochechas.

A mecha branca permaneceu nos cabelos, entretanto. Uma evidência de tudo que ele havia enfrentado.

Com que frequência pensava em sua Wellesandra? Ele ainda estava se torturando por causa dela?

Claro que estava.

Ela sentiu o peito doer, dificuldades para respirar. Sempre tivera compaixão por ele. Havia momentos em que seus receptores de dor chegavam a queimar – quando ele estava em um estado tão extremo a ponto de fazê-la sentir como se a perda fosse dela própria.

Mas agora ela sentia um tipo de agonia diferente por detrás de seu esterno.

Talvez fosse porque eles estavam ainda mais próximos. Sim, era isso. Ela estava sendo solidária com ele em um nível ainda mais profundo.

— Satisfeita? – ele perguntou, inclinando o rosto para o lado. A luz do abajur banhava aquela face com uma suavidade agradável.

Não, ela estava errada, pensou enquanto puxava mais uma lufada de ar para dentro de seus pulmões.

Aquilo não era comiseração.

Aquilo era algo totalmente diferente de se importar com o sofrimento alheio.

— Autumn? – ele a chamou. – Está tudo bem com você?

Encarando-o, ela sentiu um calafrio abrupto repuxar a pele de seus antebraços e de seus ombros nus. Debaixo do calor das cobertas, seu corpo estremeceu, resfriando-se e, em seguida, sendo inundado pelo calor.

O que era o que acontecia, ela supôs, quando seu mundo virava de cabeça para baixo.

Santíssima Virgem Escriba! Ela estava apaixonada por ele.

Ela estava caidinha por aquele macho.

Quando isso havia acontecido?

— Autumn – sua voz mais enfática. – O que está acontecendo?

O "quando" não poderia ser especificado, ela concluiu. A transformação tinha acontecido milímetro por milímetro. O motor da mudança funcionara pelas trocas, pequenas e grandes, ocorridas entre os dois... até que, da mesma forma como uma noite adorável caía e tomava conta das paisagens da terra, o que começou como imperceptível culminou no inegável.

Ele se levantou.

— Vou chamar a doutora Jane.

— Não — ela rebateu, estendendo a mão. — Está tudo bem. Só estou cansada e saciada pela comida.

Por um instante, ele lançou para ela o mesmo olhar que havia lançado para o morango, aqueles olhos atentos se estreitavam e fixavam-se nela.

Entretanto, ela claramente havia passado pela inspeção, já que ele logo voltou ao normal.

Forçando um sorriso em seus lábios, ela acenou para a segunda bandeja, aquela que ainda continha uma redoma prateada cobrindo as louças.

— Você precisa comer agora. De fato, talvez pudéssemos pedir um pouco de comida fresca para você.

Ele encolheu os ombros.

— Essa aqui está boa.

Ele levou as frutas vermelhas que não eram suficientemente boas para ela até sua boca enquanto revelava seu jantar, e então comeu tudo o que havia ficado para trás na bandeja, além dos alimentos que havia trazido para si mesmo.

O fato de ele ter desviado a atenção era algo bom.

Quando terminou de comer o que havia sobrado dela e também sua parte, ele pegou as bandejas e os suportes e os levou até o corredor.

— Volto já.

Dizendo isso, Tohrment desapareceu no banheiro e logo o som da água corrente chegou até os ouvidos dela.

Ela virou-se para o lado e encarou as cortinas fechadas.

As luzes se apagaram e, em seguida, foi possível ouvir as passadas discretas de Tohr sobre o tapete. Houve uma pausa antes de ele subir na cama. E, por um instante, ela se sentiu preocupada com a possibilidade de ele ter lido sua mente. Mas logo No'One sentiu uma brisa fresca contra seu corpo e deu-se conta de que ele tinha levantado as cobertas. Pela primeira vez.

– Tudo bem se eu me juntar a você?

Ela piscou os olhos abruptamente.

– Por favor.

O colchão se afundou e então seu corpo nu encostou-se ao dela. Enquanto ele a segurava em seus braços, ela se aproximou desejosa dele e surpresa.

Aquele calafrio estranho espalhou-se novamente pelo corpo dela, trazendo consigo uma sensação de agouro. Mas logo ela estava aquecida, quente... por causa da pele dele contra a dela.

Ele nunca poderia saber, ela pensou enquanto fechava os olhos e descansava a cabeça em seu peito.

Ele nunca, nunca mesmo, poderia saber que o coração dela batia por ele.

Isso arruinaria tudo.

Inverno

CAPÍTULO 53

Enquanto Lassiter estava sentado na base da enorme escadaria, encarava a pintura no teto três andares acima. Em meio à representação de guerreiros montados em seus cavalos, ele estudou as nuvens pintadas e encontrou a imagem pela qual procurava, mas que não queria ver.

Wellsie estava ainda mais no fundo da paisagem, seu corpo ainda mais compacto enquanto ela se misturava ao campo com pedras acinzentadas.

Na verdade, ele estava perdendo as esperanças. Logo ela estaria tão longe que eles já não seriam mais capazes de enxergá-la. E aí tudo chegaria ao fim: ela estaria acabada, ele estaria acabado, Tohr estaria acabado.

Ele tinha pensado que No'One fosse a resposta. E, pensando bem, durante o outono, ele pensou que tudo já estivesse resolvido. Na noite seguinte em que Tohr finalmente tinha levado a fêmea para a cama da forma apropriada, ela chegou à mesa do jantar sem usar aquele capuz ou aquele manto horrível: usava um vestido, um vestido azul-centúria um pouco grande demais para ela, mas, mesmo assim, adorável. E tinha os cabelos soltos, caindo como uma cascata loira sobre os ombros.

Os dois tinham chegado a um acordo ao qual só podiam ter chegado depois de transarem um com o outro por horas.

Ele tinha refeito as malas nesse ponto. Perambulado por seu quarto. Andado de um lado para o outro por horas, esperando ser convocado pelo Criador.

Quando o sol se pôs novamente, ele atribuiu a culpa a um atraso administrativo. Quando o sol nasceu mais uma vez, ele começou a ficar preocupado.

Então, tinha se resignado.

Agora, estava em pânico...

Sentado e olhando para a representação de uma fêmea morta, ele encontrou-se perguntando a si mesmo a mesma coisa que Tohr questionava com tanta frequência.

O que mais o Criador queria disso?

– O que você está procurando?

Quando uma voz profunda o interrompeu, ele olhou para o macho em questão. Tohrment tinha obviamente saído pela porta escondida debaixo da escada. Estava usando shorts de corrida pretos e uma camiseta sem manga. O suor lhe banhava a pele e escorria por seus cabelos escuros.

Exceto pelo suor pós-malhação, o cara estava com um aspecto ótimo. Porém, isso era o que acontecia com eles quando se alimentavam bem, transavam bastante e não estavam feridos.

Entretanto, o Irmão perdeu um pouco daquele aspecto saudável quando seus olhos se encontraram com os de Lassiter. O que sugeria que ele tinha a mesma preocupação abaixo da superfície, uma preocupação crônica e insistente.

Tohr se aproximou e se sentou, secando um pouco o rosto quadrado e completamente masculino com uma toalha.

– Fale comigo.

– Você ainda anda sonhando com ela?

Não havia motivo para dar nome ao "ela". Entre os dois, havia apenas uma fêmea que era de importância.

– A última vez foi há uma semana.

– Como estava a aparência dela?

Como se Lassiter já não soubesse. Afinal, ele a estava encarando naquele exato momento.

– Mais distante – Tohr puxou a toalha em volta de seu pescoço e a esticou. – Tem certeza de que ela não está apenas desaparecendo porque está entrando no Fade?

– Para você, ela parecia feliz?
– Não.
– Eis a sua resposta.
– Estou fazendo tudo o que posso.
Lassiter olhou e assentiu com a cabeça.
– Sei que está. Realmente sei que você está.
– Então, você também está preocupado?
Seria inútil responder a essa pergunta.

Em silêncio, os dois se sentaram lado a lado, com os braços pendurados sobre os joelhos. A parede de tijolos metafóricos diante deles bloqueava qualquer horizonte.

– Posso ser sincero com você? – perguntou o Irmão.
– Por favor, seja.
– Estou aterrorizado. Não sei o que está faltando – ele esfregou mais uma vez a toalha no rosto. – Eu não durmo muito, e não consigo concluir se isso está acontecendo por que tenho medo do que vou ver, ou se é porque tenho medo do que não vou ver. Não sei como ela está aguentando isso.

A resposta curta é que ela não estava.

– Eu falo com ela – murmurou Tohr. – Quando Autumn está dormindo, eu me sento na cama e olho para o escuro. Eu digo a ela...

Quando a voz do cara se tornou rouca, Lassiter quis gritar – e não porque achava que Tohr estivesse sendo um maricas, mas porque doía demais ouvir a agonia naquela voz.

Droga! Em algum momento do ano passado, ele deve ter desenvolvido uma consciência ou algo do tipo.

– Eu digo a ela que ainda a amo, que vou amá-la para sempre, mas que eu venho fazendo o que posso para... bem, não preencher o vazio que ela deixou, porque ninguém pode fazer isso. Mas, para pelo menos viver a vida, de alguma forma...

Quando o macho seguiu falando em tons leves e tristes, Lassiter sentiu uma onda repentina de terror com a possibilidade de ter guiado o cara de alguma forma errada, com a possibilidade de ter... droga, estragado tudo, não ter feito a aposta certa, enviado esse pobre infeliz em uma direção errada.

Ele repensou em tudo o que sabia sobre a situação, partindo do térreo, construindo a lógica andar por andar, reconstruindo onde eles estavam.

Ele não conseguia enxergar falhas ou passos errados. Ambos tinham feito o melhor que podiam.

No final, era como se aquilo fosse o único consolo que lhe restava – e isso era realmente um saco. A ideia de que ele poderia ter prejudicado, mesmo que inadvertidamente, aquele macho honrado era muito pior do que sua versão do purgatório.

Ele jamais deveria ter concordado em fazer isso.

– Merda – ele arfou enquanto fechava seus olhos doloridos. Eles tinham chegado muito longe, mas era como se estivessem perseguindo um alvo em movimento. Quanto mais rápido corriam, quanto mais longe chegavam, mais longe o fim parecia estar.

– Eu só preciso tentar com mais obstinação – falou Tohr. – Essa é a única resposta. Não sei o que mais eu posso fazer, mas tenho que, de alguma forma, ir mais fundo.

– Sim.

O Irmão virou-se para ele.

– Você ainda está aqui, não está?

Lassiter lançou um olhar na direção de Tohr e respondeu:

– Se você está falando comigo, então a resposta é sim.

– Tudo bem... isso é bom – o Irmão forçou-se a ficar em pé. – Então, ainda temos algum tempo de sobra.

Eba. Fantástico. Como se isso fosse fazer alguma diferença.

Do lado de fora de seu chalé particular, Xhex estava sozinha às margens do Hudson, suas botas, plantadas na neve branca, sua respiração, saindo pelo nariz em lufadas que flutuavam sobre o ombro. O brilho pêssego e rosado do pôr do sol caía sobre a paisagem congelada atrás dela, as cores eram refletidas pelas ondas preguiçosas no centro do canal.

Não havia mais muita água descongelada no rio. O gelo se acumulava partindo das margens, ameaçando estrangular a superfície conforme o frio se tornava mais intenso com o decorrer do inverno.

Sem receber qualquer comando, seus sentidos *symphato* perfuraram os tentáculos frios do crepúsculo que sondavam o ar frio. Ela não esperava receber visitas, mas estava acostumada a ser receptiva depois dos últimos motivos. Tanto que aquele seu lado desejava se esticar para fora, no mínimo para se exercitar.

Ela não tinha encontrado o esconderijo do Bando de Bastardos. Por enquanto, não.

A pessoa certa para o trabalho, hein? Francamente, aquela maldita situação já começava a se tornar constrangedora.

Mas, por outro lado, havia motivos demais para ela lidar com tudo de forma extremamente cuidadosa. Muitas coisas dependiam de ela encontrá-los da maneira mais discreta e despercebida possível, e pelo menos o Rei e os Irmãos entendiam isso.

John também a apoiava infinitamente naquela missão. Paciente. Pronto para debater qualquer ângulo ou simplesmente não trazer o assunto à tona quando ela estava na mansão – o que andava acontecendo regularmente, por sinal. Entre ver sua mãe, atualizar a Irmandade e o Rei, ou simplesmente se divertir um pouco, ela aparecia duas ou três vezes por semana no local.

Entretanto, quando o assunto era John, as coisas nunca tinham ido além de uma refeição com cortesias.

Embora os olhos dele ardessem por ela.

Xhex sabia o que John estava fazendo. O macho estava mantendo sua palavra, contendo-se até que ela penetrasse o Bando de Bastardos para que ele pudesse mostrar que suas palavras eram sinceras. Mas, por mais grosseiro que possa soar, ela queria estar com ele. E não "estar com ele, mas separados por uma mesa de jantar".

Era uma melhora quando comparado ao que eles tinham vivido no verão e no outono, mas, mesmo assim, não estava nem perto de ser o suficiente.

Reconcentrando-se, ela continuou a procurar sabe Deus o quê nas redondezas. A escuridão caía rapidamente, a luz era sugada do céu daquela forma típica do fim de dezembro – o que era sinônimo de dizer que aquela droga praticamente saía correndo, perseguida pelo frio.

A sua esquerda, na mansão na península, luzes se acenderam de forma bastante repentina, como se Assail tivesse persianas no interior de todo aquele vidro. Em um instante, a propriedade estava apagada; no instante seguinte, mais se parecia um estádio de futebol.

Ah, sim, Assail, o cavalheiro... que nada.

O domínio que o cara tinha sobre o tráfico de drogas de Caldwell era quase seguro, já que não havia outro vendedor tão significativo quanto Benloise. O que ela não conseguia descobrir era quem integrava as tropas daquele cara. Ele não poderia estar operando um negócio daqueles sozinho e, ainda assim, nunca havia ninguém além dele mesmo entrando e saindo de sua casa.

Por outro lado, por que ele queria que seus associados se mantivessem em um lugar separado?

Um pouco mais tarde, um carro passou pela pista, seguindo adiante. Era o Jaguar dele.

Cara, o safado precisava investir em um Range Rover blindado. Ou em um Hummer como o de Qhuinn. O Jaguar era rápido e combinava com o desgraçado, mas por favor! Um pouco de tração nas quatro rodas para enfrentar toda essa neve não era má ideia.

O carro esportivo foi perdendo velocidade até parar ao se aproximar dela. Os vapores do escapamento produziam redemoinhos e brilhavam diante das luzes traseiras vermelhas como algo que um mágico faria em um palco.

A janela foi abaixada, e uma voz masculina falou:
– Apreciando a paisagem?

A tentação era mostrar o dedo do meio, mas ela manteve a mão fechada enquanto rangia os dentes para ele. A essa altura, Assail não era visto como "suspeito" *per se* – ele não havia feito nada além de ajudar a Irmandade a levar Wrath da casa quando a tentativa de assassinato falhou. Mas, ainda assim, o ataque tinha acontecido na casa de Assail, e ela se perguntava de onde Xcor estava tirando seus recursos financeiros. Assail tinha dinheiro mesmo antes de decidir se tornar o chefão do tráfico de drogas, e guerras custavam caro.

Especialmente se você estivesse tentando lutar contra o Rei.

Concentrando seu lado *symphato* no macho, ela leu a feição dele e viu uma enorme quantidade de... bem, luxúria. Ele a desejava, mas Xhex podia apostar que aquele desejo não era exclusivamente por ela.

Assail amava sexo com garotas. Certo. Entendido.

Abaixo de toda aquela testosterona, todavia, ela encontrou uma forma bastante curiosa por poder. Mas o desejo não era o de destituir o Rei. Era de...

– Lendo minha mente? – ele perguntou com uma voz arrastada.

Se ele soubesse com quem estava falando...

– Você se surpreenderia com o que posso descobrir sobre as pessoas.

– Então, você sabe que eu a desejo.

– Eu sugiro que você não tente isso. Eu sou vinculada.

– Eu ouvi dizer. Mas onde está seu macho?

– Trabalhando.

Quando ele sorriu, as luzes do painel iluminaram seus traços, destacando-os e tornando-se ainda mais belos. Mas Assail não era apenas um garotão bonito e gostoso, havia um tom diabólico naqueles olhos incandescentes.

Um macho perigoso, embora parecesse não passar de mais um mauricinho da *glymera*.

– Bem, sabe o que dizem por aí? Tempo demais separados faz o coração se tornar... – ele sussurrou.

– Me diga, você já viu Xcor por estas bandas?

Aquilo o fez ficar calado. E abaixar suas pálpebras.

– Eu não faço a menor ideia – ele respondeu depois de um instante – do que a leva a me perguntar isso.

– É mesmo?

– Nem faço ideia.

– Eu sei o que aconteceu em sua casa no outono.

Mais uma pausa tomou conta do ar.

– Eu nunca imaginei que a Irmandade misturava negócios com prazer – quando ela apenas o encarou, ele deu de ombros. – Ouça, francamente, não consigo acreditar que eles ainda estejam procurando Xcor. Aliás, é uma surpresa o fato de aquele bastardo ainda estar vivo.

– Então, você o viu recentemente.

Com isso, o rosto dele se iluminou de uma forma peculiar, demonstrando uma espécie de obstrução. Aquele macho estava escondendo algo dela.

Xhex sorriu friamente, e então insistiu:

– Não viu, Assail?

– Ouça, vou dar um conselho gratuito para você. Sei que você gosta de se vestir com couro e de transmitir a imagem de que é a fêmea mais durona do mundo, mas você realmente não quer ter nenhum tipo de relação com aquele cara. Você já viu a aparência dele? Você é vinculada com um cara bonito como John Matthew, não precisa...

– Não estou procurando aquele bastardo para transar com ele.

O linguajar decididamente grosseiro de Xhex o fez piscar os olhos.

– Certo. Ah, bom para você. Quanto a mim, eu não o vi. Nem mesmo na noite em que ele aprontou aquela emboscada para Wrath.

Mentiroso, ela pensou.

Quando Assail falou em seguida, sua voz saiu muito baixa:

– Deixe aquele macho em paz. Você realmente não quer entrar no caminho dele. Xcor tem muito menos misericórdia do que eu.

– Então você acha que apenas os rapazes fortões devem enfrentá-lo?

– Exatamente, querida.

Quando ele colocou o Jaguar em movimento, ela deu um passo para trás e cruzou os braços sobre o peito. Típico. Ter um pau e umas bolas fazia os machos pensarem que detinham toda a força do mundo?

– A gente se vê por aí, vizinho – disse Xhex arrastadamente.

– Estou falando sério a respeito de Xcor.

– Ah, posso perceber que está.

Ele balançou a cabeça.

– Tudo bem. É sua vida que está em jogo.

Quando ele se distanciou, ela pensou: pronome errado, meu caro. Pronome muito, muito errado...

CAPÍTULO 54

Autumn estava em meio a um sono pesado quando alguém se juntou a ela na cama. Porém, mesmo em seu sono profundo, em seu repouso quase doloroso, ela sabia de quem eram as grandes mãos que tocaram em sua pele e seguiram até seu quadril, antes de finalmente descansarem em sua barriga. Ela sabia exatamente quem tocou seus seios e a puxou para o lado.

Em busca de sexo.

O ar frio bateu em sua pele quando as cobertas foram dobradas para o lado, e, de forma instintiva, ela abriu as pernas, preparada já para receber por completo o único macho que ela sempre estava disposta a aceitar.

Ela estava pronta para Tohrment. Ao longo das últimas semanas, parecia estar sempre pronta para ele.

Prestativo – como ele teria dito. Afinal, ele também estava sempre pronto para ela.

Seu extraordinário guerreiro encontrou o caminho entre as coxas dela, abrindo-as ainda mais com seu próprio quadril – não, aquilo eram as mãos dele, como se ele tivesse um plano e, na última hora, decidido mudar de ideia.

Sua boca encontrou a pele dela, acariciando e, logo em seguida, lambendo.

Com os olhos ainda fechados e a mente naquele mundo confuso, nem acordada, nem dormindo, o prazer era tão intenso que ela estremeceu e empurrou o corpo contra a língua dele, entregando-se completamente para ele enquanto a chupava e a provocava e a penetrava...

Entretanto, nada de orgasmo para ela. Independentemente de quanto prazer ele lhe causasse.

Por mais que Autumn tentasse gozar, não conseguia se jogar no precipício. O prazer crescia a ponto de se tornar agonizante – e, ainda assim, ela não chegava ao clímax, mesmo enquanto o suor banhava sua pele e a respiração serrava sua garganta.

O desespero a fez agarrar a cabeça de Tohrment e apertá-lo com mais força contra seu corpo.

Entretanto, ele logo desapareceu.

Isso não deve passar de um pesadelo, ela pensou enquanto gritava uma negação. Um sonho torturante com alguns traços eróticos...

Tohrment aproximou-se novamente dela, dessa vez encostando todo o seu corpo contra o dela. Empurrando seus braços atrás de seus joelhos, ele a deixou bem aberta enquanto a pressionava com o corpo curvado contra seu enorme peso.

E então, ele a penetrou, dura e rapidamente.

Dessa vez, ela gozou. Assim que ele a preencheu com sua longa extensão, seu corpo respondeu com uma explosão forte e arrebatadora. O orgasmo foi tão violento que a fez morder o próprio lábio com ambas as presas.

Enquanto o sangue inundava a boca dela, ele diminuiu o ritmo de suas penetrações para lamber aquele líquido. Mas ela não queria que o ritmo se tornasse mais lento. Então, usou os braços para puxar suas próprias pernas, encontrando seu ritmo sobre aquele membro, cavalgando nele, possuindo-o, até que ela outra vez se viu quase no limite.

E indo a lugar nenhum.

A princípio, era tão fácil para ela conseguir o que queria quando eles transavam. Mas, nos últimos tempos, isso se tornava mais e mais difícil...

Quando retesou o corpo contra a ereção dele, metendo cada vez mais rápido, sua frustração a deixou selvagem.

Ela o mordeu.

No ombro.

Cravou nele. Com as unhas.

A combinação devia fazê-lo parar e exigir um comportamento mais civilizado. Contudo, em vez disso, com o sangue dele correndo dentro dela, ele soltou um rugido tão forte que um estalo ecoou pelo quarto, como se aquilo tivesse afetado, de alguma forma, a parede.

E então, ele gozou. E agradeceu à querida Virgem Escriba pela liberação. Quando ele meteu dentro dela e sua ereção golpeou-a violentamente, ela finalmente teve a ilusão de que agora estava no controle. Seu corpo rebolava contra o dele, fazendo a cabeceira da cama quicar.

Alguém estava gritando.

Ela.

Houve mais um estrondo.

O abajur...?

Quando eles finalmente se acalmaram, ela estava totalmente banhada em suor. Sentia o latejar entre suas pernas – que, por sua vez, pareciam sequer terem ossos. Um dos abajures sobre um criado-mudo tinha realmente sido arremessado na direção do chão. E, quando ela olhou para o lado, percebeu que o espelho da cômoda estava rachado.

Tohrment ergueu a cabeça e olhou para ela. Com a luz do banheiro, ela viu o ferimento no ombro do macho.

– Ah... querido... – ela colocou a mão na boca, horrorizada com a ferida. – Eu sinto muito, mesmo.

Ele olhou para si mesmo e franziu a testa.

– Você está brincando comigo?

Quando ele lançou um olhar de volta para ela, estava sorrindo com um orgulho de macho que simplesmente não fazia sentido algum.

– Eu feri você – ela queria chorar. – Eu...

– Shh – ele afastou uma mecha de cabelos úmidos do rosto dela. – Eu adorei. *Caralho*, eu amei. Me arranhe. Me bata. Me morda. É uma delícia.

– Você é... você não bate bem da cabeça.

Para usar uma expressão coloquial que ela havia aprendido.

– Eu não terminei ainda o que estou... – mas quando ele se movimentou dentro dela, Autumn estremeceu.

No mesmo instante, ele ficou paralisado.

– Caramba, isso foi muito selvagem.

– Foi maravilhoso.

Tohrment escorou seu peito largo em seus próprios braços e retirou tão lenta e cuidadosamente seu enorme membro de dentro dela que ela quase nem sentiu. E, ainda assim, ela começou a trovejar em algum ponto dentro de seu corpo. Ou talvez aquilo fosse mais um orgasmo? Difícil saber, já que estava tão tomada pelas sensações.

Independentemente do que fosse, o cansaço e o desgaste eram algo delicioso. Eles estavam tão familiarizados um com o outro, tão à vontade durante o sexo, e a intensidade incrível que alcançavam era um resultado da ausência de barreiras e da liberdade, e da confiança que compartilhavam.

– Deixe-me dar um banho em você para limpá-la.

– Está tudo bem – ela sorriu para ele. – Vou simplesmente ficar relaxando aqui enquanto você toma banho. E farei a mesma coisa logo em seguida.

Na verdade, ela não confiava em si mesma a ponto de se permitir ficar nua com ele no banheiro. Autumn estava inclinada a mordê-lo novamente na área do ombro – e, por mais que gostasse de ele ter lhe dado carta branca para usar os dentes, ela preferia não usar suas presas agora.

Tohrment deslizou para fora dos lençóis enrolados e permaneceu sobre ela por um instante, mantendo seus olhos estreitados.

– Tem certeza de que está tudo bem?

– Juro.

Por fim, ele assentiu e deu meia-volta.

– Suas costas! – parecia que ele tinha sido arranhado por um gato, profundas marcas vermelhas corriam por seu torso e costas.

Ele olhou sobre o ombro mordido e sorriu com ainda mais orgulho.

– A sensação é maravilhosa. Vou pensar em você quando sair esta noite, cada vez que eu sentir a pele se repuxar.

Quando ele desapareceu, entrando no banheiro, ela balançou a cabeça para si mesma. Os machos eram... bem, não batiam bem da cabeça.

Fechando os olhos, ela puxou os lençóis, desnudando sua pele, e alongou os braços e as pernas. O ar estava fresco no quarto, talvez até mesmo frio, mas logo depois da transa ela estava em sua própria fornalha, os restos da paixão praticamente exalavam por seus poros.

Enquanto Tohrment tomava banho, o calor aos poucos desaparecia, assim como o pulsar que surgia logo após fazer amor. E então, ela finalmente encontrou a paz que estava procurando. Seu corpo se soltava, a tensão e a dor diminuíam.

Com um alongamento que a fez sentir seu corpo nu muito melhor, ela sorriu para o teto. Nunca tinha se sentido tão feliz...

Surgido do nada, aquele calafrio estranho que ela vinha sentindo desde o outono voltou a acometê-la, uma premonição que conseguia sentir, mas não definir, um aviso sem contexto.

Agora com frio, ela envolveu o corpo nas cobertas.

Sozinha na cama, sentiu-se perseguida pelo destino. Era como se estivesse em uma floresta durante a noite, com lobos que ela conseguia ouvir, mas não ver, andando por entre as árvores...

Prontos para atacar.

No banheiro, Tohr se secou e inclinou o corpo na direção do espelho. A marca da mordida em seu ombro já começava a cicatrizar, a pele se costurava sobre os dois pontos feitos pelas presas, já selando-se ligeiramente. Uma pena – afinal, ele queria que aquelas feridas continuassem ali por algum tempo.

Havia uma espécie de orgulho por ser marcado daquela forma.

Ainda assim, ele decidiu vestir uma camiseta com mangas por debaixo da jaqueta. Não havia motivo algum para seus Irmãos verem aquilo. Aquela droga era privada – devia ficar entre ele e Autumn e ninguém mais.

Caramba... aquela fêmea era incrível.

Apesar do estresse sob o qual Tohr se encontrava, apesar daquela conversa com Lassiter na escadaria, apesar do fato de que ele tinha começado a tocá-la não apenas porque sentia que devia fazer isso, no final, e como de costume, tudo era apenas uma questão de sexo – sexo selvagem e feroz. Autumn era como um vórtice que girava. O encanto erótico que ela lançava sobre o corpo dele o puxava e o fazia girar até a superfície em busca de ar... antes de lançar-se novamente sobre ele.

Nesse quesito, era triste dizer, mas já havia dado um passo à frente.

Doía para ele admitir que, às vezes, quando estava ali, deitado depois do sexo, com ambos recuperando o fôlego e resfriando o suor, aquela dor tão familiar se tornava tão afiada quanto a ponta de uma adaga atrás de seu esterno.

Tohrment acreditava que essa sensação jamais ficaria para trás.

E, ainda assim, a cada amanhecer, ele a procurava e a possuía... e tinha a total intenção de repetir o gesto quando doze horas se passavam.

Saindo do banho, Tohr encontrou Autumn ainda nua na cama. Ela tinha curvado o corpo na direção das janelas e estava deitada de lado, com os lençóis envolvendo seu corpo.

Ele a viu nua.

Totalmente. Nua. Porra.

A imagem fez o seu corpo se enrijecer, seu sexo se projetava para longe do quadril. E, como se ela sentisse a excitação do macho, gemeu com um ronronar erótico e se virou. Estendendo a mão, ela puxou aquilo que a cobria e moveu a parte de cima da perna para frente, expondo sua boceta ardente.

– Ah, caramba – ele gemeu.

Sem refletir ou chegar a qualquer conclusão, ele se aproximou dela, seguindo-a com uma concentração tão absoluta que ele poderia matar quem quer que se atrevesse a entrar em seu caminho. Na verdade, ele simplesmente prenderia essa pessoa e esperaria para cometer o assassinato depois que terminasse de comê-la.

Ajeitando-se no colchão, ele segurou seu mastro com a mão e o encaixou nela por trás, colocando a cabeça contra o âmago daquela fêmea. Ele foi cuidadoso ao penetrar, pois temia que ela ainda pudesse estar inchada. E então esperou, mantendo seu corpo suspenso sobre ela para ter certeza de que ela o queria novamente tão cedo.

Quando tudo o que ela fez foi gemer seu nome com enorme satisfação, ele deixou seu quadril começar a se movimentar.

Lisa, suave, quente...

Ele a possuiu sem sentir necessidade de se desculpar. E gostava de ter a liberdade para fazer aquilo. Ela continuava a mesma fêmea de baixa estatura, mas era mais forte e durona do que parecia, e, nos últimos meses, ele tinha aprendido a se libertar, por que sabia que ela também gostava daquilo.

Levando uma das mãos a seu quadril, ele mudou o ângulo de seu corpo para que pudesse penetrá-la ainda mais profundamente. E, claro, havia outro benefício nessa posição: ele podia ver seu mastro entrando e saindo dela, a ponta de sua cabeça aparecendo antes de penetrar fundo apenas para a base de seu tronco retornar mais uma vez. Ela estava rosada e inchada enquanto Tohr permanecia duro como uma rocha e lubrificado graças a ela...

– *Caralho* – ele rosnou enquanto esguichava porra mais uma vez.

Tohr montou nela enquanto gozava, sentindo o orgasmo dela junto ao seu, sentindo o sexo de Autumn apertar sua ereção. E ele assistiu à cena até seus olhos se fecharem – o que não era um problema, considerando que ele ainda conseguia vê-la atrás de suas pálpebras.

Depois que terminou, ele quase teve um colapso por cima dela, mas conseguiu se controlar em tempo. Soltando a cabeça, ele levou a boca perto de sua nuca, e usou a vantagem da proximidade, esfregando seus lábios na pele dela.

Ciente de que devia dar a ela uma oportunidade para descansar um pouco, ele se forçou a relaxar e a tirar seu mastro do corpo dela. Entretanto, quando ele deslizou seu membro para fora, teve de ranger os dentes ao perceber como ela ainda estava pronta para ele.

Esfregando as mãos em suas bochechas perfeitas, ele a abriu para receber sua língua. Droga... os sabores dos dois juntos, a sensação daquele sexo suave e totalmente liso em sua boca...

Quando ela começou a se tornar implacável, como se estivesse no limite sem, contudo, sentir que aquilo era suficiente, ele lambeu três dedos e os deslizou para dentro dela enquanto continuava chupando seu sexo. Aquilo foi o suficiente. Enquanto ela gritava o nome dele e se esfregava contra seu rosto, ele sorriu e a ajudou a enfrentar os impulsos avassaladores que percorriam seu corpo.

E então, era hora de parar. Ponto final.

Ao longo da última semana ou algo assim, ele tinha passado o tempo todo com ela – motivo pelo qual Tohr tinha se forçado a ir à maldita academia hoje. Ela parecia cansada, e o motivo? Ela insistia que era por trabalhar à noite, e ele não a deixava quieta durante o dia.

Autumn virou-se e deitou-se de barriga para baixo; então, empurrou o joelho para o lado e arqueou as costas. Pedindo mais.

– Jesus – gemeu o macho. – Como eu vou conseguir deixá-la descansar com você fazendo isso?

– Não deixe – ela respondeu.

Não era necessário pedir duas vezes. Ele a comeu por trás novamente, erguendo seu quadril, unindo os corpos e inclinando sua pélvis de modo que pudesse penetrar mais profundamente. Ele passou um braço em volta da cintura dela e equilibrando o peso na outra mão, estocando dentro dela, golpeando-a com seu cacete até que os corpos chocassem um contra o outro e a cama fizesse novamente aquele barulho. Ele gozou berrando alguns palavrões, o orgasmo explodindo em jatos fortes para fora de seu corpo como se ele não tivesse transado há meses.

E continuava faminto por ela. Especialmente quando ela também chegou ao orgasmo.

Depois que as coisas se acalmaram, ele se deitou de conchinha com ela no colchão, puxando-a contra seu corpo. Afastando aqueles cabelos para que pudesse chegar a seu pescoço, ele se sentiu preocupado com a forma como a estava tratando na cama.

Como se soubesse que ele precisava ser reconfortado, ela levou a mão para trás e acariciou os cabelos dele.

– Sentir você é maravilhoso.

Talvez fosse. Mas ele se sentiu mal por exigir tanto do corpo dela.

– Posso preparar a banheira para você agora?

– Ah, isso seria maravilhoso. Obrigada.

Ele voltou ao banheiro e foi até a enorme jacuzzi. Abriu a torneira, deixando a água escorrer, e pegou alguns sais de banho no armário.

Quando verificou a temperatura da água e fez um rápido ajuste, ele percebeu que gostava de cuidar dela. Também se deu conta de que tinha encontrado muitas formas de fazer isso. Procurou desculpas para levá-la até o andar de cima e alimentá-la em privacidade durante o jantar. Comprou-lhe roupas na internet e passou pela Walgreens e pela CVS para comprar suas revistas favoritas, – publicações como *Vanity Fair*, *Vogue* e *The New Yorker*.

Sempre fazia questão de que houvesse ali tudo o que ela desejasse, caso ela desejasse.

E ele não era o único cuidando dela e mostrando-lhe coisas novas.

Xhex vinha até a mansão para vê-la pelo menos uma ou duas vezes por semana. Juntas, as duas iam ao cinema e assistiam a filmes. Ou dirigiam-se às melhores partes da cidade para que Autumn pudesse ver belas construções. Ou iam a lojas de conveniência, onde compravam coisas com o dinheiro da própria Autumn que ela conquistava por meio de seu trabalho.

Abaixando-se, ele verificou novamente a temperatura da água, ajustou-a mais uma vez e pegou algumas toalhas para ela.

Para dizer a verdade, ele ficava um pouco preocupado por ela estar saindo com humanos loucos e *redutores* violentos à solta e os ventos nada confiáveis do destino. Mas, no fim das contas, Xhex era uma assassina poderosa, e ele sabia que ela seria capaz de defender sua mãe se alguém até mesmo espirrasse na direção delas.

Além disso, quando mãe e filha saíam, Autumn sempre voltava com um sorriso enorme no rosto. O que, por sua vez, fazia um sorriso se estampar no rosto dele.

Cristo, eles dois tinham percorrido um longo caminho desde a primavera. Eram praticamente duas pessoas diferentes.

O que mais havia, então?

Movimentando a mão na água quente da banheira, ele perguntou a si mesmo, desesperado, que merda ainda estava faltando...

CAPÍTULO 55

Duas noites mais tarde, Xhex acordou com uma estranha convicção perseguindo-a. A sensação era mais ou menos como se ela tivesse engolido um despertador durante o dia e agora aquela coisa ressoasse em sua barriga.

Intuição. Ansiedade. Medo.

E não havia o botão de soneca naquela porcaria.

Enquanto seguiu para tomar um banho, continuou sendo assombrada pela sensação de que forças invisíveis e desconhecidas poderiam entrar em ação, de que a paisagem se transformaria, de que peças de xadrez de várias pessoas estavam prestes a ser movidas pelas mãos de outros, levadas a lugares que não faziam parte de suas estratégias.

A preocupação continuou incomodando-a durante a curta viagem até Caldwell, insistindo quando ela deu início a seu trabalho no Iron Mask.

Incapaz de suportar aquilo por nem mais um minuto sequer, ela saiu a caminho da cidade mais cedo do que de costume. Enquanto se desmaterializava de telhado em telhado em busca dos Bastardos, ela teve a sensação de que esta noite seria *a* noite.

Mas por quê?

Com essa pergunta sobrecarregando-a, ela seria especialmente cuidadosa em se manter distante de onde os Irmãos estavam lutando.

O fato de que ela havia se comprometido a oferecer a eles um espaço considerável foi provavelmente o que a levou a demorar a encontrar o rifle. O Bando de Bastardos estava no campo de batalha todas as noites, mas como os conflitos com a Sociedade Redutora costumava acontecer apenas em partes desertas da cidade, era difícil chegar perto o suficiente e, ao mesmo tempo, manter certa distância de John e da Irmandade.

Sim, ela tinha alguns truques novos em seu repertório, mas era difícil isolar quem era Xcor – e, embora essa fosse uma manobra acadêmica, pois ela só precisava pegar um daqueles soldados, feri-lo e fazê-lo voltar ao esconderijo em um carro que ela pudesse seguir, Xhex queria conhecer melhor seu alvo.

Queria conhecer seus segredos de dentro para fora.

E o fato de ela ainda não ter chegado a lugar algum a estava deixando louca. E os Irmãos tampouco gostavam muito da ideia, embora por motivos diferentes: eles queriam simplesmente enviar os outros guerreiros para a luta, mas Wrath tinha rechaçado essa ideia. Primeiro, eles precisavam do rifle. Então, o Rei tinha declarado que o grupo de traidores fosse perseguido até que as provas necessárias fossem encontradas. Pensando de forma lógica, fazia sentido – não faria bem algum acabar com todos eles e depois tentar acalmar a *glymera* com argumentos do tipo "ah, mas eles tentaram me acertar com um tiro". Mas seguir uma noite após a outra estava se tornando difícil.

Pelo menos eles tinham um ponto a seu favor: era muito pouco provável que o rifle tivesse sido destruído.

O Bando de Bastardos apreciaria a ideia de manter aquela porcaria como uma espécie de troféu, sem dúvida.

Mas era hora de colocar um ponto-final naquilo. E essa coisa de premonição que ela vinha sentindo talvez significasse que estava prestes a fazer isso.

Aliás, e considerando a teoria de que fazer a mesma coisa várias e várias vezes esperando obter resultados diferentes era loucura, ela decidiu parar de procurar por Xcor.

Não. Esta noite, ela perseguiria Assail. E, como era de se esperar, ela encontrou traços dele no bairro dos teatros, dentro da Galeria de Arte Benloise, é claro.

Uma rápida olhadela rua abaixo e ela percebeu uma festa acontecendo na construção.

Como o conjunto artístico era perfeitamente capaz de receber alguém usando couro e considerar aquilo um traje apropriado para negócios, ela entrou no local...

Quente. Contraído. Um monte de sotaques egocêntricos ecoando por toda a parte.

Puxa, em um lugar como este, era praticamente impossível saber quem era homem e quem era mulher – todos desmunhecavam e tinham esmalte nas unhas.

Depois de Xhex dar dois passos para dentro, ofereceram-lhe uma taça de champanhe – como se as tentativas dos arrogantes de serem Warhol dependessem de Veuve Clicquot.

– Não, obrigada.

Quando o garçom, um rapaz de aparência agradável e vestido de preto, acenou com a cabeça e se afastou, ela quase o puxou de volta para sentir-se acompanhada.

Havia tantas sobrancelhas arqueadas e narizes empinados que era impossível não se perguntar se aquelas pessoas aprovavam pelo menos elas mesmas. E uma breve olhada em torno, pela "arte", fez Xhex perceber que ela e sua mãe teriam de vir aqui – somente para que Autumn pudesse se dar conta de quão horrível e demasiadamente indulgente algumas formas de se expressar podiam ser.

Humanos ridículos.

Com firme determinação, ela conseguiu passar entre todos aqueles ombros, virando para um lado e para o outro enquanto dava passagem para os garçons. Xhex não se importou em esconder o rosto. Rehv tinha dado conta de seus negócios sozinho ou com Trez e iAm, então ninguém a reconheceria.

E ela rapidamente encontrou o caminho até o escritório da Benloise. Era óbvio demais: dois valentões vestidos como garçons, mas sem carregar bandejas, estavam em pé – um de cada lado de uma porta quase inteiriça instalada em uma parede coberta de tecido.

Assail estava no segundo andar. Ela podia claramente sentir sua presença.

Mas chegar até ele era complicado. Era difícil se desmaterializar em espaços desconhecidos. Provavelmente, havia uma escadaria do outro lado do que quer que estivesse sendo guardado, mas ela não precisava ser perfurada como um queijo suíço ao tomar forma novamente no meio daquilo.

Além do mais, sempre havia a opção de ela pegar o cara na saída. Era muito provável que ele tivesse entrado pelos fundos e que também saísse por lá. Assail era cauteloso, e sua visita aqui certamente não era para ver uma exposição ridícula de arte.

O que também era bom, considerando que era difícil ver cotonetes grudados em tigelas de *tupperware* sobre assentos sanitários como algo que não fosse lixo.

Seguindo ainda mais para o interior do prédio, ela passou pela porta de "somente funcionários" e encontrou-se em um depósito com chão e paredes de concreto. O local cheirava a pó de giz e lápis de cera. Lá em cima, lâmpadas fluorescentes de alta voltagem haviam sido instaladas no teto alto e aberto, que deixava expostos os canos e a fiação elétrica que entrava nas vigas como tatus em uma relva. As mesas estavam afastadas, e os arquivos, colocados nas laterais de modo que o centro da sala estava desobstruído, como se amplas instalações fossem regularmente trazidas do beco pelos fundos.

As portas duplas logo adiante eram feitas de aço e possuíam disparadores de alarmes de segurança.

– Posso ajudá-la.

Não era uma pergunta.

Xhex se virou.

Um dos seguranças a havia seguido até o interior da sala e agora estava parado, com o blazer aberto como se carregasse uma arma na parte de dentro.

Revirando os olhos, ela acenou com a mão e o colocou em transe temporário. Então, inseriu um pensamento na mente do homem, convencendo-o de que não havia nada de anormal acontecendo. Logo depois, mandou-o de volta para seu posto, onde ele relataria para seu colega grandalhão que, de fato, *não havia nada de anormal acontecendo*.

Fazer aquilo com os *Homo sapiens* não era exatamente lançar mão de ciência de ponta, mas, só para garantir que estaria segura, ela desligou as câmeras de segurança enquanto seguia para a porta dos fundos. Droga. Um olhar para a forma como os painéis de aço estavam ligados e ela achou melhor não passar por ali e se arriscar a envolver-se em um incidente com a polícia.

Se ela quisesse estar no beco, então teria de pensar em uma forma de conseguir isso.

Praguejando, Xhex voltou para a festa. Precisou de uns bons dez minutos para passar por todos aqueles humanos de gostos questionáveis e egos inegáveis. Assim que estava no ar da noite, ela se desmaterializou até o telhado e, em seguida, caminhou para o outro lado.

O carro de Assail estava estacionado no beco, de frente para a saída.

E ela não era a única olhando para o veículo...

Puta que pariu...

Xcor estava escondido nas sombras, aguardando também o macho.

Só podia ser ele. Afinal, quem quer que fosse aquela pessoa, ela tinha um bloqueio tão profundo em seu núcleo que havia muito pouco a ser interpretado. Por hábito ou por trauma, ou talvez por uma combinação dos dois fatores, as três dimensões tinham se contraído de tal maneira que formavam uma massa apertada e condensada, e era impossível para ela reconhecer qualquer emoção.

Cara, ela tinha visto tipos como aquele de tempos em tempos. E, em geral, eles costumavam significar problemas enormes, já que aqueles indivíduos eram capazes de qualquer coisa.

Por exemplo, era necessário um tipo exatamente como aquele para tentar tomar o lugar do Rei.

Aquele era seu alvo. Ela *sabia*.

E agora que se viu próxima a ele, ela recuou, desmaterializando-se para o telhado de um edifício alto a um quarteirão dali. Ela não queria assustar o filho da puta aproximando-se demais e, daqui, ela ainda conseguia ter uma boa visão do Jaguar.

Droga, se pelo menos seu radar funcionasse com um alcance maior, ela conseguiria atingi-lo a aproximadamente um quilômetro e meio com seu lado *symphato*, mas isso seria forçando, e seus instintos eram fortes apenas em áreas mais próximas. Então, se ele se desmaterializasse e seguisse para uma distância considerável dali, ela o perderia de vista...

Enquanto esperava, ela se perguntou mais uma vez qual seria a ligação de Xcor com Assail. Infelizmente, para aquele aristocrata, se ele estivesse financiando o levante, mesmo que indiretamente, ele entraria na mira.

O que não era um bom lugar para se estar.

Cerca de meia hora mais tarde, Assail saiu pelos fundos da galeria e olhou em volta.

Ele sabia que o outro macho estava lá... e lançou uma espécie de comentário diretamente na direção em que Xcor se encontrava.

A brisa fria e o barulho ambiente da cidade abafaram o que quer que os dois estivessem dizendo um ao outro, mas ela não precisava de muito para entender o espírito da troca: as emoções de Assail se transformaram, de modo que ela pôde perceber o desgosto e a desconfiança que ele sentia por aquele com o qual estava conversando. O macho ali perto, naturalmente, não deixava nada transparecer.

E, em seguida, Assail partiu. Assim como o outro.

Ela seguiu esse último.

Como muitas coisas na vida, em retrospecto, o que se passou com Autumn por volta das onze horas da noite fazia sentido. As pistas estavam ali há meses, mas, como costumava acontecer, quando alguém está seguindo o rumo de sua vida, interpreta os sinais da forma errada, não lê a bússola corretamente e confunde uma coisa com a outra.

Até se ver em um destino que não era nada parecido com algo que você escolhia, e que não era algo de que se poderia escapar.

Ela estava lá embaixo, no centro de treinamento, carregando uma pilha de lençóis ainda aquecidos, recém-saídos da secadora, quando a tempestade teve início.

Mais tarde, bem mais tarde, toda uma vida mais tarde, ela se lembraria claramente da sensação de calor suave contra seu corpo, da incandescência enterrando-se em seu centro e fazendo o suor brotar em sua testa.

Ela se lembraria para sempre de virar-se para o lado e ter colocado os lençóis macios no balcão.

Porque, quando ela deu um passo para trás, sentiu a necessidade tomar conta pela segunda vez.

A princípio, a sensação era a de que ela ainda estava segurando os lençóis, como se o calor continuasse ali, junto com o peso contra sua barriga, certo como se ela ainda estivesse carregando os tecidos.

Enquanto o suor escorria na lateral de seu rosto, ela olhou para o termômetro na parede, pensando que talvez ele não estivesse funcionando direito. Mas não, a temperatura registrada era de vinte graus.

Com um franzir de testa, ela olhou para baixo, analisando seu corpo. Embora ela não usasse nada além de uma camiseta e o que eles chamavam de calças de "ioga", a sensação era a de estar dentro da jaqueta que ela usava para sair com Xhex.

Uma cólica repuxou seu abdômen, espalhando-se por seu útero. Suas pernas cambalearam até que não lhe restou escolha que não fosse permitir a si mesma baixar até o chão. E isso era algo bom, pelo menos temporariamente. O concreto era frio, e ela alongou o corpo sobre ele – até que uma crise enorme se apossou dela.

Apertando as mãos contra a pélvis, ela se enrolou e tencionou todo o corpo, jogando a cabeça para trás enquanto tentava escapar do que quer que estivesse tomando conta de seu corpo.

E então, começou.

Seu sexo, que estivera levemente latejante desde que Tohr e ela passaram por aqueles encontros intensos e selvagens antes de ele ir embora, agora parecia ter um pulsar próprio, seu âmago implorando pela única coisa que lhe traria alívio...

Um macho...

O desejo sexual a acometeu tão violentamente que ela não poderia se colocar em pé nem se quisesse, não poderia pensar em outra coisa nem se escolhesse, não poderia dizer palavras inteligíveis nem se desejasse.

Isso era muito pior do que havia acontecido com o *symphato*.

E era culpa dela... era *tudo* culpa dela...

Ela não estava indo ao Santuário. Fazia... Santíssima Virgem Escriba, meses tinham se passado desde a última vez que ela fora ao Outro Lado para regular seu ciclo. Aliás, ela não tinha sentido necessidade de buscar sangue, pois Tohr a estava alimentando. E ela não queria perder um momento sequer ao lado dele.

Ela devia saber que isso aconteceria.

Rangendo os dentes, ela ofegou duramente enquanto mais uma onda de cólica atingia o pico. Então, quando a dor diminuiu e ela estava prestes a gritar em busca de ajuda, a porta foi aberta bruscamente.

O Dr. Manello parou de súbito, a confusão estampada em seu rosto.

– Mas que...

Ele encostou-se contra o batente da porta, e de repente levou as mãos até a parte da frente do quadril.

– Você está bem?

Quando o desejo explodiu novamente dentro de Autumn, ela capturou uma imagem distorcida de onde ele estava, mas logo fechou as pálpebras e o maxilar e, por um instante, sentiu-se perdida.

Ela o ouviu dizer ao longe:

– Deixe-me chamar Jane.

Buscando mais daquele chão frio, Autumn rolou até ficar de costas, mas seus joelhos se recusavam a se soltar, então ela não tinha superfície suficiente de contato. Colocou-se de lado novamente. Então, virou de barriga, embora suas pernas quisessem se dobrar contra seu peito.

Empurrando-se para baixo com as mãos, ela tentou assumir as rédeas da sensação e ajeitar-se da forma que achava mais apropriada, experimentando arquear o corpo ou respirar ou alongar os braços e as coxas em busca de alívio.

Nada disso foi possível. Ela estava no meio da cova de um leão, com dentes enormes e necessitados mordendo-a, rasgando sua carne, estilhaçando os ossos. Isso era o resultado daqueles momentos quentes que ela tinha confundido com picos de paixão, e dos golpes frios que ela acreditava serem premonições, e dos momentos de leve náusea que ela atribuía à indigestão. Isso era a exaustão. O apetite. Provavelmente o sexo insaciável que ela andava tendo com Tohrment.

Enquanto gemia, ela ouviu seu nome ser pronunciado e pensou que alguém estivesse falando com ela. Mas foi somente quando o desejo tornou-se menos intenso que ela conseguiu abrir os olhos e ver que sim, de fato, ela não estava sozinha.

A doutora Jane estava ajoelhada diante dela.

– Autumn, você está me ouvindo?

– Eu...

A mão pálida da médica afastou o emaranhado de fios loiros do rosto da fêmea.

– Autumn, eu acho que isso é a sua necessidade... É isso?

Autumn assentiu com a cabeça antes de uma nova onda de hormônios ressurgir, fazendo tudo desaparecer – tudo menos aquela necessidade arrebatadora de alívio sexual.

Que seu corpo sabia que só poderia vir de um macho.

Seu macho. Aquele que ela amava.

Tohrment...

– Está bem, está bem. Nós vamos chamá-lo.

Autumn estendeu uma mão e agarrou o braço da outra fêmea. Forçando seus olhos a funcionarem, ela encarou a médica com um tom de ordem nos olhos.

– *Não* o chame. *Não* o coloque nessa posição.

Aquilo o mataria. Servi-la em sua necessidade? Ele jamais faria isso – sexo era uma coisa, mas ele já havia perdido um filho...

– Autumn, querida, isso é uma escolha dele, você não acha?

– Não o chame... não se atreva a chamá-lo...

CAPÍTULO 56

Qhuinn detestava suas noites de folga. Absolutamente as desprezava.

Quando ele se sentou em sua cama, olhando para um aparelho de TV desligado, percebeu que não estava assistindo a nada há aproximadamente uma hora. Ainda assim, pegar o controle remoto e escolher um canal parecia ser uma chatice infernal para não se ter nada de interessante em troca.

Droga, existia um limite na cronometragem que alguém aguentava correr lá embaixo, na academia. Havia um limite ao tanto de tempo que se conseguia passar na internet ou na quantidade de vezes que você podia ir e voltar da cozinha...

Sim, e essa parte de ir à cozinha era especialmente verdadeira, ainda mais considerando o fato de que Saxton continuava usando a biblioteca como seu escritório particular. Aquela "coisa supersecreta do Rei" estava demorando séculos.

Ou isso, ou ele andava muito distraído, por causa de um certo ruivo.

Está bem, melhor não pensar nisso. Não.

Qhuinn olhou para o relógio mais uma vez. Onze horas.

– Caralho.

As sete e trinta da noite seguinte estava a uma eternidade.

Lançando um olhar para a parede lisa ali perto, ele podia apostar que John Matthew estava no cômodo ao lado, preso com o mesmo humor. Talvez os dois devessem sair e tomar um drink em algum lugar.

Mas ele queria mesmo enfrentar o esforço de se vestir apenas para ir tomar uma cerveja perto de um bando de humanos bêbados e com tesão? Em outros tempos, aquilo o deixaria animado. Agora, entretanto, a possibilidade disso era patética. O desejo induzido por álcool o deixava extremamente deprimido.

Ele não queria ficar em casa. Também não queria sair.

Cristo, para dizer a verdade, ele sequer estava certo de que queria estar lutando. A guerra parecia ser nada além de uma fatia um pouco mais interessante do vazio.

Ah, puta que pariu, qual era o problema dele...?

Seu telefone bipou na lateral do corpo, e ele o pegou sem demonstrar qualquer interesse. A mensagem não fazia sentido: *Todos os machos permaneçam na casa principal. Não entrem no centro de treinamento. Obrigada, Dra. Jane.*

Há?

Ele se levantou, pegou um roupão e foi até o quarto do John. A batida na porta foi imediatamente respondida com um assobio.

Colocando a cabeça para dentro, ele encontrou seu colega na mesma posição em que ele mesmo estivera um instante atrás – exceto que na tela de plasma passava *1 000 Maneiras de Morrer* na Spike TV. Legal.

– Você recebeu a mensagem de texto?

Qual?

– Da doutora Jane – Qhuinn jogou seu celular para ele. – Alguma ideia do que pode estar acontecendo?

John leu e deu de ombros. *Nem faço ideia. Mas eu já malhei. E você?*

– Também – ele atravessou o quarto. – Cara, é só impressão minha ou o tempo está se arrastando?

O assobio que recebeu deixou claro que a resposta de John era um sonoro *sim*.

– Você quer sair? – perguntou Qhuinn com todo o entusiasmo de alguém que sugeria uma visita à manicure.

O movimento da cama o fez olhar em volta: John estava em pé e seguindo em direção ao closet. Em suas costas, talhado na pele, estava estampado no Antigo Idioma o nome de sua *shellan*.

XHEXANIA

Pobre coitado...

Quando o macho puxou uma camisa preta de botões e cobriu seu traseiro nu com uma calça de couro, Qhuinn encolheu os ombros. Aparentemente, os dois sairiam para tomar uma cerveja.

— Vou me vestir e já volto.

Quando pisou no corredor, ele franziu a testa e seguiu um instinto fortíssimo de ir até o enorme patamar da escada que tinha vista para a antessala.

Debruçando-se sobre o parapeito folheado a ouro, ele chamou:
— Layla?

Quando o nome ecoou, a fêmea saiu da sala de jantar.

— Ah, olá — seu sorriso era automático e sem sentido, a expressão, mais ou menos equivalente a uma parede branca. — Como está?

Ele só conseguiu rir.

— Você está me impressionando com essa alegria tão enorme.

— Desculpe-me — ela pareceu ser sugada de algum pensamento que a estava deixando distraída. — Eu não quis ser grosseira.

— Não se preocupe com isso. O que você está fazendo aqui? — ele balançou a cabeça. — O que quero dizer é: você foi convocada?

Será que alguém havia chegado em casa ferido? Blay, por exemplo...

— Não, não tenho nada para fazer. Eu só estou "matando tempo", como você diria.

Pensando bem, desde o outono a Escolhida andava fazendo aquilo com frequência — apenas andando pelos cantos, demorando-se como se esperasse por alguma coisa.

Ela estava diferente, ele pensou de repente. Qhuinn não saberia explicar o que havia de diferente, mas, nos últimos tempos, ela estava mudada. Solene. Sorrindo menos. Séria.

Para usar termos humanos, ele a via como uma garota desde que a conhecera. Agora, a Escolhida começava a parecer uma mulher. Já não admirava com os olhos arregalados tudo o que este lado tinha a oferecer. Nem sinal daquele entusiasmo radiante. Nada de...

Droga, ela estava muito parecida com ele e John. Desgastada pelo mundo.

– Ei, você quer sair com a gente – ele perguntou.

– Sair? Como em...

– John e eu estamos saindo para tomar um drink. Talvez dois. Talvez mais. Acho que você deveria vir com a gente. Afinal, a infelicidade adora companhia.

Ela cruzou os braços sobre o peito.

– Está tão óbvio assim?

– Você continua linda.

Layla riu.

– E você é que está agindo como um príncipe encantado.

– Donzela em perigo, você sabe o que fazer. Venha com a gente... vamos apenas matar o tempo.

Ela olhou em volta. Então, segurou a saia e subiu as escadas. Quando chegou ao topo, olhou para ele.

– Qhuinn, eu poderia, por favor, perguntar algo a você?

– Contanto que não seja tabuada. Eu sou péssimo em matemática.

Ela riu brevemente, mas logo o senso de humor ficou para trás.

– Alguma vez você achou que a vida seria tão vazia? Há noites em que eu me sinto a ponto de me afogar no vácuo.

Jesus, ele pensou. Sim, ele também.

– Venha aqui – ele a chamou. Quando a Escolhida deu um passo na direção dele, Qhuinn puxou-a para perto, empurrando-a contra seu peito e apoiando o queixo sobre o topo de sua cabeça. – Você é uma fêmea muito boa, sabia?

– Você está agindo como um príncipe encantado outra vez.

– E você ainda está em perigo.

Ela relaxou nos braços do macho.

– Você é muito bom para mim.

– Digo-lhe o mesmo.

– Não é você, sabe... Eu já não o desejo.

– Eu sei – ele massageou as costas dela, como um irmão faria. – Então, me diga que você vai sair com a gente. Mas sinta-se avisada: talvez eu tenha de forçá-la a dizer para mim de quem você está sentindo falta.

A forma como ela se afastou e abaixou os olhos deixou claro para ele que sim, havia um macho envolvido. E que não, ela não daria muitas informações.

– Vou precisar de algumas roupas.

– Vamos verificar o quarto de hóspedes. Acho que encontraremos algumas peças lá – ele passou um braço sobre os ombros dela e a guiou pelo corredor. – E quanto a esse seu fulano aí, eu prometo não bater nele. A não ser que ele parta seu coração. Se isso acontecer, aí pode ser que eu precise fazer um tratamento dentário no safado.

Quem diabos poderia ser?, ele se perguntava. Todos na casa estavam vinculados.

Talvez fosse alguém que ela conheceu no norte na grande casa de campo de Phury? Mas quem deixaria o cara entrar?

Poderia ser um dos Sombras? Hum... aqueles filhos da mãe eram machos dignos, certamente, o tipo de coisa capaz de virar a cabeça de uma fêmea.

Cara, ele desejava que fosse outra coisa, para o bem dela. O amor era difícil, mesmo se as pessoas envolvidas fossem boas.

No quarto de hóspedes, ele encontrou para ela um jeans preto e uma jaqueta de lã também preta. Qhuinn não gostava nem um pouco da ideia de vê-la em algum pesadelo de minissaia – e não apenas porque aquilo ofenderia a sensibilidade delicada dele, mas ele realmente não precisava do Primale fazendo um tratamento dentário *nele*.

Quando eles saíram, John estava esperando no corredor, e, se ficou surpreso por ser acompanhado pela Escolhida, não demonstrou muita reação. Em vez disso, ele foi cortês com Layla, murmurando amenidades com ela enquanto Qhuinn enfiava o grande corpo em algumas peças de roupa.

Cerca de dez minutos mais tarde, os três se desmaterializaram até o centro da cidade – mas não na área dos bares. Nem ele nem John estavam interessados em acompanhar uma Escolhida até o Screamer's ou o Iron Mask. Em vez disso, foram para o bairro do teatro, para uma espécie de confeitaria que ficava aberta até uma da manhã e que servia álcool com coisinhas de chocolate envolvidas no que quer que fosse e blá-blá--blá escaldado com uma base de hum, que delícia. As mesas eram pequenas, assim como as cadeiras, e eles se sentaram de frente para a saída de emergência nos fundos, enquanto a garçonete continuava falando sobre as especialidades da casa – nenhuma era interessante, por sinal.

A seleção das cervejas foi, misericordiosamente, curta e direta.

– Duas cervejas pretas para nós – disse ele. – E para a senhorita?

Quando ele olhou para Layla, ela sacudiu a cabeça.

– Eu não sei o que escolher.

– Peça tudo o que lhe parecer interessante.

– Tudo bem... Eu vou querer o *crème brûlée* e uma *moon pie*. E um cappuccino, por favor.

A garçonete sorriu enquanto tomava nota em seu caderninho.

– Adorei seu sotaque – elogiou a garçonete.

Layla inclinou a cabeça graciosamente.

– Obrigada.

– Eu não consigo identificá-lo... francês ou alemão? Ou húngaro?

– Essas cervejas cairiam muito bem agora – disse Qhuinn com um tom de firmeza. – Estamos com sede.

Quando a mulher saiu, ele observou os outros clientes, guardando seus rostos e cheiros, ouvindo as conversas, perguntando-se se havia um ataque prestes a acontecer. Do outro lado da mesa, John fazia a mesma coisa. Porque, sim, levar uma Escolhida ao mundo lá fora era relaxante assim.

– Nós não somos muito boa companhia – ele disse a Layla depois de algum tempo. – Desculpe.

– Nem eu – ela sorriu para ele e depois para John. – Mas estou gostando de poder passar algum tempo fora de casa.

A garçonete voltou com os pedidos, e todos se afastaram da mesa enquanto copos e pratos e uma xícara e pires eram arrumados.

Qhuinn agarrou seu copo alto logo que ele foi colocado sobre a mesa.

– Então, conte para nós sobre ele. E pode confiar na gente.

Do outro lado da mesa, John estava com a mesma cara que estaria se alguém o tivesse beliscado na bunda, especialmente quando Layla ficou enrubescida.

– Vamos lá – Qhuinn tomou um gole da cerveja. – É claro que se trata de um macho, e John não vai dizer nada.

John olhou para ela e movimentou os dedos. Em seguida, deu o dedo do meio para Qhuinn.

– Ele diz que é mudo – interpretou Qhuinn. – E se você não conhece esse último gesto, bem, não vou ser eu quem vai explicá-lo para você.

Layla riu e pegou o garfo, rompendo a cobertura dura do *crème brûlée*.

– Bem, eu tenho esperado poder vê-lo novamente, para dizer a verdade.

– Então, é por isso que você está passando seu tempo na mansão?

– É ruim eu fazer isso?

– Deus, não. Você é sempre bem-vinda, você sabe. Mas quem é o sortudo?

Ou o futuro falecido, dependendo da resposta...

Layla respirou profundamente e então deu duas colheradas em sua primeira sobremesa – como se o negócio parecesse vodca e tônica.

– Vocês prometem não contar a ninguém?

– Juro pela minha mãe, palavra de escoteiro e toda essa porcaria.

– Ele é um de seus soldados.

Qhuinn apoiou seu copo na mesa.

– Como?

Ela ergueu a xícara e deu um leve gole.

– Lembra quando aquele lutador entrou no centro de treinamento no outono? Aquele que estava com vocês contra os *redutores*? Ele estava muito ferido e vocês estavam cuidando dele, lembra?

Quando John sentou-se ereto, alarmado, Qhuinn engoliu os palavrões que queriam sair por sua boca e abriu um leve sorriso.

– Oh, sim. Nós nos lembramos dele.

Throe. Segundo-tenente do Bando de Bastardos.

Que merda, se ela achava que estava apaixonada por ele, então eles tinham um enorme problema nas mãos.

– Eeeeeee... – ele a encorajou a falar, forçando sua voz a permanecer num nível normal. Foi bom ele ter colocado a Guinness sobre a mesa, afinal, estava suficientemente estressado para esmagar o copo com a mão.

Por outro lado, ele supunha que a situação poderia ser pior. Throe não seria capaz de sequer chegar perto dela....

– Ele me chamou até ele.

Layla começou a mexer em sua *moon pie*. E, caramba, John e ele estavam com as presas expostas.

Humanos, ele lembrou-se a si mesmo. Eles estavam em público com humanos... Agora não era hora de mostrar os caninos. Mas, *puta que pariu...*

– Como? – ele silvou, tentando aliviar o clima. – Quero dizer, você não tem um celular, como ele entrou em contato?

– Ele me convocou – quando a Escolhida acenou com a mão como se aquilo não fosse grande coisa, Qhuinn deu ordens para que seu homem das cavernas interno se acalmasse. Haveria tempo para descobrir os "comos" mais tarde. – Eu fui até ele e lá havia outro soldado, um macho gravemente ferido. Ah, Deus, ele tinha sido espancado de uma forma tão cruel.

Ramos de puro pânico se espalharam por toda a nuca dele, invadindo o peito, fazendo sua frequência cardíaca subir. Não... ah, droga... não...

– Eu não entendo por que os machos são tão teimosos. Eu disse a eles para trazê-lo para a clínica, mas eles insistiram que ele só precisava se alimentar. O macho estava tendo dificuldade para respirar, e... – Layla encarou sua *moon pie* como se fosse uma tela, como se agora se lembrasse de cada momento do que acontecera. – Eu o alimentei. Eu queria cuidar melhor dele, mas o outro soldado parecia estar com pressa para levá-lo embora. Ele era poderoso, tão poderoso, mesmo estando ferido daquela forma. E, quando aquele macho olhou para mim, eu senti como se ele estivesse me tocando. A sensação era diferente de tudo o que já presenciei antes.

Sem movimentar a cabeça, Qhuinn lançou um olhar para John.

– Como ele era fisicamente?

Talvez tivesse sido um dos outros. Talvez não tivesse...

– Era difícil dizer. Seu rosto estava realmente muito machucado... Aqueles *redutores* são tão cruéis – ela levou a mão à boca. – Ele tinha olhos azuis e cabelos escuros, o lábio superior parecia retorcido...

Enquanto ela continuou falando, a audição de Qhuinn deixou de funcionar.

Aproximando-se, ele colocou a mão no braço dela, fazendo-a parar de falar.

– Querida, espere um pouco. Aquele primeiro soldado a chamou para ir *aonde*?

– Era um gramado. Um campo na área rural.

Quando as últimas gotas de sangue acabaram de ser puxadas para fora de sua cabeça, John começou a mover a boca de modo a formar vários palavrões. E, caramba, ele estava certo. A ideia de Layla estar solta na noite, sozinha e desprotegida, não apenas com Throe, mas com o coração da besta?

E pior, Santo inferno, ela tinha alimentado o inimigo.

– O que há de errado? – ele a ouviu perguntar. – Qhuinn...? John...? Qual é o problema?

CAPÍTULO 57

Do outro lado da cidade, no bairro onde ficavam os abatedouros de carne, Tohr segurava ambas as adagas negras, pronto para atacar. Z. e Phury estavam apenas a um quarteirão de distância, mas não havia motivo algum para chamá-los – e não porque ele estava mais uma vez com aquela mania maldita de desejar a morte.

Aqueles dois *redutores* diante dele estavam sofrendo de um caso crônico de vadiagem; andavam de um lado para o outro juntos, fazendo nada melhor do que desgastar as solas de suas botas.

A Sociedade estava recrutando idiotas demais, ele pensou, entrando demais no *pool* de meliantes antissociais. E então, uma vez tomados, os filhos da puta não estavam recebendo treinamento ou apoio suficiente.

Na lateral de seu corpo, seu celular vibrou com o recebimento de uma mensagem de texto, mas ele a ignorou e começou a correr. A capa de neve no chão ajudava a abafar o barulho de seus coturnos e, graças ao vento frio que soprava contra ele, seu cheiro não o denunciaria – não que aqueles idiotas o fossem sentir, de qualquer forma.

No último instante, todavia, algo os alertou, e eles deram meia-volta.

Tohr não poderia desejar uma resposta melhor.

Ele acertou os dois bem no pescoço, rasgando suas carótidas, abrindo segundas bocas abaixo do queixo. E, quando eles ergueram as mãos, Tohr usou o espaço entre eles para girá-los, pronto para acompanhá-los até o chão, caso isso fosse necessário.

Oh, mas não foi. Os maricas já estavam caindo de joelhos.

Assobiando por entre os dentes, ele acenou para os outros enquanto puxava o telefone para ligar para Butch vir arrumar a bagunça.

Ele congelou. A mensagem de texto que havia chegado era da doutora Jane: *Preciso que você venha para casa agora.*

– Autumn...? – quando seus Irmãos vieram derrapando ao virar a esquina, ele olhou para cima. – Eu tenho de dar o fora daqui.

Phury franziu a testa.

– O que aconteceu?

– Não sei.

Ele se desmaterializou na hora, seguindo para o norte. Teria ela se ferido? Talvez caído na clínica, enquanto trabalhava? Ou... merda. E se ela estava andando pela cidade com Xhex quando alguém a agrediu?

Quando ele tomou forma novamente, na escada na frente da mansão, quase quebrou a porta da antessala. Foi bom que Fritz atendeu rapidamente, assim não seria necessário chamar um carpinteiro.

Tohr passou pelo mordomo em uma corrida desesperada. Ele tinha certeza de que aquele cara estava falando com ele, mas seria impossível acompanhar essa ou qualquer outra conversa. Chegando à porta escondida debaixo da escadaria, ele seguiu em um passo ainda mais pesado enquanto acelerava pelo túnel subterrâneo.

A primeira pista de que algo estava errado surgiu quando ele passou pelo armário de suprimentos em direção ao escritório.

Seu corpo enrijeceu, os sinais de seu cérebro foram cortados por uma interferência e uma mudança de foco que não fazia qualquer sentido: uma ereção, grossa e longa, pressionou sua calça de couro. A cabeça pulsava com uma necessidade súbita e arrebatadora de possuir Autumn e...

– Ah, caralho... não... – o som áspero de sua voz foi interrompido quando um grito ecoou em alguma das salas no final do corredor. Estridente e horrível, era o lamento de uma fêmea sentindo dor.

Seu corpo respondeu no mesmo instante, tremendo enquanto uma necessidade arrebatadora o acometia. Ele precisava chegar a Autumn... Se ele não a servisse, ela passaria as próximas dez a doze horas no inferno. Ela precisava de um macho – precisava dele – dentro dela, cuidando dela...

Tohr avançou em direção à porta de vidro, mantendo o braço estendido, a mão pronta para afastar a barreira transparente e frágil para o lado.

Ele parou assim que abriu a porta.

O que ele estava fazendo, porra? Mas que *merda* ele estava fazendo?

Outro grito ecoou na direção de Tohrment, e ele estremeceu enquanto uma onda de instinto sexual quase o deixou de joelhos. Quando parte de seu raciocínio se fez sumir mais uma vez, quando seus padrões de pensamento derraparam, ele só conseguia pensar em montar em Autumn e diminuir seu tormento.

Porém, conforme os hormônios deixavam de assumir o controle, seu cérebro começava a funcionar novamente.

– Não – ele latiu. – Nem a pau.

Empurrando-se para longe da porta, ele cambaleou para trás até atingir a mesa, e então agarrou-se naquela coisa preparando-se para a próxima agressão.

Imagens de sua Wellsie sentindo necessidade, aquela necessidade que ela sentira quando eles conceberam seu filho, passaram por sua mente. Os golpes eram desgastantes e inegáveis como as necessidades em seu corpo. Sua Wellsie estava com dor, com uma dor excruciante...

Ele tinha chegado em casa pouco antes do amanhecer, faminto, cansado, pensando que desfrutaria de uma boa refeição e de algum programa ruim de TV antes de os dois dormirem juntos. No entanto, assim que entrou pela garagem, tivera a mesma resposta contra a qual estava lutando agora: uma necessidade arrebatadora de se vincular.

Somente uma coisa causava esse tipo de reação.

Seis meses antes daquilo, Wellsie o tinha feito jurar, pela base daquela vinculação santificada, que, quando ela sentisse a próxima necessidade, ele não a drogaria. Cara, eles tinham brigado por causa disso. Ele não queria perdê-la para a cama do parto; como muitos dos machos vinculados, ele preferiria seguir sem filhos pelo resto de suas longas vidas, e não correr o risco de ficar sozinho.

E quanto a você lutar?, ela gritou com ele. *Você enfrenta sua porra de cama do parto todas as noites!*

Ele não conseguia se lembrar agora do que tinha dito a ela naquela ocasião. Sem dúvida, Tohrment tentara acalmá-la, mas isso não funcionou.

Se algo acontecer com você, disse ela, *eu também fico sem nada. Você nunca pensou que eu enfrento essa tortura toda santa noite?*

O que ele tinha dito a ela? Que merda, não conseguia lembrar. Mas conseguia formar a imagem do rosto dela, clara como o dia, quando Wellsie o encarou.

Eu quero um filho, Tohr. Eu quero um pedaço de nós dois juntos. Quero uma razão para continuar vivendo se você não estiver mais aqui, porque é isso que vou ter de fazer. Vou ter *de continuar vivendo.*

Mal sabia Tohrment que seria *ele* quem ficaria para trás. Que a criança não seria o motivo da morte de Wellsie. Que todas as coisas contra as quais eles haviam lutado eram as preocupações erradas.

Mas a vida era assim. E logo que ele entrou na casa deles teve vontade de telefonar para Havers. Chegou até mesmo a procurar o telefone. Mas, no fim, como de costume, ele não tinha conseguido negá-la.

E, em vez de sangrar depois que a necessidade passou, ela se viu grávida. *Incandescente* sequer chegava perto de descrever sua alegria...

O grito que veio em seguida foi tão alto que o deixou impressionado por não ter estilhaçado a porta de vidro.

Jane invadiu o escritório.

– Tohr! Escute, eu preciso de sua ajuda.

Quando as mãos se agarraram à borda da mesa para que ele pudesse se manter no lugar, Tohr negou com a cabeça como se fosse um maluco.

– Eu não vou fazer isso. Não vou servir essa fêmea... Nem a pau. Não vou. Não vou. Não vou...

Balbuciando, ele estava balbuciando de uma forma ridícula. Tohrment sequer ouvia as palavras que saíam de sua boca quando começou a se levantar da mesa e a batê-la repetidamente contra o chão, até que algo duro e pesado se espatifou.

Em algum ponto no fundo de sua mente, ele pensou por um instante que era realmente muito irônico o fato de ele estar ficando louco outra vez nesta sala.

Ele tinha descoberto aqui que Wellsie havia morrido.

Jane colocou as mãos para cima.

– Não, espere, eu preciso de sua ajuda. Mas não é dessa forma.

Outra onda de instinto o fez ranger os dentes e ele teve de arquear a parte superior do corpo enquanto praguejava.

– Ela me disse para não telefonar para você...

Então, por que ele estava aqui? Ah, droga... aquela necessidade, o impulso...

– Então por que você me enviou uma mensagem de texto?!

– Ela não vai tomar nenhuma droga.

Tohr negou com a cabeça, mas dessa vez numa tentativa de ter certeza de que estava ouvindo direito.

– Como é que é?

– Ela está recusando a aceitar medicamentos. Não consegui convencê-la e eu não sabia com quem mais entrar em contato. Não consegui falar com Xhex, e essa fêmea não tem mais ninguém próximo a ela. Ela está sofrendo...

– Aplique os sedativos mesmo assim.

– Ela é mais forte do que eu. Eu não consigo nem levá-la na cama sem ela me atacar. Mas isso não é o que está em jogo. Em termos éticos, não posso tratar alguém se a pessoa não me dá permissão. E eu não vou fazer isso. Talvez você possa conversar com ela?

Nesse ponto, os olhos do Tohr entenderam o que a médica tinha em mente, e ele chegou a focar-se nela. O avental branco estava rasgado, com uma lapela dependurada como se fosse um pedaço de pele branca. Ela claramente tinha sido agredida.

Tohr pensou em Wellsie durante aquele momento de necessidade. Quando ele chegou ao quarto deles, o local parecia ter sido saqueado. O criado-mudo e tudo o que havia nele tinha sido arremessado e quebrado, o radio-relógio estava no chão, os travesseiros, longe do colchão, os lençóis rasgados.

Ele encontrou sua fêmea do outro lado do quarto, no tapete, curvada em meio a uma enorme agonia. Estava nua e ruborizada e suando, embora fizesse frio.

Ele nunca esqueceria o jeito como ela olhou para ele e, em meio às lágrimas, implorou para que lhe desse o que tinha para ela.

Tohr montou na fêmea antes mesmo de tirar as roupas.

– Tohr...? *Tohr?*

– Você colocou os outros machos em quarentena? – ele murmurou.

– Sim. Tive até de mandar Manny para longe daqui. Ele estava...

– Sim.

O cara provavelmente tinha ido chamar Payne no campo de batalha. Ou isso, ou estava passando um bom tempo com sua mão esquerda. Uma vez que um macho era exposto, ficaria ereto por algum tempo, mesmo se deixasse a área.

– Eu também falei com Ehlena, e ela disse que tem de ficar longe. Acho que talvez o ciclo de uma fêmea possa alterar o das outras. E é muito provável que ninguém aqui queira engravidar.

Tohr levou a mão ao quadril e inclinou a cabeça, acalmando-se. Disse a si mesmo que ele não era um animal para tomar Autumn na cama em que ela estava deitada. Ele não era um animal.

Droga, quanto ele estava disposto a confiar nessa decisão? E que diabos ela estava pensando? Por que não aceitava os sedativos?

Talvez aquilo fosse um plano. Para levá-lo a servi-la.

Seria ela tão calculista?

O grito seguinte foi de cortar o coração – e o deixou muito irritado. Ao ouvir aquilo, ele disse a si mesmo para dar meia-volta, ir até o armário de suprimentos e simplesmente usar os sedativos. No entanto, Tohrment não podia deixar a doutora Jane. É claro que ela tentaria ajudar Autumn e sairia ainda mais ferida.

Ele olhou para a médica.

– Vamos até lá juntos. E eu não estou nem aí se ela vai consentir ou não. Você vai tirá-la dessa desgraça mesmo se eu tiver de prendê-la no maldito chão.

Tohr respirou profundamente e preparou-se, ajeitou sua calça de couro.

Jane estava falando com ele, certamente vomitando todas as regras de ética disso, ética aquilo... mas ele não estava ouvindo.

Descer aquele corredor parecia durar para sempre. A cada passo, as necessidades do corpo dele se tornavam mais intensas, transformando-o em uma bomba de instintos. Quando Tohrment chegou à porta do quarto de enfermaria no qual ela estava, viu-se curvando o corpo, segurando a virilha, embora estivesse diante da doutora Jane. Seu membro pulsava, seu quadril se contraía...

Ele abriu a porta.

– Caraaaalho...

Seus ossos quase se partiram em dois quando metade dele queria seguir em frente e a outra metade queria voltar e passar novamente pela porta.

Autumn estava na cama, de barriga para baixo, com um joelho contra o peito e a outra perna estendida em um ângulo carregado de tortura. A posição deixava sua cintura apertada, e ela estava ensopada de suor. Seus cabelos estavam uma bagunça, embaraçando-se na parte superior do corpo. E havia marcas de sangue em sua boca – ela provavelmente estava mordendo os próprios lábios.

– Tohrment... – a voz rachada dela ecoou. – Não... vá embora...

Ele cambaleou até a cama e ajeitou seu rosto na frente de Autumn.

– É hora de acabar com isso.

– Vá... vá embora.... – os olhos avermelhados de Autumn encontraram-se com os dele, mas não se focaram, já que lágrimas escorriam por aquele rosto incrivelmente colorido. Os hormônios inundavam a pele da fêmea, corando-a de um tom pêssego, como se ela fosse uma pintura antiga feita à mão. – Vá... Não...

O grunhido que cortou a palavra tornou-se mais intenso, alcançando o volume de um novo grito.

– Pegue os sedativos – ele latiu para a médica.

– Ela não vai aceitá-los.

– Pegue as drogas! Pode ser que você precise do consentimento dela, mas eu certamente não preciso...

– Converse com ela primeiro.

– Não! – berrou Autumn.

O inferno se abriu naquele momento. Um gritava contra o outro até a próxima onda se espalhar e fazer Tohrment e Autumn se calarem. Os dois novamente se curvaram àquela pressão.

O aparecimento de Lassiter foi registrado no instante entre o aumento da dor e a próxima rodada de discussão. O anjo se aproximou da cama e estendeu a mão.

Autumn acalmou-se imediatamente. Seus olhos viraram, seus membros se soltaram. O alívio de Tohr surgiu quando ele a viu relaxar. Ele ainda estava tomado pela necessidade, mas ela já não estava se matando.

– O que você está fazendo com ela? – perguntou a doutora Jane.

– É apenas um transe. E não vai durar muito.

Ainda assim, aquela droga era impressionante. As mentes dos vampiros eram mais fortes do que as humanas, e o fato de o anjo ser capaz de causar esse tipo de reação em uma fêmea naquelas condições sugeria que ele tinha alguns truques especiais escondidos na manga.

Lassiter encarou Tohrment.

– Você tem certeza?

– Certeza de quê? – rebateu Tohr. Caramba, ele estava prestes a perder a sanidade aqui...

– Servi-la.

A risada de Tohr saiu em uma explosão fria.

– Isso não vai acontecer. *Nunca!*

Para provar o que estava dizendo, Tohr avançou para o lado direito, próximo a uma bandeja com seringas que estava preparada, claramente esperando uma aprovação de Autumn. Pegou duas delas e enfiou-as em suas coxas, injetando em si mesmo o que quer que houvesse ali dentro.

Nesse momento, muitos gritos reverberaram, mas isso não durou muito. O coquetel de drogas, fosse lá o que fosse aquilo, teve efeito imediato, e Tohrment logo desabou no chão.

A última imagem que viu antes de cair foi dos olhos confusos de Autumn observando sua queda.

CAPÍTULO 58

Enquanto Qhuinn e John olhavam para Layla com uma expressão estudiosamente apática, ela se ajeitou na cadeira dura em que estava sentada.

Olhando em volta pelo restaurante, a Escolhida viu dois humanos calmamente desfrutando de alimentos muito parecidos com aqueles que estavam nos pratos dela – portanto, era difícil compreender o que havia de errado.

– É alguma coisa lá fora? – ela sussurrou, inclinando o corpo para frente. Ela percebeu que, geralmente, os humanos agiam de forma muito parecida com a dos vampiros, já que estavam apenas tentando viver a vida sem serem incomodados. Mas esses dois machos enormes saberiam se esse não fosse o caso.

Qhuinn olhou para ela e abriu um sorriso que, apesar disso, não iluminou seus olhos.

– Depois que você alimentou o macho, o que mais fez? O que eles fizeram?

Layla franziu a testa, realmente desejando que aqueles dois machos lhe contassem o que havia de errado.

– Ah... bem, eu tentei convencê-los a levar o macho para o centro de treinamento. Imaginei que, se o camarada dele tinha sido tratado no centro de treinamento, então o amigo também poderia ser tratado lá.

– Você acha que os ferimentos dele poderiam ser fatais?

— Se eu não tivesse chegado lá a tempo? Sim, eu acredito que sim. Mas ele parecia melhor quando eu fui embora. Sua respiração estava muito melhor.

— Você se alimentou dele.

Agora o tom da voz Qhuinn era assustador. A tal ponto que, se as barreiras em seu relacionamento com a Escolhida não fossem muito bem definidas, ela poderia pensar que ele estava com ciúme.

— Não, eu não me alimentei dele. Você é a única pessoa de quem me alimentei.

O silêncio que se seguiu revelou a Layla muito mais do que as perguntas. O problema não estava nos humanos em volta deles no restaurante ou naqueles que perambulavam pelas ruas.

— Eu não entendo — ela exclamou, agora furiosa. — Ele estava com necessidades, e eu cuidei dele. Vocês são os últimos que podem discriminá-lo pelo simples fato de ele ser um soldado, e não um macho nobre de nascimento.

— Você contou para alguém aonde estava indo naquela noite? Contou para alguém o que você fez lá?

— O Primale nos dá carta branca. Eu venho alimentando e cuidando de guerreiros há muito tempo. É isso que eu faço. É o meu propósito aqui. Eu não entendo...

— Você teve algum contato com eles desde o ocorrido?

— Eu tinha esperança... na verdade, eu esperava que um deles ou os dois aparecessem na mansão realizando alguma de suas missões oficiais para que eu pudesse ver o ferido outra vez. Mas não, eu não voltei a vê-los — ela afastou os pratos. — O que há de tão errado aqui?

Qhuinn se levantou e pegou um enorme maço de dinheiro. Puxou algumas notas de vinte dólares e as jogou na mesa.

— Temos de voltar para o complexo.

— Por que você está sendo... — ela deixou sua voz se tornar um murmúrio quando algumas pessoas olharam para eles. — Por que você está agindo assim?

— Vamos.

John Matthew também se levantou. Manteve sua expressão furiosa, seus punhos cerrados, sua mandíbula endurecida.

– Layla, volte com a gente. Agora.

Para evitar um teatrinho, ela se levantou e os seguiu em direção ao ar frio. Mas ela não tinha nenhuma intenção de aceitar ordens e se desmaterializar como uma garota boazinha. Se aqueles dois iam se comportar assim, então eles certamente iriam dizer para ela o porquê disso.

Enquanto pisava na neve, ela lançou um olhar penetrante para os dois machos.

– O que há de errado com vocês?

O tom de voz da Escolhida era tão feroz que, se tivesse saído de sua boca um ano atrás, ainda seria um choque. Mas ela não era a mesma fêmea que fora certa vez.

Quando nenhum deles respondeu, ela balançou a cabeça.

– Eu não vou dar mais um passo sequer nesta calçada antes que vocês conversem comigo.

– Nós não vamos fazer isso, Layla – Qhuinn arfou. – Eu tenho de...

– Se você não me contar o que está acontecendo aqui, da próxima vez que um desses soldados entrar em contato, pode acreditar que eu vou vê-lo...

– Então você também seria uma traidora.

Layla piscou.

– Como é? Traidora?

Qhuinn lançou um olhar para John. Quando o macho deu de ombros e lançou as mãos para o alto, uma demorada corrente de xingamentos ecoou.

E então, a terra se desfez debaixo dos pés da Escolhida.

– Eu acredito que o macho que você alimentou é um soldado chamado Xcor. Ele é o líder de um esquadrão de caçadores bandidos coloquialmente chamados de Bando de Bastardos. E, no outono, mais ou menos na mesma época em que você o alimentou, ele tentou colocar um ponto final na vida de Wrath.

– Eu... Eu sinto muito. O que... – quando as pernas trêmulas de Layla bambearam, John se aproximou e a segurou. – Mas como você pode ter certeza de que...

– Fui eu quem causou aqueles hematomas no rosto dele, Layla. Eu o espanquei sem dó para que Wrath conseguisse chegar seguro em casa, e assim alguém cuidasse dele depois de ter levado um tiro. Aquele macho é nosso inimigo, Layla, assim como a Sociedade Redutora...

– O outro... – ela precisou limpar a garganta nesse momento. – O outro soldado, quero dizer, aquele que me levou até ele... ele estava no centro de treinamento. Phury me levou para alimentá-lo... junto com Vishous... eles me disseram que aquele era um soldado de valor.

– Eles disseram isso? Ou permitiram que você acreditasse nisso.

– Mas, se aquele macho era o inimigo, por que acolhê-lo?

– Aquele era Throe, segundo-comandante de Xcor. Ele havia sido abandonado por seu chefe para morrer em um beco. E seríamos amaldiçoados se ele ficasse lá, morrendo, enquanto nós apenas observávamos.

John puxou o celular com a mão livre e rapidamente enviou uma mensagem de texto, mas Layla não estava prestando atenção. Os pulmões dela queimavam, sua cabeça girava, seu estômago revirava.

– Layla?

Alguém chamava seu nome, mas ela só conseguia entender o pânico que tomava conta de seu ser. Quando seu coração saltou e sua boca abriu em busca de ar, a escuridão recaiu sobre ela.

– Que diabos, Layla!

Trabalhando nos telhados de Caldwell, Xhex tomava o cuidado de se manter a certa distância de Xcor, seguindo-o de um beco a outro, de um bairro a outro, conforme ele atacava os assassinos. Pelo pouco que viu, Xhex percebeu que o enorme macho era um lutador eficiente, aquela sua foice fazia um trabalho realmente fenomenal.

Era mesmo uma pena o fato de ele ser um megalomaníaco com delírios que incluíam ocupar o trono.

Durante todo o tempo, ela ficava a pelo menos um quarteirão de distância. Não havia motivo algum para abusar da sorte e correr o risco de ele perceber que estava sendo seguido. Mesmo assim, Xhex tinha a sensação de que ele já sabia. Se a forma como ele lidava com o inimigo fosse um indício, ele seria suficientemente inteligente para supor que Wrath e a Irmandade enviariam forças atrás dele. E, de fato, o macho não estava tentando se esconder. Ele era um inimigo que seguia um padrão dentro de um espaço geográfico limitado: Xcor lutava em Caldwell. Toda merda de noite...

Olá.

Quando os flocos de neve começaram a girar no ar, o macho em questão mudou de posição, lançando-se em uma corrida lenta com o macho do lado de sua mão direita, Throe. Mantendo o foco neles, Xhex se desmaterializou em direção a outro prédio. E mais um. E um terceiro. Aonde estavam indo?, ela pensou enquanto eles deixavam para trás a área de combate.

Quase um quilômetro mais tarde, Xcor parou no nível da rua, claramente tentando escolher entre esquerda e direita. Enquanto Throe se aproximava, palavras furiosas foram trocadas. Talvez porque Throe reconheceu que os machos tinham seguido na direção errada?

Enquanto os dois discutiam, ela olhou para o céu. Verificou o relógio. Droga. Xcor iria se desmaterializar no final da noite, e seria assim que ela o perderia de vista. Com seus sentidos alcançando somente distâncias limitadas, ele rapidamente sairia do alcance dela quando se desmaterializasse para ir embora.

Mas pelo menos ela conhecia o rosto dele agora. E, mais cedo ou mais tarde, ele ou um de seus soldados acabaria se ferindo e teria de ser levado para fora da cidade. Era inevitável – e era assim que ela os pegaria. Ela não era capaz de perseguir moléculas espalhadas, mas um carro, uma van, um caminhão, uma SUV, isso estava dentro de seu alcance. E Deus sabia como eles estavam meses atrasados por conta de um maldito ferimento.

De forma abrupta, Xcor voltou a se movimentar, agora dando a volta no prédio sobre o qual Xhex estava – o que a colocou de volta em ação. Com uma intensidade assustadora, ela amassou com as botas a neve sobre o telhado, dando a volta com ele, correndo pelo sistema de aquecimento e outros itens mecânicos. Quando chegou ao outro lado, ela...

John Matthew.

Droga, seu John não estava longe. Mas que diabos...

Ele tinha dito a ela que ficaria esta noite em casa, pois estava de folga.

Com quem John tinha saído? Qhuinn já tinha deixado de lado seus dias de garanhão... e, de qualquer forma, essa era a parte errada da cidade para isso. Esse era o bairro do teatro.

Desmaterializando-se em direção ao limite do edifício, ela olhou para baixo. Do outro lado da rua, diante de um beco, John estava parado nas sombras. Com Qhuinn e... Layla. Que estava nas mãos de Qhuinn, como se houvesse desmaiado?

Droga. Muito drama lá em baixo. Um drama enorme – do tipo que estava ameaçando destruir todas as emoções da Escolhida.

Xhex dispersou suas moléculas e tomou forma outra vez na frente de John, assustando todos eles.

– Ela está bem?

Estamos esperando Butch chegar, falou John.

– Ele está a caminho?

Ele está preso fazendo uma limpeza do outro lado da cidade. Mas nós precisamos dele agora.

Parecia claro que precisavam. Fosse lá o que tivesse acontecido aqui, certamente não era pouca coisa.

– Você pode me colocar no chão agora – falou Layla, irritada.

Qhuinn simplesmente negou com a cabeça e continuou segurando-a nos braços, acima da neve.

– Ouça, iAm não está longe – Xhex puxou seu celular. – Posso telefonar para ele?

– Sim, isso seria bom – respondeu Qhuinn.

Depois de discar o número do Sombra, Xhex olhou para John enquanto o telefone chamava.

– Oi, iAm, como estão as coisas? Sim. Claro. Como você sabe? Sim, eu preciso de um veículo no bairro do teatro, o mais rápido possível. Você é o cara, iAm – ela desligou o telefone e, em seguida, falou: – Pronto. O tempo estimado de chegada é de cinco minutos.

Obrigado, agradeceu John.

– O que é isso? – Qhuinn disse quando Layla começou a endurecer o corpo.

Xhex estreitou os olhos na direção do rosto da Escolhida quando ele começou a se iluminar... com tesão. E vergonha. E dor.

— Ele está aqui – sussurrou a Escolhida. – Ele não está longe, não mesmo.

John e Qhuinn imediatamente estenderam as mãos na direção de suas armas – o que era um bom truque por parte do último, considerando que ainda estava com Layla em seus braços.

De quem diabos ela estava falando?

— Xcor – Xhex arfou enquanto olhava na mesma direção em que a Escolhida se concentrava. E então, ligando os pontos, ela pensou em voz alta: – Jesus Cristo... Xcor?

Neste exato momento, iAm estacionou uma BMW X5, e, uma fração de segundo depois, já estava do lado de fora e segurando a porta aberta.

Qhuinn pulou na direção da SUV, e Layla não tentou reagir quando foi empurrada como uma inválida para dentro do veículo.

— Fiquem com o veículo – disse iAm aos outros machos. – Use-o como se fosse seu.

Depois de um abrupto agradecimento de Qhuinn, enquanto John olhava para Xhex, o que ocorreu foi um breve momento de "o que fazer agora?".

Preparando-se para alguma atitude machista, ela quis praguejar...

Vamos levá-la de volta, gesticulou John. *Você fica aqui e faça o que for preciso.* Sem dizer mais nada, ele entrou na SUV de iAm e o grupo partiu.

— Você precisa de ajuda? – iAm perguntou.

— Obrigada, mas, não – ela murmurou, enquanto observava a luz de freio do carro brilhar e, em seguida, desaparecer ao virar a esquina. – Eu dou conta.

CAPÍTULO 59

Xcor havia percebido a presença da Escolhida a quarteirões de distância. Atraído por aquela fêmea, ele mudou de direção e seguiu até ela... até Throe aparecer no caminho e começar a discutir com ele.

O que tinha sido, para dizer a verdade, algo bom. Isso significava que o macho continuava firme a seu juramento de nunca mais vê-la.

Xcor, por outro lado, não tinha feito uma promessa como aquela – e então, seguiu em frente, deixando seu soldado na poeira. Destinos, talvez. Mas ele tinha passado tantos dias olhando para as vigas cheias de teia de aranha acima de seu beliche, perguntando-se onde ela estaria, o que estaria fazendo, como estaria.

Se a Irmandade em algum momento descobrisse a quem ela tinha ajudado, eles ficariam furiosos. E Wrath, o Rei Cego, já tinha provado que seu nome era justificado. Ah, como Xcor se arrependia por seu segundo-comandante tê-la trazido para o meio de toda essa bagunça. Ela era ingênua, uma inocente buscando ajudar, e eles a tinham transformado em traidora.

Ela merecia um destino melhor.

Na verdade, parecia uma insanidade orar por ela em busca da misericórdia de seu alvo, nesse caso. Mas ele fez isso. Rezou para que Wrath a poupasse se a verdade viesse à tona...

Embora se aproximasse dela, ele tomou cuidado para não chegar muito perto e a encontrou sob o toldo de um pequeno café, envolta em sombras que, independentemente de quanto ele apertasse os olhos, sua visão era incapaz de penetrar.

Ela não estava sozinha, mas escoltada por soldados – dois deles eram macho, o terceiro era uma fêmea.

Será que ela sentia a presença dele?, Xcor se perguntava. Seu coração batia como se ele estivesse sendo perseguido. Será que ela contaria a eles que ele estava por perto?

Um veículo preto acelerou na direção do grupo e o que saiu dele era algo sobre o que Xcor só tinha ouvido boatos: aquilo era um Sombra? Um Sombra realmente vivo e respirando?

A Irmandade tinha aliados de valor, quanto a isso não restava dúvida...

Rapidamente, sua Escolhida foi levada até o carro nos braços fortes do soldado contra quem ele havia lutado naquela noite, na casa de Assail.

Xcor expôs suas presas, mas manteve o rosnado para si mesmo. O fato de outro macho estar tocando a Escolhida o tornava violento em seu âmago. Talvez ela pudesse estar ferida de alguma forma? Esse pensamento o aterrorizou a ponto de ele sentir tremores.

No último instante, pouco antes de desaparecer no banco de trás, ela olhou na direção dele.

O momento da ligação fez a velocidade do tempo diminuir, até que tudo – desde os flocos de neve caindo até o brilho de um letreiro de neon atrás dela – se tornasse tão lento: o momento em que ela era despachada de sua vista quadro a quadro, as fotografias eram tiradas uma a uma por sua mente.

Ela não estava usando o manto branco, mas roupas humanas que ele não aprovava. Os cabelos ainda estavam puxados sobre a nuca, todavia, acentuando aqueles traços espetaculares do rosto dela. Quando ele inspirou, seu nariz repuxou – tanto por conta do ar frio, quanto de seu cheiro delicado.

Ela continuava exatamente como ele lembrava. No entanto, agora ela estava claramente angustiada, com a pele demasiadamente pálida, olhos arregalados, mãos trêmulas que ela levava à garganta para se proteger.

A palma da mão de guerreiro de Xcor chegou a se estender na direção dela, como se houvesse algo que ele pudesse fazer para aliviar o sofrimento da Escolhida, como se ele pudesse ajudá-la de alguma forma.

Aquele era um gesto que teria de permanecer para sempre na escuridão. Ela sabia que Xcor estava ali, e provavelmente esse era o motivo pelo qual eles a estavam levando embora.

E agora ela devia estar com medo dele. Provavelmente porque sabia que Xcor era o inimigo.

Os dois machos enormes entraram no carro com ela, o mais alto deles tomando o volante, enquanto o outro, aquele contra quem ele havia lutado, ajeitava-se ao lado dela no banco de trás.

Sem que Xcor sequer se desse conta disso, a palma de sua mão foi para dentro da jaqueta e segurou sua arma. A tentação de invadir o caminho do veículo, matar os dois machos e tomar o que ele queria era tão forte que ele chegou a virar-se na direção da rua.

Mas ele não podia fazer isso com ela. Xcor não era como seu pa... Ele não era Bloodletter. Não torturaria a consciência da fêmea pelo resto da vida dela com tamanha violência – porque é claro que ela extrapolaria e culparia a si mesma pelas mortes.

Não, se ele viesse a tê-la, seria porque ela o queria por livre e espontânea vontade. O que, obviamente, era algo impossível.

E então... ele a deixou partir. Não entrou no caminho do carro para afundar uma bala na cabeça do motorista. Não avançou, deu um tiro no banco de trás e tentou matar a soldado fêmea que estava, neste momento, diretamente atrás dele, a aproximadamente meio quarteirão de distância. Não se infiltrou no veículo, pegou a Escolhida e a levou para algum lugar aquecido e seguro.

Onde ele tiraria aquelas roupas humanas horríveis e as trocaria por seu corpo nu.

Deixando sua cabeça cair, ele fechou os olhos e reequilibrou seus pensamentos, tomando as rédeas, afastando-os da fantasia. Aliás, ele sequer a usaria como uma forma de encontrar os Irmãos. Isso significaria assinar a sentença de morte dela com seu próprio nome.

Não, ele não a usaria como uma ferramenta nesta guerra. Ele já a tinha envolvido demais nisso.

Dando meia-volta na neve, ele olhou na direção daquela que estava atrás dele. O fato de os soldados partirem com a Escolhida em vez de lutarem contra ele era lógico. Uma fêmea como aquela certamente era um item de grande valor, e eles provavelmente tinham chamado muitos reforços para seguirem com eles para onde quer que estivessem indo.

Entretanto, era interessante notar que aquela que eles tinham escolhido para deixar para trás era do sexo frágil. Eles deviam acreditar que Xcor tentaria segui-la.

– Eu sinto você de forma tão clara quanto o dia, fêmea – ele gritou.

Para crédito dela, Xhex apareceu em um canto iluminado do beco. Com seus cabelos curtos e um corpo poderoso e musculoso envolvido por couro, ela definitivamente era uma guerreira.

Bem, e essa não era a surpresa da noite? Se ela estava associada com a Irmandade, ele só podia supor que se tratava de uma fêmea perigosa. E, então, o que estava por vir seria divertido.

E, ainda assim, enquanto ela o confrontava, a fêmea não usou armas. Mas ela estava preparada. Aliás, a posição em que estava deixava claro para ele que ela faria o que fosse necessário. Mas Xhex não estava na ofensiva.

Xcor estreitou os olhos.

– Feminina demais para lutar?

– Não sou eu quem deve acabar com você.

– Então de quem eu sou? – quando ela não respondeu, ele sabia que um jogo havia começado. A pergunta era: que tipo de jogo seria esse? – Não tem nada a dizer, fêmea?

Ele deu passo na direção dela. E mais um. Só para verificar onde estavam os limites. É claro que ela não recuou. Em vez disso, Xhex lentamente abriu o zíper na parte da frente da jaqueta, como se estivesse pronta para empunhar suas armas.

Em pé naquela piscina de luz, com neve caindo a sua volta e suas botas plantadas no chão branco e macio, seu reflexo negro criava uma imagem e tanto. Ele não se sentia atraído por ela, todavia – talvez tudo fosse mais fácil se isso acontecesse. Talvez fosse mais fácil lidar com a dureza intrínseca daquela fêmea, por assim dizer.

– Você parece bastante agressiva, fêmea.

– Se você me forçar a matá-lo, então eu vou matá-lo.

– Ah, muito bem. Terei isso em mente. Agora, me diga, você ficou aqui pelo prazer de ter minha companhia?

– Eu duvido que haja muito prazer em algo desse tipo.

– Você está certa. Eu não sou exatamente reconhecido por minha elegância social.

Ela o estava seguindo, ele pensou. Era por esse motivo que aquela fêmea estava aqui. Aliás, ele vinha sentindo desde o início da noite que havia uma sombra atrás dele.

– Receio que eu tenha de partir – ele falou com uma voz arrastada. – Mas tenho a sensação de que nossos caminhos voltarão a se cruzar.

– Pode apostar sua vida que sim.

Ele inclinou a cabeça na direção dela e logo desapareceu, seguindo para longe. Independentemente de quão habilidosa ela fosse para rastrear, certamente não conseguiria seguir moléculas. Ninguém era tão bom a esse ponto.

Nem mesmo sua Escolhida poderia fazer isso e graças aos Destinos. Na verdade, o pensamento de que ela poderia encontrá-lo se assim desejasse, de que o sangue dela em seu corpo era um farol que ela poderia seguir por muito tempo, há muito tempo povoava sua mente.

Mas ela não tinha feito isso, e não faria. Ela não fazia parte da guerra.

O telefone dele tocou assim que ele voltou a sua forma física na encosta do Hudson, bem longe do centro da cidade. Xcor puxou o aparelho e olhou para a tela. A imagem de um dândi antiquado aparecia ao lado de letras e números que ele era incapaz de decifrar – o que indicava que seu contato na *glymera* estava tentando contatá-lo.

Xcor apertou o botão iluminado em verde.

– Que adorável receber sua ligação, Elan – ele murmurou. – Como você está nesta agradável noite? Eles estão? Sim. De fato. Preciso entrar em contato com você sobre o local, mas diga a eles que sim. Devemos nos encontrar com eles o mais breve possível.

Perfeito, pensou ele enquanto apertava o botão vermelho. A facção fragmentada da *glymera* queria conhecê-lo pessoalmente. As coisas começavam a andar.

Já era tempo.

Olhando para o rio, ele deixou sua agressividade fluir, mas aquilo não durou muito. Seus pensamentos inevitavelmente retornaram à Escolhida e aquela expressão horrível no rosto dela.

Ela sabia quem ele era.

E, assim como acontecia com todas as fêmeas, ela o via como um monstro.

Seguindo no banco de trás da SUV de iAm, Qhuinn analisava todos os lados do veículo, buscando saber se eles estavam sendo seguidos. Ele também tinha chamado V. e Rhage para acompanharem a BMW, só por precaução.

Não que Qhuinn tivesse dito a eles que era com os Bastardos que estava preocupado. Eles tinham suposto se tratar de *redutores*, e o macho os deixou acreditar nessa hipótese.

E John não estava dirigindo de volta para o complexo – não havia motivo algum para se aproximar de casa. Em vez disso, eles seguiriam pelos subúrbios e andariam em círculos, permanecendo nas vizinhanças cheias de humanos até Layla ter tempo de se recuperar e se desmaterializar de volta até a mansão.

E, por falar em Layla, ele olhou novamente para ela. A Escolhida encarava a janela a seu lado. Seu peito subia e descia rápido demais.

Mas sim, descobrir que você tinha ajudado o inimigo – provavelmente salvado a vida dele – era algo que ninguém aceitaria muito bem.

Ele inclinou o corpo e apoiou a mão na perna dela, apertando-a.

– Está tudo bem, garotinha.

Ela não virou a cabeça para ele, apenas balançou a cabeça.

– Como você pode dizer isso?

– Você não sabia.

– Ele ficou para trás. O macho não nos seguiu.

Era bom saber.

– Por favor, me avise se isso mudar.

– Pode ter certeza – a voz dela estava completamente apática. – Avisarei rapidamente.

Qhuinn praguejou em voz baixa.

– Layla... olhe para mim – quando ela não obedeceu, ele levou o indicador até o queixo dela. – Ei, você não sabia quem ele era.

Layla fechou os olhos como se desejasse voltar no tempo até a noite em que conheceu o cara e desfazer tudo.

— Venha aqui — disse ele, puxando-a em um abraço.

Quando ela se aproximou com o corpo endurecido e ele esfregou a mão nas costas dela, a tensão em seus músculos era gigantesca.

— E se o Rei me expulsar? — ela falou contra o peito dele. — E se Phury...

— Eles não vão fazer isso. Eles vão entender o que aconteceu.

Quando Layla estremeceu contra o corpo dele, ele olhou para John pelo retrovisor e acenou uma negação com a cabeça para seu melhor amigo. Movendo os lábios, Qhuinn falou sem pronunciar as palavras: *Vamos levá-la para casa. Xcor ficou para trás.*

John arqueou a sobrancelha e em seguida assentiu.

Afinal, a sensação transmitida pelo sangue não mentia. Mas, infelizmente, era uma faca de dois gumes. A boa notícia era que o *mhis* que V. lançou em volta do complexo evitaria que qualquer um que estivesse do lado de fora a encontrasse — o que era o motivo pelo qual Throe tinha sido alimentado. E pelo menos a ligação entre ele e Layla se tornava mais fraca a cada noite, mesmo com o sangue da Escolhida sendo tão puro.

— Eu não tenho nada que seja meu — falou Layla com uma voz rouca. — Nada. Até mesmo meu serviço pode ser tirado de mim.

— Shhh... isso não vai acontecer. Eu não vou deixar isso acontecer.

Cara, ele rezava para que suas palavras não fossem uma mentira. E eles precisavam contar imediatamente ao Rei e ao Primale. A primeira parada, depois que eles levassem a Escolhida até o consultório da doutora Jane, seria o escritório de Wrath. Aqueles dois precisavam entender o que tinha acontecido. Layla havia sido manipulada pelo inimigo, explorada como nenhuma outra fonte a fazer algo que ela jamais faria por livre e espontânea vontade.

Qhuinn sentiu vontade de ter matado Xcor quando teve a oportunidade...

Cerca de trinta minutos mais tarde, John entrou na estrada a caminho do centro de treinamento, e foram necessários outros dez minutos antes de eles finalmente estacionarem o carro na garagem.

O primeiro sinal de que havia algo errado veio logo que Qhuinn colocou o pé no meio-fio. Sua pele se repuxou, seu sangue se aqueceu a ponto de ferver em suas veias – e sem nenhum motivo aparente. Em seguida, ele percebeu uma ereção enorme e latejante.

Franzindo a testa, olhou em volta. E John fez a mesma coisa enquanto abria a porta e saía de trás do volante.

Havia uma espécie de energia sexual se espalhando pelo estacionamento. Que diabos?

– Ah, está bem. Certo... vamos levar você até a doutora Jane – disse Qhuinn enquanto segurava Layla pelo cotovelo e garantia que a parte da frente de seu quadril ficasse coberta por sua jaqueta de couro.

– Eu estou bem. De verdade...

– Então a médica lhe dirá exatamente isso.

Enquanto John abria a porta do local e todos entravam, Qhuinn perdeu o fio de seus pensamentos quando uma muralha de hormônios o atingiu. Olhando para sua pélvis, ele não conseguia acreditar que estava prestes a gozar.

– Alguém aqui está em seu período – anunciou Layla. – Acho que vocês dois não deviam entrar.

Do outro lado do corredor, a doutora Jane praticamente pulou para fora de uma das salas de exame.

– Vocês precisam sair. Qhuinn e John, vocês precisam ir.

– Quem está... – Qhuinn precisou fechar os olhos e forçar sua respiração a se acalmar. O movimento estava fazendo seu membro se esfregar no zíper de sua calça, ameaçando uma enorme explosão que viria aos jatos em breve. – Quem está...

Quando aquela espécie de onda se tornou mais forte, ele perdeu a capacidade de falar.

Caralho! Era como se ele tivesse acabado de passar por sua transição e estivesse cercado por fêmeas nuas em posições que davam a ele acesso total.

– É Autumn – explicou a médica, correndo na direção deles e acompanhando-os de volta até o estacionamento. – Está tudo bem com você, Layla?

– Eu estou bem...

– Ela precisa de um exame rápido – murmurou Qhuinn enquanto se virava na direção do carro do Sombra. – Ela quase desmaiou. Mande uma mensagem de texto para mim quando terminar, está bem, Layla?

John também andava como um espantalho – com movimentos rígidos e sem qualquer coordenação. Por outro lado, quando se tem um taco de basebol dentro das calças, fica difícil dançar como Fred Astaire.

Quando as pesadas portas se fecharam, deixando-os do lado de fora, as coisas melhoraram um pouco. E, quando os dois tinham passado por uma série de portões, embora ainda estivessem eretos, sentiam-se mais racionais.

– Jesus – falou Qhuinn. – Se alguém resolver engarrafar e vender aquela coisa, os caras que fabricam Viagra vão falir.

Atrás do volante, John assobiou, deixando claro que concordava.

Enquanto o cara os guiava até a base da colina e se aproximava pela frente da casa principal, Qhuinn apertou sua calça de couro.

Ele não tinha praticado muito sexo desde... ah, diabos, quase um ano atrás, quando tinha passado algum tempo sozinho com aquele ruivo no Iron Mask. Depois disso, não tinha sentido muito interesse por nada nem ninguém, macho ou fêmea. Nem mesmo acordava mais com uma ereção.

Droga, considerando a duração do período de seca, ele já começava a pensar que tinha esgotado sua cota de orgasmos. Levando em conta o tanto de vezes que transara após sua transição, parecia realmente que isso era possível.

Mas aqui estava ele, roçando em seu banco.

A seu lado, John fazia a mesma coisa, movimentando-se para um lado e para o outro, tocando-se, afastando a mão.

Quando a mansão finalmente apareceu, depois de eles passarem pelo *mhis*, Qhuinn temia entrar na propriedade. Não havia nada de sexy ou interessante em entrar sozinho em seu quarto, masturbar-se uma ou duas vezes, e então continuar sua vigília diante de uma tela escura de TV.

Eu não tenho nada que seja meu. Nada. Até mesmo meu serviço pode ser tirado de mim.

Layla estava realmente certa quanto a isso: embora todos o tratassem bem aqui, a questão era que ele tinha o direito de ficar aqui porque tinha um propósito para John, era um *ahstrux nohtrum*.

Como Layla, entretanto, ele era passível de ser demitido.

E quanto a seu futuro? Qhuinn estava certo de que jamais se vincularia, pois não condenaria uma fêmea a viver uma união sem amor, e jamais conquistaria algum jovem – embora, considerando seus olhos desiguais, talvez isso fosse algo bom.

O caso é que ele estava diante de inúmeros séculos sem um lar, sem uma verdadeira família e sem sangue realmente seu.

Enquanto corria a mão pelos cabelos e se perguntava se havia alguma possibilidade mágica de seu pênis abandonar aquela ereção para trás, ele sabia exatamente do que a Escolhida estava falando quando o assunto era o vazio.

CAPÍTULO 60

Xhex precisava de informações. Já.

Quando se desmaterializou e seguiu para longe dela, Xcor saiu do escopo de seu radar em segundos. E sim, ela tinha uma ideia de para onde ele tinha seguido, mas somente um perfeito idiota não camuflaria em que direção ficava seu esconderijo.

Como era de se esperar, enquanto rastreava o que conseguia do macho, ela se viu presa na encosta do Hudson, não muito distante de sua casa. As pistas se esfriaram nesse momento, e não era por causa do vento frio que soprava rio abaixo vindo do norte.

Ela chutou o primeiro monte de neve que viu a sua frente e continuou andando. Refez seu caminho de volta até o bairro do teatro. Analisou o restante da cidade, passando de telhado em telhado.

Nada.

Por fim, voltou ao topo do prédio onde tinha visto John e os outros andando e praguejando como marinheiros. Na ausência de pistas físicas, ela se viu forçada a seguir com a única coisa que tinha: o drama do lado de fora daquele café.

Pegou o telefone, enviou uma mensagem de texto para John e esperou. E esperou. E... esperou.

Teriam eles caído em uma emboscada no caminho de volta?

Xhex enviou outra mensagem de texto. Ligou para Qhuinn. E não obteve resposta.

Que droga! E se algo tivesse acontecido com eles? Só porque Xcor parecia ter seguido para fora da cidade, isso não significava que ele não poderia dar meia-volta e seguir em direção à SUV de iAm. Enquanto isso, ela estava aqui, correndo atrás do próprio rabo como se fosse uma idiota.

Quando Xhex estava prestes a enviar mais uma onda de mensagens carregadas de pânico, John mandou uma resposta: *Tô em casa. Seguro. Desculpa. Tava lá embaixo na clínica.*

Sentindo-se um pouco mais tranquila, ela respirou fundo e respondeu: *Precisamos conversar sobre Layla. Me deixe ir para casa.*

Qhuinn possivelmente não iria querer deixar a Escolhida naquelas condições, e Xhex não queria que John arrastasse seu *ahstrux nohtrum* para o encontro.

Em vez de esperar uma resposta, ela se desmaterializou e seguiu até a mansão. Subiu os degraus e parou diante da antessala. A porta se abriu imediatamente, e Fritz apareceu, com ares de cansado.

– Boa noite, minha senhora.

– O que há de errado?

O mordomo curvou o corpo e se arrastou para trás.

– Ah, é claro. Sim. A senhora veio até aqui para ver quem?

Em outros momentos, essa pergunta jamais teria sido lançada.

– John. Ele está na clínica?

– Ah... não. Não, ele definitivamente não está lá. John está no andar de cima.

Xhex franziu a testa.

– Há algum problema aqui?

– Ah, não. Por favor, minha senhora, siga em frente.

Até parece que não havia alguma coisa estranha acontecendo...

Xhex cruzou o mosaico de macieira com passos apressados e subiu os degraus da escadaria de dois em dois. Quando chegou ao segundo andar, ela hesitou.

Ainda no corredor, ela conseguiu sentir o cheiro de sexo – uma mistura de odores que, na verdade, denunciava que havia muitas pessoas praticando sexo. Literalmente...

E não é que aquilo a deixou com vontade de vomitar?

Quando se aproximou da porta de John, Xhex se preparou para encontrar o que poderia haver no outro lado. Layla fora treinada como uma *ehros*, e Qhuinn há muito tempo não praticava sexo – e talvez essa separação tivesse levado o companheiro dela para os braços de outros.

Sentindo seu coração parar, ela bateu com força na madeira.

– John? Sou eu.

Fechando os olhos, ela imaginou corpos nus congelando, pessoas olhando de um lado para o outro, John tentando encontrar algo para se cobrir. Nada de ler as emoções, ela estava dispersa demais para lançar mão disso. Também nada de analisar os cheiros... ela já estava tendo problemas demais para ficar em pé porque sabia que pelo menos uma das pessoas ali dentro era John.

– Eu sei que você está aí dentro.

Em vez de ver a porta se abrir, ela recebeu uma mensagem de texto: *Tô mto ocupado. Posso ver vc + tarde?*

Que se foda ele e todo o mundo.

Xhex agarrou a maçaneta, virou-a com força suficiente para quebrá-la e abriu caminho.

Santo. Deus.

John estava sozinho na cama, deitado sobre um emaranhado de lençóis. Seu corpo nu banhado de suor brilhava no reflexo da luz que vinha do banheiro. Uma mão estava entre suas pernas, seu enorme punho agarrando sua grossa ereção, a outra segurava a cabeceira da cama, formando uma espécie de alavanca para que ele pudesse se movimentar. Suas presas estavam expostas, seus músculos na área dos ombros e do pescoço em um relevo gritante enquanto John os retesava.

Droga. A parte inferior da barriga bem definida do macho estava completamente embebida de porra por conta dos outros orgasmos que tivera. E, mesmo assim, ele parecia sedento por gozar ainda mais e mais.

Os olhos febris de John encontraram-se com os dela, e sua mão parou. *Vá embora*, ele disse movendo os lábios. *Por favor...*

Ela se apressou em entrar e fechar a porta. Aquilo não era algo que outros precisassem ver.

Por favor!, ele insistiu.

Por favor, mesmo, foi o que ela pensou em silêncio enquanto seu corpo respondia àquela imagem, seu sangue começava a ser bombeado mais intensamente.

Passando por cima das roupas amarrotadas que ele estava vestindo no bairro do teatro, ela só conseguiu pensar em quanto sentia falta do lado carnal dele. Era como se ela estivesse fechada para balanço durante todos aqueles longos meses – e sim, seria muito melhor para ela dar o fora, deixá-lo sozinho com aquele cacete duro como uma pedra e retornar mais tarde.

Mas Deus... ela sentia falta de ser a fêmea daquele macho.

Eu não consigo parar, disse ele movendo os lábios. *Autumn está em seu período fértil. Ela está no cio e está perto demais.*

Ah. Então estava explicado. Mas...

– Minha mãe está bem?

Ela está no consultório da doutora Jane. E bem, sim.

Deus, pobre fêmea. Ter de sofrer tudo aquilo outra vez, depois de tudo que já tinha enfrentado. Mas pelo menos Jane estava aliviando seu sofrimento. Isso se o próprio Tohr não estivesse fazendo isso.

Certo, ela realmente não se aprofundaria nessa questão.

Xhex, você precisa... ir...

– E se eu não quiser?

Ao ouvir aquelas palavras, o corpo dele arqueou selvagemente, como se ela já o estivesse tocando. E John teve outro orgasmo intenso, subindo e descendo a mão em seu mastro enquanto gozava por todo o abdômen e peito.

Bem, aquela foi uma resposta bastante eloquente: ele também a desejava.

Xhex foi até a beirada da cama e estendeu a mão, deslizando a ponta dos dedos em sua coxa quente. O leve contato foi o suficiente para mantê-lo gozando, seu quadril golpeando para cima, seu membro subia, seu corpo de guerreiro contraindo-se enquanto o prazer retumbava em seu corpo.

Curvando-se, ela afastou a mão com que ele segurava o pau e o capturou com a boca, sugando-o, fazendo-o gozar da forma certa enquanto ele se debatia sobre os lençóis. E, assim que terminou – aquele esguicho em particular, pelo menos –, John ficou paralisado por um nanossegundo antes de se sentar e buscar o corpo de Xhex.

Ela aproximou-se dele relaxada, beijando-o enquanto ele a ajeitava na parte superior de seu corpo. Suas mãos, aquelas mãos enormes e tão familiares, percorriam todo o corpo dela até pararem naquelas belas nádegas, de modo que ele pudesse puxá-la para cima e aninhar o rosto naqueles seios fartos.

Com um golpe rápido de suas presas, ele mordeu a blusa cavada dela, e então alcançou o mamilo, chupando-o e lambendo-o enquanto ela o ajudava, tirando a jaqueta, livrando-se das armas e...

John virou-a de quatro e emitiu um rosnado mudo para a calça de couro dela.

Assim que eles estavam na posição adequada, ele empurrou seu membro para dentro dela ferozmente, e a picada gerada por aquela enorme extensão rígida foi o suficiente para fazê-la entrar em erupção. Ele seguiu o exemplo, unindo-se a ela. Os corpos estavam fundidos um contra o outro enquanto ela gritava.

E ele continuou penetrando-a com golpes incansáveis, proporcionando-lhe mais daquilo de que ela precisava.

Com as presas expostas, ela esperou até que ele fizesse uma pausa. E então, atacou. Cravou-lhe os dentes decidida, forçando-o a deitar-se de costas no colchão, para que pudesse cavalgar nele. E, enquanto ela o mantinha abaixado, prendendo-o pelos ombros e arrastando-se na direção da garganta dele, Xhex recomeçou a penetração, erguendo e abaixando as coxas, movimentando-se naquela deliciosa ereção.

A rendição de John para com ela era completa. Ele mantinha os braços na lateral do corpo, entregando-lhe todas as suas forças, confiando seu corpo para que ela o usasse até secá-lo – tanto no pescoço, quanto na área do quadril.

Enquanto Xhex o possuía, ele mantinha seus olhos fixos nela, o amor que emanava de seus corpos era avassalador, eles eram um par de sóis azuis lançando uma chuva de calor sobre ela.

Por Deus, como ela conseguiria viver sem ele...

Soltando sua garganta por um instante, ela desfrutou daquele orgasmo, enterrando o rosto no ombro dele enquanto as coisas se tornavam tão violentas que ela não poderia estar em contato com sua carótida. Mas ela sabia que a veia dele estaria lá para ela usufruir... assim que aquele orgasmo chegasse ao fim.

Cara, a vida era complicada. Mas a verdade era simples.

Ele era seu lar.

Ele era o lugar ao qual ela pertencia.

Rolando para o lado, ela o encorajou a acompanhá-la, e ele gozou com ela tão fácil quanto água, tão quente quanto fogo. Era a vez dele se alimentar... e, considerando a forma como os olhos de John se focaram na jugular da fêmea, ele concordava com ela.

– Deixe-me cicatrizar você primeiro – disse ela, inclinando o corpo na direção dos furos cravados por seus dentes. Ele segurou o pulso dela e a afastou, balançando a cabeça. *Não... Eu quero sangrar para você.*

Xhex fechou os olhos, sua garganta se contraiu.

Era difícil saber aonde aquilo iria levá-los – afinal, ela jamais teria imaginado que eles se separariam em algum momento. Mas era realmente maravilhoso estar em casa mesmo que apenas para uma curta estada.

Horas se passaram. A noite desaparecia e o amanhecer se aproximava; e então o sol se ergueu no horizonte, subindo em direção ao pico do meio-dia, banhando as montanhas cobertas de neve com sua luz.

Autumn não estava ciente de nada. E não saberia independentemente se estivesse lá embaixo, na clínica, ou lá em cima, na mansão, ou lá fora, na neve.

Na verdade, ela poderia perfeitamente estar debaixo do sol e não se dar conta disso.

Ela estava em chamas.

O calor escaldante em seu ventre lembrou-lhe de como fora dar à luz Xhexania, a agonia chegando às alturas e fazendo-a perguntar a si mesma se a morte não estava próxima, antes de relaxar apenas o suficiente para recuperar o fôlego e se preparar para o próximo pico. E, assim como no parto, o ciclo persistia, os momentos de lucidez tornavam-se cada vez mais distantes uns dos outros, até que a necessidade preenchesse os contornos de seu corpo e assumisse todos os movimentos, toda a respiração, todos os pensamentos.

Não havia sido assim antes. Quando ela estivera com aquele *symphato*, a necessidade não tivera nem metade da intensidade de agora...

Nem durara a metade desse tempo...

Depois de tantas horas de tortura, ela não possuía mais lágrimas, nem mais soluços, nem mesmo contrações musculares. Ela só permanecia deitada, inerte, quase sem respirar, com batimentos cardíacos preguiçosos e olhos fechados enquanto seu corpo continuava sendo internamente violentado.

Era difícil determinar exatamente quando aquela pontada a acometeu, mas pouco a pouco o palpitar entre suas pernas e o flamejar de sua pélvis começaram a desaparecer. Os rigores da necessidade eram substituídos por um forte inchaço nas juntas e os músculos doíam por conta de todo o esforço que ela havia feito.

Quando ela finalmente conseguiu levantar a cabeça, seu pescoço estalou alto e ela gemeu ao perceber que seu rosto atingiu uma espécie de parede. Franzindo a testa, Autumn tentou se orientar... Ah, de fato ela estava nos pés da cama, com o corpo pressionado contra a pequena tábua que protegia a extremidade do leito.

Ela soltou a cabeça para trás por alguns instantes. Conforme o calor intenso diminuía e se transformava em apenas um leve aquecimento, ela começou a sentir frio e procurou um lençol ou um cobertor em volta – ou qualquer tecido que pudesse cobrir seu corpo. Não havia nada ali. Tudo estava no chão. Autumn estava nua em um colchão também nu – claramente tinha arrancado os lençóis presos com elástico.

Reunindo toda a energia que tinha, ela tentou empurrar o torso para cima e levantar a cabeça. Mas obteve pouco progresso. Era como se houvesse uma cola prendendo-a na cama...

Por fim, ela conseguiu se levantar.

A jornada ao banheiro foi tão árdua e traiçoeira quanto subir uma montanha, mas, ah... como ela se sentiu bem quando alcançou o chuveiro e o ligou.

Quando a água morna caiu generosamente do jato preso à parede, ela sentou-se sobre os azulejos no chão, encostando os tornozelos no quadril e abraçando os próprios joelhos. Então, colocou a cabeça para o lado e deixou o esguicho lavar o sal das lágrimas e do suor.

Logo depois, o estremecer de seu corpo se tornou mais violento.

– Autumn? – a voz da doutora Jane veio do quarto.

Seus dentes batiam, impedindo-a de responder, mas o barulho do chuveiro já servia como resposta. A outra fêmea apareceu na passagem da porta, e logo entrou no banheiro, até puxar a cortina e ajoelhar-se para encará-la.

– Como você está se sentindo?

De forma abrupta, Autumn escondeu o rosto com as mãos e começou a chorar.

Difícil saber se a explosão foi porque a necessidade tinha finalmente ido embora ou se era porque Autumn estava tão cansada que já não restavam limites... ou porque a última coisa de que ela se lembrava era da imagem de Tohr espetando aquelas agulhas na coxa e caindo no chão.

– Autumn, você consegue me ouvir?

– Sim... – ela respondeu com uma voz arrastada.

– Eu gostaria de levá-la de volta para a cama se você já tiver terminado de se lavar. Está muito quente aqui, e estou preocupada com a sua pressão.

– Estou c-c-com fr-frio.

– São arrepios de febre. Vou desligar a água agora, está bem?

Ela assentiu com a cabeça, porque não tinha forças para fazer nada diferente disso. Quando o jato de água quente parou de jorrar, o ruído dentro de suas entranhas tornou-se pior, e o frio se apressou em percorrer toda sua pele tenra. Não demorou muito, todavia, para um tecido suave envolver seus ombros.

– Você consegue ficar em pé? – quando Autumn assentiu novamente com a cabeça, recebeu ajuda para se levantar e vestir um manto leve, e foi acompanhada até a cama – que havia sido arrumada como que num passe de mágica, e agora estava com lençóis e cobertores limpos.

Espreguiçando-se, ela tomou consciência das lágrimas que escorriam no canto de seus dois olhos, um fluxo lento e infinito de lágrimas aquecidas descendo por seu rosto frio.

– Shhh, está tudo bem com você – disse a médica enquanto se sentava na beirada do colchão. – Você está bem... já passou...

Quando uma mão delicada acariciou-lhe os cabelos molhados, foi o tom de voz da doutora Jane, mais do que as palavras, que realmente a ajudou.

E então, ela viu um canudo saindo de uma lata de refrigerante aproximando-se de sua boca.

Um gole daquele néctar gelado e adocicado fez Autumn revirar os olhos.

– Oh... abençoada Virgem Escriba... o que é isso?

– Refrigerante de gengibre. E é bom poder ajudá-la. Não, não beba tão rápido.

Depois que terminou de tomar toda a lata, Autumn deitou-se novamente enquanto uma faixa era presa a seu braço e estufada até finalmente se esvaziar. Em seguida, um disco frio foi pressionado contra vários pontos de seu peito. Uma luz se acendeu diante de seus olhos.

– Posso tomar mais um pouco do refrigerante de gengibre, por favor – ela pediu.

– Seu desejo é uma ordem.

A médica fez mais do que isso e retornou não apenas com uma lata de refrigerante e um canudo, mas também com alguns biscoitos salgados que não tinham gosto de nada, mas que eram o paraíso para seu estômago.

Ela estava se alimentando rapidamente quando percebeu que a médica tinha se sentado em uma cadeira e permanecia ali, sem dizer coisa alguma.

Autumn parou de comer.

– Você não tem outros pacientes?

– Só uma, e ela estava bem quando chegou aqui.

– Ah – Autumn pegou mais um biscoito. – Qual é o nome disso aqui?

– Biscoito de água e sal. Esses biscoitos muitas vezes funcionam melhor do que qualquer droga que eu prescrevo aqui.

– Eles são uma delícia – ela levou aquela coisa estranha e ressecada até sua boca e mordeu. Ao perceber que o silêncio persistia, perguntou: – Você quer saber por que eu recusei os sedativos?

– Na verdade, isso não é problema meu. Mas eu realmente acho que você precisa conversar com alguém sobre isso.

– Com um profissional?

– Sim.

– Não há nada errado em deixar a natureza seguir seu curso – Autumn olhou para o teto. – Mas eu implorei para que você não o chamasse. Disse para você não telefonar para ele.

– Eu não tive escolha.

Lágrimas ameaçavam cair, mas ela conseguiu segurá-las.

– Eu não queria que ele me visse daquele jeito. Wellsie...

– O que tem ela?

Autumn estremeceu, surpresa, amassando os biscoitos e derrubando refrigerante sobre a própria mão. Tohrment apareceu na passagem da porta. Sua sombra enorme preenchia o batente.

A médica logo se levantou.

– Eu vou ver mais uma vez se está tudo bem com Layla. Seus sinais vitais estão bons, Autumn, e vou trazer uma refeição completa para você quando eu voltar.

E então, eles ficaram a sós.

Ele não se aproximou da cama. Em vez disso, permaneceu ao lado da porta, apoiado na parede. Com as sobrancelhas baixas e apertadas e os braços cruzados sobre o peito musculoso, Thor parecia contido e explosivo – tudo ao mesmo tempo.

– Que merda foi essa? – perguntou ele com um tom áspero.

Ela deixou de lado os biscoitos e a lata de refrigerante, e então começou a dobrar e a desdobrar a bainha do cobertor.

– Eu lhe fiz uma pergunta.

Ela limpou a garganta.

— Eu falei para a doutora Jane não chamar você.

— Você pensou que se eu a visse sofrendo, eu viria até aqui para ajudá-la?

— Não, de forma alguma...

— Tem certeza disso? Por que, francamente, o que você achou que a doutora Jane faria quando você se recusou a ser tratada?

— Se você não acredita em mim, pergunte à médica. Eu a instruí claramente a não chamá-lo. Eu sabia que aquilo seria demais para você... Como não seria depois que...

— Não estamos falando da minha *shellan*. Isso aqui não tem nada a ver com ela.

— Não estou tão certa sobre isso.

— *Confie* em mim.

Depois disso, ele não disse mais nada, apenas ficou lá com o corpo tenso, aqueles olhos endurecidos, encarando-a como se nunca a tivesse visto antes.

— Onde estão seus pensamentos? — ela perguntou em voz baixa.

Ele sacudiu a cabeça de um lado para o outro.

— Você realmente não gostaria de saber.

— Sim, eu gostaria.

— Eu acho que venho enganando a mim mesmo durante todos esses meses.

Quando aquele tremor que sentira no chuveiro ameaçou retornar, ela sabia que a causa não era um desequilíbrio de temperatura em seus ossos. Não mais.

— Como assim?

— Agora não é hora para isso.

Quando ele se virou para ir embora, ela teve certeza de que não voltaria a vê-lo. Nunca mais.

— Tohr — ela o chamou com uma voz áspera. — Não houve nenhuma manipulação de minha parte, você precisa acreditar nisso. Eu não queria que você me servisse... Eu jamais o colocaria em uma situação assim.

Depois de um momento, ele olhou sobre o ombro. Seus olhos estavam totalmente apáticos.

— Ah, quer saber? Que se foda tudo isso. É quase pior o fato de você não me querer aqui com você. Porque a outra opção faria você ser uma doente mental.

— Como é que é? — Autumn franziu a testa. — Eu sou completamente sã.

— Não, você não é. Se fosse, não teria escolhido se colocar em uma situação como essa.

— Eu só não queria fazer uso dos sedativos. Você está exagerando...

— Ah, é? Bem, então se prepare, porque você não vai gostar da minha próxima conclusão: estou começando a pensar que você está comigo como uma forma de punir a si mesma.

Ela recuou de forma tão feroz que seu pescoço voltou a estalar.

— Eu tenho certeza de que isso não é verdade...

— Existe forma melhor de se afundar na desgraça do que estar com um macho que ama outra pessoa?

— *Não* é por isso que estou com você.

— Como você sabe, Autumn? Você tem feito papel de mártir durante séculos. Vem agindo como uma serva, uma empregada, uma lavadeira e vem transando comigo ao longo dos últimos meses, o que novamente me faz pensar em um caso clínico de insanidade.

— Como você se atreve a julgar minhas convicções mais íntimas? — ela sussurrou. — Você não sabe nada do que eu penso ou sinto!

— Bobagem. Você está apaixonada por mim — ele se virou para encará-la e então estendeu a mão aberta, de modo a fazê-la conter os comentários. — Não se preocupe em negar o que você me diz todos os dias enquanto dorme. Então, vamos reunir as evidências. Você claramente gosta de se punir. E sabe muito bem que o único motivo que me leva a estar com você é tirar Wellsie do Limbo. Então, eu não me encaixo em seu modelo de...

— Saia — ela esbravejou. — *Saia daqui*!

— Como é? Você não quer que eu fique aqui, já que isso pode fazê-la sentir um pouco mais de dor?

— *Seu desgraçado.*

— Você entendeu bem. Eu estou usando você, e a única pessoa para quem isso está funcionando é *você*. Deus sabe que tudo isso não me levou a lugar algum. A boa notícia é que tudo isso – ele apontou para ela e para ele várias vezes – vai lhe render uma ótima desculpa para se torturar ainda mais. Ah, e não se preocupe em negar nada. Aquele *symphato* foi culpa sua. Eu sou culpa sua. O peso do mundo é culpa sua, porque você gosta de estar no papel de vítima.

– Saia daqui! – ela berrou.

– Sabe, toda a rotina de indignação é um pouco difícil de ser levada a sério, considerando que você passou as últimas doze horas sofrendo.

– Saia daqui!

– ... quando o sofrimento sequer era necessário.

Ela jogou nele a primeira coisa que estava a seu alcance – a lata de refrigerante. Porém, ele tinha bons reflexos e apenas apanhou-a com sua mão enorme e, em seguida, caminhou até a mesa com rodinhas.

– Você pode considerar o fato de ser uma masoquista – ele depositou a lata com uma delicadeza deliberada, como se estivesse desafiando a fêmea a jogá-la outra vez contra ele. – E eu tenho sido a droga que você escolheu nos últimos tempos, mas não vou mais ficar nesse papel. Nem você, pelo menos não comigo. Essa merda entre nós não é saudável para mim, não é saudável para você. E isso é tudo o que somos juntos. Tudo o que teremos. – Ele praguejou com uma voz dura e baixa. – Veja, eu sinto muito, Autumn. Por toda essa merda... Eu realmente sinto mundo. Eu devia ter colocado um ponto-final nisso há muito tempo, muito antes de tudo chegar tão longe quanto chegou. E o melhor que posso fazer para acertar as coisas é dar um fim em tudo isso agora – ele sacudiu a cabeça, com olhos brilhando, assombrados. – Eu fui parte da sua autodestruição uma vez e me lembro muito bem das bolhas que surgiram quando escavei seu túmulo. E não vou fazer isso outra vez. Não posso fazer isso outra vez. Você sempre terá minha compaixão por tudo o que passou, mas eu preciso enfrentar meus próprios problemas.

Quando ele ficou em silêncio, ela abraçou a si mesma. Com um sussurro, falou:

– Tudo isso só porque eu não quis ser sedada?

– Não é apenas sobre você estar em seu período de necessidade. Você sabe que não é. Se eu fosse você, aceitaria o conselho de Jane e conversaria com alguém. Talvez... – ele deu de ombros. – Não sei. Já não sei mais de droga nenhuma. A única coisa de que tenho certeza é que não podemos continuar com isso. As coisas estão ficando cada vez piores entre nós dois.

– Você sente alguma coisa por mim – ela falou, levantando o queixo. – Eu sei que não é amor, mas você sente...

– Eu sinto pena de você. É isso que sinto agora. Porque você é apenas uma vítima. Você não é ninguém, mas apenas uma vítima que gosta de sofrer. Mesmo se eu pudesse me apaixonar por você, não há nada em você que realmente me prenda. Você não passa de um fantasma que sequer está aqui... mais do que eu estou. E, no nosso caso, dois erros não fazem um acerto.

Com isso, ele virou as costas para ela e partiu, deixando-a em um emaranhado de dor e perda, deixando-a para confrontar as imagens confusas de seu passado, seu presente e seu futuro... deixando-a solitária de uma forma que não tinha nada a ver com o fato de ela estar desacompanhada naquele momento.

A porta, ao se fechar atrás dele, não produziu ruído algum.

CAPÍTULO 61

Quando Tohr saiu no corredor, ele estava insano, incoerente, à beira de um ataque de violência. Jesus Cristo, ele tinha de sair daqui, tinha de se distanciar dela. E pensar que ele a tinha chamado de louca?

Ele era o louco naquele maldito momento.

Quando ele ergueu o olhar, percebeu que Lassiter estava bem a sua frente.

– Agora não...

O anjo o puxou para trás e o sacudiu com tanta força que Tohrment não apenas viu estrelas, mas toda uma série de malditas galáxias.

Quando Tohr atingiu a parede de concreto atrás de seu corpo, o anjo o agarrou pela parte da frente da blusa e o acertou novamente, fazendo seus molares tremerem.

Quando a visão de Tohrment finalmente se desanuviou, aquele olhar afiado não perdia em nada para uma máscara demoníaca, os traços estavam distorcidos em um tipo de fúria que exigia uma limpeza de coveiro.

– Você é um idiota – latiu Lassiter. – Uma porra de um completo idiota.

Tohr inclinou-se para o lado e cuspiu sangue.

– Foi Maury ou Ellen quem o ensinou a julgar as pessoas?

O anjo apontou um enorme dedo para a cara de Tohrment.

– Escute com muita atenção o que eu tenho a dizer, porque só vou dizer uma vez.

– Você não prefere me bater de novo? Eu sei que isso o faria mais feliz.

Lassiter o lançou contra a parede mais uma vez.

– Cale a boca. E escute o que eu tenho a dizer. *Você venceu.*

– Como é?

– Você conseguiu o que queria. Wellsie está condenada por toda a eternidade.

– Que diabos...

Uma terceira pancada o impediu de terminar a frase.

– É o fim. Pronto. Está feito – o anjo apontou para a porta fechada da sala onde Autumn estava. – Você acabou de destruir a sua chance quando arrasou aquela fêmea.

Tohr ficou completamente descontrolado, suas emoções explodiam.

– Você não sabe nada de *merda* nenhuma que está falando... você não sabe de *nada*! Não tem nem ideia de nada disso, nem de mim, nem dela, e nem do seu trabalho. Que diabos você fez aqui ao longo do último ano? Porra nenhuma! Só sabe passar o tempo todo sentado assistindo a *talk shows* enquanto minha Wellsie está desaparecendo. Você é uma enorme perda de tempo!

– É mesmo. Certo... você é tão brilhante, caralho. O que acha disso? – Lassiter o soltou. – Eu desisto.

– Você não pode desistir.

Lassiter mostrou o dedo do meio.

– Já era. Acabei de desistir.

O anjo deu meia-volta e se afastou pelo corredor.

– Você está desistindo, então, porra?! Que ótimo... realmente muito bom! Merda! É isso que eu chamo de se manter fiel aos princípios, seu filho da puta egoísta!

Tudo o que Tohrment recebeu como resposta foi, mais uma vez, o dedo do meio do anjo.

Praguejando furiosamente, Tohr ameaçou seguir aquele cara, mas logo se conteve. Deu meia-volta e deu um soco, golpeando o concreto com tanta força a ponto de fazê-lo sentir seus dedos quebrarem. E, como era de se imaginar, a dor da pancada nas costas de sua mão não chegava nem perto da agonia em seu peito.

Ele estava em um estado totalmente bruto, por dentro e por fora.

Seguindo na direção oposta àquela tomada pelo anjo, ele se viu diante das pesadas portas de aço que davam para o estacionamento. Sem sequer ter ideia do que estava fazendo ou de onde estava indo, ele a abriu violentamente, marchando em direção ao ar frio, virando para a direita, subindo uma rampa, passando por espaços vazios demarcados com tinta amarela.

Ele percorreu todo o caminho até os fundos, chegando ao muro do outro lado. Então, sentou-se com o traseiro no asfalto duro e frio, apoiando os ombros no concreto úmido.

Enquanto respirava com dificuldade, sentiu-se como se estivesse nos malditos trópicos – provavelmente o último traço dos efeitos da necessidade em seu corpo. Embora tivesse sido apagado como uma luz pelo efeito dos sedativos, ele ainda tinha ficado muito exposto. Seus testículos doíam como se ele os tivesse espremido, seu membro continuava duro, suas juntas, doloridas como se ele tivesse tensionado o corpo mesmo em meio àquela bruma de morfina.

Rangendo os dentes, ele continuou sentado sozinho, olhando para frente, para a escuridão.

Este era o único lugar seguro para ele naquele momento.

Provavelmente seria por algum tempo.

Quando ouviu um grito, Layla enfiou a cabeça para fora do ginásio para ver quem estava berrando – e imediatamente puxou sua cabeça de volta para dentro. Tohr e Lassiter estavam discutindo, e ela definitivamente não precisava se envolver naquilo.

Layla tinha seus próprios problemas.

Apesar de Autumn estar em seu período de necessidade, ela tinha ficado lá embaixo de noite, na clínica, ciente de que tinha passado algum tempo recentemente no Santuário – portanto, não havia motivos para se preocupar com seu ciclo. Mas, para ser mais claro, ela não tinha para onde ir. Qhuinn e John estavam, sem dúvida, falando com o Rei e o Primale na casa principal. E Layla logo seria convocada para descobrir qual seria seu destino.

Vendo-se diante de possível exílio – ou pior, da sentença de morte por ter ajudado um traidor –, ela passou horas e mais horas andando pelo chão cor de mel da academia, passando por arquibancadas e bancos e pela entrada da suíte privada pelas portas que davam para o corredor. E depois voltava e fazia a mesma coisa outra vez.

Sua ansiedade era tão grande a ponto de fazer sua tensão se tornar um novelo de lã, com fios confusos subindo para envolver sua garganta e descendo para apertar seu intestino.

Ela pensou incessantemente em Xcor e em seu segundo-comandante. Havia sido usada por ambos, mas especialmente pelo segundo. Xcor não queria partilhar de sua veia. Tinha lutado contra essa ideia... e quando Layla o convenceu, ele provavelmente sentiu-se culpado, pois sabia exatamente em que posição a estava colocando. O outro soldado não tinha uma compulsão desse tipo.

Para dizer a verdade, ela o culpava. Fosse lá o que viesse a acontecer com ela, era culpa dele. Talvez Layla reencarnasse como um fantasma e pudesse assombrá-lo todas as noites... claro, acreditando que ela fosse condenada à morte. Se não fosse, então o que ela faria? Obviamente, eles a destituiriam de suas obrigações, e também de seu *status* de Escolhida. Para onde ela iria? Layla não tinha nada que fosse realmente seu, nada que não lhe tivesse sido oferecido por ordem do Rei ou do Primale.

Enquanto continuava andando de um lado para o outro, ela enfrentou mais uma vez o vazio de seus dias. E então, perguntou-se para que propósito ela serviria no futuro...

Do outro lado, a porta se abriu, e ela parou.

O Rei, o Primale, Qhuinn e John Matthew: todos os quatro foram a seu encontro.

Ajeitando a coluna, ela cruzou a sala de ginástica, sempre os encarando. Quando estava suficientemente próxima, fez uma reverência até o chão e não esperou que ninguém falasse com ela. As formalidades eram o menor de seus problemas.

– Meu senhor, estou preparada para aceitar toda a responsabilidade.

– Levante-se, Escolhida – uma mão apareceu diante de seu rosto. – Levante-se e fique tranquila.

Quando ela ficou boquiaberta e ergueu o olhar, o sorriso do Rei era suave. E ele não esperou que ela respondesse. Inclinando-se na direção dela, ele segurou a palma de sua mão sobre a dele e a ajudou em suas súplicas. E, quando Layla olhou para o Primale, os olhos dele pareciam gentis demais para ser verdade.

Ela apenas balançou a cabeça e falou a Wrath:

— Meu senhor, eu alimentei seu inimigo...

— No momento em que fez isso, você sabia quem ele era?

— Não, mas...

— Você acreditou que estava ajudando um soldado ferido?

— Bem, sim, mas...

— Você voltou a procurar aquele macho?

— Absolutamente, mas...

— Você de fato contou a John e Qhuinn onde ele estava quando você estava voltando da cidade na noite passada?

— Sim, mas...

— Então, chega de *mas* — o Rei sorriu novamente e levou a mão ao rosto dela, acariciando-lhe a bochecha levemente, apesar de ser cego. — Você tem um coração enorme, e eles sabiam disso. E se aproveitaram da sua ingenuidade. Usaram você.

Phury assentiu.

— Eu deveria ter lhe contado a quem você estava alimentando logo no início, mas a guerra é algo sujo e desagradável, e não queria que você fosse sugada para dentro dela. Em momento algum me ocorreu que Throe poderia procurá-la, mas eu realmente não devia me surpreender. O Bando de Bastardos é cruel em sua essência.

Ela rapidamente levou a mão até a boca, segurando um soluço que brotava com as lágrimas.

— Eu realmente sinto muito... Juro a vocês todos... Eu realmente não tinha ideia...

Phury aproximou-se e a puxou na direção de seu corpo.

— Tudo bem. Está tudo bem... Eu não quero que você volte a pensar nisso.

Quando virou a cabeça para o lado para apoiá-la em seu forte peitoral, Layla sabia que aquilo não era possível. De forma consciente ou não, ela havia traído sua única família, e isso não era algo que alguém podia simplesmente apagar – mesmo se o ato de burrice fosse perdoado. E aquelas últimas horas, aquele período em que seu destino era desconhecido e sua solidão lhe fora totalmente revelada, tampouco poderiam ser simplesmente apagadas de sua vida.

– A única coisa que lhe peço é que, se ele fizer contato com você outra vez, se algum deles fizer, que nos conte imediatamente – falou Wrath.

Ela se afastou tentando, com ousadia, segurar a mão com anel do Rei. Como se soubesse o que ela queria, Wrath estendeu-a prontamente na direção dela, ostentando aquele diamante negro que brilhava em seu dedo.

Inclinando a cabeça, Layla encostou os lábios no símbolo da monarquia. Em seguida, falou no Antigo Idioma:

– *Com tudo o que eu tenho e com tudo o que sou, eu juro.*

Enquanto ela fazia o pacto com seu rei, diante do Primale e de duas testemunhas, uma imagem de Xcor invadiu os olhos da mente de Layla. Ela se recordou de cada detalhe de seu rosto e de seu corpo de guerreiro...

Nesse instante, de forma súbita, um golpe de calor espalhou-se por ela.

Entretanto, aquilo pouco importava. Seu corpo poderia ser um traidor, mas seu coração e sua mente eram fiéis.

Endireitando-se, ela olhou para o Rei. E então, ouviu sua própria voz dizendo:

– Deixe-me ajudá-los a encontrá-lo. Meu sangue corre nas veias dele. Eu posso...

Qhuinn a interrompeu.

– Absolutamente. Nem a pau..

Ela o ignorou.

– Permita-me provar-lhes minha lealdade.

Wrath negou com a cabeça.

– Não é necessário. Você é uma fêmea de valor, e nós não colocaremos sua vida em risco.

– Eu concordo – expressou-se o Primale. – Vamos dar um jeito naqueles guerreiros. Eles não são nada com que você deva se preocupar...

E agora, quero que cuide de si mesma. Você parece exausta e deve estar faminta. Procure algo para se alimentar e vá dormir na mansão.

Wrath assentiu.

— Sinto muito por termos demorado tanto para vir encontrá-la. Beth e eu estávamos em Manhattan descansando nossos cérebros e só conseguimos chegar aqui ao cair da noite.

Layla assentiu com a cabeça e concordou com tudo o que estava sendo dito, mas somente porque de uma hora para a outra sentiu-se cansada demais até mesmo para ficar em pé. Felizmente, o Rei e o Primale logo saíram, e então Qhuinn e John assumiram o controle da situação, levando-a de volta para a mansão, até a cozinha, onde a colocaram sentada diante de um balcão e abriram as portas da geladeira e da despensa.

Foi legal da parte deles esperar por ela, especialmente considerando que os dois não sabiam sequer cozinhar um ovo. Pensar em comida, entretanto, fez o estômago da Escolhida revirar, e ela quase vomitou.

— Não, por favor — disse ela, afastando os restos da Primeira Refeição. — Oh, Santíssima Virgem Escriba, *não*.

Quando eles separaram alguns pedaços de peru e purê de batata e uma espécie de mistura com brócolis, ela tentou não ver ou sentir o cheiro de nada.

— Qual é o problema? — perguntou Qhuinn enquanto se ajeitava no banco ao lado dela.

— Não sei — a Escolhida deveria estar aliviada por Wrath e Phury terem sido tão complacentes e perdoado a transgressão que ela cometera. Em vez disso, todavia, ela estava mais ansiosa do que nunca. — Eu não me sinto bem... Eu quero ajudar. Eu quero fazer as pazes. Eu...

John começou a falar algo na língua de sinais enquanto estava perto do micro-ondas. Mas, fosse lá o que aquilo fosse, Qhuinn sacudiu a cabeça, recusando-se a interpretar.

— O que ele está dizendo? — ela perguntou. Quando não obteve resposta, colocou a mão no braço musculoso do macho. — O que ele está dizendo, Qhuinn?

— Nada. John não está dizendo porcaria nenhuma.

O outro macho não gostou daquela resposta, mas não discutiu enquanto preparava um segundo prato de comida, certamente para Xhex.

Depois que John pediu licença para ir alimentar sua *shellan*, o silêncio na cozinha era perturbado apenas pelo barulho dos talheres de Qhuinn batendo contra seu prato.

Não demorou muito para a Escolhida querer sair de sua própria pele. E, para evitar gritar, ela começou a andar de um lado para o outro.

– Você realmente deveria ir descansar – murmurou Qhuinn.

– Eu não consigo me acalmar.

– Tente comer alguma coisa.

– Santíssima Virgem Escriba, não. Meu estômago está revirado... e está quente demais aqui.

Qhuinn franziu a testa.

– Não, não está.

Layla continuou andando de um lado para o outro, cada vez mais rápido, e ela supôs que estava fazendo aquilo porque queria se livrar das imagens em sua cabeça: Xcor olhando para ela. Xcor tomando de sua veia. Xcor e seu corpo enorme... seu corpo sólido de guerreiro deitado diante dela e claramente excitado por causa do sabor do sangue...

– Em que diabos você está pensando? – Qhuinn perguntou com uma voz sombria.

Ela parou no mesmo instante.

– Em nada. Nada, mesmo.

Qhuinn levantou-se brevemente em seu banco, e logo afastou o prato ainda com comida.

– Eu deveria deixá-lo – ela anunciou.

– Não, está tudo bem. Acho que eu também estou meio mal-humorado.

Quando ele se levantou do balcão, segurando o prato em sua mão, o olhar dela correu pelo torso dele e seus olhos arregalaram. Ele estava com tesão.

Exatamente como ela.

Resquícios dos momentos de necessidade de Autumn, não restava dúvida...

A onda de calor tomou conta de Layla com tamanha força que ela mal teve tempo de agarrar o granito do balcão para se manter em pé.

E ela não conseguiu responder quando ouviu Qhuinn gritar de longe seu nome.

A necessidade tomou conta de seu corpo, agrediu seu ventre, forçou-a a se entregar àquela força.

– Oh... Santíssima Virgem Escriba... – Entre suas pernas, seu sexo estava aberto, o desabrochar nada tinha a ver com Xcor ou Qhuinn ou qualquer outra força externa.

A excitação vinha de dentro dela mesma.

Sua necessidade...

Não tinham sido suficientes. Suas visitas ao Santuário não tinham sido suficientes para evitar que ela fosse pega pelo período fértil de Autumn...

A onda seguinte de necessidade ameaçou forçá-la a cair de joelhos, mas Qhuinn estava lá para segurá-la antes que ela alcançasse o chão duro e frio. Enquanto ele a segurava nos braços, Layla sabia que não lhe restava muito tempo para ser racional. E sabia que a decisão que abruptamente tomou conta dela era extremamente injusta e totalmente irracional.

– Me sirva – disse ela, interrompendo o que quer que ele estivesse dizendo para ela. – Eu sei que você não me ama, e sei que não vamos ficar juntos depois disso, mas me sirva para que eu possa ter algo que realmente seja meu. Para que você possa ter algo que realmente seja seu.

Quando o sangue abandonou o rosto de Qhuinn e seus olhos desiguais arregalaram, ela continuou, falando em meio a arfadas rápidas:

– Nós dois não temos uma família de verdade. Nós dois somos sozinhos. Me sirva... me sirva e mude tudo isso. Me sirva para que cada um de nós tenha um futuro que seja, pelo menos em parte, nosso... Me sirva, Qhuinn... Eu imploro... me sirva...

CAPÍTULO 62

Qhuinn tinha certeza absoluta de que estava em um universo paralelo. Afinal, seria impossível que Layla estivesse entrando em seu período fértil... e procurando-o para ajudá-la a passar por aqueles momentos.

Que nada.

Essa era apenas uma imagem refletida da forma como o mundo era – um mundo onde a biologia pura tomava conta deles, para que pudessem criar gerações de crianças biologicamente puras e, portanto, superiores.

– Me sirva e dê a nós algo que seja nosso... – os hormônios dela agora alcançavam novos níveis, níveis mais altos, cortando sua voz. No entanto, essa voz logo voltou, pronunciando as mesmas palavras:
– Me sirva...

Quando ele começou a arfar, não tinha certeza se aquilo era o sexo em seu sangue ou a vertigem criada por esse penhasco inesperado no qual ele estava dependurado.

A resposta era não, obviamente. Não, absolutamente. Nada de crianças. Jamais. E certamente não com alguém por quem ele não estava apaixonado, certamente não com uma Escolhida virgem.

Não.

Não...

Merda, não, caramba, não, Deus, não. Para o inferno, *não*...

– Qhuinn... – ela gemeu. – Você é minha única esperança, e eu a sua...

Bem, no fundo aquilo não era verdade – pelo menos não a primeira parte. Qualquer outro macho da casa – ou do planeta – poderia cuidar disso. E, é claro, logo depois, teria de responder ao Primale.

E essa não era uma conversa da qual ele gostaria de participar.

Mas... bem, ela estava certa com relação à segunda parte. Em seu delírio, em seu desespero, ela estava verbalizando a mesma coisa que ele vinha pensando há meses. Assim como ela, Qhuinn não tinha nada que fosse realmente dele – nenhuma perspectiva de amor verdadeiro, nenhum motivo além da guerra que o fizesse se levantar a cada pôr do sol. Que tipo de vida era essa?

Está bem, ele disse a si mesmo. Vá procurar um cachorro para adotar. A resposta poderia ser qualquer coisa, *menos* deitar-se com aquela Escolhida.

– Qhuinn... por favor...

– Ouça, deixe-me levá-la até a doutora Jane. Ela vai cuidar de você da forma certa.

Layla negou enfaticamente com a cabeça.

– Não. Eu preciso de você.

De repente, ele se viu pensando que uma criança era um futuro que pertencia a si próprio. Se você fizesse bem o papel de pai ou de mãe, os filhos jamais o deixariam. E não poderiam ser levados de você, se você os mantivesse seguros.

Caramba, se Layla concebesse, nem mesmo o Primale poderia fazer coisa alguma, já que Qhuinn seria o pai. O que, em termos vampirescos, era a maior das posições – excetuando-se a de rei, e Wrath não tocaria em algo tão privado quanto isso.

Por outro lado, se ela não engravidasse, era muito provável que eles arrancassem os testículos que Qhuinn tanto amava por ter maculado uma fêmea sagrada...

Espere aí. Ele estava realmente considerando aquilo?

– *Qhuinn...*

Ele seria capaz de amar uma criança, ele pensou. Amá-la com tudo que ele era e viria a ser. Amá-la como jamais amara ninguém nem mesmo Blay.

Fechando os olhos por um instante, ele retornou à noite em que morrera e chegara à porta do Fade. Pensou na imagem que tinha visto, aquela pequena fêmea...

Oh, Jesus...

— Layla — ele falou com uma voz áspera e masculina enquanto a colocava novamente em pé. — Layla, olhe para mim. *Olhe* para mim.

Enquanto ele a sacudia, ela pareceu se recompor, focando-se no rosto dele enquanto usava as unhas para se agarrar a seus braços.

— Sim...?

— Você tem certeza? Mesmo...? Você precisa estar absolutamente certa...

Durante o mais breve dos momentos, uma expressão lúcida, quase anciã, tomou conta daquele rosto belo e torturado.

— Sim, eu tenho certeza. Vamos fazer o que devemos fazer. Pelo futuro.

Ele analisou cuidadosamente seu rosto, apenas para ter certeza do que ela estava dizendo. Phury ficaria irritado, mas, por outro lado, até mesmo a Escolhida tinha o direito de escolha. E ela o estava escolhendo aqui, neste exato momento. Quando tudo o que Qhuinn encontrou foi uma decisão carregada de certeza, ele assentiu uma vez, ergueu-a nos braços e saiu da cozinha.

O único pensamento que se passava em sua cabeça quando ele alcançou a base da escada era que eles iriam conceber nas próximas horas, e tanto a criança quanto Layla teriam de sobreviver a tudo: à gravidez, ao parto, às horas críticas que viriam depois.

Layla e ele trariam uma filha a este mundo.

Uma filha de cabelos claros, com olhos do mesmo formato que os dele, e a princípio da cor dos da Escolhida... até se transformarem em um azul e verde próprios.

Ele teria sua própria família.

Um futuro que pertencia a si.

Finalmente.

Quando Xhex saiu do banho, sabia que John tinha voltado, pois sentiu seu cheiro forte misturado ao de algo extremamente delicioso.

Colocando novamente os cílios que ela havia tirado para se banhar, ela envolveu uma toalha em volta do corpo e seguiu em direção ao quarto.

– Ah, cara, peru – ela falou enquanto ele lhe preparava uma bandeja.

John correu o olhar em volta, mas seus olhos pararam no corpo de Xhex, como se quisesse comê-la, mas ele logo sorriu e voltou a arrumar o que havia trazido para os dois.

– *Timing* perfeito – ela murmurou enquanto subia na cama. – Eu estou faminta.

Depois que tudo estava devidamente preparado, dos guardanapos à prataria aos copos e pratos, ele levou a bandeja até ela, depositando-a sobre suas coxas. Em seguida, John foi até o outro lado do quarto comer na *chaise longue* o que tinha preparado para si.

Será que ele preferia alimentá-la com as mãos?, ela se perguntou enquanto eles comiam em silêncio. Vampiros machos gostavam de fazer isso... mas ela nunca tivera paciência para o gesto. Comida era energia para o corpo, e não algo que devesse se transformar em um momento de Dia dos Namorados.

Parece que ambos eram capazes de comer sozinhos, não é mesmo? E alguma coisa estava acontecendo. Um tom de conflito estampava o rosto de John Matthew, chegando a um ponto em que suas emoções pareciam congeladas.

– Eu vou embora – disse ela com um tom entristecido. – Depois que eu verificar como minha mãe está, vou...

Você não precisa ir, ele falou usando as mãos. *Não quero que você vá.*

– Tem certeza disso?

Quando ele assentiu, ela só conseguiu se perguntar por que ele estava com aquela cara.

Mas a verdade era que algumas horas de sexo intenso não diminuiria aquela espécie de distância que ultimamente predominava.

De forma abrupta, ele respirou profundamente e parou de brincar com a comida em seu prato. *Ouça, eu preciso dizer uma coisa para você.*

Ela abaixou o garfo enquanto se perguntava quão ruim era a notícia que estava por vir.

– Está bem.

Layla alimentou Xcor.

– Mas que mer... Espere aí, eu ouvi direito?

Quando ele assentiu, ela pensou: está bem, ela sabia que havia algum drama acontecendo no bairro do teatro, mas jamais teria imaginado que se tratava de algo tão sério.

Ela não sabia quem ele era. Throe a enganou. Ele a chamou. E, quando a encontrou, levou-a até Xcor.

– Jesus...

Como se o Rei precisasse de mais motivos para matar aquele filho da puta.

O negócio é o seguinte. Ela quer ajudar a encontrá-lo. E, como o sangue dela corre nas veias dele, bem, ela pode ajudar. Layla sabia onde ele estava ontem à noite. Sentiu a presença dele de forma tão clara quanto o dia. Ela realmente poderia ajudar você.

Xhex esqueceu-se completamente da comida. A adrenalina se espalhava por todo o seu corpo.

– Ah, cara, se eu pudesse levá-la comigo... Há quanto tempo ela o alimentou?

No outono.

– Caramba. O tempo está correndo – ela falou de forma explosiva e correu em direção a sua calça de couro, apanhando-as do chão. Droga, elas estavam rasgadas em dois...

Ainda há outras guardadas no closet.

– Ah, obrigada – ela foi até o armário e tentou não se sentir deprimida enquanto via as roupas dos dois alinhadas juntas. Deus... – Ah, você sabe onde a Escolhida está?

Lá embaixo, na cozinha. Com Qhuinn.

Quando a expressão no rosto de John mudou, Xhex paralisou enquanto ainda puxava uma nova calça. Estreitando os olhos sobre o ombro, ela disse:

– O que você *não* está me contando?

Wrath e Phury não querem envolvê-la. Ela ofereceu ajuda, mas eles recusaram. Se você usá-la, eles jamais poderão saber que você fez isso... Acho que eu não poderia ser mais claro, não?

Xhex piscou os olhos. O ar congelou em seus pulmões.

Ninguém pode saber, Xhex. Nem mesmo Qhuinn. E é desnecessário dizer que você precisa mantê-la segura.

Quando o olhar de John sombriamente encontrou o rosto dela, Xhex não se importava com nada daquela droga. Sequer estava ouvindo.

Mais ainda: ele possivelmente tinha dado a ela a chave para se infiltrar no Bando de Bastardos – e a enviado diretamente para o ventre da besta.

Agora ele estava fazendo, e não apenas falando.

Xhex esqueceu a calça de couro e caminhou até ele. Então, segurou o rosto do macho em suas mãos.

– Por que você está me contando isso?

Isso pode levá-la até eles, ele falou movendo a boca.

Ela afastou os cabelos do belo e tenso rosto de John.

– Se você continuar assim...

O que acontece?

– ... eu vou ter uma dívida com você.

Posso escolher como você vai pagar?

– Sim. Pode.

Então eu quero que você volte a morar comigo. Ou que me permita ir morar com você. Quero que nós dois estejamos juntos da forma certa outra vez.

Piscando os olhos com força, ela se inclinou e beijou-o lentamente, intensamente. As palavras não significavam nada. Ele estava certo quanto àquilo. Mas este macho, que tinha sido teimoso e um verdadeiro obstáculo na primavera, agora estava claramente abrindo caminhos para o sucesso dela.

– Obrigada – ela sussurrou contra a boca dele, reunindo tudo o que estava sentindo naquela única e simples palavra.

John abriu um sorriso para ela. *Eu também amo você.*

Depois de beijar John mais uma vez, Xhex deu um passo à frente dele, colocou suas calças limpas e puxou uma camiseta cavada. Quando a enfiou pela cabeça, ela...

Num primeiro instante, pensou que o golpe de calor que correu por ela tivesse sido fruto do fato de ela estar diretamente debaixo do sistema de ventilação no teto. No entanto, quando se moveu, a sensação a perseguiu. E, então, Xhex olhou para baixo, analisando seu próprio corpo.

Quando olhou para John, percebeu que ele estava enrijecendo e deu uma olhadela para seu quadril.

– Puta merda – ela sussurrou. – Quem será que está em seu período fértil agora, porra?

John checou seu telefone, e em seguida encolheu os ombros.

– É melhor eu sair daqui – em geral, os *symphatos* eram capazes de controlar sua fertilidade de acordo com sua vontade, e ela sempre tivera sorte com relação a isso. Sendo uma mestiça, entretanto, ela não estava disposta a se arriscar enquanto alguém brincava de papai e mamãe logo ao lado. – Você tem certeza de que o período da minha mãe tinha chegado ao fim quando foi lá embaixo para ver como Layla estava? Droga, aposto que é ela. Posso apostar que é a Escolhida...

Um gemido abafado que se espalhou em seguida só podia significar uma coisa.

– Caramba, é o Qhuinn?

Mas ela sabia a resposta para isso. Lançando seus sentidos na direção da porta ao lado, ela capturou as emoções. Nada de amor romântico entre eles. O que havia ali era, na verdade, algo mais parecido com uma decisão de ambas as partes.

Eles estavam fazendo o que estavam fazendo com um propósito sobre o qual ela só podia especular. Mas, por que aqueles dois iriam querer um filho? Aquilo era uma loucura... especialmente considerando a situação da Escolhida... e a situação dele.

Quando outro pico de necessidade ameaçou tomar conta de seu corpo, Xhex se apressou em pegar sua jaqueta e suas armas.

– É melhor mesmo eu ir embora. Não quero ficar exposta, só para evitar qualquer problema.

John concordou e foi até a porta.

– Vou verificar como minha mãe está agora. Layla vai passar algum tempo ocupada, mas depois vou conversar com ela e digo para você a quais resultados cheguei.

Eu vou estar aqui. Esperando notícias suas.

Ela o beijou uma vez, duas vezes... uma terceira vez. E então, abriu a porta e saiu.

No instante em que ela saiu no corredor, os hormônios a atingiram com tudo, fazendo-a perder o equilíbrio.

– Ah, droga, não – ela murmurou, caminhando na direção das escadas e se desmaterializando em direção à porta escondida ali embaixo.

Quanto mais longe ela chegava, mais parecida consigo mesmo ela se sentia. Porém, estava preocupada com sua mãe. Graças a Deus eles tinham sedativos para diminuir o sofrimento.

Não era possível que Tohr a tivesse servido. Sem essa.

Saindo do túnel em direção ao escritório, ela caminhou pelo longo corredor do centro de treinamento. Não havia nada peculiar no ar, e isso era um alívio. O período de fertilidade era violento, mas a boa notícia era que, quando chegava ao fim, os sinais desapareciam de forma bastante rápida – embora a fêmea em geral precisasse de um ou dois dias para se recuperar totalmente.

Quando colocou a cabeça para dentro da sala de exames principal, ela não encontrou ninguém. O mesmo aconteceu ao verificar os dois quartos de recuperação. Mas sua mãe estava aqui, Xhex conseguia sentir sua presença.

– Autumn? – ela chamou enquanto franzia a testa. – Oi? Onde você está?

A resposta veio de algum lugar muito mais distante, onde as palestras costumavam ser dadas aos formandos.

Avançando em direção ao som da voz de sua mãe, ela foi até a sala de aula e a encontrou sentada de frente para uma das mesas diante do quadro negro. As luzes no teto estavam acesas, e não havia mais ninguém ali com ela.

Aquilo não era bom sinal. Fosse lá onde a fêmea estivesse com a mente, a situação não era nada boa.

– *Mahmen?* – chamou Xhex enquanto fechava a porta da forma mais silenciosa possível. – Como você está?

Hora de cautela. Sua mãe estava tão imóvel quanto uma estátua. E com tudo combinando, desde sua trança presa fortemente até suas roupas cuidadosamente escolhidas.

Toda aquela imagem era falsa, entretanto, não passava de armadilhas externas de compostura que só a faziam parecer mais frágil.

– Eu não estou me sentindo bem – Autumn balançou a cabeça. – Nada bem. Nada, nada bem.

Xhex caminhou até a mesa do professor e ali depositou suas armas e sua jaqueta.

– Pelo menos você é sincera.

– Você não consegue ver o que está se passando em minha mente?

– Sua rede emocional está desligada. Sendo assim, fica difícil conseguir ler.

Autumn moveu a cabeça.

– Desligada... sim, é uma boa definição – uma longa pausa se instalou. Em seguida, Autumn olhou em volta. – Você sabe por que eu vim até aqui? Eu pensei que os resquícios das aulas se apagariam. Mas receio que isso não esteja funcionando.

Xhex sentou-se à mesa de trabalho.

– A doutora Jane a examinou?

– Sim. Eu estou bem. E antes que você pergunte, não, eu não fui servida. Eu não quis ser servida.

Xhex expirou aliviada. Além da saúde mental de sua mãe, os riscos físicos da gravidez e do parto não eram problemas que elas precisavam enfrentar agora, embora talvez esse fosse um pensamento egoísta.

Mas que fosse, Xhex tinha acabado de encontrar sua mãe, então não queria perdê-la tão cedo.

Enquanto os olhos de Autumn se movimentavam, havia neles um tom novo de franqueza.

– Eu preciso de um lugar para ficar. Longe daqui. Eu não tenho dinheiro, nem trabalho, nem perspectivas, mas...

– Você pode morar comigo. Por quanto tempo quiser.

– Obrigada – Autumn desviou o olhar e encarou a lousa. – Vou me esforçar para ser uma boa hóspede.

– Você é minha mãe. Não é um hóspede. Mas o que aconteceu?

Autumn se levantou.

– Podemos ir agora?

Caramba, a rede emocional dela estava totalmente fechada. Trancafiada. Coberta por autoproteção. Como se ela tivesse sido, de alguma forma, atacada.

Parecia claro que agora não era hora de forçar nada.

— Ah, sim. Claro. Podemos ir — Xhex empurrou-se para fora da mesa. — Você quer falar com Tohr antes de sair?

— Não.

Xhex esperou por algum tipo de explicação que justificasse a resposta negativa, mas nada surgiu. O que queria dizer muito.

— O que ele fez, *mahmen*?

Autumn ergueu o queixo. Sua dignidade a deixava mais bela do que nunca.

— Ele me disse o que pensava de mim. De forma bastante sucinta. Portanto, acredito que agora ele e eu não tenhamos nada mais a dizer um para o outro.

Xhex estreitou os olhos, a fúria revirando seu estômago.

— Vamos? — sua mãe disse.

— Sim... claro...

Mas Xhex descobriria que merda havia acontecido. Não restava dúvida quanto a isso.

CAPÍTULO 63

Depois que as persianas se ergueram das soleiras da janela e a noite afastou toda a luz no céu, Blay deixou a sala de bilhar, buscando verificar como estava Saxton na biblioteca e em seguida ir tomar um banho antes da Primeira Refeição.

Ele não chegou muito mais longe do que o mosaico da macieira na antessala.

Quando parou completamente, olhou para seu quadril. Uma enorme ereção se empurrava para fora da calça, a excitação tão inesperada quanto exigente.

Mas que, olhando para cima, ele se perguntava que outra fêmea estava em seu período fértil. Essa seria a única explicação.

– Talvez você não queira uma resposta para isso.

Com o olhar ainda voltado para cima, ele encontrou Saxton parado na passagem arqueada que dava para a biblioteca.

– Quem?

Mas ele sabia. Ah, se sabia.

Saxton acenou com sua mão elegante para trás de si mesmo.

– Por que você não vem até aqui e toma uma bebida comigo em meu escritório?

O macho também estava excitado. As calças de seu belo terno estavam ligeiramente fora de lugar na altura do zíper, formando um grande volume que dificilmente passaria despercebido – todavia, seu rosto não combinava com a ereção. Parecia sombrio.

– Venha – ele repetiu, acenando outra vez com a mão. – Por favor.

Os pés de Blay entraram em movimento, levando-o em direção à bagunça caótica em que a biblioteca havia se transformado desde que Sax recebera aquela "tarefa". Fosse lá qual era ela.

Quando Blay entrou, ouviu as portas duplas sendo fechadas logo atrás dele e tentou encontrar em sua mente algo para dizer.

Nada. Ele não tinha nada. Especialmente quando, sobre sua cabeça, no teto decorado com laterais de gesso, uma pancada abafada começou a ecoar.

Até mesmo os cristais no candelabro piscavam, como se a força do sexo estivesse sendo transmitida por meio dos barrotes no chão.

Layla estava em seu período fértil. Qhuinn a estava servindo...

– Aqui, beba isso.

Blay pegou seja lá o que tinha sido oferecido e engoliu como se seu estômago estivesse pegando fogo e aquela droga fosse água.

– Mais uma dose? – perguntou Saxton.

Quando ele assentiu, o copo desapareceu e ressurgiu em seguida muito mais pesado. Depois de dar um segundo gole, ele falou:

– Estou surpreso...

Com como ele se sentia horrível por tudo aquilo. Pensara que todos os laços entre ele e Qhuinn haviam se desfeito. A-há. Mas ele devia saber disso.

Entretanto, ele se recusou a terminar o pensamento em voz alta.

– ... por você conseguir trabalhar nessa bagunça – ele acrescentou.

Saxton foi até o bar e preparou uma dose de bebida para si mesmo.

– Creio que a bagunça seja necessária.

Enquanto Blay se dirigia até a mesa, ele segurava o drink na mão para aquecê-lo. E tentava falar de uma forma sensata.

– Fico surpreso por você não estar usando computadores para fazer isso.

Saxton discretamente cobriu seu trabalho com mais um daqueles volumes encapados em couro.

– A ineficiência de anotar as coisas à mão me dá tempo para pensar.

– Fico surpreso por você precisar disso. Seu primeiro instinto está sempre certo.

– Você está surpreso com várias coisas neste momento.

Na verdade, somente uma.

– Só estou tentando manter um diálogo.

– Mas é claro.

Por fim, ele olhou na direção de seu amante. Saxton tinha se sentado em um sofá do outro lado. Suas pernas estavam cruzadas na altura do joelho, suas meias vermelhas apareciam por debaixo da bainha extremamente bem passada da calça, os sapatos Ferragamo brilhavam por conta do polimento regular. O macho era extremamente refinado, e suas roupas eram tão caras quanto aquele móvel antigo sobre o qual estava empoleirado, um macho perfeitamente elegante, vindo de uma geração perfeita, com gosto e estilo também perfeitos.

Ele era tudo o que qualquer pessoa poderia querer desejar...

Quando o maldito lustre piscou no teto, Blay falou bruscamente:

– Eu ainda sou apaixonado por ele.

Saxton baixou o olhar e esfregou a mão nas coxas, como se pudesse haver algum fiapo minúsculo perdido por ali.

– Eu sei. Você pensou que não estava?

Como se isso fosse muito idiota da parte dele.

– Caralho, eu estou tão cansado disso. Realmente estou.

– Nisso eu acredito.

– Estou tão cansado dessa mer... – Deus, aqueles sons, aquelas pancadas abafadas, aquela confirmação audível do que ele vinha ignorando ao longo do último ano...

Em uma súbita onda de violência, ele lançou o copo de bebida na lareira de mármore, estilhaçando a coisa.

– Merda! *Que inferno!*

Se ele fosse capaz, teria dado um pulo e destruído aquela porcaria de lustre e o arrancado da porra do teto.

Dando meia-volta, ele seguiu cegamente até as portas, tropeçando nos livros, bagunçando os papéis, quase batendo na mesa de canto.

Saxton chegou ao destino primeiro e usou o corpo para bloquear a saída.

Os olhos de Blay fixaram-se no rosto do macho.

– Saia do meu caminho. Saia agora mesmo. Você não quer estar perto de mim.

– Isso não é uma decisão minha.

Blay então correu o olhar para aqueles lábios que ele conhecia tão bem.

– Não me pressione.

– E se eu quiser?

Quando seu peito começou a palpitar, Blay percebeu que o cara sabia precisamente o que ele desejava. Ou pelo menos achou que tivesse percebido. Mas alguma coisa estava fora do controle. Talvez fosse a necessidade sexual daquela fêmea. Talvez fosse... Droga, ele não sabia e, na verdade, não se importava.

– Se você não sair da minha frente, vou curvar seu corpo sobre essa sua mesa...

– Prove.

Aquilo era a coisa errada a se dizer. No tom errado. Na hora errada.

Blay emitiu um urrar que fez as janelas estremecerem. Em seguida, agarrou seu amante pela parte de trás das costas e quase jogou Saxton do outro lado da sala. Quando o macho se viu sobre aquela mesa, os papéis voaram, os confetes de documentos legais amarelados e impressões de computadores caíram como neve.

Saxton inclinou o torso e olhou para trás de seu corpo, para ver o que estava vindo em sua direção.

– Agora é tarde demais para correr – grunhiu Blay enquanto desabotoava sua calça.

Ao cair sobre o macho, ele foi feroz com as mãos, rasgando as camadas de tecido que o separavam daquilo que ele teria. Quando não havia mais barreiras, ele expôs as presas e mordeu o ombro de Saxton, prendendo o macho sob seu corpo ainda enquanto agarrava aqueles pulsos e quase os prendia ao bloco de anotações feito de couro.

E então, o comeu com força e liberou todas as energias enquanto seu corpo assumia o controle, embora seu coração estivesse longe, muito longe.

O chalé, como Xhex o chamava, era uma acomodação bastante modesta.

Enquanto Autumn andava pelo interior da propriedade, não havia muitas coisas em seu caminho. A pequena cozinha não passava de alguns armários e bancadas. A sala de estar oferecia pouco mais do que uma visão para o rio, com apenas duas cadeiras e uma pequena mesa. Havia somente dois quartos, um deles com dois colchões e outro com uma única cama enorme. E o banheiro era apertado, porém limpo, com apenas uma toalha dependurada no varão da cortina.

– Como eu disse – explicou Xhex, na sala principal, – não há muita coisa aqui. Também existe um espaço subterrâneo para você ficar durante o dia, mas o acesso é pela garagem.

Autumn saiu do banheiro.

– Eu acho este lugar bonito.

– Tudo bem, pode ser sincera.

– Eu estou realmente sendo sincera. Você é uma fêmea bastante prática. Gosta que as coisas funcionem bem e não quer perder tempo. Este é um belo espaço para você – ela deu mais uma olhada no ambiente. – Todo o encanamento é novo, assim como o sistema de aquecimento. A cozinha tem bastante espaço para você cozinhar, e um fogão de seis bocas, em vez de quatro. E tem sistema de gás, então você não precisa se preocupar com a eletricidade. O teto é de ardósia, e, portanto, resistente, e o piso não range. Por isso, suponho que a parte de baixo seja tão bem cuidada quanto o resto – ela andou de um canto ao outro. – Em todos os ângulos há uma janela, então você nunca vai ser pega de surpresa. E posso ver que há fechaduras de cobre em todo lugar. Perfeito!

Xhex tirou a jaqueta de couro que estava usando.

– Isso é, ah... bastante observador de sua parte.

– Na verdade, não é isso. Fica óbvio para alguém que a conhece.

– Eu me sinto... Eu me sinto realmente feliz por você me conhecer.

– Digo o mesmo.

Autumn foi até as janelas com vista para o rio. Do lado de fora, a lua lançava uma luz brilhante pela paisagem coberta de neve. O reflexo da iluminação corria azulado na direção dos olhos dela.

Você está apaixonada por mim. Não se preocupe em negar o que você me diz todos os dias enquanto dorme. E sabe muito bem que o único mo-

tivo que me leva a estar com você é tirar Wellsie do Limbo. Então, eu não me encaixo em seu modelo de perfeição...

– Mahmen?

Autumn focou o olhar no reflexo de sua filha no vidro da janela.

– Sinto muito. O quê?

– Você quer me contar o que aconteceu entre você e Thor?

Xhex ainda não tinha se livrado de suas armas e, enquanto ficava ali parada, ela era tão poderosa, segura, forte... não se curvaria nem diante de nenhum macho nem de ninguém. E isso era maravilhoso. Era uma bênção incomensurável.

– Eu estou tão orgulhosa de você – elogiou Autumn, virando-se para encarar a fêmea. – Quero que você saiba que eu estou muito, muito orgulhosa de você.

Os olhos da Xhex desceram na direção do piso, e ela correu a mão pelos cabelos como se não soubesse como agir diante de um elogio.

– Obrigada por me aceitar – Autumn continuou. – Vou me esforçar para merecer este abrigo durante todo o tempo em que eu permanecer aqui. E também para contribuir de alguma forma.

Xhex balançou a cabeça.

– Eu já disse várias vezes: você não é um hóspede.

– Seja como for, eu não vou ser um peso.

– Você vai me contar a respeito de Tohr?

Autumn olhou para as armas que ainda estavam penduradas nos coldres de couro de sua filha, e pensou que o brilho do metal era muito parecido com a luz de seus olhos: uma promessa de violência.

– Não, não deve sentir raiva dele – Autumn ouviu-se dizendo. – O que aconteceu entre nós foi consensual e tudo terminou por... por um motivo justo. Ele não fez nada de errado.

Enquanto falava, Autumn não estava certa sobre como se sentia em relação a tudo aquilo, mas tinha certeza de uma coisa: ela não criaria uma situação para fazer com que Xhex fosse atrás do macho com todas as armas atirando – literalmente.

– Está me ouvindo, minha filha... – as palavras não formavam uma pergunta, mas sim uma ordem. Era a primeira vez que ela soava como uma mãe falando com uma filha. – Você não deve arrumar problemas com ele, ou falar sobre isso com ele.

– Me dê um motivo para isso.

– Você conhece as emoções das outras pessoas, certo?

– Sim.

– Quando foi a última vez que você conheceu alguém que tenha feito a si mesmo apaixonar-se por outra pessoa? Alguém que tenha entregue suas emoções em uma determinada direção quando, em seu estado natural, tinha o coração preso a outra pessoa?

Xhex soltou alguns palavrões.

– Nunca. Isso é uma receita para o desastre. Mas você ainda consegue ser respeitosa na forma como coloca as coisas.

– Palavras embrulhadas para presente não mudam a natureza da verdade – Autumn olhou novamente para a paisagem coberta de neve e o rio parcialmente congelado. – E eu prefiro saber o que é verdadeiro em vez de viver uma mentira.

Um silêncio se instalou por um longo período entre elas.

– É motivo suficiente, minha filha?

Mais um xingamento. E então, Xhex falou:

– Eu não gosto nada disso... mas, sim, é.

CAPÍTULO 64

Tohr estava sentado naquele estacionamento há só Deus sabe quanto tempo. Pelo menos uma noite e um dia deviam ter se passado, mas talvez uma ou duas noites a mais? Ele não sabia e, na verdade, não se importava.

Era mais ou menos como estar de volta ao útero, ele supôs. A diferença era que seu traseiro estava dormente e seu nariz escorria por causa do frio.

Conforme sua fúria épica desaparecia e suas emoções relaxavam, os pensamentos se tornaram como um grupo de viajantes, passando por vários momentos de sua vida, vagando pelas paisagens de eras diferentes, perseguindo e reexaminando picos e vales.

Merda de viagem longa. E ele estava cansado daquilo, embora seu corpo não tivesse se movido em horas e mais horas.

Não era de se surpreender que os dois lugares mais revisitados eram os períodos de cio de Wellsie e de Autumn. Aqueles eventos e os momentos que os seguiam eram as montanhas mais escaladas. As diferentes cenas eram como imagens piscando em sequências alternadas de comparação, até se embaçarem e se misturarem, formando um pastiche de ações e reações, dele e delas.

Depois de todas as ponderações, havia três decisões às quais ele continuava retornando, repetidas vezes.

Ele teria de se desculpar com Autumn, é claro. Cristo, aquela era a segunda vez que ele a tinha ofendido – a primeira delas ocorrera há quase um ano, na piscina. Em ambas as situações, o temperamento de Tohrment havia destruído o que o macho tinha de melhor por causa da carga de estresse sob a qual estava. Isso, entretanto, não era desculpa para agir daquela forma.

A segunda tarefa a ser cumprida era encontrar aquele anjo e preparar mais uma sessão de "sinto muitos".

E a terceira... bem, a terceira era realmente a mais importante, aquela que ele precisava fazer antes de todas as demais.

Ele precisava fazer contato com Wellsie uma última vez.

Respirando profundamente, Tohr fechou os olhos e permitiu que seus músculos relaxassem. Em seguida, com mais desespero do que esperança, ordenou que sua mente cansada se livrasse de todos os pensamentos e imagens, que se livrasse de tudo aquilo que o tinha mantido acordado por todo esse tempo, que se livrasse dos arrependimentos e dos erros e da dor...

Por fim, a ordem dos afazeres estava estabelecida, e a velocidade de seus pensamentos tornou-se mais lenta até que toda aquela porcaria de Louis e Clark cessou.

Impregnando seu subconsciente com um único objetivo, ele se permitiu dormir e esperou em seu estado de descanso até que...

Wellsie apareceu para ele em tonalidades de cinza, naquela paisagem estéril repleta de neblina e ventos frios e pedregulhos. Ela agora estava tão distante que o escopo da visão de Tohrment permitiu que ele visse os destroços de uma formação rochosa que estava por perto...

Entretanto, aquilo não era realmente feito de pedra.

Nada daquilo era.

Não, aquilo eram imagens acorcundadas de outros sofrendo da mesma forma como ela sofria. Os corpos e ossos paulatinamente entrando em colapso até que eles não passassem de montes esperando para serem levados pelo vento.

– Wellsie? – ele gritou.

Embora o nome da fêmea ecoasse por todo aquele horizonte sem limites, ela não olhou para ele.

Sequer pareceu perceber a presença do macho.

A única coisa que se movimentava era o vento frio que abruptamente pareceu avançar em sua direção, soprando pela planície acinzentada, tocando seu corpo, passando por ela.

Quando as rajadas bateram nos cabelos de Wellsie, fiapos se formaram em volta dela... Não, não eram fiapos. Agora os cabelos de Wellsie eram cinzas, cinzas que se espalhavam na corrente invisível, chegando até ele, atingindo-o com a poeira que fazia seus olhos lacrimejarem.

Logo, aquilo seria tudo dela. E nada dela.

– Wellsie! Wellsie, eu estou aqui!

Ele gritava em uma tentativa de fazê-la se levantar, de atrair a atenção dela, de dizer-lhe que ele finalmente estava pronto. Mas, por mais que ele gritasse, por mais que acenasse com os braços, ela não notava sua presença. Não olhava para ele. Ela não se movia nem seu filho.

Enquanto isso, o vento continuava a soprar, levando consigo partículas infinitesimais daquelas criaturas, tornando-as cada vez mais macilentas.

Com um medo pungente, ele se transformou em um enorme macaco, gritando e pulando desesperadamente, berrando com todo o ar que cabia em seus pulmões e acenando com os braços. No entanto, como se as regras da exaustão se aplicassem também neste outro mundo, ele finalmente perdeu sua energia e caiu como uma tábua no chão empoeirado.

Eles estavam sentados na mesma posição, notou Tohr.

E foi então que a verdade paradoxal lhe ocorreu.

A resposta estava em tudo o que aconteceu com Autumn e o sexo e a alimentação. E, ainda assim, não tinha nada a ver com ela. Estava relacionada ao que Lassiter havia feito para tentar ajudá-lo. E, ainda assim, com nada disso. Na verdade, não estava nem mesmo ligada a Wellsie.

Era ele. Somente ele.

Em seu sonho, ele olhou para baixo, para si mesmo. E, de repente, a força o invadiu com uma calma que tinha tudo a ver com estado de sua alma e com o fato de que o caminho para escapar de seu sofrimento – e para o sofrimento dela – tinha acabado de ser iluminado pelas mãos do Criador.

Por fim, depois de todo aquele tempo, toda aquela merda, toda aquela agonia, ele soube o que fazer.

Dessa vez, quando falou, não gritou:

– Wellsie, eu sei que você pode me ouvir... Aguente firme. Eu só preciso que você aguente um pouco mais. Finalmente estou pronto. E realmente sinto muito por ter demorado tanto.

Ele permaneceu ali por apenas mais um momento, lançando todo o seu amor na direção da fêmea, como se aquilo pudesse manter intacto o que restava dela. E depois, ele se retirou, livrando-se da enorme força que mantinha seu corpo naquela posição no chão de concreto.

Estendendo uma mão, ele evitou cair de rosto no chão e imediatamente se levantou.

Assim que estava em pé, percebeu que se não fizesse xixi naquele exato instante, sua bexiga iria explodir e não haveria sobreviventes.

Tohrment desceu a rampa e entrou abruptamente na clínica, chegando ao primeiro banheiro que encontrou a sua frente. Ao sair, não parou para falar com ninguém, embora ouvisse vozes no centro de treinamento.

Já na casa principal, ele encontrou Fritz na cozinha.

– Ei, cara, preciso de sua ajuda.

O mordomo deixou de lado a lista de compras que estava preparando.

– Senhor! Está vivo! Oh, abençoada seja a Virgem Escriba, todos o estavam procurando.

Droga! Ele tinha esquecido que havia implicações em não cumprir seu turno.

– Sim, eu sinto muito. Vou enviar mensagens de texto para todos – supondo que ele pudesse encontrar seu telefone. Provavelmente estava na clínica, e ele não desperdiçaria tempo voltando para lá. – Ouça, o que eu realmente preciso é que você venha comigo.

– Oh, senhor, será um prazer servi-lo. Mas talvez o senhor devesse procurar o Rei primeiro. Todos estavam muito preocupados.

– Eu lhe digo o que fazer: você pode dirigir e eu vou precisar do seu telefone emprestado – quando uma hesitação estampou o rosto do mordomo, Tohrment abaixou o tom de sua voz. – Precisamos sair agora, Fritz. Eu preciso de você.

Ser chamado para trabalhar era precisamente a motivação de que o mordomo precisava. Com uma longa reverência, o *doggen* falou:

— Como quiser, senhor. E talvez eu deva levar algumas bebidas para o senhor?

— Boa ideia. Eu preciso de cinco minutos.

Quando o mordomo assentiu e desapareceu na despensa, Tohr contornou a base da escadaria e subiu de dois em dois os degraus cobertos por tapete vermelho. Logo parou, ao chegar na porta do quarto de John Matthew.

A batida na porta foi atendida imediatamente. John a abriu bruscamente. Quando o rosto do jovem demonstrou surpresa, Tohr estendeu as mãos em autodefesa, pois sabia que receberia um sermão por ter desaparecido outra vez.

— Sinto muito por...

Tohrment não teve chance de terminar. John o envolveu em seus braços e o abraçou com tanta força a ponto de fazer suas costelas estalarem.

E Tohr retribuiu o gesto. Enquanto abraçava o único filho que tinha, falou em uma voz baixa, porém clara:

— John, quero que você não vá trabalhar esta noite e venha comigo. Preciso que você me acompanhe. E Qhuinn também. O que temos para fazer vai levar a noite toda... Talvez até mais tempo do que isso — quando Tohr sentiu o jovem concordar com a cabeça contra seu ombro, sua respiração voltou ao normal. — Ótimo, filho. Isso é ótimo. Eu não conseguiria fazer isso sem vocês.

— Como você está?

Layla abriu seus olhos pesados e os correu por todo o corpo e o rosto de Qhuinn. Parado ao lado dela na cama em seu quarto, ele estava totalmente vestido, enorme e distante, constrangido embora nada indelicado.

Ela sabia como ele se sentia. Depois que o fogo intenso do período de cio havia passado, aquelas horas de desgaste e golpes e unhadas tinham também ficado para trás, uma nota de rodapé estranha que praticamente já desaparecia como um sonho na memória da Escolhida. Quando os dois estavam envolvidos na experiência, era como se nada fosse voltar a ser igual, como se eles estivessem mudados e transformados para sempre pelas erupções vulcânicas.

Mas agora o silencioso retorno à normalidade transmitia a impressão de também ser muito poderoso, varrendo tudo aquilo.

– Acho que estou pronta para me levantar – ela anunciou.

Qhuinn tinha sido muito bondoso em alimentá-la com sua veia, e também em trazer comida para ela. E Layla tinha permanecido na cama, descansando pelas vinte e quatro horas que se seguiram, como era a tradição no Santuário depois que o Primale se deitava com uma Escolhida.

Entretanto, era hora de se mexer.

– Você pode ficar aqui – ele foi até o closet e começou a se armar para a noite. – Descanse mais um pouco. Relaxe.

Não. Ela já tinha feito o suficiente disso.

Levantando-se e apoiando o peso do corpo em seu braço, Layla esperou a vertigem e sentiu-se aliviada quando ela não veio. A Escolhida se sentia no mínimo fortalecida.

Não havia outra forma de definir aquilo. Seu corpo parecia fortalecido.

Depois de levar as pernas até a lateral do colchão, a Escolhida apoiou o peso do corpo nas solas de seus pés descalços e lentamente se levantou. Qhuinn instantaneamente estava ao lado dela, mas Layla não precisava de ajuda.

– Acho que vou tomar um banho – ela anunciou.

E depois disso? Ela não fazia ideia do que faria.

– Quero que você fique aqui – disse Qhuinn, como se estivesse lendo sua mente. – Você vai ficar aqui comigo.

– Nós não sabemos se estou grávida.

– Mais um motivo para tomarmos cuidado. Se você estiver, vai continuar comigo.

– Está bem – afinal, eles passariam juntos por aquilo. Supondo que houvesse algum "aquilo".

– Eu vou lutar agora, mas estarei o tempo todo com o celular. E também deixei um aparelho para você no criado-mudo – ele estendeu a mão e apontou para o telefone ao lado do despertador. – Pode me telefonar ou enviar uma mensagem de texto se precisar de mim, está bem?

O rosto do macho era extremamente sério. Seus olhos estavam focados nela com uma intensidade que lhe dava uma ideia de quão comprometido ele devia ser no campo de batalha. Nada nem ninguém cruzaria o caminho de Qhuinn se ela precisasse chamá-lo.

– Eu prometo.

Ele assentiu e foi até a porta. Antes de abri-la para sair, Qhuinn parou e parecia buscar palavras para falar.

– Como nós vamos saber se você...

– Se eu sofrer um aborto? Terei cólicas e depois vou sangrar. Eu vi isso acontecer no Outro Lado várias vezes.

– E, se algo desse tipo acontecer, você vai estar em perigo?

– Não que eu saiba. Não tão cedo assim.

– Você deveria ficar na cama descansando?

– Depois das primeiras vinte e quatro horas, se algo acontecer, sim. O fato de eu estar ou não sendo inativa neste momento não importa. Nosso destino já está lançado.

– Você me avisa?

– Assim que possível.

Ele deu meia-volta. Pareceu encarar a porta por um instante.

– Vai dar certo.

Quanto a isso, Qhuinn se sentia mais confiante do que Layla, mas era gratificante descobrir que ele tinha fé e queria o mesmo que ela desejava.

– Estarei de volta ao amanhecer – ele falou.

– Eu vou ficar por aqui.

Depois que ele partiu, ela seguiu para o banho. Passou o sabonete na parte inferior da barriga várias e várias vezes. Parecia estranho que algo daquele tipo estivesse acontecendo dentro de seu próprio corpo. E era estranho ainda não conhecer as particularidades.

Eles descobririam logo, todavia. A maioria das fêmeas sangrava logo na primeira semana, se o aborto tivesse de acontecer.

Quando desligou o chuveiro, ela correu a toalha pelo corpo e se deu conta de que ele havia sido suficientemente cuidadoso para deixar outro dos roupões dela no balcão. Ela puxou a peça e pegou também algumas outras coisas, caso o sangramento ocorresse.

De volta ao quarto, Layla se sentou no edredom e colocou as pantufas. E então...

Não havia nada para fazer ali. E o silêncio e a calma era companheiros extremamente desagradáveis para sua ansiedade.

De forma súbita, a imagem do rosto de Xcor tomou mais uma vez conta de sua mente.

Praguejando em voz baixa, ela temia jamais se esquecer da forma como ele a tinha olhado, encarando seu rosto como se ela fosse uma visão que ele não conseguia compreender, embora muito grato por tê-la visto.

Diferentemente das memórias do período fértil, a lembrança da sensação que ela teve quando o macho a olhou atentamente era tão incandescente quanto o momento em que a vivera. Não desaparecia com o passar dos meses que a separava daquele encontro. Mas... teria ela simplesmente imaginado tudo aquilo? Seria possível a lembrança ser tão forte porque não passava de uma fantasia?

Obviamente, se o período de necessidade era uma experiência obrigatória, a vida real desaparecia com velocidade considerável.

O ímpeto de ser desejada não desaparecia, contudo...

As batidas na porta a fizeram voltar à realidade.

– Pois não?

Do outro lado, uma voz feminina respondeu:

– Sou eu... Xhex. Você se importa se eu entrar?

Layla não conseguia imaginar o que a fêmea queria com ela. Ainda assim, a Escolhida gostava da parceira de John, e sempre estava disposta a entreter sua *shellan*.

– Oh, por favor, entre. Olá, que surpresa agradável.

Xhex fechou a porta, deixando apenas as duas do lado de dentro. Desajeitadamente, olhou para tudo, menos para seu rosto.

– Então, ah... como você está se sentindo?

Na verdade, Layla tinha a impressão de que muitas pessoas lhe fariam essa pergunta na semana que se seguiria.

– Bem o suficiente.

– Que bom. Sim... que bom.

Um longo silêncio se instalou.

– Há algo com que eu possa ajudá-la? – perguntou Layla.

– De fato, sim.

– Então, por favor, diga e eu farei o que estiver a meu alcance.

– Trata-se de algo um tanto complicado – Xhex estreitou os olhos. – E perigoso.

Layla colocou as mãos na parte inferior de sua barriga, como se para abrigar a criança – se ali houvesse uma.

– O que você busca?

– Por ordens de Wrath, estou tentando encontrar Xcor.

O peito de Layla se contraiu. Ela precisou abrir a boca para respirar.

– De fato.

– Sei que você está ciente do que ele fez.

– Sim, estou.

– E também sei que você o alimentou.

Layla piscou os olhos quando a imagem daquele rosto cruel, porém estranhamente vulnerável, brotou mais uma vez em sua mente. Por uma fração de segundo, a Escolhida sentiu o instinto absurdo de protegê-lo. Mas isso era ridículo, e definitivamente não se tratava de algo que ela faria.

– Claro que eu ajudarei você e Wrath. Fico feliz pelo Rei ter reconsiderado sua posição anterior.

Neste momento, Xhex hesitou.

– E se eu lhe dissesse que Wrath não pode saber de nada disso? Ninguém pode, em especial Qhuinn. Isso a faria mudar de ideia?

John, pensou Layla. John havia contado a sua parceira o que tinha acontecido.

– Eu entendo – continuou Xhex – que a estou colocando em uma posição terrível, mas você sabe como é a minha natureza. Eu lançarei mão de tudo o que estiver a meu alcance para conseguir o que quero. E o que eu quero agora é encontrar Xcor. Não tenho dúvida de que serei capaz de protegê-la, e não tenho intenção alguma de deixá-la perto dele. Só preciso saber, em linhas gerais, qual é a área onde ele passa a noite. E cuidarei das coisas daí em diante.

– Você vai matá-lo?

– Não, mas entregarei à Irmandade a munição para fazer isso. A arma usada para atirar contra Wrath foi um rifle de longo alcance. Não é o tipo de arma que alguém levaria para o campo de batalha em uma noite comum. Supondo que eles não o tenham destruído, então o deixarão para trás quando saírem. Se eu puder ter a arma em minhas mãos e pudermos provar o que eles fizeram, as coisas seguirão seu curso normal.

Olhos amáveis, ela pensou... o macho tinha olhos tão amáveis enquanto a encarava. Mas, de fato, ele era inimigo de seu Rei.

Layla sentiu sua cabeça assentir.

– Vou ajudá-la. Farei tudo o que estiver a meu alcance e não direi uma palavra sequer a ninguém.

A fêmea se aproximou e colocou uma mão surpreendentemente gentil em seu ombro.

– Eu odeio colocá-la nessa posição. A guerra é um negócio sujo, horrível, que compromete pessoas boas como você. Posso sentir como isso a está deixando abalada, e sinto muito por estar pedindo para você mentir.

Era gentil por parte da *symphato* oferecer aquele tipo de preocupação, mas seu conflito não estava exatamente ligado a oferecer testemunhos falsos à Irmandade. O problema era pensar no guerreiro que ela estaria ajudando a matar.

– Xcor me usou – ela disse, tentando convencer a si mesma.

– Ele é muito perigoso. Você tem sorte de ter saído viva daquele encontro com ele.

– Farei o que é correto – afirmou a Escolhida, lançando um olhar para Xhex. – Quando vamos sair?

– Neste exato momento, se você puder.

Layla evocou todas as forças que tinha. Em seguida, assentiu:

– Dê-me apenas um minuto para eu pegar meu casaco.

CAPÍTULO 65

Horas mais tarde, sentada a sua mesa no Lugar Seguro, Marissa atendeu a uma ligação em seu celular e não conseguiu evitar o sorriso no rosto.

– É você outra vez.

A voz de Butch, carregada com o sotaque de Boston, parecia um tanto quanto confusa. Como de costume.

– Quando você volta para casa?

Marissa olhou para o relógio em seu pulso e pensou: o que tinha acontecido com a noite? Por outro lado, as coisas eram sempre dessa forma no trabalho. Ela chegava assim que o Sol estava em uma posição segura atrás do horizonte e, antes que percebesse, a luz ameaçava nascer a leste. E era hora de voltar ao complexo.

Para os braços de seu macho.

O que não era exatamente uma tarefa difícil.

– Cerca de quarenta e cinco minutos?

– Você poderia vir agora...

A forma como ele arrastava as palavras sugeria algo completamente diferente de "voltar para casa".

– Butch...

– Eu não saí da cama esta noite.

Marissa mordiscou o lábio, imaginando-o nu nos lençóis que tinham ficado bagunçados quando ela saiu.

– Não?

— Humm, não — as sílabas também saíram arrastadas. Pelo menos até Butch recuperar o fôlego. — Eu estava pensando em você.

A voz dele era tão profunda, tão crua que ela sabia exatamente o que ele estava fazendo consigo mesmo. E, por um instante, Marissa fechou os olhos e entregou-se a algumas imagens mentais muito bonitas.

— Marissa... venha para casa...

Voltando à realidade, ela deixou para trás aquele feitiço que Butch sabia muito bem estar lançando sobre ela.

— Não posso sair agora, mas vou começar a preparar as coisas para encerrar meu turno. O que você acha?

— Perfeito — ela praticamente conseguiu ouvir o sorriso em seu rosto. — Estarei aqui esperando por você. E ouça, brincadeiras à parte, demore o quanto você precisar. Mas você consegue chegar aqui antes da Última Refeição? Quero lhe dar uma entrada da qual você não vai se esquecer.

— Você já é completamente inesquecível.

— Esta é minha garota. Eu amo você.

— Eu também o amo.

Quando o telefonema chegou ao fim, aquele sorriso largo e marcante permaneceu em seu rosto. Seu parceiro era o tipo tradicional de macho, "das antigas", como ele costumava se chamar, com todas as características que acompanhavam aquela mentalidade: fêmeas jamais deviam pagar por coisa alguma, abrir uma porta, abastecer o próprio carro, pisar em uma poça de lama, carregar algo maior do que caberia em uma bolsa pequena... como você preferir descrever. Entretanto, Butch nunca se intrometeu no trabalho de Marissa. Jamais. Essa era a parte de sua vida na qual ela tomava as decisões, e Butch nunca reclamava sobre os horários, a carga de trabalho ou o nível de estresse dela.

O que era apenas uma das razões que a levava a adorar o Irmão. As fêmeas e as crianças desabrigadas que permaneciam no Lugar Seguro formavam uma espécie de família para ela. Uma família da qual ela era a cabeça: Marissa tomava conta da instalação, da equipe, dos programas, dos recursos e, o mais importante, de tudo e de todos que estavam sob aquele teto. E ela amava seu trabalho. Quando Wrath lhe concedera o privilégio de administrar a instituição de caridade,

Marissa quase recusou, mas ela se sentia feliz por ter enfrentado o medo e encontrado seu propósito profissional.

— Marissa?

Levantando o olhar, ela encontrou uma das novas conselheiras parada na passagem da porta.

— Olá. Como o grupo se saiu esta noite?

— Muito bem. Eu devo preencher o relatório em mais ou menos uma hora, logo depois que terminar de preparar os biscoitos. Sinto muito por interrompê-la, mas há um macho aqui com uma entrega.

— É mesmo? — ela franziu a testa ao olhar para o calendário na parede. — Não temos nada agendado.

— Eu sei, por isso não destranquei a porta. Ele disse que você o conhece, mas não falou o nome. Eu me pergunto se não deveríamos chamar a Irmandade.

— Como é a aparência dele?

A fêmea estendeu uma mão na direção de sua cabeça.

— Muito alto. Forte. Tem cabelos escuros com uma mecha branca na frente.

Marissa deu um pulo tão rápido que sua cadeira chegou a ranger contra o chão.

— Tohrment? Ele está vivo?

— Como?

— Vou cuidar disso. Está tudo bem... você pode voltar para a cozinha.

Marissa deixou rapidamente o escritório e desceu as escadas. Parou na entrada principal e verificou o monitor de segurança que V. havia instalado. E imediatamente abriu a porta.

Ela atirou seu corpo para abraçar o Irmão sem sequer pensar no que estava fazendo.

— Oh, Deus, por onde você andou?! Você sumiu por noites!

— Na verdade, não — ele retribuiu gentilmente o abraço. — Eu estava apenas cuidando de alguns negócios, mas está tudo bem.

Ela deu um passo para trás, mas manteve-se segurando os dois espessos bíceps do macho.

— Você está bem?

Todos na mansão sabiam que Autumn tinha passado por seu período de cio, e Marissa podia imaginar quão difícil aquilo havia sido para ele. E esperava, assim como todos os outros, que a relação cada vez mais forte entre o Irmão e a aristocrata calada e sofrida pudesse curá-lo. Em vez disso, Tohrment tinha desaparecido depois que Autumn passara pelo cio, e a fêmea tinha se mudado da casa.

Não era um resultado feliz, obviamente.

– Ouça, eu sei que vocês aceitam doações, certo? – disse ele.

Reconhecendo o fato de que ele não tinha respondido à pergunta que ela lançara, Marissa respeitou sua privacidade e parou de sondá-lo.

– Ah, certamente aceitamos. Aceitamos tudo... somos especialistas em reutilizar as coisas por aqui.

– Ótimo, porque eu tenho alguns objetos coisas que gostaria de doar para as fêmeas. Não sei se vocês vão conseguir usar esses itens, mas...

Ele se virou e foi até a van da Irmandade, que estava estacionada na frente da garagem. Fritz estava no banco do passageiro, e o velho mordomo saiu do veículo quando ela se aproximou.

Dessa vez, ele não trazia um sorriso alegre em seu rosto. Todavia, arqueou o corpo para cumprimentá-la.

– Madame, como a senhora está?

– Ah, muito bem, Fritz, obrigada.

Ela ficou em silêncio enquanto Tohr deslizava a porta...

Uma olhadela dentro do veículo fez Marissa parar de respirar.

Iluminadas pela luz no teto da van estavam pilhas organizadas do que pareciam ser roupas em cestos para serem lavadas, caixas de papelão e mochilas abertas. Também havia saias e blusas e vestidos ainda em seus cabides, embrulhados com cuidado e colocados no chão do veículo.

Marissa lançou um olhar para Tohr.

O Irmão estava em silêncio, olhando para o chão – e claramente não queria encará-la.

– Como eu disse, não sei se vocês conseguirão usar essas peças.

Ela arqueou o corpo e passou o dedo por um dos vestidos.

Da última vez que ela vira aquela peça, estava no corpo de Wellsie.

Aquelas eram roupas da *shellan* de Tohrment.

Com uma voz rachada, Marissa sussurrou:
– Você tem certeza de que quer entregar isso para a doação?
– Sim. Jogar fora seria um desperdício, e ela não aprovaria isso. Wellsie iria querer que essas roupas fossem usadas por outras fêmeas... isso seria importante para ela. Minha *shellan* detestava desperdício. Mas eu não sei como funciona essa coisa de tamanho para as fêmeas.
– Isso é muito generoso de sua parte – Marissa estudou o rosto dele, percebendo que aquela era a primeira vez desde o assassinato que ela o ouvira pronunciar o nome de Wellsie. – Nós usaremos cada uma das peças.
Ele assentiu, ainda evitando encará-la.
– Eu trouxe também alguns itens de higiene que ainda estavam fechados. Coisas como xampu e condicionador, hidratante, aquele sabonete da Clinique que ela gostava... Wellsie era realmente exigente com esse tipo de coisa. Ela tinha a tendência de encontrar algo de que gostava e usar aquilo por muito tempo. Também armazenava coisas, então havia muitos produtos fechados quando eu limpei nosso banheiro. Ah, e eu também tenho alguns de seus itens de cozinha. Aquelas panelas de cobre que eram as preferidas dela. E as facas. Posso levar isso para alguma instituição de caridade humana se vocês...
– Nós aceitaremos tudo.
– Aqui estão as coisas para cozinhar – Tohrment deu a volta no carro e abriu a parte traseira para mostrar-lhe os itens. – E eu sei que machos não podem entrar, mas talvez eu pudesse colocar isso na garagem?
– Sim, sim, por favor. Permita-me entrar e encontrar uns braços extras para nos ajudar.
– Eu gostaria de carregar com minhas próprias mãos, se você não se importar.
– Ah, sim, é claro... sem problemas.
Trêmula, Marissa digitou no teclado o código que dava acesso à garagem.
Quando o portão do lado esquerdo se abriu, ela voltou e permaneceu ao lado do mordomo enquanto Tohrment ia e vinha com passos regulares, carregando com cuidado as posses que eram de sua parceira, criando uma pilha alta e organizada perto da porta que dava para a cozinha.

— Ele está desmontando a casa? — ela perguntou em um sussurro para Fritz.

— Sim, madame. John, Qhuinn, ele e eu trabalhamos a noite toda. Ele limpou o quarto do casal e a cozinha, enquanto os outros machos e eu trabalhamos no restante da casa. Tohrment também me pediu para voltar com ele depois do pôr do sol para que toda a mobília e as peças de arte possam ser levadas para a mansão.

Marissa levou a mão até a boca e a cobriu, de modo a deixar seu choque menos aparente. No entanto, ela não precisaria ter se preocupado com a possibilidade de sua reação deixar Tohr desconfortável. O Irmão estava completamente concentrado em sua tarefa.

Quando a van estava fazia, Tohr fechou todas as portas e aproximou-se dela. Enquanto ela tentava reunir palavras de gratidão, de profundo respeito, da mais intensa compaixão, ele a cortou tirando algo do bolso. Uma bolsinha de veludo.

— Tenho mais uma coisa. Por favor, estenda a mão — quando ela obedeceu, ele soltou a corda no pescoço daquele pequeno pacote. Virando-o de cabeça para baixo, ele lhe entregou...

— Oh, meu Deus! — exclamou Marissa, boquiaberta.

Rubis. Rubis vermelhos e enormes cravejados com diamantes. Muitos deles... Um colar. Não, um colar e uma pulseira. E brincos também. Marissa precisou usar as duas mãos para segurar tudo aquilo.

— Comprei isso para ela em 1964. Na Van Cleef and Arpels. Supostamente seria para nosso aniversário, mas não sei que diabos eu estava pensando. Wellsie não ligava muito para joias. Ela preferia objetos de arte. Sempre dizia que joias eram espalhafatosas. Mas, enfim, eu vi essas peças em uma revista chamada *Town and Country*, na mansão de Darius. Pensei que combinariam com os cabelos ruivos de minha *shellan* e eu queria fazer algo incrível e romântico só para provar que eu era capaz. Ela realmente nunca se importou com as joias, mas, depois disso, passou a tirá-las do cofre todos os anos para usá-las. E todo ano, todo ano mesmo, eu dizia para minha Wellsie que essas pedras não chegavam aos pés da beleza dela... — Tohr parou de falar por um instante. — Sinto muito, eu estou divagando.

— Tohr, eu não posso aceitá-las. Isso é demais.

– Eu quero que você as venda. Venda as joias e use o dinheiro para expandir os fundos da casa. Butch estava dizendo alguma coisa outro dia que você precisa de mais espaço? Acho que elas devem valer 250 mil dólares, talvez mais. Wellsie teria adorado o que você está fazendo aqui... Ela teria apoiado o projeto, teria se voluntariado para trabalhar com as fêmeas e as crianças. Teria realmente se envolvido. Portanto, você sabe, não há lugar melhor para entregar tudo isso.

Marissa começou a piscar os olhos realmente rápido. Se não fizesse isso, as lágrimas cairiam. Aquilo era simplesmente... ele estava sendo tão corajoso.

– Você tem certeza? – ela perguntou com uma voz rouca. – Tem certeza de que quer fazer isso?

– Sim. Chegou a hora. Ter guardado isso não a trouxe de volta para mim e jamais trará. Mas pelo menos esses itens podem ajudar as fêmeas desta casa, então nada será desperdiçado. Para mim, é importante que as coisas que nós compramos juntos, tivemos juntos, usamos juntos não sejam desperdiçadas.

Dizendo isso, Tohr inclinou o corpo e a abraçou rapidamente.

– Fique bem, Marissa.

E, em seguida, o macho fechou a van, ajudou o mordomo a se ajeitar no assento do motorista e, com um aceno final, desmaterializou-se na noite que chegava ao fim.

Marissa olhou para baixo, para a fortuna em suas mãos, e então de volta para a van que Fritz cuidadosamente manobrava em marcha a ré. Conforme o *doggen* seguia seu caminho, ela o acompanhava, andando pela rua, colocando as joias de volta naquela pequena bolsa. Quando ele colocou o carro de frente, Marissa ergueu o braço e acenou. Fritz fez o mesmo.

Envolvendo o corpo com os braços para afastar o frio, ela viu as luzes de freio desaparecerem.

Com o peso das pedras ainda em suas mãos, ela deu meia-volta, posicionando-se de frente para a casa, e imaginou a expansão que conseguiria fazer nos quintais do fundo, criando mais quartos para mais fêmeas e suas crianças – especialmente no subsolo, onde era seguro durante o dia.

Os olhos de Marissa ficaram novamente marejados, e dessa vez foi impossível conter as lágrimas que já corriam por suas bochechas. Enquanto a propriedade a sua frente tornava-se embaçada, o futuro era claro. Marissa sabia exatamente qual nome daria à nova ala.

Wellesandra tinha um papel muito importante naquilo.

CAPÍTULO 66

Layla nunca tinha estado em um local aberto tão próximo do amanhecer, e achou interessante perceber que havia uma verdadeira mudança no ar, uma revitalização que ela conseguia sentir, mas não conseguia ver. O Sol, de fato, era poderoso, capaz de iluminar todo o mundo, e a claridade crescente fez sua pele formigar em um sinal de aviso – um instinto profundamente arraigado em sua carne lhe dizia que agora era hora de ir para casa, embora ela não quisesse.

– Como você está se sentindo? – perguntou Xhex atrás dela.

Na verdade, aquela tinha sido uma noite bastante longa. Elas tinham passado horas nos arredores de Caldwell, andando na escuridão, seguindo Xcor e seus guerreiros – o que tinha se mostrado uma tarefa fácil. Sua percepção do macho era clara como um local iluminado, a ligação que ela mantinha com ele por tê-lo alimentado meses atrás ainda não havia desaparecido. Quanto a Xcor... ele parecia estar tão envolvido com a guerra que sequer sabia que ela estava por perto. Se estava ciente de sua presença, não se aproximou dela, assim como o fez o outro soldado.

– Layla?

Ela olhou para a fêmea.

– Eu sei onde ele está. Xcor não se movimentou.

– Não é disso que eu estou falando.

Layla só conseguiu abrir um leve sorriso. Uma das grandes surpresas da noite havia sido a *symphato* – a quem ela já não se sentia confortável definindo dessa forma. Xhex tinha a mente afiada como uma lâmina e o físico tão forte quanto o de um macho, mas trazia consigo um calor que era discrepante quando colocado ao lado desses outros traços. Em momento algum ela saiu do lado de Layla, pairando em volta como uma *mahmen* cuidando de uma filha, até mesmo solícita e cuidadosa, como se soubesse que grande parte daquilo era, para Layla, um trabalho estranho sob circunstâncias problemáticas.

– Eu estou bem.

– Não, você não está.

Quando Layla focou-se novamente no sinal de seu sangue a aproximadamente duas quadras dali, ela permaneceu em silêncio.

– Tenho certeza de que você já sabe disso – murmurou Xhex. – Mas você está fazendo a coisa certa aqui.

– Eu sei. Ele está mudando de posição.

– Sim, eu consigo sentir.

De forma abrupta, Layla virou-se na direção de uma área elevada e iluminada a oeste: o mais alto arranha-céu da cidade. Enquanto se focava nas luzes vermelhas e brancas que piscavam no topo, ela imaginou Xcor de pé no vento frio que soprava no alto da construção, afirmando que a cidade lhe pertencia.

– Você acha que ele é mau? – ela perguntou com uma voz rouca. – Quero dizer, você consegue sentir as emoções dele, não consegue?

– Até certo ponto, sim.

– Então... ele é mau?

A outra fêmea expirou longa e demoradamente, como se sentisse muito pelo que tinha a dizer.

– Ele não seria uma boa aposta, Layla. Nem para você, nem para ninguém. E não estou falando isso apenas por causa do problema com Wrath. Xcor tem uma energia sinistra em torno dele.

– Então, ele é uma alma sombria?

– Você não precisa ler as emoções dele para saber disso. Apenas pense no que ele fez com seu Rei.

– Sim. Sim, é verdade.

De Qhuinn a Xcor. Um registro fantástico de machos com os quais se envolver...

– Ele está se movimentando rapidamente – alertou Layla com um tom de urgência. – Ele se desmaterializou.

– É agora. É agora que você entra em cena.

Layla fechou os olhos e desligou todos os seus sentidos, exceto o instinto de encontrar seu próprio sangue.

– Ele está seguindo para o norte.

Conforme concordado previamente, as duas viajaram um quilômetro e se reuniram; viajaram outros cinco quilômetros e se reuniram; viajaram outros dez, e mais dez... com os instintos de Layla funcionando como uma bússola, guiando o caminho.

O tempo era algo essencial. O amanhecer se aproximava, um brilho perigoso se alastrava por todo o céu e se tornava cada vez mais forte.

A última parte da corrida as levou até uma floresta, a aproximadamente um quilômetro e meio ou dois de onde Xcor havia parado – e finalmente não seguido mais adiante.

– Posso levá-la até mais perto – murmurou Layla.

– Ele não vai a lugar nenhum?

– Não, não vai.

– Então vá embora. Vá! Agora!

Layla olhou mais uma vez na direção onde o macho estava. Ela sabia que tinha de ir – pois, se ela podia senti-lo, talvez ele também sentisse sua presença. A expectativa, obviamente, era que, se Xcor a percebesse, ele não seria capaz de reagir suficientemente rápido, e então ela desapareceria na área protegida pelo *mhis*, dificultando o trabalho do líder dos bastardos. Isso não apenas deixaria poucos indícios quanto ao destino dela, mas também confundiria a ligação de sangue, mandando-o em uma direção diferente como a luz refletida pela superfície de um espelho.

O medo fez seu coração saltar, e ela se prendeu à sensação, reconhecendo-a como mais real do que quando pensava nos momentos que eles tinham passado juntos, quando ele tinha se alimentado dela.

– Layla? Vá embora!

Santíssima Virgem Escrita, ela o havia condenado à morte esta noite.

Não, Layla corrigiu seu pensamento. Ele tinha feito isso consigo mesmo. Supondo que o rifle fosse encontrado em algum lugar da casa do Bando de Bastardos e que os Irmãos tivessem provas daquilo que imaginavam ter acontecido, então Xcor tinha começado a girar as rodas de sua condenação meses atrás.

Ela poderia ser uma ferramenta, mas as ações do macho eram a carga elétrica que fariam seu coração parar.

– Obrigada por ter me dado esta oportunidade de fazer a coisa certa – ela disse a Xhex. – Vou para casa agora mesmo.

Dizendo isso, ela se desmaterializou para longe do desfiladeiro arborizado, focando-se na mansão, chegando à antessala assim que a luz começava a fazer seus olhos arderem.

Não eram lágrimas que estavam causando aquilo. Não... Não eram lágrimas... Era a alvorada se aproximando.

Lágrimas derramadas por aquele macho seriam erradas demais da parte dela.

***

– Nós precisamos ir, cara.

John assentiu enquanto Qhuinn falava com ele, mas não se moveu. Parado no meio da cozinha de Wellsie, o jovem macho estava sofrendo de uma espécie de choque cultural.

Os armários estavam vazios, assim como a despensa, todas as gavetas, os dois closets, as estantes sobre a escrivaninha embutida e a própria escrivaninha.

Andando em torno, ele deu a volta na mesa que estava na alcova, lembrando-se dos jantares que Wellsie servira ali. Em seguida, passou pelo enorme balcão de granito, imaginando as tigelas de massa de pão cobertas com pano de prato, as tábuas de carne com montinhos de cebola picada ou cogumelos fatiados, a lata de farinha, o pote de arroz. No fogão, John quase inclinou o corpo para sentir o aroma do ensopado e do molho de espaguete e da sidra de maçã.

– John?

Dando meia-volta, ele caminhou até seu melhor amigo... e então seguiu em frente, na direção da sala de estar. Droga. Era como se o lugar tivesse sido bombardeado de alguma forma. Os quadros todos haviam sido retirados das paredes, onde agora não havia nada além dos pregos nos quais eles anteriormente estavam pendurados. Tudo o que havia dentro de uma moldura tinha sido movido para outro canto. As obras de arte agora estavam apoiadas umas nas outras, separadas por toalhas de tecido felpudo.

A mobília também havia sido movida para outros lugares, arrumadas em lotes de cadeiras e criados-mudos e luminárias... Deus, as luminárias. Wellsie não gostava de luzes no teto, o que significava que havia algo como cem luminárias de diferentes formatos e tamanhos espalhadas pela casa.

O mesmo valia para os tapetes. Wellsie detestava carpete, então havia tapetes orientais – *houvera* tapetes orientais – distribuídos por todos os cantos do piso de madeira e de mármore. Agora, entretanto, como todo o resto, eles estavam enrolados e organizados em pilhas que mais pereciam lenha encostada na longa parede da sala de estar.

O melhor da mobília e todas as obras de arte seriam levados para a mansão ao norte. A equipe havia preparado um caminhão de mudança para isso. O que sobrasse seria oferecido para o Lugar Seguro e, se recusado, encaminhado para instituições de caridade ou para o Exército da Salvação.

Cara... mesmo depois que os quatro machos tinham trabalhado durante dez horas seguidas, ainda havia muito a ser feito. A primeira parte do trabalho, contudo, parecia a mais crítica.

Do nada, Tohr entrou no caminho de John, fazendo-o parar de andar.

– Ei, filho.

Ah, oi.

Eles bateram as palmas das mãos e os ombros, e sentiram um alívio por estarem novamente em sintonia depois de meses de estranhamento. O fato de o Irmão tê-lo trazido aqui para ajudar com tudo isso era uma demonstração de respeito que o surpreendeu e o tocou profundamente.

Por outro lado, conforme Tohr tinha dito no caminho até a casa, Wellsie tinha sido parte da vida de John tanto quanto da vida de qualquer outra pessoa.

– Eu mandei Qhuinn de volta, a propósito. Imaginei que essa fosse uma situação extenuante. E já tenho você.

John assentiu. Por mais que amasse seu amigo, parecia certo ele e Tohr estarem juntos e sozinhos nesta sala, mesmo que por apenas alguns momentos.

Como foram as coisas no Lugar Seguro?, ele gesticulou.

– Tudo deu muito certo. Marissa foi... – Tohr limpou a garganta. – Você sabe, ela é uma fêmea adorável.

Ela realmente é.

– E ficou muito feliz com as doações.

Você deu os rubis para ela?

– Sim.

John assentiu mais uma vez. Ele e Tohr tinham separado as poucas joias que havia na coleção de Wellsie. Aquele colar, aquela pulseira e os brincos eram as únicas peças que tinham um valor intrínseco. O restante era mais pessoal: pequenos amuletos, alguns pares de brincos de argola, os pequenos brincos de diamante. Isso eles manteriam.

– Eu realmente fui sincero em minhas palavras, John. Você pode usar os móveis se quiser. E as peças de arte também.

Eu realmente gosto de um Picasso que está ali.

– Então ele é todo seu. Tudo o que existe aqui, qualquer coisa que existe aqui, é seu.

Nosso.

Tohr inclinou a cabeça.

– Certo. Nosso.

John andou pela sala de estar novamente. Seus passos ecoavam por todos os cantos. *O que o fez pensar que esta noite era a noite certa?*, perguntou John.

– Não foi somente um fator, mas a culminação de uma série de coisas.

John tinha de admitir que ficou feliz com aquela resposta. A ideia de que isso pudesse ter acontecido exclusivamente por causa de Autumn o teria deixado furioso – embora isso fosse injusto de sua parte para com ela.

As pessoas seguiam a vida. Isso era saudável. E talvez aquele resquício de raiva fosse um sinal de que ele também precisava deixar as coisas seguirem seu rumo.

Sinto muito por eu não ter agido melhor com relação a Autumn.

– Ah, não. Está tudo bem, filho. Sei que é difícil.

Você vai se vincular com ela?

– Não.

As sobrancelhas de John saltaram. *Por que não?*

– É complicado... Bem, na verdade, não. É bem simples. Eu destruí o relacionamento anteontem à noite. E não há como voltar atrás.

Ah... droga.

– Pois é – Tohr sacudiu a cabeça e olhou em volta. – É...

Os dois ficaram ali, lado a lado, correndo os olhos pela bagunça que haviam criado com tudo o que anteriormente estava organizado. Agora, supôs John, o estado daquela casa era como suas vidas haviam ficado depois do assassinato de Wellsie: destruídas, vazias, com tudo fora do lugar.

As coisas estavam mais certas agora do que tinham estado anteriormente, todavia. A falsa ordem, preservada por uma recusa em dar o próximo passo, era uma mentira perigosa.

Você vai mesmo vender a casa?, ele perguntou.

– Sim. Fritz vai telefonar para o corretor assim que chegar o horário comercial. A não ser que... bem, se você e Xhex quiserem a casa, é desnecessário dizer que...

Não, eu concordo com você. É hora de se desprender do imóvel.

– Ouça, eu gostaria de saber se você pode tirar folga nas próximas noites. Ainda há muita coisa a ser feita aqui, e eu gosto de sua presença a meu lado.

É claro. Eu jamais perderia esses momentos, por nada.

– Que bom. Isso é bom.

Os dois encararam um ao outro.

Acho que é hora de ir.

Tohr assentiu lentamente.

– Sim, filho. Realmente chegou a hora.

Sem dizer mais uma palavra sequer, os dois saíram pela porta, trancaram-na e se desmaterializaram de volta para a mansão.

Enquanto suas moléculas se separavam, John sentiu que talvez devesse haver alguma espécie de proclamação ou de troca entre eles naquele momento, alguma bandeira fincada na areia, um monumento, um marco na forma de uma recitação de alguma coisa.

Mas ele logo supôs que o processo de cura, diferentemente do trauma, era suave e gentil.

O suave fechar de uma porta, e não com uma pancada.

CAPÍTULO 67

Várias noites depois que Autumn chegou ao chalé de Xhex, uma toalha mudou tudo.

Era apenas uma toalha de mão branca, recém-saída da secadora, que deveria ser pendurada mais uma vez no banheiro do andar inferior e usada por qualquer uma delas. Nada especial. Nada que Autumn não tivesse feito na mansão da Irmandade ou no Santuário ao longo do curso de décadas e décadas e décadas.

Mas essa era a questão.

Enquanto segurava a toalha em suas mãos, sentindo o calor do tecido felpudo, ela começou a refletir sobre todas as vezes que tinha lavado roupa. E nas bandejas de comida que tinha levado para as Escolhidas. E nas camas que havia arrumado. E nas pilhas de aventais cirúrgicos e toalhas...

Anos e anos de trabalho como empregada – algo de que ela se sentia orgulhosa.

Você tem feito o papel de mártir durante séculos.

– Não é verdade – ela dobrou novamente a toalha. E a desdobrou mais uma vez.

Enquanto suas mãos faziam o trabalho de forma automática, a voz furiosa de Tohr se recusava a ceder. Aliás, ela se tornava cada vez mais alta na cabeça de Autumn enquanto a fêmea saía e via o piso brilhando que havia encerado com as próprias mãos e as janelas brilhando e a cozinha perfeita como um brinco.

Aquele symphato *foi culpa sua. Eu sou culpa sua. O peso do mundo é culpa sua...*

— Pare! — ela chiou, tapando os ouvidos com as mãos. — Apenas... pare!

Ai, ai... O desejo de se tornar surda foi frustrado. Enquanto mancava pela casa, ela se viu presa não pelas limitações do teto e das paredes, mas pela voz de Tohrment.

O problema era que, independentemente de aonde ela fosse ou para o que olhasse, sempre existia algo especial que havia sido esfregado ou ajeitado e limpo na frente dela. E seus planos para a noite incluíam mais do mesmo, embora não houvesse clara necessidade de mais limpeza.

Por fim, ela se forçou a se sentar em uma das duas cadeiras com vista para o rio. Estendeu uma perna e olhou para a panturrilha que não parecia normal e que não funcionava direito há muito tempo.

Você gosta de estar no papel de vítima...

Três noites, ela pensou. Foram necessárias três noites para se mudar para este lugar e assumir novamente o papel de criada...

Na verdade, não. Ela começou a trabalhar como empregada assim que acordou depois daquele primeiro pôr do sol.

Sentada sozinha, inspirou a fragrância de limão que emanava dos móveis polidos e sentiu uma necessidade arrebatadora de se levantar, encontrar um pedaço de pano e começar a limpar o tampo das mesas e os balcões. O que fazia parte do modelo de comportamento dela, não é mesmo?

Praguejando, Autumn se forçou a permanecer sentada enquanto um *replay* daquela conversa horrível com Tohrment passava de novo e de novo em sua cabeça.

Logo depois que ele saiu, ela ficou em choque. Em seguida, vieram fortes ondas de fúria.

Esta noite, entretanto, ela realmente ouvia as palavras do macho. E, considerando que estava cercada por evidências de seu comportamento, era difícil rebater o que ele dissera.

Ele estava certo. Por mais cruel que fosse a expressão da verdade, Tohrment estava certo.

Embora ela tivesse se desdobrado para prestar serviços aos outros, suas "obrigações" tinham sido menos uma penitência, mais uma punição. Toda vez que limpava para os outros ou que ficava cabisbaixa debaixo daquele capuz ou que tentava passar despercebida, havia um golpe de dor e satisfação em seu coração, um pequeno corte que se curava tão rapidamente quanto era infligido.

Dez mil cortes ao longo de anos demais para se contar.

Aliás, nenhuma das Escolhidas jamais lhe dissera para limpar as coisas. Nem a Virgem Escriba. Ela tinha feito isso espontaneamente, lançando sua própria existência ao papel de uma serva sem valor, rebaixando-se e faxinando ao longo de milênios.

E tudo por causa de...

Uma imagem daquele *symphato* brotou em sua mente e, por um breve instante, ela se lembrou de seu fedor, sua pele ensebada e daquela mão com seis dedos tocando sua pele.

Quando a bile subiu até sua garganta, ela se recusou a se entregar. Percebeu que tinha dado a ele e àquelas memórias peso demais ao longo de muitos anos.

De repente, ela se imaginou em seu quarto, na mansão de seu pai, pouco antes de ser sequestrada, dando ordens aos *doggens*, insatisfeita com tudo a sua volta.

Ela havia passado de madame a serva por escolha própria, lançando-se entre os dois extremos de superioridade injustificada e inferioridade autoimposta. Aquele *symphato* fora o agente aglutinante, já que sua violência ligara as extremidades do espectro de modo que, em sua mente, uma fluía em direção à outra. A tragédia tomava o lugar do benefício e deixava, em seu rastro, uma fêmea arruinada que transformava o sofrimento em seu novo *status quo*.

Tohrment estava certo: ela vinha se punindo desde então... e negar-se a tomar os sedativos durante seu período de cio havia sido parte disso. Autumn tinha escolhido aquela dor, assim como tinha escolhido uma posição baixa na sociedade, assim como tinha se entregado a um macho que nunca, jamais seria dela.

Eu estou usando você, e a única pessoa para quem isso está funcionando é você... isso não me levou a lugar algum. A boa notícia é que tudo isso vai lhe render uma ótima desculpa para se torturar ainda mais...

O impulso de atacar qualquer sujeira, de esfregar com as mãos até o suor escorrer de sua testa, de trabalhar até suas costas doerem e sua perna gritar era tão forte que ela precisou se agarrar aos braços da cadeira para se manter onde estava.

– *Mahmen?*

Ela virou o pescoço e tentou se empurrar para fora daquela espiral.

– Minha filha, como você está?

– Sinto muito por ter chegado em casa tão tarde. Hoje foi corrido.

– Ah, está tudo bem. Posso pegar algo para você... – ela se conteve.

– Eu...

A força do hábito era tão forte que ela se pegou agarrando-se novamente à cadeira.

– Tudo bem, *mahmen* – murmurou Xhex. – Você não precisa me esperar. Na verdade, não quero que me espere.

Autumn levou uma mão trêmula até a ponta de sua trança.

– Eu me sinto bastante perdida esta noite.

– Posso sentir isso – Xhex aproximou-se. Seu corpo, coberto com couro, era forte e seguro. – E eu sei o motivo, então não precisa explicar. É bom se desprender das coisas. A gente tem de fazer isso para dar um próximo passo na vida.

Autumn focou-se nas janelas, olhou para o rio um pouco mais adiante.

– Eu não sei o que fazer comigo mesma se eu não for uma serva.

– É isso que você precisa descobrir. O que você gosta de fazer, aonde quer ir, como quer preencher suas noites. A vida é assim... se você tem sorte.

– Em vez de possibilidades, eu só vejo o vazio.

Especialmente sem...

Não, ela não pensaria nele. Tohrment tinha deixado mais do que claro em que nível estava aquele relacionamento.

– Há algo que você provavelmente precise saber – falou Xhex. – Sobre ele.

– Eu pronunciei seu nome?

— Nem precisa. Ouça, ele...

— Não. Não, não me conte. Não há nada entre nós – Santíssima Virgem Escriba, como doía dizer aquilo. – Nunca houve, então não há nada que eu deva saber sobre ele...

— Ele está tirando tudo da casa. Da casa onde ele e Wellsie viviam. Tohrment passou a noite toda empacotando, separando coisas para doação, preparando os móveis para irem embora. Ele vai vender a propriedade.

— Bem... que bom para ele.

— E ele vai procurá-la.

Autumn levantou-se violentamente da cadeira e foi até as janelas. Seu coração pulava violentamente em seu peito.

— Como você sabe?

— Ele me contou agora há pouco, quando fui fazer o relatório ao Rei. Tohrment disse que vai pedir desculpas.

Autumn colocou suas mãos no vidro frio. As pontas de seus dedos rapidamente se tornavam dormentes.

— Desculpas pelo que, eu me pergunto. Pelo *insight* que ele teve? Ou pela sinceridade com a qual falou quando afirmou que não sentia nada por mim? Que eu era apenas um veículo para ele libertar sua amada? Tudo isso é verdade e, portanto, exceto pelo tom de voz com o qual ele falou, não há nada de que se desculpar.

— Ele a magoou.

— Não mais do que já fui magoada antes – ela trouxe as mãos de volta para perto do corpo e começou a esfregá-las em busca de calor. – Ele e eu cruzamos um o caminho do outro duas vezes em nossa vida, e não posso dizer que gostaria de continuar associada a ele. Embora a avaliação dele sobre o meu caráter e as minhas falhas estejam corretas, não preciso que tudo aquilo seja elucidado outra vez nem mesmo suavizado por sílabas que formem palavras como "perdão". Esse é o tipo de coisa que a gente ouve uma vez e o conhecimento segue com a gente.

Um longo silêncio se espalhou pela casa.

— Como você sabe – falou Xhex em voz baixa, – John e eu também estávamos tendo problemas. Dos grandes, o tipo de porcaria com a qual eu não conseguiria viver, embora eu o ame. E eu realmente pensei em tudo... O que me convenceu do contrário não foi o que ele *disse*, mas sim o que ele *fez*.

A voz de Tohrment invadiu mais uma vez a mente de Autumn: *E você sabe muito bem que o único motivo que me leva a estar com você é tirar Wellsie do Limbo.*

— Há uma diferença, minha filha. Seu parceiro é apaixonado por você e, no fim das contas, isso significa tudo. Mesmo se Tohrment se desprender de sua *shellan*, ele nunca vai me amar.

A boa notícia é que tudo isso vai lhe render uma ótima desculpa para se torturar ainda mais...

Não, ela pensou. Já bastava daquilo.

Era hora de um novo paradigma.

E, embora Autumn não fizesse ideia do que esse novo paradigma fosse, ela estava certa de que encontraria uma resposta.

— Ouça, eu preciso me apressar — falou Xhex. — Mas espero não precisar demorar muito. Voltarei assim que possível.

Autumn olhou sobre o ombro e falou:

— Não se apresse por minha causa. Eu preciso me acostumar a ficar sozinha... e isso pode muito bem começar esta noite.

Quando saiu do chalé, Xhex tomou cuidado para trancar a porta, e desejou poder fazer mais por sua mãe do que apenas virar um trinco. A reorientação emocional de Autumn era extrema, a energia interior da fêmea tinha se virado de ponta-cabeça por conta própria.

Mas, é claro... era isso que acontecia com as pessoas quando elas finalmente se enxergavam, após eras de sublimação.

Não era um lugar feliz para se estar. E era difícil testemunhar. Difícil deixar para trás... Mas Autumn estava certa. Todos chegavam a um momento da vida em que se davam conta de que, independentemente de quanto estivessem fugindo de si mesmos, algumas coisas estavam sempre com eles. Vícios e compulsões não eram nada além de marchas de distrações, mascarando verdades desagradáveis e, acima de tudo, inegáveis.

A fêmea precisava de um pouco de tempo para si mesma. Tempo para pensar. Tempo para descobrir. Tempo para perdoar... e seguir em frente.

E quanto a Tohrment? Havia uma parte de Xhex que realmente queria espancar o macho por tudo o que ele dissera a sua mãe. No entanto, ela estivera perto dele, e o cara estava sofrendo de formas que não poderiam ser comparadas a um maxilar ferido. Era difícil saber quanto daquela dor tinha a ver com Autumn e quanto estava ligada a Wellsie – mas o instinto de Xhex lhe dizia que eles logo descobriram. O Irmão tinha começado a desmanchar a casa e a doar as roupas de Wellsie.

Estava muito claro o que ele queria.

Em seguida, eles veriam quanto ele se importava com Autumn.

Com isso em mente, Xhex se desmaterializou e seguiu para o leste. Passou o dia todo no gramado em volta da casa de Xcor, mantendo-se sempre a pelo menos quinhentos metros de distância. A energia do macho havia se tornado clara assim que ela se aproximou do local, e ela vinha sendo tão cuidadosa com os soldados de Xcor quanto na ocasião anterior, quando seguiu para a mansão a norte para reportar suas descobertas ao Rei.

E agora, ela estava de novo sob o véu da noite, movimentando-se lentamente pela floresta, lançando seus sentidos *symphato* pelas redondezas.

Aproximando-se da área onde as energias estavam concentradas durante as horas do dia, ela se desmaterializou em trechos de menos de cem metros, respeitando o tempo necessário, usando os ramos dos pinheiros para se esconder. Cara, situações como essas a faziam realmente gostar das árvores que permaneciam viçosas durante o ano todo. Os ramos suaves não apenas a escondiam como também ofereciam um esconderijo sem neve que não deixaria marcas de seus pés conforme ela seguia de um tronco ao outro.

O esconderijo do qual ela finalmente se aproximou era exatamente o que esperava. Feita de pedras velhas e pesadas, parecia uma construção sólida e tinha poucas janelas – o *bunker* perfeito. E, é claro, a ironia era que, com o telhado coberto de neve e as chaminés, o local parecia uma paisagem digna de um cartão de Natal.

Ho-ho-ho, época de dar porrada.

Enquanto Xhex verificava os arredores, a van estacionada na lateral parecia pertencer a outra pessoa, um traço nada bem-vindo do moderno no que parecia ser uma imagem totalmente antiga. E o mesmo valia para os fios elétricos que se dependuravam no canto de trás.

Xhex seguiu cuidadosamente para aquele canto. Era impossível saber se a energia elétrica estava ou não ligada. Nenhuma luz havia sido deixada acesa. A casa permanecia escura como o interior de um crânio.

A última coisa que ela queria fazer era disparar um alarme.

Porém, uma olhadela no vidro da janela a fez franzir a testa. Nada de persianas – a não ser que elas estivessem do lado de dentro? E, o mais importante, nenhuma barra de aço protegendo as passagens. Mas, é claro... o subsolo seria prioridade, não?

Dando a volta na construção, ela observou cada janela, e então se desmaterializou em direção ao telhado para verificar os quartos no terceiro andar.

Totalmente vazios, ela notou, franzindo novamente a testa. E não muito fortificados.

De volta no nível do chão, ela segurou ambas as armas, respirou profundamente e...

Tomando forma outra vez dentro da casa, ela estava totalmente preparada para o ataque. Permanecia de costas para a parede da sala de estar vazia e empoeirada, com as pistolas automáticas erguidas na frente de seu corpo.

A primeira coisa que ela notou foi que o ar era tão frio ali dentro quanto lá fora. Eles não tinham sistema de aquecimento?

A segunda coisa foi... nenhum som de alarme.

Terceira: ninguém apareceu de lugar nenhum para defender o território.

O que não significava que não havia um sistema de proteção, todavia. Era mais provável que eles não se importassem com nada neste piso ou no piso superior.

Com cuidado, ela se desmaterializou até a porta do próximo quarto. E do seguinte. A localização lógica da escada que dava para o porão seria em algum ponto da cozinha – e, como era de se esperar, ela encontrou o que supunha ser deles exatamente onde esperava encontrar.

E, cacete, a porta que a mantinha para fora ostentava uma tranca nova e sólida, feita de cobre.

Ela levou uns bons cinco minutos para chegar naquela merda e seus nervos estavam à flor da pele. A cada sessenta segundos, parava e escutava com atenção, embora seu lado *symphato* estivesse funcionando em potência máxima durante todo o tempo. Ela tinha deixado os cilícios no chalé.

Quando finalmente abriu a tranca, ela empurrou a porta, e logo ouviu um estalo – e só conseguiu soltar um riso seco. As dobradiças rangiam alto o suficiente para acordar os mortos.

Aquele era um truque velho e confiável – e Xhex podia apostar que todas as portas e janelas do local estariam também sem lubrificação; as escadas provavelmente rangeriam como uma anciã se você colocasse algum peso sobre elas. Sim, era exatamente como as pessoas faziam antes de a eletricidade ser inventada: um bom ouvido e a falta de óleo formavam um alarme que não precisava de bateria ou qualquer outra fonte de energia.

Colocando a lanterna entre os dentes para poder segurar uma arma em cada mão, ela procurou o que conseguia ver de uma escada de madeira em más condições. Lá embaixo, havia outro piso, e ela seguiu naquela direção, virando-se rapidamente e se colocando em posição defensiva.

Vários beliches: três deles, e mais uma cama na lateral.

Roupas de tamanhos grandes. Velas para iluminar. Fósforos. Materiais de leitura.

Fios para carregar a bateria de celulares. E um fio para notebook.

E era isso.

Nenhuma arma. Nada eletrônico. Nada que oferecesse qualquer identificação verdadeira.

Por outro lado, o Bando de Bastardos tinha nascido como um grupo de nômades, então seus objetos de uso pessoal eram poucos e certamente portáteis – e isso era parte do motivo pelo qual aqueles machos eram perigosos: eles conseguiam ir de um lugar para o outro em um piscar de olhos, sem deixar qualquer sinal significativo para trás.

Mas este era, definitivamente, seu santuário, o local onde eles permaneciam relativamente vulneráveis durante o dia. E eles se protegiam conforme o esperado: as paredes e o teto e a parte de trás da porta estavam cobertos com malha de aço. Não havia como entrar ou sair daqui se não fosse pela abertura lá em cima.

Ela cruzou o local lentamente, procurando alçapões, a passagem para um túnel ou qualquer outra coisa.

Os bastardos deviam ter um espaço para armazenar munição em algum lugar aqui. Por mais que eles gostassem de poder se deslocar, era impossível sair noite após noite comprando balas suficientes apenas para chegar até o amanhecer.

Eles precisavam de provisões.

Focando-se novamente na única cama que não era um beliche, ela acreditou que aquele era o espaço de Xcor, o líder do bando. E não precisava ser um gênio para entender que, se houvesse qualquer esconderijo, seria por ali. Ele tinha o tipo de mente desconfiada que não acreditaria nem mesmo em seus próprios soldados.

Investigando a cama com sua lanterna, ela buscou mecanismos que pudessem desencadear um alarme ou uma bomba ou abrir um alçapão. Depois de não encontrar nada, guardou sua arma por um instante e ergueu a armação de metal, movendo-a para o lado. Puxou um detector de metais portátil e o percorreu pelo chão sujo. E...

– Olá, garotos – ela murmurou.

O equipamento portátil encontrou um retângulo de aproximadamente um metro e vinte por setenta e cinco centímetros. Ajoelhando-se, ela usou uma de suas facas para afastar a terra dos cantos. Fosse lá o que aquilo fosse, estava enterrado profundamente...

Xhex congelou quando sua audição aguçada lhe informou que um carro havia estacionado.

Não era um dos Bastardos ou seu grupo, entretanto, o espectro emocional era descomplicado demais para ser um deles.

Um *doggen*, chegando com suprimentos?

Xhex foi até o topo da escada e fechou a porta o máximo que podia sem trancá-la e em seguida voltou para onde aquela caixa estava enterrada. Agora, movimentando-se com três vezes mais agilidade, ela manteve um dos ouvidos presos aos passos que ecoavam no primeiro andar.

No lado mais longo do retângulo delineado, ela usou a ponta da faca para sondar a terra em busca de algo que pudesse puxar. Quando não encontrou nada, repetiu a investigação, dessa vez usando o lado mais curto do retângulo.

Bingo. Afastando a terra para o lado, ela agarrou um anel circular, colocou a lanterna de volta entre os dentes, arfando com todas as forças que tinha. A tampa pesava tanto quanto o capô de um carro, e ela teve de engolir os gemidos...

Uau. Isso sim era um arsenal.

Na enorme caixa abaixo, havia armas de fogo, facas, munição, produtos de limpeza... tudo muito bem organizado e obviamente em um espaço à prova de água.

E, em meio a isso tudo, estava uma caixa longa, escura e feita com um plástico duro. Esse estojo certamente guardava um rifle.

Ela puxou aquela coisa e a colocou no chão sujo a seu lado. Uma olhadela na trava a fez praguejar. Ativado por impressão digital.

Que se dane. Aquela maldita coisa era suficientemente grande para abrigar um ou talvez dois longos canos de arma. Então, ela levaria aquilo consigo.

Com mãos rápidas e certeiras, Xhex fechou a tampa, jogou a terra de volta e bateu na superfície para assentá-la. Encobrir seus passos tomou menos tempo do que ela imaginou. E, antes que pudesse se dar conta, estava novamente empurrando a cama para o lugar.

Em seguida, pegou a caixa com a mão esquerda e ouviu atentamente o que se passava nos arredores. A *doggen* estava se movimentando lá em cima. A energia da fêmea era tão banal quanto quando Xhex chegara. A criada não tinha ouvido nada, não sabia de nada.

Olhando em volta, Xhex pensou que era improvável que a serviçal tivesse uma chave para entrar aqui embaixo. Xcor era cauteloso demais para permitir algo assim. De qualquer forma, não era seguro perder tempo. Mesmo se os *doggens* só tivessem acesso ao andar de cima, um dos Bastardos poderia se ferir no campo de batalha a qualquer momento. E, embora ela não hesitasse em lutar contra qualquer um deles, ou contra todos eles, se o rifle de fato estivesse naquele estojo, ela precisava tirar a arma dali imediatamente.

Estava na hora de conhecer a galera.

Quando Xhex se desmaterializou e chegou ao topo da escada, o peso de seu corpo fez a madeira do último andar ranger.

Do outro lado, a *doggen* gritou:

– Senhor? – em seguida, uma pausa. – Espere. Vou ficar na posição.

Que. Merda. Era. Aquela?

– Estou pronta.

Xhex colocou a mão na maçaneta, abriu o caminho e deu um passo para fora, esperando encontrar alguma espécie de pesadelo envolvendo *kama sutra* por ali.

Em vez disso, a fêmea mais velha estava parada em um canto da cozinha, encarando um canto da parede com olhos cobertos pelas mãos.

Eles não queriam que ela os identificasse, pensou Xhex. Inteligente. Muito inteligente da parte deles.

E também conveniente para ela, considerando que Xhex teria de desperdiçar minutos preciosos para confundir a cabeça da fêmea. Mais tarde, aquela "posição", como era chamada, salvaria a vida da *doggen*, quando Xcor finalmente descobrisse que seu esconderijo havia sido invadido enquanto eles estavam fora.

Xhex fechou a porta, que se trancou sozinha. Em seguida, desmaterializou-se para fora da construção, carregando o estojo da arma contra seu peito.

Ainda bem que não era muito pesada.

E, se Deus quisesse, Vishous estaria de folga naquela noite.

CAPÍTULO 68

De volta ao complexo da Irmandade, Tohr segurava a porta do porão aberta e permanecia na lateral enquanto John passava e chegava às escadas.

Enquanto descia atrás do outro macho, seu corpo estava tenso, especialmente na região das costas e dos ombros. Mas pelo menos seus treinos noturnos como desmontador de móveis tinham chegado ao fim. Depois de um intervalo final de três horas empurrando coisas esta noite, a casa de Tohr e de sua Wellsie estava oficialmente vazia e pronta para ser entregue a algum agente imobiliário de Caldwell. Fritz encontrou-se com o corretor durante o dia, e descobriu que o preço que eles tinham estabelecido era agressivo, mas não estava tão fora da realidade. Se Tohr tivesse de arcar com os custos do local por mais alguns meses, ou até mesmo por toda a primavera, tudo bem.

Enquanto isso, a mobília e os tapetes haviam sido carregados para a garagem da mansão. Os quadros e as gravuras e os afrescos tinham sido levados lá para cima, para a parte climatizada do sótão. A caixa de joias, por sua vez, estava no armário do Tohr, em cima do vestido usado na cerimônia da vinculação.

Então, estava feito.

Na base da escada, Tohrment e John partiram com passos resolutos em direção a um quarto cavernoso, passando pela caldeira enorme que não só liberava muito calor para manter o aquecimento da maior parte da casa, mas ameaçava fritar seus rostos e corpos enquanto eles andavam por ali.

Enquanto os machos seguiam adiante, os sons de seus passos eram altos. O ar se tornou rapidamente frio quando eles deixaram a área da caldeira e chegaram à segunda metade do porão. Essa parte era dividida em salas de armazenamento, uma das quais logo guardaria o peso dos móveis de Tohrment e Wellsie, e a outra era o espaço privado de trabalho de V.

Não, não *aquele* tipo de trabalho.

Ele tinha sua cobertura para isso.

A corja de Vishous estava aqui.

O som do monstro cuspidor de fogo do Irmão começou como um sussurro; quando eles deram a volta no último canto, o rugido surdo era suficientemente alto para abafar o ruído dos coturnos batendo no chão. Aliás, a única coisa que cortava o barulho era o *tink-tink-tink* de V. batendo um martelo em um metal extremamente quente.

Quando Tohr e John passaram pela porta apertada da sala, V. estava trabalhando duro. Seu peito e seus ombros nus brilhavam com a luz alaranjada das chamas, seu braço musculoso erguendo-se para golpear novamente. Sua concentração era feroz – e era assim mesmo que precisava ser. A lâmina em que aquela faixa de metal estava se transformando seria responsável por manter quem a carregasse vivo, além de detonar o inimigo.

O Irmão ergueu o olhar quando eles apareceram, e então assentiu. Depois de dois outros golpes, abaixou o martelo e cortou o suprimento de oxigênio do poço de fogo.

– O que rola? – perguntou Vishous enquanto o rugir se tornava um ronronar.

Tohr lançou um olhar para John Matthew. O jovem tinha sido um astro durante todo o processo, sem jamais falhar no trabalho sombrio de desmanchar o tempo de toda uma vida de lembranças, momentos e recordações.

Aquilo era tão difícil para ambos.

Depois de um instante, Tohr olhou novamente para seu Irmão e o encontrou sem palavras. Mas V. já estava assentindo com a cabeça e se colocando em pé. Enquanto tirava as pesadas luvas de couro que subiam até seus cotovelos, ele deixou para trás a estação de trabalho.

– Sim, já entendi – falou o Irmão. – De volta para o Buraco. Vamos.

Tohr assentiu, já que isso era tudo que ele tinha para dividir com alguém. Ainda assim, enquanto os três formavam uma fila e andavam em meio ao triste silêncio de volta na direção das escadas, ele colocou a mão na nuca de John e a manteve ali.

O contato confortou ambos.

Quando saíram na cozinha, havia muito daquele caos que envolvia a Última Refeição para que qualquer um dos empregados pudesse percebê-los – então, felizmente, não houve perguntas, questionamentos, ideias sobre por que todos eles estavam tão sérios.

Sair da despensa. Passar pela porta escondida abaixo das escadas. Descer o corredor para evitar o frio do inverno.

Quando eles viraram à direita e seguiram na direção oposta ao centro de treinamento, Tohr não conseguia acreditar, de forma alguma, que aquilo estava acontecendo. Suas pernas chegaram a bambear algumas vezes, como se talvez estivessem tentando empurrá-lo para fora daquilo.

Mas ele estava decidido.

Na porta que dava para o Buraco, V. digitou o código e abriu o caminho, indicando que eles deviam seguir adiante.

O local para onde Butch e V. fugiam com suas *shellans* continuava o mesmo de sempre – com a exceção de que agora havia fêmeas vivendo aqui. As edições da *Sports Illustrated* estavam colocadas em ordem em uma pilha na mesinha de centro, a cozinha não tinha garrafas vazias de bebidas espalhadas por todos os balcões, e não havia mais mochilas ou jaquetas penduradas em tudo.

Os brinquedos de V. continuavam tomando todo um canto, e a enorme tela de plasma da TV ainda era o maior item naquele local.

Algumas coisas nunca mudavam.

– Ela está no meu quarto.

Em outros tempos, Tohr jamais seguiria aquele cara até seu espaço privado, mas essa não era uma situação comum.

O quarto de V. e da doutora Jane era pequeno e tinha mais espaço devotado a livros do que a camas. Pilhas de volumes de medicina e tomos de química povoavam o tapete a ponto de tornar quase impossível andar por ali. No entanto, a boa médica tomava cuidado para que o local não se tornasse um total chiqueiro, arrumando muito bem o edredom e colocando os travesseiros perfeitamente contra a cabeceira.

Em um canto, Vishous abriu o guarda-roupa e estendeu a mão até a última prateleira. Era difícil alcançar, mesmo com toda a sua altura.

O pacote envolvido em veludo que ele trouxe era suficientemente grande e pesado para exigir que o macho trabalhasse com as duas mãos, e ele gemeu enquanto trazia o volume para baixo e o levava até a cama.

Quando Vishous soltou aquela coisa, Tohr precisou fazer força para conseguir continuar respirando.

Lá estava ela. Sua Wellsie. Tudo o que havia sobrado dela neste planeta.

Colocando-se de joelhos diante dela, Tohrment estendeu a mão e desfez o laço de cetim na parte superior. Com mãos trêmulas, abriu o pacote de veludo e empurrou o tecido para baixo, revelando uma bela urna de prata com *art déco* gravada nos quatro lados.

– Onde você conseguiu isso? – ele perguntou, correndo o indicador pelo metal claro e brilhante.

– Darius tinha guardado em um dos quartos do fundo. Acho que é da Tiffany, dos anos 1930. Fritz a poliu. A urna não era parte da tradição daquele povo. Cinzas não deviam ser mantidas. Elas deviam ser libertadas.

– É linda – Tohr olhou para John. O rosto do jovem estava pálido, seus lábios, apertados e, em um movimento rápido e contundente, ele esfregou a região abaixo de seu olho esquerdo.

– Estamos prontos para realizar a cerimônia do Fade para ela, não estamos, filho?

John assentiu.

– Quando? – perguntou V.

– Amanhã à noite, eu acho – quando John assentiu mais uma vez, Tohr reforçou: – Sim, amanhã.

– Você quer falar com Fritz para organizar tudo? – questionou V.

– Obrigado, mas eu mesmo vou tomar conta disso. John e eu faremos isso – Thor voltou a olhar a adorável urna. – Ele e eu a deixaremos partir.

Parado perto de Tohr, John estava tendo dificuldades em aceitar aquilo. Era difícil saber o que o estava atingindo mais: o fato de Wellsie estar novamente no quarto com eles, ou Tohr estar ajoelhado diante daquela urna como se suas pernas não estivessem funcionando direito.

As últimas noites tinham sido um exercício brutal de reorientação. Não que John não soubesse que Wellsie já não estava mais ali, mas... desmontar tudo naquela casa tinha amplificado tanto o fato que era como se um grito constante ecoasse em sua cabeça.

Caramba, Wellsie jamais saberia que ele tinha passado pela transição ou que já estava a meio caminho para se tornar um guerreiro decente ou que ele tinha se vinculado. Se ele viesse a ter um filho, Wellsie não seguraria a criança em seus braços, não participaria do primeiro aniversário nem testemunharia os primeiros passos ou as primeiras palavras.

A ausência dela fazia sua vida parecer menos preenchida, e ele tinha a terrível sensação de que as coisas seriam assim.

Enquanto Tohr permanecia com a cabeça inclinada, John se aproximou e colocou a palma da mão no ombro pesado do macho, lembrando-se de que, independentemente de quanto aquilo fosse difícil para ele, Tohr estava passando por uma situação mil vezes pior. Que droga! O Irmão havia sido forte, tinha tomado todas as decisões sobre o que fazer com aquelas roupas e panelas e frigideiras, trabalhando em ritmo constante, embora provavelmente estivesse com uma enorme ferida aberta dentro de si.

Se John já não o respeitasse antes, certamente o respeitaria agora...

– Vishous? – chamou uma voz feminina no corredor.

John deu meia-volta. Xhex estava aqui?

Tohr limpou a garganta e puxou a bolsa de veludo, ajeitando-a.

– Obrigado, V., por cuidar tão bem dela.

– V.? Você tem um minuto? – gritou Xhex. – Eu preciso... Ah, caramba.

Quando ela se conteve, como se entendesse o clima do quarto que estava diante de seus olhos, Tohr se levantou e assentiu para John com um sorriso generoso demais para se compreender.

– É melhor você ir falar com sua fêmea, filho.

John hesitou, mas logo V. deu um passo adiante e abraçou seu Irmão, sussurrando discretamente algumas palavras.

Dando um pouco de privacidade aos machos, John desceu até a sala de estar.

Xhex não estava surpresa por vê-lo.

– Sinto muito. Eu não queria interromper nada.

Não há problema. Dizendo isso, John correu o olhar para o estojo que Xhex trazia em sua mão. *O que é isso?*

Embora ele já soubesse... *caralho*, ela tinha pegado o...

– Isso é o que precisamos descobrir.

Em um súbito ataque de pânico, ele analisou com cuidado o corpo de sua fêmea, buscando por sinais de ferimentos. Mas não encontrou marca alguma. Ela tinha ido e voltado inteira.

John não queria fazer isso, mas lançou-se para frente e a agarrou com firmeza, abraçando-a contra seu corpo. Quando Xhex o abraçou de volta, John sentiu o estojo do rifle sendo pressionado contra suas costas e simplesmente se sentiu... muito, muito feliz por sua fêmea ainda estar viva. Tão, mas tão feliz...

Droga, as lágrimas começavam a brotar em seu rosto.

– Shhh, John, está tudo bem. Não aconteceu nada comigo. Eu estou bem.

Quando ele estremeceu, ela o segurou com força e poder, mantendo-os unidos, envolvendo-o com exatamente o tipo de amor que Tohr havia perdido.

O fato de algumas pessoas terem sorte e outras não parecia o mais cruel tipo de loteria.

Logo depois que se afastou, John secou o rosto e disse: *Você virá para a cerimônia do Fade de Wellsie?*

Xhex sequer hesitou.

– Com certeza.

Tohr disse que gostaria que ele e eu participássemos juntos.
– Que bom. Isso é bom.
Naquele momento, Vishous e Tohr saíram, e os Irmãos imediatamente focaram seus olhares no estojo.
– Você é foda – exclamou V., bastante admirado.
– Guarde os elogios para mais tarde. Eu ainda não abri este estojo – Xhex passou o pacote para o Irmão. – Cadeado de impressão digital. Eu preciso de sua ajuda.
V. abriu um sorriso diabólico.
– Longe de mim não apoiar uma dama. Vamos trabalhar nisso.
Os dois levaram o estojo até o balcão da cozinha. John empurrou Tohr de lado. Assentindo para a urna coberta com veludo, o jovem se pronunciou: *Você ainda precisa de mim esta noite?*
– Não, filho. Fique com sua fêmea... Para dizer a verdade, eu preciso dar uma saída rápida – Tohrment acariciou o veludo. – Mas, antes disso, vou levá-la para meu quarto.
Sim, está bem. Legal.
Tohr deu um abraço apertado e rápido no jovem, e então foi até a porta que dava para o túnel.
Da cozinha, Xhex disse:
– Como você vai... Bem, sim, isso vai funcionar.
O cheiro de plástico queimado fez John se virar naquela direção. V. tinha retirado a luva e colocando a ponta de seu dedo contra o mecanismo. Uma fumaça ácida se levantou em ondas acinzentadas quando o contato foi estabelecido.
– Minhas impressões digitais tendem a realizar o trabalho em quase tudo – falou o Irmão.
– Claro – murmurou Xhex, com as mãos no quadril, seu corpo tenso inclinado para frente. – Você o usa para fazer churrasco?
– Somente de *redutores*... e a carne não é boa.
Um pouco para trás, John os encarava e simplesmente... bem, ele estava muito, muito impressionado com a fêmea. Quem diabos fazia coisas daquele tipo? Ir até o esconderijo do Bando de Bastardos e se infiltrar no local em busca de um rifle. E voltar como se não tivesse feito nada além de comprar um café no Starbucks.

Como se sentisse que ele a estava olhando, Xhex o encarou.

Abrindo-se emocionalmente de modo que não houvesse barreira alguma, ele revelou para sua fêmea tudo o que estava sentindo.

– Pronto – anunciou V., puxando sua mão brilhante e colocando de volta a luva.

Virando o estojo da arma na direção de Xhex, o Irmão disse:

– Faça as honras.

Xhex focou o olhar novamente e abriu o que havia trazido para casa. O sistema de trava deformado simplesmente se desfez.

Dentro do estojo havia um par de rifles apoiados em um preenchimento negro que mais parecia uma caixa de ovos, junto com um conjunto de canos de longo alcance.

– Bingo – ela exclamou enquanto expirava.

Xhex tinha conseguido, pensou John. Ele podia apostar seu testículo esquerdo que uma daquelas armas era o rifle usado contra Wrath.

Ela tinha conseguido.

John sentiu uma onda enorme de coragem se espalhar, aquecendo todo o seu corpo, alongando seus lábios em um sorriso tão largo a ponto de fazer suas bochechas doerem. Olhando para sua fêmea e para a evidência fundamental que ela trouxera para casa, ele podia apostar que seu corpo agora lançava sombras, de tanto que brilhava.

Ele estava tão incrivelmente... orgulhoso.

– Muito, muito promissor – falou V., fechando o estojo. – Tenho o equipamento de que precisaremos na clínica, além daquela bala. Vamos resolver isso.

– Só um minuto.

Xhex virou-se para John, caminhou até ele e segurou seu rosto nas mãos. Enquanto ela o encarava, John sabia que Xhex estava lendo cada pedacinho dele.

Levantando-se na ponta dos pés, ela pressionou seus lábios contra os dele e falou três palavras que John não esperava ouvir tão cedo:

– Eu amo você – e o beijou novamente. – Eu amo você muito, meu *hellren*.

CAPÍTULO 69

Do outro lado do Hudson, a sul do complexo da Irmandade, Autumn estava sentada na escuridão do chalé, ainda ocupando a mesma cadeira em que se instalara no início da noite. Havia apagado a luz há muito tempo, e a ausência de iluminação a sua volta fez a paisagem coberta de neve sob a luz da lua parecer clara como o dia.

Daquele ponto de vista vantajoso, o rio se mostrava uma extensão ampla e sem movimento, embora só estivesse congelado nas áreas mais próximas das encostas.

Daquele ponto de vista vantajoso, ela tinha visto pouco da paisagem a sua frente, concentrando-se mais nos conflitos ao longo dos estágios de sua vida.

Muitas horas haviam se passado desde que Xhex viera verificar como sua mãe estava. A Lua mudava de posição, e as sombras negras lançadas pelas árvores chacoalhavam lentamente pelo chão branco por conta da neve. De muitas formas, o tempo não tinha significado algum; mas tinha, sim, um efeito. Quanto mais tempo passava refletindo sobre as coisas, mais claramente ela se enxergava. Suas primeiras percepções já não eram um choque, mas algo em que ela mergulhava.

Algo que a fez começar a mudar.

A princípio, a sombra escura que cortou a visão de inverno parecia apenas mais uma daquelas lançadas pelo tronco de alguma árvore no limite da propriedade. Mas logo em seguida a sombra se movimentou.

Estava viva.

Não era um animal.

Era um macho.

Um golpe súbito de medo a fez sacudir, mas seus instintos tomaram conta e imediatamente lhe disseram quem estava ali. Tohrment.

Tohrment estava lá.

O primeiro pensamento que brotou de sua cabeça foi o de seguir para o espaço subterrâneo e fingir que não o tinha visto. E, considerando o tempo que o macho esperou no gramado, dando a ela um intervalo enorme para identificá-lo, ele parecia lhe oferecer essa saída.

Todavia, ela não iria correr. Já tinha feito muitas variações disso, o suficiente para várias vidas inteiras.

Então, a fêmea se levantou da cadeira e foi até a porta que se abria na direção do rio, e em seguida a destrancou e a abriu. Cruzando o braço sobre o peito para se proteger do frio, Autumn inclinou o queixo e esperou que Tohr se aproximasse.

E ele fez exatamente isso. Com uma expressão de nebuloso propósito, o Irmão chegou lentamente mais perto. Suas pesadas botas amassavam a camada superior da neve. O macho ainda tinha a mesma aparência: continuava alto e largo, com cabelos grossos decorados por uma mecha branca e um rosto lindo e grave marcado por linhas de distinção.

Que estranho de sua parte medi-lo em busca de alguma metamorfose, ela pensou.

Ela estava claramente atribuindo sua própria transformação para toda e qualquer pessoa.

Quando Tohrment parou a sua frente, Autumn limpou a garganta, sentindo o formigar do ar amargamente frio diminuir. Entretanto, ela não foi a primeira a falar. Isso era tarefa dele.

– Obrigado por me atender – ele agradeceu.

Ela simplesmente acenou uma afirmação, nada disposta a facilitar o pedido de desculpas que ele estava prestes a lançar. Não, ela já tinha facilitado demais as coisas para ele e para outras pessoas.

– Quero conversar um pouco, se você tiver tempo.

Diante da forma como o vento frio batia em suas roupas, ela assentiu e deu um passo para trás, para dentro da construção. O interior do chalé não parecia exatamente quente alguns momentos. Agora, o espaço era praticamente tropical. E pesado.

Sentando-se novamente na cadeira, ela o deixou escolher se queria ou não ficar em pé. Ele escolheu a primeira opção, e permaneceu parado diretamente na frente dela.

Depois de respirar fundo, preparando-se, ele falou de forma clara e sucinta, como se talvez tivesse ensaiado suas palavras:

– Eu não sei como me desculpar pelo que disse a você. Aquilo foi extremamente injusto e imperdoável. Não há desculpas para algo assim, então não vou tentar explicar. Eu simplesmente...

– Quer saber? – ela o interrompeu. – Há uma parte de mim que quer lhe dizer para ir para o inferno, para pegar suas desculpas e seus olhos abatidos e seu coração pesado e nunca, nunca mais se aproximar de mim.

Depois de uma longa pausa, ele assentiu.

– Está bem. Eu entendo. E respeito essa decisão completamente.

– Mas... – ela o cortou mais uma vez. – Eu passei a noite toda aqui, sentada nesta cadeira, pensando naquele seu monólogo. Para dizer a verdade, pensei em muito pouca coisa além daquilo depois que o deixei – de repente, ela olhou para o rio. – Sabe, você deve ter me enterrado em uma noite como essa, não é mesmo?

– Sim, eu fiz isso. A diferença é que estava nevando.

– Deve ter sido difícil atravessar o chão congelado.

– Foi.

– As bolhas provaram isso. Sim, é verdade – ela focou-se novamente nele. – Para ser sincera, eu estava muito próxima da ruína quando você me deixou naquela sala de recuperação, no centro de treinamento. Para mim, é importante que você perceba isso. Depois que você partiu, eu não tinha pensamentos, não tinha sentimentos. Não me restava nada além de respirar, e apenas porque meu corpo fazia isso sozinho.

Ele fez um barulho no fundo da garganta, como se, em meio a seu arrependimento, não conseguisse encontrar uma voz para falar.

– Eu sempre soube que você ama apenas Wellsie, e isso não é apenas porque você me contou logo de início, mas porque essa realidade ficou clara durante todo o tempo. E você está certo: eu realmente me apaixonei por você, e tentei manter isso em segredo, pelo menos conscientemente, porque eu sabia que algo assim o feriria de uma forma insuportável. A ideia de que você permitiu que outra fêmea chegasse tão perto... – ela balançou a cabeça enquanto imaginava que impacto aquilo geraria nele. – Eu realmente queria poupá-lo de mais dor e, sinceramente, queria que Wellsie se libertasse. Isso era quase tão importante para mim quanto era para você, e não é porque eu queria me punir, mas porque eu realmente o amei.

Santíssima Virgem Escriba, ele estava totalmente paralisado. Quase sequer respirava.

– Ouvi dizer que você está se desfazendo da casa que tinha com ela – ela falou. – E que fez a mesma coisa com os bens dela. Acredito que seja porque você esteja em busca de outro caminho para liberá-la para o Fade, e realmente espero que funcione. Por vocês dois, eu realmente espero que funcione.

– Eu vim aqui para falar sobre você, e não sobre ela – ele esclareceu em um tom suave.

– Isso é bondoso de sua parte, e saiba que estou voltando a conversa para você não porque me sinto uma vítima de um amor não correspondido que terminou mal, mas porque nossa relação nos últimos tempos sempre foi baseada em você. O que foi culpa minha, mas também é a natureza do ciclo que fechamos.

– Ciclo?

Ela se levantou numa tentativa de deixá-los no mesmo nível.

– Assim como as estações fecham um ciclo, nós também fechamos. Na primeira vez em que nossos caminhos se cruzaram, tudo girava em torno de mim, de meu egoísmo, de meu foco na tragédia que eu tinha vivido. Dessa vez, tudo girou em torno de você, de seu egoísmo, da tragédia que você viveu.

– Ah, Jesus... Autumn...

– Como você mesmo deixou claro para mim, não podemos negar a verdade nem deveríamos tentar. Portanto, sugiro que nenhum de nós tente lutar mais. Agora chegamos a um acordo. Nossas transgressões um contra o outro foram desfeitas por ações e palavras que nenhum de nós pode desfazer ou apagar. Sempre me arrependerei da posição em que o coloquei com sua adaga muitos anos atrás, e você não precisa me dizer que sente um arrependimento profundo agora, enquanto está diante de mim. Posso ver isso escrito em seu rosto. Você e eu fechamos um ciclo, um ciclo que já foi completado.

Ele piscou os olhos, e em seguida voltou a encará-la. Depois, levou o polegar sobre a sobrancelha e esfregou a testa como se ela doesse.

– Você está errada com relação à última parte.

– Não consigo ver como você pode discordar da lógica.

– Eu também tenho pensado muito. Não vou brigar com você por conta disso, mas quero que saiba que eu estive com você por motivos que vão além de Wellsie. Eu não me dei conta num primeiro momento, ou então não me permiti perceber... Realmente não sei. Mas agora estou absolutamente certo de que aquilo tudo também era por você. E, depois que você foi embora, isso se tornou claro...

– Você não precisa se desculpar.

– Isso não é um pedido de desculpas. É sobre acordar e procurá-la e desejar que você estivesse a meu lado. É sobre pedir comida extra para você, e então lembrar que você não está por perto para eu poder alimentá-la. É sobre o fato de que, mesmo enquanto eu estava empacotando as roupas de minha falecida fêmea, você estava também em minha mente. Não é apenas Wellsie, Autumn, e acho que eu sabia disso antes do seu cio, e foi por isso que fiquei louco. Passei um dia e meio sentado, olhando para a escuridão, tentando entender tudo o que tinha acontecido... e não sei... acho que finalmente encontrei a coragem para ser total e realmente sincero com você. Porque isso é difícil quando você amou uma pessoa com todas as suas forças, alguém que não está mais aqui, e então outra fêmea aparece e toma todo esse território em seu coração – ele levou a mão ao peito e a bateu em seu esterno. – Isso era dela, e só dela. Para sempre. Ou pelo menos era o que eu pensava... mas, caramba, as coisas não aconteceram da forma como eu esperava, e aí você apareceu... e que se dane esse ciclo, eu não quero que a gente termine.

Agora foi a vez de ela sentir-se sem equilíbrio. Seu corpo se tornava dormente enquanto ela lutava para entender o que ele estava dizendo.

– Autumn, eu estou apaixonado por você, e é por isso que vim aqui esta noite. E não temos de ficar juntos, e você não precisa superar o que eu disse. Mas eu queria que você ouvisse isso de minha boca. E também quero lhe dizer que estou em paz com isso porque... – ele respirou profundamente. – Quer saber por que Wellsie engravidou? Não foi porque eu queria um filho. Foi somente porque ela sabia que todas as noites, quando eu saía de casa, eu podia morrer no campo de batalha. E, como Wellsie disse, ela queria algo para mantê-la viva... O mais estranho é que eu gostaria que ela tivesse algo. Mesmo se isso incluísse outra pessoa. Acho que me dei conta de que... de que Wellsie não gostaria de me ver de luto para sempre. Ela gostaria que eu seguisse em frente, e eu fiz.

Autumn abriu a boca para falar, mas nada saiu.

Ela realmente tinha ouvido Tohrment dizer tudo aquilo?

– Puta que pariu, até que enfim!

Quando ela gritou, assustada, e Tohr desembainhou uma adaga negra, Lassiter apareceu no meio da sala.

O anjo bateu palmas algumas vezes, e em seguida levantou as mãos aos céus como um evangelista.

– Finalmente!

– Jesus – chiou Tohr enquanto guardava a arma. – Pensei que você tivesse desistido!

– Está bem, ainda não é o cara que nasceu em uma manjedoura. E acredite, tentei apresentar minha renúncia, mas o Criador não estava interessado em nada do que eu disse. Como de costume...

– Eu o chamei algumas vezes, e você não veio.

– Bem, num primeiro momento, eu estava muito, muito irritado com você. E depois eu simplesmente não queria entrar em seu caminho. Eu sabia que você estava prestes a fazer algo grandioso – o anjo se aproximou e colocou a mão no ombro de Autumn. – Você está bem?

Ela assentiu e conseguiu dizer algo próximo de um "aham".

– Então está tudo bem, certo? – falou Lassiter.

Tohr negou com a cabeça.

– Não force Autumn a nada. Ela está livre para escolher seu caminho, como sempre esteve.

Ao ouvir isso, Tohrment se virou e seguiu na direção da porta. Pouco antes de abri-la, olhou sobre o ombro, fixando seus olhos azuis nos da fêmea.

– A cerimônia do Fade para Wellsie acontecerá amanhã à noite. Eu adoraria que você estivesse lá, mas entenderei completamente se não aparecer. E Lassiter, se você for ficar com ela, e espero que fique, seja útil e prepare-lhe uma xícara de chá e algumas torradas. Autumn gosta de pão fermentado torrado dos dois lados, com manteiga adocicada, preferencialmente batida, e um pouco de geleia de morango. E o chá deve ser Earl Grey com uma colherzinha de açúcar.

– Qual é? Eu lá tenho cara de mordomo?

Tohrment simplesmente a encarou por um longo instante, como se estivesse lhe dando a oportunidade de verificar quão seguro ele estava – sólido de uma forma que não tinha nada a ver com seu físico, mas tudo a ver com sua alma.

Ele tinha de fato se transformado.

Lançando um aceno final com a cabeça, Tohrment saiu em direção à paisagem coberta de neve. E se desmaterializou.

– Você tem uma TV por aqui? – ela ouviu Lassiter perguntar da cozinha, enquanto o anjo abria e fechava os armários.

– Você não precisa ficar – ela murmurou, ainda em choque com tudo aquilo.

– Apenas me diga que você tem uma televisão, e eu ficarei feliz.

– Sim, temos uma TV.

– Bem, para surpresa geral, hoje é meu dia de sorte. E não se preocupe, eu manterei nós dois entretidos. Aposto que vou conseguir encontrar uma maratona de *Real Housewives* para assistirmos.

– Uma o quê? – perguntou ela, sem entender nada.

– Espero que seja a temporada de Nova Jersey. Mas Atlanta também é legal. Ou Beverly Hills.

Estremecendo, ela olhou para ele, e só conseguiu piscar os olhos, uma vez que quase foi cegada por todas as luzes que saíam do aparelho que o anjo ligou.

Ah, espere... era apenas ele, brilhando.

– Do que você está falando? – ela perguntou, achando incrível o fato de o macho estar tão preocupado com programas de TV humanos em um momento como aquele.

Do fogão, o anjo sorriu sombriamente e piscou para ela.

– Apenas pense: se você se permitir acreditar em Tohr e abrir seu coração para ele, então estará livre de mim. E tudo o que você precisa fazer é entregar-se a ele: mente, corpo e alma, minha querida. E aí, eu vou embora... e você não vai precisar se preocupar em saber o que é *Real Housewife*.

CAPÍTULO 70

Assim que a noite seguinte caiu, Assail, filho de Assail, andou por sua casa de vidro, em direção à garagem. Enquanto passava pela porta traseira da mansão, analisou o vidro que havia sido trocado ainda no outono.

O reparo tinha sido realizado com a maior das perfeições. Tão perfeitamente que seria impossível dizer que algo violento ocorrera ali.

O mesmo não poderia ser dito sobre os acontecimentos que se passaram naquela noite horrível. Mesmo com o passar dos dias no calendário, com a mudança das estações, com a lua se levantando e se pondo tantas vezes, não havia reparação para o que havia acontecido, nenhuma maneira de limpar aquela bagunça.

Não que Xcor quisesse fazer isso, ele supunha.

De fato, esta noite Assail finalmente poderia fazer um balanço dos danos.

A *glymera* era tão incrivelmente lenta que chegava a ser ridículo.

Inicializando o sistema de alarme com a sua impressão digital, ele entrou na garagem, trancou-a e deu a volta no Jaguar. O Range Rover do outro lado tinha pneus com bandas de rodagem tão enormes que mais pareciam garras – sua mais recente aquisição, que finalmente havia sido entregue na semana anterior. Por mais que adorasse o XKR, ele estava cansado de sentir-se como se estivesse dirigindo um porco ensebado no gelo.

Uma vez dentro do SUV bastante modificado, ele abriu a porta da garagem e esperou. Depois, deu ré, virou e esperou novamente até que a porta da garagem se fechasse.

Elan, filho de Larex, era um merdinha, o tipo de aristocrata realmente capaz de acabar com o humor de Assail. O excesso de mimo e de dinheiro havia isolado o macho em algum lugar completamente distante das realidades da vida. E Elan era tão capaz de criar seu caminho sem cair nas armadilhas de sua posição quanto um bebê sozinho lá fora, no frio da noite.

E ainda assim, pelas exigências do destino, aquele macho estava agora em uma posição na qual era capaz de realizar mais mudanças do que seria digno. Depois dos ataques, Elan estava na mais alta patente alcançável por um não Irmão no Conselho – exceto por Rehvenge, que estava tão envolvido com a Irmandade que a essa altura podia muito bem ter uma adaga negra presa ao peito.

Portanto, era Elan quem estava convocando a reuniãozinha "não oficial" desta noite, que novamente não incluiria Rehvenge e que provavelmente seria sobre uma insurreição.

Não que alguém tão erudito quanto Elan fosse usar tal palavra para definir o encontro. Não. Traidores com gravatas e meias de seda tendiam a expressar sua realidade em termos muito mais refinados – embora a escolha das palavras não fosse mudar coisa alguma...

Quando Assail afundou o pé no acelerador, a viagem até a casa de Elan ainda levaria uns bons quarenta e cinco minutos, embora a neve já tivesse sido retirada das estradas e das ruas. É claro que ele poderia ter economizado tempo se desmaterializando. Entretanto, se as coisas fugissem do controle e ele saísse ferido e incapaz de desaparecer, era necessário garantir que haveria cobertura e escapes eficazes a sua disposição.

Certa vez, não muito tempo atrás, ele havia subestimado o papel da segurança. Nunca mais. E, de fato, a Irmandade era altamente inteligente. Seria impossível prever se aquele grupo de conspiradores seria ou não atacado esta noite – especialmente se Xcor planejasse aparecer.

O refúgio de Elan era uma bela casa de tijolos à vista, com ares do período Vitoriano e madeira semelhante a renda decorando o topo e todos os cantos. Localizado em um bairro onde viviam apenas trinta mil humanos, o imóvel ficava afastado da rua, e um pequeno rio corria na lateral da propriedade.

Quando saiu do veículo, Assail não fechou os botões na frente de seu casaco de pele de camelo. Tampouco colocou as luvas. Sequer pegou o paletó com botões cruzados.

Suas armas estavam próximas do coração. E Assail preferia ter fácil acesso a elas.

Enquanto caminhava em direção à porta principal, seus belos sapatos pretos ecoavam pelo caminho já sem neve, e o ar saía por sua boca em lufadas de fumaça branca. Lá em cima, a lua estava brilhante como uma lâmpada de halogênio, e enorme como um prato de jantar. A ausência de nuvens e umidade permitia que a verdadeira força do satélite caísse diretamente dos céus.

As cortinas em todas as janelas estavam fechadas, então ele não conseguia ver quantos outros já tinham chegado. De qualquer forma, Assail não se surpreenderia se eles já estivessem todos reunidos após terem se desmaterializado para chegar ali.

Imbecis.

Quando ele socou a campainha com a mão nua, a porta de entrada foi imediata e totalmente aberta. Então, um mordomo *doggen* bastante formalmente arqueou o corpo em uma reverência.

– Mestre Assail. Bem-vindo. Posso guardar seu casaco?

– Não, não pode.

Houve uma hesitação, pelo menos até Assail arquear uma sobrancelha na direção do servo.

– Ah, mas é claro, meu senhor. Por favor, acompanhe-me por aqui.

Vozes, todas elas de machos, inundaram seus ouvidos enquanto o cheiro de canela, vindo da cidra aquecida, invadia seu nariz. Seguindo o mordomo, Assail permitiu-se ser levado até uma enorme sala de estar cheia de grandes móveis de mogno que combinavam com o período da casa. E, em meio às antiguidades, havia mais ou menos dez machos acompanhando o anfitrião, todos vestidos com ternos e gravatas ou lenços no pescoço.

A conversa se tornou bem menos calorosa quando Assail apareceu – o que sugeria que pelo menos alguns daqueles machos não confiavam nele.

E isso provavelmente era o único sinal de inteligência daquele grupo.

O anfitrião se afastou do grupo e se aproximou de Assail com um sorriso cheio de confiança.

– Que bom que você veio, Assail.

– Obrigado por me receber.

Elan franziu a testa.

– Onde está o meu *doggen*? Ele devia ter guardado seu casaco.

– Eu prefiro ficar com o casaco. E vou me sentar ali – Assail apontou com a cabeça para o canto que lhe ofereceria o melhor ângulo de visão. – Acredito que daremos início à reunião muito em breve.

– De fato. Com sua chegada, aguardamos apenas mais um macho.

Assail estreitou os olhos ao perceber a sutil linha de suor pontilhada na pele entre o nariz e o lábio superior do macho. Xcor tinha escolhido o segurança correto, pensou enquanto ia até o canto e soltava o corpo na cadeira.

Uma corrente cortante anunciou a chegada do último convidado.

Quando Xcor entrou na sala, o que aconteceu foi muito mais do que uma diminuição no nível das conversas. Cada um dos aristocratas calou-se e se reposicionou, dando um passo para trás.

Mas é claro... surpresa! Xcor trouxe mais alguém consigo.

Todo o Bando de Bastardos estava em pé ali, formando um semicírculo atrás de seu líder.

Pessoalmente e de perto, Xcor continuava exatamente como sempre fora: grosseiro e horrível. O tipo de macho cujo semblante e postura sugeriam que sua reputação de criatura violenta era criada com base na realidade, e não em conjecturas. Na verdade, parado no meio daqueles fracotes em seu ambiente de luxo e civilidade, ele estava pronto e era perfeitamente capaz de acabar com tudo o que respirava naquela sala. E os machos atrás dele se sentiam da mesma forma, cada um vestido para a guerra e preparado para trazê-la à tona ao menor sinal de seu líder.

Com relação àquele grupo, até mesmo Assail tinha de admitir que eles eram impressionantes.

Que tolo foi Elan... Ele e seus bajuladores da *glymera* não tinham sequer ideia da Caixa de Pandora que haviam aberto.

Com uma tosse importuna, Elan avançou para falar a todos, deixando claro que estava no comando – embora fosse ofuscado não apenas pelo peso dos soldados, mas pela própria presença deles.

– Acredito que apresentações sejam desnecessárias, e também que seja dispensável dizer que, se algum de vocês – ele apontou para os membros do Conselho – delatar algo sobre esta reunião, haverá represálias tão fortes que os farão desejar que os ataques retornem.

Enquanto falava, ele reuniu um pouco de energia, como se estivesse supondo que o manto de poder, mesmo que oferecido por outra pessoa, era uma espécie de masturbação para seu ego.

– Pensei que seria importante reunir todos nós esta noite – ele começou a andar, apoiando as mãos na parte inferior das costas e inclinando o corpo para olhar para seus sapatos bem polidos. – No ano passado, de tempos em tempos cada um dos membros do Conselho veio até mim e expressou não apenas perdas catastróficas, mas também suas frustrações com a resposta do regime atual no que diz respeito a qualquer recuperação significativa...

Assail arqueou as sobrancelhas ao ouvir a palavra *atual*. Se aquilo estava sendo dito, então as revoltas haviam progredido mais do que ele poderia imaginar...

– Essas discussões aconteceram ao longo de um período de meses, e há uma forte consistência nas queixas e nas decepções. Como resultado, depois de pensar muito, eu me vi pela primeira vez na vida me afastando do líder atual, até o ponto em que me senti forçado a entrar em ação. Esses cavalheiros – ao usar o termo absurdo, ele acenou com a mão aberta para o conjunto de guerreiros – expressaram preocupações similares, além de certa disposição para... como eu poderia dizer? Além de certa disposição para realizar uma mudança. E, como sei que estamos todos de acordo, pensei que poderíamos discutir os próximos passos.

Neste ponto, os dândis reunidos decidiram entrar na conversa, reiterando, com suas próprias palavras intermináveis, o que Elan tinha acabado de declarar.

É óbvio que eles sentiram que aquela era uma oportunidade para deixarem claro para o Bando de Bastardos quão sérios eles estava falando, mas Assail duvidava que Xcor estivesse se sentindo movido por todo aquele exagero. Aqueles membros da aristocracia eram ferramentas frágeis e descartáveis, todos com uso limitado e facilmente quebráveis... Xcor sabia muito bem disso. Não havia dúvidas de que ele trabalharia com os machos aristocratas até não precisar mais deles, e então colocaria um ponto-final em suas vidas insignificantes.

Enquanto Assail permanecia sentado e ouvindo, não sentia nenhum amor ou consideração particular pela monarquia. No entanto, estava certo do fato de que Wrath era um macho de palavra – e que o mesmo não podia ser dito sobre qualquer um daqueles membros cruéis da *glymera*. Todo aquele grupo, com exceção de Xcor e seus machos, beijariam o rabo do Rei até seus lábios estarem dormentes – até que provocassem sua morte. E depois disso? Xcor serviria a si mesmo, e apenas a si mesmo, e os outros que fossem para o inferno.

Wrath havia afirmado que permitiria que o comércio com humanos continuasse, sem restrições.

Xcor, todavia, era do tipo que não permitiria qualquer outro tipo de poder se levantando – e com todo o dinheiro que poderia ser conquistado com o tráfico de drogas, mais cedo ou mais tarde Assail estaria andando com um alvo em suas costas.

Se é que isso já não era uma realidade.

– ... e a propriedade de minha família continua improdutiva em Caldwell...

Quando Assail se levantou da cadeira, todos os olhos dos guerreiros apontaram para ele.

Quando deu um passo à frente em meio à multidão, ele foi cuidadoso em não mostrar suas mãos, para que os machos não acreditassem que ele havia puxado uma arma.

– Por favor, desculpem a interrupção – ele pronunciou sem qualquer sinceridade em suas palavras. – Mas agora eu preciso sair.

Elan começou a falar de forma atrapalhada enquanto as pálpebras de Xcor se abaixavam.

Dirigindo-se ao verdadeiro líder na sala, Assail expressou-se de forma bastante clara:

– Eu não comentarei nada sobre este encontro, nem para os indivíduos nesta sala, nem para os demais. Tampouco falarei sobre as declarações dadas nem sobre quem esteve presente. Não sou um indivíduo político e nem tenho desejo de ocupar qualquer trono. Mas sou um homem de negócios que busca continuar prosperando em um círculo de comércio. Ao sair desta sala e renunciar o Conselho, estou agindo como um homem de negócios, e não buscando promover ou obstruir o cronograma dos senhores.

Xcor sorriu friamente, mantendo seus olhos fixos e carregados de uma intenção mortal.

– Devo considerar qualquer um que sair desta sala um inimigo meu.

Assail acenou uma aprovação com a cabeça.

– Que assim seja. E esteja ciente de que vou defender os meus interesses contra intrusos de qualquer tipo lançando mão de todas as medidas possíveis.

– Como você preferir.

Assail deixou a sala sem se apressar – pelo menos até chegar em seu Range Rover. Uma vez dentro do veículo, rapidamente travou as portas, ligou o motor e partiu.

Enquanto dirigia, ele permaneceu alerta, mas não paranoico. Ele acreditava que Xcor estava sendo sincero em cada palavra que dissera sobre marcá-lo como um inimigo, mas também estava ciente de que o macho estaria com as mãos ocupadas. Entre a Irmandade, que sem dúvida eram inimigos mais do que formidáveis, e a *glymera*, que mais parecia uma gataria, havia muitas coisas para consumir a atenção do líder dos Bastardos.

Mais cedo ou mais tarde, entretanto, o macho se voltaria contra Assail.

Felizmente, agora ele estava pronto, e assim permaneceria.

Esperar nunca tinha sido um incômodo para ele.

CAPÍTULO 71

Quando Tohr saiu com o corpo nu e respingando do chuveiro, a batida que ouviu na porta de seu quarto foi alta e ligeiramente abafada, como se tivesse sido dada com o punho, e não com os dedos — e, depois de tantos anos sendo um Irmão, ele sabia que somente um macho batia na porta daquele jeito.

— Rhage? — Tohr passou uma toalha na cintura e aproximou-se da porta para abri-la. — Meu Irmão, como estão as coisas?

O cara estava em pé no corredor. Seu rosto incrivelmente belo era solene, seu corpo estava envolvido por um manto de seda branca que caía por seus ombros largos e havia sido preso à cintura com uma faixa branca e simples. Em seu peito, estavam as adagas negras envoltas por couro branco.

— Ei, meu Irmão... Eu, ah...

No momento constrangedor que se seguiu, foi Tohr quem desfez a tensão.

— Você está parecendo um *donut* coberto de açúcar, Hollywood.

— Obrigado — O Irmão olhou para o tapete. — Escute, eu trouxe uma coisa para você. É meu e de Mary.

Abrindo a palma de sua enorme mão, o macho passou a Tohrment um pesado Rolex de ouro, aquele que Mary usava, o mesmo que o Irmão havia lhe dado quando eles se vincularam. Era um símbolo do amor e do apoio existente entre os dois.

Tohr segurou o relógio, sentindo o calor que exalava do metal.

– Meu Irmão...

– Ouça, nós só queremos que saiba que estamos com você. Eu ajustei a correia, então ela deve servir em seu pulso.

Tohr colocou o relógio e, sim, o tamanho estava realmente perfeito.

– Obrigado. Vou retribuir...

Rhage abriu os braços e ofereceu a Tohr um abraço de urso – aquele pelos quais o macho era conhecido. Um abraço do tipo que pressiona sua coluna e o faz inflar novamente a caixa torácica logo depois só para garantir que seu pulmão não foi perfurado.

– Eu não tenho palavras, meu Irmão – disse Hollywood.

Quando Tohr lhe deu alguns tapinhas nas costas, sentiu a tatuagem de dragão se agitar, como se a criatura também estivesse oferecendo suas condolências.

– Está tudo bem. Eu sei que isso é muito difícil.

Depois que Rhage saiu, ele mal tinha fechado a porta quando alguém mais bateu.

Espiando pelo batente, Tohr encontrou Phury e Z. um ao lado do outro. Os gêmeos estavam usando o mesmo manto amarrado de Rhage, e seus olhares tinha a mesma aparência dos olhos azuis intensos de Hollywood: tristes, extremamente tristes.

– Meu Irmão – falou Phury, dando um passo para frente e abraçando-o. Quando o Primale recuou, ele estendeu algo longo e intrincado. – Isso é para você.

Em sua mão, havia um fita de gorgorão branco de aproximadamente um metro e meio de comprimento, na qual uma oração pedindo força havia sido bela e cuidadosamente bordada com fios de ouro.

– As Escolhidas, Cormia e eu estamos todos com você.

Tohr precisou de um momento para abrir a fita de tecido e correr o dedo pelas letras no Antigo Idioma, recitando as palavras em sua cabeça. Aquilo devia ter levado horas para ser feito, ele pensou. E muitas, muitas mãos.

– Meu Deus, é lindo...

Enquanto continha as lágrimas, Tohrment pensou: formidável. Se o aquecimento da cerimônia o estava emocionando assim, então ele estaria um completo caos quando ela efetivamente acontecesse.

Zsadist limpou a garganta. E então, o Irmão que detestava tocar nos outros inclinou o corpo e envolveu Tohr com os braços. O abraço foi tão gentil que Tohrment só conseguia se perguntar se aquilo era por falta de prática. Ou isso, ou Tohr parecia tão fragilizado quanto realmente se sentia.

— Isso é de minha família para a sua — vieram as palavras suaves.

O Irmão ofereceu um pequeno pergaminho, e os dedos Tohr tremiam enquanto o abriam.

— Ah... caramba...

No centro havia a marca de uma pequena mão, estampada em tinta vermelha. A mão de uma criança. De Nalla...

Para um macho, não havia bem mais precioso do que sua prole — especialmente quando a criança era uma fêmea. Por isso, a impressão daquela palma deixava claro que tudo o que Z. tinha e tudo o que ele era, agora e no futuro, serviriam para apoiar seu Irmão.

— Caramba! — exclamou Tohr enquanto inspirava, estremecendo.

— A gente se vê lá embaixo — falou Phury.

Eles precisavam fechar a porta.

Tohr se afastou e se sentou em seu colchão, colocando a fita atravessada em suas coxas e analisando a imagem da mão da criança.

Quando outra batida ecoou, ele não levantou o olhar.

— Pois não?

Era V.

O Irmão parecia endurecido e desajeitado, mas, por outro lado, ele provavelmente era o pior de todos eles no que dizia respeito àquele tipo de carga sentimental.

Ele não disse nada. Tampouco apostou naquela porcaria de abraçar o outro macho. E não havia problema algum em agir assim.

Em vez disso, colocou um estojo de madeira ao lado de Tohr na cama, exalando um pouco de seu tabaco turco, e voltou para a porta como se não pudesse esperar para sair do quarto.

No entanto, V. parou antes de sair.

— Eu o entendo, meu Irmão — disse ele olhando para a porta.

— Eu sei, V. Você sempre me entendeu.

Quando o macho assentiu e partiu, Tohr virou-se na direção daquele estojo de mogno. Soltou a fivela de aço preto e levantou a tampa. E só conseguiu praguejar em voz baixa.

O conjunto de adagas negras era... de tirar o fôlego. Tohrment segurou uma delas e ficou impressionado ao sentir o punho contra sua mão. Em seguida, percebeu que havia símbolos gravados na lâmina.

Mais orações. Quatro orações, uma para cada lado de cada uma das armas. Todas pedindo força.

Na verdade, aquelas adagas não haviam sido feitas para serem usadas no campo de batalha. Eram valiosas demais para isso. Cristo... V. devia ter trabalhado nelas durante um ano, talvez mais... embora, é claro, como tudo que o Irmão fazia, elas certamente fossem mortais.

O próximo a bater foi Butch. Só podia ser Butch.

– Si... – Tohr precisou limpar a garganta. – Sim?

Sim, era o tira. E estava vestido como todos os outros, com o manto branco preso por uma corda também branca.

Quando o Irmão atravessou a sala, não havia nada em suas mãos. Entretanto, ele não tinha vindo de mãos abanando.

– Em uma noite como essa... – o cara falou com uma voz rouca. – Eu só tenho a minha fé. Isso é tudo que tenho porque não há palavras mortais para diminuir sua dor. Eu conheço muito bem essa realidade.

Ele levou a mão atrás do pescoço e puxou alguma coisa. Quando abaixou a mão e a empurrou para frente, estava segurando uma pesada corrente de ouro e uma cruz de ouro ainda mais pesada – aquela que ele nunca, nunca tirava do pescoço.

– Eu sei que o meu Deus não é o seu Deus, mas eu posso colocar isso em você?

Tohr assentiu e baixou a cabeça. Quando o maravilhoso símbolo da fé católica do macho foi pendurado em seu pescoço, Tohrment estendeu a mão e a tocou na cruz.

Ela tinha um peso incrível, todo aquele ouro... Tohr sentiu-se bem usando aquele símbolo.

Butch curvou-se e apertou o ombro de Tohr.

– Vejo você lá embaixo.

Merda. Ele não tinha nada mais a dizer.

Durante algum tempo, Tohr simplesmente ficou ali parado, tentando não desmoronar. Até ouvir algo na porta. Um arranhar, como se...

— Meu senhor? — disse Tohr enquanto se esforçava para se colocar de pé e atravessar o quarto.

Você abria a porta para o Rei. Não importa como estivesse se sentindo.

Wrath e George entraram juntos, e seu Irmão estava praticamente em carne viva.

— Eu não vou perguntar como você está se sentindo.

— Eu aprecio sua atitude, meu senhor. Porque eu estou me sentindo um trapo.

— E como não estaria?

— É quase mais difícil quando as pessoas são tão solidárias.

— Sim... bem... acho que você vai ter de engolir um pouco mais dessa coisa de demonstrações carinhosas — o Rei movimentou os dedos. E então, os colocou para frente com...

— Ah, de jeito nenhum... — Tohr jogou as mãos para cima e para fora do caminho, embora o macho fosse cego. — Uh-uh. Não mesmo. Nem a pau.

— Eu ordeno que você aceite.

Tohr praguejou. Aguardou para ver se o Rei mudaria de ideia. O que, pelo visto, não estava prestes a acontecer. Quando tudo o que Wrath fez foi olhar para frente, Tohr percebeu que não sairia vencedor naquela discussão.

Com uma sensação de vertigem que parecia puxá-lo para fora da realidade, Tohrment estendeu a mão e aceitou o anel de diamante negro que só havia sido usado pelo Rei.

— Minha *shellan* e eu estaremos lá por você. Use esse anel durante a cerimônia para saber que meu sangue, meu corpo e meu coração pulsante são seus.

George bufou e abanou o rabo como se estivesse oferecendo apoio a seu mestre.

— Que diabos. — desta vez, foi Tohr quem estendeu a mão para perto de seu Irmão, e o abraço foi retribuído com força e poder.

Depois que Wrath saiu com seu cachorro, Tohr virou-se e se encostou à porta.

A batida final foi suave.

Enrijecendo-se de modo que pelo menos parecesse um macho de valor, embora por dentro se sentisse como um maricas, Tohr encontrou John Matthew do lado de fora do quarto, no corredor.

O jovem não se incomodou em gesticular para dizer nada. Apenas segurou a mão de Tohr e a apertou...

O anel de sinete de Darius agora estava na palma de Tohr.

Ele certamente iria querer estar aqui por você, disse John. *E o anel é tudo o que tenho dele. Eu tenho certeza de que Darius gostaria que você o usasse durante a cerimônia.*

Tohr analisou a crista gravada no metal precioso e pensou em seu amigo, seu mentor, o único pai que realmente tivera.

– Isso significa para mim... mais do que você poderia imaginar.

Eu estarei bem a seu lado, garantiu John. *O tempo todo.*

– E eu ao seu, filho.

Eles trocaram um abraço e, em seguida, Tohr fechou silenciosamente a porta. Voltou para a cama e olhou para todos os símbolos de seus Irmãos e se deu conta de que atravessaria aquele momento difícil junto com todos eles – embora jamais tivesse duvidado de que os machos estariam a seu lado.

Ainda assim, estava faltando alguém em meio a tudo isso.

Autumn.

Tohrment precisava de seus Irmãos. Precisava de seu filho. Mas também precisava dela.

Ele esperava que suas justificativas à fêmea fossem suficientes, mas para algumas coisas era impossível voltar atrás, algumas feridas não se curavam.

E talvez ela tivesse razão quando falou sobre aquela coisa de ciclo.

Entretanto, Tohrment rezava para que houvesse mais do que um ciclo. Ele realmente rezava.

Lassiter mantinha-se invisível enquanto permanecia no canto do quarto de Tohr. O que era bom. Observar aquele entra e sai de machos tinha sido difícil. O fato de Tohr conseguir passar por tudo aquilo e sair inteiro era um verdadeiro milagre.

Mas as coisas estavam finalmente chegando ao fim, pensou o anjo. Finalmente. Depois de todo esse tempo, depois de tudo aquilo... Bem, *droga*, francamente... as coisas estavam por fim seguindo em uma boa direção.

Depois de passar a noite anterior e o dia que se seguiu com uma Autumn bastante quieta, Lassiter deixou-a durante o pôr do sol para que ela pudesse mergulhar em seus próprios pensamentos, apostando com fé que a fêmea estava pensando mais uma vez naquela visita de Tohr e não encontrando nada além de sinceridade no que ele havia lhe dito.

Se ela aparecesse esta noite, ele estaria total e benditamente livre. Lassiter tinha conseguido. Bem, certo, certo... *eles* tinham conseguido. Na verdade, ele agira como um ator secundário em tudo aquilo, exceto pelo fato de que mais ou menos se importava com Tohrment e Autumn. E também com Wellsie.

Do outro lado do quarto, Tohr foi até o closet e pareceu se preparar.

Puxou um manto branco, vestiu-o e voltou para a cama para prender na cintura a belíssima fita que Phury havia trazido. Depois disso, pegou o pergaminho dobrado que Z. havia lhe dado, colocou-o no nó e puxou um coldre branco, no qual prendeu as duas espetaculares adagas de V. O anel de sinete foi deslizado no dedo médio da mão esquerda; o diamante negro, no polegar da mão que Tohrment usava para lutar.

Com a sensação nada familiar de trabalho bem feito, Lassiter pensou em tudo o que havia vivido em sua visita à Terra. Lembrou-se da forma como Tohr, Autumn e ele haviam trabalhado juntos para salvar a fêmea que, em troca... quer dizer, de formas diferentes, libertaria cada um deles.

Sim, o Criador realmente sabia o que estava fazendo quando criou aquela tarefa: Tohr não era o mesmo; Autumn não era a mesma.

E Lassiter não era o mesmo. Para ele, era simplesmente impossível se desligar daquilo, adotar uma postura totalmente *blasé*, agir como se nada importasse. E o mais engraçado era que, na verdade, ele não queria fazer esse papel.

Cara, havia uma série de purgatórios sendo expurgados esta noite, tanto real quanto figurativamente, ele pensou com pesar. Quando Wellsie realizasse sua transição até o Fade, Lassiter finalmente deixaria para trás a pressão. E, com a libertação de Wellsie, Tohr finalmente estaria livre do fardo, de modo que ambos estariam livres.

E, quanto a Autumn? Bem, com alguma sorte, ela se permitiria amar um macho de valor – e, em troca, ser amada por um – então, depois de todos esses anos de sofrimento, poderia começar a viver novamente; ela renasceria, ressuscitaria, voltaria do mundo dos mortos...

Lassiter franziu a testa quando um alarme estranho começou a tocar em sua cabeça.

Olhando em volta, ele quase esperou ver *redutores* fazendo rapel na lateral da mansão ou pousando nos jardins com um helicóptero. Mas não...

Renascida, ressuscitada, de volta do mundo dos mortos.

O purgatório. O Limbo.

Sim, ele disse a si mesmo. Onde Wellsie estava. *Hello?*

Quando um pânico estranho e sem forma física invadiu seu corpo, ele se perguntou qual diabos era o problema...

Thor congelou e olhou para o canto.

– Lassiter?

Com um encolher de ombros, o anjo chegou à conclusão de que poderia muito bem tornar-se visível. Não havia razão para se esconder. Mas, mesmo assim, enquanto tomava forma, ele manteve o medo para si mesmo. Deus... que diabos havia de errado com ele? Eles estavam na linha de chegada. Tudo o que Autumn tinha de fazer era aparecer na cerimônia do Fade. E, a julgar pela forma como ela estava separando roupas quando Lassiter a deixou para vir para cá, parecia muito claro que ela não passaria a noite esfregando o chão do chalé.

– Ei – disse o Irmão. – Então é isso.

– Sim – Lassiter forçou um sorriso a brotar em seus lábios. – Sim, certamente é. E, a propósito, estou orgulhoso de você. Você se saiu bem.

– Quantos elogios – o cara abriu os dedos e olhou para os anéis. – Mas quer saber? Eu realmente estou pronto para fazer o que precisa ser feito. Nunca pensei que diria isso.

Lassiter acenou um gesto positivo com a cabeça enquanto o Irmão se virava e seguia até a porta. Pouco antes de Tohr chegar lá, ele parou perto do closet, enfiou a mão na escuridão, e puxou a saia de um vestido vermelho.

Enquanto esfregava o delicado tecido entre o polegar e o indicador, sua boca se movia como se ele estivesse conversando com a seda... ou com sua antiga parceira... ou, caramba, talvez apenas consigo mesmo.

Então, ele soltou o vestido, deixando a peça ajeitar-se novamente no vazio silencioso onde estava pendurado.

Eles saíram juntos, Lassiter parou para oferecer um último gesto de apoio antes de partir e preparar o caminho pelo corredor com as estátuas.

A cada passo que davam para mais próximo das escadas, o sino soava mais alto – até reverberar pelo corpo do anjo e deixar seu estômago revirado e suas pernas bambas.

Droga, qual era o problema dele?

Essa era a parte boa, o "viveram felizes para sempre". Então, por que seu estômago lhe informava que alguma desgraça estava esperando para acontecer?

CAPÍTULO 72

Quando Tohr pisou no corredor escuro como asfalto do lado de fora de seu quarto, recebeu um rápido abraço de Lassiter e em seguida viu o anjo caminhar em direção à luz que banhava a galeria do segundo andar.

Caramba, sua respiração soava alta em seus ouvidos. E o mesmo valia para sua frequência cardíaca.

Ironicamente, a sensação tinha sido a mesma quando ele e sua Wellsie se vincularam. Na ocasião, o sistema nervoso de Tohrment também estava a toda velocidade. E era curioso perceber que o fato de sua resposta fisiológica ser a mesma neste contexto provava que o corpo era uma máquina invariável quando o assunto era estresse. A glândula endócrina funcionava da mesma forma, independentemente se o desencadeador fosse positivo ou negativo.

Depois de um instante, o macho se colocou em movimento pelo corredor, seguindo em direção à escadaria, e era bom sentir todos os símbolos de seus Irmãos em seu corpo. Quando um macho se vinculava, ele seguia sozinho. Ia até a fêmea com o coração na boca e o amor nos olhos, e não precisava de mais nada nem de mais ninguém, porque tudo estava voltado para ela.

Por outro lado, quando a cerimônia em questão era a do Fade, era necessário ter seus Irmãos consigo – não apenas no mesmo espaço, mas o mais próximo possível. O peso em suas mãos e em volta de seu pescoço e o nó em volta da cintura eram o que o mantinha de pé. Especialmente quando a dor chegava.

Conforme se aproximava do topo das escadas, ele sentiu o chão formar ondas. O enorme inchaço abaixo de seus pés destruía seu equilíbrio quando o que ele precisava era realmente se manter de pé.

Lá embaixo, a antessala havia sido coberta por enormes faixas de seda branca caindo do teto. E tudo, dos traços arquitetônicos, às colunas e aos aparelhos no chão, estava coberto. Todas as luzes elétricas da mansão estavam desligadas, e enormes velas brancas combinadas com o fogo nas lareiras compensavam a falta de luz.

Todos os que viviam naquela casa estavam nas laterais do enorme espaço: os *doggens*, as *shellans*, os convidados – todos vestidos de branco, conforme mandava a tradição. A Irmandade formava uma linha reta, partindo do centro. Na frente, Phury, que oficializaria a cerimônia. Em seguida, John, que também participaria. Wrath vinha logo depois. E então V., Zsadist, Butch e Rhage por último.

Wellsie estava no meio de todos eles, em sua bela caixa de prata, em uma pequena mesa também coberta de seda.

Tanto branco, ele pensou. Era como se a neve tivesse entrado e continuasse caindo, apesar do calor no ambiente.

Fazia sentido: cores eram reservadas para a vinculação. Para a cerimônia do Fade, tudo era o oposto. A paleta monocromática simbolizava a luz eterna na qual os mortos eram absorvidos, além da intenção de um dia se reunir a eles em um local sagrado.

Tohr deu um passo, e depois mais um. E em seguida, um terceiro...

Enquanto descia, analisava os rostos voltados para cima. Aquele era seu povo e tinha sido o povo de Wellsie. Essa era a comunidade com a qual ele continuaria, e aquela que a fêmea tinha deixado para trás.

Mesmo em um momento de tamanha tristeza, era difícil não se sentir abençoado.

Havia tantas pessoas a seu lado em meio a tudo aquilo. Até mesmo Rehvenge, que agora realmente fazia parte do grupo.

E, ainda assim, Autumn não estava entre eles. Ou pelo menos Tohr não conseguia vê-la.

Lá no fundo, ele posicionou-se de modo a se preparar diante da urna. Mantinha as mãos apertadas na frente do quadril e a cabeça abaixada. Quando Tohrment sentiu-se pronto, John uniu-se a ele, adotando a mesma postura. Entretanto, o jovem estava pálido e suas mãos pareciam não conseguir ficar paradas.

Tohr estendeu a mão e a encostou no antebraço de John.

– Filho, tudo bem. Vamos passar por isso juntos.

No mesmo instante, os movimentos bruscos do jovem cessaram, e ele assentiu como se estivesse um pouco mais calmo.

Nos momentos que se seguiram, Tohr pensou obscuramente em como era incrível o fato de uma multidão daquele tamanho estar tão quieta. Tudo o que se podia ouvir era o estalar do fogo aceso nas lareiras de ambos os lados da antessala.

Mais para a esquerda, Phury limpou a garganta e inclinou o corpo na direção de uma mesa sobre a qual um pedaço de seda branca havia sido coberto. Com mãos cuidadosas, levantou o tecido para revelar uma enorme tigela de prata preenchida com sal, uma jarra de prata com água e um livro antigo.

O macho pegou o tomo, abriu-o e dirigiu-se a todos, falando no Antigo Idioma:

– *Estamos aqui esta noite para marcar a passagem de Wellesandra, vinculada com o Irmão da Adaga Negra Tohrment, filho de Hharm; filha de sangue de Relix; mahmen adotiva do soldado Tehrror, filho de Darius. Estamos aqui esta noite para marcar a passagem do jovem Tohrment, filho do Irmão da Adaga Negra Tohrment, filho de Hharm; filho de sangue da adorada falecida Wellesandra; irmão adotivo do soldado Tehrror, filho de Darius.*

Phury virou a página. O pergaminho emitiu um leve ruído. Então, o macho continuou:

– *De acordo com a tradição, e na esperança de que seja ao mesmo tempo agradável aos ouvidos da Mãe da raça e consolador à família de luto, peço a todos os presentes para orarem comigo, pedindo um caminho tranquilo para aqueles que passam para o Fade...*

Muitas vozes se levantaram, repetindo as frases conforme Phury as pronunciava. Tons femininos e masculinos misturavam-se de tal forma que era impossível para Tohr distingui-los, e tudo o que ele ouvia era o ecoar do discurso sombrio.

Ele olhou para John. Os dois piscaram várias e várias vezes, mas o jovem estava, na verdade, segurando as lágrimas, pois era um macho de valor.

Tohr correu o olhar de volta para a urna, e deu a sua mente carta branca para passar um slide das imagens de momentos diferentes que tinha compartilhado com sua *shellan*.

Suas memórias chegaram ao fim com a última coisa que ele tinha feito para Wellsie antes de ela morrer: colocar correntes nos pneus da SUV para que o carro de sua fêmea tivesse tração na neve.

Certo. Agora era ele quem piscava os olhos como um idiota...

Naquele momento, a cerimônia tornou-se nada além de uma imagem embaçada. Ele dizia as coisas quando era hora de dizê-las e permanecia em silêncio o restante do tempo. Sentiu-se feliz por ter esperado todo esse tempo para realizar a cerimônia. Tohr não achava que seria possível enfrentar emoções tão intensas em outro momento.

Com isso em mente, ele olhou para Lassiter. O anjo estava brilhando da cabeça aos pés. Seus piercings de ouro capturavam a luz a sua volta e a devolvia dez vezes mais forte para o ambiente.

Por alguma razão, Lassiter não parecia feliz. Suas sobrancelhas estavam apertadas como se ele tentasse fazer cálculos matemáticos mentalmente e chegasse a resultados dos quais não gostava.

– *Eu agora peço à Irmandade que ofereçam suas condolências ao macho de luto, começando com Sua Majestade, Wrath, filho de Wrath.*

Tohr pensou estar vendo coisas e então se concentrou mais uma vez em seus Irmãos. Quando Phury afastou-se da pequena mesa, Wrath foi discretamente guiado por V. para então se posicionar diante da tigela com sal. Puxando a manga de seu manto, o Rei pegou uma de suas adagas negras e enterrou a lâmina em seu braço. Quando o sangue vermelho se apressou na direção da superfície do corte, o macho estendeu o braço e deixou as gotas caírem.

Cada um dos Irmãos repetiu o gesto, mantendo os olhos em Tohr enquanto reafirmavam sem palavras o luto compartilhado por tudo o que o macho tinha perdido.

Phury foi o último, completando o ritual enquanto Z. segurava o livro. Então, o Primale segurou a jarra e pronunciou palavras sagradas ao mesmo tempo em que derramava a água, transformando a mancha rosada em uma salmoura.

– *Eu agora peço para que o* hellren *de Wellesandra retire o manto.*

Tohr tomou o cuidado de puxar a imagem da palma da mão de Nalla antes de soltar a faixa da Escolhida. Depois de retirar o manto, ele apoiou as duas mãos sobre ele.

– *Agora peço ao* hellren *de Wellesandra para ajoelhar-se diante dela pela última vez.*

Tohr seguiu a ordem, caindo de joelhos na frente da urna. De canto de olho, observou Phury se aproximar da lareira de mármore à direita. De dentro das chamas, o Irmão puxou um marcador de ferro, um item que tinha vindo do Antigo País há muito tempo, criado por mãos desconhecidas, muito antes de a raça passar a ter uma memória coletiva.

A ponta do marcador tinha aproximadamente quinze centímetros de comprimento e pelo menos três de largura. E a linha com símbolos do Antigo Idioma estava tão quente que chegava a brilhar em um tom amarelado, e não vermelho.

Tohr adotou a postura correta, curvando a mão em punhos e inclinando o corpo para frente, de modo que os nós de seus dedos estivessem apoiados na capa branca mais pesada que havia sido colocada no chão. Por uma fração de segundo, o macho só conseguiu pensar no mosaico que recriava uma macieira abaixo de seu corpo, naquele símbolo do renascimento que ele começava a associar com a morte.

Ele havia enterrado Autumn ao pé de uma macieira.

E agora estava dizendo adeus a sua Wellsie posicionado em cima de outra macieira.

Quando Phury parou ao lado de Tohrment, a respiração do macho em luto passou a entrar em seu corpo com golpes ferozes de ar. Suas costelas se comprimiam e se soltavam.

Quando um macho se vinculava e recebia o nome de sua *shellan* gravado em suas costas, esperava-se que ele aguentasse a dor em silêncio, para que pudesse provar que era digno do amor da fêmea e de se vincular a ela.

Respirar. Respirar. Respirar...

O mesmo não acontecia durante a cerimônia do Fade.

Respirar-respirar-respirar...

Para a cerimônia de Fade, era esperado que o macho...

Respirarrespirarrespirar.

– Qual é o nome de sua falecida? – perguntou Phury.

Neste momento, Tohr puxou uma quantidade gigantesca de oxigênio.

Quando a marca foi colocada sobre a pele, na região onde o nome de Wellesandra havia sido gravado muitos anos atrás, Tohrment gritou seu nome, cada milímetros de dor em seu coração, em sua mente e em sua alma saía de uma só vez, o som fez a antessala tremer.

O grito era o último adeus, a garantia de que ele iria reencontrá-la do outro lado. Seu amor manifestado uma última vez.

E durou toda uma eternidade.

Em seguida, Tohr foi cedendo. Sua cabeça encostou no chão enquanto em seus ombros a pele queimava como se estivesse em chamas.

Mas aquilo era apenas o começo.

Tohr tentou arrastar seu corpo para cima, mas seu filho precisou ajudá-lo, pois ele tinha perdido toda a força em seus músculos. Com a ajuda de John, entretanto, ele conseguiu se ajustar novamente.

Sua respiração voltou ao normal. Aquele estremecer rítmico e raso o colocava para cima e restaurava sua energia.

A voz de Phury estava tão áspera que chegava a sair rouca.

– *Qual é o nome de sua falecida?*

Tohr inspirou mais um hectare de oxigênio e se preparou para enfrentar tudo outra vez.

Dessa vez, ele gritou seu próprio nome. A dor por ter perdido seu filho de sangue o cortava tão profundamente que ele chegou a sentir que o interior de seu peito sangrava.

O segundo grito chegou a ser mais forte do que o primeiro.

E então, ele desabou sobre os próprios braços. Seu corpo estava desgastado, embora a cerimônia ainda não tivesse chegado ao fim.

Graças a Deus John estava ali, pensou Tohr quando sentiu que seu corpo estava sendo reposicionado.

De cima dele, Phury disse:

– *Pois para selar sua pele para sempre e para ligar nosso sangue ao seu, devemos agora completar o ritual dedicado a seus entes queridos.*

Dessa vez, Tohrment não ofegou. Ele sequer tinha energia para isso.

O sal doeu tanto que Tohrment perdeu a visão, e seu corpo entrou em uma espécie de convulsão. Seus membros tremiam incontrolavelmente até que ele caiu de lado, embora John tentasse mantê-lo de pé.

Na verdade, tudo o que ele podia fazer era ficar ali, deitado diante de todas aquelas pessoas, muitas das quais choravam abertamente, sentindo sua dor como se fosse a deles próprios. Correndo o olhar pelos rostos, Tohr sentiu vontade de consolá-las de alguma forma, de poupá-las daquilo que ele havia enfrentado, diminuir a tristeza...

Autumn estava do outro lado, próxima da passagem para a sala de bilhar, parada, em carne e osso.

Estava vestida de branco. Seus longos cabelos afastados do rosto, suas mãos delicadas cobrindo a boca. Seus olhos, arregalados e avermelhados; suas bochechas, molhadas. Sua expressão trazia tanto amor e compaixão a ponto de fazer a dor desaparecer.

Ela tinha vindo.

Ela tinha vindo por ele.

Ela ainda sentia amor... por ele.

Tohr começou a chorar. Os soluços explodiam para fora de seu peito. Estendendo a mão na direção de Autumn, ele a manteve para frente, apontando para ela. Afinal, neste momento de adeus, depois da jornada dolorosa e aparentemente infinita em meio à qual ela e apenas ela estava a seu lado, Tohr jamais havia se sentido tão próximo de alguém.

Nem mesmo de sua Wellsie.

Renascida, ressuscitada... de volta do mundo dos mortos.

Do outro lado de onde Tohr se contorcia com as dores geradas pelo banho da salmoura, Lassiter rangeu os dentes – não que o anjo estivesse sendo solidário, mas porque sua cabeça o estava deixando louco.

Renascida, ressuscitada... de volta do mundo dos mortos.

Tohr começou a soluçar. Seu braço pesado estava estendido, sua mão, aberta... e tentando alcançar Autumn.

Ah, sim, pensou Lassiter, essa era a parte final daquilo tudo. O destino havia pedido sangue e o suor... e as lágrimas – não por Wellsie, mas por outra fêmea. Por Autumn.

Esta era a parte final, as lágrimas derramadas pelo macho para a fêmea que ele tinha finalmente se permitido amar.

De forma apressada, Lassiter olhou para o teto, para os guerreiros pintados com seus cavalos ferozes e o fundo azul-marinho...

O raio de sol parecia surgir do nada, atravessando a pedra e o cimento e o gesso do que estava acima de todos eles. A luz brilhava tão intensamente que até mesmo Lassiter só conseguiu estremecer quando ela chegou para reivindicar a fêmea de valor, retirando-a de um inferno pelo qual ela não era culpada...

Sim, sim. Lá, no centro da abóbada, com o filho nos braços, Wellsie estava tão brilhante e vibrante quanto um arco-íris, iluminada por dentro e por fora. Ela voltava a ter cor. A vida era renovada agora que ela tinha conseguido ser salva, agora que estava livre – assim como o estava seu filho.

E pouco antes de ser arrebatada, de lá das alturas, ela olhou para Tohr, e olhou para Autumn, embora nenhum deles ou qualquer outro membro da multidão pudesse enxergá-la. Sua expressão não trazia nada além de amor pelos dois, pelo *hellren* que ela tivera de deixar para trás, pela fêmea que o pouparia de seu próprio tormento, pelo futuro que os dois teriam juntos.

Então, com uma expressão calma e serena, Wellesandra ergueu a mão, acenando um adeus para Lassiter... e logo a fêmea desapareceu, ela e seu filho foram consumidos pela luz que os levava para a morada dos mortos durante toda a eternidade.

Quando a luz se apagou, Lassiter passou a esperar por seu próprio golpe de luz, pelo sol que viria buscá-lo, por seu retorno para a temporada final ao lado do Criador.

Porém...

Ele continuou... exatamente onde estava.

Renascida, ressuscitada... de volta do mundo dos mortos.

Ele devia ter deixado alguma informação passar despercebida, pensou. Wellsie estava livre, mas...

No mesmo instante, ele se concentrou em Autumn, que tinha segurado a saia de seu manto branco e dado um passo adiante, na direção de Tohr.

De repente, um segundo raio de uma luz intensa surgiu de cima... Mas aquele raio não veio em busca dele. Ele veio por *ela*.

A mente de Lassiter ligou os pontos com a velocidade e a assertividade de um raio: Autumn havia morrido muito tempo atrás. Tinha tirado sua própria vida...

O Limbo. Diferente para cada um. Criado sob medida.

Tudo começou a se movimentar em câmera lenta quando a segunda verdade foi revelada. Autumn havia estado em seu próprio Limbo durante todo o tempo, viajando até o Santuário e servindo as Escolhidas por todos aqueles longos anos, e então descendo para a Terra para completar o ciclo que havia se iniciado com Tohrment no Antigo País.

E agora que ela o havia ajudado a salvar sua *shellan*... agora que ela tinha se permitido sentir algo por ele e se libertar da dor de sua própria tragédia...

Ela estava livre. Assim como Wellsie.

Puta merda! Tohr ia perder outra fêmea!

– Não! – berrou Lassiter. – Nãããããão!

Quando o anjo saiu daquela fila e avançou para frente, tentando impedir que o contato entre os dois se estabelecesse, as pessoas começaram a gritar, e em seguida alguém o agarrou, como se para impedir que ele invadisse o caminho. Mas não importava.

Era tarde demais.

Afinal, o casal não precisava se tocar. O amor estava lá, assim como estavam o perdão pelos feitos passados e presentes e o compromisso em seus corações.

Lassiter ainda estava saltando para frente e no ar quando o raio final de luz o capturou, puxando-o do presente e empurrando-o para cima, mesmo enquanto ele ainda gritava em protesto contra a crueldade do destino.

Todo seu propósito havia culminado em condenar Tohr a mais um *round* de tragédia.

CAPÍTULO 73

Para dizer a verdade, Autumn não estava certa de que viria à mansão... até vir. E não estava certa sobre como se sentiria com relação a Tohrment... até vê-lo correndo os olhos pela multidão. E então, ela percebeu que ele a estava procurando. E não abriu seu coração completamente para ele... até ele estender a mão na direção dela, desfazendo-se de todo o controle quando fixou seu olhar em Autumn.

Ela o havia amado antes disso... ou pelo menos pensou tê-lo amado.

Entretanto, não tinha ainda percorrido todo o caminho que precisava atravessar. A parte crítica consistia em ela ver a si mesma não como uma fêmea indigna e que precisava ser punida, mas como um indivíduo de valor e com uma vida a ser vivida além da tragédia que a vinha definindo ao longo de tanto tempo.

Quando ela deu um passo adiante, não foi como uma serva ou uma serviçal, mas como uma fêmea de valor que se aproximaria de seu macho para abraçá-lo e unir-se a ele por quanto tempo a Virgem Escriba permitisse.

Entretanto, ela não conseguiu fazer isso.

Não estava nem mesmo no meio do caminho até a antessala quando seu corpo foi puxado por uma espécie de força estranha.

Ela não conseguia entender o que havia tomado conta de seu corpo. Em um instante, ela caminhava na direção de Tohr, respondendo a seu pedido silencioso para que se aproximasse, atravessando aquele espaço, focando-se naquele que ela amava.

E, no instante seguinte, uma luz poderosa caiu sobre ela, vinda de uma fonte desconhecida, interrompendo-a em seu caminho.

Sua força de vontade forçava seu corpo a seguir na direção de Tohr, mas uma força maior se apoderava dela e a levava consigo. Com um golpe tão inegável quanto a gravidade, ela foi levada da Terra em direção à luz. E, enquanto subia, ouviu Lassiter gritar e o viu avançar em sua direção como se quisesse evitar que ela partisse.

Isso foi o que lhe deu forças para lutar contra a corrente. Debatendo-se ferozmente, ela batalhou com tudo o que tinha, mas era impossível libertar-se daquilo que a havia capturado. Independentemente de quanto tentasse, Autumn não conseguia evitar sua ascensão.

Lá embaixo, o caos reinava. As pessoas corriam para frente enquanto Tohr se arrastava para longe do chão. Enquanto a observava, seu rosto era uma mistura de confusão e descrença – e então, ele começou a saltar como se tentasse segurá-la, como se ela fosse um balão de ar e ele se esforçasse para agarrar a corda. Alguém o segurou quando ele perdeu o equilíbrio – era John. Em seguida, o Primale correu para o lado de Tohr. E seus Irmãos...

A última imagem que ela viu não era de nenhum deles nem mesmo de Tohrment, mas de Lassiter.

O anjo estava a seu lado, também sendo puxado para cima, enquanto a luz consumia os dois até que ele desapareceu, e ela também – até que ela se transformasse em um vazio desprovido até mesmo de consciência...

Quando Autumn voltou a si, estava em uma vasta paisagem branca. O local era tão amplo e tão longo que sequer tinha horizontes.

A sua frente havia uma porta com uma fechadura branca e um brilho passando pelo batente, como se houvesse uma luz muito forte esperando por ela do outro lado.

Quando ela morreu pela primeira vez, não foi recebida por algo daquele tipo.

Anos e anos atrás, quando recuperou a consciência depois de ter enterrado aquela adaga na própria barriga, ela se viu em uma paisagem branca, porém diferente. Era um local com árvores e templos e gramados irregulares, habitado pelas fêmeas Escolhidas da Virgem Escriba, um no qual ela viveria sem questionar, aceitando seu destino não apenas como sendo o que ela escolhera, mas também como o resultado das atitudes que tomara lá embaixo.

Aqui, entretanto, não era o Santuário. Esta era a entrada para o Fade.

O que havia acontecido?

Por que ela tinha...

A explicação invadiu sua mente quando ela se deu conta de que tinha finalmente se desprendido do passado e aberto seu coração para aceitar tudo o que a vida tinha para oferecer... e assim se libertado de seu próprio Limbo, embora sequer tivesse consciência de que estava nele.

Ela tinha saído do Limbo. Ela estava livre.

Entretanto, Tohrment continuava lá embaixo.

Seu corpo começou a tremer. A fúria se apropriava dela, a raiva tão profunda e intensa que ela queria arranhar aquela porta e bater boca com a Virgem Escriba ou com o Criador de Lassiter ou com quem quer que fosse o desgraçado doentio que cuidava dos destinos.

Depois de ter atravessado a enorme distância de onde ela estava inicialmente para descobrir que o prêmio não era nada além de mais um sacrifício, Autumn se transformou em um poço de enorme violência.

Sem se conter, ela deixou-se livre, lançando-se na direção do portal, batendo na porta com os punhos fechados, arranhando-a, chutando-a. Ela murmurou xingamentos realmente horríveis e chamou as forças sagradas de nomes verdadeiramente vis.

Quando braços passaram em volta de seu corpo e começaram a puxá-la para trás, ela atacou quem quer que a estivesse segurando, expondo suas presas para morder aquele espesso antebraço...

– Caralho! Calma aí!

A voz indignada de Lassiter afetou o temperamento da fêmea, fazendo seu corpo parar até que ela só conseguiu lutar para recuperar o fôlego.

Com a droga da porta, não havia acontecido coisa alguma. Indiferente. Inalterada.

– Seus desgraçados – ela berrou. – Desgraçados!

O anjo a virou e a sacudiu.

– Ouça o que eu digo... você não está me ajudando aqui. Precisa se acalmar, porra!

Com força de vontade, ela se recompôs. E logo já estava aos prantos, soluçando.

– Por quê? Por que eles estão fazendo isso com a gente?

Ele a sacudiu mais uma vez.

– Ouça o que eu tenho a dizer. Não quero que você abra essa porta. Simplesmente fique aqui. Vou fazer tudo o que estiver a meu alcance, está bem? Eu não tenho muita influência por aqui, talvez não tenha influência alguma, mas vou tentar mesmo assim. Você pode ficar onde está e, pelo amor de Deus, *não* abra aquela coisa. Se fizer isso, você vai estar no Fade e aí não há nada que eu possa fazer. Estamos entendidos?

– O que você vai fazer?

Ele a encarou por um longo instante.

– Talvez eu finalmente aja como um anjo esta noite.

– O qu... Eu não entendo...

Lassiter estendeu a mão e acariciou o rosto dela.

– Vocês dois fizeram muito por mim... Caramba, de certa forma, todos nós estávamos em nossos próprios Limbos. Então, vou tentar com todas as minhas forças salvar vocês dois. Vamos ver se eu consigo.

Ela apertou a mão do anjo.

– Lassiter...

O anjo deu um passo para trás e assentiu para ela.

– Fique aqui e não tenha muita esperança. O Criador e eu não estamos no melhor momento de nossa relação... Talvez eu simplesmente seja incinerado assim que pedir qualquer coisa. E, nesse caso, sem ofensa, mas você estará ferrada.

Lassiter virou-se e entrou na luz branca. Logo seu enorme corpo desapareceu.

Fechando os olhos, Autumn usou os braços para abraçar a si mesma. E orou para que o anjo conseguisse operar um milagre.

Ela orou com todas as suas forças...

CAPÍTULO 74

Lá em baixo, na Terra, Thor sentiu-se como se estivesse perdendo sua tão adorada cabeça. Lassiter havia partido. Autumn havia partido.

E um terrível senso de lógica o levava a se perguntar por que ele não tinha imaginado que esses eram os mecanismos nos quais eles vinham trabalhando ao longo do último ano.

Wellsie havia ficado presa no Limbo por causa dele.

E Autumn... havia ficado presa no Limbo por causa de si mesma.

Então, quando passou a amá-lo e após ter perdoado não apenas a ele, mas também a si mesma, ela tinha se libertado – assim como a Lassiter, a ela tinha sido concedido algo que ela sequer sabia estar buscando: Autumn havia finalmente recebido o direito de entrar no Fade, algo que lhe fora negado quando tirara a própria vida em um ataque de terror e agonia.

Agora, ela estava livre

– Oh... Jesus... – ele pronunciou enquanto deixava o próprio corpo cair nos braços fortes de John. – Oh... que merda...

Agora, assim como sua Wellsie, Autumn também estava longe dele.

Levando a mão até o rosto, ele o esfregou, perguntando-se se talvez pudesse acordar de tudo aquilo, se tudo isso poderia ser o pior pesadelo que seu subconsciente seria capaz de sonhar. Sim, era como se ele fosse acordar a qualquer momento e se arrastar para fora da cama, pronto para a cerimônia do Fade, a qual, no mundo verdadeiro, não chegaria a um resultado como esse...

Havia apenas um problema com essa teoria: suas costas ainda ardiam por causa do sal e da marca feita com ferro quente. E seus Irmãos ainda estavam andando de um lado para o outro, conversando uns com os outros, em pânico. E, em algum lugar, alguém gritava. E, por toda a volta, o brilho das velas oferecia iluminação suficiente para dizer quem ainda estava na antessala e quem já não estava mais lá...

– Ah, merda... – ele praguejou mais uma vez. Seu peito subitamente parecia tão vazio que Tohrment só conseguiu se perguntar se seu coração havia sido removido sem ele perceber.

O tempo passou, a poeira assentou, e ele foi levado para a sala de bilhar. Alguém colocou uma bebida em suas mãos, mas ele apenas ficou sentado com a cabeça caída para trás enquanto John Matthew confortava Xhex e Phury conversava com Wrath e algum plano era criado para que o Rei fosse confrontar a Virgem Escriba.

E, nesse momento, V. entrou em cena e se ofereceu para falar com sua mãe.

Uma hipótese que foi rapidamente descartada. Somente para que a oferta de Payne, de ir com o Rei, fosse aceita.

Blá, blá, blá...

Tohrment não tinha coragem de dizer a eles que aquela era uma conclusão precipitada. E, além disso, ele já tinha passado pelo processo do luto uma vez, portanto, tinha competência suficiente para se recuperar. Certo?

É...

Pelo amor de Deus, mas que tipo de merda ele havia feito em outra vida para merecer isso? Que diabos ele tinha...

O som da campainha tocando ecoou em um leve ruído atrás dele. Mesmo assim, todos congelaram.

Todos aqueles que sabiam sobre a mansão já estavam aqui.

Humanos não podiam encontrá-los.

Os *redutores* teoricamente não seriam capazes disso.

E o mesmo valia para Xcor.

A campainha emitiu seu som gutural mais uma vez.

Um a um, todos os Irmãos, e também Payne, Xhex, Qhuinn, John e Blay, empunharam suas armas.

Fritz foi fisicamente impedido até mesmo de se aproximar da antessala. Vishous e Butch realizaram a tarefa de verificar quem estava lá.

E, embora não desse a mínima para saber se era a própria Virgem Escriba do outro lado, Tohr focou o olhar na antessala.

Um grito se espalhou. Um grito empolgado com o sotaque de Boston. E em seguida outros gritos, uma legião deles. Gritos demais para poderem ser decifrados.

Alguém com uma túnica branca entrou com V. e seu garoto.

Tanto faz...

Tohr se levantou como se alguém tivesse ligado seu traseiro à bateria de um carro.

Autumn estava em pé sob os arcos na entrada da sala, com olhos confusos e cabelos bagunçados, como se tivesse acabado de sair de um túnel de vento...

Tohr passou por entre os corpos enormes dos machos, empurrando as pessoas para fora de seu caminho para poder chegar até ela. E, quando se aproximou, precisou derrapar para conseguir parar. Ele agarrou seus ombros. Analisou-a da cabeça aos pés. Sacudiu-a com força em uma tentativa de perceber quão física ela era.

– É mesmo você?

Em resposta, ela jogou os braços em volta dele e o abraçou com tanta força que ele sequer conseguia respirar – e sentiu-se grato. Afinal, isso significava que ela era real, não é mesmo? Só podia ser, certo?

– Lassiter... Foi Lassiter quem fez isso... Lassiter me salvou...

Tohr tentou entender o que ela estava dizendo.

– O que... O que você está... Eu não consigo entender nada disso...

A história foi contada várias vezes, de formas diferentes, pois a mente de Tohrment não conseguia acompanhar nada. As palavras envolviam alguma coisa sobre Autumn ter ido até o Fade e o anjo aparecer e dizer a ela que...

– Ele disse que faria tudo o que estivesse a seu alcance para nos salvar. Tudo...

Tohr se afastou um pouco e tocou o rosto de Autumn, seu pescoço, seus ombros. Ela era tão real quanto ele. Estava tão viva quanto ele. Tinha sido salva por aquele anjo?

Mas Lassiter tinha dito que estaria livre se aquele plano funcionasse.

A única explicação plausível era que ele tinha trocado seu futuro... pelo futuro deles.

– Aquele anjo – sussurrou Tohrment. – Aquele bendito anjo.

Tohr abaixou-se e beijou Autumn tão intensa e tão demoradamente quanto podia. E, enquanto fazia isso, decidiu honrar Lassiter e a si mesmo e a sua fêmea de todas as formas que fosse capaz e por todos os anos que passasse na Terra.

– Eu amo você – ele declarou para ela. – E, assim como Lassiter, eu vou fazer tudo o que puder por nós dois.

Enquanto Autumn assentia e retribuía o beijo, ele mais a sentiu do que a ouviu dizer que também o amava.

Aconchegando-a em seus braços, ele a abraçou apertado e fechou os olhos. Seu corpo tremia por conta de motivos demais para serem apontados. Mas, no fundo, ele sabia que estava em uma situação privilegiada.

A vida era curta, independentemente de quantos dias lhe fossem concedidos. E as pessoas eram preciosas, todas elas, independentemente de quantas você tivesse a sorte de ter em sua vida. E o amor... valia a pena morrer por amor.

E também valia a pena viver por amor.

CAPÍTULO 75

Enquanto o amanhecer se aproximava ao final da noite escura e a lua se abaixava no céu, Xcor deixou o centro de Caldwell. Depois do encontro ridículo com a *glymera*, ele e seus bastardos tinham se reunido no topo de seu arranha-céu, mas ele não fora capaz de formular qualquer estratégia ou de falar sobre os aristocratas.

Após dar ordens para que seus soldados voltassem para sua nova base, ele escapou sozinho pela noite fria, sabendo exatamente aonde precisava ir.

Àquele gramado, aquele com o viçoso bordo banhado pela lua.

Quando tomou forma novamente em meio à paisagem, percebeu que o local não estava coberto de neve, mas com as cores vibrantes do outono. A copa do carvalho não estava nua, mas exuberante, com folhas vermelhas e douradas.

Marchando em meio à neve, ele seguiu pela terra, parando quando chegou ao ponto onde tinha visto a Escolhida pela primeira vez e bebido seu sangue.

Ele lembrou-se de cada traço da fêmea, de seu rosto, de seu cheiro, de seus cabelos. Da forma como ela se movimentava e do som de sua voz. Da delicada estrutura de seu corpo e da fragilidade assustadora daquela pele sedosa.

Ele ansiava por aquela fêmea. Seu coração choramingava uma prece suplicando por algo que ele sabia que o destino jamais poderia lhe proporcionar.

Fechando os olhos, apoiou as mãos no quadril e abaixou a cabeça. A Irmandade os havia encontrado naquele esconderijo.

O estojo do rifle no qual Syphon costumava manter suas ferramentas de assassino havia desaparecido.

Quem quer que o tivesse levado, havia passado por lá na noite anterior. E, por conta disso, ao pôr do sol ele reuniu alguns pertences e saiu em busca de um novo esconderijo.

Xcor sabia que a Escolhida tinha sido a causa daquele destino. Não conseguia pensar em nenhuma outra estratégia da qual a Irmandade pudesse ter lançado mão para encontrar seu covil. E outra coisa estava clara: a Irmandade iria usar o rifle para provar que a bala disparada contra Wrath meses atrás tinha saído de uma arma do Bando de Bastardos.

Inteligente da parte deles.

Na verdade, Wrath era um reizinho benevolente. Extremamente cuidadoso para não agir de forma dura e sem propósito – e, ainda assim, claramente capaz de usar as armas que estivessem a sua disposição.

Não que Xcor culpasse a Escolhida – de forma alguma. Entretanto, ele precisava descobrir se ela estava segura. Simplesmente precisava ter certeza de que, embora seus inimigos tivessem descoberto o que ela fez, eles não a tinham maltratado.

Oh, como seu coração perverso bateu acelerado com a ideia de que ela talvez tivesse sido ferida de alguma forma...

Enquanto Xcor refletia sobre suas opções, um vento frio soprou do norte, tentando cortá-lo em seu âmago. Mas era tarde demais. Seu coração já estava destroçado.

Aquela fêmea o havia retalhado de uma forma como nenhuma guerra poderia fazer. E, de um golpe como aquele que ela lhe dera, seu coração jamais cicatrizaria.

O fato de ele não deixar suas emoções transparecerem era um fator positivo, já que era melhor que ninguém soubesse que seu calcanhar de Aquiles tinha finalmente, depois de todos esses anos, ido a seu encontro.

E agora... ele teria de encontrá-la.

Pelo menos para se sentir bem com sua consciência, tal como essa consciência era, ele teria de vê-la uma vez mais.

CAPÍTULO 76

Qhuinn não sabia *que diabos* estava acontecendo. Gente passando para dentro e para fora da antessala, todos parecendo loucos... até que, caralho, Autumn retornou.

Se havia algum momento em que os palavrões eram necessários, esse momento era agora.

Mas pelo menos tudo terminou bem, com todos recuperados e a cerimônia completa: Autumn estava ao lado de Tohr, e John tinha sido marcado duas vezes: uma por Wellsie e a outra pelo irmão que jamais conheceu. E então, o sal havia selado aquelas feridas, a multidão seguira para o ponto mais alto da casa, onde a urna de Wellsie foi aberta e entregue ao ar. Suas cinzas foram levadas com carinho até o paraíso por sopros de um vento raro vindo do leste.

Agora, todos retornavam à sala de jantar, para se alimentar e recuperar as energias. E, depois disso, certamente desmaiariam de sono em seus quartos, assim que conseguissem deixar educadamente o encontro.

Todos já haviam feito quase tudo o que precisava ser feito, inclusive o próprio Qhuinn. E essa convicção o fez virar-se para Layla enquanto os dois chegavam à antessala.

– Como você está?

Cara, já fazia três dias que ele não parava de fazer essa pergunta à Escolhida. E em todas as ocasiões, ela respondera que estava bem, que ainda não tinha começado a sangrar.

Ela não sangraria. Qhuinn estava certo disso, embora Layla ainda precisasse aprender a acreditar nessa ideia.

– Eu estou bem – ela respondeu com um sorriso, como se apreciasse sua gentileza.

A boa notícia era que os dois estavam se dando muito bem. Ele não se preocupou depois do cio com a possibilidade de as coisas ficarem estranhas entre os dois. Eles eram como uma equipe que tinha corrido uma maratona, alcançado um objetivo e agora estava pronta para dar o próximo passo.

– Posso pegar alguma coisa para você comer?
– Boa ideia. Estou faminta.
– Por que não vai até o andar de cima? Você precisa descansar. Pode deixar que eu levo alguma coisa para você.

Sim, foi bom perceber que ela sorriu para ele daquela forma descomplicada e calorosa, daquela forma que o fazia amá-la como sua família. Enquanto Qhuinn a acompanhava até a base das escadas, sentiu-se bem por sorrir para ela com o mesmo tom descomplicado e caloroso.

No entanto, toda aquela atmosfera de tranquilidade terminou quando ele deu meia-volta. Na biblioteca, do outro lado das portas abertas, Qhuinn avistou Blay e Saxton conversando. E, em seguida, seu primo se aproximou e puxou Blay nos braços. Enquanto os dois estavam juntos, com os corpos unidos, Qhuinn respirou fundo e sentiu a morte se aproximar.

Ele acreditava que as coisas terminariam assim para eles.

Vidas separadas, futuros separados.

Difícil pensar que, no início, eles eram inseparáveis...

De repente, os olhos azuis de Blay encontraram-se com os de Qhuinn.

E o que Qhuinn viu dentro daquelas órbitas o fez perder o equilíbrio. O amor brilhava naquele rosto, um amor autêntico e não afetado pela timidez que era tão característica do jeito reservado do macho.

Blay não desviou o olhar.

E, pela primeira vez... Qhuinn também não.

Ele não sabia se a emoção era gerada por seu primo – provavelmente era –, mas ele a aceitaria: Qhuinn olhou de volta para Blaylock e deixou tudo o que havia em seu coração transparecer em seu rosto.

Simplesmente permitiu que isso acontecesse.

Porque a cerimônia do Fade ocorrida naquela noite deixava uma lição: você poderia perder aqueles que amou num piscar de olhos – e Qhuinn podia apostar que, quando isso acontecia, você não pensava sobre todas as razões que poderiam tê-los mantidos separados, mas nas que os mantiveram juntos.

E, sem dúvida, em como você gostaria de ter tido mais tempo. Mesmo que o destino tivesse lhes concedido séculos juntos...

Quando você é mais jovem, pensa que o tempo é um fardo, que o tempo é algo a ser descartado o mais rápido possível para que você possa se tornar adulto. Só que isso é uma armadilha. Quando se é adulto, percebe-se que os minutos e as horas eram o bem mais precioso que você tinha.

Ninguém vive para sempre. E é um crime ridículo desperdiçar o tempo que você recebeu.

Basta, pensou Qhuinn. Chega de desculpas, e de evitar, e de tentar ser outra pessoa, de tentar ser qualquer outra pessoa.

Mesmo que ele fosse rejeitado, mesmo que seu precioso ego e seu pequeno coração idiota fossem estilhaçados em milhões de cacos, era hora de se chegar a uma conclusão sobre toda aquela droga.

Era hora de ser um macho.

Enquanto Blay começava a se endireitar como se tivesse recebido a mensagem, Qhuinn pensou: é isso aí, colega.

Nosso futuro chegou.

Epílogo

Na noite seguinte, Tohrment rolou na cama e encontrou o corpo de Autumn em meio aos lençóis. Ela estava quente e pronta para recebê-lo quando ele se posicionou sobre ela. Autumn abriu-lhe as coxas, recebendo-o em seu âmago enquanto ele se enterrava e se movimentava dentro dela.

Eles tinham adormecido juntos, afundando-se no tipo de descanso que se tem quando uma jornada chega ao fim e seu lar finalmente reaparece no horizonte.

— Me dê sua boca, minha fêmea — ele falou com uma voz suave em meio à escuridão.

Quando ela entregou a ele seus lábios, Tohrment permitiu que seu corpo assumisse o controle. O orgasmo não foi um terremoto, mas algo mais parecido com uma onda, um relaxar das tensões em vez de uma explosão caótica de supernovas. E, enquanto Tohr continuava penetrando sua fêmea naquele ritmo suave, realmente fazendo amor com ela, ele se assegurava mais uma vez de que ela era real. De que eles eram algo real.

Quando terminaram de fazer amor, Tohr acendeu o único abajur no criado-mudo e acariciou-lhe o rosto com a ponta dos dedos. A forma como ela sorriu para ele o fez acreditar que realmente existia um Criador benevolente.

Os dois se vinculariam, pensou Tohrment. E ele gravaria o nome daquela fêmea, o nome que ele havia dado a ela, em suas costas, logo abaixo do nome de Wellsie. E Autumn seria sua *shellan* por todo o tempo que os dois tivessem juntos.

– Você quer comer alguma coisa? – ele sussurrou.

Ela sorriu outra vez.

– Por favor.

– Então eu já volto.

– Espere. Eu gostaria de ir com você. Não sei o que quero comer.

– Então vamos descer juntos.

Eles precisaram de algum tempo para sair da cama, vestir os pijamas e finalmente andar pelo corredor repleto de estátuas em direção às escadas.

Autumn parou no topo da escadaria, como se estivesse se lembrando da noite anterior, receosa de se aproximar de qualquer ponto naquele espaço. Como se pudesse ser puxada outra vez para o Fade.

Tohrment acenou com a cabeça, deixando claro que entendia o que estava acontecendo, e então segurou-a em seus braços.

– Eu vou levá-la.

Quando ela o olhou no rosto, colocou uma mão em sua bochecha. E não precisou dizer coisa alguma. Ele sabia exatamente no que ela estava pensando.

– Eu também não consigo acreditar que Lassiter nos salvou – verbalizou Tohr.

– Eu não quero que ele sofra.

– Nem eu. Ele era um bom rapaz. Um verdadeiro anjo, no fim das contas.

Tohr começou a descer os degraus com muito cuidado, pois o que levava nos braços era algo precioso. Quando chegou à base da escadaria, fez uma breve pausa para olhar a imagem de macieira no chão. Ele tinha se desprendido de duas fêmeas no topo de uma daquelas e agora tinha a oportunidade de carregar uma delas sobre a árvore – graças àquele anjo que, de alguma forma, conseguira operar um verdadeiro milagre.

Tohr sentiria falta daquele filho da mãe. Realmente sentiria. E seria eternamente grato por...

A campainha tocou, alta e clara.

Franzindo a testa, Tohr olhou para o relógio de pêndulo ao lado da despensa. Duas da tarde? Quem diabos poderia...

A campainha tocou mais uma vez.

Atravessando o mosaico no chão, pronto para chamar seus Irmãos se isso fosse necessário, Tohrment olhou pelo monitor.

– Minha... *nossa*.

– Quem é?

Tohr colocou Autumn no chão, abriu o mecanismo da tranca da porta interna, posicionando-se na frente de sua fêmea para que ela não fosse afetada caso a luz do sol brilhasse por ali.

Lassiter entrou como se fosse o dono do local, totalmente presunçoso outra vez. Seu sorriso era largo e malcriado, como sempre. Seus cabelos loiros e negros estavam salpicados por flocos de neve.

Enquanto Tohr e Autumn o encaravam boquiabertos, o anjo levantou duas sacolas gigantes do McDonald's.

– Eu trouxe Big Macs para todos nós – anunciou com um tom alegre. – Sei que vocês adoram, certo?

– Mas que diabos... – Tohr abraçou sua *shellan* com mais força, apenas para evitar qualquer problema... bem, caramba, a julgar pela forma como as coisas andavam ultimamente, qualquer coisa poderia acontecer. – O que você está fazendo aqui?

– É seu dia de sorte, filho da mãe – o anjo deu uma volta. Seus piercings brilhavam enquanto o cheiro escapava das sacolas. – No fim das contas, nós três estávamos sendo testados, e eu passei com uma nota muito boa. Assim que me comprometi com vocês dois, eu estava livre... e depois pensei nas coisas por algum tempo e decidi que eu estaria melhor aqui na Terra, espalhando a bondade, do que lá em cima, nas nuvens. Porque, vocês sabem, eu já tinha dado início a trabalhos cheios de bondade por aqui, e essa porcaria que chamam de "compaixão" combina bastante comigo. E, além de tudo, não dá para assistir ao programa do Maury lá no paraíso.

– Isso é justamente o que diferencia o paraíso do inferno – disse Tohr.

– Isso mesmo – o anjo deu alguns passos, levando aquela carga cheia de calorias e gordura. – E então, o que me dizem? Eu também trouxe fritas, mas nada de sorvetes. Eu não sabia quanto tempo demoraria até alguém abrir a porta para mim e não queria que os sorvetes derretessem.

Tohr olhou para Autumn. Em seguida, os dois olharam para o anjo.

Como se fossem um, eles se aproximaram e abraçaram Lassiter. E, para surpresa geral da nação, o filho da mãe retribuiu o gesto.

– Estou realmente feliz por as coisas terem dado certo – sussurrou o anjo em um tom bastante sério. – Por vocês dois.

– Obrigado, cara – agradeceu Tohr. – Eu vou ficar devendo essa para você... caramba, eu devo tudo isso a você.

– Grande parte se deve a você.

– Exceto a última parte – apontou Autumn. – Aquilo foi trabalho seu, Lassiter.

– Que nada. Até parece que a gente precisa ficar contando essas coisas. Estamos entre amigos, sabiam?

Os três relaxaram e, em seguida, depois de um momento desajeitado, seguiram para a sala de jantar. Sentaram-se em um canto, e Lassiter começou a distribuir os sanduíches. Tohr só conseguiu rir. Ele e aquele anjo tinham começado tudo em um McDonald's. E aqui estavam os dois outra vez.

– Muito melhor do que a caverna, certo? – Lassiter murmurou enquanto passava os pacotes de batata frita.

Tohr deu uma olhada para Autumn, sem conseguir acreditar em quão longe eles haviam chegado.

– Sim. Realmente, totalmente... completamente muito melhor.

– Além do mais, esse lugar tem TV a cabo.

Quando Lassiter piscou um olho para eles, Tohr e Autumn começaram a sorrir.

– Tem, anjo. Tem, TV a cabo, sim. E quando quiser usar o controle remoto, ele será todo seu.

Lassiter soltou uma risada.

– Caramba! Você está realmente grato.

Tohr olhou para Autumn e se viu concordando com a cabeça.

– Pode apostar seu traseiro que sim. Eternamente grato... Eu serei... Eternamente. Grato.

Com isso, ele beijou sua fêmea... e deu uma mordida em seu Big Mac.